OSCAR PILL La révélation des Médicus

메디쿠스의 계시

오스카 필 1 메디쿠스의 계시

펴낸날 | 2011년 1월 17일 초판 1쇄

지은이 | 엘리 앤더슨
옮긴이 | 이세진
펴낸이 | 이태권
펴낸곳 | (주)태일소담
　　　　서울시 성북구 성북동 178-2 (우)136-020
　　　　전화 | 745-8566~7 팩스 | 747-3238
　　　　e-mail | sodam@dreamsodam.co.kr
　　　　등록번호 | 제2-42호(1979년 11월 14일)
　　　　홈페이지 | www.dreamsodam.co.kr

ISBN 978-89-7381-641-5 04860
　　　 978-89-7381-644-6 04860(세트)

● 책값은 뒤표지에 있습니다.
● 잘못된 책은 구입하신 곳에서 교환해드립니다.

OSCAR PILL La révélation des Médicus

메디쿠스의 계시

엘리 앤더슨 지음

이세진 옮김

소담출판사

멜리사, 나오미, 자드, 사샤, 노아, 시에나에게.
그 어떤 말로도 너희를 얼마나 사랑하는지 표현할 수는 없을 거야.

차례

믿을 수 없는 탈주

세르게이 포포프는 사무실 창가로 다가서며 흠칫 떨었다. 밖에서는 큼지막한 잿빛 눈송이가 회오리를 이루고, 세찬 바람이 돌덩이 사이 조그마한 틈까지 파고들며 쉭쉭 소리를 내고 있었다.

간수는 믿을 수 없다는 듯 고개를 저었다. 6월에 눈보라라니! 물론 여기는 시베리아에서도 안으로 깊숙이 들어가는 곳이었고 몽누아르 감옥은 우랄 산맥의 한 봉우리에 자리 잡고 있었다. 그래서 원래 겨울이 한참 지난 후에도 추위와 구름이 가실 줄 모르는 곳이기는 했다. 아무리 그래도 눈보라라니…… 세상이 미쳤나 보다.

그는 모포를 둘러쓰고 우울한 풍경에서 멀찍이 떨어졌다. 어쨌거나 이곳에선 모든 게 우울했다. 아무것도 없는 곳. 몇 명 있는 동료들은 과묵했고 그는 이 음침한 요새에 외따로 떨어져 있었다.

그는 벽시계를 쳐다보았다. 12시 30분, 죄수들은 점심 식사를 마쳤을 것이다. 방을 돌면서 식기를 수거해야 할 시간이었다.

그는 무기를 챙겨들고 작동이 제대로 되는지 확인한 뒤에─하루에 최소한 열 번은 확인한다─사무실을 나섰다. 순찰을 돈다고 하지만 사실상 독방 한 칸, 그리고 '단 한 명의' 죄수만 잘 감시하면 되는 일이었다. 따라서 업무량이 많다고는 할 수 없지만 그의 책임은 막중했고 그 자신도 이를 잘 알고 있었다.

그가 맡은 죄수는 별나고 별난 도적놈과 살인범 천지에서도 가장 유명하고 극도로 위험한 놈이었기 때문이다.

세르게이는 줄줄이 이어진 계단을 따라 복잡한 미로를 따라갔다. 그 독방으로 이어지는 길을 아는 사람은 세르게이뿐이었다. 그는 그 방으로 갈 때마다 매번 더없이 깊은 땅 속으로 내려가는 기분이 들었다. 기온이 떨어지고 침묵이 무거워지며, 불을 밝히기에는 산소가 부족한 듯 횃불이 저절로 꺼지곤 했다……. 성에가 낀 돌 위로 내딛는 자신의 구둣발 소리, 좁은 벽 사이에서 울리는 열쇠 꾸러미 소리만이 그의 머릿속까지 울려 퍼졌다.

마침내 그는 잠금장치가 여럿 달린 녹슬고 묵직한 금속 문 앞에 다다랐다. 열쇠 구멍에 딱 맞는 열쇠는 각각 하나씩밖에 없었는데 그나마도 정해진 순서대로 열어야만 했다. 만약 순서를 지키지 않으면 잠금장치가 차례대로 작동해서, 다시 열려면 몇 시간에 걸쳐 아주 복잡한 조작을 해야만 했다. 이 문을 여는 법을 아는 사람도 세르게이뿐이었다. 물론 그랜드 마스터는 세르게이를 전적으로 신뢰했다. 세르게이는 기사단에 속하지 않는 일개 직원일 뿐인데도 말이다.

세르게이는 정신을 모으고 추위에 곱은 손가락으로 첫 번째 열쇠를 집어 첫 번째 열쇠 구멍에 넣었고 나머지도 차례로 열었다. 그 다음에 문짝을 가로지르는 빗장을 내리고 어두침침한 공간으로 들어갔다. 금빛 원 안에 대문자 M이 새겨진 두 번째 문짝이 나타났다. 세르게이는 주머니에서 작은 펜던트를 꺼내어 그 문양에 갖다 댔다. 문짝의 일부가 옆으로 밀려나며 편지함 구멍만한 틈새가 나타났다.

세르게이는 신중한 태도를 유지했다. 조심스럽게 몸을 숙여보니 틈새 앞에 식기 쟁반이 놓여 있었다.

"다 먹은 거요?"

그가 물었다. 아무 대답도 없었다.

"쟁반을 내 쪽으로 더 밀어주쇼."

세르게이가 청했지만 여전히 반응이 없었다.

간수는 손을 조심스럽게 집어넣어 쟁반을 끌어당겼다. 결코 안심할 수 없었다. 그는 이렇게 손을 집어넣을 때마다 흉악한 범죄자가 이 틈을 이용해 그를 잡아챌 거라는 두려움에 사로잡히곤 했다. 복도로 나가는 길을 차단하는 첫 번째 문이 있으니 결코 멀리 달아날 수는 없겠지만, 어쨌든 세르게이는 위험을 무릅쓰고 싶지 않았다. 이놈을 상대할 때에는 모든 위험에 대비해야했다. 세르게이는 귀에 딱지가 앉을 정도로 설명을 들었다. "무엇보다, 놈과 눈을 절대 마주쳐서는 안 되오, 절대로!" 죄수가 호송될 때 메디쿠스 그랜드 마스터가 보낸 편지에도 그렇게 쓰여 있었다.

세르게이는 첫날부터 그 지령을 칼같이 지켰고 필요하다면 죽는 날까지도—혹은 이 흉악한 죄수가 죽는 날까지—그렇게 해야했다. 그는 쟁반을 들고 문에 다시 펜던트를 댔다. 널판이 밀리며 틈새가 닫혔다.

그는 다시 첫 번째 문의 잠금장치들을 열고 나왔다가 문을 닫았다.

그는 부리나케 위로 올라가 사무실에 틀어박혔다. 그제야 지하에서 서둘러 나오느라 쟁반을 평소처럼 주방에 가져다놓지도 않았다는 사실을 깨달았다. 그는 어깨에 옷을 한 벌 더 걸치고 다시 쟁반을 양손으로 들었다.

그는 접시에 흘끗 눈길을 주었다가 깜짝 놀라서 멈춰 섰다. 손도 대지 않은 정어리 한 마리가 기름이 흥건하니 접시를 차지하고 있었다. 아니, 이렇게 좋은 정어리가 어디서 나왔담? 식량이 충분하지 않은 탓에 평소 이 감옥에서 일하는 조리사들은 변변한 식재료를 쓰지 못 했다. 흰콩, 렌즈콩, 어쩌다 가끔 고기 조각이 띄엄띄엄 보이는 국이 나오는 게 고작이었다. 죄수나 간수나 나머지 직원들이나 구분 없이 거의 비슷한 식사를 했다.

갑자기 떠오르는 게 있었다. 지난주에 그의 담당 죄수가 받은 빈약한 소포의 내용물을 확인했을 때, 그 안에 통조림이 있었다. 세르게이는 잠시 망설였다. 정어리 통조림을 먹어본 지도 너무 오래되었다. 하지만 이건 세상에서 제일 위험한 놈의 감방에서 나온 물건 아닌가. 이게 함정은 아닌지, 정어리에 독이 든 것은 아닌지 누가 알겠는가? 접근하기 어렵기로는 둘째가라면 서러울 감옥에서, 그것도 수많은 탑들에 에워싸여 감시를 당하는 판국에 독약을 손에 넣기란 분명히 힘들 것이다. 그렇지만 이놈에게 어디 불가능한 일이 있던가…….

세르게이는 정어리 대가리를 뜯어내고 토르크마다를 쳐다보았다. 바로 옆 탁자에 퍼질러 앉은 검은 털투성이의 거대한 공. 그는 토르크마다보다 더 게을러빠진 고양이는 본 적이 없었다. 꼬박꼬박 가져다주는 먹이를 기다리는 것 말고는 하는 일이 없다고 할까. 사실, 감옥 안에서 그것 말고는 달리 할 일이 없다는 점도, 먹이가 신통치 않다는 점도 인정해야만 했다. 생쥐들도 몽누아르와 그곳에 사는 지독한 죄수들을 피해서 달아나는 형편이었으니……. 토르크마다는 한쪽 눈을 뜨고 간수가 손가락으로 집어든 생선 대가리를 쳐다보았다. 녀석은 다른 눈도 번쩍 뜨고, 좋다고 야옹야옹 울었다. 고양이는 냉큼 뛰어올라 정어리 토막을 낚아채서 한입에 작살을 냈다. 세르게이는 잠시 동안 고양이의 반응을 주시했다. 일 분, 이 분이 지났다. 토르크마다는 여전히 팔팔했다. 고양이는 다른 먹이가 등장했을 때나 두 눈을 다 뜨겠다는 듯이 다시 한쪽 구석에 처박혀 한 눈만 반쯤 뜨고 널브러졌다.

간수는 더 이상 의문을 품지 않았다. 그는 남은 정어리 토막에 달려들다가 갑자기 번쩍하는 섬광이 이는 바람에 뒤로 넘어갔다. 새하얀 빛, 그 빛 속에서 유독 눈부시게 빛나는 두 개의 점이 세르게이의 두 눈바로 앞에 있었다. 하지만 곧 모든 것이 정상으로 돌아왔다.

무슨 일이 일어났는지 몰라 어안이 벙벙해진 그는 주위를 둘러보고는 경계하는 자세로 총을 들었다. 아무것도 변하지 않았고 사무실은 쥐죽은 듯 적막했다. 토르크마다가 온몸의 털을 곤두세우고 구석에 숨어있다는 점이 별나다면 별났다. 세르게이가 다가가니 토르크마다가 질색을 해서 그냥 가만히 있었다. 당황한 그는 복도를 한 번 돌아보고 다시 자리로 돌아와 앉았다. 무슨 일이었을까? 알 수가 없었다. 몸에 무슨 문제가 생겼나? 적어도 배가 고픈 것만은, 몹시 허기진 것만은 사실이었다. 점심으로 먹은 포타주는 다소 아쉬웠다. 더구나 이렇게 추운

곳에서. 그래, 배가 고파서 몸 상태가 좋지 않은가 보다.

어지럽고 머리가 아파서 앉아 있을 수밖에 없었지만 그것도 잠깐이었다. 그제야 자신이 무엇을 하던 중이었는지 기억났다. 최고로 먹음직스럽고 세련된 요리를 맛보듯 정어리를 맛있게 먹었다. 그럼에도 왠지 지금 혼자 있는 게 아닌 것 같은 묘한 기분에 사로잡혔다.

정어리를 먹어치우고, 세르게이는 독 따위는 들어 있지 않았다고 확신하며 안도했다. 부실했던 점심 식사를 근사하게 보충했을 뿐, 그의 몸에는 아무 이상도 나타나지 않았다. 그는 고개를 흔들며 깨끗하게 빈 쟁반을 주방으로 가져갔다. 그다음에는 사무실로 돌아와 다달이 배달되던 옛날 잡지들을 뒤적였다.

오후 4시는 휴식 시간으로 정해져 있었다. 거의 24시간 내내 죄수를 감시하는 간수는 세르게이 한 사람뿐이었다. 다른 간수들은 모두 8시간 근무하고, 3교대제로 일했다. 그는 일어나 기지개를 켰다……. 그리고 모피 외투를 걸쳤다! 바깥 날씨는 여전히 흉흉하기 짝이 없었지만, 희한하게도 밖에 나가서 바람을 쐬고 싶다는 생각이 들었다. 추위라면 질색하기 때문에 평소라면 이런 날씨에 절대로 밖에 나가지 않았겠지만, 오늘따라 왠지 몸을 움직이고 싶어 견딜 수가 없었다. 한여름도 아닌데 두 발로 걸어서 요새를 둘러보려고 하다니! 요새를 둘러보는 데에는 시간이 그리 많이 걸리지 않았다. 사방이 암벽 천지라, 어떤 길목은 지나가기가 몹시 어려웠지만 산책을 하면 오히려 기분 전환도 되고 야간 근무를 계속할 기운도 났다. 하지만 오늘 산책을 나갔다간 에스키모처럼 꽁꽁 언 몸으로 돌아오게 될 것이다!

왜 이런 작정을 했는지 자신도 알 수 없었지만, 그는 손전등을 들고

요새 밖으로 나갔다. 복도와 계단마다 경비를 서고 있는 동료들에게 인사를 하고, 감옥의 하나뿐인 출구를 지키는 보초들 앞으로 리모컨으로 조종당하는 로봇처럼 걸어갔다. 보초들은 세 개의 문을 차례로 열어주었다.

밖에 나왔더니 바람이 다소 가라앉아 있었다. 광활한 벌판에 눈이 조금씩 쌓였다. 세르게이는 자신의 눈을 믿을 수 없었다. 봄도 이제 다 끝나가는데 이런 풍경이라니! 그는 이미 추위에 질려 있었지만 평상시와 다른 어떤 힘이 그의 등을 떠미는 것 같은 기분이 들었다. 머릿속에서 지시를 내리는 작은 목소리에 저항할 수 없었기에, 그는 조심스레 발걸음을 옮겼다. 미끄럼을 방지하는 신발로 갈아 신고 나올 생각까지는 미처 하지 못했다. 어쨌든 차가운 공기를 쐬니 기분은 좋았다.

거대한 검은 벽 아래로 빙 둘러가는 길에 들어선 그는, 동료들이 그를 볼 수도 없고 그의 소리도 들을 수 없는 곳까지 벗어났다.

바로 그 순간, 세르게이는 머릿속에서, 오른쪽 눈 안쪽에서 뭔가가 찰칵하는 것을 느꼈다.

왼손이 툭 떨어지고 왼쪽 다리의 힘이 풀렸다. 무슨 일인지 알아차릴 겨를도 없이 그는 하얀 눈밭에 헝겊 인형처럼 픽 쓰러졌다. 그와 동시에 눈부신 섬광이 눈앞에서 일어났다. 그는 멍하니 고개를 들었다.

"뭐야…… 도대체 뭐가……."

검은 장화가 그의 얼굴을 짓눌렀다. 처음에는 부드럽게 지그시 누르는가 싶더니 광대뼈를 으스러뜨렸다. 간수는 눈알이 뱅글뱅글 돌아갔지만 결국은 자기를 굽어보는 검은 옷을 입은 사내에게 시선을 고정할 수 있었다. 그 자의 얼굴은 안개에 가린 듯 잘 보이지 않았다. 온통 희

부연 배경 속에서 새빨간 깃만이 도드라져 보였다.

반신마비 상태가 된 세르게이는 극심한 통증을 느꼈지만 들러붙었던 귀신이 비로소 빠져나간 듯 홀가분한 기분이 들었다. 그제서야 소포 속 통조림을 그냥 통과시켰던 것이 치명적인 실수였음을 깨달았다. 그는 인상을 쓰며 겨우겨우 몇 마디를 뱉을 수 있었다.

"저…… 정어리에 숨어 있었던 거요? 그런 거요?"

이제 전부 명백해졌다. 살, 번득이던 눈 그리고 현기증과 머리가 빠개질 것 같은 두통까지…….

세르게이는 큰소리로 말을 이으려 안간힘을 썼다.

"내 머리에 들어와서 나 대신 결정을 내리고…… 이제 빠져나가겠다는 거군……."

그는 단숨에 이 말을 뱉었다.

그들 주위의 광막한 산맥으로 웃음소리가 울려 퍼졌다.

간수는 소름이 돋았고, 그건 차가운 바깥공기 때문이 아닌 것이 분명했다. 끔찍한 한기가 몸속에서 솟아올라 그나마 온전한 나머지 반신마저 장악하는 것을 느꼈다. 말을 하고 싶었지만 목소리가 나오지 않고 목구멍에서는 싱크대의 물이 수챗구멍으로 물 빠지는 소리가 나기 시작했다.

사내는 몇 발자국 뒤로 물러났다가 세르게이의 모피 외투를 벗기려고 다시 다가갔다. 그는 간수의 옷으로 몸을 감싸고 맞바람을 맞으며 눈보라 속으로 유유히 걸어갔다. 요새 아래에 쓰러진 간수의 시체는 하얗고 미세한 눈에 덮여 사라져가고 있었다.

거기서 수천 킬로미터나 벗어난 곳에서는······.

굳게 지켜온 비밀

바빌론 하이츠 초등학교 운동장. 아이들은 사방팔방에서 소리를 질러댔다. 바빌론 하이츠는 플리전트빌에서 가장 잘사는 동네였다. 몇 분 전까지는 완벽하게 파랬던 하늘에 먹구름이 드리우더니 6월에는 보기 드문 폭풍우가 일기 시작했다. 아이들은 놀라서 지붕 아래로 뛰어가 비를 피했다.

에이든 스펜서는 땅바닥에 쓰러져 있다시피 했다. 하늘이 미쳐 날뛰거나 말거나 그에게는 상관 없는 일이었다. 나뭇잎처럼 바들바들 떨고 있었지만 비명을 질러봤자 소용없다는 것을 잘 알고 있었다. 아수라장 속에서 그의 목소리는 들리지도 않을 테니까.

한 소년이 고약한 미소를 입가에 머금고 다가왔다. 이번에도 로넌 모스, 또 그 녀석이었다. 로넌은 언제나 에이든을 괴롭히고 못살게 굴었다. 로넌이 아무에게도 말하지 말라고 하면 그렇게 해야했다. 로넌은 덩치도 좋고 힘도 제일 셌다. 녀석은 머리를 짧게 치고 흑인 래퍼들처럼 후드티를 머리에 썼으며 통이 넓은 청바지를 질질 끌고 다녔다. 상급생들도 로넌을 경계하며 웬만해선 녀석의 비위를 건드리지 않으려 했다.

에이든은 자기를 둘러싼 다섯 소년들을 쳐다보았다. 로넌은 다리를 벌리고 양손을 엉덩이에 짚은 채 에이든을 굽어보고 있었다. 에이든은 칼날처럼 예리하고 새까만 로넌의 눈을 피하다가 녀석의 작고 뾰족한 송곳니를 보았다. 그 송곳니 때문에 로넌의 별명은 '상어'였다. 먹이를 구하거나 자신을 보호하기 위해서만 상대를 공격하는 상어보다 로넌이 훨씬 더 악랄했지만 말이다. 이 자식의 취미는 힘이 없거나 몸이 약하거나 내성적인 아이들을 괴롭히고 지배하며 희희낙락하는 것이었다.

문제는 에이든이 그 세 가지 경우에 모두 해당된다는 것이었다.

외아들인 에이든은 어릴 적부터 뼈 관련 질환으로 병원에서 오랜 시간을 보냈다. 나사, 못, 금속판 따위를 척추에 삽입하는 수술을 몇 번이나 받았는지 모른다. 행여 넘어져서 척추에 금이 가거나 이상이 생겨서는 안 되기 때문에, 그는 쉬는 시간에도 운동장에서 다른 아이들과 뛰어 놀거나 스포츠를 즐길 수 없었다. 에이든은 친구도 별로 없고, 평소에 말을 거의 하지 않을 정도로 심하게 수줍음을 탔다. 운동을 전혀 하지 않아 몸은 쇠꼬챙이처럼 삐쩍 말라만 갔다.

로넌이 바닥에 널브러진 에이든에게 손을 내밀었다.

"이봐, 스펜서, 잊어버렸어? 오늘은 월요일이잖아!"

에이든은 힘겹게 침을 삼켰다. 쩔쩔매지 않고 대답하려고 딴에는 노력을 했다.

"나…… 오늘은 돈이 없어."

로넌 모스는 미소를 거두지 않았지만 에이든은 녀석의 눈빛에서 번득이는 분노를 감지하고 움츠러들었다.

"주말에 받은 용돈은 어떡하고, 스펜서? 그 돈은 어쨌는데?"

에이든은 얼굴이 시뻘게져서 딴 데를 쳐다보았다. 그의 목소리가 모기 소리처럼 잦아들었다.

"주말에 용돈 못 받았어."

"왜 못 받았는데? 아빠 엄마가 돈이 없어서? 그런 거야?"

주위에 있던 아이들이 키득키득 웃기 시작했다. 셋은 남자아이였고 한 명은 여자아이였다. 로넌은 앞으로 몸을 수그리고 에이든의 멱살을 잡았다.

"그럼 돈을 구했어야지! 안 그래?"

에이든은 뭐라고 대꾸를 하려 했지만 로넌의 우악스러운 손에 멱살을 잡힌 탓에 숨이 막혔다. 그때 에이든 대신 다른 기운찬 목소리가 로넌의 등 뒤에서 대답했다.

"얘가 돈이 없다잖아! 못 알아들어?"

로넌 모스가 멱살잡이를 풀고 뒤를 돌아보았다. 자기편에서 발끈하고 달려들려는 두 소년을 저지한 그는, 중키에 푸른 눈과 붉은 고수머리를 한 소년을 정면으로 바라보았다.

"야, 홍당무! 빨간 머리 놈들은 약해빠진 겁쟁이들과 한편이라 이거냐?"

새롭게 등장한 소년은 로넌 모스에게 눈도 깜짝하지 않았다. 이 소년은 손을 주머니에 찔러 넣은 채 감초 뿌리를 질겅질겅 씹더니 다른 놈들은 눈에 보이지도 않는다는 듯 에이든 앞으로 걸어가서 우뚝 멈춰 섰다.

"일어나! 쉬는 시간 내내 땅바닥에 누워 있을 거야?"

"어이, 필! 여기가 어디라고 끼어들어? 이건 스펜서와 내 문제야. 넌 꺼져."

로넌 모스가 윽박질렀다.

에이든은 자기를 도와주러 온 소년에게 애원하는 눈빛을 보냈다. 그는 오스카라는 이름의 이 소년이 로넌에게 맞서주기를 바랐다. 에이든은 같은 반에 친한 친구가 한 명도 없었기 때문에 오스카에 대해서도 잘 몰랐지만, 이 빨간 더벅머리는 로넌 모스와 어울려 다니는 한 패가 아니라는 것을 알고 있었다. 그 점은 확실했다.

오스카가 손을 내밀었다. 에이든은 그 손을 잡고 일어났다.

"남이 하라는 대로 휘둘리지 마. 그래선 안 돼. 그렇잖음 계속 이런 꼴을 당한단 말이야."

오스카가 말했다. 에이든은 다리가 후들거려서 간신히 버티고 설 수 있었다. 로넌 모스와 그 패거리는 그들보다 한 뼘은 더 키가 컸다.

모스가 곰 발바닥처럼 넓적한 손으로 오스카의 어깨를 잡고 억세게 짓눌렀다.

"필, 내 말 못 들었어? 너랑 상관없는 일이니까 꺼지라고 했지! 아니면 너도 스펜서와 똑같이 해주지."

오스카는 모스의 손을 밀어내며 휙 돌아섰다. 그는 벌벌 떨기는커녕 미소를 짓고 있었다. 에이든은 감탄하는 눈으로 오스카를 바라보았다. 이 아이는 로넌 모스를 눈곱만큼도 두려워하지 않는 것이 분명했다.

"똑같이 해준다고? 그래, 어떻게 하겠다는 건데?"

오스카는 주먹을 불끈 쥐며 대꾸했다.

로넌도 생긋 미소를 지었다. 물론 그가 미소를 지은 이유는 오스카와 달랐지만 말이다. 로넌은 에이든 아닌 다른 아이를, 그것도 센 척하는 애송이 오스카 필을 단단히 혼내줄 생각에 신이 났다. 이 기회에 진짜 센 사람이 누구인지 똑똑히 보여주고, 감히 자신에게 대적하려 드는 조무래기들의 싹을 밟아줘야겠다고 마음먹었다.

로넌은 오스카에게 다가가 여드름과 흉터로 뒤덮인 얼굴을 바짝 들이댔다. 그는 이를 악물고 이렇게 내뱉었다.

"아주 특별하게 대해주지. 특히 너처럼 같잖게 아빠 흉내를 내는 놈들에게 말이야. 아빠가 없으니까 너라도 아빠 흉내를 내고 싶은가 보지? 그런 거야?"

이때까지 오스카는 침착했지만, 언제나 그랬듯이 아빠 얘기가 나오자 순식간에 냉정을 잃고 머리끝부터 발끝까지 분노에 휩싸여버렸다.

"모스, 너도 남의 일에는 신경 끄시지?"

오스카가 신경질적으로 내뱉었다.

로넌은 상대의 급소를 제대로 찔렀다는 감이 왔다.

"나한테 톡톡히 당하고 나서 엄마나 누나 치마폭에 매달려 찔찔 짜지 그래……."

로넌은 말을 미처 끝맺지 못했다. 오스카가 온몸으로 돌진하는 바람에 둘 다 땅바닥에 쓰러져 뒹굴었기 때문이다.

눈 깜짝할 사이에 키도 크고 덩치도 좋은 로넌이 우세를 차지했다. 그는 한 손으로 오스카의 팔을 옴짝달싹 못하게 제압하고 다른 손으로 목을 눌렀다. 오스카는 숨을 쉴 수가 없었다. 머리가 터질 것 같았다. 어떻게든 빠져나가려고 발버둥을 쳤지만 로넌은 훨씬 힘이 셌다. 놈의 가느다란 실눈을 보며 오스카는 누군가 말리지 않는다면 죽을 수도 있겠다는 생각이 들었다. 오스카의 눈이 겁에 질려 벽에 붙어 있는 에이든 스펜서에게로 향했다. 에이든은 그를 도와주지 못할 것이다……. 오스카는 운동장에서 목이 졸려 죽기는 싫었다. 그는 무릎을 구부렸다가 젖 먹던 힘까지 쥐어짜서 땅을 박차고 일어났다. 두 소년의 몸뚱이가 데굴데굴 구르다가 이번에는 로넌이 오스카에게 깔린 꼴이 되었다. 분노 때문에 힘이 몇 곱절로 솟아났다.

"이봐, 모스, 이제 영리한 척은 그만하시지! 아까 뭐라고 했지? 나 같은 놈은 아주 특별하게 다뤄주겠다고?"

바로 그 순간, 오스카는 배를 찌르는 듯한 통증 때문에 힘이 빠지고 말았다. 로넌과 딱 붙어 다니며 충성스러운 개처럼 놈을 떠받드는 콜 도허티가 옆에서 오스카의 배를 발로 걷어찼던 것이다. 그 자식은 코끼리 같은 다리로 버티고 서서 간격이 벌어진 치아를 드러내고 씩 웃었다. 자기가 '대장'을 구했다는 생각에 꽤나 자랑스러웠던 모양이었다. 로넌은 그 기회를 놓치지 않고 일어나 오스카의 얼굴에 정통으로 주먹을 날렸다. 오스카는 자갈투성이 바닥에 거의 뻗다시피 나동그라졌다.

"그만!"

모두 일제히 고개를 돌렸다. 사십대쯤 되어 보이고 회색 양복을 입은 키 큰 남자가 네모진 테의 안경을 쓰고 화난 얼굴로 그들을 뒤에서 노려보고 있었던 것이다. 갑자기 주위가 조용해졌다. 이젠 운동장 지붕에 타닥타닥 떨어지는 빗소리밖에 들리지 않았다.

"이번에도 네 녀석이로구나, 모스." 이어서 펭귄 선생님은 오스카를 보고 조금 누그러진 목소리로 말했다. "필, 너도 마찬가지야. 너에게 정말로 실망했다."

선생님은 한숨을 쉬고 뒷짐을 졌다.

"방학이 이틀밖에 안 남았는데 치고받고 싸울 기운이 있다 이거지! 그렇다면 너희 두 녀석은 내일 수업이 끝난 후에 두 시간 동안 남도록 해라. 내가 직접 너희를 감독하겠다."

그때까지도 벽에 붙어 벌벌 떨고 있던 에이든이 한마디 하려고 했다.

"펭귄 선생님, 필은 아무 잘못도 없어요. 사실은……."

하지만 로넌 모스가 눈을 부릅뜨자 에이든은 입을 다물었다.

"사실은 뭐? 스펜서, 할 말이 있으면 하고 그게 아니면 교실로 돌아가라. 쉬는 시간은 끝났다."

펭귄 선생님이 짜증스럽게 대꾸했다.

에이든은 아무 말도 하지 않았다. 그는 얼굴이 시뻘게져서 학교 건물로 마구 달려갔다. 로넌 모스와 그 패거리도 교실로 돌아갔다. 다만, 패거리에 끼어 있던 유일한 여자아이 틸라는 오스카에게 다가왔다.

"넌 로넌 모스에게 상대가 안 돼. 그래도 너 귀엽긴 하다."

틸라가 장난꾸러기 같은 미소를 띠고 말했다.

오스카는 딴 데를 쳐다보았지만 얼굴이 확 달아올랐다. 다행히도 주위에 사람이 별로 없었다. 틸라는 반에서 제일 예쁜 여자아이였다. 열두 살 소년 오스카는 비록 축구나 플레이스테이션에 더 관심이 많았지만, 운동장에서 틸라의 치렁치렁한 금발과 금빛 눈동자를 눈여겨보곤 했다.

틸라는 깔깔 웃음을 터뜨리고는 저만치 뛰어갔다. 오스카도 교실로 돌아갈 채비를 했다. 그때 펭귄 선생님이 그를 불러세웠다.

"필!"

오스카는 하늘을 한 번 쳐다보고 선생님에게 갔다. 펭귄 선생님의 일장 연설은 이미 토씨 하나 안 틀리게 달달 외울 정도였으니까.

선생님은 아까보다는 다정다감한 말투로 얘기했다.

"오스카, 다시 한 번 말하지만 선생님은 크게 실망했다. 지난주에 같이 이야기했기 때문에 나는 네가 좀 더 분별 있게 행동할 줄 알았어. 그런데 이제 보니 선생님이 아무 소용없는 얘기를 했나 보다."

오스카는 말대꾸해봤자 부질없다는 걸 잘 알고 있었다. 담임인 펭귄 선생님은 친절하지만 엄격했다. 오스카와 맞먹을 만큼 고집불통이기도 했다. 그래도 오스카는 변명하고 싶었다.

"선생님, 모스 때문에 그랬어요. 여럿이서 스펜서를 에워싸고……."

"그래서 언제나 그렇듯이 네가 끼어들었지."

선생님은 차갑게 잘라 말하며 안경을 몇 번이나 고쳐 썼다. 오스카는 이런 몸짓이 무엇을 뜻하는지 잘 알고 있었다. 펭귄 선생님은 화가 나면 안경을 가만두지 못했다. 지금은 입을 다무는 편이 나았다. 하지만 로넌 모스는 나중에라도 꼭 앙갚음을 할 것이다.

"누가 너에게 심판 노릇 하라고 했니? 로넌 모스에 대해서라면 선생님이 너보다 잘 안다. 하지만 너는 차분하고 얌전하게 지내겠다고 나에게 약속해놓고 그 약속을 어겼어."

펭귄 선생님의 말은 냉정했다.

오스카는 입을 다물었다. 한바탕 폭풍이 지나기를 기다리는 게 최선이었다. 자신의 편을 들어주지도 않고 황급히 내뺀 스펜서가 생각났다. 어쩌면 선생님 말씀이 맞는지도 몰랐다. 아무도 오스카에게 나서달라고 부탁하지 않았다. 아무도 그에게 고마워하지도 않을 것이다. 안됐지만 별수 없다. 적어도 로넌 모스에게 그가 호락호락하지 않다는 것을 보여주지 않았는가.

"네 꼴이 어떤지 좀 봐라. 모래와 피범벅이야!"

선생님이 오스카에게 손수건을 내밀며 또 한마디 했다.

오스카는 손수건을 받아 얼굴에 쓱 문질렀다. 목이 아직도 쓰라렸다. 도허티에게 입은 상처인지, 아니면 로넌 모스와 뒹굴면서 생긴 상처인지 모르지만 피가 났다. 상처를 손으로 만져본 그는 이상한 감촉을 느꼈다. 그의 손가락에서 뭔가 차가운 액체가 목으로 흘러들어가는 느낌. 오스카는 퍼뜩 놀라서 손을 치웠다. 손바닥을 유심히 들여다보았다. 아직도 살갗 바로 아래가 찌릿찌릿한 느낌이 들었지만 겉보기에는 아무 이상도 없었다.

펭귄 선생님이 오스카에게 팔을 치우라고 했다.

"만지지 마. 먼지와 모래를 뒤집어썼잖아. 그러다 상처가 감염될 수도 있어."

선생님은 오스카의 고개를 뒤로 젖히고 상처를 자세히 살펴보았다. 그러다 안경알 너머로 두 눈을 휘둥그레 뜨고는 다시 몸을 일으켰다.

"그런데…… 아무렇지도 않구나! 정말로! 생채기조차 나지 않았어. 희한한 일이로구나, 분명히 조금 전까지만 해도……."

선생님이 고개를 절레절레 저었다.

"다른 데를 다쳤는데 그 피가 목으로 좀 흘러내렸나 보다. 그런 거겠지."

오스카는 다시 손을 들어 목을 만져보았다. 이제는 손이 닿아도 전혀 아프지 않았다. 아까 분명히 손가락으로 느껴졌던 상처가 지금은 온데 간데없었다.

펭귄 선생님은 아까의 문제로 되돌아왔다. 오스카에 대한 훈계를 마무리해야했으니까.

"네가 나쁜 학생이라는 건 아니야, 필. 대화보다 학교에 남는 벌이 더 효과적이라면 벌을 내릴 수밖에. 이제 얼른 교실로 돌아가라."

그날 하루가 어찌나 느리게 흘러갔는지, 마침내 수업이 끝나는 것을 알리는 종이 울렸을 때, 오스카는 학교에 일주일쯤 붙잡혀 있었던 것 같은 기분이 들었다.

그는 교실 뒤쪽에 혼자 앉아 있었다. 선생님의 지시에 따라 쉬는 시간에도 줄곧 자리에 앉아 있어야했다. 스펜서는 오후 내내 오스카의 원망스러운 눈초리를 피해 다녔다. 반대로 로넌과 그 친구들은 쉴 새 없이 오스카를 도발했다. 틸라조차도 몇 번이나 뒤를 돌아보며 오스카를 주시했다. 하지만 펭귄 선생님의 감시하는 눈길만큼 노골적이지는 않았다. 오스카는 로넌에게 달려들고 싶은 마음을 꾹 참고 선생님 말씀에 그럭저럭 집중했다. 이어서 두 시간 동안 계속된 역사 수업 시간에는 집중하기가 더 힘들었다. 그렇지만 최면을 거는 듯한 라이트 선생님의 목소리는 교실 전체를 비몽사몽 상태로 몰아넣었기 때문에 누가 누구를 도발한다는 생각조차 할 수 없었다.

종이 치자마자 오스카는 교실을 박차고 나가 학교 정문을 향해 달렸다. 멀리서 스펜서가 마법처럼 자취를 감추는 모습을 볼 수 있었다.

오스카가 지나가자 아이들이 등을 돌리고 비켜났다. 로넌에게 대드는 학생은 결코 많지 않았고 오늘 있었던 일은 학교 전체에 퍼졌다. 모두들 로넌의 심기를 건드려 해코지당할까 봐 무서워서 이제 곧 오스카에게 말도 걸지 않게 될 것이다. 오스카는 다른 아이들에게 신경 쓰기보단 그보다 좀 더 성가시고 골치 아픈 문제에 골몰했다. 내일 학교에 남는 벌을 받게 되었다는 사실을 엄마에게 어떻게 설명하느냐가 문제였다.

로넌과 싸운 일을 숨기기는 어려울 것이다. 학교에서 벌을 받는다는 말을 안 하고 넘어갈 수도 없었다.

더욱이 오스카의 엄마 셀리아는 지난주에도 학교에 불려가 펭귄 선생님과 면담을 하지 않았던가.

"필 부인, 댁의 아드님은 잠재적 능력이 뛰어난 아이입니다. 모든 교사가 그 점에는 동의할 겁니다. 오스카는 흥미롭고 주목할 만한 학생이지만 전혀 통제가 안 되기 때문에 힘이 드는 학생이기도 합니다. 자기가 하고 싶을 때, 자기 하고 싶은 대로 해야만 하는 아이예요. 그런데 학교에서는 그렇게 하면 안 됩니다."

셀리아는 반박하지 못했다. 엄마인 자신조차도 오스카를 통제하는 것이 이만저만 힘든 일이 아니었다. 하지만 그녀는 자기 가족에 대해 시시콜콜 설명하고 싶지도 않았고 아빠 없이 엄마 혼자 두 아이를 키우기 때문에 아이들 교육이 버겁다고 변명하고 싶지도 않았다. 어쩌면 오스카가 딸이 아니라 아들이기 때문에 더 힘든 점도 있었을 것이다. 사실 셀리아는 결과적으로 이만하면 나쁘지 않다고 생각하고 있었다. 아버지가 있어도 로넌 모스 같은 불량배나 깡패가 될 수도 있지 않는가. 그래, 오스카가 조금 제멋대로이고 반항적이긴 하다. 그래도 그만하면 착하고 똑똑하고 정직한 아들 아닌가.

그리 중요한 문제는 아니었다. 셀리아는 아들에게 너그러운 편이었다지만 소용없었다. 자갈밭에 굴러서 바지에 구멍이 났다는데, 운동장에서 야만인처럼 치고받고 싸워서 수업 후에 두 시간이나 남아서 벌을 받아야한다는데, 이마에 뽀뽀를 해주면서 참 잘했다고 할 엄마가 어디 있을까…….

오스카는 보도를 따라 성큼성큼 걸어갔다. 모르는 사람이 거의 없는 거리를 피해가느라 일부러 돌아가는 길을 택했다. 가게 주인들, 경비 아저씨들, 벤치에 앉은 할아버지들까지 다 아는 얼굴들이었다. 그는 질질 끌지 않고 사실대로 이야기하고 싶었다. 거짓말하는 건 싫었다. 엄마는 사실을 알 권리가 있다. 최소한 다친 데는 없으니 엄마에게 그리 걱정을 끼치지는 않을 것이다.

오스카는 혼자서 생각에 골몰하느라 자기 이름을 부르는 소리도 듣지 못했다.

"오스카! 기다려! 거기 좀 있어봐……."

그는 뒤를 돌아보고 빨간 머리채를 펄럭이며 달려오는 누나를 보았다. 누나는 오스카 옆에 멈춰 서서, 숨을 헐떡거렸다.

"왜 기다리지 않았어? 네가 운동장을 건너갈 때부터 계속 불렀는데 내 말은 듣지도 않고!"

비올레트가 물었다. 그렇잖아도 붉은 주근깨투성이 얼굴이 시뻘게져 있었다.

오스카는 소리 내어 웃고 싶었다. 정신을 다른 곳에 팔고 다니는 사람은 누나면서⋯⋯. 비올레트는 바로 옆에서 얘기를 하는데도 못 듣고 지나칠 때가 종종 있었다. 일단 한번 괴상한 생각에 푹 빠지면 귓구멍에 대고 나팔을 불어도 모르는 사람이 비올레트였다. 문제는 비올레트는 '항상' 괴상한 생각에 빠져서 산다는 것이었다.

오스카는 누나를 머리부터 발끝까지 훑어보고 한숨을 쉬었다. 비올레트는 열세 살인데도 늘 처음으로 혼자 옷을 입어보는 어린아이처럼 옷을 입었다. 옷을 입을 때 그냥 마음에 드는 모양이나 색깔이 있으면 손에 잡히는 대로 주워서 걸치는 식이었다. 오늘은 그래도 봐줄 만한 편이었다. 다행히도—틀림없이 우연이겠지만—보라색 멜빵이 달린 여름 원피스와 분홍색 발목 양말을 신었으니 말이다. 오스카의 시선이 누나의 발까지 내려갔다. 그는 어쩔 수 없다는 듯이 하늘을 쳐다보았다.

"비올레트!"

누나가 깜짝 놀라 소스라쳤다.

"왜 그래?"

"누나 신발!"

"응, 신발이 뭐? 이거 내 신발 맞는데."

"기억력이라면 자신 있다며? 그런데도 모르겠어?"

비올레트는 자신의 발을 유심히 내려다보고 다시 고개를 들었다.

"아무것도 모르겠는데. 왜 그래?"

오스카의 인내심이 결국 바닥났다.

"신발이 짝짝이잖아! 왜 그러는지 모르겠다니! 왼쪽은 검정색이고 오른쪽은 빨간색 아냐! 눈은 폼으로 달고 다녀? 빨간색, 검정색을 구별 못하겠냐고!"

비올레트는 자기가 신은 모카신을 한참 집중하고 보더니 이렇게 대꾸했다.

"아, 그래, 그렇네…… 뭐 어때? 예쁘지 않아?"

바로 그때, 여자아이 두 명이 남매 옆으로 지나가며 비올레트의 신발을 보고 키득키득 웃었다. 오스카는 여자아이들을 알아보았다. 둘 다 오스카와 같은 반이었다. 그는 고개를 절레절레 흔들며 한숨을 쉬더니, 더 이상 누나에게 눈길 주지 않고 가던 길을 계속 갔다. 누나 때문에 망신당할 수도 있다는 것을 잘 아니까 누나 옆에 오래 있고 싶지 않았다. 다른 아이들이 있을 때에는 더욱더 그랬다.

비올레트는 자기 신발을 보고 한 번 더 싱긋 웃더니 동생 뒤를 총총걸음으로 따라갔다.

"기다리라니까. 왜 뛰어가? 기다려, 오스카아아아아!"

오스카는 돌아보지 않고 멈춰 섰다. 누나 때문에 다른 아이들에게 놀림당할 마음은 손톱만큼도 없었다.

"됐어. 소리 지를 것 없어. 기다리고 있잖아!"

그는 누나의 대답을 듣지 못했다. 아니, 이제는 비올레트가 따라오는 발소리조차 들리지 않았다. 그 대신, 어른들의 고함소리가 들렸다. 뒤에서 뭔가 소란스러운 일이 벌어진 것 같았다. 결국 뒤를 돌아본 오스카의 두 눈이 번쩍 뜨였다. 어떤 아줌마가 보도의 공사 현장 주위에 둘러놓은 노란색 안전띠 안으로 고개를 내밀고 하수구 구멍을 향해 정신 나간 사람처럼 소리를 지르고 있었다. 맨홀 뚜껑이 열려 있었다! 인부들이 트럭에서 내려와 달려왔다.

오스카는 총알같이 달려가 아줌마 옆에 가방을 내팽개쳤다. 그는 비닐 안전띠 밑으로 들어가 맨홀 가장자리에 무릎을 꿇고 앉았다. 구멍 안은 온통 시커메서 아무것도 보이지 않았다. 그림자조차 볼 수 없었다.

"비올레트!"

자그마한 목소리가 소년의 외침에 대답했다. 목소리는 하수구 구멍 안쪽에서 흘러나왔다.

"으응."

비올레트는 신음하고 있었다.

옆에 있던 아줌마도 구멍 안을 들여다보았다. 아줌마가 안됐다는 듯이 말했다.

"여자애가 아래를 안 보고 마구 뛰어가더라고. 내가 바로 옆에 있었지만 그 애를 붙잡을 겨를이 없었지. 우물에 돌멩이 떨어지듯 순식간에 홱 떨어져버렸어!"

인부 세 명이 그 자리에 합류했다. 오스카는 조금도 망설이지 않았다. 그는 구멍으로 내려가는 사다리를 붙잡고 순식간에 사라져버렸다.

"얘, 기다려! 우리가 알아서 할게!"

너무 늦었다. 오스카는 어느새 구멍 깊숙이 내려와 있었다. 비올레트는 진창에 주저앉아 웃고 있었지만 기진맥진한 모습이었다. 그녀는 머리를 문지르고 있었다. 무릎과 팔은 온통 까지고 벗겨지고 난리도 아니었다. 오스카가 다가가 누나의 손을 머리에서 치웠다. 이마 한복판에 큼지막한 혹이 나 있었다.

"널 따라가려고 했는데 마침 하늘에 제비가 날기에 그 새랑 똑같은 길로 가보고 싶어서……. 이 구멍을 지나가야 하는 줄은 몰랐지 뭐야."

비올레트가 천연덕스럽게 설명을 했다.

"누나가 늘 그렇지 뭐."

오스카가 중얼거렸다. 그러고는 아무 생각 없이 누나의 이마에 난 혹을 만져보았다. 그의 손가락에서 초록색 빛이 뿜어나는가 싶더니 햇볕에 눈 녹듯 혹이 스르르 사라져버렸다.

오스카 자신도 깜짝 놀랐다. 하지만 어찌된 일인지 굳이 이해하려 들진 않았다. 비올레트는 치아교정기가 제대로 붙어 있는지 확인하는 데 정신이 팔려서 무슨 일이 일어났는지도 모르는 듯했다. 오스카는 누나의 팔을 잡고 일으켜주었다. 비올레트가 일어났을 때에는 긁힌 상처와 핏자국도 깨끗하게 사라져 있었다.

그는 위를 쳐다보았다. 환한 빛을 등진 세 사람의 머리통과 푸른 하늘이 보였다. 오스카는 조금 전에 있었던 일을 아무도 눈치채지 못했기를 바랐다.

"이리 나와라, 꼬마야. 네가 거기 있으면 구멍이 좁아서 우리가 내려갈 수 없잖니! 어서 올라와. 누나는 우리가 구해줄게."

오스카는 굳이 어른들에게 대꾸하지 않았다.

"누나, 괜찮아?"

"응." 누나는 벌써 딴 생각에 빠진 것 같았다. "제비가 아직도 있을 것 같아?"

오스카는 냉정을 잃지 않으려고 숨을 깊이 들이마시고 누나를 사다리까지 인도했다.

"자, 이제 가자. 올라가."

그는 그렇게만 말했다. 비올레트는 고분고분 사다리 첫 칸에 발을 디뎠다. 오스카가 누나를 다시 붙잡았다.

"비올레트!"

"응?"

"굳이 엄마에게 말할 필요는 없어."

"뭘?"

오스카는 자기도 모르게 웃음이 났다. 비올레트는 동생의 손이 닿았을 때 자기 몸에 어떤 일이 생겼는지도 모를 뿐 아니라, 구멍에 처박힌 일조차 이미 잊고 있었다. 오스카는 더 이상 따지지 않았다.

"아! 이거 봐, 신기하지! 내 빨간색 신발에 진흙이 방울방울 튀어서 꼭 무당벌레가 사다리를 타고 올라가는 것처럼 보여!"

"그래, 그래, 아주 신기해 죽겠다. 자, 어서 올라가!"

비올레트가 제 발로 마지막 칸까지 올라가기 전에 위에 있던 아저씨들이 소녀의 손을 잡고 깃털처럼 가볍게 땅으로 끌어올려주었다. 비올레트는 그 자리에 있던 어른들에게 환하게 미소를 지어 보였다.

"세상에, 전 제가 나는 줄 알았어요!"

"그래, 우린 네가 다시는 못 올라오는 줄 알았다, 얘야! 꿈인지 생시인지, 멍 하나 들지 않고 말짱하다니! 정말 운이 좋은 줄 알아라."

한 아저씨가 말했다.

오스카는 누나를 공사장 밖으로 재빨리 밀어냈다.

"누나는 괜찮아요. 아무렇지도 않아요. 우리 누난 원래 이런 사람이에요. 자, 비올레트 누나, 엄마가 기다리겠어. 빨리 집으로 가자."

"집까지 데려다주지 않아도 괜찮겠니?"

아줌마는 아무래도 마음이 놓이지 않는지 이렇게 물었다.

오스카는 벌써 누나의 머리채 한 가닥을 잡아당기며 휘적휘적 걸어가고 있었다.

"아뇨, 고맙지만 괜찮습니다. 우리 집은 바로 요 옆, 킬데어 스트리트에 있어요. 안녕히 계세요!"

비올레트는 이미 하늘을 쳐다보느라 정신이 없었다. 오스카는 누나를 붙잡고 가면서 방금 있었던 일에 대해 생각했다. 학교에서 발견한 신기한 현상은 우연이 아니었다. 이런 일이 처음이 아니라고 확신할 수 있었다. 자전거를 자주 타는 개구쟁이 오스카는 자잘한 상처를 입기 일쑤였지만 이상하리만치 상처가 금세 아물고 흔적조차 찾아볼 수 없게 되곤 했다.

오스카는 자기가 꿈을 꾼 것이 아니라고 확신하고 갖고 엄마에게 신나게 얘기를 한 적이 있었다. 하지만 그때 엄마는 오스카의 얘기를 듣고 얼굴의 핏기가 싹 가셨었다.

"네……네가 착각을 했겠지. 그래. 상처를 입은 줄 알았는데 사실은 상처가 없었던 거야. 그게 다란다. 어떻게 그런 일이 있을 수 있겠니? 알았니? 그런 일은 절대로 없어!"

엄마는 그렇게 말했지만 몹시 불안해 보였다. 나중에 엄마는 오스카를 주방으로 따로 불러서 이렇게 말했다.

"너에게 딱 한 가지만 부탁할게, 오스카. 또 그런 걸 시험해보거나 하면 안 돼. 엄마는 널 잘 알아. 너는 상처가 저절로 없어지나 안 없어지나 보려고 일부러 다치고도 남을 애야. 하지만 그런 일은 일어나지 않을 거야. 알았니? 섣불리 시험할 생각은 접어라. 그리고 그런 얘기를 절대로 남들에게 떠벌리지 마."

오스카는 엄마의 이런 반응을 한 번도 본 적이 없었다. 그래서 아무
말 없이 엄마 말씀을 따랐고 오늘 있었던 일도 혼자 속에만 담아둘 작
정이었다. 그는 엄마에게도, 그 누구에게도 말하지 않을 것이다.

몇 분 후, 킬데어 스트리트에 들어선 오누이는 6897번지의 대문을 밀
고 들어갔다.

오후 5시 15분, 거리에는 활기가 넘쳤다. 모양도 색깔도 가지가지인
집들이 죽 늘어선 거리에서, 사람들은 여러 나라 말로 크게 떠들고 이
집 창에서 저 집 창으로 이름을 외쳐 불렀다. 저녁 식사 시간에 이 거리
를 거닐면 동양의 향신료, 카레, 마늘, 바질, 피자 냄새를 차례로 맡을
수 있었다. 골리노 가에서 피자를 먹는 날이면, 오스카는 늘 그 집에 초
대되어 갔다. 이 동네 사람들은 서로를 훤히 알고 있었다. 물론 필 가의
빨간 머리 남매도 눈에 띄지 않을 리 없었다. 비올레트가 노점상마다
붙잡고 얘기를 나누는 모습을 보고 셸리아는 종종 딸을 데리러 나오기
도 했다.

셸리아는 이사를 가야겠다는 생각을 한두 번 한 게 아니었다. 특히
남편이 죽고 난 후에는 그런 생각이 더 자주 들었다. 하지만 이웃 모두
그녀를 감싸주고 도와주었다. 가족처럼 서로를 챙기며 즐겁게 살아가
는 동네 사람들을 떠날 수는 없었다.

오스카는 대문도 닫지 않았다. 이 동네 사람들은 어느 집이든 아무
때나 제 집처럼 드나들었다. 오누이는 황무지에 가까운 작은 정원을 가
로질렀다. 다듬지 않은 풀은 뭉텅이를 이루며 아무렇게나 자랐고 작년

가을에 떨어진 낙엽이 나무 밑둥에서 그대로 썩어가고 있었다. 그나마 비어 있는 땅도 메꽃과 잡초가 잠식해가고 있었다.

집도 정원과 다를 바 없는 상태였다. 뾰족지붕을 얹은 이 층짜리 목조 건물은 베이지색 페인트가 쫙쫙 갈라져 벗겨지고 있었다. 덧창 중 일부는 고장 나서 닫히지 않았고 일부는 처량하게 매달려 있었다. 셀리아는 물질적인 것을 중시하지 않았고 집을 가꾸는 취미는 더더욱 없었다. 너무 더럽지 않고 어느 정도 정리되어 있기만 하면 충분하다고 생각했다.

오스카와 비올레트는 모기장을 걷고 문을 밀어 젖힌 뒤 집 안으로 서둘러 들어왔다.

비올레트는 현관홀에서 옷걸이 아래쪽에 가방부터 내던졌다. 보기 싫은 누런 벽지를 바른 공간이었다. 도배를 새로 하기 힘들었기 때문에 셀리아는 걸 수 있는 물건을 있는 대로 다 벽에 걸어 벽지를 가렸다. 온갖 그림, 공연 포스터, 아이들의 사진, 아이들이 학교에서 그린 그림, 전 세계에서 받은 그림엽서 따위를 덕지덕지 붙여놓았던 것이다. 현관홀의 원래 모습을 알아볼 수 없을 정도였다. 거실 문 옆 구석에는 오랫동안 물을 주지 않은 것이 분명한 말라빠진 녹색 식물이 퇴색한 이파리 세 가닥을 천장에 달린 알전구를 향해 드리우고 있었다. 전구에 씌우려고 샀지만 결국 달지 않았던 예쁜 갓은 무용지물이 되어 있었다.

비올레트는 주방으로 뛰어갔다. 오스카는 꾸물대다가 엄마의 성가신 질문 공세에 시달리고 싶지 않아서 얼른 위층으로 올라갔다. 오늘 있었던 일을 있는 그대로 고해야 할지 말아야 할지 아직 마음의 결정을 내리지 못했다. 오스카가 방으로 막 숨어들어가려는 순간, 셀리아의 목소리가 들렸다.

"오스카? 위층에 있니?"

오스카는 눈을 질끈 감고 체념했다. 도살장에 끌려가는 심정으로 계단을 내려와 주방으로 갔다. 비올레트 누나는 벌써 엄마에게 별의별 이야기를 다 늘어놓고 있었다. 크레이프 냄새를 맡자, 오스카는 이런저런 걱정을 순식간에 잊어버렸다.

엄마가 돌아섰다. 엄마는 물처럼 맑고 묘하게 푸른 눈을 가린 길고 검은 머리채를 뒤로 넘겼다. 비올레트는 누나는 엄마의 눈을 그대로 물려받았다. 오스카는 아빠를 닮아 비교적 평범한 푸른 눈에 빨간 머리로 태어났다. 빨간 머리는 비올레트도 마찬가지였다. 엄마는 하이힐을 신고 사무실에서 입는 칙칙하고 단정한 투피스 차림 그대로였다. 시장에서 방금 돌아와 곧바로 간식부터 준비하고 있었던 모양이었다.

셀리아는 오스카가 주방으로 들어오는 모습을 보고 빙그레 웃었다.

"안녕. 그래도 방으로 내빼기 전에 엄마에게 뽀뽀부터 해야지?"

오스카는 급히 엄마에게 뽀뽀를 하고 누텔라 병을 붙잡고 늘어졌다. 셀리아의 얼굴에서 미소가 사라졌다.

"오스카, 나한테 뭐 숨기는 거 있지, 안 그래?"

셀리아는 오스카의 찢어진 바지와 흙투성이가 된 티셔츠를 뚫어져라 보고 있었다. 그녀는 딸과 아들을 번갈아 바라보고 걱정스럽게 물었다.

"무슨 일 있었니?"

"아무것도 아니에요. 그냥…… 학교에서 돌아오는 길에 넘어졌어요."

비올레트가 접시에 처박았던 고개를 번쩍 들었다.

"어머, 그래? 난 못 봤는데. 언제? 어디서?"

비올레트는 동생이 눈을 부라리는데도 신경 쓰지 않고 순진하게 말했다.

오스카는 누나가 자기를 놀리거나 곤란하게 할 생각이 전혀 없다는 것을 잘 알고 있었다. 하지만 지금은 누나 입에다 크레이프를 통째로 처박아주고 싶었다. 셀리아는 한숨을 내쉬고 비올레트에게 물었다.

"비올레트, 잠시 우리 둘만 있게 해주겠니? 엄마가 오스카랑 할 얘기가 있어서 그래."

엄마는 아무런 대답도 들을 수 없었다. 비올레트는 접시의 무늬를 관찰하느라 정신이 팔려서 무슨 얘기가 오가는지, 동생이 거짓말을 하든지 말든지 알 바가 아니었다. 엄마와 오스카가 고래고래 악을 쓴다고 해서 의자가 그 소리를 들을 수 없듯이, 비올레트 귀에는 아무것도 들리지 않을 것이다.

셀리아는 아들에게 다가가 눈을 똑바로 바라보았다.

"오스카, 무슨 일이 있었는지 말해줬으면 좋겠어. 엄마는 널 알아. 난 네 엄마고 아들이 뭘 감추고 있다는 것 정도는 얼마든지 알 수 있어. 벌써 몇 번째인지 모르겠지만 과학 잡지도 찾아냈고. 이제 벽장을 뒤져봤자 소용없을걸."

오스카는 글자를 읽을 수 있는 나이가 되면서부터 독서를 무척 좋아했다. 딱히 가리는 책은 없었지만 과학, 그중에서도 의학과 관련된 책이라면 말 그대로 집어삼키다시피 읽어치웠다. 의학은 언제나 오스카를 사로잡는 주제였다.

희한하게도 엄마는 오스카의 관심을 돌리기 위해 수단 방법을 가리지 않았다. 오스카를 감시하며 그런 책이 눈에 띌 때마다 납득할 만한 이유도 대지 않고 압수했다. 하지만 오스카는 고집불통이었고 모자의 대결은 갈수록 팽팽해졌다. 오스카는 엄마의 속내를 알아내는 것은 포기했지만, 이젠 열두 살이나 되었으므로 숨어서 책을 읽을 수 있었다. 게다가 밤에 이불을 뒤집어쓰고 회중전등 불빛으로 책을 읽는 데에는 선수가 다 되어 있었다. 오스카는 찾기 어려운 장소에 10여 권의 과학 전문 잡지를 숨겨두고 아무에게도 말하지 않았다. 벽에서 떨어져 나간 벽지 사이에도 몇 권 숨겨두었다!

오스카는 엄마를 좋아했고 엄마에게 뭔가를 숨겨야하는 처지가 슬펐다. 하지만 선택의 여지가 없었다. 과학에 대한 아들의 못 말리는 열정이나, 죽기 살기로 못하게 하는 엄마의 고집이나 설명이 안 되기는 둘다 마찬가지였다. 그건 자기 힘으로 어떻게 할 수 없는 문제였다.

오스카가 의자를 박차고 일어났지만 셀리아는 아들을 붙잡았다.

"아니, 꼼짝 말고 있어. 넌 아직 엄마 질문에 대답하지 않았잖아. 무슨 일이 있었어?"

"엄마, 제가 얼마나 좋아하는 잡지인데요! 어떻게 그럴 수가……."

"왜 안 되는데. 엄마는 얼마든지 그럴 수 있어. 잡지는 이미 쓰레기통에 버렸어. 이제 묻는 말에 대답이나 해봐."

셀리아는 단칼에 잘라 말했다.

오스카는 한숨을 쉬고 애원하는 눈빛으로 의자에 주저앉았다. 바로 그때, 몽상에서 깨어난 비올레트가 요구르트 덮개를 떼어내어 거기에 묻은 요구르트를 혀로 핥아먹지도 않고 바로 쓰레기통에 버렸다. 오스카는 인상을 찌푸렸다. 무사하기만을 기도했던 잡지는 아마 표지가 딸기 요구르트로 범벅이 되었을 것이다.

엄마가 닦달하자 오스카도 결심이 섰다. 소년은 기어들어가는 목소리로 말했다.

"저…… 학교에서 싸웠어요."

셀리아는 기가 차다는 듯 하늘을 쳐다보았다.

"왜 그랬는지 말해 볼래?"

"로넌 모스 때문에요."

오스카는 그렇게만 대답했다.

"설명이라고 하기엔 너무 간략하구나."

엄마는 냉담하게 대꾸했다.

"놈들이 스펜서를 괴롭히고 있었어요. 그래서 스펜서를 도와주려고 했어요."

셀리아가 한숨을 쉬었다. 그녀는 자기 아들을 너무 잘 알았다. 오스카는 거짓말을 못하는 아이였다. 거짓말을 하면 얼굴에 훤히 드러났다. 그리고 오스카가 부당한 일이나 비겁한 사람들을 그냥 지나치지 못한다는 점도 너무나 잘 알고 있었다. 사실 아이들을 그런 식으로 키운 장본인은 셀리아였다.

"펭귄 선생님이 지난주에 하셨던 말씀 잊었니? 우리 오스카, 넌 좀 더 커야겠구나. 쉬는 시간에 운동장에서 싸움이나 하고, 네 기분 내키는 대로만 행동해선 안 된다고."

"저도 알아요. 하지만 어쩔 수 없는 일이었다고요. 에이든은 아무에게도 말 못하고 그놈들에게 휘둘리고 있었어요. 담임선생님한테조차 말할 수 없었다고요!"

"그래, 알아, 엄마도 알아. 원래 그런 일은 '항상' 어쩔 수 없이 일어나는 거야. 하지만 2년 동안 넌 이미 한 번 학교를 옮겼지? 이런 일이 반복되면 네가 아무리 날고 긴다 해도, 네 능력이 아무리 뛰어나다 해도, 어떤 학교도 널 받아주지 않을지 몰라. 아무리 호감 가고 흥미로운 학생이라고 해도, 깡패 같은 녀석을 학교에서 받아주겠니? 무슨 말인지 알겠어?"

대답 없이 오스카는 고개를 숙였다. 자신이 깡패 같다는 생각은 한 번도 한 적 없었다. 선배들 말에 항상 동의하지는 않았지만 적어도 예의는 지켰고—그래, 사실 그렇지 않을 때도 많긴 했다—규칙과 질서를 따르는 데 조금 어려움을 겪을 뿐이었다. 절대로 악의가 있다거나 나쁜 의도를 가지고 저지른 일이 아니었다. 그저 호기심과 의욕이 지나쳐서 가끔 의무를 잊었을 뿐이다. 그러다 결국 야단을 맞으면 엄마가 예전에 했던 말이 기억나곤 했다. 엄마는 화가 머리끝까지 나서 이렇게 말했었다.

"너도 네 아빠랑 똑같구나! 어쩌면 그렇게 자기를 다스릴 줄 몰라!"

그 말을 들었을 때부터 오스카는 자기를 다스리려는 노력조차 덜 하게 됐다. 사실 그는 아빠를 닮았다는 사실에 자부심을 느꼈다. 아빠를 본 적조차 없기에, 오스카는 그 말에 더없이 애착을 느꼈다. 그런데 어떻게 아빠를 닮는 것을 단념하겠는가?

그는 자신의 머리를 쓰다듬는 손길을 느끼고 고개를 들었다. 엄마는 얼굴을 바짝 대고 아들에게 미소 지었다.

"분명히 말해두지만 엄마는 약한 친구들을 도와주는 네가 무척 자랑스러워. 온 세상 선생님들이 뭐라고 하든지 상관없어."

"아빠도 친구들을 도와줬겠죠?"

오스카가 눈을 빛내며 물었다.

셀리아는 아들을 꼭 안아주었다.

"그래, 네 아빠도 분명히 그랬을 거야. 엄마는 그렇게 믿어. 너는 아빠만큼 용감하고 너그러운 남자야. 엄마는 그것도 믿어 의심치 않아. 그래도 말이야, 엄마는 네가 정의의 사도 노릇만 하지 않았으면 좋겠어. 그러면 엄마 빨랫감도 좀 줄지 않겠니?" 셀리아는 오스카의 더러워진 옷을 보며 말했다. "너도 엄마가 빨래에 그다지 소질이 없다는 것쯤은 잘 알잖니?"

오스카가 발을 들어보았다. 하얀색이었던 운동 양말이 심하다 싶을 정도로 보라색으로 물들어 있었다.

"그럼요. 잘 알죠. 다행히도 청바지는 오래 입을 수……."

셀리아는 다른 데를 쳐다보는 척하더니 자리에서 일어났다.

"됐다. 학교에서 워낙 엄마를 좋아해서 자꾸 오라고 하는 거라고 생각할게. 잘됐어, 엄마는 펭귄 선생님을 좋아하거든. 지난주에도 만났지만 또 보고 싶었는데 잘됐지 뭐. 그동안 엄마가 뭔가 그럴싸하게 말을 지어내서 네가 정학당하지 않게 해볼게. 그럼 됐지 뭐."

오스카가 엄마를 보고 빙그레 웃었다.

"원하시면 그럴싸한 거짓말 만드는 건 제가 좀 도와드릴게요."

"아니, 고맙지만 됐구나. 가서 숙제나 하렴. 깨끗이 씻고, 새 기분으로 보자. 그러지 않으면 엄마는 동네 거지를 데려다가 밥을 먹이는 기분이 들 것 같아. 저녁 7시에 부르마. 위층에 올라가서 누나를 보거든, 그리고 만약 네 누나가 딴 세상에 가 있지 않거든 7시에 저녁 먹을 거라고 말해줘라. 뭐, 안 되면 하는 수 없고."

오스카는 주방에서 나와 금방 위층으로 올라갔다.

그는 엄마 방 문 앞을 지나 누나의 방 앞에 다다랐다. 문은 열려 있었고 방 안엔 아무도 없었다. 욕실 문 앞에도 가보았다. 수돗물 흐르는 소리, 욕조에서 물이 찰랑대는 소리가 들렸다. 오스카는 그 자리에서 물러났다. 누나에게는 나중에 얘기해줘도 괜찮을 것이다.

그는 방에 들어오자마자 문을 닫고 작은 책상 옆에 가방을 집어던진 뒤 계단을 타고 복층침대로 올라갔다. 벽을 절반 가까이 뒤덮은 포스터에서 스파이더맨의 눈 바로 아래가 그가 자는 곳이었다.

오스카는 매트리스에 걸터앉아 창밖으로 이웃집 정원을 내려다보았다. 뚱뚱보 윙즈 아줌마가 실내복 차림으로 머리에 헤어 컬을 잔뜩 단 채 장미 나무의 가지를 치고 있었다. 항상 데리고 다니는 미니어처 푸들 페기가 아줌마의 다리 사이를 뱅글뱅글 뛰어다녔다. 윙즈 아줌마가 잔디를 한 올 한 올 다듬는 것은 아닌지 의심스러울 정도로 그 집 정원은 완벽하게 관리되어 있었다. 그래서 바로 옆집인 오스카네 정원은 상대적으로 더 볼품없고 초라해 보였다.

오스카는 고개를 내밀고 경치를 감상했다. 페기는 아줌마가 입은 실내복과 같은 옷감으로 만든 애견용 옷을 입고 있었다. 그는 페기와 옷을 세트로 예쁘게 입었다고 윙즈 아줌마에게 한마디 하려다가 관두기로 했다. 마지막으로 아줌마와 얘기를 나눈 것은, 페기를 분홍색 물감통에 처박았다가 엄마의 강요에 못 이겨 사과했을 때였다. 그때 오스카는 페기를 아줌마의 가방 색깔과 똑같은 색으로 염색해보고 싶었다.

오늘 저녁엔 아줌마에게 허튼소리나 하는 대신 숙제에 매달리기로 마음먹었다. 학기 말인데도 학생들이 게을러질 수 없게끔 펭귄 선생님은 숙제를 잔뜩 내주었다. 숙제를 끝마치려면 꽤 많은 시간을 할애해야만 했다.

마지막 숙제까지 끝내고 나서 오스카는 서둘러 매트리스 아래에 손을 집어넣었다. 침대 밑판과 시트 사이를 뒤져서 작은 사진첩을 꺼냈다. 매일 저녁 집으로 돌아와서, 혹은 구석에 처박혀 숨을 돌릴 때마다 무릎 위에 쿠션을 깔고 이 사진첩을 넘겨보곤 했다. 이 시간이 오스카에게는 일종의 보상이자, 은밀하고도 빼놓을 수 없는 기쁨이었다.

그는 엄마, 누나 그리고 자신이 찍힌 사진들을 재빨리 넘기고 늘 그랬듯이 사진 한 장에 유독 오래 시선을 주었다. 어깨가 떡 벌어지고 빨간 머리를 아주 짧게 친 남자의 사진. 셔츠 단추를 풀어헤치고 버뮤다 팬츠를 입은 남자는 정원 의자에 앉아 호탕하게 웃고 있었다. 검은 머리를 길게 늘어뜨린 젊은 여자가 남자를 뒤에서 껴안고 활짝 웃고 있었다. 사진 속의 남녀는 행복해 보였다. 여자는 임신 중인 듯했다. 그들 바로 옆에는 유모차의 바퀴 두 개가 보였다.

오스카는 사진을 손가락으로 어루만지며 나지막이 속삭였다.

"안녕, 아빠."

그는 사진 속 아빠가 무슨 신호라도 보내길 기다리듯 잠시 가만히 있었다. 그러고는 다시 입을 열었다.

"오늘은 학교에서 소동이 조금 있었어요…….." 오스카는 사진이 자기 말을 알아듣기를 기다렸다가 계속해서 말했다. "누구랑 좀 싸웠는데 제가 일부러 그런 건 아니었어요. 아빠도 어쩌다 그렇게 될 수도 있다는 거 이해하시죠? 피가 좀 났는데 손으로 쓱 만졌더니 금세 아물었어요. 전에도 몇 번 그랬잖아요. 그리고 아까 비올레트 누나가 다쳤을 때에도 똑같은 일이 일어났어요. 엄마한텐 말하지 않았어요. 엄마는 그런 얘기 싫어하잖아요. 생물학 잡지도 싫어하고……. 솔직히 엄마가 왜 그러는지 이유는 모르겠지만 굳이 알려고 하지 않을래요. 하지만 그 책은 과학 전문지라고 하기도 뭐하다고요. 어떻게 말해야 할지 모르겠는데……."

소년은 정말로 대답을 기다리는 것 같았다. 아빠의 대답을 간절히 바란 나머지 매일 저녁 오스카는 조금 실망하기도 했다. 그냥 사진일 뿐이었지만 언젠가 아빠가 어떤 식으로든 답을 줄 것만 같았다. 가끔씩 자기 자신을 통제하지 못하고 행동할 때마다, 아빠가 왠지 자신을 조종하는 것 같다고 생각하기도 했다. 자기 안에 있는 아빠가 그의 행동과 발길을 인도하고 그와 함께 결정을 내리는 것 같았다. 어쩌면 그래서 엄마가 그에게 아빠를 똑 닮았다고 하는지도 모른다! 어쨌든 그렇게 믿으면 마음이 편했다.

"오스카?"

오스카가 침대에서 퍼뜩 몸을 일으켰다. 누나의 목소리였다.

"왜?"

그는 짜증스럽게 물었다.

"혼자 뭐라고 중얼대는 거야? 다 들었어, 네 목소리!"

"책가방하고 얘기한다, 왜?"

"어머, 너도? 책가방이 대답하디? 내 책가방은 대답이 없지만 그래도 난 계속 말을 걸어보고 있어! 그런데 나 들어가도 돼?"

오스카가 투덜대며 마음대로 하라고 하자 비올레트가 방문을 열었다. 그녀는 한 발짝 들어와 놀란 눈으로 주위를 둘러보았다.

"어…… 오스카?"

"나 여기 있어."

오스카가 침대 위에서 대꾸했다. 비올레트는 책상 위쪽에 있는 침대를 쳐다보았다. 오스카는 사진첩을 베개 밑에 감추고 누나를 보려고 몸을 내밀었다. 그리고 그제야 왜 누나 목소리가 살구씨를 입에 물고 말하는 것처럼 괴상하게 들렸는지 비로소 알았다.

비올레트는 쓰고 있던 잠수용 마스크를 이마 위로 젖히고 입에서 대롱을 뺐다. 머리칼에서 물이 뚝뚝 떨어졌다. 비올레트는 옷자락으로 얼굴을 문질러 닦았다.

"우리 곧 바다에 가잖아, 잊었어? 세면대와 욕조에서 연습 좀 해봤지. 정말 재미있어. 내가 꼭 물고기가 된 것 같아. 물고기는 물속 공기를 마시고 나는 물 밖의 공기를 마시니까 사실은 정반대 입장이지만 말이야. 엄마한테는 말하지 마, 알았어? 깜짝 놀라게 해드릴 거야."

엄마를 깜짝 놀라게 할 일이란 욕조에서 물이 넘쳐 물바다가 되는 것이겠지, 라고 오스카는 생각했다. 욕실 바닥을 물웅덩이로 만들어놓고 세면대에 머리를 처박은 누나의 모습을 상상하자 자기도 모르게 웃음이 나왔다.

"책가방 얘기도 엄마에겐 하지 않는 편이 좋겠지?"

비올레트는 동생과 비밀을 공유하는 게 기쁜 듯 넌지시 말했다. 사물들과 이러쿵저러쿵 대화를 나누는 것이 요즘 비올레트가 재미를 붙인 새로운 취미였다. 오스카도 누나의 말에 동의했다.

"응. 누나 말이 맞아. 엄마에겐 아무 말도 안 하는 게 좋겠어."

비올레트는 치아교정기를 활짝 드러내며 웃었다. 이렇게 오누이가 외계인 같은 대화를 주고받고 있을 때, 아래층에서 엄마 목소리가 들렸다.

"얘들아, 밥 먹어라!"

"오늘은 뭐예요?"

비올레트가 목청이 터져라 소리 질렀다.

"음, 알아맞혀보자. 늘 그렇듯이 다진 고기 스테이크랑 감자튀김 아닐까……"

오스카가 중얼거렸다.

셀리아가 계단 난간 아래로 고개를 내밀고 의기양양하게 외쳤다.

"너희가 제일 좋아하는 메뉴지. 감자튀김과 다진 고기 스테이크!"

"아, 틀렸다. 맞긴 맞았는데 순서가 바뀌었네."

오스카는 침대에서 내려오며 시큰둥하니 말했다. 비올레트는 부루퉁해져서 대롱을 다시 입에 물고 말했다.

"배바보프비바는거가타(배가 고프지 않은 것 같아)."

몇 시간 전, 이 도시에서는…….

임무

　베레니스 위더스는 맹렬한 폭풍우 따위는 전혀 의식하지 않는 것처럼 보였다. 그녀는 잿빛 우비로 몸을 감싸고 맞바람도 느끼지 못하는 듯 한 발 한 발을 확고하게 내딛었다. 에나멜 모카신은 물웅덩이에도 끄떡없었고 스타킹은—한여름에 웬 스타킹!—다리에 물이 직접 튀지 않게 막아주었다. 두 손으로 꼭 쥔 우산이 열 번, 아니 백 번은 족히 빙빙 돌아갔다. 그녀는 잠시 멈춰 서서 모자를 고쳐 쓰고 삐져나온 백발 한두 가닥을 매만졌다. 그러고는 주위를 둘러보고 다시 결연하게 걸음을 옮기기 시작했다.

　"부인, 어서 어디로 들어가시는 게 좋겠어요! 그러다 이 고약한 날씨에 날아가실지도 몰라요!"

　위더스 부인이 고개를 들고 비로 얼룩진 안경 너머로 키 큰 경찰관 한 사람을 알아보았다. 경찰관은 인사를 하려고 우비에 붙은 모자로 손을 뻗었지만, 비바람에 날아갈 뻔한 모자도 겨우 붙잡고 있는 상황이었다. 부인은 웃음이 터질 뻔했지만 간신히 부드러운 미소만 지어 보였다. 경찰관은 샤워기 밑에서 물을 뒤집어쓰고 있는 듯한 꼬락서니였다. 걸음걸이도 불안하기 짝이 없었다. 물이 줄줄 흘러내리는 크고 발그레한 코와 휘둥그레진 두 눈을 보니 그가 방금 한 말이 실감났다. 과연 고약하기 이를 데 없는 날씨였다. 위더스 부인은 차분하게 말했다.

"고맙지만 괜찮아요. 제가 알아서 갈 테니까 걱정하지 말아요."

경찰관은 안경알 너머에서 번득이는 초록빛 홍채를 뚫어져라 바라보았고, 순간적으로 부인이 윙크를 한 것 같다고 생각했다. 위더스 부인은 악어가죽 핸드백을 고쳐 들고 손끝을 까딱하며 경찰관에게 인사를 보낸 뒤, 프릴 장식이 달린 우산을 쓰고 총총걸음으로 사라졌다.

몇 미터쯤 더 갔을까, 위더스 부인이 손목시계를 흘끗 보았다. 벌써 오후 3시 20분이었다. 자그마한 노부인은 매혹적인 미소를 거두고 눈살을 찌푸렸다. 이렇게 지체하다 또다시 순찰을 도는 경찰관을 만나면 약속 시간에 늦고 말 것이다.

그 약속에는 아무도 늦어서는 안 되었다.

더구나 오늘은 더더욱 그럴 수 없었다. 최고위원회의 긴급 전갈을 받고 나온 참이 아닌가. 그녀가 제대로 이해했다면 단 일 초도 허비해서는 안 될 것이다.

위더스 부인은 물웅덩이와 자동차들을 민첩하게 피해 한결 조용한 주택가로 들어섰다. 칙칙한 잿빛 건물들과 큰길에 늘어선 얼룩덜룩한 진열창들이 사라지고, 보기 좋게 늘어선 예쁜 저택들과 거기에 딸린 관리가 잘 된 정원들이 나타났다. 하늘도 차분해지고 비도 아까보다 고르게 내리는 듯했다.

위더스 부인은 걸음을 재촉했다. 그녀는 웅장한 베이지색 석조 저택의 철창 대문 앞에 이르러서야 겨우 발걸음을 멈추었다. 지붕이 평평한 그 집은 길 건너편의 공원을 바로 마주하고 있었다.

빗물이 줄줄 흘러내리는 대리석 문패에서 검정색 글자로 씌어 있는 두 단어를 읽을 수 있었다.

쿠미데스 서클

부인은 고개를 돌렸다. 공원은 한산했다. 간이 매점 지붕 밑에서 한 남자가 비가 잦아들기를 기다리고 있을 뿐이었다. 그 남자는 다른 곳을 보고 있었다. 위더스 부인은 경계하는 눈초리로 망설이다가 일단 집 앞으로 지나가고 남자가 자리를 뜨면 다시 돌아오기로 마음먹었다. 쿠미데스 서클에 드나드는 모습이 남의 눈에 띄지 않게 조심해야했기 때문이다. 부인은 저택의 커다란 창들을 올려다보았다. 커튼은 죄다 드리워져 있었다. 그녀는 이 신호가 무엇을 뜻하는지 알고 있었다. 블루파크 애비뉴에서 처음으로 이 신호를 본 것이 벌써 13년 전의 일이었다. 그날 이후로 이 집 창문에는 늘 커튼이 걷혀 있었다.

위더스 부인은 간이 매점에 서 있던 남자를 조심스럽게 훔쳐보았다. 이제 그는 가고 없었다. 애석하게도, 낯선 남자의 행방을 찾아 광장까지 쫓아갈 시간은 없었다. 부인은 우산을 접고 현관 계단을 부리나케 올라갔다. 문 앞에서 그녀는 'W. B.' 라는 이니셜이 새겨진 반짝거리는 문패를 살짝 어루만지고 초인종을 눌렀다.

"안녕, 본즈."

"안녕하십니까, 위더스 부인."

저택의 집사가 진지한 말투로 대답했다.

베레니스 위더스는 외투와 장갑을 벗어서 본즈에게 건넸다. 커다란 검정색 대리석 타일로 장식된 홀에도, 웅장한 계단에도 사람은 보이지 않았다. 노부인은 조그마한 목소리로 물었다.

"다른 사람들은 다 왔나요?"

"네, 부인. 모두 와 계십니다."

위더스 부인이 외투를 벗고 가방과 우산을 내려놓자, 집사는 그녀가 초록색 벨벳과 같은 색의 비단 안감으로 된 케이프를 걸치는 것을 도와주었다. 위원회에 참석할 준비를 마친 부인은 본즈에게 생긋 웃었다.

"회의는 어디서?"

본즈는 침을 삼키더니 망설이면서 대답했다.

"노란 응접실입니다, 부인."

위더스 부인이 허공을 쳐다보았다.

"세상에 이런 일이, 본즈, 윈스턴 브레이브가 정말로……."

집사가 부인의 말을 가로막았다.

"네, 부인. 주인 나리께서도 부인의 조류 알레르기 문제를 언급하셨습니다만, 그래도 신중하려면 그곳이 회의 장소로 적합하다고 하시더군요."

말을 하면서 집사는 문짝에 비스듬히 난 창구멍 너머를 살폈다. 그 역시 저 멀리 비가 퍼붓는 광장을 불안한 눈으로 바라보았다. 위더스 부인은 고개를 끄덕거렸다.

"누가 우리를 감시하는 것 같더군요."

"그 남자는 정오부터 간이 매점 아래서 진을 치고 있었습니다."

"우리가 이 집에 들어오는 걸 봤을까요?"

"아닙니다. 위원 중에서 세 분은 지하 통로를 통해 들어오셨고 한 분은 하인들만 드나드는 뒷문으로 오셨습니다."

위더스 부인이 어깨를 으쓱했다.

"뒷문이라니! 아마 안나 마리아겠지?"

본즈는 그냥 웃기만 했다.

"물어볼 것도 없지. 안나 마리아는 연예인처럼 요란한 차림으로 뒷문으로 들어오면서도 감시나 미행 걱정은 조금도 안 할걸!"

본즈가 고개를 숙였다.

"회의실로 모셔다드리겠습니다, 부인."

"아니, 그럴 필요 없어요. 나도 길은 아니까."

그녀는 한숨을 쉬었다.

"본즈, 그럼 이제 우리들의 친구에게 가봅시다. 나도 선택의 여지가 없으니."

"굳이 그렇게 하고 싶으시다면……."

집사는 이중으로 된 문을 열어주며 그렇게 대꾸했다.

"본즈, 아까 그 수수께끼의 남자가 광장에서 뭘 하고 있는지 좀 더 감시해주겠어요? 그냥 잠시 비를 피하던 사람일지도 모르지만 혹시 모르니……."

본즈는 아무 말 없이 고개를 끄덕이고 작은 원탁으로 다가갔다. 그가 원탁에 놓인 은잔의 손잡이를 돌리자 한쪽 벽이 스르르 열렸다. 집사가 그 안으로 들어가자 벽은 다시 마법처럼 원래 자리로 돌아갔다.

위더스 부인은 거실에 들어서자마자 문을 조심스레 닫고 은은한 빛이 감도는 공간으로 걸어 들어갔다. 벽시계의 똑딱똑딱 소리에 박자를 맞춰 걷다가 푹신한 초록색 벨벳 소파를 옆으로 돌아서 지나쳤다. 직사각형 바닥 전체에 깔린 양탄자가 그녀의 발소리를 흡수했다.

부인은 벽난로로 다가가 초록빛을 머금고 타닥타닥 타오르는 불길을 잠시 바라보았다. 윈스턴 브레이브는 계절과 밤낮을 가리지 않고 항상 이 벽난로에 불을 피워두게 했다. 그는 이 불을 쿠미데스 서클의 영원한 불꽃이라고 부르곤 했다. 위더스 부인은 푹신한 쿠션에 기대어 여유롭게 티타임을 즐기던 한때를, 참으로 평화롭고 고즈넉하던 그들의 대화를 추억했다. 부인은 마음을 다잡고 다시 생각했다.

'감상은 집어치워. 이젠 그럴 때가 아니잖아.'

그녀는 목에서 동그란 보석 펜던트가 달린 기다란 목걸이를 풀었다. 그리고 바로 옆에 있는 서랍장을 열고 알루미늄처럼 빛나는 장갑 한 짝을 꺼냈다. 부인은 오른손에 장갑을 끼고 펜던트를 난롯불 속으로 집어넣었다. 불에도 타지 않는 장갑 덕분에 그녀가 찾는 것을 벽난로 안쪽 벽면에서 찾을 수 있었다. 매끈한 벽면에 튀어나와 있는 돋을새김―돌에 새겨진 M자―이 손끝에 만져졌다. 펜던트로 돋을새김을 누른 후, 손을 벽난로에서 도로 뺐다. 바로 그 순간, 거실 모서리에서 둥근 벽의 일부가 스르르 돌아갔다.

위더스 부인은 장갑을 벗어서 다시 서랍장에 넣고 비밀 출구를 향해 걸어갔다.

안에 들어서니 완벽한 원기둥 모양의 공간이 나타났다. 이 집 건물의 한쪽 모서리를 이루는 작은 탑에 해당하는 공간이었다. 이 괴상한 탑에는 창문이 하나도 없었다. 노부인이 들어가자 벽이 다시 닫히고 그곳은 완벽한 밀실이 되었다.

베레니스 위더스는 펜던트 목걸이를 다시 목에 걸고 실내를 유심히 바라보았다. 작은 원기둥 모양의 공간에는 거의 아무것도 없었다. 벽을 이루는 노란 천과 똑같은 재질로 씌운 의자 하나가 한쪽 구석에 놓여 있고 방 한복판에는 새장 하나가 받침돌 위에 놓여 있을 뿐이었다. 새장에 있는 카나리아도 방과 똑같은 노란색이었다.

노부인은 한숨을 쉬며 손수건을 꺼내 코를 막았다. 그리고는 새장에 다가가 횃대에 앉아 꼼짝도 하지 않는 카나리아를 관찰했다.

"안녕, 빅터."

카나리아가 신경질적으로 짹짹댔다.

'뭐야, 아까는 경찰관이 뭐라고 하더니 이젠 새까지.'

위더스 부인은 억지로 웃어 보였지만 카나리아는 그녀의 미소를 무시했다. 저놈의 새를 확 잡아서 벽난로에 처넣어 꼬치구이를 만들어버리고 싶었지만 그럴 수는 없었다. 그녀에겐 그 새가 필요했고 다른 이들이 그녀를 기다리고 있었다. 사실 빅터를 벽난로에 처넣었다가는 그 녀석 안에 있는 다른 위원들까지 위험해질 수 있었다……. 위더스 부인은 벽에 기댄 채 카나리아를 정면으로 노려보며 정신을 하나로 모았다. 그녀는 숨을 깊이 들이마신 후, 눈을 크게 뜨고 가느다란 새장 창살을 향해 돌진했다.

눈 깜짝할 찰나, 빅터가 횃대에서 멍하니 비틀거렸다. 깃털 몇 가닥이 주위에 날렸다.

이제 방 안에는 빅터뿐이었다.

"아, 그래도 결국 오셨네!"

까치집 머리를 한 말라빠진 청년이 외쳤다. 그는 잠시도 가만있지 못하고 자리에 앉아 다리를 떨고 있었다.

베레니스 위더스는 대답 대신 몸을 일으키고 재채기를 했다. 그녀는 옷의 주름을 펴고 어깨에 걸친 케이프를 똑바로 했다. 탁자에 둘러앉은 다섯 사람도 그녀와 똑같은 케이프를 두르고 있었다.

"끝내 오시지 않는 건 아닌가 생각했어요. 우리보다 카나리아랑 할 얘기가 더 많았다는 말씀은 하지 마세요, 베레니스."

탁자에 앉아 있던 두 여자 중 한 명이 장난기 어린 미소를 지으며 말했다. 위더스 부인도 그녀에게 웃어 보였다.

"귀여운 모린, 잘 알면서 그래. 새 깃털 알레르기 때문에 아주 죽겠다니까."

"자! 자! 이런 걸로 하루를 잡아먹을 건가요? 알레르기 약을 복용하시면 다 해결될 일이잖아요!"

앨리스테어 맥쿨리가 외쳤다.

위더스 부인은 청년의 말을 무시했다. 그녀는 앨리스테어를 매우 잘 알았다. 성질 급하고, 소란스럽고, 질서와 규칙은 발가락의 때만큼도 생각지 않는 젊은이. 하지만 앨리스테어처럼 한결같이 충성스러운 청년도 없었다. 그래서 위더스 부인은 앨리스테어를 고인이 된 그의 부친 만큼이나 높게 평가했다(비록 그의 부친은 말년에 분별력을 잃기는 했지만 말이다).

탁자 끄트머리에 앉은 남자가 끼어들었다. 그의 음성은 걸걸하고 진 중했다.

"진정하게, 앨리스테어. 우린 아직 본론에 들어가지도 않았는데 자네는 벌써 지나치게 흥분했어."

위더스 부인이 회의의 주재자로 보이는 남자와 공모자 같은 시선을 주고받았다. 그는 정중하게 인사를 건넸다.

"안녕하십니까, 베레니스."

윈스턴 그레이브는 키가 몹시 크고 안락의자가 비좁아 보일 만큼 풍채가 좋은 사내였다. 그는 말을 할 때에도 대단히 인상적이었다. 그의 말이 떨어진 후에는 언제나 침묵이 뒤따랐다. 그는 잘생긴 얼굴과 다부진 턱을 감싸는 검은 구레나룻을 기계적으로 매만지면서 얇은 안경을 탁자에 내려놓았다. 새까만 눈과 머리칼은 전나무를 연상시키는 초록빛 옷과 대조를 이루었다. 케이프 밑단의 금실 자수가 빛을 받아 은은하게 반짝거렸다. 위더스 부인은 그의 오른손에서 금빛 원에 갇힌 M자 펜던트를 보았다. 그 펜던트가 다른 위원들의 펜던트와 다른 점은 가운데에 에메랄드가 박혀 있다는 것뿐이었다. 에메랄드 펜던트와 금실 자수를 넣은 케이프, 메디쿠스의 그랜드 마스터에게만 허락된 것들이었다.

위더스 부인도 오른손을 자신의 펜던트에 가져갔다.

"안녕하세요, 윈스턴. 내가 좀 늦었네요. 날씨에 발목을 잡혀서…… 게다가 경찰이 날 도와주겠다고 나서지 뭐예요."

그러자 지금까지 아무 말도 않고 있던 한 남자가 처음으로 입을 열었다.

"그래요, 베레니스 위더스가 여기 오느라 얼마나 힘들었는지, 늦어서 얼마나 미안한지 시시콜콜 얘기하고 나면 아마 그때는 오늘의 안건에 대해 토론을 할 수 있겠군요."

플레처 웜은 작고 날카로운 목소리로 차분하게 말하면서도 입가에 미소를 머금고 맞은편의 그랜드 마스터에게서 눈을 떼지 않았다.

위더스 부인은 대꾸하지 않기로 작정하고 고개를 숙였다. 웜의 왼쪽에는 다소 과하지만 세련되게 화장을 한 오십대 여자가 정신을 빼놓고 멍하니 앉아 있었다. 그녀는 물감통 위에 쌓아올린 적갈색 크림뭉치 같은 거대한 가발의 머리채 한 가닥을 손가락으로 배배 꼬고 있었다.

"안녕, 안나 마리아."

베레니스 위더스는 별 기대 없이 인사를 건넸다.

이 말만 듣고도 안나 마리아 룸피니 백작부인은 소스라치게 놀랐다. 분홍색으로 칠한 그녀의 눈꺼풀이 깜박거렸다. 그녀는 다섯 명의 외계인을 방금 마주친 것처럼 멍한 얼굴을 다른 사람들에게로 돌리고는─그녀의 폭주하는 상상력을 감안하면 있을 수 없는 일도 아니었다─그제야 위더스 부인을 알아보았다.

"베레니스, 이제야 오셨군요! 모두들 기다리고 있었어요! 이제는 시작할 수 있겠지요?"

위더스 부인은 고개를 끄덕였다. 언제나 알록달록하게 화장을 하고 다니는 이 괴짜 귀족 여인이 생존해 있는 가장 위대한 메디쿠스 중 한 사람이라는 사실을 도무지 믿을 수 없었다. 그녀는 식물성 유기체에도 들어갈 수 있는 소수의 능력자 중 한 명이었다. 뛰어난 능력과 자질을 인정받아 위원 자격을 얻은 다른 다섯 명의 메디쿠스 중에서도 안나 마리아에게 필적할 사람은 위더스 부인이 알기로 윈스턴 브레이브 한 사람뿐이었다.

모린 주베르는 소년처럼 짧게 친 금발을 손으로 넘기며 웃음을 참으려 했다.

"안나 마리아, 당신 말씀이 옳아요. 우리가 있어야 할 때, 있어야 할 자리에 없으면 그건 큰일이지요."

"이제 모두 모였으니까…… 혹은, 모두 돌아왔으니까." 윈스턴은 이 말을 덧붙이며 백작부인의 갈기 같은 붉은 가발을 흘끗 바라보았다. "우리도 회의를 재개하고 핵심으로 들어갈 수 있겠군요. 친애하는 위원 여러분, 오늘 아침 일어난 일입니다." 그는 단어 하나하나에 힘을 주어 선언했다. "라즐로 스카스데일이 몽누아르를 탈출했습니다."

위원회는 대경실색했다. 찰칵, 하고 금속이 부딪히는 소리에 모린 주베르가 소스라치고 앨리스테어 맥쿨리는 자리에서 벌떡 일어났다. 안나 마리아가 너무 놀라서 분첩을 세게 닫아버린 것이었다.

"뭐…… 뭐라고? 누가? 탈출? 어떻게요?"

안나 마리아가 허옇게 분을 날리며 더듬더듬 물었다.

플레처 웜은 장갑을 낀 손으로 안나 마리아의 손을 잡았다. 그는 이렇게만 말했다.

"조용히 계세요."

백작부인은 손가락으로 냉기가 흘러들어오는 것을 느끼고 얼른 손을 뿌리쳤다. 웜이 옅은 푸른색 눈동자로 윈스턴 브레이브를 쳐다보았다.

"계속 말씀하시지요, 윈스턴. 좀 더 자세히 말씀해주실 수 있나요, 그…… 비극에 대해서?"

위더스 부인이 윔을 곁눈질로 훔쳐보았다. 저 반짝거리는 눈을 보건대, 그녀는 윔이 사실은 이 일을 비극으로 생각하지 않는다고 장담할 수 있었다. 부인도 마음속으로는 그를, 메디쿠스에 대한 그의 맹세를 믿고 있었지만, 이 두 사람 사이에는 항상 어떤 벽이 존재했다.

윈스턴 브레이브가 자리에서 일어나 위원들을 한 사람씩 둘러보고는 다시 말을 이었다.

"담당 간수가 없어지고 감방은 비어 있었소."

"누가 침입해서 탈출을 도운 흔적은 없었나요?" 언제나 핵심을 정확히 지적하는 모린이 물었다. "창살이 부서졌다든가, 침대 밑에 구멍이나 비밀 통로가 있다든가?"

"아무것도 없었소. 아무것도 못 찾았다고 하오. 감방은 이미 바닥부터 천장까지 이 잡듯 뒤졌소."

"공범이 감옥에 잠입했을 가능성은요?"

앨리스테어가 물었다.

"면회는 일절 허용되지 않았소."

그랜드 마스터가 대답했다. 위더스 부인은 윈스턴 브레이브를 잘 알았다. 그의 말은 한 마디 한 마디 무게 있게 울리며 다음에 이어질 말에 기대를 품게 했다.

"그럼 감옥에선 뭘 발견했나요? 뭔가 확실히 찾은 건 없어요?"

"요새 외부에서 간수의 시신을 찾았소. 그리고 또 하나, 정어리 통조림 캔이 발견되었소."

위더스 부인이 무슨 일이 일어났는지 이해하기까지는 그리 많은 시간이 걸리지 않았다.

"뻔하군요. 배식 쟁반에 정어리 토막을 올려놓고 그 안에 숨었겠네요."

"탈출을 하기 위해 신체 잠입을 시도했다?"

웜이 놀랍다는 듯이 물었다.

"파톨로구스가 동물 유기체로 침입하는 것을 막기 위해, 감옥에서 배식할 때는 잘게 다진 음식물만 제공하는 줄 알았는데요!"

모린도 깜짝 놀랐다.

"놈은 소포로 그 정어리 통조림을 받았을 거요. 간수가 부주의하게 그걸 통과시킨 게지."

윈스턴이 대답했다.

"세상에! 윈스턴, 당신이 우리를 불러 모은 이 고약한 카나리아의 위장도 모자라서 정어리라니요! 생각만 해도 심장이 벌렁벌렁하네요. 아, 이봐요, 정말이지 이 '끄음찌익한' 새의 소화기관에서 모여야만 했던 거예요?"

안나 마리아가 큰소리로 말했다.

"이렇게 심각하고 은밀한 사안을 다루려면 어쩔 수 없었소. 노란 응접실만큼 안전한 곳은 없으니까. 최대한 빨리, 대대적으로 위험을 알려야 합니다. 여러분은 정보망을 신속하게 가동해서 전 세계가 최상의 경계 태세에 들어갈 수 있도록 해주시오. 스카스데일이 풀려났으니 그늘 속에 숨어 있던 놈의 협력자들이 곧 합류하겠지요. 이제 곧 놈이 체포당하기 전과 마찬가지로, 우리는 강력한 적과 싸워야 할 겁니다."

"어둠의 왕자를 가둘 게 아니라 숨통을 끊어놓았으면 이런 일도 없었지."

웜이 안타깝다는 듯 내뱉었다.

위더스 부인은 침묵했다. 그녀는 웜의 수작에 놀아나지 않을 것이다. 웜이 노리는 것은 단 한 가지, 위더스 부인의 반응이었다. 어쨌든 오늘은 웜과의 얘기가 중요한 게 아니었다. 그녀는 웜을 곁눈질했다. 희끗희끗해지는 것을 알아차릴 수 없도록 아주 짧게 친 머리칼, 이마에서 이어지는 길고 곧은 콧날, 귀를 향해 길게 찢어진 가는 눈. 과연 그는 예전과 조금도 변함이 없었다. 외모도 그대로, 성격도 그대로였다.

윈스턴 브레이브가 한층 더 힘차게 말했다.

"지나간 일은 다시 거론하지 맙시다. 이제 여러분은 우리가 해야 할 일을 아시겠지요. 전 세계의 메디쿠스가 함께 얘기하고, 정보를 교환하고, 위험을 감시하며, 서로 힘을 합쳐 앞으로 나타날 괴물을 상대해야 할 겁니다."

그랜드 마스터가 일어났다. 다른 위원들도 그를 따라 일어났다.

"긴급 지령 체제로 가는 수밖에 없습니다. 우선, 우리 세계는 물론이고 다섯 우주 전체에 경비 인력을 늘려야 합니다. 플레처가 이 일을 맡아주십시오. 모린, 당신은 각각의 동맹과 국가에 실제로 힘을 쓸 수 있는 메디쿠스가 몇 명이나 되는지 조사해주시기 바랍니다. 안나 마리아와 앨리스테어는 메디쿠스들의 연락 체계를 재정비해야 합니다."

"즉시 시행하겠습니다. 우리는 승리할 겁니다!"

앨리스테어가 외쳤다.

그랜드 마스터는 한 사람 한 사람에게 눈길을 주고 나서 엄숙한 목소리로 말했다.

"13년 전, 우리는 이런 암울한 시간을 맞지 않으려고 온갖 대책을 강구했었습니다. 우리가 실수했습니다. 우리는 평화를 간절히 바랐기 때문에 앞을 보지 못했습니다. 평화에 취해 잠이 들었던 겁니다. 이제 깨어나야 합니다, 여러분. 또한 우리의 주변도 깨워야 합니다. 우리가 스카스데일을 다시 잡아들인다면 전 세계에 공헌하는 자랑스러운 일을 해내는 셈이 되겠지요."

모두 조용히 그 말에 동의했다. 안나 마리아 룸피니조차 흥분을 추슬렀고, 앨리스테어는 부글부글 끓어오르는 속마음을 다스리느라 안간힘을 썼다.

"신중해야 합니다. 스카스데일과 그 졸개들이 우리를 공격하려고 하는 중이겠지만…… 적어도 아직은 아닙니다."

모린 주베르는 평소와 같이 조심스러운 태도로 맨 먼저 자리를 떴다. 아마 그녀는 벌써 자신의 임무에 정신이 팔려 있었을 것이다. 웜은 다른 위원들에게 목례를 하고 윈스턴 브레이브에게 가식적인 미소를 지었다. 그는 위더스 부인에게는 눈길만 한 번 주고 케이프 깃을 올려 창백한 얼굴을 가린 채 방에서 나갔다. 앨리스테어 맥쿨리와 안나 마리아 룸피니가 어떻게 함께 행동할 것인가에 대해 열띤 토론을 나누며 그 뒤를 따라 나갔다.

위더스 부인이 제일 마지막으로 나섰다. 그녀가 문을 밀고 나가려는데 윈스턴 브레이브가 그녀를 불러 세웠다.

"베레니스, 잠깐만요. 우리가 할 이야기가 좀 있는데…… 우리 둘이서만 할 수 있는 이야기입니다."

"문을 좀 닫아주시겠습니까?"

위더스 부인은 군말없이 조심스레 제자리로 돌아왔다.

윈스턴 브레이브는 창문으로 몸을 내밀었다. 그는 거대한 창고 안에서 산더미 같은 곡물이 컨베이어 벨트를 타고 돌아가고 한편에서는 탱크마다 노르스름한 액체가 가득 차는 모습을 내려다보았다. 괴상하게 생긴 사람들이 부산스럽게 오갔다. 정신없는 벌집 같은 모습이었다.

"이 새는 영양 과잉이군요. 본즈에게 말해둬야겠어요."

윈스턴은 혐오스럽다는 듯이 말했다.

그는 몸을 일으키면서 잠시 움찔했다가 잽싸게 창턱을 잡고 균형을 잡았다. 그들이 있는 공간이 다시 쪼그라드는 바람에 넘어질 뻔했던 것이다.

"안나 마리아 말마따나 노란 응접실은 전혀 편안하지가 않다니까요. 우리 앉을까요?"

두 사람을 탁자 양 끝에 서로 마주보고 앉았다. 위더스 부인이 먼저 말문을 열었다.

"그를 다시 찾아내지 못할 거예요, 그렇지 않나요, 윈스턴? 당신도 잘 알고 있을 텐데요."

그랜드 마스터는 잠시 생각에 잠겼다가 이렇게 대답했다.

"당신 말씀이 옳아요. 굉장히 힘들어질 겁니다. 바로 그 때문에 우리가 빨리 움직여야 합니다, 베레니스."

"우리?"

"그래요, 우리가요. 당신과 내가 말입니다. 아시다시피, 당신은 내가 누구보다 믿는 사람이지요. 우리 중에서 가장 경험이 풍부하고 노련한 분이기도 하고요. 플레처 웜을 제외하면 ……."

브레이브는 말을 다 맺지 않았다. 그러고서 다시 입을 열었다.

"지금 제가 맡기려는 임무는 당신만한 적임자가 없습니다. 게다 가……."

그는 주위를 흘끗 둘러보았다. 신중을 기하고 싶었던 것이다.

"다른 위원들도 모두 빼어난 메디쿠스들입니다만 저마다 한 가지씩 약점이 있지요. 그런데 제가 맡기려는 임무는 강인하고 끈질긴 인물이 아니면 감당할 수 없습니다."

"잘 듣고 있어요, 윈스턴. 내가 어떤 일을 해주기 바라나요?"

"어린 메디쿠스들을 최대한 빨리 입문시켜주십시오."

어안이 벙벙해진 베레니스 위더스는 눈을 휘둥그레 떴다.

"내가? 메디쿠스들을 양성하라고요? 아니, 그런 생각을 하다니! 당신이 당신 입으로 말했잖아요. 우리 중에서 가장 노련한 사람들은 그것 말고도 할 일이 많을 거예요!"

"저도 압니다. 하지만 그래야만 해요. 당신도 잘 아시겠지만 이제 메디쿠스의 수는 그리 많지 않습니다. 그나마 있는 메디쿠스들도 훈련이 안 되어 있지요. 13년 동안 한 번도 신체 잠입을 시도해보지 않은 메디쿠스들도 있다고요. 어둠의 왕자가 체포된 후부터는 그럴 일이 없었지요. 우리가 방심했습니다, 베레니스. 너무 방심했어요."

"그렇게 심각한가요?"

그랜드 마스터의 대답을 들을 필요는 없었다. 절박한 분위기가 모든 것을 충분히 말해주고 있었다.

"스카스데일이 자유의 몸이 되었으니 이제 놈의 일당은 다시 강력해질 겁니다. 그 점은 분명하지요. 그리고 놈이 인간을 제거하거나 자기 수하로 만들기 위해 또 다시 세상을 공격하기로 결심한다면, 아마 지체하지 않을 겁니다. 그러니 우리는 만반의 준비를 갖춰야 합니다. 가장 어린 메디쿠스들까지도요."

"내가 어떻게 하기를 바라는 건가요? 비책이야 늘 부모가 자식에게 가르치는 건데……."

"당연한 얘기입니다."

그랜드 마스터가 말을 잘랐다.

"바로 그 이야기를 하려는 겁니다. 당신은 아직 훈련받지 않은 아이들이 있는 메디쿠스 집안들을 전부 돌아다니며 부모들을 설득하세요. 그 아이들을 우리 편에 서서 싸울 수 있는 훌륭한 메디쿠스들로 양성하는 것이 급선무입니다. 지금 당장이요."

"부모들이 난리를 칠 텐데요, 윈스턴."

"그들의 비위를 맞춰주다가, 무방비 상태의 양 떼를 습격하는 늑대처럼 적이 우리에게 달려드는 꼴을 보고 싶습니까? 이제 우아하게 체면을 차릴 처지가 아닙니다. 위험이 코앞에 왔다는 걸 모두가 알아야 합니다. 모든 메디쿠스 집안은 이 싸움에 뛰어들어야 하고, 자식들을 메디쿠스로 훈련시키는 것 또한 이 싸움의 한 부분입니다."

위더스 부인이 땅이 꺼져라 한숨을 쉬었다.

많은 추억들이 그녀의 머릿속으로 밀려들었다. 아까 윌이 넌지시 비꼬며 던진 말이 그 추억들을 완전히 되살려놓았다. 비탈리 필의 잘생긴 얼굴이 눈에 선했다. 비탈리 필은 가장 젊은 위원이었고 단연 뛰어난 메디쿠스였지만 12년 전에 목숨을 잃었다. 그다음에는 비탈리의 아내 셀리아의 얼굴이 떠올랐다. 셀리아는 메디쿠스가 아니었지만 비탈리는 그녀를 몹시 사랑해서 결국 부부의 연을 맺었다.

마지막으로 그 '아이들'의 얼굴도 떠올랐다.

위더스 부인은 그 애들을 제대로 만난 적이 없지만 비탈리와 셀리아 사이에 딸 하나, 아들 하나가 태어났다는 사실은 알고 있었다. 그 두 아이들도 어쩌면 부친의 능력을 물려받았으리라…….

몇 년 동안 그녀는 조심스럽게 조사하면서 그 사실을 확인했다. 어쩌면 이제 확신을 가질 때였다. 마침내 그녀는 이렇게 말했다.

"윈스턴, 당신 말이 맞아요. 그럴 필요가 있어요. 이제 어린 메디쿠스들을 훈련시켜야해요. '예외 없이' 전부 다."

노부인은 잠시 사이를 두었다가 마지막 말을 덧붙였다. 그랜드 마스터는 부인의 속마음을 알고 싶다는 듯이 그녀의 눈을 똑바로 바라보았다. 하지만 그 정도로 기가 꺾일 위더스 부인이 아니었다.

"애석하게도 어떤 아이들은 부모를 잃은 탓에 메디쿠스가 되기 위한 가르침을 받지 못하고 있어요. 그러한 공백도 채워야한다고 봐요."

"그 말은 맞아요." 윈스턴 브레이브는 순순히 인정하고 다음 말을 기다렸다. "하지만 당신도 말했듯이, 지금은 어린애들을 일일이 가르치고 앉아 있을 시간이 없습니다. 우리는 메디쿠스 부모가 생존해 있는 아이들을 대상으로 할 겁니다."

위더스 부인이 일어나서 윈스턴 브레이브 바로 옆으로 옮겨 앉았다.

"내가 무슨 말을 하려는지 잘 알 텐데요."

"아뇨. 하지만 이제 곧 직접 말씀하시겠지요."

윈스턴 브레이브는 경계를 풀지 않고 대답했다. 그녀는 아주 잠깐 망설였지만 바로 핵심을 공략했다.

"난 꼬맹이 필을 염두에 두고 있어요."

그랜드 마스터가 어이없다는 듯이 벌떡 일어났다.

"정신 나갔군요, 베레니스! 어떻게 그런 일을 감히 생각할 수 있습니까?"

"윈스턴……."

"거론할 필요도 없습니다." 윈스턴이 딱 잘라 말했다. "제 말 알아들으셨지요? 거론할 여지도 없어요!"

"그 소년은 매우 특별해요. 누나 쪽은 그렇지 않지만 그 애는, 그래요, 그 애에 대해서는 확신할 수 있어요. 그 애는 능력을 계발하기 위해 어떤 노력도 기울이지 않았지만, 이미 어렸을 때부터 저절로 두각을 나타냈다고요! 그게 무슨 표시인지 모르겠어요? 그 아이에게도 대의를 위해 일할 기회를 주어야한다고요."

위더스 부인은 조금 망설이다가 덧붙였다.

"어쩌면 다른 사람보다도 더 그 애에게 기회를 줘야겠지요."

"표시, 표시라. 나는 당신이 그 애 부친에게 유난히 애틋했었다는 표시로밖에 안 보이는군요. 그게 다예요!"

"쉰 살도 안 된 사람이 어찌 그리 고집불통 영감 같아요, 윈스턴! 명백한 사실을 인정하고 싶어 하지 않는다면 아마 죽는 날까지도 인정할 수 없겠지요." 위더스 부인은 화가 나서 최후의 일격을 날리기로 마음먹었다. "히포크라테스의 배지는 어떻게 됐나요? 선서는요? 당신도 자기 눈으로 읽었을 텐데요!"

굳어진 윈스턴 브레이브가 그만하라는 손짓을 했다.

"부인께서 흥분하시면 이렇게 무모해지시는 줄 몰랐습니다. 말을 꺼내봤자 소용없겠지요…… '그 일'에 대해선 말입니다. 벌써 오래전에 그 얘기에 대해서 충분히 합의를 했다고 생각합니다. 그러니 더 이상 거론하지 맙시다."

위더스 부인도 더는 고집부리지 않았다.

그랜드 마스터는 말없이 생각에 골몰했다. 부인은 희망과 기대에 부풀어, 그랜드 마스터가 입을 열 때까지 기다렸다. 결국 다시 부드러워진 목소리로 그가 침묵을 깨뜨렸다.

"그렇게 하세요. 나도 받아들이겠습니다."

"그럼 나를 믿는 건가요, 드디어?"

위더스 부인은 안심하면서도 그가 갑작스럽게 태도를 바꾼 것에 놀라서 이렇게 물었다.

"그렇게 말하진 않았습니다. 하지만 '당신 말이 사실이라면' 그 소년과 그 소년이 가진 귀중한 재능을 썩힐 순 없지요. 받아들이기로 결정한 이유는 그것뿐입니다."

"그럼 날 믿는 게 아니군요!"

"그게 중요합니까? 핵심은 오늘 내가 '그럴 수도 있다'라고 받아들였다는 겁니다. 어쨌든 상관없습니다. 우리는 모든 힘을 총동원해야하고 당신 생각처럼 그 필이라는 소년이 선천적으로 아버지의 능력을 물려받았다면 그걸로 충분합니다. 그 사실만으로도 우리가 그를 맡아야한다고요. 반면에 그 소년이 만약 메디쿠스가 아니라면." 윈스턴이 다소 경멸 어린 말투로 말을 맺었다. "그거야 금세 밝혀지겠지요."

"그 의문에 대한 대답은 내가 벌써 알고 있어요. 인정하고 싶지 않을

지 몰라도 당신 역시 알고 있을 텐데요. 그 아이는 틀림없는 메디쿠스예요."

"그렇다면, 그리고 그 나머지 짐작도 당신 말대로 들어맞는다면, 그 소년에겐 부인의 각별한 관심이 필요하겠군요."

윈스턴은 말을 덧붙이며 목소리를 한껏 낮추었다. 그러고는 잠시 사이를 두었다가 다시 위더스 부인에게 다가가 그녀의 눈을 집어삼킬 듯 바라보았다.

"받아들이겠습니다…… 단, 한 가지 '조건'이 붙습니다. 미리 알려드리는데 이 조건에 관한 한 타협의 여지가 없습니다."

노부인은 일이 그렇게 호락호락하지 않을 줄 알고 있었다. 윈스턴 브레이브가 뭔가를 요구할 거라 이미 짐작했었다. 그녀는 말해보라는 듯한 눈빛을 보냈다.

"당신이 직접 맡으시되 장소는 반드시 이곳, 쿠미데스 서클이라야 합니다. 당신이 가르칠 것들이 있다고 생각하는 한, 그 소년은 이 집에서 지내야만 합니다. 물론 집 밖으로 나갈 수는 있지만 메디쿠스로서 받게 될 교육은 전적으로 여기서만 이루어질 겁니다."

"좋아요. 당신이 데리고 있으면 내가 쿠미데스 서클로 찾아오겠어요."

"그게 다가 아닙니다. 이 일은 '특급' 비밀에 붙였으면 합니다. 위원회에는 비밀로 할 수 없으니 어쩔 수 없겠지요. 그래도 최대한 늦게 알립시다. 기사단의 나머지 일원들이, 그러니까 예를 들면 어떤 메디쿠스가 그랜드 마스터가 필이라는 소년에게 입문을 허가했다는 소식을 듣는다고 생각해보십시오. 당신이나 나나 비난을 면치 못할 겁니다."

"당신이 '모든' 위원을 설득할 수 있을까요?"

위더스 부인이 물었다.

물론 그랜드 마스터는 그녀가 누구를 염두에 두고 하는 말인지 훤히 꿰뚫고 있었다.

"내 일은 내가 알아서 합니다. 부인은 제가 내건 조건이나 확실히 지켜주시지요."

"나 혼자, 바로 이곳에서, 최대한 조심스럽게 일을 진행하겠습니다. 약속할게요. 그렇지만 가장 넘기 힘든 고비가 있을 텐데요."

노부인이 한숨을 내쉬었다.

"무엇을 두고 하는 말인가요?"

윈스턴 브레이브가 걱정스럽게 물었다.

"'누구를' 두고 하는 말이냐고 묻고 싶었을 텐데요……. 나 역시 설득해야 할 사람들이 있으니까요. 그리고 내 생각에는 그 사람은 호락호락한 상대가 아니거든요. 깐깐하기로는 당신보다 더하죠."

"부인, 그건 부인이 알아서 할 문제입니다. 그 소년이 메디쿠스로 한 몫할 거라고 주장한 사람은 부인 아닙니까? 어쨌든 토요일까지 그 애를 잘 설득해서 이곳으로 데려오세요. 토요일 이후에는 와도 안 받아줄 겁니다. 절대로."

위더스 부인은 방문을 열다가 다시 한 번 방이 흔들리는 바람에 문고리를 잡고 버텼다.

"그렇게 하지요, 윈스턴. 그렇게 할 거예요. 무슨 수를 써서라도."

노란 응접실에서 거실로 나가니 본즈가 그녀의 소지품을 들고 기다렸다가 그녀가 외투를 입는 것을 도와주었다. 위더스 부인은 홀을 지나 쿠미데스 서클을 떠날 채비를 했다. 그러다 문득 생각을 고쳐먹고 나무를 깎아 만든 높다란 문짝 앞으로 다가갔다.

본즈는 꿈짝도 않고 부인의 거동을 주시하고 있었다.

"몇 초면 돼요. 기다릴 필요 없어요."

"알았습니다, 부인."

노부인은 문을 밀고 길쭉한 방으로 들어갔다. 저택의 나머지 전체가 그렇듯이 이 방 역시 아르데코 양식으로 꾸며져 있었다. 크고 육중한 나무 탁자와 초록색 벨벳을 두른 안락의자 여섯 개가 방 한복판에 놓여 있었다. 이곳 역시 커튼이 모두 쳐져 있었다. 어슴푸레한 어둠이 4미터 높이의 크리스털 샹들리에에서 떨어지는 불빛과 싸우고 있었다.

그녀는 거대한 책장에 눈길도 주지 않고 반대쪽 벽 전체에 걸려 있는 초상화들을 향해 걸어갔다. 그림 속 옛날 사람들은 완고한 표정을 짓고 있었다. 그들은 모두 금실로 M자를 수놓은 초록색 벨벳 케이프를 걸치고 있었다. 눈에 잘 띄지 않는 또 다른 공통점이 있었다. 잘 들여다보면 인물들이 모두 오른손에 뭔가를 쥐고 있음을 알 수 있었다.

위더스 부인은 다른 초상화들보다 유독 환하게 빛나는 듯한 한 폭의 초상화 앞에서 마침내 걸음을 멈추었다. 홍당무처럼 새빨간 수염을 기른 대머리 사나이의 초상화였다. 그림 속 사나이는 에메랄드빛 케이프만 빼고 머리부터 발끝까지 죄다 검정색으로 빼입었다. 대쪽처럼 곧게 서서 먼 곳을 바라보며 오른손을 가슴에 얹은 자세였다. 액자에는 붓으로 써 넣은 이름이 있었다. '지기스문트 브레이브', 그는 브레이브 가문의 존경받는 선조이자 수백 년 전에 아메리카 식민지에 처음으로 정착한 본국인이기도 했다. 또한 손자의 손자의 손자인 윈스턴 브레이브와 마찬가지로 그 역시 기사단에서 그랜드 마스터를 지냈다.

위더스 부인은 자기 손을 그림 속 사나이의 손에 갖다댔다. 대문자 M이 눈부신 빛을 뿜어내며 오른손 중지와 약지 아래쪽에서 나타났다. 문자가 한순간 환하게 빛나며 화폭에 그려진 살갗이 투명해지는 듯하더니 빛이 꺼져버렸다. 노부인은 한숨을 쉬었다. 기사단은 살아 있었다. 잘만 살아 있었다. M의 문장이 그 증거였다.

그렇지만 그녀는 마음을 정리하고 싶었다. 그래서 자신의 펜던트를 꺼내고 또랑또랑한 목소리로 이렇게 말했다.

이 벽 너머에서 나타나소서, 영원한 이들이여,
우리에게 보다 아름다운 삶을 보이소서.

바로 그 순간, 벽과 초상화들은 번쩍거리는 먼지를 일으키며 사라지고 위더스 부인이 서 있는 방과 똑같은 방 하나가 더 나타났다. 크기를 보나, 탁자와 안락의자들을 보나, 완전히 똑같은 방이었다. 다만 거대한 책장만이 없었다. 위더스 부인은 고개를 돌리고 바로 알아본 사람을 향해 고갯짓으로 인사했다. 지기스문트 브레이브가 그녀 앞에 정말로 나타났던 것이다. 그는 한쪽 팔을 안락의자의 팔걸이에 얹고 다른 손은 가슴에 올려놓고 있었다. 지기스문트는 안개에 싸인 듯 살짝 흐릿해 보였다. 그는 위더스 부인에게 스치듯 미소를 보내고 가까이 오라는 손짓을 했다.

위더스 부인은 커다란 초록색 도자기 화병이 놓인 탁자로 다가갔다. 거기에 한 아름 꽂힌 백합을 향해 고개를 숙이고 향기를 들이마셨다.

지기스문트의 백합은 메디쿠스 기사단에게 미래를 알려주었다. 그 꽃은 앞날을 내다보는 창이었다. 부인도 다른 위원들과 마찬가지로 그 점을 잘 알고 있었다. 백합 다발은 결코 거짓말을 하지 않았다. 다행스럽게도 백합의 향기는 오늘도 수백 년 전과 마찬가지로 황홀하고 그윽했다.

부인은 몸을 일으키다가 흥미로운 점을 발견했다. 꽃다발 속의 이파리 하나가 누렇게 시들어 있었던 것이다. 부인이 그 이파리를 만지자 꽃들이 저만치 물러났다. 다른 잎들에는 밝은 색깔의 반점들이 나타나 있었다. 그녀는 갑자기 가슴이 답답해졌다. 향이 변했다. 꽃 한 송이가 시들고 잎 한 장은 죽어버렸다. 조심해야한다는 뜻이었다. 그렇다. 모든 일이 수월하지는 않을 것이다. 마음을 놓을 이유는 전혀 없었다.

그녀는 눈을 들었다. 지기스문트는 이미 사라지고 없었다. 부인은 혼자였다.

비밀의 방 끝까지 물러나 다시 한번 펜던트를 쥐고 말했다.

이 벽 너머에서 사라지소서, 영원한 이들이여,
우리에게 좋은 소식만 마련해주소서

마법처럼 방은 사라지고 아무 일도 없었던 것처럼 벽과 초상화들이 나타났다. 아니, 달라진 것이 있었다. 지기스문트의 초상화가 다른 초상화들과 마찬가지로 어둠에 묻힌 것이다.

노부인은 방을 나가기 전에 책장으로 갔다. 안락의자 하나를 서가까지 당겨놓고 문이 잘 닫혀 있는지 슬쩍 눈치를 살폈다. 그녀는 구두를 벗고 의자 위로 사뿐히 올라갔다. 제일 위 칸을 차지한 책들을 살펴보다가 드디어 자신이 찾던 책『파톨로구스 선집』을 발견했다.

부인은 책을 꺼내서 의자에 선 채로 훑어보았다. 그녀가 책을 펼치기 무섭게 종이 위의 글자들이 사라지고 다음과 같은 간단한 지시가 나타났다.

'이 책은 그랜드 마스터 윈스턴 브레이브의 소장 도서입니다. 호기심 많은 이여, 책을 당장 제자리에 돌려놓으세요!'

베레니스 위더스는 일개 책 나부랭이에게 꾸지람을 당하자 기분이 나빠져서 눈살을 찌푸렸다. 위원의 어엿한 한 사람이요, 나이가 몇인데! 하지만 그녀도 이 규칙을 수립하고 투표에 부치는 데 참여했으므로 어쩔 도리가 없었다. 이 서가에 꽂힌 모든 책들이 그렇듯, 이 책 또한 저자와 소장자가 허가하지 않는 한 독자에게 내용을 보여주지 않을 것이다. 위원회에게는 소장자의 허가가 면제될 수 있었으나 그래도 저자의 허락은 받아야했다. 위더스 부인은 윈스턴 브레이브와 대화하면서 마음이 어수선해진 나머지, 통상적인 절차를 따르지 않은 자신을 자책했다.

그녀는 책 표지를 흘끗 바라보고 최대한 우아한 말투로 부탁했다.

"친애하는 빌리 보이드, 그대의 열정적인 글을 읽을 수 있도록 허락해준다면 참으로 고마울 텐데요. 그 글이 우리에게 얼마나 소중한가를 생각해보세요. 윈스턴도 나에게는 깐깐하게 따지지 않을 거라고 굳게 믿어요."

부인은 잠시 기다리며 저자가 요구를 들어주기를 기도했다. 그다음에 다시 책을 펼쳐보니 그림과 본문이 마법처럼 사라져버렸다. 빌리 보이드는 위원회에서도 한자리 한다는 위더스 부인의 성급한 태도나 책을 이용하는 매너가 마음에 들지 않았던 모양이었다.

노부인은 화가 치밀었다. 그래도 '그랜드 파톨로구스의 추락과 쇠퇴'라는 그 장의 제목은 읽을 수 있었다. 중요한 것은 사진이었다. 의기양양하게 활짝 웃고 있는 남자가 어느 아름다운 여인과 함께 포즈를 취하고 있는 사진. 13년이 흘렀지만 위더스 부인은 그 사진의 주인공을 금방 알아볼 수 있었다.

베레니스 위더스는 가슴이 따끔하고 아팠다. 책을 덮었다. 아련한 그리움에 젖어서는 안 되었다. 사무치는 후회는 더욱더 금물이었다. 지금은 미래를 보아야했다. 한 어린 소년의 모습에 나타난 미래를.

그녀는 책을 제자리에 놓고 바닥으로 내려와 안락의자를 도로 밀어놓았다. 나비넥타이처럼 묶은 스카프 매듭을 고치고 나서 잰걸음으로 서재에서 나왔다.

더 이상 일 분도 허비할 수 없었다.

한밤중의 방문

오스카는 순식간에 저녁을 먹어치우고 벌떡 일어났다.

"어이, 총각! 후식도 먹어야지!"

오스카는 저녁 식사 메뉴를 짐작했듯이 후식도 짐작해보았다.

"아뇨, 됐어요! 요구르트는 먹기 싫어요!"

소년은 이미 계단을 올라가며 큰소리로 외쳤다. 그러다 잠시 자기 방 앞에 멈추더니 난간 위로 고개를 내밀고 고함을 질렀다.

"잘 먹었습니다, 엄마!"

인사치레로 한 말에 엄마가 만족하기를 바라지는 않았다. 일주일 내내 똑같은 메뉴를 내놓겠다고 할까 봐 오히려 겁이 났다. 그래서 방으로 냉큼 들어가 문을 단단히 잠갔다.

침대로 올라가자마자 현관에서 초인종 소리가 났다. 순간적으로 오스카는 그날 하루를 되돌아보았다. 운동장 한복판에서 데굴데굴 굴러

가며 싸운 것만 빼고 혼날 만한 일은 아무것도 하지 않았다. 누나는 아마 또다시 세면대에 얼굴을 처박고 스쿠버다이빙 연습을 하고 있을 터였다. 누나는 이웃 사람이나 다른 누구에게 폐를 끼치는 사람은 아니었다. 그럼 도대체 누가 무슨 일로 이 시각에 찾아온 걸까?

배리 헉슬리의 맹한 얼굴이 오스카의 뇌리를 황급히 스치고 지나갔다.

그 아저씨가 엄마 주위에서 알짱거린다는 생각만 해도 오스카는 돌아버릴 것 같았다. 그가 보기에 배리 헉슬리는 몸에 딱 붙는 티셔츠를 입고 근육 자랑이나 하는 덩치 크고 느끼한 머저리였다. 컴컴한 밤이나 실내에서도 벗지 않는 레이 밴 선글라스와 포르셰 자가용으로 엄마에게 환심을 사려고 하는 바보였다.

비올레트와 오스카는 배리 아저씨를 딱 세 번 봤다. 맨 처음 만난 자리에서 비올레트는 입도 벙긋하지 않고 눈을 동그랗게 뜨고 있었다. 두 번째 자리에서는 엄마가 식탁 밑에서 발로 툭툭 차고 눈을 부릅뜨며 주의를 주었는데도 비올레트는 식사 시간 내내 노래를 흥얼대며 천장만 쳐다보았다. 세 번째 만났을 때에는 비올레트가 학교에서 두 시간이나 늦게 돌아왔다. 걱정이 된 엄마는 이미 동네방네 우리 딸 못 봤느냐고 묻고 다닌 후였다. 오스카는 누나가 일부러 그런 것 같다는 생각을 한 적도 있었다. 오스카 본인도 대뜸 이런 말을 던지는 그 아저씨를 보자마자 정나미가 뚝 떨어졌으니까.

"꼬마야, 너 야구 좋아하지, 응? 모름지기 남자라면, 사내대장부라면 야구를 좋아해야지, 응? 안 그러냐, 응?"

그다음에 잠깐 보았을 때에도 최악이었다. 셀리아가 몽고메리 공원으로 함께 피크닉을 가기로 했던 것이다. 배리 아저씨—비올레트와 오스카는 '웅 아저씨'라고 불렀지만—30분이나 늦게 왔고 애들은 배가 고파 죽을 지경이었다. 그런데 이 인간이 한다는 말은 고작 이거였다.

"그래? 너희들은 여전히 빨간 머리 홍당무구나, 응? 가발은 아니겠지?"

오스카는 비올레트보다 분명하게 엄마에게 자신의 입장을 밝혔다. 다시는 배리 아저씨를 만나지 않겠다고 엄마에게 선언했고 그대로 했다. 그래서 집 앞에서 스포츠카가 부릉대는 소리만 났다 하면 뒷문으로 빠져나갔다. 엄마가 위협하고 사정사정해도 소년은 아랑곳하지 않고 골리노네 집으로 피자를 얻어먹으러 갔다.

돌아와 보면 식탁은 깨끗이 치워져 있고 '웅 아저씨'가 왔다간 흔적은 없었지만 엄마는 시선을 피했다. 오스카는 몸을 씻고 냉큼 잠자리에 들었다. 마음이 조금 무거웠다. 그럴 때마다 아빠 사진을 꺼내어 한참 들여다보았다. 그러나 사진이 위안이 되진 않았다. 오히려 아빠도 오스카의 행동을 못마땅하게 여기는 것 같은 기분이 들었다. 소년은 잠을 이루지 못했지만 다음 날이면 엄마가 환한 미소로 반겨주었다. 오스카는 아무 말 없이 엄마를 꼭 안았다. 마음속 앙금이 사라지기에는 그걸로 충분했다.

하지만 오늘 저녁에는 '웅 아저씨'가 예고 없이 들이닥치는 꼴을 보고 싶진 않았다. 아무리 엄마를 사랑한다지만 어쩔 수 없었다. 그 아저씨에게 호감을 갖는 건 도저히 불가능했다.

오스카는 침대 사다리 아래로 뛰어내려와 방문을 살짝 열었다. 처음 듣는 목소리 같았다. 남자가 아니라 여자 목소리 같았다. 손님의 말이 끝나기도 전에 엄마 목소리가 쩌렁쩌렁 일어났다. 엄마가 큰소리로 고함을 치고 있었던 것이다.

"말도 안 돼요. 알겠어요? 절대로 안 돼요!"

"셀리아, 당신 심정은 알지만……."

다시 낯선 여자의 목소리였다.

"당신이 어떻게 안다는 거예요? 당신은 아무것도 몰라요. 내가 12년 동안 어떤 마음으로 살아왔는지 죽었다 깨어나도 모른다고요!"

"알아요."

여자는 침착하게 대꾸했다.

"나도 알아요. 우리 모두 알아요. 우리도 억장이 무너졌었어요. 셀리아, 당신 남편과 내가 얼마나 각별한 사이였는데……."

"그런데 당신은 그이를 위해 아무것도 하지 않았죠! 우리를 위해서도요! 그래놓고 이제 와서 부탁한다는 게……."

오스카는 대화를 더 자세히 엿듣기 위해 층계참으로 내려갔다. 그러다가 찢어진 잠옷 바짓단이 오른발에 밟혀 넘어질 뻔했지만 가까스로 복도에 있던 장식장 문을 붙들고 균형을 잡았다. 그 바람에 장식장에 들어 있던 도자기들이 서로 부딪치는 소리가 났다.

셀리아가 갑자기 입을 다물었다. 그녀는 거실에서 나와 계단 쪽을 올려다보았다. 오스카는 자기 방과 욕실 사이 구석에 딱 붙어서 숨을 죽였다. 엄마는 잠시 그 자리에서 기다렸다가 다시 거실로 돌아갔다.

낯선 여자 손님이 다시 입을 열었다.

"셀리아, 더 이상 과거에 매여서는 안 돼요. 우리 모두에게 몹시 힘든 시기가 닥칠 거예요. 힘을 모아야해요."

"그만하세요. 나는 벌써 당신들에게 인생의 동반자를 바치지 않았나요. 그런 내가 또다시 내 가족을 당신들에게 맡길 거라고 생각했다면 시간만 낭비하신 거예요."

부인이 일어났다.

"곰곰이 생각해봐요, 셀리아. 세계의 미래가 달린 일이기도 하지만 당신 가족도 예외는 아니니까요. 우리 모두를 노리는 위험에서 당신들만 안전할 거라고 생각한다면 그건 착각이에요."

"생각하고 하는 말이에요. 내 대답은 절대로 변하지 않아요."

부인이 거실에서 나갔다. 오스카는 그 부인의 연회색 옷자락과 모자, 빨간 안경테밖에 보지 못했다.

셀리아가 문을 열어주었다.

부인은 집 밖으로 나가려다가 셀리아에게 명함 한 장을 건넸다.

"내 연락처나 받아둬요. 정 그렇다면 부디 한 번만 더 생각해봐요. 놈이 힘을 되찾는 날에는 아무도 안전을 장담할 수 없어요. 몇 년이면, 아니 불과 몇 달 안에 끝장이 날 수도 있어요. 누가 알겠어요?"

셀리아는 대답 없이 명함을 받았다.

그녀는 문을 닫자마자 문짝에 기대어 눈을 꼭 감고 부들부들 떨었다. 셀리아가 눈을 떴을 때에 오스카는 이미 조용히 방으로 돌아가 있었고 집 안은 평소와 다름없이 고요했다.

셀리아는 계단을 올라갔다. 그녀는 망설였지만 결국 아들의 방문을 밀었다. 셀리아는 맨발로 침대에 다가가 오스카의 머리칼을 쓰다듬었다. 그러고는 아들의 이마에 입을 맞추고 침대 맡의 스탠드를 껐다.

엄마가 방에서 나가자 오스카는 이불을 박차고 나와 황급히 창가로 달려갔다. 눈에 불을 켜고 최대한 먼 곳까지 살펴보았지만 어쩔 수 없었다. 킬데어 스트리트는 여전히 복작대고 밤이 되자 동네 사람들이 밖으로 나와 접이의자를 하나씩 차지하고 있었지만 아까의 그 부인도, 그 부인의 모자도 전혀 보이지 않았다.

부인과 모자는 수수께끼처럼 증발해버렸다.

오스카는 몸서리치며 눈을 번쩍 떴다. 그는 몹시 놀랐지만 자신이 침대에 혼자 누워 있다는 것을 깨닫고 안심했다.

악몽을 꾼 것이리라. 아직도 빨간 테 안경을 쓴 노부인의 모습이 머릿속에 아른거렸다. 부인의 안경은 수갑으로 변했다가, 다시 무서운 무기로 변했다. 아빠는 그 부인과 싸우다가 결국 죽었다. 바로 그 순간 소년은 팔다리를 허우적거리며 꿈에서 깨어났다. 잠옷은 땀에 푹 젖어 있었다.

오스카는 침대에서 내려와 장롱을 열고 옷을 갈아입었다. 하품을 하며 침대에 다시 올라갔는데 방문이 계속 열려 있었다는 것을 깨달았다. 그는 잘 때 문을 열어놓는 것을 싫어했다. 오스카는 한숨을 쉬며 미끄럼을 타고 바닥으로 내려갔다. 사다리를 일일이 밟고 오르내리기엔 너무 피곤했다. 그래도 항상 안고 자는 사진첩만은 손에서 놓지 않았다. 문을 닫으려는 순간, 오스카는 복도로 새어나오는 불빛을 발견했다. 엄마의 방에서 나오는 불빛이었다.

오스카는 방을 나와 몇 발짝 다가갔다. 방은 비어 있었고 침대에는 사람이 누웠던 흔적조차 없었다. 신음 비슷한 소리가 아주 작게 들릴 뿐이었다. 오스카는 계단으로 가보았다. 소리는 아래층에서 올라오는 것 같았다.

소년은 살금살금 계단을 내려가 신음소리를 따라 지하실까지 갔다. 엄마는 항상 지하실을 잠가두었다. 물론 오스카는 엄마가 열쇠를 어디에 숨겨두는지 진작 알고 있었다. 전에 청소 도구함에 과학 잡지를 숨기려다가 우연히 알아냈던 것이다. 예전에도 한 번 지하실에 내려간 적이 있었는데 굳이 다시 가볼 마음은 들지 않았었다.

오늘은 지하실 문이 열려 있었다. 오스카는 가슴이 메었다. 엄마의 울음소리가 새어나오고 있었던 것이다. 그 순간, 오른손에서 온기를, 아니 활활 타는 듯한 열기를 느꼈다. 그는 오른손에 아직도 사진첩을 들고 있었다. 오스카는 부모님이 함께 찍은 사진을 펼쳐보고 정신이 얼떨떨해졌다. 사진이 조금 달라져 있었다. 사진 속에서 아빠는 엄마를 향해 고개를 들고 있었다. 이건 일종의 메시지일까? 아빠가 자기는 할 수 없으니 대신 아들에게 엄마를 지켜보라고 하는 걸까? 아니면 그냥 곧바로 엄마에게 달려가라는 뜻일까? 어쩌면 그 두 가지 다 맞을지도 몰랐다. 오스카는 더 생각할 것 없이 바로 지하실 문 앞까지 내려갔다.

눈은 어둠에 금방 익숙해졌다. 그는 사방에 널린 종이 박스, 오래된 탁자, 낡아빠진 실내장식품, 아기 침대 따위를 피해서 지나갔다. 오스카가 아기 때 썼던 침대도 거기에 있었다. 지하실은 옆으로 꺾어지는 공간이었다. 오스카는 한 걸음 한 걸음 내딛을수록 동그랗고 노란 불빛이 천장에서 넓게 퍼지고 있다는 것을 알아차릴 수 있었다. 그는 먼지 투성이 천을 뒤집어쓴 옷장 뒤에 몸을 숨겼다.

셀리아는 종이 박스와 낡은 이불을 싼 보따리 뒤에 교묘하게 감춰둔 커다란 궤짝 앞에서 무릎을 꿇고 있었다. 그녀는 기다란 초록색 벨벳 케이프를 만지작거리며 흐느꼈다. 다른 쪽 손에는 작은 가방들이 주렁 주렁 매달린 괴상한 허리띠 같은 것이 들려 있었다. 가방은 정확히 다섯 개였다. 가죽 재질에 금빛 고리가 달려 있는 그 가방들 중에서 네 개는 비어 있는 듯했지만 다섯 번째 가방에는 이 빠진 플라스크가 삐죽 나와 있었다.

셀리아는 눈물범벅이 되어 그 허리띠를 뚫어져라 바라보았다.

"비탈리, 당신이 여기 있다면 얼마나 좋을까, 당신이…… 무척 보고 싶어. 그들은 우리를 잊어버려놓고서 이제야 찾아왔어. 내가 어떻게 해야 하지? 모르겠어. 당신만 내 곁에 있다면…… 그 애는 너무 어려. 그 애가 이런 것들을 걸친 모습은 상상도 안 돼."

그녀는 허리띠와 케이프를 들어올리며 말했다.

"그 빌어먹을 우주에서, 그 애가 당신과 같은 위험을 무릅써야한다니 말도 안 돼."

오스카는 궤짝에 든 물건을 자세히 보려고 몸을 조금 앞으로 뺐다. 그 순간, 셀리아의 손에 들린 허리띠가 꿈틀대고 가방의 금빛 고리가 숯불처럼 이글이글 빛을 뿜기 시작했다.

셀리아가 화들짝 놀랐다.

"비탈리! 비탈리?"

얼떨떨하기는 해도 그녀는 희망에 부풀어 주위를 둘러보았다. 오스카가 물러났지만 이미 늦었다. 아니, 너무 빨랐다. 나무 상자에 부딪치는 바람에 뒤로 벌러덩 나자빠지고 말았던 것이다. 그는 궤짝을 황급히 닫는 소리밖에 듣지 못했다. 다음 순간, 엄마가 회중전등을 들고 그에게 다가왔다.

예상과 달리 엄마는 오스카를 혼내지 않았다. 오스카는 회중전등의 불빛 때문에 눈이 부셔서 엄마의 표정을 볼 수 없었지만 잠옷 소매로 눈가를 훔치는 것은 볼 수 있었다. 엄마는 억지로 웃으려고 노력하면서 이렇게 말했다.

"오스카, 왜 일어났니? 자, 다시 올라가라."

오스카는 아무것도 묻지 않았고 엄마도 그저 아들을 꼭 안아주었다. 그는 계단을 도로 올라갔다. 맨 위 계단까지 올라가기 전에 엄마가 그를 불렀다.

"오스카."

소년은 말없이 뒤를 돌아보았다.

"오스카, 다시는 여기 내려오면 안 돼. 약속할 거지? 여기엔 너하고는 상관없는 것들뿐이야."

오스카는 순순히 고개를 끄덕이고 계단을 마저 올라갔다.

침대에 드러눕자 사진첩에서 더 이상 뜨거운 기운이 느껴지지 않았다. 사진 속의 아빠도 늘 그렇듯이 정면을 보고 있었다. 그렇지만 아빠의 미소만은 좀 더 비밀스러워진 것 같았다……

최후통첩

이튿날 오스카는 아침에 일어나기가 힘들었다. 어젯밤에 층계참에서 엿들은 대화들이 토막토막 떠오르는 바람에 오랫동안 뒤척이다 겨우 잠이 들었던 것이다.

엄마는 오스카를 억지로 깨워서 씻기고, 옷을 갈아입히고, 시리얼을 먹게 했다. 그 후, 오스카는 과자를 주머니에 넣고 허겁지겁 학교로 뛰어갔다.

학교 정문을 통과할 즈음, 오스카는 이미 확실하게 지각이었다.

오스카가 교실 뒤 창가 자리에 앉으려는데 펭귄 선생님이 엄한 눈초리를 보냈다.

"필! 거기 말고 여기, 내 책상 바로 앞에 앉아라. 너한테는 수업 시간이 너무 이른 모양이니 개학하면 수업 시작 시간을 모두 10분씩 미룰까? 그러면 아침잠을 더 잘 수 있겠지?"

교실 전체가 깔깔대고 웃었다. 오스카는 얼굴을 붉히며 친구들의 시선을 피해 맨 앞자리에 앉았다. 물론 로넌 모스는 다른 친구들보다 유독 큰소리로 웃었고 그 녀석과 친한 패거리도 마찬가지였다. 오스카는 학용품을 꺼내면서 펭귄 선생님이 다시 수업을 진행하기를 기다렸다가 슬쩍 뒤를 한 번 돌아보았다. 틸라는 놀리는 것 같기도 하고 친근해 보이기도 하는 애매모호한 미소를 띠고 그를 보고 있었다. 오스카는 얼굴이 한층 더 붉게 달아올라 헝클어진 빨간 머리로 표정을 감추었다.

 오전은 별일 없이 지나갔다. 오스카는 입도 벙긋하지 않고 공부에 집중했다. 남은 시간에는 어제 보았던 그 수수께끼의 부인과 엄마의 격앙된 반응을 생각했다. 오스카는 핵심을 포착했다. 엄마는 아빠 이야기를 하고 있었다. 일단 자기 입으로 '인생의 동반자를 바쳤다'는 표현을 썼고 그 '결과'를 봤다고 했다. 그 말은 즉, 빨간 테 안경을 쓴 노부인이 아빠를 죽게 한 장본인이라는 뜻일까? 그럴 거라는 생각만으로도 오스카는 벌써 그 노부인이 치가 떨리게 미워졌다.
 물론 엄마는 예전에 이미 설명했다. 아빠는 비올레트 누나가 돌일 때, 그리고 오스카가 태어나기 직전에 돌아가셨다고 말이다. 엄마는 비행기 사고였다고만 하고 항상 자세한 얘기는 피해왔다. 엄마에게도 아빠의 빈자리는 컸을 것이다. 아빠가 무척 그리웠을 것이다. 비올레트와 오스카는 엄마가 몰래 숨어서 우는 모습을 본 적이 있었다. 그때부터 비올레트 누나가 이상해지기 시작했다. 누나는 하루 종일 멍하니 혼자만의 세상에 빠져 살았다. 그리고 그때부터 누나는 아빠 얘기를 일절 하지 않았다. 오스카와 단 둘이 있을 때조차도.

소년은 그 문제를 식품점을 하는 인도 사람 도위저 아저씨에게 털어놓았다. 그때 아저씨는 오스카가 결코 잊지 못할 이야기를 했다.

"있잖아, 오스카, 슬픈 일이 있으면 어떤 이는 울지만 어떤 이는 입을 닫아버린단다. 그리고 슬픔 때문에 꿈속에 숨어서 사는 사람들도 있어. 꿈속에선 살기가 편하거든. 꿈속에서는 삶이 자기가 바라는 대로 보이니깐."

그 이후로 오스카는 누나 일로 투덜대지 않았다. 그는 도위저 아저씨의 말이 맞다고, 사람은 저마다 삶을 아름답게 미화하는 나름의 방식이 있는 거라고 결론을 내렸다. 비올레트는 주변의 모든 것을 자신의 꿈에 끌어들였다. 어떤 이들이 사진과 대화를 나누는 것처럼…….

오스카는 이제 엄마를 추궁하지도 않았다. 자꾸 물어봤자 명쾌한 대답을 얻을 수도 없거니와 엄마에게 아픔만 준다는 것을 깨달았기 때문이었다. 하지만 이제 사정이 변했다. 그 부인을 다시 찾는 대로, 오랫동안 대답을 듣지 못한 채 가슴속에만 품어왔던 오만 가지 질문들을 퍼부을 것이다. 호락호락 넘어가지 않을 테다. 그건 확실했다. 그 부인 입장에서도 대답을 하는 게 좋을 것이다!

수업 끝나는 종이 울리자 오스카는 정신을 차렸다. 가방에 공책과 필통을 쑤셔 넣고 있는데 제레미와 바르트 오말리가 황급히 다가왔다. 둘다 그와 같은 킬데어 스트리트에 사는 친구들이었다.

"안녕, 오스카, 우리랑 구내식당 갈래?"

제레미가 말했다. 그는 갈색 머리에 눈빛이 초롱초롱하고 체구가 여윈 소년이었다.

제레미는 동네에서 제일 재미있고 꾀바른 아이였다. 그는 제 아빠처럼 머리 양 옆은 박박 밀고 정수리만 갈기처럼 길렀다. 제레미의 아빠는 순수 아일랜드 토박이였지만 어릴 때 미국으로 이민을 왔다고 했다. 제레미에겐 언제나 기막힌 아이디어, 재미있는 놀이, 함께 할 일이 넘쳐났다. 게다가 이 소년은 벌써 사업가 뺨치는 수완가였다. 그는 이미 다섯 살 때에 유치원 아이들 사이에서 간식 물물교환을 주도한 바 있었다……. 거래가 한 번 성사될 때마다 제레미는 한 입 얻어먹는 것으로 수수료를 챙겼다.

그의 형 바르트는 한 살이 더 많았다. 본명은 할아버지 이름을 따서 바르톨로무스였지만 바르트는 그 이름이 너무 바보 같다면서 질색을 했다. 동생은 작고 말랐는데 바르트는 키가 크고 체격이 다부졌다. 온몸에 칼자국과 흉터를 달고 다니는 바르트는, 공부를 열심히 하는 학생이라기보다는 사고뭉치 골목대장으로 더 유명했다. 그는 교실보다 학교 운동장에 있는 나무에 대해 더 잘 알았고 자기 집, 자기 방보다 근신이나 징계를 받는 학생주임실이 더 익숙했다. 그래도 바르트는 전혀 아랑곳하지 않았다. 선생님들이 뭐라고 하면 바르트는 늘 이렇게 대꾸했다.

"전 나중에 전문 스턴트맨이 될 겁니다. 그런데 문법이니 수학이니 하는 게 무슨 쓸모가 있겠어요."

처음에 셀리아는 오스카와 비올레트가 오말리 집안 아이들과 어울려 논다고 걱정을 했었다. 하지만 곧 오말리 형제가 천성이 매우 착하다는 것을 알게 되었다. 그들 형제는 집 안에만 들어오면 순한 양으로 돌변했다. 못 말리는 장난꾸러기 꾀보들이었지만 항상 예의바르고 유쾌한 아이들이었다. 조금 반항적이긴 하지만 셀리아의 아들내미도 그에 관한 한 결코 빠지지 않았으니…….

"자, 갈 거야, 안 갈 거야? 나 배고파 죽겠어!"

오스카는 그들과 함께 구내식당에 점심을 먹으러 갔다.

그들은 줄을 서서 최대한—그들 딴에는—참을성을 발휘했다. 오스카는 왠지 마음이 놓였다. 올해 들어 로넌 모스가 학교에서 밥을 먹는 모습은 한 번도 못 봤으니까. 로넌이 바빌론 하이츠에서 이사를 간 후부터 점심시간마다 운전수가 차를 몰고 와서 데려갔다가 오후 수업 시작할 즈음에 다시 학교에 내려다주었다. 오스카는 오늘 수업 후에 두 시간이나 남아서 그 자식과 벌을 받아야한다는 것을 알고 있었다. 그걸로 족했다. 다행히도 펭귄 선생님이 지켜보고 있을 테니 또 싸움이 나거나 하지는 않을 것이다. 얼마나 잘된 일인가. 오스카는 참을성이 부족했고 로넌 모스하고 있으면 금세 시비가 붙기 일쑤였다.

"어머, 우리가 제일 좋아하는 빨간 머리가 왔구나!"

오스카가 고개를 들어보니 구내식당 요리사 리나 아줌마가 환하게 웃고 있었다.

"안녕하세요!"

오스카도 환하게 웃으며 인사를 했다.

리나가 배식할 때마다 오스카는 싫어하는 음식은 빼고 좋아하는 음식을 두 배로 담아갈 수 있었다. 리나 아줌마는 구내식당을 찾는 아이들 모두의 입맛을 훤히 꿰고 있었다. 심지어 새로 들어온 학생들의 취향까지 알고 있었다. 학생들이 어디 한두 명인가. 아이들은 모두 리나 아줌마를 좋아했다. 언제나 함박웃음을 짓는 뚱뚱한 아줌마, 작고 검은 눈에 언제나 하나로 쪽진 머리를 작은 그물로 씌우고 다니는 아줌마였다. 제레미와 바르트는 서로 리나 아줌마 앞에 서려고 오스카를 밀쳤다.

"빨간 머리가 아니면 싫어요, 리나 아줌마?"

"물론 너희들도 환영이지, 요 말썽쟁이 꼬마들! 아줌마가 너희를 얼마나 좋아하는지 어떻게 보여줘야 하나?" 아줌마는 온몸을 들썩거리며 호탕하게 웃었다.

"호박 대신 감자튀김을 주세요. 초록색 야채는 분명히 건강에도 안 좋을 거예요!"

제레미가 인상을 쓰며 말했다. 바르트도 이두박근을 뽐내며 거들었다.

"게다가 맛도 없지요. 리나 아줌마, 감자튀김 많이많이 주세요, 제발요!"

리나와 오스카는 웃음을 터뜨렸다. 아줌마는 덩치 좋은 바르트의 식판에 감자튀김을 흘러넘치도록 담아주었다. 제레미는 주머니를 뒤져서 하트 모양의 배지를 꺼냈다. 그리고 분홍색 바탕에 하얀 글자로 '스위트 러브sweet love'라고 새겨져 있는 그 배지를 리나 아줌마의 웃옷에 달아주었다.

"어머, 예쁘기도 해라." 아줌마는 배지를 보고 감탄했다. "여자 마음을 어떻게 사로잡는지 좀 아는구나! 자, 이제 가봐, 얘들아. 아줌마는 다른 친구들에게도 밥을 나눠줘야 해!"

아줌마는 슬쩍 고개를 내밀고 조그맣게 속삭였다.

"물론 내가 특히 귀여워하는 친구들이 있지만 말이야……."

오스카는 친구들과 함께 빈 자리로 갔다. 주위는 온통 도떼기시장이었다. 맞은편 식탁에서 세 명의 소녀가 그들을 보며 키득거리고 있었다. 그중에서도 틸라는 이쪽을 쳐다보지 않는 체하면서 다른 친구들에게 귓속말을 건네고 있었다. 제레미가 여자애들을 보고 이렇게 말했다.

"멍청한 계집애들이 모여 있군! 여기가 무슨 닭장도 아니고!"

오스카는 웃어야 할지 말아야 할지 망설였다. 틸라의 숨바꼭질 같은 행동을 경계했지만 소용없었다. 여자애들에겐 정말로 관심이 없었고 '사랑에 빠졌다'는 생각이 드는 것도 아니었지만 그래도 틸라는 왠지 신경이 쓰였다. 틸라는 그저 남들이 자기를 좋아해주고 예쁘다고 말해주기를 바라는 여자애 같았다. 실제로 그게 통한다는 게 문제였지만 말이다. 모두들 틸라와 친해지고 싶어 했다. 심지어 여자애들도, 허세 부리는 로넌 모스까지도 그랬다. 어쩌면 오스카도 반에서 제일 예쁜 여자애와 친하게 지내는 모습을 남들에게 보이고 싶었는지도 모른다. 친구들에게 틸라가 자기에게 푹 빠졌다고 자랑을 한다면……

"쟤 보면 진짜 후끈하다니까."

또래보다 연상의 여자들에게 익숙한 바르트가 한마디 했다. 오스카는 그 말의 의미를 정확히 몰랐지만 신경 쓰지 않았다. 문득 고개를 들어보니 틸라가 속눈썹이 기다란 금빛 눈으로 그를 주시하다가 갑자기 부끄러운 듯 시선을 딴 데로 돌리는 것이었다. 이번에는 오스카도 뱃속에서 뭔가 화끈하게 일어나 얼굴까지 올라오는 기분이 들었다. 아마 토마토처럼 얼굴이 빨개져 있을 테지, 모두들 틀림없이 봤겠지!

다행히도 바로 뒤에서 누군가가 부르는 바람에 제레미와 바르트의 주의가 그쪽으로 쏠렸다.

"나도 같이 앉아도 되니?"

오스카가 얼굴을 들었다. 에이든 스펜서, 어제 로넌 모스에게 괴롭힘 당하던 소년이었다. 오말리 형제는 고개를 끄덕이며 에이든이 앉을 수 있게 각자 자기 식판을 바짝 당겼다. 하지만 오스카는 손톱만큼도 비켜 주는 기색 없이 꾸역꾸역 밥만 먹었다.

"어이, 오스카, 여자애들 구경하면서 넋 놓을 때가 아니잖아. 에이든 이 여기 앉고 싶대!"

제레미가 말했다. 틸라와 오스카 사이의 미묘한 분위기를 파악 못할 녀석이 아니었다.

오스카는 어깨를 으쓱하며 고개를 돌렸다.

"아, 그래? 난 비겁한 녀석과 같이 앉고 싶은 마음이 없어서 말이지."

제레미와 바르트는 이 반응에 놀라서 오스카를 뚫어져라 바라보았 다. 에이든은 불편한지 다른 곳을 쳐다보았다.

"어…… 어제는 미안했어…… 네가 벌을 받게 됐는데……."

"내 편을 들어주고, 펭귄 선생님에게 사실대로 말할 수는 없었지? 고 맙기도 해라! 오지랖 넓게 끼어들 게 아니라 네가 얻어터지게 내버려뒀 어야 했는데! 뭐, 어쨌든 난 널 용서할 수 없어. 그리고 난 너하고 같이 밥 먹기 싫어, 스펜서!"

오스카는 식판을 들고 벌떡 일어나 다른 자리에 가서 앉았다. 친구들 이 말릴 새도 없었다. 스펜서도 식판을 들고 오스카와 정반대 쪽으로 자리를 옮겼다.

오스카는 식판에 수북한 감자튀김을 다 먹지도 않았다. 실제로 그는 스펜서에게 화가 나 있었지만 제레미나 바르트와도 함께 있고 싶지 않 았다. 그 둘은 틸라 일을 두고 오스카를 놀려댈 것이 틀림없었다. 사실 오스카는 스펜서나 틸라 양쪽 모두 상관할 바 아니었다. 그가 바라는 것은 오로지 교실로 돌아가 두 시간 벌을 받고 귀가하는 것뿐이었다.

분명히 오늘 하루는 잘 풀리지 않을 것 같았다…….

오후 수업 종이 울리자 차라리 안심이 되었다.

그날 수업 시간은 지독히도 느릿느릿 흘러갔다. 아이들이 서둘러 교실을 빠져나갈 때에도 오스카는 꿈쩍하지 않았다. 스펜서는 그를 보지도 않고 나갔고 오말리 형제는 손짓과 윙크를 하면서 나갔다.

학생들이 모두 나간 후에 오스카는 뒤를 돌아보았다. 두 줄 뒤에 앉아 있던 로넌 모스가 비웃는 얼굴로 그를 꼬나보고 있었다. 오스카는 팽팽한 긴장감을 느꼈다. 다행히도 교실에는 그들만 있는 게 아니었다. 생물 선생님은 펭귄 선생님에게 자리를 내주기 위해 나갔다. 펭귄 선생님은 칠판 앞에 서서 두 소년을 바라보았다.

"그래, 이제부터 우리는 야만인처럼 치고받으며 싸우고 싶은 욕망을 없애기 위해 뭔가 지적인 방식으로 노력해보자꾸나. 앞으로 두 시간 동안 '우리는 왜 폭력적인가? 그러한 성향을 억누르려면 어떻게 해야하는가?'라는 주제에 대해 생각하고 얻은 결론을 글로 써서 제출하기 바란다. 너희가 제출한 글은 다른 작문 시험과 마찬가지로 점수를 매겨 학년 말에 성적표에 반영하겠다."

오스카가 인상을 썼다. 그는 작문을 엄청 싫어했다. 수학을 훨씬 더 좋아했고, 차라리 문법이 낫다고 생각했다. 요컨대, 이해를 해야하거나 공부해서 되는 과목은 좋아했다. 하지만 작문은 완전히 젬병이었다. 로넌 모스와 벌 받는 것도 모자라 글쓰기까지 해야하다니, 이보다 더 끔찍할 수는 없었다.

"나도 여기 있겠다. 어차피 나도 할일이 있으니까. 미리 말해두지만,

너희를 계속 지켜보고 있겠다!"

선생님은 분명히 일러두었다.

오스카는 작문 주제를 종이에 옮겨 쓰고, 뒤에 앉아 있는 로넌을 잊으려고 노력했다. 쉽지는 않았다. 녀석의 눈초리가 등을 찌르는 손가락처럼 확실하게 느껴졌다. 인정하고 싶진 않았지만 펭귄 선생님이 제대로 보았다. 로넌 모스가 도발적으로 째려보면 그는 왜 싸우고 싶어지는 걸까?

오스카는 글쓰기에 집중했다. 우리는 왜 폭력적인가? 머릿속에서 여러 이미지들이 뒤죽박죽으로 스쳐 지나갔다. 순간적으로 주위의 모든 것이 사라진 것 같았다. 그는 눈을 감았다. 그가 사는 동네, 그의 집, 베개가 하나뿐이고 사람이 누운 흔적이 한쪽에만 있는 엄마의 침대, 아빠의 사진, 꿈속에 사는 비올레트. 그리고 또 다른 이미지들도 꼬리에 꼬리를 물고 영화처럼 이어졌다.

오스카는 그의 마음 속 '여행'이 고작 3분 정도밖에 걸리지 않았다고 생각했지만 대뜸 선생님의 목소리가 귓전을 때렸다.

"5분 남았다."

오스카는 질겁하며 고개를 돌려 모스가 쓴 작문을 훔쳐보았다. 그 자식은 벌써 한 장 이상을 빼곡하게 채웠는데 오스카의 종이는 두 시간 전과 똑같은 백지였다! 오스카는 고개를 들었다. 펭귄 선생님이 바로 옆에서 백지를 내려다보고 있었다. 선생님은 인상을 확 쓰고는 저만치 물러났다.

오스카는 종이와 볼펜을 만지작거렸다. 머릿속이 꽉 막혀 있어서 글을 쓸 수 없었다. 일 초 일 초 시간이 흐르는 소리가 들리는 것 같았다.

사실은 그의 심장이 두근두근 뛰는 소리였다. 펭귄 선생님이 종이를 걷어가기 전에 뭐라도 끼적거려야했다. 시간에 쫓기는데다가 아직도 머릿속의 이미지를 다 떨치지 못한 오스카는 생각할 것도 없이 마음 가는 대로 글을 썼다. 통제할 수 없는 말들이 종이 위에서 춤을 추었다.

"자, 이제 집에 돌아가도 좋다. 작문은 책상에 올려놓고 가라. 내가 나가면서 가져가겠다."

펭귄 선생님이 안경알을 닦으며 말했다.

오스카는 급하게 끼적거린 말 같잖은 네 문장을 감추기 위해 종이를 일부러 뒤집어놓았다. 괜히 로넌 모스에게 한마디 듣고 싶지 않았던 것이다. 그는 선생님을 외면한 채 얼른 자리에서 일어났다. 알아들을 수 없는 말을 인사랍시고 중얼대며 마구 뛰어서 교실을 나왔다.

운동장까지 한달음에 나오는데 등 뒤에서 로넌이 그를 불렀다.

"어이, 필, 내가 겁나나 봐?"

오스카는 크게 심호흡을 하고 계속해서 걸어갔다. 짜증내지 말자. 대답하지 말자.

모스가 걸음을 재촉하여 오스카 바로 옆으로 다가왔다.

"선생 앞에서 열심히 하는 체하는 게 더 좋냐?"

오스카는 주먹을 불끈 쥐었지만 대꾸하지 않는 데 성공했다. 그는 어젯밤 엄마와 나눈 대화를 기억하고 있었다. 성가신 일이 생기지 않도록 최대한 노력하겠노라 약속했었다.

"당연하지, 겁쟁이에겐 당연한 일이야."

로넌 모스가 약을 올렸다. 오스카가 그 자리에 멈춰 섰다. 이번엔 좀 심했다. 오스카는 로넌을 돌아보았다. 로넌은 만족해서 실실대고 있었다.

"뭐라고 했는지 모르겠는데. 다시 한번 말해볼래?"

"무슨 소리, 다 알아들었잖아. 넌 겁쟁이일 뿐이야. 네 아빠도 겁쟁이 였을걸. 내기해도 좋아. 비행기를 몰면서 벌벌 떨었겠지. 그래서 납작 하게 추락한 거 아니겠어……. 그러니 아들이 싸울 엄두도 못내는 겁쟁 이인 것도 당연하지."

오스카는 더 이상 참을 수 없었다. 책가방을 땅바닥에 팽개치고 로넌 에게 달려들려는 찰나, 그들을 부르는 목소리가 들렸다.

"필! 모스! 아직도 여기서 뭐하는 거야?"

두 소년이 고개를 들었다. 펭귄 선생님이 교실 창문에서 그들을 지켜 보고 있는 게 아닌가.

"모스, 당장 집으로 돌아가라! 필, 넌 거기 가만히 있어."

로넌 모스가 어깨를 으쓱했다.

"겁쟁이."

로넌은 한 번 더 오스카를 놀리고 그 자리를 떠났다.

오스카는 로넌이 대기하고 있던 자가용을 타고 가는 모습을 보았다. 그제야 겨우 답답했던 마음이 조금 풀렸다. 그는 다시 학교 건물을 향 해 뒤돌아섰다. 아직도 창문 너머로 선생님의 엄격해 보이는 옆모습이 보였다. 그는 책가방을 주워들고 학교 정문을 통과했다. 로넌 모스가 아빠에 대해 함부로 지껄인 말이 아직도 마음에서 떠나지 않았다. 목에 뭐가 걸린 것처럼 답답했다.

"저 애가 한 말이 마음에 들지 않겠지, 그렇지 않니, 오스카?"

오스카는 지금껏 이 목소리를 딱 한 번밖에 들은 적이 없었지만 누구 인지 금방 알 수 있었다. 소년이 홱 돌아섰다.

그의 앞에 레이스 우산을 들고 가장자리에 꽃장식이 달린 작은 모자를 쓴 노부인이 서 있었다. 나이에 어울리지 않는 빨갛고 동그란 안경테도 그대로였다. 어젯밤 집에 찾아왔던 노부인이 틀림없었다.

학교 앞 보도에 드리워진 밤나무 그늘에는 그들 두 사람만 있는 게 아니었다. 그러나 오스카의 눈에 다른 사람은 보이지 않았다. 부인도 작은 초록빛 눈으로 소년을 보고 있었다. 오스카는 왠지 모르게 그 부인에게 믿음이 갔다. 그러나 어젯밤에 엄마와 부인이 나누던 대화가 기억났다. 그리고 자신의 결심도 기억났다. 이 노부인을 다시 만나면 엄마에게 물어볼 수 없었던 질문을 퍼부어주겠다고, 아빠에게 정말로 무슨 일이 있었던 것이지 밝히겠다고 마음먹지 않았던가.

위더스 부인은 오스카를 면밀히 관찰했다. 이 열두 살 소년은 심란할 정도로 비탈리 필을 빼닮았다. 부인은 비탈리를 너무나 잘 알았고 그의 잘생긴 얼굴을 한시도 잊지 않았다. 무엇보다도 소년의 눈에서 아버지와 똑같은 진심과 활력을 느낄 수 있었다. 그녀는 가슴이 뭉클했지만 금세 긴장감에 사로잡혔다.

부인은 오스카에게 대꾸할 겨를을 주지 않았다.

"저 아이가 너희 아빠에 대해 이러쿵저러쿵해서 기분이 상했을 텐데. 네 말이 맞아. 네 아빠는 절대로 겁쟁이가 아니었으니까."

오스카는 순간적으로 분노를 잊고 이렇게 물었다.

"부…… 부인이 우리 아빠를 아세요?"

"그럼." 위더스 부인이 다정한 목소리로 말했다. "아주 잘 알지. 우리는 함께 일했으니까. 아주 훌륭하고 용감한 사람이었지. 아마 너도 네 아빠를 닮았겠지."

오스카는 문득 잘 알지도 못하는 사람과 이상한 얘기를 나누고 있다는 것을 깨달았다. 지금은 부인이 하는 얘기를 들을 게 아니라 오스카 쪽에서 물어봐야 할 때였다.

"무슨 일을 하셨는데요?"

이제 오스카는 경계하는 태세로 돌아가 있었다.

이 나이 많은 할머니가 스튜어디스였을 거라고는 상상할 수 없었지만…….

위더스 부인은 당장은 대답하지 않았다. 셀리아의 반응을 감안하건대, 이 아이는 아직 메디쿠스에 대한 이야기를 들어본 적도 없을 것이고 자기 아버지의 능력에 대해서도 모를 것이 분명했다. 그녀는 신중하게, 천천히 본론으로 들어가야 했다.

"네 아빠는 일종의 의사였다고 할 수 있지."

"거짓말! 엄마가 아빠는 비행기 조종사였다고 했어요."

"겉으로 알려진 직업은 그랬지. 하지만 직업과 별개로 너희 아빠는 사람들을 치료하는 힘을 가지고 있었어. 좀 특별한 치료였지만."

"거짓말 마요! 그리고 어제 우리 엄마가 그랬어요. 당신 때문에 우리 아빠가 죽었다고요!"

위더스 부인은 대꾸하지 않았다. 분명히 쉽게 풀릴 일은 아니었고, 아들보다 엄마 쪽이 더 상대하기 힘들 터였다. 하지만 젊은 나이에 남편과 사별한 여자, 태어나자마자 아버지를 여읜 아이니 이들의 반응은 지극히 당연했다.

"너는 네 아빠의 과거에 대해 알아야 할 것이 아주 많단다, 오스카. 내가 너희 아빠를 참 좋아했었다는 것, 네 아빠는 범상치 않은 사람이었다는 것, 그리고 아직은 모르겠지만 너 역시 그렇다는 것만 알아둬라."

오스카는 자기도 모르게 뒷걸음질을 쳤다. 이 노부인은 제정신이 아닌 것처럼 보였다. 하지만 위더스 부인은 거기서 멈추지 않았다.

"너도 틀림없이 너에게 어떤…… 능력이 있다는 걸 벌써 알아차렸겠지? 난 그렇게 믿는다. 그렇지 않니?"

오스카는 대답하지 않았다. 그렇다면 그 현상도 아빠와 관련이 있었단 말인가? 단순한 우연이 아니었다는 말인가?

그 순간, 부인이 오스카의 어깨에 손을 얹었다. 기이한 느낌이 소년의 왼손에 퍼졌다. 어제 목에 난 상처를 자기 손으로 만졌을 때, 비올레트의 상처에 손을 댔을 때의 느낌과 비슷했다. 피부 밑에서 찌릿찌릿 전기가 일어나듯 눈에는 보이지 않지만 아주 차가운 전율이 일어났다.

오스카는 왠지 모르지만 두려웠다. 평소에는 이렇지 않았다. 만약 이 부인의 말이 사실이라면, 그와 그의 가족에게 숨겨진 비밀을 발견하게 될지도 모르는 일이었다.

그는 부인의 팔을 뿌리치고 다시 뒷걸음질을 쳤다.

"전…… 당신이 누군지 모르겠어요. 집에 가야해요. 많이 늦어서 엄마가 기다리실 거예요."

오스카는 자리를 박차고 뛰어가려 했지만 발이 떨어지지 않았다. 아니, 머릿속에서 가지 말라고, 이 기회를 놓치지 말라고 명령하는 것 같았다.

위더스 부인이 빙그레 웃었다.

"내 생각이 맞았나 보구나. 넌 네 아빠의 힘을 물려받았어, 오스카. 그게 얼마나 큰 행운인데. 그 행운을 잡아야해. 이제 그럴 만큼 자라기도 했고."

"당신이 감히 어떻게!"

뒤에서 들려온 목소리에 두 사람은 소스라치게 놀랐다.

셀리아가 학교에 남아 벌을 받은 아들을 데리러 왔던 것이다. 그녀는 오스카가 절대로 잊을 수 없는 그 여자와 이야기를 나누는 모습을 목격했다. 위더스 부인이 찾아오고 나서부터 셀리아는 밤에 잠시도 눈을 붙이지 못했다. 셀리아는 서둘러 차에서 튀어나왔다.

그녀는 미친 사람처럼 달려들어 둘 사이를 가로막았다.

"누가 학교 앞에서 우리 아들에게 접근해도 좋다고 했어요? 제 뜻은 어제 확실하게 밝혔다고 생각하는데요. 지금도 분명하게 말할 수 있어요. 한 번만 더 우리 애들에게 접근하거나 집으로 찾아오면 고소하겠어요! 당신은 물론이고, 그쪽 사람들 전부 다요!"

셀리아는 이글이글 타오르는 눈빛으로 덧붙였다.

"이제 내 말을 알아들었겠지요? '

위더스 부인의 얼굴에서 미소가 사라졌다. 그렇지만 부인은 냉정을 잃지 않고 여전히 침착한 목소리로 말했다.

"말을 알아들어야 할 사람은 당신이라고 생각해요, 친애하는 셀리아……."

"'친애하는' 같은 소리는 하지도 말아요! 날 내버려둬요! 그리고 우리 아들과 절대로 말하지 말아요!"

"당신이 좋든 싫든 간에 나는 이 상황을 설명해야해요. 그리고 당신은 내 말을 새겨들어야 하고요."

노부인은 눈곱만큼도 기가 죽은 눈치가 아니었다. 그녀가 오스카를 돌아보았다. 오스카는 부인이 완전히 다른 사람이 된 것 같은 인상을 받았다. 그녀는 더 이상 나긋나긋하고 힘없는 노부인이 아니었다. 부인은 키가 커지고 자세가 꼿꼿해졌다. 얼굴에서 악의는 보이지 않았지만 강인해 보였다.

"오스카, 잠시 엄마와 단 둘이 얘기할 수 있도록 비켜주겠니? 우리끼리 할 말이 있단다."

오스카는 내키지 않았지만 몇 발짝 물러나 두 사람을 계속 지켜보았다. 엄마가 괜찮을지 걱정되었던 것이다.

부인은 셀리아의 팔을 꼭 잡고 저쪽으로 끌어당겼다.

"뭐예요…… 이거 놔요!" 셀리아는 소리를 질렀지만, 놀랄 만큼 완강한 손을 뿌리치지는 못했다. "우리 아들을 억지로 붙잡아놓고 말도 안되는 소리를 늘어놓더니 이젠 내 차례인가요? 도대체 원하는 게 뭐예요?"

"원하는 게 뭐냐고요? 당신들을 보호하는 거요. 모르겠어요?"

위더스 부인은 셀리아의 팔을 놓았다. 셀리아는 팔을 문지를 뿐 아무말도 하지 않았다. 위더스 부인이 다시 입을 열었다.

"두 번은 말하지 않겠어요. 다시 귀찮게 하지도 않을 거고요. 하지만 당신도 귀를 틀어막기만 할 게 아니라 내 얘기를 똑바로 들어야해요. 그 비극이 일어난 후에 당신 심정이 어땠을지 알아요. 당신에게나 당신 아이들에게나 결코 쉽지 않은 시간이었다는 것도 알아요. 하지만 잠깐만 그런 건 다 잊고 현실을 직시해요. 놈들의 왕자가 풀려났어요. 이게 무슨 뜻인지 알겠어요? 과거의 동맹 세력이 되살아나고 그 자가 힘을 되찾을 거라는 얘기죠. 아주 힘든 싸움이 될 거예요. 무서운 질병이 퍼지고 세상이 위험에 빠질 거라고요. 그런데도 과거만 곱씹고 앉아 있을 건가요? 원망만 하고 있을 건가요? 이기적으로 살겠다고 결심하고 자기 생각만 해도 좋아요. 하지만 당신도, 당신 가족들도 위험을 피해갈 순 없어요."

"나는 메디쿠스가 아니잖아요. 우리 애들도 메디쿠스가 아니에요. 우리는 당신들을 위해 아무것도 할 수 없다고요! 우리 그이는 이미 싸우다 갔잖아요. 그러니 이제 당신들이 싸우세요. 이제 당신들 차례잖아요!"

"우리도 쉬지 않고 싸웠어요. 그리고 당신이 한 가지 잊고 있는 게 있어요. 파톨로구스의 왕자는 세상을 지배하고 싶어 해요. 하지만 그의 머릿속에는 다른 속셈이 있을 거예요……."

셀리아는 감히 묻지도 못하고 불안한 마음으로 부인의 다음 말을 기다렸다.

"셀리아, 그는 '복수'를 원해요. 자기를 쓰러뜨리고 13년 동안이나 옥살이를 시킨 사람, 바로 당신의 남편에게 말이에요."

"하지만 우리 그이는 죽었어요. 당신도 알잖아요!"

셀리아가 오스카를 흘끗 보았다. 그들의 말이 들리기에는 거리가 꽤 있었다. 그래도 위더스 부인은 목소리를 한껏 낮추어 말을 이었다.

"물론이에요. 하지만 어둠의 왕자는 자신에게 반항하는 이들에게 본때를 보여줘야 한다고 생각하겠죠. 자신에게 대들었다가 뼈도 못 추린다는 것을 똑똑히 알려주고 싶어 할 거예요. 그러니 그자는 아직 남아 있는 사람들을 노리지 않겠어요? 물론, 셀리아 당신과 당신 애들 얘기예요. 당신과 당신 딸은 메디쿠스가 아니라고 해도요."

"안 돼요!" 셀리아가 절망적으로 부르짖었다. "지금 나를 겁주려고 그러는 거죠! 그래야 내가 당신들 말을 들을 테니까! 당신 말은 못 믿겠어요!"

주위를 지나가던 사람들이 깜짝 놀라서 그들을 쳐다보았다. 위더스 부인이 셀리아를 나무 뒤쪽으로 데려갔다.

"나라고 좋아서 이런 얘기하는 줄 알아요? 이건 현실이에요. 내가 말했듯이 그는 복수를 꿈꿀 거예요. 하지만 비탈리 필의 아들이 아버지와 같은 힘을 물려받았다는 소식을 들으면 두렵기도 하겠지요. 그자는 오스카를 처치하기 전까지는 두 다리를 뻗을 수 없을 거예요. 내 생각이 틀렸을지도 몰라요. 어둠의 왕자가 무슨 꿍꿍이를 갖고 있는지는 모르죠. 하지만 당신은 만일을 생각하지 않을 수 없잖아요."

셀리아는 두 손으로 얼굴을 감쌌다. 무슨 일이 벌어질 것인지, 어떻게 해야 할지 판단이 서지 않았다. 그저 전부 다 잊고 싶었다. 이 끔찍한 시간을 빠져나왔으면, 메디쿠스니 파톨로구스니 하는 얘기를 다 지워버렸으면 했었다. 하지만 헛수고였다. 모든 것이 더욱더 버겁게 돌아와 있었다.

위더스 부인이 쐐기를 박았다.

"나 때문에 당신이 불행해졌다고 믿으면서 눈감고 모르는 척해도 좋아요. 하지만 당신 가족들이 위험할 수 있다고요. 아무도 당신을 보호해주지 못할 거예요. 나밖에 없을 거예요. 이렇게 선택의 기회를 줄 수 있는 사람도 나뿐이라고요."

셀리아는 뺨을 타고 흘러내리는 눈물을 느꼈다.

"나…… 난 그 애를 위험에 빠뜨리고 싶지 않아요. 아이에게 무슨 일이 생길까봐 겁나요. 아시겠어요?"

노부인이 위로하듯 셀리아의 어깨를 토닥거렸다.

"왜 모르겠어요. 하지만 아무것도 모르게 감춘다고 해서 그 애를 보호할 수 있는 건 아니잖아요. 아니, 그거야말로 오스카를 위험에 빠뜨리는 꼴이에요."

셀리아가 갑자기 고개를 번쩍 들고 눈물을 닦았다. 두 사람 뒤쪽으로 오스카가 다가오며 불안한 눈으로 엄마를 주시하고 있었다. 셀리아는 미소를 지으려고 노력했다.

"아무것도 아니란다. 괜찮아. 그냥 좀 감정이 북받쳐서 그래. 위더스 부인에게 슬픈 얘기를 들었거든."

오스카도 웃는 얼굴을 보이려고 노력했다. 엄마와 이 노부인은 그에게 아빠를 닮았다고, 아빠처럼 용감한 소년이라고 하지 않았던가. 기대에 부응하는 모습을 보이고 싶었다. 오스카가 물었다.

"그…… 위험이 뭔데요?"

셀리아는 이제 말할 기운도 없어 보였다. 그녀는 위더스 부인을 애원하는 눈빛으로 바라보았고 부인은 오스카에게 미소를 지어 보였다.

"여기는 그런 얘기를 하기에 적당한 장소가 아닌 것 같구나. 그래도 꼭 해야한다면…… 하긴, 시간이 촉박하니까."

위더스 부인이 주위를 둘러보며 말했다. 그러고는 잠시 입을 다물고 생각을 정리했다. 오스카는 거리의 소음도, 행인들의 말소리나 자동차가 지나가는 소리도 들리지 않았다. 그는 사방으로 휘날리는 고수머리를 가라앉히려고 손을 머리에 얹었다.

"13년 전에 한 남자가 세상을 지배하고 인류를 위험에 빠뜨리려고 했지. 그자와 그 일당은 인간의 몸속에 들어가 의사들도 고칠 수 없는 나쁜 병을 일으켰단다. 우리는 그들을 파톨로구스라고 불렀지. 그랜드 파톨로구스가 권세를 떨치던 그때, 그를 막을 수 있었던 사람은 단 한 명, 네 아빠뿐이었단다, 오스카."

"그 사람 때문에 우리 아빠가 죽었나요?"

"일단은 내 말을 계속 들어보렴."

위더스 부인이 나무라듯 말했다. 오스카는 급한 성질을 누르고 입을 다물었다. 부인의 이야기가 이어졌다.

"네 아빠는 메디쿠스라고 부르는 특별한 존재였어. 메디쿠스만이 파톨로구스처럼 신체에 들어갈 수 있는 능력을 지니지. 메디쿠스만이 파톨로구스와 대결하고 그들이 일으킨 무서운 질병을 치료할 수 있어. 보통 사람들과는 아주 다른 존재들이지."

오스카는 귀가 번쩍 뜨이고 눈이 휘둥그레졌다. 이 괴상한 노부인이 하는 얘기를 믿을 수가 없었다. 몸속에 들어간다고? 당장에라도 따져 묻고 싶어 입이 근질거렸지만 일단은 조용히 다음 얘기에 귀를 기울였다.

"어둠의 왕자는 아무도 모르는 감옥에 갇혔어. 하지만 안타깝게도 얼마 진에 그자가 감우에서 탈출하고 말았지."

위더스 부인은 잠시 말을 멈추고 오스카가 이 말도 안 되는 정보의 홍수를 받아들일 만한 시간을 주었다. 아빠가 가두었던 적이 탈출했다고 생각하자 오스카는 더럭 겁이 났다. 위더스 부인이 가족의 위험 운운했던 것도 어렴풋하게나마 이해가 갔다.

셀리아가 다가와 아들을 꼭 끌어안았다. 오스카는 처음으로 엄마를 밀어냈다. 이제 그는 그저 어린아이로 살 수 없었다. 부인이 하는 말을 끝까지 들어야만 했다.

위더스 부인이 조심스레 미소를 지으며 이야기를 계속했다.

"전 세계를 통틀어 이제 메디쿠스는 별로 남아 있지 않아. 그래도 모든 메디쿠스들이 싸울 준비를 해야해. 그자가 다시 세상을 정복하려고 할 테니까. 무슨 말인지 알겠지?"

오스카는 자신이 다 알아들었는지 확신이 가지 않았지만 몇 가지는 분명하게 깨달았다. 그가 아빠를 빼닮았다면 아빠가 지녔던 능력을 그도 가지고 있을지 모른다……

"파톨로구스의 왕자가 반드시 너를 노리라는 법은 없단다, 애야. 그래도 조심을 해야하지 않겠니. 너 역시 우리의 싸움에 가담할 수 있어."

이번에는 오스카도 묻지 않을 수 없었다.

"그럼 당신은 제가……."

"……메디쿠스라는 거지. 그래, 오스카, 난 그렇게 믿는단다. 어쨌거나 너에겐 메디쿠스의 자질과 감각이 있어. 메디쿠스는 겉으로 드러난 상처에 손만 얹어도 그 상처를 아물게 할 수 있지. 물론 몸 안의 병을 치료할 때에도 몸에 손만 얹으면 돼. 신체와 그 내부의 다섯 우주로 들어가는 방법은 훈련이 필요하지. 그밖에도 아주 재미있고 놀라운 것들을 어마어마하게 배워야하고."

노부인이 숨을 깊숙이 들이마셨다.

"네 아빠가 그랬듯이 너도 이제 그런 것들을 배울 때가 됐어. 아무도 너를 막을 순 없단다."

부인은 잠시 셀리아를 바라보며 말했다.

"하지만 아무도 너에게 강요해서는 안 돼. 선택은 네가 하는 거야. 네가 무엇을 하고 싶은지 스스로 깨달아야해. 그리고 무엇이 되고 싶은지도 말이야."

오스카는 위더스 부인을 쳐다보았다가 엄마에게 시선을 옮겼다. 그는 완전히 얼이 빠졌다. 열두 살밖에 안 된 소년은 지금 막 상상도 못했던 얘기를 들었다. 게다가 더욱더 믿기지 않는 선택까지 해야한단다. 뿐만 아니라, 위더스 부인이 아빠에 대해 설명한 얘기에는 아직 이해되지 않는 부분들이 있었다.

위더스 부인은 더 이상 오스카를 재촉하지 않았다.

"지금 대답할 필요는 없단다. 하지만 메디쿠스가 되기로 결심한다면, 대단한 인내와 용기와 힘이 필요할 게다. 하지만 나는 걱정하지 않는다. 네가 할 수 있다는 걸 알거든."

그때까지 위더스 부인의 말을 듣고만 있던 셀리아가 마침내 한 마디 해야겠다고 마음먹었다.

"당신의 제안을 받아들이면 오스카는 어떻게 되나요?"

"쿠미데스 서클에서 여름방학을 보내게 될 거예요. 그곳은 메디쿠스 그랜드 마스터의 자택이지요. 물론 이 일은 극비로 진행됩니다."

셀리아는 쿠미데스 서클이라는 말만 듣고도 새파랗게 질렸다.

"윈스턴…… 브레이브의 자택이요? 오스카가? 어떻게 그런 일이 가능하죠? 이유가 뭔데요?"

"비밀리에 수련하기에는 그곳만큼 모든 것이 구비된 최상의 장소가 없으니까요."

위더스 부인은 자세한 설명을 피해 그렇게만 말했다. 오스카는 머릿속으로 방금 들은 이름을 되뇌었다. 윈스턴 브레이브. 메디쿠스의 그랜드 마스터. 희한하게도, 평생을 듣고 살았던 이름처럼 친근하게 다가오는 이름이었다.

"거기가 어디예요?"

"네 결심이 서면 알게 될 거다." 위더스 부인이 잘라 말했다. "내일이 방학 전에 마지막으로 학교 가는 날이지? 토요일 오전에 너희 집으로 가겠다. 그때 대답을 다오. 나를 따라 쿠미데스 서클로 가기로 결심하거든 여행 가방도 싸두렴."

"여행 가방요? 아니, 그래도 너무 서두르는 것 아닌가요? 짐까지 싸서 들어가야 해요? 오스카가 집에서 매일 다닐 수도 있잖아요."

셀리아가 반발했다.

"낮뿐만 아니라 밤에도 오스카가 배워야 할 것들이 많아요. 당신도 알잖아요." 위더스 부인이 수수께끼 같은 말투로 일침을 놓았다. "그리고 마지막으로 말하겠는데 결코 서두르는 게 아니에요. 지금은 긴급 상황이니까."

위더스 부인이 오스카에게로 고개를 돌렸다.

"토요일이다, 오스카. 토요일 오전 9시에 킬데어 스트리트로 가겠다. 그때 네 대답을 주기 바란다."

오스카는 노부인이 총총걸음으로 길모퉁이를 돌아 사라지는 모습을 지켜보았다. 문득 세상에 혼자 남은 기분이 들었다. 지금 막 알게 된 일, 앞으로 내려야하는 힘든 결정 모두 그 혼자 떠안을 몫이었다. 엄마가 그의 손을 잡아주자 곧바로 기분이 조금 나아졌다.

"집으로 가자, 오스카."

　모자는 찌그러진 트윙고 자동차를 향해 걸어갔다. 동네에서는 보기 드문 모델이었다. 셀리아의 먼 고모뻘 되는 아주머니가 프랑스에서 미국으로 이민 오면서 넘겨준 자동차였다. 그분은 셀리아네 형편이 어렵다는 것을 알고 굳이 이 차를 주겠다고 고집을 피웠다. 셀리아는 고모가 이 차에 붙인 애칭 '투아네트'를 그대로 썼다. 비올레트는 자동차를 그날의 기분에 맞게―혹은 자기 취향에 맞게―꾸며놓았다. 바닥부터 계기판까지 온갖 색깔의 스티커로 도배를 하고 반짝이 가루를 뿌린 것도 모자라 하늘하늘한 리본과 꽃술을 사방에 매달아놓았다. 밖에서 보면 투아네트는 안타까운 고물차였지만, 일단 안에 타면 크리스마스트리 속에 들어앉은 기분이 들었다. 물론 진짜 크리스마스트리는 없었지만 말이다. 셀리아와 오스카는 비올레트가 꾸민 차를 마음에 들어 했다. 비올레트는 자기가 꾸며놓고도 홀딱 반해서, 첫날부터 차에서 자겠다고 떼쓰는 걸 말리느라 엄마가 애를 먹었다.
　오스카는 뒷좌석에 올라타 문을 닫았다. 그가 창문을 여는 순간, 학교 정문 옆에 주차되어 있던 검정색 세단이 부르릉 출발했다. 창문이 시커멓게 선팅이 되어 있었지만, 그 차의 뒷좌석에 앉은 사람의 날렵한 옆얼굴을 볼 수 있었다. 검정색 세단의 창문이 내려가는가 싶더니 로넌 모스의 차가운 눈이 정면으로 보였다. 뭔가 더러운 수작을 꾸미는 듯, 놀림보다는 악의가 두드러지는 눈빛이었다. '원수'를 보는 듯한 눈빛이었다.
　하루만 학교에 더 나가면 되니 얼마나 다행인지. 그다음부터는 여름 내내 둘이 마주칠 일은 없었다.

하지만 그 전에 오스카는 결정을 내려야 할 것이다. 올해 여름은 물론이고, 아마도 그의 인생을 송두리째 바꿔놓게 될 결정을.

이제 오스카가 결정할 차례였다.

결정적 선택

다음날 아침, 킬데어 스트리트 6897번지에서 멀쩡한 사람은 비올레트밖에 없었다. 비올레트는 나무 식탁에 팔을 괴고 밀짚으로 만든 의자에 앉아 몸을 까딱거리며 노래를 흥얼거렸다.

맞은편에 앉은 오스카는 시원한 초콜릿 음료에 빵 조각을 적시고 있었지만 사실 아무것도 목으로 넘기지 못했다. 셀리아는 정신 사납게 주방을 왔다 갔다 했다. 냉장고에서 가스레인지로, 가스레인지에서 식탁으로, 식탁에서 찬장으로, 그리고도 가만히 있지를 못했다. 회사에는 전화로 몸이 아파서 오후에 나가겠다고 알려둔 참이었다. 셀리아가 이런 적은 처음이었다.

엄마나 아들이나 안색이 어두웠다. 두 사람 모두 잠을 이루지 못했다. 어제 들은 이야기 때문에 제정신이 아니었지만 아직 그 일을 두고 허심탄회하게 대화를 나누지는 않았다. 셀리아는 아들을 건드리고 싶지 않았다. 자신에게 얽힌 그 엄청난 사연의 충격을 감당하고 중대한 결정을 내리기에 오스카는 너무 어렸다. 그녀는 일단 오스카가 학교에 갔다 올 때까지 기다리기로 했다. 일단 점심을 먹고, 그 다음에 아들과 머리를 맞대고 그 문제를 차분하게 짚어볼 것이다.

우유에 적신 빵이 산산이 부서져 흩어질 때까지 오스카는 아무것도 먹지 못했다. 그는 아침을 거르고 책가방을 챙겨 들었다. 바깥에는 여름날의 화창한 햇살이 내리쬐고 있었다. 하지만 소년은 불안했고 집 안은 온통 회색빛으로만 보였다.

자기 방으로 사뿐사뿐 올라갔던 비올레트가 기적적으로 짝짝이가 아니라 제 짝을 맞춘 운동화를 신고 내려왔다. 노란 물방울무늬 우산도 가지고 내려오긴 했지만 그건 눈여겨볼 만한 물건이 아니었다.

"비올레트, 손에 든 건 뭐니?"

엄마가 물었다. 엄마는 현관 벽에 빼곡하게 붙어 있는 사진과 종이 틈 사이에 새로운 사진을 한 장 더 붙이려고 하는 중이었다.

"이거요? 아무것도 아니에요. 빈 요구르트 통이에요. 벌새를 담을 거예요."

비올레트가 까만 비닐봉지를 보여주며 말했다. 셀리아와 오스카가 눈을 크게 떴다. 그랬다, 아직도 그들은 비올레트의 행동에 놀라곤 했다.

"도시에 사는 벌새들은 둥지를 만들 재료를 구하기 어렵다는 글을 읽었어요. 그래서 학교 돌아오는 길에 나무에 요구르트 통을 달아주려고요."

"바빌론 하이츠에 사는 벌새들은 요구르트 통으로 둥지를 만든다 이

거지." 셀리아가 꿈을 꾸듯이 말했다. "그래, 알았다. 통을 챙겨 가라. 입씨름할 시간이 없어. 잘못하면 둘 다 지각이야. 선생님께는 엄마가 뭐라고 할지 생각해놓으마. 혹시 또 점심시간에 너에게 이것저것 물어볼지도 모르지."

"늦으면 어때요. 어차피 오늘까지만 나가면 되는데."

오스카가 우물거렸다. 셀리아는 아이들을 밖으로 밀어내고 문을 닫았다.

"얼른 가, 빨리빨리 움직여. 투아네트가 오늘 아침엔 시속 200킬로미터로 너희를 데려다주지 않을 거야. 뭐, 다른 날도 그렇긴 하지만."

오누이는 말없이 학교로 갔다. 비올레트는 요구르트 병을 살펴보느라 정신이 팔려 있었고 오스카는 생각에 푹 빠져 있었다. 학교에 가까워질수록 속에 뭐가 맺힌 듯 답답해 견딜 수 없었다. 모든 질문을 꾹꾹 속에만 눌러 담은 채, 엄마와 아무 말도 하지 않은 게 후회되었다. 무엇보다도, 위더스 부인의 제안을 생각하면 겁이 났다.

사실 마음속 깊은 곳에서는 무엇 때문에 가슴을 졸이는지 알고 있었다. 그는 실패가 두려웠다. 아빠는 어떻게 생각할까? 만약 메디쿠스가 되지 못한다면 어떻게 자신을 지킬 것이며, 메디쿠스가 아닌 엄마와 누나를 어떻게 보호할 수 있겠는가?

"어서 가, 얘들아, 빨리 내려!"

오스카가 고개를 들었다. 시간이 어떻게 흘렀는지 모르지만 그들은 학교 정문 앞에 와 있었다. 비올레트는 차에서 내리자마자 학교로 뛰어갔다. 오스카는 갑자기 엄마를 돌아보며 멍하니 말했다.

"엄마, 난 가기 싫어요."

"뭐라고? 오늘 오전만 때우면 되잖아!"

"쿠미데스 서클 말이에요. 거기 가기 싫어요, 엄마…… 난 메디쿠스가 아니에요. 확실해요! 난 그냥 집에서 엄마와 누나와 여름방학을 보내고 싶어요."

셀리아가 빙그레 웃었다. 그녀는 아들의 말에 안심하는 것처럼 보였다.

"그 부인이 뭐라고 하든 간에 네가 싫으면 안 가도 돼. 알았지? 넌 안 가는 거야. 그런 걸로 걱정하지 마."

오스카는 어제부터 가슴을 짓누르던 무거운 짐이 떨어져나가는 것 같았다. 그는 엄마에게 미소를 짓고 자동차 문짝을 힘차게 닫았다. 투아네트는 부릉 소리를 내며 그 자리를 떠났다.

오스카가 운동장을 바라보았다. 펭귄 선생님이 반 아이들과 함께 교실로 올라가고 있었다. 오스카는 마지막 수업을 하는 날이니 지각을 하면 안 되겠다고 생각하며 마구 달리기 시작했다.

문 앞에서 아이들이 선 줄에 서툴게 끼어들려던 오스카는 그만 펭귄 선생님을 밀치고 말았다. 선생님은 넘어질 뻔했지만 가까스로 균형을 잡았다. 덕분에 반 아이들이 모두 웃었다. 오스카는 얼굴이 빨개졌다.

"그래, 필, 방학 동안에는 네가 허겁지겁 교실에 뛰어드는 모습을 못 보겠구나!"

선생님은 얼굴 중간까지 미끄러져 내려온 네모난 안경을 고쳐 쓰며 말했다. 오스카는 당황했지만 한편으로 큰소리로 웃고 싶은 충동도 들었다.

"죄송합니다, 선생님, 전 그냥……."

오스카는 말을 다 맺지 못하고 쭈뼛거렸다.

"입 다물고 들어와라. 그리고 너희들도 마찬가지야."

선생님은 반 아이들 전체에게 큰소리로 말했다. 모두들 와자지껄하게 교실로 들어와 자리에 앉았다. 이제 방학이라는 생각에 아이들은 마음이 들떠 있었다. 오스카만 남들의 눈에 띄지 않으려 노력했다. 옆자리에 앉은 제레미 오말리는 이쪽저쪽으로 몸을 비틀며 오스카에게 수다를 떨었다.

"신난다! 4시간만 버티면 방학이야! 방학하면 필요한 게 한두 가지가 아니지! 필요한 게 한두 가지가 아니면…… 짠, 모르겠어? 이런, 실망인데! 자, 그래, 방학에 필요한 모든 것들을 구할 수 있는 '제레미 시장'이 왔어요, 왔어!"

오스카도 드디어 제레미의 수다에 흥미를 보이기 시작했다.

"제레미 시장? 그건 또 뭐냐?"

"뭐? 넌 소문도 못 들었냐? 넌 도대체 어디에 사냐? 제레미 시장은 바빌론 하이츠에 떠오르는 새로운 명소라고. 여름 내내 매일 9시부터 12시까지 킬데어 스트리트에 있는 우리 집 차고에서 열린다. 양동이가 필요해? 상태가 괜찮은 자전거를 원해? 손목시계나 선글라스는 안 필요해? 말씀만 하셔. 나한테 다 있으니까."

"정말 다 있어?"

오스카가 재미있다는 듯이 물었다.

"다 있지!" 제레미는 언제나처럼 자신만만했다. "게임, 수리용 공구, DVD, CD…… 새것도 있고 중고도 있어. MP3도 몇 개 있다고! 케이스에서 커피 브랜드 스티커를 떼어내야 하긴 하지만, 어디서 5달러에 MP3를 구해! 판촉용으로 나온 거지만 물건만 말짱하면 되지! 사탕이랑 과자도 빼놓을 수 없지. 도위저 아줌마가 모양이 약간 망가진 물건을 싼값에 넘겨줬어. 오르파누다키스 아줌마도 하루 지난 상품을 다 나에게 넘긴다고! 매일매일 '거의' 신선한 상품이 들어와!"

펭귄 선생님이 조용히 하라고 자로 책상을 쿵 내리치고는 학생들 사이로 돌아다녔다. 교실 뒤쪽에 앉은 로넌과 그 패거리들이 숙덕거리며 오스카 쪽을 쳐다보았다.

"사실은 시장을 운영할 애들을 구하고 있어. 너 관심 있냐?"

제레미가 조그맣게 물었다.

"아니, 별로. 어쨌든 고맙다."

오스카도 소리를 죽여 대답했다.

"보수도 짭짤해! 협상을 해보자. 난 믿을 만한 사람을 찾는단 말이야!"

"오말리, 나를 믿지 그러냐?" 펭귄 선생님이 끼어들었다. "교실에서 계속 사업 얘기만 하고 있으면 넌 점심시간이 되어도 집에 못 돌아갈 거다. 선생님은 오늘 오후에도 얼마든지 학교에 남으라고 할 수 있는 사람이지. 알았니?"

제레미는 즉시 입을 다물었다. 학교 안보다는 학교 밖에서 하고 싶은 일이 훨씬 많았으니까. 게다가 오후 2시부터 포셋 거리의 인쇄업자 도니 아저씨에게 받은 전단지를 온 동네에 뿌려야했다. 대신에 그 집 배달을 몇 건 해주기로 약속했다. 보도에서 주운 자전거를 수리해서 바르트 형에게 넘겨주었으니 배달은 걱정 없었다.

펭귄 선생님은 작은 봉투를 열고 오스카와 로넌의 책상에 그들의 작문을 각각 올려놓았다. 작문에는 이미 점수가 매겨져 있었다. 자신이 쓴 글이 떠오른 오스카는 끔찍할 것이 분명한 선생님의 평가와 점수를 나중에 보려고 했다. 그가 종이를 조용히 가방에 넣으려는데 제레미가 잽싸게 낚아챘다.

"와우! A 플러스잖아! 펭귄한테 작문 점수로 A 플러스를 받다니, 날이면 날마다 있는 일은 아닌데!"

제레미가 자기도 모르게 큰소리로 떠들다가 입을 막고 펭귄 선생님을 쳐다보았다. 녀석은 어색하게 웃으며 변명했다.

"사실은 '훌륭하신 펭귄 선생님한테'라고 하려고 했어요."

오스카는 제레미에게 달려들어 작문을 빼앗으려고 했다. 하지만 제레미는 교묘하게 피해 작문을 번쩍 치켜들고 줄줄 읽어내렸다.

우리는 왜 폭력적인가?
말을 해도 소용없을 때 우리는 폭력적이 된다.
그러한 성향을 억누르려면 어떻게 해야 하는가?
가끔은 폭력을 휘두르는 대신에 꿈을 꿀 수 있다.

제레미가 자기가 방금 읽은 내용에 놀라 입을 다물었다. 온 교실이 조용해졌다. 아무도 웃거나 오스카를 놀리지 않았다. 아니, 그 반대였다. 펭귄 선생님조차도 제레미를 혼내는 것을 잊고 있었다.

오스카는 쥐구멍이라도 찾고 싶었다. 그는 얼른 답안지를 빼앗아 가방에 쑤셔 넣어버렸다. 그래도 펭귄 선생님의 평가를 눈으로 스치듯 읽어볼 틈은 있었다.

"장황한 논증보다 더 가치 있는 문장들이 있습니다. 잘 썼습니다, 오
스카. 꿈을 버리지 마세요. 지금은 말이 소용없다고 생각하겠지만 언젠
가 자신의 말을 찾을 날이 올 겁니다."

교실의 침묵을 다시 깨뜨린 사람도 역시나 제레미였다.

"말 좀 해봐. 이거 진짜 네가 쓴 거야? 진짜 잘 썼는데?" 제레미가 감
탄했다. "우리 사업을 좀 해보자. 이 글을 티셔츠랑 모자에 박아서 부자
동네 학교 운동장에서 팔아보면 어떨까? 날개 돋친 듯이 팔릴걸!"

모두 와 하고 웃음을 터뜨렸다. 로넌 모스는 다른 아이들보다 더 크
게 고함을 질렀다.

"머저리! 저 빨간 머리는 자기 주제도 모른다니까! 자기가 무슨 작가
라도 돼?"

"시끄러워, 로넌. 내가 보기에도 정말 멋진 글인데, 뭐."

틸라가 오스카를 뜨거운 눈빛으로 바라보며 로넌에게 핀잔을 주었
다.

오스카는 아무 말도 못 들은 체했지만 질투에 불타는 로넌의 얼굴을
곁눈질로 확인했다. 로넌 모스가 뭐라고 대꾸하려 했지만 제레미는 번
개처럼 빠르게 로넌의 답안지를 잡아챘다. 녀석이 어찌나 잽싼지 로넌
도 손을 쓸 수가 없었다.

"어이, 모스, 네 점수를 볼까? 너는 D잖아? 적어도 너는 천재가 아닌
게 분명하네!"

로넌 모스가 위협적으로 째려보았지만 모두들 배를 잡고 아까보다
더 크게 웃었다. 오늘은 학기 마지막 날이었다. 모두들 내일은 로넌이

그들을 괴롭힐 수 없다는 것을 알기에 호탕한 웃음으로 복수했다. 부끄럼쟁이 에이든 스펜서마저도 시원하게 웃을 수 있었다.

펭귄 선생님도 재미있어했지만 아이들을 진정시키기 위해 화난 척했다. 극성스러운 아이들도 벌을 받을지도 모른다는 생각에 입을 다물었고 나머지 시간은 비교적 평화롭게 지나갔다. 사실 선생님 말씀에 귀를 기울이는 학생은 한 명도 없었지만 말이다. 마지막 수업 날에 기억할 만한 것이 있었다면, 그건 단연 오스카의 작문이었다. 비록 네 문장밖에 안 되는 글이었지만 말이다. 남자아이들은 폭력에 대한 첫 번째 답을, 여자아이들은 폭력을 피하기 위한 꿈을 머릿속에 새겼다.

오스카는 시시때때로 뒤를 돌아보았다. 로넌과 그 패거리는 복수를 노리고 있었다. 오스카는 그렇게 확신했다. 하지만 그 역시 나머지 아이들과 같은 생각을 하고 있었다. 개학 전까지는 로넌과 마주칠 일이 없을 거라는 생각을.

"잘 모르겠지만 로넌 모스는 올해 여름에 제레미 시장에 자주 찾아오지 않을 것 같아…… 뭐, 난 저런 손님들은 별로야. 벼락부자들만큼 지독한 것들도 없지. 돈을 제대로 내지 않는단 말이야!"

제레미가 속닥거렸다.

정오를 알리는 종이 치자 교실에서 기쁨의 함성이 폭발했다. 용수철이라도 달린 것처럼 아이들은 일제히 자리를 박차고 일어났다. 가방, 종이, 볼펜이 사방팔방으로 날아다녔다. 펭귄 선생님도 이를 막을 수는 없었다. 틸라는 이 아수라장을 헤치고 오스카에게로 다가와 그의 앞을 가로막았다. 오스카는 틸라가 어떤 면에서 로넌과 한 패라는 것을 알고 있었지만 평소보다 두근대는 심장을 어쩔 수 없었다. 그는 가방을 정리하는 데 집중했다. 하지만 틸라는 물러나지 않았다.

"오스카, 여름방학에 뭐해?"

어여쁜 금발 소녀가 물었다.

오스카는 뭐라고 대답을 해야 할지 몰랐다. 오늘 아침 투아네트의 문짝을 닫고 엄마를 보낸 이후로 메디쿠스와 위더스 부인, 특히 부인에게 받은 제안은 까맣게 잊고 있었다. 틸라에게 이런 질문을 받고 보니 어제의 기억이 생생하게 되살아났다. 아무리 엄마가 쿠미데스 서클에 억지로 갈 필요는 없다고 안심을 시켰다지만, 사실 아직 아무런 결정도 내리지 않았다는 것을 그는 그제야 실감했다. 꼭 틸라 때문은 아니었지만 말을 자꾸 더듬게 되었다.

"여, 여름방학? 어, 그게……."

"걔가 어딜 가겠어? 바빌론 하이츠의 거지 같은 집구석에 처박혀 동네 친구들하고나 어울리겠지. 나랑 마주칠까 봐 겁이 나 죽겠거든."

로넌 모스의 넙데데한 실루엣이 틸라 뒤에서 나타났다. 로넌은 틸라를 바라보며 덧붙였다.

"오고 싶으면 우리 집에 와도 좋아. 우리 집에는 수영장도 있어."

틸라는 오스카의 눈치를 보면서 망설였다.

"글쎄, 뭐, 봐서. 잘 있어, 오스카."

"안녕."

오스카는 틸라와 로넌이 멀어져가는 모습을 보며 말했다.

오말리 형제가 마법처럼 나타났다. 키가 큰 바르트는 로넌을 보고 이를 악물었다.

"우리도 초대받았으면 좋겠네. 그러면 저 자식을 자기 집 수영장에 빠뜨려버릴 텐데."

제레미가 킥킥대고 웃음을 터뜨렸다.

"우리 집에는 수영장도 있어……. 저 자식, 저런 말로 우리를 열 받게 하는데, 작년까지만 해도 어림도 없었지! 블루파크로 이사 가기 전까지 저 자식네 집이 어디 있었는지 알아? 폰 스트리트 뒤쪽에 있는 쓰러져 가는 오막살이였다고! 웩! 완전 주저앉은 폐가였지. 내가 아무리 날고 기어도, 그 집에선 아무것도 못 건질걸."

제레미가 장난꾸러기처럼 웃었다.

"모두들 그 집안이 일 년 만에 어디서 그렇게 떼돈을 벌었는지 궁금해하지…… 어쩌면 나도 모스에게 걔네 아버지랑 동업을 해보겠다고 나서야 할지도?"

"그럴 필요 없어. 돈 버는 수완은 로넌 모스네 아버지보다 네가 한 수 위일 테니까."

오스카가 잘라 말했다.

모스네 집안이 갑자기 부자가 되어 부자 동네에 있는 집을 사들이자 온 동네가 깜짝 놀랐었다. 하지만 모두들 로넌의 아버지 루퍼스 모스가 옛날부터 법적으로 문제를 일으켰던 인물이라는 것을 잘 알고 있었다.

"차라리 그 돈이 어디서 생겼는지 모르고 말지!"

오말리 아저씨는 그렇게 말했다.

오스카도 궁금해하지 않았다. 엄마와 누나가 그렇듯이 그 역시 남의 집 재산에 대해서는 전혀 관심이 없었다.

"여름방학 내내 바빌론 하이츠에 있을 거야?"

제레미가 물었다. 확실히 이 물음을 피해갈 수는 없었다.

"아직 모르겠어. 일주일쯤 할아버지 할머니 댁에 갈지도 모르고……. 너희들은?"

오스카는 거짓말을 무마하기 위해 얼른 오말리 형제들에게 화살을 돌렸다.

"우린 집에 있을 거야. 할 일이 있거든, 안 그래, 바르트? 내 제안은 유효하니까 생각이 바뀌어서 우리랑 같이 시장 일을 하고 싶으면 언제라도 와……."

"고마워."

오스카는 딴 생각을 하면서 대답했다.

"그럼, 나중에 보자!"

두 형제는 방학을 맞아 신나서 어쩔 줄 모르는 학생들의 무리 속으로 달려갔다. 오스카는 조금 떨어져서 에이든 스펜서가 벽을 따라 학교 밖으로 나가는 모습을 지켜보았다. 그 아이는 아주 괴상하고 뻣뻣한 자세로 걸었다. 에이든은 계단에 부딪쳐서 넘어졌다. 티셔츠가 홀러덩 올라가면서 상체를 감싼 딱딱한 껍데기 같은 것이 드러났다. 마치 몸 전체에 거대한 석고 깁스를 한 것 같았다. 오말리 형제가 에이든을 도우러 부리나케 달려갔다. 에이든은 몸을 일으키고 황급히 티셔츠를 내렸다. 조금 멀리서 로넌과 그 무리가 비웃어댔다.

"야, 로보캅! 조심해라, 갑옷이 박살나겠다!"

바르트는 놈들에게 달려갈 태세였다. 적어도 바르트는 로넌과 싸워볼만한 상대였다. 아마 로넌이 도발하거나 약을 올리지 않는 유일한 상대일 것이다.

제레미가 형을 말렸다.

"그만둬, 바르트. 괜찮냐, 스펜서?"

스펜서는 얼굴이 시뻘게져서 고개를 끄덕였다. 그는 아무 말도 하지 않고 최대한 빨리 그 자리에서 도망쳤다.

아이들이 하나둘 흩어졌고 오스카도 학교를 나섰다.

오스카는 집에 돌아갈 결심을 내리지 못한 채, 바빌론 하이츠를 배회했다. 그는 오르파누다키스 아줌마가 운영하는 그리스 식당 '오리아티키'에 들렀다. 아줌마는 작은 고기 완자를 내왔다. 하지만 오스카가 아무것도 먹지 못하는 모습을 보고 아줌마는 걱정을 했다.

"오스카, 무슨 일이니? 네가 우리 식당의 고기 완자를 못 먹을 정도라면 보통 일은 아닌데……."

아줌마가 고개를 숙이고 오스카에게 귓속말을 했다.

"누구 꼴 보기 싫은 사람이라도 있니?"

동네 사람들은 모두들 그 천박한 배리 아저씨―일명 '웅 아저씨'―가 몇 달째 엄마 주위에서 알짱댄다는 사실을 알고 있었다. 오스카는 그냥 대강 둘러대기로 했다.

"네, 좀 그럴 일이 있어요…… 그래도 이젠 집에 가야해요. 고기 완자 맛있게 먹었어요, 아줌마. 아줌마네 고기 완자는 항상 최고예요. 그냥 배가 고프지 않아서 그래요."

"그럼 내일도 먹으러 오렴!"

오스카는 식당을 빠져나와 틴 아저씨네 세탁소에 잠깐 들렀다. 이 자그마한 중국인 아저씨의 좋은 점은 뭐든지 다 알고 있으면서 말을 많이 하지 않고 빙그레 웃기만 한다는 것이었다. 오스카는 세제 향을 풍기는 깨끗한 세탁물 사이에 앉아 잡지를 읽는 것을 좋아했다. 엄마도 이런 곳까지 그를 찾으러 오지는 못할 터였다.

눈 깜짝할 사이에 두 시간이 지나갔다. 그는 엄마가 걱정할까 봐 이제 그만 돌아가야겠다고 생각했다. 틴 아저씨는 아무것도 묻지 않고 손짓을 했다. 오스카는 바빌론 하이츠의 거리를 지나 집으로 걸어갔다.

킬데어 스트리트에 이르러 오스카는 손님을 끌어 모으는 제레미의 외침을 들을 수 있었다. "제레미 시장에 오세요, 와서 즐거운 시간 보내세요! 제레미 시장엔 없는 게 없어요, 쌉니다, 싸요!"

오스카는 동네의 새로운 비즈니스맨과 또다시 마주치고 싶지 않아서 사람들이 잘 모르는 골목길로 일부러 돌아서 갔다.

몇 분 후, 오스카는 자기 집 뒤뜰 근처에 와 있었다. 그는 윙즈 아줌마의 헤어 컬도, 뚱뚱한 몸집도 안 보이는 것을 확인하고 슬그머니 그 집 정원을 가로질러갔다. 애완견 페기만이 오스카가 흠잡을 데 없는 잔디밭을 밟고 지나가는 것을 보고 겁에 질려 왈왈 짖어댔다. 오스카는 얼른 측백나무 울타리 아래로 들어가 그의 집보다 더 좋아 보이는 정원별채 뒤쪽으로 돌아 나왔다. 그러고는 뒷문으로 집에 들어갔다.

투아네트는 차고에 없었다. 엄마는 아직 집에 돌아오지 않았다. 그는 이 층으로 올라가 자기 방에 틀어박혔다.

이제는 그 질문에 대한 대답을 피할 수 없었다. 그가 내려야 할 결정은 아빠와 관련된 것이었지만 아빠 사진에게 물어보고 싶지 않은 기분이 처음으로 들었다. 누구의 도움도 없이, 그가 스스로 선택해야만 했다.

오스카는 주위를 둘러보았다. 롤러스케이트, 프리스비*, 할아버지, 할머니가 선물로 주신 비디오게임, 포스터……. 지금 이 순간은 모든 것이 시들했다. 틴 아저씨네 세탁소에서 읽었던 잡지들조차 머릿속에 하나도 들어오지 않았다. 오스카는 방구석에 처박혀서 발로 축구공을 밀었다. 그는 파피필과 마미필─사진으로밖에 보지 못한 할아버지와 할머니─을 생각했다. 두 분은 골수 히피족으로 그 연세에도 세계 일주를 하고 있었지만 오스카와 비올레트에게 편지와 선물을 자주 보내주었다.

그가 중요하게 생각하는 모든 것들이, 이제 선택을 해야한다고 오스카에게 말하는 듯했다.

어떻게 한다? 쿠미데스 서클에 가는 것이 겁났다. 위더스 부인은 신뢰가 갔지만 너무 단도직입적이었다. 게다가 아빠의 죽음을 둘러싼 수수께끼는 아직도 너무나 많았다! 하지만 한편으로는 이 제안에 구미가 당기기도 했다. 아빠는 이 세상에 없지만 천국이나 그 어딘가에는 계실 것이다. 그곳에서 아빠가 만약 아들이 자신의 발자취를 따르고 있다는 것을 안다면 몹시 자랑스러워할 것 같았다.

가장 중요한 물음이 다시 고개를 들었다. 만약 실패한다면? 기대에 부응하는 메디쿠스가 되지 못한다면?

오스카는 자신의 두 손을 내려다보았다. 잠시 찌릿하니 전기가 일어나는 것 같았지만 곧 아무렇지도 않았다. 어떻게 할까? 내일이면 위더스 부인이 온다. 그는 대답을 해야한다.

그는 자리에서 일어나 방문을 열고 아래층으로 내려갔다.

★ Frisbee, 부메랑처럼 날아갔다가 제자리로 돌아오는 장난감의 일종

집으로 돌아왔을 때, 셀리아는 아무도 없는 줄 알았다. 그녀는 눈살을 찌푸리며 손목시계를 들여다보았다. 저녁 6시였고 아무리 방학 첫날이라지만 그녀는 아들이 집에 있었으면 했다. 여름방학이 그저 신나기만 한 한때가 되지 않도록 아이들이 돌아오는 대로 계획을 세울 작정이었다.

셀리아는 오후 내내 긴장되고 신경이 곤두서 있었다. 결국 주위에서 무슨 말을 해도 들리지 않기에 이르렀다. 퇴근 한 시간 전부터는 사장이 신경을 살살 긁는데도 신경쓰지 않았다. 정나미 떨어지는 사장 겔도프는 셀리아가 기분이 안 좋다는 것을 느끼면 더욱더 악착같이 짜증을 돋우는 인간이었다. 퇴근 5분 전부터 이미 마음은 떠나 있었다. 그녀는 자기 물건을 주섬주섬 챙기고 자동응답기를 켰다. 물론 프랭크 겔도프는 바로 이때를 노려 사장실에서 나왔다.

"오전도 모자라서 반차를 한 번 더 쓰는 겁니까?"

"반차를 한 번 더 쓰다니요? 오후 4시 55분이잖아요! 5분만 있으면 정상적인 퇴근 시각인데요."

"그런 건 난 모릅니다. 사무실에서 일찍 나가면 반차를 한 번 더 쓴 것으로 간주하겠습니다."

159센티미터 밖에 안되는 키로 언제나 너무 큰 양복을 걸치고 다니는 겔도프는 셀리아를 꼬나보았다. 그는 누런 이빨 사이로 이 말을 내뱉고 셀리아에게 다가갔다. 언제나 번들대는 머리칼과 못난 얼굴을 보고 싶지 않았기에 그녀는 고개를 숙였다.

"받아요."

겔도프가 셀리아의 책상에 괴발개발 흘려 쓴 두툼한 종이 뭉치를 던졌다. 표지에는 커피 잔 얼룩이 동그랗게 나 있었다.

"물론 기한은 내일 아침까지요."

그는 밉살스러운 미소를 흘리며 말을 덧붙였다.

"물론 그러시겠죠."

셀리아는 사장을 죽여 버리고 싶었지만 이렇게 대꾸했다.

겔도프는 5시에 퇴근했지만 그녀는 30분 동안 아무 말 없이 자료를 타이핑하고 투아네트를 향해 달려갔다. 투아네트도 회사 주차장에서 그녀를 초조하게 기다리는 것 같았다. 오늘은 트윙고가 힘을 좀 써야했다. 셀리아는 집으로 오는 내내 액셀러레이터를 죽어라 밟아댔다. 일찍 집에 돌아와 오스카와 잠시 얘기해 보려던 계획은 물 건너갔다!

오늘 아침 오스카가 보였던 반응이 생각났다. '나 가기 싫어요, 엄마.' 어쨌거나 셀리아는 오스카의 말을 듣고 마음을 놓았다. 하지만 속으로는 양심의 가책이 느껴졌다. 비탈리는 자신이 메디쿠스라는 것을 자랑스러워했었다. 악의 세력과 싸우는 삶 또한 그의 자랑이었다. 오스카 역시 아버지와 같은 운명을 걸어야하건만 자신이 그 운명을 가로막는 것은 아닌가 하는 생각에 셀리아는 마음이 편치 않았다.

집에 들어서자 한 가지 눈길을 끄는 것이 있었다. 대수롭지 않은 것이 아니라 중대한 변화였다.

셀리아는 바닥에 가방을 떨어뜨리고 문으로 다가갔다. 그녀는 환한 황금빛을 좇아 계단을 내려갔다. 셀리아는 오랜 시간에 걸쳐 그 빛을 알아보는 법을 배웠다. 종이 박스와 지하실에 쌓인 무수한 잡동사니 사이로 빛을 따라 걸어갔다.

그녀는 활짝 열린 궤짝 앞에서 크게 심호흡을 하고 눈을 감았다. 셀리아가 다시 눈을 떴을 때, 오스카가 고개를 돌리고 엄마를 바라보고 있었다.

셀리아는 이 소년이 자기가 낳은 그 아이인지 알아보기 힘들었다. 오스카는 키도 훌쩍 자라고 힘도 더 세진 것 같았다. 좀 더 나이를 먹고 성숙한 태까지 났다. 한 순간이었지만 셀리아는 죽은 남편을 보고 있는 것 같다는 생각을 했다.

그녀는 오스카의 두 손에 시선을 주었다. 아들의 손에 있는 허리띠가 눈부시게 빛나며 뱀처럼 허공을 꿈틀대며 가르고 있었다. 가죽은 금을 두드려 만든 것 같았고 허리띠에 달린 다섯 개의 작은 가방들은 소년의 손에 닿자 모양이 살아났다.

셀리아가 아들에게 다가갔다.

"트로피 허리띠에는 특별한 점이 한 가지 있단다, 오스카. 이 허리띠는 아버지가 아들에게 물려주는 거야. 무엇보다, 이 허리띠는 제 주인을, 이 허리띠를 차야 할 사람을 스스로 알아본단다. 자기가 누구를 위해 만들어졌는지 아는 거야."

엄마는 감개무량한 목소리로 아들에게 말했다.

오스카는 자부심 어린 눈으로 허리띠를 바라보았다. 가슴이 두근거렸다. 엄마가 다시 말했다.

"네 아빠의 손에 있을 때에는 이 허리띠가 이렇게 찬란하게 빛을 발한 적이 없었던 것 같아."

오스카는 한층 더 힘차게 꿈틀거리는 허리띠를 하마터면 손에서 놓칠 뻔했다. 그는 허리띠가 떨어지기 전에 다시 움켜쥐려 했지만 굳이 그럴 필요도 없었다. 허리띠가 허공에 홀연히 뜨는가 싶더니 굽이를 틀며 오스카의 허리에 저절로 감겨오는 게 아닌가.

오스카는 속에서 불이 확 일어나는 것을 느꼈다. 내면의 엄청난 힘이 머리부터 발끝까지 솟아나는 바람에 숨조차 제대로 쉴 수 없었다.

마침내 폐에 공기가 와 닿자 그는 숨을 한껏 들이마셨다. 그러고는 궤짝을 보고 손을 내밀어 초록색 벨벳 케이프를 어루만졌다.

셀리아가 케이프를 펼쳐 아들의 어깨에 걸쳐주었다. 그녀의 눈에는 눈물이 그렁그렁했다. 허리띠는 그 누구보다 제대로 증명해주었다.

"내 아들, 내 아들이 메디쿠스라니."

오스카는 엄마를 쳐다보며 자신도 주체할 수 없는 말을 내뱉고 말았다.

"브레이브 씨네 집에 갈래요, 엄마. 쿠미데스 서클에 갈 거예요. 그렇게 정했어요."

"그래, 엄마는 네가 내린 결정을 자랑스럽게 생각한단다, 오스카."

셀리아가 나지막이 속삭였다. 아들의 눈빛에서 다른 말을 기대하는 눈치를 발견한 그녀는 오스카를 꼭 껴안으며 덧붙였다.

"그래, 아빠도 자랑스러워하실 거야. 널 무척 자랑스러워하시겠지."

셀리아는 몸을 일으키고 초록색 케이프를 입혀주었다. 허리띠는 오스카의 눈길에도 반응을 하는 것 같았다. 허리띠가 쫙 펴지더니 엄마가 방금 둘러준 케이프 위에 꼭 맞게 자리를 잡는 것이었다.

셀리아가 궤짝을 닫았다. 그녀는 미소를 지으려고 안간힘을 썼다.

"얘야, 이제 밥 먹고 잠자리에 들자. 내일 아침은 일찍 일어나야 할 거야."

쿠미데스 서클

오스카는 자기 집 앞에 서 있었다. 맞은편에는 위더스 부인이 예의 흐트러짐 없는 미소로 무장하고 서 있었다. 그녀는 언제나 장난기가 서린 표정이었다.

소년이 주위를 둘러보았다. 집에 걸려 있는 사진들이 그리워질 것 같았다. 가슴이 죄어들었다. 아들의 감정과 두려움을 이해한 셀리아는 그의 손을 꼭 잡아주었다. 오스카는 엄마를 쳐다보고 용기를 내어 미소를 지어 보였다.

위더스 부인은 아무 일 없다는 듯이 아까의 질문을 반복했다.

"떠날 준비가 됐니, 오스카?"

소년은 엄마의 손을 놓고 또랑또랑하게 대답했다.

"네, 준비됐어요."

"제리가 네 물건을 들고 갈 거야."

위더스 부인은 소년의 대답에 흡족해하며 이렇게 말했다.

아주 작고 통통한 남자가 마법처럼 홀연히 현관으로 들어왔다. 그는 현관 밖에 있는 층계참에서 위더스 부인의 지시가 떨어지기만을 기다리고 있었던 모양이다. 뚱뚱한 배가 갑갑하게 느껴질 정도로 꼭 끼는 검은 양복을 입고 초록색 벨벳 넥타이를 맨 남자였다. 오스카는 되는대로 급하게 싼 트렁크를 흘끗 바라보았다. 셀리아는 아들이 세상 끝으로 떠나기라도 하는 것처럼 별의별 것을 다 가방에 쑤셔 넣었다. 티셔츠, 반바지, 운동화, 두툼한 스웨터와 머플러, 방한화까지 닥치는 대로 챙겼다. 다음 주 주말까지 부족한 물건이 아무것도 없어야만 했다. 오스카는 트렁크 가장 아래쪽에 제리의 넥타이와 똑같은 색깔의, 아빠가 입던 케이프도 들어 있다는 것을 알고 있었다.

제리는 얼른 고개를 숙이며 활짝 미소를 지었다. 그러는 바람에 발그레한 수염투성이 얼굴에서 큼지막하고 새하얀 치아가 드러나 보였다. 그의 눈동자가 짓궂게 빛났다. 땅딸막한 몸집에도 불구하고 그는 트렁크를 깃털처럼 가볍게 들어올리고 문 뒤로 모습을 감추었다.

위더스 부인이 셀리아를 바라보았다.

"떠날 때가 됐어요. 오스카에게는 긴 하루가 될 거예요."

부인을 따라나설 채비를 하던 오스카는 엄마와 위더스 부인이 놀라서 지켜보는 가운데 갑자기 계단을 허겁지겁 뛰어 올라갔다.

그는 방에 다가가 노크도 없이 문을 열었다.

침대로 몇 발짝 다가갔다. 비올레트 누나는 벽에 기댄 채 무릎을 모으고 앉아 있었다. 얼굴에 잠수용 마스크를 쓰고 대롱을 입에 문 채로 책을 읽는 중이었다. 오스카는 그래도 누나가 잠잘 때는 그딴 것들을 치워버렸으면 좋겠다고 생각했다. 콧노래를 흥얼흥얼하는 걸 보니 동생이 방에 들어온 것도 모르는 눈치였다. 오스카가 누나의 책을 집어서 거꾸로 돌렸다.

"책을 거꾸로 들고 있잖아, 누나."

비올레트는 대답 대신 콧노래를 더 크게 흥얼거렸다.

오스카는 한숨을 쉬고 누나 옆에 앉았다. 누나의 빨간 머리카락이 코를 간질이고 있었다. 오스카는 잠수용 마스크의 고무줄을 누나의 귀에서 벗기기 위해 그 머리카락을 치웠다.

"나, 거기서 그렇게 오래 있지 않을 거야. 주말마다 집에 돌아올 거고, 여름방학이 끝나면 예전처럼 계속 집에서 살 거야. 내년 여름에는 누나랑 엄마랑 함께 바닷가에 피서도 갈 거야."

누나는 콧노래를 멈추고 책을 무릎에 내려놓았다. 그러고는 부옇게 흐려진 마스크 수경 너머로 동생을 보려고 눈살을 찡그렸다.

"난 거꾸로 책 읽는 거 좋아해. 그러면 다른 이야기를 읽을 수 있거든."

비올레트가 울지 않으려고 애쓰며 대꾸했다. 그러고는 잠시 사이를 두었다가 오스카에게 물었다.

"언제 와?"

오스카가 어깨를 으쓱했다.

"금방 올 거야. 다음 주 토요일이면 와."

비올레트가 활짝 미소를 보이고 다시 책을 집어 들었다. 오스카는 누나가 울적해하는 모습을 보고 싶지 않았다. 그는 그렇게 비올레트에게 다시 미소를 되찾아주고 침대에서 내려왔다. 비올레트는 독서에 빠져

들었다.

오스카는 문을 닫고 계단을 내려왔다.

엄마가 다가와 오스카를 끌어안았다.

"마음이 바뀌거든, 그곳에서 지내는 게 여의치 않거든 당장 돌아와. 엄마가 매일매일 전화해서 네가 잘 지내는지 어떤지 물어볼 거야." 셀리아는 위더스 부인에게 들으라는 듯이 말했다. "혹시라도 아니다 싶으면 엄마가 직접 데리러 갈게. 엄마 말 알아들었지? 무슨 일이라도 생기면 엄마가 데리러 간다?"

"분명히 말해두겠는데 난 오스카를 감옥에 끌고 가는 게 아니에요." 위더스 부인이 대꾸했다. "오스카, 너는 엄마와 매일 전화할 수 있어. 물론 누나하고도."

부인은 비올레트의 슬픔을 헤아리기라도 한 듯 위층을 쳐다보며 덧붙였다.

부인이 손목시계를 보았다.

"자, 이제 얘기도 끝났고 모두들 마음을 놓게 됐으니 블루파크 애비뉴로 떠날 때군요."

오스카는 뒤도 돌아보지 않고 집을 떠났다. 엄마 얼굴을 보면 마음이 바뀔까 봐 두려웠던 것이다. 보도 앞에 차체와 창문이 모두 시커먼 세단 한 대가 대기 중이었다. 제리가 차에서 튀어나와 그들에게 문을 열어주었다.

"타시지요, 오스카 군."

오스카는 놀라기도 하고 어쩔 줄 몰라서 위더스 부인을 돌아보았다.

"네가 차를 타야 우리가 더 빨리 그곳에 도착할 텐데?"

위더스 부인이 재미있다는 듯이 대꾸했다.

오스카는 뒷좌석에 몸을 실었고 위더스 부인이 옆에 앉았다. 제리가 문을 닫았다. 오스카가 바깥을 흘끗 내다보았다. 셀리아가 얼른 돌아섰다. 오스카는 엄마가 문을 닫고 집 안으로 들어가는 모습을 보았다. 이제 됐다. 그는 정말로 쿠미데스 서클로 떠나는 것이었다.

승용차는 몇 분간 조용히 도로를 달렸다.

오스카는 주위를 두리번거리며 차 안을 뜯어보았다. 좌석은 초록색 가죽으로 되어 있었고 핸들, 차문의 손잡이, 팔걸이는 제리의 넥타이에 수놓인 문자처럼 금빛이었다. 운전수는 좌석에 두툼한 방석을 깔고 앉았는데도 뒤에서 보일 듯 말 듯했다. 운전수가 백미러로 활짝 웃어 보이자 오스카는 아까보다 마음이 편해졌다.

그는 뒷좌석 머리 받침대와 변속기어 레버에 새겨진 문자를 보았다. 동그란 테두리에 둘러싸인 대문자 M. 그 문자가 무엇을 의미하는지 상상하기란 그리 어렵지 않았다. 또한 자신도 바로 그 중 한 명이라는 것에 대해서 일종의 뿌듯함마저 느꼈다. 그랬다, 오스카도 메디쿠스의 한 사람이 아닌가.

"우리 어디로 가요?"

오스카가 차에 타고 처음으로 물었다.

"블루파크라는 동네를 아니?"

위더스 부인이 대답했다.

오스카는 그 동네에 가본 적은 없지만 플리전트빌에서 돈깨나 있다는 사람들이 모여 사는 곳이라는 것 정도는 알고 있었다. 무엇보다 자기도 예전에 살았던 바빌론 하이츠를 수시로 비웃는 로넌 모스도 그 동네로 이사 갔다는 말을 들은 터였다. 로넌의 집에 자주 가는 틸라는 여자아이들에게 로넌의 집 얘기를 늘어놓곤 했다. 굉장히 큰 저택, 공원이 부럽지 않은 널따란 정원과 수영장까지 딸려 있다고 했다! 로넌의 방만 해도 틸라네 집 거실보다 더 넓다나……. 틸라가 로넌이 가진 모든 것들을 주워섬길 때면 오스카와 친구들은 하늘을 쳐다보며 저만치 물러서곤 했다. 제레미는 늘 이렇게 말했다.

"그 계집애는 확실히 그렇게 속물은 아니야……. 너희 생각엔 틸라가 수영장과 자동차 때문에 로넌을 좋아하는 것 같아?"

오스카의 머릿속에서 틸라의 얼굴이 로넌의 얼굴을 몰아냈다. 이제 오스카도 블루파크에서 지내게 될 텐데! 어쩌면 브레이브 씨의 집이 로넌 모스네 집보다 더 클지도 모른다!

오스카는 위더스 부인의 목소리에 화들짝 놀랐다. 부인의 말투는 엄격했다.

"오스카, 내가 묻는 말은 들었니? 뭔가를 설명할 때에는 좀 더 집중해서 듣기 바란다."

"죄송해요. 아니, 아니에요. 전 블루파크에 한 번도 가보지 않았어요. 우리 집에서 먼가요?"

오스카는 완전히 마음이 놓이지 않는 듯 물었다.

"아니다, 걱정할 것 없어."

오스카는 차로 이동하는 내내 아무 말도 하지 않았다. 마침내 침묵을 깨뜨린 사람은 제리였다.

"부인, 어디서 내리시겠습니까?"

"제리, 잘 알겠지만 우리는 아주 조심해야해요."

"제가 철창 대문을 열 테니 차에 탄 채로 현관 계단참까지 들어가시지요."

"아뇨. 그렇게 해도 우리가 차에서 내려 쿠미데스 서클로 들어가는 모습을 누가 볼지도 몰라요. 그보다는 블루파크를 따라가다가 간이 매점 근처에 내려주시는 게 낫겠어요." 위더스 부인은 운전수와 뭔가가 오가는 눈빛을 교환했다. "부탁인데 오스카의 트렁크를 대신 좀 맡아주시고요."

"잘 알았습니다, 위더스 부인."

자동차는 차도를 미끄러져가다가 100미터쯤 떨어진 곳에 멈추었다. 시립 공원 울타리를 이루고 있는 경사면 바로 옆이었다. 제리는 세단에서 내려 주위를 두리번거렸다. 아무도 없었다. 그는 경계 태세를 늦추지 않으며 뒷좌석 문을 조심스럽게 열어주었다.

위더스 부인이 예의 그 날렵한 몸놀림으로 차에서 내리고는 오스카도 내리게 했다.

"서둘러라, 오스카. 남의 눈에 띄면 안 돼. 쿠미데스 서클 근처에는 무모한 염탐꾼들의 시선이 끊이지 않는단다."

오스카는 차에서 튀어 내렸다. 위더스 부인과 소년은 무성한 나뭇잎 사이로 얼른 몸을 감추었다.

오스카는 뭐가 뭔지도 모른 채 주위를 둘러보았다.

"그래도 제 생각엔……."

"……쿠미데스 서클로 간다니까! 분명히 얘기했잖니! 기다려라, 오스카, 참을성 있게 기다려!"

위더스 부인은 공원 산책로에서 보는 사람이 없는지 주의를 기울이며 나무들 사이를 헤치고 나아갔다. 오스카도 부리나케 부인의 뒤를 따라갔다.

부인은 눈 감고도 길이 훤한 듯, 이런저런 장애물을 능숙하게 피해갔지만 오스카는 여기저기 부딪치거나 발을 헛디뎠다. 불과 몇 분 사이에 오스카는 낙엽, 나무껍질, 잔가지를 잔뜩 뒤집어쓰고 무성한 수풀 한복판에서 오도 가도 못하게 되었다. 부인은 어디 갔는지 이제 오스카 혼자밖에 없었다.

오스카는 어찌할 줄 모르고 제자리에서 뒤를 돌아보았다.

"위더스 부인……."

그는 말을 미처 다 맺을 겨를이 없었다. 웬 손이 수풀 사이에서 쑥 튀어나와 그의 팔을 홱 잡아당겼기 때문이다.

"말하지 마라. 누가 우리 모습을 보면 안 돼."

노부인이 속삭였다. 오스카는 고개만 끄덕거렸다.

두 사람은 무성한 나무 사이 작은 틈 속에 숨어 있었다. 남들의 시선이 미치지 못하는 곳이었다. 키가 아무 큰 덤불이 있어서 그들을 잘 가려주었다. 오스카는 공원 한복판에서 흘러나오는 음악소리를 듣고 겨우 그곳에 간이 매점이 있다는 것을 알아차렸다.

위더스 부인은 오스카가 딴 데 정신을 팔 틈을 주지 않고 그를 맞은편의 거대한 나무둥치로 끌고 갔다. 그곳에서 부인은 스카프를 풀고 목걸이에 달린 펜던트를 꺼냈다. 차 안에서 보았던 상징─테두리에 갇힌 문자 M─과 똑같은 펜던트였다.

노부인이 나무 앞에 펜던트를 가져가자 나무껍질 위로 똑같은 문양이 빛을 뿜었다. 그녀는 오른손으로 M자를 덮고 나지막이 주문을 외웠다.

　나 메디쿠스 앞에서 너는 열릴 지어다,
　대지의 어둠 속으로 나를 안내할 지어다.

　부인은 잠시 기다렸지만 아무 일도 일어나지 않았다.
　"내가 어리석었구나. 우리가 두 사람이라는 것을 '길을 여는 나무'가 감지한 게야. 너도 이 펜던트를 들고 내가 했던 것과 똑같이 해야한다, 오스카."
　부인의 말을 듣고 오스카는 어안이 벙벙해서 쳐다보았다.
　"길을 여는 나무라고요? 부…… 부인이 했던 것과 똑같이 하라고요? 하지만……."
　"군소리 말고 '기원의 문자'를 나무 앞으로 가져가라. 나중에 다 설명해줄게. 지금은 시간이 없어."
　오스카는 목걸이를 받아들고 위더스 부인이 내민 펜던트의 문자를 나무 앞에 갖다 댔다. 이번에도 나무 둥치가 거울로 변한 듯 똑같은 M자가 나타났다. 오스카는 노부인의 행동을 흉내내보았다. 그도 자신의 손으로 우툴두툴한 나무껍질을 덮어보았다.
　"오른손이다, 오스카. 오른손이어야 해."
　오스카가 얼른 손을 바꾸었다.
　"이제 그대로 따라해 보렴."

나 메디쿠스 앞에서 너는 열릴 지어다,
대지의 어둠 속으로 나를 안내할 지어다.

오스카는 평소와 달리 찍소리도 하지 않고 부인이 시키는 대로 했다. 잠을 자지 않고도 꿈을 꾸는 기분이었다.

"……대지의 어둠 속으로 나를 안내할 지어다."

오스카가 주문을 다 읊조리기도 전에 나무에 직사각형의 금이 파이는가 싶더니 그 부분만 쑥 들어가면서 위로 밀려올라가 어른 키만 한 구멍이 생겼다. 안쪽은 너무 어두워서 뭐가 뭔지 하나도 보이지 않았다.

위더스 부인이 소년을 향해 생긋 미소를 지었다.

"오스카, 메디쿠스의 그랜드 마스터가 특별히 명하지 않는 이상, 길을 여는 나무는 오로지 메디쿠스에게만 열린단다. 오래되기로는 둘째 가라면 서러울 이 나무는 오랜 세월 동안 메디쿠스를 잘못 알아보는 실수를 범한 적이 한 번도 없어. 단 한 번도."

오스카는 심장이 두방망이질했다. 메디쿠스로 인정받았다는 뿌듯한 마음에, 눈을 높이 들어 울창한 나무를 쳐다보았다. 위더스 부인의 안목은 과연 틀림없었다. 오스카는 분명히 메디쿠스였다. 그의 아버지가 그랬듯이.

"가자, 꾸물대다가 누가 갑자기 나타날지도 몰라!"

노부인이 말했다.

두 사람은 함께 나무에 움푹 파인 구멍으로 들어갔다. 그들이 안으로 들어서자 단두대의 칼날이 떨어지듯 직사각형 문짝이 아래로 떨어졌다. 오스카와 위더스 부인은 칠흑 같은 어둠에 휩싸였다.

위더스 부인이 오스카를 한 발 앞으로 밀었다. 그들의 머리 위와 발밑에서 홀연히 빛이 나타났다. 두 개의 M이 금빛을 발산했다. 몇 초 후, 두 사람이 서 있는 공간 자체가 흔들리더니 블루파크의 지하로 쑥 내려갔다.

그들은 꿈쩍도 하지 않았으므로 오스카는 1미터쯤 내려온 것인지 땅의 중심부까지 깊이 파고든 것인지 짐작조차 할 수 없었다. 갑자기 한쪽 벽이 사라지면서 출구가 생겼다. 위더스 부인은 빛나는 펜던트를 회중전등처럼 내밀고 걸었다. 반경 2미터 정도는 충분히 밝힐 수 있는 빛이었다. 오스카는 눈을 크게 뜨고 덥수룩한 빨간 곱슬머리를 긁적거렸다. 이는 오스카가 신경이 곤두서거나 묘한 상황에 처할 때마다 습관적으로 나오는 몸짓이었다. 정말로 기묘한 상황이었다. 그는 가까이 있는 벽조차 아주 또렷하게 볼 수는 없었지만 지금 그들이 아주 긴 터널의 초입을 걸어가고 있는 것 같다는 생각이 들었다.

위더스 부인이 펜던트를 번쩍 든 채로 입을 열자 목소리가 쩌렁쩌렁 울렸다.

"기원의 문자가 비추니 우리는 마음 가는 대로 가리라!"

바로 그 순간, 위더스 부인의 펜던트와 모양은 같지만 크기가 좀 더 큰 문양이 그들의 눈앞에 둥실 떠올랐다. 허공 속의 문양은 그들의 길을 비추어주고 지하의 습한 공기를 따뜻하게 덥혀주었다.

빨간 테 안경을 쓴 부인이 터널로 들어가자 오스카도 그 뒤를 따랐다. 하지만 머지않아 그는 부인이 자신과 거리를 두고 앞질러나가고 있다는 느낌을 받았다. 게다가 M자의 빛이 점점 꺼지고 있었다. 오스카는 또다시 어둠에 휩싸여 공포에 사로잡혔다. 소년은 고래고래 소리를 지르기 시작했다.

"위더스 부인! 같이 가요!"

드디어 부인의 모습이 보였다. 손에 들고 있는 펜던트의 희미한 빛 덕분에 어렴풋하게나마 부인의 위치를 가늠할 수 있었다. 오스카는 그쪽으로 열심히 뛰어갔지만 갑자기 뭔가가 그의 앞길을 가로막는 바람에 뒤로 벌러덩 나동그라졌다. 완전히 뻗어버린 그가 겨우 몸을 추스르기까지는 시간이 좀 걸렸다. 두 손을 앞으로 내밀고 조심스럽게 더듬어보았다. 보이지 않는 벽을 있는 힘을 다해 밀어보았다. 벽 너머에서 위더스 부인이 아까와 다른 모습으로 나타났다. 부인의 목소리도 훨씬 더 아득하게 들렸다.

"오스카, 내가 아까 했던 말을 이해하지 못하겠니?"

오스카는 바로 대답하지 못했다. 그는 이마를 손으로 짚어보았다. 벌써 혹이 튀어나와 있었다. 위더스 부인은 오스카의 대답을 더 이상 기다리지 않았다.

"이 터널을 뭐라고 부르는지 아니? '마음의 스캐너'라고 불러."

"왜 그렇게 부르는데요?"

오스카는 그렇게 물어보면서도 벽 어딘가에 있을 틈새를 손으로 더듬어 찾고 있었다.

"그 이유는 이 터널이 너의 '마음'을 읽어내기 때문이지. 정말로 이곳으로 들어오고 싶은 마음과 그럴 만한 용기를 지니지 않은 사람은 이 터널을 통과하지 못해. 그런 자세가 갖추어져 있지 않을 때에는 '불안의 벽'이 앞을 가로막거든. 눈에 보이지는 않지만 결코 넘을 수 없는 벽이지. 게다가 그런 사람의 시야에서는 빛 또한 사라진단다. 봐라, 내가 있는 쪽에는 빛이 있잖니. 그러니까 너 자신에게 물어보렴, 오스카. 이 터널을 통과하면 쿠미데스 서클이야. 너는 그곳에 가고 싶니? 진심으로?"

오스카는 부인의 말이 맞다고 생각했다. 그는 두려웠고 솔직히 말해 메디쿠스 그랜드 마스터의 저택 따위는 가고 싶지 않았다. 오스카는 위더스 부인을 쳐다보고 어깨를 으쓱하며 웃을 수밖에 없었다. 그러나 이내 마음을 가다듬고 정신을 모았다.

'두려워해서는 안 돼. 그래, 난 두렵지 않아. 나도 아빠처럼 메디쿠스란 말이야. 아빠가 날 보고 계셔. 날 자랑스러워하실 거야.'

불안의 벽은 오래 버티지 못했다. 눈 깜짝할 사이에 벽이 공기 중으로 스르르 사라지고 오스카는 자유롭게 움직일 수 있었다. 저만치 앞에서 두 개의 M이 밝은 빛을 던져주었다.

"잘했다. 이제 함께 갈 수 있겠구나. 서두르자꾸나. 제리는 벌써 트렁크를 들고 본즈에게 갔을 텐데 터널에서 아무도 안 나오면 본즈가 걱정할 거야."

위더스 부인이 흡족한 기색으로 말했다. 두 사람은 걸음을 재촉했다. 오스카는 힘차게 앞장서서 달렸고 위더스 부인도 피곤한 기색 없이 총총걸음으로 따라왔다. 한참 구불구불하게 돌아가던 길이 두 갈래로 나뉘었다.

오스카는 갈림길을 두고 망설였다.

한쪽은 쿠미데스 서클로 이어질 것이 분명한 환한 길이었다. 다른 쪽은 지하 참호가 아닐까 하는 생각이 드는 좁고 어두운 길이었다. 하지만 호기심 많은 독불장군은 어쩔 수 없었다. 오스카는 두 번째 길, 좁고 어두운 길로 들어갔다. 뒤에서 위더스 부인이 뭐라고 외쳤지만 오스카는 무시하고 어둠 속으로 뛰어 들어갔다. 붉게 빛나는 커다란 M이 오스카의 주위를 뱅글뱅글 돌며 앞길을 막았다. 오스카는 어떻게든 뚫고 넘어가려 했지만 뒤따라온 위더스 부인에게 덜미를 잡히고 말았다.

"요 녀석, 절대로 이쪽 길은 가면 안 돼. '피의 문자'를 넘어가는 건 더더욱 안 돼! 손가락 하나라도 넘어갔다간 그 자리에서 벼락을 맞아 죽을 거야!"

오스카는 움찔 물러나 위협적인 붉은 문자를 바라보았다. 도대체 이쪽 갈림길은 어디로 통하기에? 어째서 이런 식으로 그를 가로막는 걸까? 오스카는 위더스 부인의 얼굴을 보고 지금은 섣불리 질문을 던질 때가 아니라고 생각했다.

그는 왔던 길을 돌아가 왠지 안심이 되는 밝은 빛을 던지는 M이 떠 있는 다른 쪽 통로로 들어갔다. 그렇지만 어두운 수수께끼의 참호 쪽을 마지막으로 한 번 더 돌아보았다.

그렇게 30미터쯤 걸어가다가 두 사람은 어느 돌문 앞에서 걸음을 멈추었다. 그 문은 닫혀 있었다.

부인이 한 발 나아가 펜던트를 내밀고 주문을 외웠다.

메디쿠스의 정의로운 혼을 알아볼 지어다.
터널 끝에서 열릴 지어다.

부인이 시키지 않았지만, 이번에는 오스카도 주문을 따라 했다. 문이 뱅그르르 회전하더니 조각상이 나타났다. 옛날 옷을 입은 보통 키의 남자가 받침돌 위에 서 있는 모양이었다. 조각상은 오른손에 쥔 뭔가를 가슴에 대고 있었다. 위더스 부인이 조각상의 받침돌 위로 올라가 자신의 오른손을 조각상의 오른손에 갖다댔다. 오스카도 얼른 부인을 따라했다. 소년의 눈이 휘둥그레졌다. 그가 익히 아는 이상한 느낌, 전기가 찌릿찌릿 이는 느낌이 손바닥에서 일어나더니 그의 손등에 메디쿠스를 뜻하는 M자가 나타나지 않겠는가. 석상이 왼팔을 치켜들어 부인과 오스카를 껴안았다. 그대로 받침돌이 회전하면서 그들은 어두운 터널이 아니라 눈부시게 환한 공간으로 들어와 있었다.

석상이 팔을 치우자마자 오스카는 받침돌에서 뛰어내려왔다. 위더스 부인도 재빨리 뛰어내렸다. 부인은 구겨진 치마와 여름용 재킷을 매만지고 조각상을 향해 미소를 던졌다.

"고마워요, 지기스문트. 당신에게 안기면 언제나 기분이 좋다니까요."

조각상이 살짝 고개를 까딱하고는 원래 자세로 돌아갔다.

"오스카, 윈스턴 브레이브의 자택, 쿠미데스 서클에 온 것을 환영한다. 윈스턴은 법정에서는 능력 있는 변호사이자, 메디쿠스들에게는 그랜드 마스터로 통하지. 그랜드 마스터로서도 능력 있는 사람이지만 그쪽의 역량은 아는 사람들만 아는 일이라……."

오스카는 얼빠진 사람처럼 주위를 두리번거렸다.

두 사람은 어느 집 현관에 들어와 있었다. 그는 이런 집은 한 번도 보지 못했다. 킬데어 스트리트에 있는 오스카네 집과 정원을 합쳐놓은 것보다 훨씬 더 크고 널찍한 집이었다! 오스카는 아득하게 높다란 천장과 여름 햇살이 고스란히 들어오는 유리벽을 쳐다보았다. 현관 안쪽에는 닫혀 있는 이중문을 둘러싸고 두 개의 나선계단이 나 있었다.

오스카는 몇 걸음 내딛어보았다. 체스판처럼 검정색과 흰색이 교차된 대리석 바닥에서 운동화가 미끄러지는 소리를 냈다.

멍해 있던 오스카는 위더스 부인의 목소리에 정신을 차렸다.

"오스카, 본즈를 소개하마. 쿠미데스 서클을 관리하는 분이지……. 나중에 알게 되겠지만 그 밖에도 여러 가지 일을 맡고 있단다."

오스카는 바로 옆에 서 있는 키 큰 남자를 올려다보았다. 집 구경에 정신을 쏙 뺀 나머지 바로 옆에서 꼼짝하지 않고 서 있던 사람을 미처 보지 못했던 것이다. 본즈는 매우 말랐고 뺨이 홀쭉했다. 밀랍 인형처럼 안색이 누렇게 떴고 머리칼은 희끗희끗한 회갈색이었다. 나이를 짐작하기는 어려웠지만, 엄마보다는 훨씬 더 나이가 많을 것이 분명했고 어쩌면 위더스 부인과 비슷한 연배일 성싶었다. 본즈는 눈꺼풀을 살짝 내리깔고 있었다. 오스카는 그가 선 채로 졸고 있는 것인지 아니면 다큐멘터리에서 보았던 맹수처럼 먹잇감을 기다리며 조는 척하는 것인지 알 수 없었다.

본즈는 고개를 숙이고 지그시 내리깐 눈 밑으로 오스카를 주시했다. 오스카는 본즈의 태도에 금세 불편해졌다. 이제 확실히 알 수 있었다. 본즈는 졸고 있지 않았다. 아니, 오히려 오스카를 머리부터 발끝까지 꼼꼼하게 뜯어보는 중이었다. 드디어 집사가 입을 열었다.

"안녕하십니까, 오스카 군. 쿠미데스 서클에 오신 것을 환영합니다."

아주 느리고 따분한 목소리였다. 오스카는 딱히 왜라고 말할 수는 없지만 본즈가 자신을 정말로 환영하는 것은 아니라는 인상을 받았다. 뭐, 상관없었다. 그는 메디쿠스의 능력을 발견하기 위해 이곳에 왔고 그러한 수련은 위더스 부인이나 윈스턴 브레이브와 주로 하게 될 테니까.

"짐은 이미 방에 들여놓았습니다. 제가 방까지 안내해드리지요."

말투는 공손했지만 곧장 방으로 가라는 명령처럼 들렸다. 오스카는 누가 자기에게 명령하는 건 딱 질색이었다. 그는 위더스 부인에게 어떻게 하면 좋겠냐는 듯한 눈길을 던졌다. 부인은 오스카의 속뜻을 알아차렸다.

"난 가봐야 한단다. 급히 해결할 일이 몇 가지 있어서 말이야. 점심식사 후에 다시 오마. 본즈가 잘 보살펴줄 거야. 그렇지요, 본즈?"

본즈는 평소처럼 아무 말 없이 고개를 까딱하는 것으로 대답을 대신했다.

위더스 부인은 가방을 손에 들고 오스카에게 잘 있으라는 눈짓을 한 뒤에 잽싸게 그 자리를 떴다.

오스카는 본즈와 단 둘이 남았다. 그렇잖아도 넓은 현관홀이 더욱 휑뎅그렁하니 보였다. 오스카는 당당하게 보이고 싶어서 가슴을 쫙 펴고 집사가 말을 꺼내기 전에 먼저 선수를 쳤다.

"제 방을 보여주시겠어요?"

본즈는 말없이 왼쪽 계단으로 향했다. 오스카는 뒤를 따라갔다.

계단에도 전나무 색깔 같은 초록 벨벳이 깔려 있었고 가운데에는 테두리를 두른 M자가 금빛으로 찍혀 있었다. 왼쪽 계단과 오른쪽 계단은 중간 계단참에서 하나로 이어졌다. 계단참에는 좁다란 탁자가 하나 놓여 있었는데 그 위의 꽃병에는 갓 꺾은 듯 싱싱한 생화가 꽂혀 있었다.

꽃병 위에는 고대의 전쟁을 묘사한 듯한 거대한 그림 한 폭이 걸려 있었다. 나선계단은 그 계단참에서부터 다시 두 갈래로 갈라져서 이 층의 양쪽 복도로 이어졌다.

본즈와 오스카는 오른쪽 복도로 들어갔다. 오스카는 복도 초입에 걸려 있는 작은 푯말을 스치며 '셀레니아 윙'이라는 글자를 간신히 읽을 틈밖에 없었다. 작은 벽감에 젊고 아름다운 여인의 반신상이 들어 있었다. 본즈에게 셀레니아가 누구냐고 묻고 싶었지만 그럴 짬이 없었다. 긴 다리로 성큼성큼 걸어가는 본즈를 따라가는 것만으로도 힘에 부쳤다. 그는 끝없이 이어지는 양탄자를 따라 본즈를 쫓아가기 바빴다.

닫혀 있는 문 다섯 개를 지나쳐 드디어 가장 구석에 있는 여섯 번째 문을 본즈가 열어주었다. 그 방을 지나면 복도가 왼쪽으로 꺾어지는데, 아마도 다른 쪽 복도와 연결이 되는 것 같았다. 문짝에도 푯말이 붙어 있었다. '알프레드 보든'. 오스카는 기회가 닿는 대로 지금까지 접한 낯선 이름들에 대해 알아봐야겠다고 다짐했다.

두 사람은 볕이 아주 잘 들고 널찍한 방 안으로 들어갔다. 한쪽 구석 벽에 붙은 멋진 침대에는 크고 푹신푹신한 매트리스가 깔려 있었다. 바로 옆에는 커다란 장롱이 있었다. 그 맞은편에는 두 개의 창 중 한쪽 아래로 반들반들하게 니스를 칠한 나무 책상과 안락의자가 오스카를 맞이할 준비를 하고 있었다. 바로 옆, 천장까지 닿는 거대한 책장도 텅텅 비어 있었다. 오스카는 침대 바로 옆에 자신의 트렁크가 세워져 있는 것을 보았다.

"여기가 오스카 군의 방입니다. 짐 푸는 것을 도와드릴까요?"

본즈가 말했다.

"아뇨, 고맙지만 됐습니다. 저 혼자 할 수 있어요."

오스카가 얼른 대답했다. 그는 엄마가 마구잡이로 쑤셔 넣은 물건들을 남이 보는 게 싫었다. 더구나 아빠의 초록색 케이프와 다섯 개의 가방이 달린 허리띠까지 챙겨오지 않았던가.

"잘 알았습니다. 저는 물러가지요."

본즈는 이렇게 말하고 손목시계를 들여다보더니 이 말을 덧붙였다.

" '정확히' 정오가 되면 식당으로 내려오십시오."

본즈는 '정확히'라는 말을 유독 강조했다.

"식당으로요? 식당이 어디 있는데요?"

"아래층, 거실 옆입니다. 내려오시면 제가 안내하겠습니다."

오스카는 집사가 나가기를 기다렸다가 방문으로 뛰어갔다. 문고리를 한 번 비틀어보자 불안한 마음이 가셨다. 아주 잠깐이지만 본즈가 자신을 방에 가두고 문을 잠그는 것은 아닌지 의심했기 때문이다. 오스카는 다시 돌아서서 널찍한 방을 둘러보며 창가로 다가갔다.

창밖으로 쿠미데스 서클의 정원이 끝없이 펼쳐져 있었다. 이 집 정원만 해도 아까 위더스 부인과 함께 지하 터널을 통해 지나온 블루파크와 맞먹을 것 같았다. 오스카는 얼른 트렁크를 열었다. 다행히도 엄마는 잊지 않고 축구공도 챙겨주었다. 불현듯 엄마의 얼굴이 눈앞에 어른거렸다. 벌써 엄마가 보고 싶었다. 오스카는 축구공을 꼭 껴안으며 엄마 얼굴을 머릿속에서 몰아냈다. 엄마도, 위더스 부인도 분명히 말하지 않았던가. 그는 감옥에 온 게 아니라고, 집에 가고 싶으면 꼭 주말이 아니더라도 언제든 돌아갈 수 있다고. 한편으로 이렇게 근사한 정원과 마음껏 공을 찰 수 있는 잔디밭과 구경거리가 무궁무진한 대저택이 있지 않은가. 오스카는 최대한 빨리 이 집을 이리저리 살펴보고 싶었다. 구석구석 모르는 데가 없는 동네보다는 이 집에, 신나는 여름을 보낼 거리, 그의 유별난 호기심을 만족시킬 거리가 잔뜩 있을 것 같았다. 오스카는 공을 안고 일어났다. 점심시간까지 공차기를 하면서 놀기로 마음먹었던 것이다.

그는 문을 열고 복도를 들입다 뛰어갔다. 얼마 가지도 못했다. 고작 몇 미터밖에 뛰어가지 않았는데 뭔가에 부딪쳐 바닥에 넘어지고 말았던 것이다. 오스카는 뒤를 돌아보았다. 분명히 아까까지만 해도 바닥이 평평했는데 지금은 양탄자에 불룩하게 혹처럼 솟은 데가 있었다. 놀랍게도 양탄자가 서서히 펴지면서 다시 평평해지고 있었다.

"다치지 않았습니까?"

오스카가 고개를 번쩍 들었다. 끄트머리를 질질 끄는 본즈의 목소리를 금세 알아들을 수 있었다. 그는 손가락 하나 까딱하지 않고 가만히 서서 오스카를 눈여겨보고 있었다. 오스카가 벌떡 일어났다.

"네, 아무렇지도 않아요."

오스카는 무릎을 털면서 대꾸했다.

"복도에서는 뛰지 않는 게 좋아요. 꼭 복도가 아니더라도요. 브레이브 씨께서 싫어하십니다."

본즈는 냉정하게 말했다.

"양탄자도 함부로 뛰지 않았으면 좋겠는데요."

오스카가 아까 넘어진 자리를 화난 눈으로 쏘아보며 대꾸했다.

"그렇긴 하지요. 양탄자는 쿠미데스 서클의 규율을 손님들에게 일깨워주기 위해 그랬던 겁니다. 그런데 어디에 가시려던 길인지 물어봐도 될까요? 제가 안내해드리지요."

본즈는 계단 밑으로 굴러 내려간 축구공을 보면서 말했다.

"정원에 나가려고 했어요. 그 정도는 괜찮지 않나요? 제가 감옥에 들어온 건 아니라고 생각했는데요?"

오스카가 공격적인 태도로 물었다. 본즈는 놀라서 소년을 새삼스럽게 바라보았다.

"물론 그건 아니지요. 오스카 군은 마음이 내키면 어디든지 갈 수 있으니까요. 그렇지만 제가 안내를 해드리지요."

오스카는 본즈를 따라갔다. 그들은 계단을 내려가 홀을 가로질러 양옆으로 갑옷이 세워져 있는 문으로 다가갔다.

그다음에는 한 여자가 분주하게 이리저리 오가며 일하는 주방으로 들어갔다. 여자는 오스카를 보고 사람 좋은 미소를 지었다.

"안녕! 오스카 군 맞지? 난 체리라고 해. 브레이브 씨네 요리사란다. 아마 내 남편은 벌써 만나봤을걸? 오늘 아침에 여기까지 운전을 해주었던 제리 말이야."

오스카는 아무 말도 못하고 고개만 끄덕였다. 제리보다 두 배는 키가 크고 열 배는 더 날씬한 이 아줌마가 제리의 아내라는 사실이 믿기지 않았던 것이다. 체리는 거꾸로 세워놓은 빗자루 같았다. 밀짚처럼 노르스름한 머리칼, 그 머리칼과 똑같은 색깔의 블라우스를 입은 대꼬챙이 같은 몸집이라니! 체리는 쉴 새 없이 눈을 깜박거렸고 콸콸 흐르는 수돗물처럼 주저리주저리 말을 쏟아냈다. 오스카는 웃음을 참으려고 무진장 애를 썼다. 체리는 일단 한 번 말문을 열면 무슨 방법으로도 그 입을 막을 수 없는 아줌마였다.

"오스카 군, 우리 그이가 오스카 군을 보자마자 얼마나 좋아했는지 몰라! 제리가 좋아하는 사람은 틀림없지. 그이가 사람 하난 확실하게 볼 줄 알거든! 나랑은 앞으로 식사 시간마다 마주치게 될 거야. 하지만 꼭 끼니때가 아니더라도 출출하면 언제든지 와! 이제 내가 어디 있는지 알지? 오스카 군에게 줄 만한 간식거리는 언제라도 있으니까. 그런데 오스카 군은 뭘 좋아해? 나는 무슨 요리든 즐겁게 하거든! 케이크면 케이크, 생선이면 생선, 뭐든지……."

오스카가 대답을 하려고 했지만 체리는 그럴 틈을 주지 않았다. 원래 체리는 상대방이 첫 번째 질문에 대답하기도 전에 자기 혼자 세 번째 질문으로 넘어가는 사람이었다. 본즈가 중간에 나선 덕분에 그쯤에서 대화는, 아니 체리의 일방적인 수다는 마무리되었다.

"고마워요, 체리. 오스카 군도 다 알아들었고 매우 고맙게 생각할 겁니다. 지금은 오스카 군에게 정원으로 가는 길을 가르쳐주는 중이니까 있다가 점심시간에 다시 만나도록 하지요. 브레이브 씨께서……."

"뭐예요, 본즈. 누가 당신한테 물어봤어요?"

요리사 아줌마는 양손을 엉덩이에 짚고 화난 듯 쏘아붙였다. 그러나 이내 어깨를 으쓱하며 이렇게 말했다.

"됐어요. 조금 있다가 만나요, 오스카 군."

체리는 뒤돌아서서 더 이상 그들에게 신경 쓰지 않고 냉장고 안을 들여다보았다. 오스카는 어찌해야 할지 몰라서 괜히 본즈를 쳐다보았다. 집사는 허공을 한 번 쳐다보고는 주방 구석에 있는 유리문을 열고 나갔다.

그들은 계단을 세 칸 내려와 자갈이 깔린 산책로를 따라 걸었다.

"다 왔습니다. 쿠미데스 서클의 정원이 여기서부터 블루파크를 따라가는 대로까지 쭉 이어집니다. 아까 길을 여는 나무가 있었던 곳이 블루파크이지요. 위더스 부인과 함께 지나온 터널은 거리와 정원을 지나 브레이브 씨가 사는 저택까지 연결된답니다."

오스카는 이미 집사의 말을 귀담아 듣고 있지 않았다. 집과 정원을 마음껏 돌아다닐 수 있다는 생각에 한없이 들떠 있었던 것이다. 하지만 본즈는 그에게 주의를 주었다.

"정원은 굉장히 넓습니다. 그래서 이곳을 잘 모르는 사람은 길을 잃기 십상이지요. 잊지 마세요. 브레이브 씨와의 점심 식사가 이제 한 시간 정도밖에 남지 않았습니다. 절대로 멀리 가지 마세요."

"네, 알았어요. 다 알아들었다고요."

오스카는 부리나케 대꾸했지만 엄격한 표정의 집사에게는 눈길도 주지 않았다.

오스카는 어느 길로 가고 있는지 신경도 쓰지 않은 채 발로 공을 밀면서 정원을 한참 거닐었다. 어쨌든 정원은 어디 가나 마찬가지다. 나무, 잔디밭, 흐드러지게 피어난 알록달록한 꽃밖에 없었다.

그러다 산책로 끝에 이르러 아주 높다란 담장을 발견했다. 돌담은 덩굴로 뒤덮여 있었다. 저 담장까지가 브레이브 씨의 사유지일까? 하지만 담장에 다가가기도 전에 나무 두 그루가 쓰러지면서 오스카의 앞을 가로막았다. 오스카는 겁이 더럭 나서 그 자리에 가만히 있었다. 나뭇가지들이 다시 일어나기 시작했다. 바람이 부는 것 같은 느낌이 들었지만 실제로는 바람 한 점 없었다.

그는 나무를 빙 둘러가서 꽃으로 뒤덮인 작은 언덕을 넘어가기로 마음먹었다. 그런데 오스카가 첫 발을 내딛자마자 꽃들이 죄다 빨간색으로 변하며 그에게 꽃부리를 위협적으로 곤두세우는 것이 아닌가. 오스카는 저도 모르게 한 발짝 뒤로 물러났다. 갑자기 눈에 보일 정도로 풀들이 쑥쑥 자라기 시작했다. 순식간에 오스카는 무릎까지, 아니 허리까지 풀밭에 파묻히고 말았다. 엉겅퀴와 가시덤불이 어디선가 튀어나와 하늘을 향해 가시를 뻗었다.

담장으로 다가가지 말라는 뜻이 분명했다. 이건 누가 봐도 분명한 메시지였다.

정원도 이 집의 다른 곳들과 마찬가지로 '정상'은 아니었다……. 오스카는 축구공을 팔에 안고 저택을 향해 걸어갔다.

하지만 머지 않아 길을 잘 보아두지 않은 것이 후회되었다. 여기나 거기나 다 비슷비슷해서 자신이 어디에 와 있는지 알 수가 없었다. 하지만 오스카는 방향감각이 탁월한 편이었다. 문득 무엇인가가 움직이는 낌새를 알아차렸다. 얼른 장미 나무들이 만발한 쪽을 쳐다본 그는 왜 여태까지 길을 찾지 못했는지 그 이유를 깨달았다. 꽃들이 살금살금 모습을 바꾸고 있었다. 나무들도 서서히 위치를 바꾸고 산책로마저 땅 위를 구불구불 기어가는 뱀처럼 모양새를 바꾸고 있었다. 오스카는 입을 떡 벌리고 그 광경을 지켜보았다. 이제 방법은 하나뿐이었다. 저택의 지붕만 뚫어져라 쳐다보면서 걸어갈 수밖에 없었다. 최소한 저택 건물만은 꼼짝 않고 제자리를 지켜주기 바라면서!

오스카는 조심스레 나무 한 그루에 다가가 손끝으로 어루만져보았다. 나무에서는 아무 반응도 나타나지 않았다. 그다음에 공을 바닥에 내려놓고 나무를 타고 올라가기 시작했다. 손을 최대한 뻗어 나뭇가지를 붙잡고는 땅을 박차고 나무의 몸통에 발을 디뎠다. 겨우 좀 높은 가지로 올라서는가 싶었는데 이상한 일이 일어났다. 그가 디디고 있던 나뭇가지들이 껌처럼 흐물흐물해지는 게 아닌가! 오스카는 얼른 다른 나뭇가지를 잡으려고 했지만 그 가지도 그의 손 안에서 녹아서 흘러내렸다. 다음 순간, 그는 잔디밭에 큰대 자로 쓰러져 있었다. 나뭇가지들은 마법처럼 아까의 모습으로 돌아가 있었다.

몸을 일으킨 오스카는 나무 타기는 포기해야겠다고 생각했다.

"어쨌거나 내가 들어가지 않으면 안에서 누가 찾으러 나올 텐데."

그는 혼잣말을 하고 고개를 숙여 공을 집으려 했다. 하지만 너무 늦었다. 떡갈나무가 가지를 땅바닥까지 늘어뜨리더니 힘차게 공을 밀어냈던 것이다. 오스카가 고개를 돌렸다. 이번에는 개암나무가 스매시라도 하듯이 떡갈나무 잎사귀 쪽으로 멋지게 공을 받아쳤다. 떡갈나무는 강하게 날아오는 공을 다시 받아내지 못했다. 공이 뒤쪽 잔디밭으로 떨어지자 우레와 같은 박수갈채가 터졌다. 꽃들이 모두 이 멋진 장면 앞에 꽃잎을 펄럭이며 박수를 보냈던 것이다.

오스카도 이제 신기한 현상에 익숙해진 터라 그냥 조용히 물러났다. 지금 막 시작된 경기를 중단시켜야 할지, 자기도 뛰어들어야 할지 판단이 서지 않았던 것이다. 사실 다른 팀이 없으니 이 희한한 선수들이나 보고 있을 수밖에 없었다. 솔직히 말해 나무들도 높은 담장 속에 갇혀서 정원에서만 지내려면 얼마나 지겹고 따분했겠는가!

마침내 오스카가 공을 주우러 나섰다. 그는 조금 망설였지만 공을 빼앗으려고 휘이휘이 다가오는 덤불들을 보고 미소를 지었다. 떡갈나무가 나서서 공을 가로채고는 거대한 장미 나무에게 패스했다. 장미꽃들이 확 하고 일어나 공을 감쌌다. 잠시 후 사방에 구멍이 뚫린 축구공이 꽃들 속에서 떠올랐다……. 바람이 빠진 공은 더 이상 쓸 수 없게 되었다.

오스카는 가시가 잔뜩 박힌 공을 줍고서 장미꽃들을 화난 눈으로 노려보았다. 꽃들은 확 붉어졌다가 주눅이 든 사람처럼 쪼그라들었다.

"기술적인 문제 때문에 경기는 중단되었습니다. 장미꽃은 레드카드!"

오스카는 이렇게 외치고 한숨을 쉬었다. 그는 의욕을 잃고 뒤돌아섰다.

"이제 집에 돌아가려면 어떻게 해야하지?"

이 질문에 답을 던져준 것은 같은 편이었던 떡갈나무였다. 떡갈나무가 가장 높은 가지를 소년의 앞으로 다소곳하니 드리워주었던 것이다. 오스카는 조금 주저했지만 냉큼 그 가지에 앉아 꼭 붙잡고 매달렸다. 떡갈나무는 가뿐하게 가지를 허공으로 들어올렸다. 순식간에 오스카는 정원과 주변의 집들을 발 아래로 굽어볼 수 있었다. 그중에서도 작은 탑이 삐죽 솟아 있고 방어벽까지 두른 시커먼 집 한 채가 그의 시선을 사로잡았다. 그 집은 거무튀튀한 소나무들에 둘러싸여 있었다. 쿠미데스 서클과는 꽤 떨어져 있는, 어쩌면 도시 밖에 있을지도 모르는 집이었다. 중세의 성 같은 그 집을 오래 관찰할 여유는 없었다. 떡갈나무가 조바심을 내며 나뭇가지를 흔들어댔기 때문에 오스카는 떨어지지 않으려고 몸을 완전히 숙여 매달려야만 했다.

"알았어, 알았다고. 빨리 볼게!"

오스카가 이제 막 사귄 친구 떡갈나무에게 약속했다. 그는 윈스턴 브레이브의 저택이 어디 있는지 확인하고 생각보다 멀리 벗어난 게 아니라는 것을 알았다. 이 괴상한 정원과 여기 사는 기묘한 식구들에게 멋지게 한 방 먹었던 것이다!

"이제 내려가도 될 것 같아." 오스카는 빨리 내려가고 싶지 않았지만 이렇게 말했다. "어, 그런데 잠깐만!"

오스카는 지금 막 우측에서 작은 연못을 발견한 참이었다. 그리고 그보다 조금 더 들어가서, 수풀이 빽빽하게 우거진 경사면 옆에 온갖 종류의 식물들이 그려낸 희한한 미로 같은 것을 보았다. 그는 더 자세하게 관찰하고 싶었지만 떡갈나무는 이미 가지를 땅바닥까지 드리운 상태였다.

"아니, 잠깐만. 잠깐만 있으면 되는데."

"제 생각에는 일 분도 더 있어서는 안 되겠습니다만."

차가운 목소리가 오스카의 귓전을 때렸다. 이제는 이미 익숙해질 대로 익숙해진 목소리였다.

본즈가 그를 찾으러 나왔다는 것은 보지 않고도 알 수 있었다. 집사는 몹시 화가 난 것 같았다.

"자칫하면 다칠 수도 있었습니다. 그리고 오스카 군이 멀리까지 내다볼 수 있으면, 남들도 그만큼 오스카 군을 보기가 쉬워지는 겁니다. 그런 상황은 절대로 권장할 수 없군요."

본즈가 꾸짖듯이 말했다.

"제가 길을 잃어버려서 이 나무는 제가 집을 찾아갈 수 있게 도와준 것뿐이에요."

"나무들에게 휘둘리지 마십시오. 까딱 잘못했다가는 위험에 빠집니다."

본즈는 떡갈나무를 경계하는 눈빛으로 바라보며 말했다.

본즈의 말투는 펭귄 선생님과 비슷했다. 본즈는 펭귄 선생님이 아니고, 지금은 여름방학이며, 쿠미데스 서클은 학교가 아니지만 말이다. 오스카는 불손한 말투로 대들어볼까 했지만 생각을 고쳐먹었다. 괜히 본즈와 사이가 틀어지고 싶진 않았다. 여기서 지내며 위더스 부인과 윈스턴 브레이브에게 메디쿠스의 역할과 능력에 대해 배우려면 본즈에게도 도움받을 일이 분명히 있을 것이다.

오스카는 미안해하는 표정을 지어보려고 무척 애를 썼다. 그리고는 아까부터 묻고 싶어서 입이 근질근질하던 질문을 기어이 던지고 말았다.

"여기 사는 나무와 꽃들은 어떻게 사람처럼 살아 움직일 수 있는 거예요?"

"브레이브 씨와 룸피니 백작부인께서는 쿠미데스 서클에서 자라는 모든 식물의 내부에 들어갔다 나오셨으니까요. 그분들이 아주…… '살짝' 유전자를 변형시켰답니다. 그래서 나무와 꽃들이 사람 말을 알아듣고 움직일 수 있게 된 겁니다."

본즈가 고개를 절레절레 흔들었다. 딱 보기에도, 본즈는 나무와 꽃이 이렇게 변한 것이 마음에 들지 않는 듯했다.

"브레이브 씨께서 이들에게 쿠미데스 서클을 지키라고 명하셨습니다. 분별없는 어린애들이 종종 이 정원에서 길을 잃고 헤매지요. 그럴 때는 이들만큼 뛰어난 파수꾼이 없으니까요."

본즈는 눈을 반쯤 내리깔고 오스카를 바라보며 말했다.

"그래서 제가 정원 끝에 있는 담장으로 가려고 했을 때, 저들이 가로막은 건가요?"

"그렇죠. 누가 봐서도 안 되고, 오스카 군이 위험에 빠져서도 안 되니까요. 이건 브레이브 씨의 지시입니다. 그런데 저 나무는 그 지시를 따르지 않았어요. 저는 이 사실을 메디쿠스의 그랜드 마스터께 고하지 않을 수 없고요. 뿌리를 아예 뽑아버리라고 하시진 않을지 모르겠군요."

본즈는 떡갈나무에게 들으라는 듯이 일부러 더 큰 목소리로 말했다. 바로 그 때, 오스카는 자갈길에 시커먼 줄이 그어져 있는 것을 알아차렸다. 소년은 호기심에 바짝 고개를 숙였다. 개미들이 군대처럼 완벽하게 줄을 맞추어 기어가고 있었다.

본즈가 한숨을 쉬었다.

"룸피니 백작부인은 너무 지나쳐서 탈이라니까요. 식물만으로는 만족을 못하시는 건지, 정원에 사는 작은 곤충들 속에 재미로 들어갔다 나왔다 하시지요. 그 결과가 이겁니다."

본즈가 말을 하는 동안 개미들은 한 마리씩 서로의 몸을 타고 올라가 탑을 쌓기 시작했다. 잠깐 사이에 눈앞에서 개미들이 무더기로 쌓이기 시작했다. 오스카는 마침내 개미들이 어떤 모양을 만들려고 하는 것인지 깨달았다.

"이건…… 배트잖아요! 야구 배트 말이에요! 개미들이 아까 우리가 축구하는 걸 봤나 봐요! 얘들도 운동을 하고 싶은 거라고요!"

땅바닥에 남아 있던 개미들도 서로 엉겨 붙더니 완벽한 모양의 야구공을 이루었다. 그 순간, 배트가 움찔하고 움직였다. 오스카는 지금 상황도 잊고 집사는 안중에도 없는 듯 공 받는 위치로 뛰어갔다. 개미 배트가 펄쩍 뛰어올라, 즉석에서 만들어진 개미 공을 멋지게 때렸다. 오스카가 팔을 뻗어 개미 공을 잡아냈다. 개미 공은 소년의 손에 닿자마자 퍽 하고 터지면서 수백 마리의 개미들로 흩어져버렸다. 오스카는 옷에 튄 개미들을 이리저리 털어내며 한 번만 도와달라는 듯이 본즈를 쳐다보았다.

드디어 집사도 냉정을 잃고 말았다.

"이제 됐어! 당장 이 소년의 몸에서 떨어져! 안 그러면 브레이브 씨에게 전부 다 일러바치겠다!"

개미들은 황급히 집사의 말에 복종했다. 오스카의 몸에서 바글바글하던 개미들이 잠깐 사이에 한 마리도 남김없이 싹 떨어졌다.

집사는 손목시계를 보고 인상을 확 구겼다.

"정오가 거의 다 됐군요. 벌써 늦었습니다. 저를 따라오십시오. 메디쿠스의 그랜드 마스터를 기다리시게 할 순 없습니다."

오스카는 본즈가 성큼성큼 걸어가는 뒷모습을 보고 떡갈나무에게 윙크를 보내며 속삭였다.

"고마워, 또 보자!"

나중에라도 축구를 즐기는 저 민첩한 떡갈나무의 도움을 톡톡히 받을 날이 있을 것이다……. 떡갈나무도 조심스레 인사를 하듯 몸뚱이를 부르르 떨었다.

오스카는 본즈를 향해 뛰어갔다. 아직 만나지는 못했지만 몹시 흥미롭고, 두려운 그 사람을 만나기 위해서. 윈스턴 브레이브. 위더스 부인은 그가 유명한 변호사라고 했다…… 그리고 메디쿠스의 위대한 스승이라고 했다.

메디쿠스의 그랜드 마스터

홀로 들어간 본즈는 계단 앞에 잠시 멈춰 서서 문고리를 붙든 채, 오스카를 머리부터 발끝까지 쭉 훑어보았다. 오스카는 어색해서 괜히 다른 곳을 쳐다보며 어깨를 으쓱했다. 그래도 자기 딴에는 아무렇게나 뻗친 빨간 머리를 매만지고 셔츠 자락을 청바지 속으로 얌전하게 집어넣기는 했다.

본즈가 비로소 문을 열어주었다. 오스카는 쿠미데스 서클의 거실로 발을 들여놓았다.

소파 밑에서부터 벽난로 앞까지 마룻바닥 전체를 덮다시피 한 양탄자를 조심조심 내딛었다. 그는 양탄자 위에 나타나 있는 거대한 그림을 주의 깊게 보았다. 초록색과 금색 케이프를 입은 남자와 여자들이 검정색과 붉은색 옷을 입은 사람들과 활활 타는 불꽃 속에서, 물속에서, 숲속에서 싸우고 있었다. 양탄자의 가장자리에는 동그라미 속에 들어간

M자가 사슬처럼 죽 이어져 있었다. 오스카가 지나가자 그림 속의 인물들이 모두 살아 있는 사람처럼 고개를 돌리고 쳐다보았다. 그들의 케이프에도 같은 문양이 그려져 있었다.

오스카는 주변을 둘러보았다. 밝은 색상의 부드러운 천을 댄 벽에도 같은 문양들이 살짝 도드라져 있었다. 사실 이 집 전체와 이곳에 사는 모든 이들에게는 M이 새겨져 있었다. 오스카는 이 문자를 보면 왠지 마음이 놓였다. 벌써부터 곳곳에서 M을 찾을 수 있어서 기분이 좋았다.

본즈도 따라 들어왔다. 그가 손을 들어 식당 쪽을 가리켰다. 커다란 방 두 칸이 수직으로 이어져 L자를 이루고 있었다. 오스카는 나무 식탁의 밑부분을 언뜻 본 것 같았다. 그는 초록색 벨벳 소파를 어루만지면서 기묘한 초록 불꽃이 타오르는 벽난로 앞을 지나 식당 안으로 들어갔다.

식탁은 끝없이 길게만 보였다. 식탁 반대쪽 끝에 등받이가 높고 널찍한 안락의자가 놓여 있었다. 등받이의 나무틀에는 M자가 새겨져 있었고 거기에 한 남자가 앉아 있었다.

오스카는 우뚝 서서 윈스턴 브레이브를 바라보았다. 매끈하게 뒤로 넘긴 검은 머리, 머리칼만큼 짙고 무성한 눈썹 아래 옆으로 길게 찢어진 검은 눈이 있었다. 그는 양복을 입고 있었지만 양복의 깃은 넥타이, 조끼와 같은 초록색 옷감으로 되어 있었다. 식탁에 올려놓은 우람한 두 손이 보였다. 한쪽 손은 위더스 부인의 것과 비슷한 펜던트를 만지작거리고 있었다. 두 펜던트의 작은 차이를 오스카는 단박에 알아차렸다. 윈스턴의 펜던트에는 M자 문양 한가운데에 불꽃을 모아놓은 듯 눈부시게 빛나는 초록색 보석이 박혀 있었던 것이다.

"안녕, 오스카. 자리에 앉거라."

그의 목소리는 진중하고 깊게 울렸다.

브레이브 씨의 잘생긴 얼굴은 새까만 눈과 다부진 턱 때문에 위협적으로 보일 수도 있었지만 그렇지 않았다. 그렇다고 해서 다정해 보이는 것도 아니었다. 오스카는 윈스턴 브레이브가 눈으로 가리키는 쪽을 쳐다보았다. 식탁 끝에 빈 안락의자가 있었다. 자리에는 식기가 다 차려져 있었다. 오스카는 의자에 앉아 억지로 미소를 지으려 했다. 하지만 온몸이 굳어져 아무 말도 입 밖으로 나오지 않았다.

마침 체리가 나타난 덕분에 분위기가 반전됐다. 체리 아줌마는 그랜드 마스터의 자리 바로 뒤에서 주방과 연결된 문을 열고 나타났다.

"어머, 오스카 군!"

요리사 아줌마가 호들갑스럽게 소리를 지르며 접시를 날랐다. 그녀는 오스카 앞에 접시를 놓고 요리에 대해 따발총처럼 떠벌렸다.

"……그러니까 곧 너도 나만의 특제 소스를 친 닭고기 구이를 좋아하게 될 거야. 이 요리는 나의 주특기란다!"

오스카는 접시를 내려다보았다. 닭고기 구이 비슷한 것이—어디까지나 추측하자면 그랬다—훙건한 오렌지색 액체에 둥둥 떠 있었다. 그 밖에도 정체를 알 수 없는 초록색, 갈색 덩어리들이 널려 있었고 여기저기 알록달록한 소스가 뿌려져 있었다. 오스카의 얼굴에 미소가 싹 가셨다. 인상이 구겨지는 것을 막을 수 없었다. 소년은 울며 겨자 먹기로 이렇게 말했다.

"자…… 잘 먹겠습니다, 체리 아줌마."

오스카는 아까 주방에서 체리 아줌마가 본즈에게 보였던 반응을 떠올렸다. 이번에도 아줌마를 언짢게 하고 싶지는 않았다. 체리 아줌마는 친절하지만 예민해서 잘 삐치는 사람 같았다. 오스카는 윈스턴 브레이브의 눈치를 보았다. 그는 여전히 펜던트를 만지작거리며 이 광경을 구경만 하고 있었다.

"어서 먹어보렴. 다른 요리도 잔뜩 내올 테니까!"

오스카는 겁에 질린 얼굴로 접시를 보았다. 체리 아줌마는 앞치마 차림으로 꼿꼿하게 서서 꼼짝도 하지 않았다. 자신의 '솜씨'를 오스카에게 인정받고 싶어 안달이 난 눈치였다.

윈스턴 브레이브가 오스카를 구해주었다.

"고마워요, 체리. 이제 우리 둘만 있게 해주시오."

"하지만……."

"오스카가 더 먹고 싶어 하면 내가 알아서 부르겠소. 약속하지요."

체리는 뭐라고 투덜거리며 조용히 물러났다.

윈스턴이 고개를 숙이고 바닥을 유심히 바라보았다.

"롤스! 로이스! 이리로!"

마룻바닥을 드르륵 긁는 소리가 나는가 싶더니 오스카의 다리 사이에서 뭔가 뜨끈하고 북슬북슬한 두 개의 덩어리가 올라왔다. 오스카는 깜짝 놀라서 황급히 다리를 들어 올리고 식탁 밑을 살폈다. 지금까지 보지 못했던 바셋 하운드 두 마리가 짧은 다리로 냉큼 주인에게 달려가는 것이 아닌가. 개들은 몸이 길고 다리가 짧아서, 마치 모터가 달린 거대한 소시지 두 개가 움직이는 것처럼 보였다.

브레이브 씨가 쓰다듬어주자 두 마리의 개는 뒷발로 얌전하게 웅크리고 앉았다. 조금만 움직여도 눈두덩과 축 늘어진 입술이 흔들렸고 기다란 귀는 바닥까지 닿았다.

"우리 귀염둥이들, 너희가 오스카의 몫을 해치워다오. 지금 당장."

롤스와 로이스는 서로 치고받으며 앞발과 뒷발이 뒤죽박죽 엉킨 채 굴러와 오스카의 안락의자 다리에 부딪쳤다. 오스카는 넘어지지 않기 위해 식탁 모서리를 붙잡고 윈스턴에게 의아하다는 눈길을 보냈다.

"접시를 줘라."

윈스턴은 그렇게만 말했다. 오스카는 윈스턴이 두 번 말하지 않도록 고분고분 따랐다. 침을 질질 흘리는 아귀 같은 개들에게 접시를 내밀자 녀석들은 섬뜩하면서도 놀라운 소리를 내며 핥고, 물어뜯고, 와삭와삭 깨물어 먹고 난리도 아니었다. 체리의 괴상한 요리를 먹지 않아도 되었으므로 오스카는 한시름 놓았다. 이윽고 그는 부스러기 하나 남김없이 깨끗한 접시를 다시 집어 들었다.

오스카가 접시를 자기 자리에 놓고 개들에게 싱긋 웃어보였다. 개들이 체리의 요리를 먹고도 아무 탈이 없기만을 바랄 뿐이었다. 하지만 개들이 체리의 요리를 도맡아 처리하는 게 이번이 처음은 아닌 듯했다.

"솔직해지자꾸나, 얘야. 체리는 헌신적이고 수다스럽지만 요리사로서는 솜씨가 꽝이지. 그래, 이제 진지한 얘기를 나눌 때가 된 것 같구나. 우리가 개들을 배불리 먹이려고 점심 식사를 함께 하기로 한 건 아니니까. 그보다는 너와 너의 장래에 대해 얘기를 하자꾸나."

윈스턴의 목소리가 딱딱해졌다. 오스카는 앉은 자리에서 허리를 곧게 펴고 고개만 끄덕거렸다.

"내가 너를 이곳에 받아들이기로 한 것은 무엇보다도 위더스 부인을 믿기 때문이다. 부인은 네가 메디쿠스의 능력을 타고났다고 굳게 믿고 계시더구나."

윈스턴은 생각을 정리하기 위해 잠시 사이를 두었다가 말을 이었다.

"나는 네 아버지를 아주 잘 안다." 그의 음성이 조금 부드러워졌다. "아주 용감하고 똑똑한 메디쿠스였지. 네 아버지는 우리와 온 세상을 위해 대단한 일을 해냈단다."

오스카는 뿌듯하면서도 다시금 두려움에 사로잡혔다. 과연 아빠에게 부끄럽지 않은 메디쿠스가 될 수 있을까? 윈스턴 브레이브는 소년의 눈을 지그시 들여다보았다. 윈스턴의 눈빛이 너무 강렬해서 오스카는 속을 훤히 내보이고 생각마저 읽혀버린 기분이 들었다.

"위더스 부인이 잘못 본 게 아니라면, 그리고 네가 스스로 내린 결심을 끝까지 밀고 나간다면 우리와 함께 세상을 구하기 위해 싸우는 기회를 얻게 될 거다. 애석하지만 지금은 그 어느 때보다도 시간이 촉박하다. 바로 그런 이유에서 네가 여기 오게 된 것이고, 너도 알겠지?"

오스카는 고개를 주억거렸다. 하지만 마음속 깊은 곳에서는 뭐가 어떻다는 건지 잘 모르겠다는 기분이 들었다. 위더스 부인에게 위험이 어쩌고저쩌고, 위급 상황이 어쩌고저쩌고하는 소리를 듣기는 했지만…….

"우리의 적은 파토, 뭐라고 그랬던 것 같은데요……."

"그랜드 파톨로구스다, 오스카. 어둠의 왕자라고 부르기도 하지. 그 이름을 기억해두어라. 우리 모두가 기억해야 할 이름이지."

오스카의 머릿속에서 오만 가지 의문들이 뒤죽박죽되었다.

"그는 위험한가요?"

"아주 위험하지. 인류 전체를 궁지에 몰아넣을 만큼."

윈스턴은 오스카가 잠시 생각을 하고 반응할 만한 시간을 주었다.

"무슨 궁지에 빠진다는 거죠? 그 어둠의 왕자라는 사람이 우리를 어떻게 할 수 있는데요? 그 사람 혼자서 우리 모두를 어떻게 상대해요? 어떻게 그가……."

윈스턴 브레이브는 손을 내밀어 오스카의 질문 세례를 막았다. 호기심이 왕성하고 똑똑한 아이라는 것만은 틀림없었다.

"아니, 그는 혼자가 아니야. 파톨로구스는 여럿이니까. 이제 그들의 우두머리가 자유의 몸이 되었으니 지체하지 않고 달려가 다시 뭉치겠지. 아직 모든 것을 너에게 설명하기는 좀 이르구나. 말하자면 굉장히 길고 어차피 네가 신체 잠입을 훈련하게 되면 다 알게 될 테니……."

"신체…… 뭐라고요?"

"중요한 얘긴 아니다." 윈스턴은 오스카가 찍소리도 못하게 단호한 목소리로 잘라 말했다. "내가 할 수 있는 말은 파톨로구스의 힘이 엄청나다는 것이지. 그들은 생명체에 들어가 병을 일으킬 수 있는 능력이 있지. 일반적인 의학으로는 고칠 수 없는 병을 일으키는 거야. 오직 메디쿠스만이 그 질병과, 나아가 파톨로구스와 싸울 수 있단다."

"그 말씀은…… 저 역시 생명체 안으로 들어갈 수 있다는 뜻인가요?"

"메디쿠스라면 누구나 할 수 있는 일이다. 그래, 그걸 신체 잠입이라고 부른단다. 기본적으로 그 임무 때문에 네가 여기 온 거다. 우리는 네가 신체와 그곳의 다섯 우주로 첫 발을 내딛을 수 있도록 도와줄 거야. 물론, 네가 '할 수 있는' 일이라면 말이다."

윈스턴은 마지막 말을 일부러 콕 집어 덧붙였다. 오스카는 자존심이 상해서 자리를 박차고 일어났다. 그에게는 한 가지 소망밖에 없었다.

그가 해낼 수 있다는 것을 보여주고 싶었다. 오스카가 입을 여는 순간, 메디쿠스의 그랜드 마스터가 그의 말을 막았다.

"아니, 지금은 더 이상 묻지 마라. 너도 다 배울 때가 될 테니. 네 생각보다 일찍 그때가 올 거야. 우리는 최대한 너를 도와줄 작정이지만 결국은 너에게 달린 일, 너 한 사람의 능력으로 판가름이 나는 일이다."

오스카는 이 말을 제대로 이해한 것인지 확신이 들지 않았지만 일단 고개를 끄덕였다.

"체리의 후식까지 먹고 싶지 않다면 날 따라오너라."

윈스턴 브레이브는 자리에서 일어났다. 오스카는 그의 외모나 기품이 목소리와 아주 잘 어우러진다고 생각했다. 메디쿠스의 그랜드 마스터는 위풍당당해 보였다. 그 한 사람만으로 널따란 식당이 꽉 차는 느낌이 들 정도로.

소년은 그를 따라 거실을 지나 구석에 놓여 있는 거울로 다가갔다. 바퀴가 달린 아르데코풍의 전신 거울이었다. 윈스턴이 한 손을 뻗어 거울을 밀어내자 다른 문보다 조금 낮고 좁은 문이 하나 나타났다. 그랜드 마스터가 펜던트를 꺼내어 나무에 새겨진 문양에 갖다 댔다. 문자와 거기에 박힌 에메랄드가 완벽하게 들어맞으면서 문이 스르륵 열렸다. 윈스턴은 오스카에게 따라오라는 손짓을 하고 자기가 먼저 안으로 들어갔다.

그들은 아주 작고 은밀한 공간에 들어와 있었다. 벽면은 책과 그림으로 도배되어 있었다. 중앙에 놓인 1930년대 풍의 반들반들한 목재 책상이 거의 공간 전체를 차지했다. 희한하게도 그 방에는 창이 하나도 없었고 책상에 놓여 있는 스탠드만이 빛을 내고 있었다. 스탠드 받침은 컵을 둘러싸고 똬리를 틀고 있는 뱀의 형상을 하고 있었다. 작은 전구가 빛을 내며 스탠드 갓에 찍혀 있는 M자를 도드라지게 비추었다.

윈스턴 브레이브는 문을 닫고 금빛 문자를 이상하게 생긴 자물쇠에 갖다 댔다. 그러자 철컥하고 빗장 닫히는 소리가 났다.

"누가 우리를 방해해서는 안 되니까 말이야."

윈스턴이 말해두었다. 그는 책상을 한 바퀴 돌아 어느 반신상 앞으로 다가갔다. 반신상의 주인공은 윈스턴과 놀랄 만큼 닮아 있었다. 오스카가 몸을 일으켰다. 그는 꿈을 꾸고 있는 게 아니었다. 분명히 반신상의 얼굴이 꿈틀대며 윈스턴 브레이브와 눈을 마주치고 있었다.

"안녕하세요, 찰스 아저씨."

반신상이 뭔가 신호를 보냈다.

"아저씨, 이쪽은 오스카입니다. 오스카, 이분은 내 할아버지의 할아버지의 삼촌이신 찰스 브레이브라고 한단다."

윈스턴 브레이브는 그렇게 말을 하고서 반신상의 눈치를 살폈다. 오스카에게 말할 수는 없었지만 찰스 브레이브는 살아생전에도 예측할 수 없는 불같은 성격으로 유명했다. 찰스 아저씨의 심기가 불편할 때에는 의자나 만년필에 말을 거는 것이나 다름없었다. 그랜드 마스터는 때를 잘못 고른건지 걱정이 되었고 그의 두려움은 들어맞았다. 반신상은 자신은 일개 조각상에 지나지 않는다는 듯이 원래 자세로 돌아가 눈을 감아버렸다. 이럴 때에는 절대로 찰스 아저씨를 성가시게 해서는 안 되었다. 누구를 소개할 때가 아니라는 뜻이었다.

하지만 윈스턴 브레이브에게는 아직도 쥐고 있는 카드가 있었다.

"어쩌면 아저씨도 아실지 모르겠네요. 오스카는 비탈리 필의 아들입니다."

그는 오스카의 아빠 이름을 강조했다. 갑자기 석상의 고개가 홱 돌아가더니 오스카를 보며 눈을 깜박거렸다. 비탈리 필의 위대한 업적은 모든 이의 기억에 아로새겨져 있었던 것이다―비록 찰스는 이미 300년 전에 죽었고 비탈리 필과 그랜드 파톨로구스의 싸움은 그가 반신상이 된 후에 들은 이야기지만 말이다. 어쩌면 찰스는 비탈리의 운명을 안타까워 하고 있을지도…… 그게 뭐가 중요하겠는가? 일단은 찰스 아저씨의 시선을 끌고 볼 일이었다.

"이 소년은 메디쿠스의 능력을 물려받은 것 같습니다. 이제 곧 이 아이도 신체 내 여행을 하면서 우리 편에서 싸우게 되겠지요. 그 이유는 찰스 아저씨도 아실 겁니다. 그러니 메디쿠스라면 누구나 지니는 것을 이 아이도 지니고 있어야 합니다."

반신상은 고개를 가볍게 흔들며 눈살을 찌푸렸다. 이어서 어깨를 으쓱하더니 머리를 절레절레 저었다. 꽤 충격을 받은 모양이었다.

"아저씨, 우리는 베레니스 위더스를 믿어야 합니다. 아저씨는 위더스 부인을 높이 평가하시잖아요. 저도 압니다. 모든 책임은 부인이 지겠다고 했습니다. 저도 부인을 지원하기로 약속했고요."

찰스는 이렇게도 인상을 썼다 저렇게도 인상을 썼다 하더니―다행히 말은 할 수 없는 모양이었다―마침내 고개를 끄덕였다.

오스카는 마음이 놓여 그랜드 마스터에게 몸을 살짝 숙이고 조그맣게 속삭였다.

"저기…… 저 분은…… 살아 계신 거예요?"

"그렇다고 할 수도 있고 아니라고 할 수도 있지. 네가 메디쿠스에 대해 좀 더 알게 되면 이해할 수 있을 게다. 메디쿠스와 파톨로구스는 공통점이 하나 있지. 둘 다 '신체 내 싸움'에서 전사할 때에만 완전히 죽는다는 공통점이. 그런 경우가 아니라면, 예를 들어 질병이나 노환으로 사망하거나 신체 '밖' 세상에서 사고나 살해를 당해 죽는다면 육체는 죽더라도 정신은 살아남아 자기 뜻대로 돌아다닐 수 있단다. 살아남은 정신은 조각상이나 책이나 그 밖의 사물에 깃들지. 동시에 여러 사물에 깃들거나 다른 사람의 몸에 들어가서 명맥을 유지할 수도……."

오스카가 갑자기 눈을 빛내기 시작했다.

"우리 아빠도 사고로 돌아가셨으니까 어쩌면……."

"……그래, 어쩌면 네 아빠의 혼도 어딘가에 살아 있을지 모르지. 하지만 그 혼이 자신을 드러내지 않기로 결심한 것은 아닌지 우리로서는 확실히 알 수 없단다. 다만, 이것만은 분명해. 어떤 메디쿠스가 인간의 신체 밖에서 죽으면 그의 능력은 다른 사람에게로 옮겨간단다. 주의할 것은, 파톨로구스의 경우도 마찬가지라는 거야. 바로 그렇기 때문에 신체 밖에서는 파톨로구스를 죽이는 것보다 체포해서 가두는 것이 더 바람직하지. 메디쿠스든 파톨로구스든, 그들의 신체와 능력과 영혼을 완전히 소탕하려면 반드시 신체 내 싸움으로 끝장을 봐야하고."

오스카는 눈을 내리깔았다. 아빠의 영혼이 어디 숨어 있는지 알 수 없다는 사실에 실망했던 것이다. 어쩌면 그가 애지중지하는 가족사진에 아빠의 영혼이 깃들어 있지는 않을까?

윈스턴 브레이브가 고개를 숙이고 오스카를 뚫어져라 바라보았다.

"오스카 필, 진정한 메디쿠스는 웬만한 인턴 의사보다 솜씨가 낫다는 걸 알아둬라. 너는 앞으로 하나뿐인 세상에서 살아가는 게 아니야. 여러 세상을 돌아다니며 너의 임무를 완수해야한다. 그 세상들은 어느 것 하나 비슷하지 않고 천차만별이지. 그러니 너는 자부심을 가지고 위엄 있게 처신해야해. 어쩌면 언젠가는 네 아빠의 영혼이 나타날지도 모르 지. 앞일을 누가 알겠니?"

기묘한 소음이 오스카의 주의를 끌어당겼다. 그는 무슨 일인가 싶어 브레이브의 뒤쪽으로 살짝 몸을 틀었다. 찰스의 조각상이었다. 조각상 은 입을 떡 벌린 채 다물지 못하고 있었다. 순식간에 반신상의 얼굴이 시뻘게졌다가 다시 새파랗게 질렸다가 보랏빛으로 변했다. 오스카는 나서고 싶지 않았지만 이렇게 말할 수밖에 없었다.

"마스터, 저기…… 저 분에게…… 뭔가 문제가 있는 것 같아요!"

윈스턴은 얼른 돌아서서 반신상으로 달려갔다.

그는 손을 찰스의 헤벌린 입 안에 넣고 뭔가를 불쑥 잡아당겼다. 찰 스는 드디어 크게 심호흡을 하고 캑캑거리며 재채기를 하기 시작했다. 반신상의 낯빛도 차츰 정상―대리석 색깔―으로 돌아왔다.

"괜찮으십니까, 찰스 아저씨?"

반신상은 화난 눈으로 윈스턴을 쏘아보더니 눈을 감아버렸다. 찰스 의 영혼은 조각상 깊숙이 틀어박혀 이제 무슨 수를 쓰더라도 끌어낼 수 없을 것 같았다.

"음, 여기 더 있지 않는 게 좋겠다."

윈스턴이 당혹스러워하며 말했다.

오스카도 천천히 조심스럽게 반신상에서 물러났다. 찰스의 영혼이 돌아와 무서운 분노를 쏟아낼까 두려웠던 것이다. 윈스턴 브레이브는 조금 전에 반신상의 입에서 꺼낸 물건을 보여주었다. 오스카는 어안이 벙벙해서 눈이 번쩍 뜨였다.

"입 좀 다물어라. 그러고 있으니 누가 생각나는구나."

윈스턴은 찰스의 조각상 쪽을 흘끔거리며 조그맣게 말했다.

"이…… 이건 제 거예요?"

"그래, 네 것이다. 받아서 손에 쥐고 있어보아라."

"오른손이죠?"

오스카가 선수를 쳤다.

"그래, 오른손으로. '심장에 없는 손이자 몸을 여는 손'이지. 너도 곧 배우게 될 게다."

오스카는 윈스턴의 손바닥에서 빛나는 펜던트를 집어 들었다. 기원의 문자를 꼭 쥐자 손바닥의 우묵한 곳에서부터 따뜻한 온기가 솟아나 오른팔을 타고 올라와 가슴에서 모였다가 다시 목덜미를 타고 머리로 올라오는 느낌이 들었다.

윈스턴은 놀란 눈으로 오스카를 지켜보았다. 베레니스 위더스가 제대로 본 것인가? 그는 펜던트에 걸려 있는 목걸이를 오스카의 목에 둘러주었다. 그 다음에 자신의 오른손으로 소년의 가슴에 가져간 M자를 짚었다.

"찰스 아저씨는 대대로 문자의 수호자를 지내셨단다, 오스카. 이 조각상에서든 다른 어느 곳에서든, 오직 그분만이 기사단의 펜던트를 내어 주고 힘을 실어주실 수 있지. 이 펜던트는 네가 맨 먼저 가슴에 갖다 댔기 때문에 앞으로도 계속 네 것이다. 어디를 가든 항상 품고 다니기 바란다. 네가 허락하지 않는 이상, 아무도 이 펜던트를 자기 마음대로 쓸 수 없다. 이것은 '너의' 문자니까. 그리고 너에게 그럴 만한 자격이 있다면—윈스턴은 이 부분을 힘주어 말했다—이 문자는 메디쿠스로서의 네 생애에 항상 함께할 것이다. 너를 안내하고 너의 힘이자 이정표가 되며, 어둠 속에서는 빛이 되고 희망이 없는 순간에 용기를 주며, 못된 적과 악의 접근을 막는 성벽이 될 것이야."

윈스턴 브레이브는 손을 치웠다. 오스카는 메디쿠스의 상징을 오래오래 들여다보았다.

그랜드 마스터는 잠시 망설였다. 그가 지금 하려는 일은 지극히 개인적으로 추진하는 것일 뿐만 아니라 13년 전에 필 가문에 반대해서 내렸던 결정과도 상반되었다. 그는 자신을 똑바로 응시하는 푸른 눈을 바라보았다. 그리고 마침내 자신의 펜던트와 오스카의 펜던트를 마주 포개었다. 바로 그 순간, 소년의 펜던트가 초록빛을 확 뿜었다가 원래의 금빛으로 돌아갔다.

"이렇게 두 개의 펜던트를 포개면 나는 내 펜던트를 통해 너의 펜던트까지 읽을 수 있지. 두 펜던트들이 어디에 있든지 항상 만날 수 있는 거야. 이것도 기억해두거라."

윈스턴이 오스카를 가만히 밀어냈다.

"이제 위더스 부인을 다시 만나보렴. 나는 할 일이 있다. 너도 너대로 할 일이 있고."

오스카는 자기 펜던트에서 눈을 떼지 못한 채 문을 향해 걸음을 옮겼다. 그랜드 마스터가 갑자기 그를 불러 세웠다.

"마지막으로 한마디만 더 하마. 아까도 설명했듯이 우리 모두는 위험에 처해 있다. 그중에서도 네가 어쩌면 특히 위험할지도 모르겠다."

"왜요?"

오스카는 관심을 보이며 물었다. 윈스턴은 약간 주저했다. 파톨로구스가 가져올 위험이 어떤 것인지 소년이 좀 더 민감하게 깨닫기를 바랐지만 쓸데없이 걱정만 키우고 싶지는 않았다.

"너는 아직 자신을 방어할 준비가 되어 있지 않으니까. 그러니 준비가 될 때까지는 조심스럽게 행동해야한다. 아직 메디쿠스의 능력을 사용할 줄 모르는 초심자들은 모두 다 마찬가지야. 얌전하고 신중하게 처신하기 바란다. 그리고 나는 네가 여기 있다는 사실을 누구에게도 밝히고 싶지 않다. 스스로 조심할수록 네 안전이 보장된다. 내 말 다 알아들었겠지?"

오스카가 고개를 끄덕였다.

"이제부터 주말에는 바빌론 하이츠에 있는 너희 집에서 보내지만 주중에 여기 있는 동안에는 나나 본즈의 허락 없이 쿠미데스 서클 밖으로 나갈 수 없단다. 단 한 시간도 안 된다. 아니, 일 분도 그래서는 안돼……. 그리고 무슨 일이 있어도 저녁 식사 '전'에는 꼭 돌아와 있거라. 오스카, 그 시각까지 와 있지 않으면 쿠미데스 서클의 문은 너에게 영원히 닫히고 말 거다. 영원히. 어쨌든 네가 진정한 메디쿠스가 아니라면 이곳에 머물더라도 결과는 마찬가지일 게야."

그랜드 마스터의 목소리가 딱딱해졌다. 오스카는 규율을 좋아하지 않았고 결코 고분고분한 소년도 아니었지만 선택의 여지가 없다는 것쯤은 알 수 있었다. 그는 그랜드 마스터의 지시를 어김없이 따르기로 마음먹었다.

서재

오스카는 그 방을 나와 거실에 이르렀다. 본즈가 그를 기다리고 있었다.

"위더스 부인이 오스카 군을 만나러 곧 서재로 오실 겁니다."

오스카는 본즈와 함께 홀을 가로질러 이중문을 통해 들어갔다. 쿠미데스 서클의 입구가 내려다보이는 커다란 방이었다.

"저기 끝에 있는 의자에 앉으시지요. 말썽을 일으키고 싶지 않다면 아무것도 손대지 마십시오. 여기에는 오스카 군과 축구나 야구를 하고 싶은 사람이 아무도 없으니까요   ."

본즈가 문을 닫고 나가자 오스카는 그의 뒤꽁무니에 대고 험악하게 인상을 썼다. 그렇지만 얌전하게 구는 게 좋을 듯했다. 쿠미데스 서클에는 식물조차 눈이 있고 귀가 있지 않은가. 본즈 몰래 뒤에서 말썽을 부리거나 험담을 했다가는 분명히 당사자의 귀에 들어가고 말 것이다.

윈스턴이 한 말을 잠시 뒷전으로 하고 오스카는 방 안을 이리저리 돌아다녔다.

한쪽 벽은 모두 책장이 차지하고 있었다. 오래된 먼지투성이 책들의 무게에 못 이겨 서가가 무너져가고 있었다. 창문 맞은편 벽에는 준엄한 표정을 짓고 있는 이들의 초상화가 천장까지 군데군데 걸려 있었다.

오스카는 호기심이 생겨서 초상화를 한 점씩 유심히 구경하다가 문 옆에 있는 책장으로 다가갔다. 그곳에서 기다란 타원형 탁자를 빙 둘러 지나갔다. 색상이 짙은 나무 탁자에는 초록색 벨벳으로 등받이를 댄 안락의자가 여섯 개 있었다. 의자 등받이마다 그의 목에 걸린 펜던트와 똑같이 M자가 새겨져 있었다. 그중에서도 유난히 등받이가 높은 의자가 하나 있었는데 그 의자에 새겨진 M에는 보석도 박혀 있었다. 그랜드마스터의 전용 좌석이 틀림없었다.

책을 한 권 꺼내려는 찰나, 오스카는 그 자리에서 넘어져 마룻바닥에 뻗어버렸다. 바로 뒤를 돌아보았더니 의자 하나가 얼른 발을 치우는 광경이 눈에 띄었다. 아까는 양탄자가 그를 넘어뜨리더니 이제 의자까지 시비를 걸었다!

그 의자를 더 자세히 뜯어보려고 하는 순간, 덜컥하는 소리가 나서 오스카는 소스라치게 놀랐다. 그는 펄쩍 뛰며 책꽂이 쪽을 돌아보았다. 똑같은 소리가 한 번 더 났다. 책 한 권이 저절로 솟아올랐다가 냅다 바닥에 떨어지는 소리였다. 세 번째 책은 저절로 펼쳐졌다 닫히면서 들릴 듯 말 듯한 소리를 냈다.

오스카는 다시 책꽂이에서 튀어나온 첫 번째 책에 다가갔다. 조금 망설였지만 일단 책을 잡았다. 얼룩이 잔뜩 묻고 표지가 휘고 두툼한 옛날 책이었다. 소년은 책을 탁자에 내려놓았다. 책을 펼칠 새도 없이 표지가 저절로 휙 넘어가더니 아무것도 없는 백지가 나타났다. 오스카는 자기 눈을 믿을 수 없었다. 백지에 검은 점 하나가 나타나더니 보이지 않는 손이 글씨를 써내려가듯 글자들이 연달아 등장하는 게 아닌가! 검은 글자들이 차츰 더 빨리 나타나면서 잉크를 들이부은 것처럼 차차 퍼지는 글자들을 읽을 수 있었다.

"누구야?"

오스카가 깜짝 놀라서 움찔하며 주위를 둘러보았다. 그는 혼자였다. 손을 책 위로 이리저리 흔들어보았다. 보이지 않는 실이나 펜 따위가 천장에 매달린 것도 아니었다. 이건 속임수가 아니었다.

"책이 나에게 말을 하는 건가?"

오스카가 놀라서 큰소리로 말했다. 그러자 백지에 새로운 글자들이 나타났다.

"멍청이 같으니! 언제부터 책이 말을 했는데? 책을 쓴 사람이 있다는 거 몰라! 내가 바로 이 책의 저자 빌리 보이드다!"

오스카는 얼이 빠져서 눈이 휘둥그레졌다.

"저…… 전 그쪽을 모르는데요. 죄송합니다."

"후후후…… 그래, 나를 모른다? 그런 말이 통할까? 네가 할 줄 아는 건 뭔데?"

오스카가 대답하려는 순간 다른 두 권의 책이 서가에서 튀어나왔다. 오스카는 빌리 보이드의 책을 무시하고 자신을 부르는 듯한 그 두 권의 책을 향해 손을 내밀었다. 하지만 소용없었다. 책들이 그의 손에 닿지 않았던 것이다.

오스카는 망설였지만 결국 의자 하나에 다가갔다. 그랜드 마스터가 찰스 아저씨의 조각상에게 예를 갖추어 대하던 것이 기억났다. 이 의자에도 어느 메디쿠스의 영이 깃들어 있을지 모르는 일이었다. 그래서 그도 안락의자에게 공손하게 말을 걸었다.

"음, 안녕하십니까, 선생님. 실례지만 제가 선생님을 발로 밟고 올라서도 될까요? 아주 잠깐이면 됩니다. 책들을 내리고 싶은데 제 키로는 닿지 않아서 말이죠……."

오스카는 어떻게 안락의자를 대해야 할지, 어떤 대답을 기대할 수 있을지 잘 몰랐지만 어차피 밑져야 본전이었다. 그는 의자에 한 발짝 다가갔다. 의자가 냉큼 뒤로 빠졌다. 나무발 하나가 오스카의 발을 가리켰다. 그제야 오스카는 의자가 왜 그러는지 깨달았다.

"아하, 신발을 벗고 올라가라는 말씀이시군요? 맞죠?"

안락의자 등받이가 고개를 끄덕이듯 구부러졌다. 오스카는 곧바로 신발을 벗고 양말 차림이 되었다. 보이드의 책이 들썩거리는 바람에 오스카는 책에 나타난 글자를 제대로 볼 수 없었다.

"도와주세요! 안녕, 냄새들이여! 당장 제자리로!"

"뭐라는 거예요!"

오스카가 화를 냈다. 그러자 보이드의 책에 대문자로 '킥킥킥'이 떴다. 오스카는 보이드의 책을 창밖으로 휙 던져버리고 싶었지만 서가 위쪽에서 두 권의 책들이 아직도 발을 동동 구르며 그를 기다리고 있었다. 의자가 서가 쪽으로 미끄러지더니 팔걸이를 살짝 벌려주었다. 오스카는 의자 위로 조심스레 올라섰다. 등받이 위쪽을 밟고 손을 뻗어 두 권 중에서도 유난히 안달을 내는 쪽을 집었다. 아주 두툼하고 무거운 책이었지만 비닐로 코팅이 되어 있는 표지는 상태가 무척 좋아 보였다.

오스카는 책을 빌리 보이드의 책과 나란히 탁자에 놓았다. 잠자코 있을 보이드의 책이 아니었다.

"아, 안 돼! 이 여자는 안 돼! 이 여편네는 자기가 세상 누구보다 똑똑하다고 생각한단 말이야. 하루 종일 자랑만 듣고 싶어?"

오스카는 보이드를 곯려주고 싶어서 새로 꺼낸 책을 얼른 폈다. 지체 없이 첫 문장이 나타났다.

"이봐요, 보이드! 당신 책을 펼쳐 당신에게 지껄일 기회를 주다니, 그 사람은 대단히 자비롭거나 완전 멍청이거나, 둘 중 하나겠군요!"

책은 그렇게 말하고 오스카를 향해 돌아섰다.

"이 먼지투성이 책꽂이에서 나를 골라낸 걸 보니 굉장히 고상한 취향을 가졌겠군요? 그런데 여기서 한 번도 본 적이 없는 것 같은데요?"

오스카는 대답을 하려고 했지만 세 번째 책이 빨리 꺼내달라고 성화를 부리는 바람에 책꽂이가 삐걱거렸다. 앞서 꺼낸 두 권보다 훨씬 더 두툼한 그 책은 잠시도 쉬지 않고 벽에 제 몸을 찧어댔다. 이러자 온 집 안이 들썩거리고 본즈가 들이닥칠지도 모른다는 생각이 들었다.

소년은 아직 책꽂이 앞에 있는 안락의자에 얼른 올라가 두 손을 한껏 뻗어 겨우 그 책을 꺼냈다. 가죽 표지가 반들반들해졌고 곰팡내가 조금 났지만 무척 아름다운 책이었다. 오스카가 의자에서 내려오는데 네 번째 책이 파르르 몸을 떨며 안달했다. 사실 그것은 책이라기보다는 일종의 서류첩이었다. 베이지색 서류 봉투를 리본으로 묶고 금속 고리를 채워 보관하고 있는 듯했다. 종잇장들이 하나하나 떨어지더니 소리 없이 다시 붙었다. 그와 동시에 먼지구름이 살짝 일어났다. 오스카는 조심스럽게 가죽 표지 책을 내려놓고 조금 망설이다가 그 서류첩을 꺼내기 위해 마지막으로 의자 위에 올라갔다.

마침내 네 권의 책을 모두 내려놓은 오스카는 세 번째 책과 네 번째 서류첩을 펼쳤다.

가죽으로 표지를 만든 책의 속지는 조금 누렇게 변해 있었지만 예쁘고 세련된 서체가 우아하게 흘러나왔다. 가끔 펜이 종이에 긁히는 듯한 낯선 소리가 나기도 했다.

"안녕하신가, 젊은이."

"저거 보라니까. 노인네가 쓴 책은 어쩔 수 없어. 이봐요, 옛날 양반, 거위 깃털에 잉크를 묻어서 쓴 책 맞지요. 어휴, 구식이야."

빌리 보이드가 구시렁댔다.

"그래, 잘됐지 뭔가. 이로써 앞서간 이들을 존경하는 마음도 배울 수 있게 될 걸세!"

가죽 표지는 한층 더 요란하게 사각사각 소리를 내며 예쁜 손 글씨를 열심히 띄웠다.

"이봐요, 내가 조금 전에 젊은이에게 질문을 했잖아요?"

비닐 코팅 표지의 아줌마가 오스카를 재촉했다.

"제 이름은 오스카예요. 오스카 필."

"잠깐만, 그 이름을 들으니 뭔가 생각나는 게 있는데? 뭐더라?"

비닐 코팅 표지의 아줌마가 궁금해했다.

오스카가 대답을 하려는 순간, 탁자 맨 끝에 놓여 있던 서류첩에 글자가 나타났다. 너무 작아서 눈에 잘 띄지도 않는 글자, 머리카락으로 쓴 것 같은 글자였다. 미세한 글자들은 수줍은 듯 종잇장 구석으로 모여들었다.

"그러면 당신이 비탈리 필의 아들인가요? 그 유명한 비탈리 필의 아들?"

갑자기 모든 책이 새하얀 백지 상태로 돌아갔다. 이윽고 빌리 보이드의 책 안의 백지가 시커멓게 물들기 시작했다. 그러다 갑자기 요란한 웃음이 종이 위에 떴다.

"하! 하! 하! 하! 비탈리 필의 아들이라고! 네가 비탈리 필의 아들이면 나는 마돈나의 아들이다!"

"시끄러워요, 빌리 보이드!" 옆에 있던 비닐 코팅 부인이 선명한 글자로 대꾸했다. "반가워, 내 이름은 에스텔 플릿우드란다. 나도 네 아빠만큼이나 유명하지, 어쩌면 더 유명할지도 몰라! 내가 『특별론 : 메디쿠스의 능력에 대한 매혹적인 완전판』이라는 아주 출중한 저서를 남겼거든! 그런 까닭에 나는 내가 죽던 날부터 윈스턴 브레이브가 소장하고 있는 이 판본에 깃들어 살기로 결심했지. 그랜드 마스터 정도는 되어야 그런 영예를 누릴 수 있지. 내가 그 이하를 상대할 순 없잖니?"

오스카는 한숨을 쉬었다. 빌리 보이드는 불쾌하게 굴고 에스텔 플릿우드는 자기 자랑에 바빴다. 오스카는 책들을 몽땅 제자리에 돌려놓고 싶은 마음밖에 없었다. 하지만 서류첩의 소극적인 반응에 왠지 신경이 자꾸 쓰였다.

"그래요, 비탈리 필이 우리 아빠예요. 우리 아빠를 아세요?"

오스카가 서류첩을 향해 말을 걸었다.

"비탈리 필에 대한 얘기는 주로 문서로 많이 접했는데…… 음, 내 이름은 줄리아 제이콥이야, 오스카 군. 보다시피 난 별로 내세울 게 없는 사람이지. 그냥 죽기 전까지 브레이브 씨의 비서를 맡았어. 그러다 이 서류첩에 깃들어 지내게 된 거고. 어쨌든 너희 아버지는 영웅이시지! 나도 무척 존경했단다! 네 아버지가 아니면 누가 감히 그랜드 파톨로구스와 싸울 수 있었겠니?"

"뭐라고? 무슨 소리를 하는 거요? 저 천박한 보이드 녀석보다는 예를 갖추어 주시기 바라오. 그리고 좀 가까이 오시오. 나는 귀가 잘 안 들린다오. 이 젊은 친구가 누구 아들이라고······?"

가죽 표지의 영감님이 종이 위에 우아하게 글씨를 흘려보냈다.

"······비탈리 필과 셀리아의 아들입니다, 할아버지."

"비탈리 필?" 가죽 표지 할아버지의 글씨가 흐트러졌다. "여러분도 모두 들으셨소? 오, 젊은 친구! 이런 영광이 있나, 네 아버지를 아주 잘 알고말고!"

"아버지가 아니라 증조할아버지를 잘 아시겠지요, 암요!" 보이드가 미처 지워지지 않은 두 줄 사이로 중얼거렸다.

"내 이름은 알퐁스 생 라링스, 브레비에르 공작, 카라뱅 후작이란다. 메디쿠스의 역사에 대한 책을 몇 권 남겼는데 그중에서도 이 책은 영광스럽게도 윈스턴 브레이브의 소장 도서가 되었지. 그런데 좀 더 바짝 다가와줄 수 없겠나, 젊은 친구. 자네를 더 자세히 보고 싶으이."

알퐁스 생 라링스는 백지에 네모난 칸을 띄우고 그 안에 은빛 잉크를 흘려 넣었다. 그러자 오스카의 얼굴이 물에 비치듯 은빛 네모에 비쳐 보였다.

"세상에! 어쩌면 이렇게 쏙 뺐을까! 자네가 원하면 언제든지 항상 기꺼이 얘기를 나눌 터이니 기억해두게."

"아, 그건 나도 마찬가지야. 더구나 넌 아직 어린 메디쿠스니까, 내 지식을 빌리지 않고는 절대로 앞일을 헤쳐 나갈 수 없을걸! 아무렴!"

에스텔 플릿우드가 커다란 글자를 띄우며 끼어들었다.

"음…… 나도 미약하나마 도움이 될 수 있다면…… 나에겐 영광이 될 거야, 오스카 군."

줄리아 제이콥이 용기를 내어 눈에 잘 띄지 않는 밝은색 글씨로 거들 었다.

오스카는 머리를 긁적이며 한숨을 쉬었다. 글씨가 너무 빨리 나타났 다 사라지는 바람에 다음 장으로 넘어갈 겨를도 없었다!

"줄리아, 고마워요. 여러분 모두 고마워요. 하지만 위더스 부인이 저 를 맡으실 거예요. 어떻게 신체에 잠입하는지…… 그 밖에도 기타 등등 을 가르쳐주실 거예요."

오스카는 자신도 무엇을 배우게 될지 아직 잘 몰랐기 때문에 그렇게 얼버무렸다.

"위더스!" 보이드가 잉크를 왈칵 흘려보내며 외쳤다. "그 늙다리 할 망구? 쯧쯧, 가엾은 녀석, 사람을 잘못 골랐구나! 난관에서 벗어나고 싶 으면 차라리 내 책을 한 번 읽어볼 것이지……. 내 책에는 파톨로구스 의 힘과 비밀에 대한 모든 것이 들어 있지……. 뭐, 네가 알고 싶다면 말이야."

오스카는 보이드의 책에 나타나는 글을 읽으며 그렇잖아도 기분이 언짢던 차였다. 그런데 보이드가 위더스 부인에 대해 함부로 말하자 더 이상 화를 참을 수 없었다.

"위더스 부인이 여기 있어도 그렇게 똑똑한 척할 수 있을지 모르겠네요! 자기가 엄청 대단하다고 생각하나 봐요? 글도 엉망진창이고 페이지는 너덜너덜한 주제에!"

"요 못된 애송이!" 보이드의 글씨가 괴발개발 나타났다. "대답을 해 주고 싶다만 이제 자리가 없구나. 네가 이 페이지를 넘길 줄만 알아도 내가 본때를 보여줄 텐데…… 뭐, 내 대답을 듣는 게 겁이 나겠지만."

오스카는 더는 듣고 있을 수 없었다. 겁이 난다고? 누가? 보이드 따위를 겁낼쏘냐? 당연히 아니지!

"아니야, 얘야, 저이가 하는 말은 듣지 말아야……."

에스텔 플릿우드는 말을 맺지 못했다. 눈 깜짝할 사이에 오스카가 비명을 질렀다. 보이드, 그 더러운 자의 책이―그 자는 자기 혼자 충분히 다음 페이지로 넘어갈 수 있었다. 하지만 오스카가 그걸 어떻게 알겠는가?―있는 힘을 다해 오스카의 손가락 위로 닫혀버렸던 것이다. 『파툴로구스 선집』은 온몸을 들썩거리며 좋아라 웃어댔다.

"저런!"

줄리아가 페이지를 움츠리며 비명을 질렀다.

"저럴 수가!"

알퐁스 할아버지도 고딕체로 한마디 했다.

오스카는 화가 머리끝까지 나서 손가락을 빼냈다. 그는 아프지 않은 쪽 손으로 빌리 보이드의 책을 휘어잡고 서가 저쪽으로 내동댕이칠 기세였다. 하지만 그때 누군가의 목소리가 오스카를 멈추게 했다.

"도대체 여기서 뭘 하고 있는 게냐?"

오스카는 책을 다시 내려놓았다.

그의 앞에는 위더스 부인이 꼿꼿하게 허리를 펴고 서 있었다. 부인은 평소보다 키가 더 커 보였다. 목소리는 힘차게 울리고 얼굴에서 미소는 눈곱만큼도 찾아볼 수 없었다.

"누가 너에게 책을 꺼내도 좋다고 했지?"

부인이 퉁명스럽게 물었다.

"저…… 저는 단지……."

오스카는 어떻게 설명을 해야 할지 몰랐다. 그는 차라리 아무 말도 하지 않기로 하고 탁자 위에 놓인 책들을 바라보았다.

위더스 부인이 오스카의 앞으로 지나가면서 방금 나타났던 글씨들을 언뜻 읽어 내렸다. 부인은 깜짝 놀라면서 오스카를 눈여겨보았다.

"저자들에게 점수를 많이 땄구나. 책들에 호기심을 품은 것은 잘한 일이다. 이 책들은 메디쿠스가 마땅히 터득해야 할 핵심적인 주제들을 다루고 있거든……. 다만, 이 서류첩만은 너에게 그다지 필요하지 않을 거다. 이건 그냥 각종 문서와 신문 스크랩을 모아둔 데 지나지 않아."

줄리아 제이콥은 이 말을 듣고 기운이 쭉 빠졌는지 몇 자 안 되는 글마저 표지 안으로 감추고 서류 봉투 안에서 부르르 떨었다. 오스카가 줄리아에게 다가가 보일 듯 말 듯 나타난 글자들을 읽었다.

"*서류 봉투를 닫아줘, 오스카 군. 제발 부탁이야.*"

오스카는 줄리아가 바라는 대로 해주었지만 고개를 숙여 이렇게 속삭이는 것도 잊지 않았다.

"좋은 말씀 감사해요. 또 뵈러 올게요."

그는 표지 한쪽 귀퉁이에 웃는 얼굴이 슬쩍 나타났다가 사라지는 것을 볼 수 있었다.

위더스 부인이 빨간 테 안경을 고쳐 쓰고 탁자로 총총히 걸어왔다.

"따라와라. 위원회석에 앉자꾸나. 신체 잠입을 연습하기 전에 몇 가지 네가 꼭 알아두어야 할 것이 있단다."

오스카는 위더스 부인이 안락의자에 앉기를 기다리며 조심스럽게 다른 의자들과 약간 거리를 두고 서 있었다.

"여기는 메디쿠스 최고위원회의 일원들만 앉을 수 있는 자리란다, 오스카. 그들은 모두 살아 있지. 어떤 면에서는 살아 있다고 말할 수 있다는 뜻이야. 아마 너도 이제는 이게 무슨 말인지 알겠지?"

"네, 어렴풋이 알 것 같아요."

오스카가 대꾸했다. 아직도 아까 탁자 오른쪽 끝에 있던 안락의자에게 차여서 넘어진 발목이 시큰거렸다.

"나의 전용 좌석 티투스란다. 티투스, 오스카를 소개하마."

티투스가 등받이를 수그려 꾸벅 인사를 했다. 아까 오스카를 도와주었던 바로 그 의자였다. 오스카는 공범이라도 된 듯이 티투스에게 미소를 지어 보였다.

"탁자 저쪽 끝에 있는 의자는 시시라고 한다. 안나 마리아 룸피티 백작부인의 전용 의자이지. 그 오른쪽은 플레처 웜의 마키아벨리야."

오스카는 마키아벨리의 주인 이름을 기억해두겠다고 다짐했다. 그 의자뿐만 아니라 플레처 웜이라는 사람도 장차 경계해야 할 대상이라는 예감이 들었기 때문이다. 한편, 시시는 리본을 펄럭거리며 오스카에게 인사를 건넸다. 조금 있으려니 코를 찌르는 시시의 향수 냄새를 견딜 수 없어서 오스카와 위더스 부인은 멀찍이 물러나야만 했다.

"이쪽은 가브로슈. 앨리스테어 맥쿨리의 전용 의자란다. 그 옆은 진저 로저스. 모린 주베르가 앉는 자리지." 새로 들은 여러 이름들이 머릿속에서 뒤죽박죽이 되어 혼란스러워하는 오스카를 위더스 부인은 이렇게 안심시켰다. "걱정할 것 없어. 이제 곧 그 사람들도 만나게 될 테니까."

"저 끝에 있는 제일 큰 의자는요?"

"충분히 짐작할 수 있을텐데? 저 의자는 카롤루스 마그누스, 그랜드 마스터가 앉는 자리란다. 그랜드 마스터 외에는 아무도 카롤루스 마그누스에 앉을 수 없단다, 오스카. 아무도."

오스카는 아무 말 없이 등받이 위 나무에 새겨진 M자를 뚫어져라 바라보며 고개를 끄덕였다. 문자에 막힌 초록빛 보석이 반짝 하고 빛났다. 그 순간, 오스카가 걸고 있던 펜던트도 온기를 뿜는 것 같았다.

"저 의자에 앉아라. 저기 위원회석 반대쪽 끝에 있잖니."

티투스가 죽 미끄러지면서 위더스 부인이 가리키는 의자 옆에 자리를 잡았다. 덕분에 오스카와 위더스 부인은 나란히 앉을 수 있었다.

"오스카, 너는 메디쿠스에 대해 한없이 많은 것들을 배울 기회를 누릴 텐데……."

"응? 누가 내 얘기를 하지? 틀림없이 나의 무한한 지식이 이 아이에게 필요하다고 생각하는 거겠지요? 교수로서 나만큼 빼어난 자질을 갖춘 사람도 없을 텐데요?"

에스텔 플릿우드의 책이 벌떡 일어나 탁자 끝에 있는 오스카와 위더스 부인에게 가려고 했다. 위더스 부인이 그 모습을 보고 한숨을 내쉬었다.

"꼭 그런 건 아니에요, 에스텔. 그래도 그렇게 말해주니 고마워요. 당신은 참으로 정이 많은 사람이에요. 가만, 우리가 어디까지 얘기를 했더라?"

"베레니스, 시시콜콜한 얘기로 오스카의 진을 뺄 생각이에요? 핵심은 다 여기! 나의 책 속에 있잖아요!"

에스텔이 한술 더 떴다. 위더스 부인이 일어나서 오스카에게 부드럽게 말했다.

"잠깐만 기다려다오, 오스카."

부인은 일어나서 총총걸음으로 탁자를 돌아갔다. 가벼운 미소도 그대로, 얌전하게 모은 두 손도 그대로였다. 에스텔 플릿우드는 또 다시 자기 자랑을 한바탕 떠벌리기 시작했지만 미처 말을 맺을 겨를은 없었다. 위더스 부인이 쾅 하고 책을 덮어버렸기 때문이다. 부인은 에스텔이 다시는 날뛰지 못하도록 알퐁스 드 생 라링스의 두툼한 가죽 표지 책을 그 위에 올려놓았다. 알퐁스의 책도 잘난 척하기 좋아하는 에스텔의 입을 막게 되어 흡족한 눈치였다.

"자, 됐다. 드디어 조용히 얘기를 나눌 수 있겠구나."

부인이 다시 오스카의 옆자리로 돌아와 말했다.

오스카도 수다쟁이 에스텔을 따돌리자 안심이 되어 부인의 얘기에 집중했다. 특히 더 이상 책에 쓰인 글씨를 읽지 않아도 되어 좋았다. 오스카는 독서를 즐겼지만 여러 권의 책을 한꺼번에 빠른 속도로 읽어야 했으므로 몹시 피곤했다.

"네가 반드시 이해해야 할 것이 있다. 책을 통한 지식이나 누구에게 들어서 아는 지식은 너 스스로 몸에서 발견하게 될 것에 비하면 아무것도 아니란다. 그렇기 때문에 나는 신체 잠입에 필요한 최소한의 지식만 너에게 전수할 거야. 메디쿠스가 되기 위한 지식은 네가 몸을 통해 스스로 터득하는 수밖에 없기 때문이지."

"몸에 들어가는 방법은 가르쳐주시되 그 다음은 저 혼자 알아서 해야 한다는 말씀이신가요?"

오스카가 다소 불안한 기색으로 물었다.

"부분적으로는 맞는 얘기로구나. 하지만 차분하게 생각하렴. 우선 '가르치다'라는 표현에 어폐가 있구나. 너는 메디쿠스야. 신체의 우주로 들어가는 놀랍고 독보적인 능력은 이미 네 안에 있어. 내 역할은 그저 네가 그 능력을 실제로 발휘하고 계발할 수 있도록 조금 돕는 것뿐이지. 그 과정만 끝나면 너는 혼자 신체 잠입을 시도할 수 있을 거야. 아니, 그쯤은 식은 죽 먹기가 되겠지."

"하지만 일단 몸속에 들어간 후에는 어디로 가야하나요? 그 안에서 제가 무엇을 해야해요?"

"오스카, 기다려봐라, 넌 참을성이 없구나! 아무렴 내가 네가 길을 잃고 헤매게 내버려둘까 봐 그러니? 두 가지만 알아두어라. 신체 잠입을 할 때에는 반드시 위원회의 일원에게 미리 알려야한다. 그리고 어떤 메디쿠스가 신체에 들어가 있다면 그랜드 마스터는 '문자 탐지기'로 그 자의 위치를 늘 파악할 수 있단다."

"문자 탐지기?"

오스카가 펜던트에 손을 얹으며 물었다.

"뭐, 중요한 얘기는 아니야. 마지막으로, 신체 잠입은 심심해서 한 번 나가보는 산책이나 구경삼아 하는 일이 아니란다. 모름지기 메디쿠스는 자신의 능력을 발휘하고, 치유하고, 병과 싸워야 할 때에만 신체에 들어가는 법이지……. 알았니?" 위더스 부인이 소년의 초록빛 눈을 똑바로 들여다보았다. "너는 이러한 기본 규칙을 준수해야만 해. 그래야만 너도 안전하니까. 규칙을 따라야만 행여 위험이 닥치더라도 목숨을 보전할 수 있어. 그런 경우가 반드시 있을 게다." 부인의 목소리가 왠지 조금 가라앉았다. "내 말을 믿으렴. 이를 믿지 않았던 자들은 결국 살아 돌아오지 못했지."

오스카는 아빠를 생각했다. 아빠는 분명히 의미 없는 비행기 사고로 죽기보다는 고결하게 싸우다 목숨을 바치기 원했을 것이다. 물론 죽어도 좋은 '이유'란 있을 수 없지만 말이다. 오스카는 슬픔과 분노에 사로잡혔다. 하지만 우울한 생각을 머릿속에서 몰아내려고 노력했다. 오스카가 당당하게 말했다.

"저도 빨리 몸속으로 들어가고 싶어요."

"이제 금방 기회가 올 거다. 내가 약속하지. 하지만 마냥 좋지만은 않을 거야."

"언제 시작하나요?"

오스카가 재촉하듯이 물었다. 위더스 부인은 명쾌하게 대답했다.

"일주일 후다."

"일주일 후라고요? 왜 오늘 시작하면 안 되는 건데요?"

"일단 전반적인 개념을 익혀야하니까. 내가 말하지 않았니. 오늘은 책을 먼저 읽어두게 될 거다. 앞으로 읽어야 할 책들도 차차 알려주마. 그렇게 해서 입문할 준비를 속히 끝내렴. 뭐, 더 오래 기다리고 싶다면 모르지만 그게 아니면 내가 시키는 대로 하려무나."

위더스 부인은 오스카를 약 올리듯이 말했다.

"더 오래 기다리다니요? 싫어요! 준비 잘 할게요. 당장 지금부터 책을 읽을게요!"

"그렇다면 네가 이 서재에 있는 책을 다음 주까지 죄다 읽어치우기 전에 일단 네 방으로 함께 올라가볼까? 내가 기다리던 것이 지금쯤 분명히 와 있을 거야."

기억하거든 지체하지 말고 답하여라

오스카와 위더스 부인은 서재를 나와 홀을 지나갔다. 본즈가 눈짓을 하자 위더스 부인은 이 층으로 올라가는 계단을 올라가기 시작했다.

그들은 복도를 따라 걸었다. 오스카도 이번에는 복도에서 뛰지 않으려고 주의했다. 두 사람은 오스카의 방으로 들어갔다.

오스카는 놀란 기색으로 위더스 부인을 돌아보았다.

"누구를 기다리는 거예요?"

"아니, 사람을 기다리는 건 아니다. 하지만 '뭔가'를 기다리고 있긴 하지. 이제 금방 도착할 게다."

바로 그 순간, 나뭇가지들이 바람에 밀려 오스카 바로 옆에 있던 창문에 부딪쳤다. 오스카가 아무런 반응도 보이지 않자 나뭇가지들은 더 세게 창문을 두들기는 것 같았다.

"누가 널 부르는 것 같구나, 오스카."

이 말을 듣고 오스카는 얼른 뒤를 돌아보았다. 정원의 떡갈나무가 가지를 한껏 뻗어 창문이 부서져라 부들기고 있었다. 오스카는 서둘러 창문을 열고 팔을 번쩍 들어 휘이휘이 저었다.

"그만! 그만! 타임아웃! 경기는 끝났어! 이봐, 유리는 공처럼 단단하지 않단 말이야. 그렇게 세게 치면……."

오스카는 자기 힘을 주체하지 못하는 떡갈나무에게 외쳤다. 그러나 그가 말을 미처 끝내기도 전에 떡갈나무는 소년을 향해 부드럽게 가지를 펼쳐 보였다. 가지 끝에는 꾸러미 하나가 금방이라도 떨어질 듯 위태위태하게 걸려 있었다. 내용물이 망가지지 않도록 안을 댄 커다란 봉투였다. 봉투에는 오스카의 이름이 적혀 있었다.

쿠미데스 서클, 오스카 필 앞

초록색 밀랍 봉인에서 메디쿠스의 M자를 볼 수 있었다. 오스카와 위더스 부인의 눈이 마주쳤다. 소년은 어떻게 해야 할지 몰랐다.

"이게 뭐예요? 저한테 온 거예요?"

"네 앞으로 온 것 같은데? 그러면 네 것이니 네가 뜯어보아야 하지 않겠니? 지주*에게 맡긴 걸로 봐서는 꽤나 중요한 우편물 같구나."

"지주? 그게 이 나무 이름이에요? 그래서 그렇게 축구를 좋아했구나!"

"아니, 그 반대라고 할 수 있지. 지주가 워낙 공차기를 좋아해서 쿠미

★ 지주Zizou는 프랑스의 축구영웅 지네딘 지단Zinedine Zidane의 애칭이다.

데스 서클의 유리창이 남아나질 않았기 때문에 그런 이름을 붙여준 거야. 요 녀석이 공을 날렸다 하면 백발백중이란다!"

위더스 부인은 오스카에게 몸을 바짝 붙이며 조그만 목소리로 덧붙였다.

"사실 지주라고 이름을 붙인 데에는 다른 이유도 있어. 저 녀석이 자기 자리를 대신 차지한 개암나무에게 호되게 박치기*를 하지 않았겠니! 나무가 온몸을 날려 박치기를 하면 장난이 아니란다!"

위더스 부인이 몸을 일으키고 다시 큰소리로 말했다.

"지주는 훌륭한 파수꾼이지. 그래서 이 소포처럼 남들의 손이 닿지 않게 보관해야 할 귀중품도 마음 놓고 맡길 수 있단다. 네가 방으로 돌아올 때까지 기다렸다가 이걸 전하려고 했던 게야. 자, 이제 열어보겠니?"

오스카는 침대에 소포를 내려놓고 봉투를 뜯기 시작했다. 그러고는 내용물을 꺼내어 위더스 부인에게 보여주었다. 그것은 초록색 벨벳으로 싸인 정사각형의 책이었다. 표지 한가운데에 동그란 테두리에 들어간 M자가 금실 자수로 들어가 있었다. 오스카가 책을 내려놓고 펼치려는 순간, 위더스 부인이 그를 만류했다.

"오스카, 이 책과 문자는 모든 메디쿠스가 기본적으로 지니는 것이란다. 이게 바로 메디쿠스의 주술서지. 읽기 전에 먼저 책을 네 것으로 만들어 앞으로도 이 책이 너를 주인으로 알아보게 해야한단다. 그러자면 어떻게 해야하는지를……."

★ 지네딘 지단이 2006년 독일 월드컵에서 이탈리아 선수 마테라치에게 박치기를 했던 사건을 암시한다.

오스카는 잠깐 생각을 해보고 목에 걸고 있던 펜던트를 풀었다. 그는 펜던트를 표지에 갖다 대고 오른손 손바닥으로 덮었다.

"아니, 이번에는 왼손이다. 오른손은 힘, 용기, 능력을 상징하지. 왼손은 심장, 정신, 지식을 상징한단다."

오스카는 손을 바꾸어 펜던트를 눌렀다. 그러자 강렬한 빛이 손을 뚫고 나오듯이 손등에 M자가 나타났다.

"이제부터 이 주술서는 오스카 필의 것이요, 다른 누구의 것도 아니다."

위더스 부인이 선언했다. 오스카는 조심스럽게 주술서를 펼쳤다. 책속에는 딱 한 페이지밖에 없었다. 그것도 점 하나 찍혀 있지 않은 백지였다. 오스카는 놀라움 반 실망 반으로 위더스 부인을 쳐다보았다.

"뭐예요…… 아무것도 없잖아요!"

위더스 부인이 빙그레 웃었다.

"네가 물어보면 주술서에 내용이 나타날 거야. 그게 이 주술서의 힘이지. 이 책 한 권으로 너는 세상 모든 책의 지식을 얻을 수 있어. 그냥 묻기만 하면 대답이 나타날 거다. 하지만 조심해야한다, 오스카. 질문은 하루에 두 개만 던질 수 있거든. 그 이상은 안 돼. 두 개 이상 질문하면 주술서는 입을 다물 것이고, 네가 무슨 수를 써도 답은 나오지 않을 기야."

오스카는 고개를 끄덕거렸다.

"시험해봐도 될까요?"

"그럼! 하지만 아무렇게나 물어보면 안 된다는 것도 알아두렴. 주술서에게 물어볼 때에도 양식을 따라야한단다.

주술서야,

기억하거든 지체하지 말고 답하여라.

희망이 없다는 생각은 하지 않게 해다오.

오스카는 부인의 말을 정확하게 따라 했다. 그러자 펼쳐진 백지 가장자리에서 빛이 뿜어져 나왔다.

"이제 왼손을 백지에 얹으려무나. 주술서가 너의 물음에 귀를 기울일 거야."

오스카는 주저했다. 위더스 부인이 미소를 지었다.

"물론 개인적으로 은밀하게 묻고 싶은 게 있다면 소리 내지 않고 속으로만 물어도 괜찮아."

오스카는 이 말을 듣고 정신을 모아 주술서에게 속으로 물었다. '위더스 부인은 몇 살이지?' 오스카는 웃음을 참으며 왼손을 종잇장에서 거두었다. 하지만 백지가 조금도 변하지 않은 것을 확인하자 김이 빠졌다. 오스카가 실망해서 외쳤다.

"음…… 안 되잖아요!"

"당연하지. 너의 주술서는 어떤 식으로든 '너'와 상관이 있는 물음에만 답을 하니까. 이건 남들에 대한 쓸데없는 호기심까지 채워주는 책이 아니란다."

오스카의 얼굴은 귀까지 새빨갛게 변했다. 그는 위더스 부인이 자신의 생각까지 읽을 수 있는 게 분명하다고 믿었다.

"다시 한번 시도해보렴."

부인이 말했다. 오스카는 한 번 더 왼손을 주술서에 올려놓고 정신을 집중했다. 그는 부인에게 처음 얘기를 들었을 때부터 고민했던 바로 그 문제를 주술서에게 묻기로 마음먹었다. '내가 과연 사람 몸에 들어갈 수 있을까?'

오스카는 왼손을 거두었다. 이번에는 페이지에 어떤 그림이 떠올랐다. 처음에는 흐릿했지만 차츰 또렷해진 그림에서 쿠미데스 서클의 현관을 내달리는 윈스턴 브레이브의 개 한 마리를—롤스인지 로이스인지까지는 구분할 수 없었지만—보았다. 이어서 그림 속에 본즈가 나타났다. 본즈가 주술서 바깥에 있는 오스카를 바라보듯 고개를 이쪽으로 돌렸다. 오스카가 본능적으로 뒤로 움찔 물러나자 위더스 부인이 안심시켰다.

"여기에 나타난 것은 오로지 너 한 사람만 볼 수 있단다. 그리고 책 속에 등장한 것은 절대로 책 바깥에 있는 너를 볼 수 없어."

오스카는 다시 그 페이지를 마주보았다. 본즈가 카메라에 다가오듯 성큼성큼 이쪽으로 걸어왔다. 그는 빈정대듯 어깨를 으쓱하더니 다시 가버렸다. 책 속의 그림도 차츰 흐려졌다.

"어떠니? 만족스러운 대답을 얻었니?"

"전혀 모르겠어요! 이건 제 질문에 대한 답이 아니라고요!"

"어떤 사람들은 네가 원하는 답을 주지만, 주술서를 상대할 때에는 그럴 수 없단다. 이 책은 다만 진실을 알려줄 뿐이다. 주술서가 원하는 답, 주고 싶은 답을 주는 게 아니지. 너도 차차 주술서의 대답을 읽는 법, 제대로 묻는 법을 익히게 될 거다. 그러면 주술서가 보여주는 답의 의미도 좀 더 분명하게 다가올 테지. 두고 보려무나."

오스카는 주술서를 덮어서 자신의 트렁크 속에 있던 아빠의 케이프 안쪽으로 집어넣었다.

"오늘은 여기까지 하겠다. 너는 좀 쉬어야해……."

"하지만 다음 주에 할 신체 잠입을 준비해야하지 않을까요? 지금 당장 서재에서 공부할래요!"

"그래, 네가 그러고 싶다면 서재에 더 있어도 좋아. 우리는 내일 보자. 어쨌든 좀 쉬렴. 건강을 잘 챙겨야한단다!"

오스카와 위더스 부인은 다시 아래층 홀로 내려갔다. 위더스 부인은 서재 입구에서 오스카와 헤어졌다. 본즈가 기다리고 있다가 부인에게 재킷과 손가방을 가져다주었다.

"책을 읽으면서 너에게 도움이 될 만한 내용을 찾아보렴. 하지만 저자들의 감언이설을 조심해야해. 그들은 글도 잘 쓰지만 말도 번지르르하게 잘 하거든. 그러니 그들의 말을 곧이곧대로 들어선 안 된다. 자신이 충분히 감당할 수 없다면 그냥 무시하는 게 더 나은 정보도 있어."

위더스 부인이 오스카에게 당부했다.

"네, 네, 알았어요. 조금만 보고 갈 거예요. 약속할게요."

오스카가 조바심을 내며 말했다.

오스카는 부인이 현관문으로 나가기를 기다렸다가 서둘러 서재로 향했다. 본즈가 그를 따라왔다.

"브레이브 씨께서는 오스카 군과 함께 저녁 식사를 하실 수 없습니다."

"괜찮아요. 뭐, 배가 고프지도 않은데요."

오스카는 건성으로 대답했다. 그는 이미 티투스의 도움을 받아 제일 높은 서가에 있는 책들을 꺼내볼 궁리만 하고 있었다.

"그래도 브레이브 씨께서는 오스카 군이 식사를 거르면 안 된다고 당부하셨습니다."

오스카는 점심 식사에 나왔던 요리를 생각하고 불안해졌다.

"저 혼자 먹으라고요? 저녁 식사도 체리 아줌마 담당인가요?"

오스카는 순간적으로 본즈의 움푹 꺼진 얼굴에 미소가 떠오르는 것을 본 것 같았다. 그러나 그 표정은 아주 잠깐이었다.

"제리가 좀 더…… 일반적인 요리를 만들어줄 겁니다."

"휴!" 오스카는 안도의 한숨을 쉬었다. "그럼 좋아요. 그런데 여기서 먹어도 돼요?"

집사가 말도 안 된다는 듯이 눈썹을 치켜떴다.

"여기서요? 서재에서? 꿈도 꾸지 마십시오. 7시에는 저녁 식사를 하러 식당으로 내려오시기 바랍니다."

"정각 7시 말이죠. 알았어요."

오스카는 고집부리지 않고 순순히 응했다. 지금은 꼭 여기 혼자 남아 마음대로 서재의 책들을 살펴보고 싶었다. 본즈는 어깨를 으쓱하고 서재에서 물러났다.

오스카는 티투스에게 달려갔다. 정중하게 허락을 구하고 티투스 위에 올라가 맨 위 서가에 손을 뻗는데 탁자에 놓여 있던 『파톨로구스 선집』이 요란하게 쿵 소리를 냈다. 갑자기 그 책이 저절로 펼쳐지더니 보이드의 괴발개발 글씨가 백지 위에 나타났다.

"어이, 꼬맹이 메디쿠스, 또 왔어? 꼬부랑 할머니랑 오후 내내 씨름하느라 졸리진 않았고?"

"위더스 부인이 여기 있었으면 그딴 소리는 못할 텐데요, 겁쟁이 같으니!"

"어럽쇼, 요 홍당무 애송이가 제법일세! 네가 잘난 척하든가 말든가 난 신경 안 써! 하지만 내 도움이 필요하게 되거든 그때 두고 보자고!"

"당신을 필요로 해요? 별소리를 다 듣겠군요. 위더스 부인이 그쪽보다 아는 게 더 많아요. 그리고 위원회의 다른 메디쿠스들도 나를 도와줄 거고요! 어쨌든 당신이 쓴 책에는 이해가 안 되는 얘기뿐이라고요!"

"오호라, 이 거만한 자세는 누구랑 꼭 닮았군…… 과연 그 아버지에 그 아들이구나! 요 못된 녀석!"

오스카가 티투스에 쪼그리고 앉았다. 보이드가 아빠 얘기를 꺼냈기 때문에 화가 치밀어 올랐던 것이다. 오스카는 바닥으로 펄쩍 뛰어내려 보이드의 책을 향해 달려왔다. 하지만 시시가 오스카를 가로막는 바람에 소년은 의자 등받이에 쿵 하고 부딪쳤다. 장미 향수 냄새가 뭉게뭉게 피어올랐다. 오스카는 시시를 피해서 보이드의 책에 달려들려고 했지만 허사였다. 시시는 민첩하게 오스카를 막아서며 보이드의 책을 감쌌다. 오스카는 약이 올라서 고래고래 소리를 질렀다.

"더러운 책 같으니, 잡으면 찢어버리겠어! 두고 봐! 위더스 부인에게 일러서 불구덩이에 처넣으라고 할 거야!"

티투스가 스르르 다가와 부드럽지만 완강한 태도로 오스카를 만류했다. 시시도 달래는 듯한 자세로 리본을 뻗어 오스카의 눈앞을 가로막았다. 그때 서재 문이 열리며 본즈가 부리나케 들어왔다.

"무슨 일이지요?"

티투스와 시시는 소리 없이 마룻바닥을 미끄러져 제자리로 돌아갔다. 오스카는 신경질적으로 머리를 쓸어 넘겼다. 하마터면 바보 같은 짓을 저지를 뻔했는데 티투스와 시시가 말려줘서 다행이었다. 그랜드 마스터의 소장 도서를 망가뜨렸다간 절대 용서받지 못할 것이다.

"아무것도 아니에요. 책을 정리하려고 했는데 제 힘으론 어렵더라고요. 그게…… 너무 높아서 손이 닿지 않아서요."

오스카는 숨을 고르며 둘러댔다.

"놔두세요. 제가 하겠습니다. 저녁 식사 전에 조금 쉬지 그래요? 식사 시간이 되면 제가 방으로 데리러 가겠습니다."

본즈가 냉담하게 말했다. 이번에도 집사를 거슬러서는 안 되겠다는 생각이 들었다. 위더스 부인 말이 옳았다. 오스카는 인내심을 보여야했다. 모든 면에서 참을성을 발휘해야했다.

오스카는 아무 일도 없었던 것처럼 얌전하게 덮여 있는 보이드의 책을 한 번 째려보고 말없이 서재에서 나왔다.

계단을 올라가 방으로 들어가는 복도로 향하는데 삼 층에서 사람들의 목소리가 들렸다. 오늘 아침에 오스카가 쿠미데스 서클에 도착한 이후, 이 집은 일하는 사람들과 그랜드 마스터 외에는 아무도 없는 것처럼 조용했다. 오스카는 살금살금 계단 난간 쪽으로 다가가 귀를 기울였다.

위층에서 두 사람이 큰소리로 대화를 나누고 있었다. 그러나 이내 집 안은 다시 조용해졌다. 잠시 후, 윈스턴 그레이브의 목소리가 다시 들렸다. 그러나 다른 남자가 느릿느릿한 말투로 윈스턴의 말을 끊었다. 그의 어조는 신랄했고 말은 토막토막 끊어져서 알아들을 수 없었다.

오스카는 계단을 세 칸 올라가 그 목소리에 신경을 곤두세웠다. 가슴을 두근대며 다시 발뒤꿈치를 들고 몇 칸을 더 올라가 계단참에 이르렀다. 이곳 역시 메디쿠스를 상징하는 초록색과 금색으로 꾸며져 있었다. 그는 점점 더 뚜렷하게 들리는 목소리들을 따라 어두운 복도의 앞부분까지 다가갔다. 조금 망설이긴 했지만 펜던트를 꺼내어 앞으로 내밀었다. 펜던트의 빛이 통로를 밝혀주었고 벽지에 간간히 새겨져 있는 M자들도 빛을 발했다.

"당신은 누구?"

어떤 여자 목소리가 들렸다. 오스카는 그 자리에서 놀라서 소스라치며 주위를 두리번거렸다. 아무도 없었다. 오스카는 자리에서 꼼짝도 못하고 힘겹게 침을 삼켰다.

"당신은 누구?"

또 그 목소리였다. 오스카는 천장을 쳐다보았다. 이 층 복도에 있었던 것과 똑같은 벽감과 그 안의 석고상이 보였다. 벽감 아래쪽에 걸린 나무틀 속에는 금빛 바탕에 '로다 윙'이라는 글자가 들어가 있었다. 로다는 아래층의 셀레니아보다 나이가 많고 깐깐해 보였다.

"안녕하세요, 저는 오스카예요. 오스카 필."

오스카가 자신 없는 목소리로 말하며 펜던트를 내밀었다. 그러자 M자가 잠시 에메랄드빛을 뿜었다.

"당신의 문자는 윈스턴의 문자와 이어져 있군요. 지나가도 좋아요."

오스카는 꾸벅 고개를 숙여 로다 부인에게 감사를 표하고 복도를 따라 어느 이중문에 이르렀다. 조각이 세공된 나무 문짝 너머에 윈스턴 브레이브와 손님이 있는 듯했다.

오스카는 펜던트를 티셔츠 아래로 집어넣었다. 복도는 다시 어둠에 휩싸였다. 그는 문짝에 귀를 갖다 대고 안에서 무슨 얘기가 오가는지 들으려고 했다.

"……어둠의 왕자가 자유를 되찾고 빠져나갔다는 건 끔찍한 소식이 군요, 윈스턴."

"나 역시 그렇게 생각하오. 그 얘기를 하려고 찾아왔소?"

"아닙니다. 지난번 최고위원회가 소집된 이후로 당신이 메디쿠스 기사단의 힘을 총동원하려고 한다는 얘기를 들었습니다. 내일의 전사가 될 어린 메디쿠스들까지 포함해서 말이지요. 우리는 불멸의 존재가 아니니까요. 윈스턴, 당신도 저 못지않게 잘 알고 계시겠지요. 비록 제가 당신보다 나이가 많지는 않지만 말입니다."

손님은 유난히 비꼬듯 이 말에 힘을 주었다. 밖에서 엿듣고 있던 오스카까지 불편한 기분이 들 정도였다.

"잘 아시는군요. 실제로 나는 모든 메디쿠스, 아주 어린 메디쿠스들까지 총력을 기울여야한다고 생각하고 있소. 그리고 그들의 힘을 동원하는 것은 내 몫이오. 당신은 신경 쓰지 않아도 됩니다."

윈스턴은 감정 없는 목소리로 대꾸했다. 잠시 침묵이 이어졌다. 손님이 다시 입을 열었다.

"제가 항상 기사단을 위해 힘써왔다는 것을 잘 아실 텐데요. 부족하나마 메디쿠스를 위해서…… 그리고 윈스턴 당신을 위해서 최선을 다했습니다. 당신은 우리의 그랜드 마스터이시니까요."

손님은 뭔가 미련이 있는 것처럼 마지막 말을 느릿느릿 덧붙였다.

"고맙소, 플레처. 자네가 메디쿠스에 바친 맹세, 싸우고자 하는 열의는 추호도 의심하지 않소. 물론 나에 대한 충성심도 의심할 수 없소."

손님은 잠시 사이를 두었다가 말을 이었다.

"당신은…… 구체적으로 어떤 이들을 소집하겠다는 생각을 갖고 계십니까? 제가 적당한 아이들을 물색하는 데 도움이 될 겁니다. 그 아이들의 입문 과정을 제가 직접 감독할 수도 있고요. 아시다시피 저는 아무나 들어갈 수 없는 우주에 일가견이 있으니까요……."

"잘 알고 있소. 자네의 재능은 때가 되면 귀중히 쓰일 거요. 서두를 것 없소. 어둠의 왕자는 아직 우리가 걱정할 만큼 세력을 얻지 못했소."

"정말로 그렇게 생각하십니까?"

낯선 손님은 사람을 놀리듯 자신만만하게 다시 한번 물었다.

"내가 잘못 생각하는 게 아니기를 바라오. 자네나, 우리나…… 모두를 위해서."

그랜드 마스터의 목소리가 평소보다 더 깊고 컬컬하게 울렸다. 방 안을 가득 채우고도 남는 그 목소리의 울림 때문에 오스카는 윈스턴이 바로 자기 옆에 있는 것처럼 느껴졌다. 오스카는 안락의자가 미끄러지는 소리를 들었다. 윈스턴이 대화를 마무리하려고 의자에서 일어나는 듯했다. 오스카는 뒷걸음질을 쳤다. 문이 열리기 전에 얼른 도망쳐야만 했다.

너무 늦었다. 얼음장처럼 찬 손이 어깨에 와 닿는 바람에 오스카는 펄쩍 뛰었다.

소년은 뒤를 돌아보다가 그대로 벌러덩 넘어졌다. 호리호리하고 소름끼치는 실루엣이 그에게 다가오더니 억지로 그를 일으켜 세웠다.

"지금 당장 방으로 돌아가세요. 오스카 군은 여기에 올 필요가 없습니다. 이곳은 브레이브 씨의 개인 공간입니다."

본즈가 다짜고짜 으름장을 놓았다. 이번에는 오스카도 군말 없이 그 말에 따랐다. 그는 계단까지 한달음에 달려가 순식간에 이 층으로 내려갔다. 그러고는 셀레니아 윙의 복도를 따라 자기 방으로 들어가 숨을 헐떡이며 방문을 쾅 닫았다.

오스카가 숨을 고르고 침대에 앉기까지 시간이 조금 필요했다.

윈스턴 브레이브와 얘기하던 그 손님은 누굴까? 귀에 거슬리는 그 목소리의 주인공은 누굴까? 왜 이렇게 비밀스럽게 윈스턴을 찾아왔을까?

하지만 어쩌면 그가 잘못 생각했는지도 모른다. 본즈가 억지로 그를 방에 돌려보낸 까닭은 그저 그 수수께끼의 손님이 오스카와 마주치지 않게 하려고 한 것이리라. 오스카는 그랜드 마스터가 당부했던 말을 떠올렸다. 매사에 신중하라고 하지 않았던가. 쿠미데스 서클에서 지낸다는 사실을 비밀로 해야한다고 하지 않았던가. 윈스턴은 그것이 오스카 본인과 그의 가족의 안전에 이롭다고 분명히 말했었다.

문득 엄마와 누나가 생각났다. 벌써 두 사람이 보고 싶었다. 날이 저물어가면서 그리움은 더욱 간절해졌다. 넓은 방에 혼자 있으니 갑자기 쓸쓸한 기분이 들었다. 오스카는 트렁크를 깔고 앉아 두 손에 얼굴을 묻었다. 그가 버텨낼 수 있을까? 주말은 한없이 멀게만 느껴졌고 오스카는 벌써 가족과 친구들이 있는, 소박하고 정겨운 그의 동네 바빌론 하이츠로 돌아가고 싶어 애가 탔다.

아빠의 모습과 빌리 보이드가 했던 말도 생각났다. 과연 그 아버지에 그 아들이구나! 요 못된 녀석! 빌어먹을 그 책이 아빠에 대해 뭘 아는 걸까? 결국은 누가 그에게 진실을 가르쳐줄까?

진실…… 그렇다! 주술서가 있었다! 왜 얼른 그 생각을 하지 못했을까? 오늘은 아직 한 번밖에 주술서를 쓰지 않았다. 위더스 부인이 하루에 두 번까지는 질문에 대한 답을 볼 수 있다고 가르쳐주지 않았던가.

오스카는 아직 정리도 하지 않은 트렁크를 뒤져 케이프를 조심스레 꺼냈다. 침대에 케이프를 펼치자 그 안에 고이 넣어둔 주술서가 나왔다. 오스카는 벨벳 표지를 어루만지며 한 손으로 펜던트를 꼭 쥐고 용기를 냈다. 드디어 소년은 주저하는 손길로 책을 펼쳤다.

몇 달, 아니 몇 년이나 기다려왔던 순간이 코앞에 와 있었다. 그는 갑자기 두려워졌다. 하지만 단호한 자세로 왼손을 백지에 얹고 정신을 하나로 모았다. 질문을 던질 때는 뭐라고 해야하더라? 아, 그래, 생각났다. 오스카는 떨지 않고 큰소리로 주문을 외웠다.

주술서야,
기억하거든 지체하지 말고 답하여라.
희망이 없다는 생각은 하지 않게 해다오.

드디어 오랫동안 품어왔던 그 물음을 던졌다. 어쩌면 모두들 그에게 진실을 숨기고 있을지도 모르는 그 물음을. "주술서야, 우리 아빠에게 무슨 일이 있었는지 말해줄 수 있니? 우리 아빠 이름은 비탈리 필, 아주 유명한 메디쿠스였어."

오스카는 자부심과 벅찬 감정을 안고 그렇게 말했다. 그러고는 왼손을 책에서 떼고 열에 들뜬 백지를 노려보았다.

그러자 매일 저녁 사진첩에서 보았던 친숙한 이목구비가 책 속에 나타났다. 키가 크고 듬직한 아빠, 그와 똑같은 붉은 머리와 푸른 눈의 아빠였다.

비탈리 필은 트로피 허리띠를 차고 케이프 자락을 바람에 휘날리며 뛰어가고 있었다. 오스카는 허리띠에 달린 다섯 개의 작은 가방에서 새어나오는 빛을 보았다.

영화처럼 장면이 이어지다가 갑자기 어둠이 덮쳤다. 비탈리 필이 자신의 펜던트를 휘둘렀다. 펜던트에서 빛이 솟아나면서 어둠 속에 서 있는 한 남자가 보였다. 그러나 남자의 얼굴까지는 보이지 않았다. 다만 그는 오스카의 아빠만큼 키가 컸고 붉은색 깃을 제외하면 머리부터 발끝까지 죄다 검은색으로 몸을 감싸고 있었다. 그 자의 눈에서 피가 눈물처럼 흘러내렸다. 그 자는 손을 얼굴로 가져갔다. 그가 다시 내민 손은 횃불로 변해 있었다. 그의 손은 점점 더 거센 불꽃으로 타올랐다. 그 장면이 사라지고 두 팔을 내민 비탈리 필이 나타났다. 그의 두 팔에서 똬리를 튼 뱀이 한 마리씩 스멀스멀 기어 나와 검은 옷의 남자에게 달려들었다. 검은 옷을 입은 남자가 쓰러졌다.

다시 온통 시커멓게 되면서 장면이 변했다. 비탈리 필은 케이프도 허리띠도 착용하지 않은 채 서 있었다. 그는 여섯 명의 사람들을 마주보고 있었는데 오스카는 그들의 뒷모습밖에 볼 수 없었다.

장면이 또 변했다. 이제 비탈리 필은 어두컴컴한 곳에 조용히 누워 있었다.

몇 초가 지났다. 검은 상복을 입고 통곡하는 엄마의 모습이 나타났다. 엄마 뒤쪽에 멀찍이 숨어서 지켜보는 위더스 부인과 윈스턴 브레이브의 슬픈 얼굴이 스쳐 지나갔다.

주술서에 나타난 마지막 장면은 금빛 문자가 새겨진 초록색 벨벳으로 씌운 관, 그리고 미친 사람처럼 달려들어 그 천을 홱 벗기는 엄마의 모습이었다. 오스카는 그런 엄마를 한 번도 본 적이 없었다. 엄마는 슬픔과 분노로 정신을 놓아버린 것 같았다.

마침내 모든 장면이 사라지고 주술서는 처음과 같은 백지 상태로 돌아갔다.

오스카는 그때까지 숨 쉬는 것도 잊고 주술서를 들여다보고 있었음을 깨달았다. 그는 책을 덮고 침대에 털썩 쓰러졌다.

맨 처음 보았던 장면과 쿠미데스 서클에 와서 들은 얘기를 연결해보았다. 아마도 비탈리 필과 그랜드 파톨로구스라는 자가 싸우는 장면이었을 것이다. 하지만 아빠가 여섯 명과 마주보고 있던 곳 그리고 이어서 아빠가 쓰러져 있던 지저분하고 더러운 장소는 어디인지 도무지 감이 잡히지 않았다. 하지만 아빠의 관과 슬퍼하는 엄마의 모습은 분명히 확인했다. 엄마는 아빠가 비행기 사고로 죽었다고 얘기했었다. 하지만 주술서는 그런 장면을 하나도 보여주지 않았다.

분명한 것은 하나도 없었지만 아빠가 비행기 사고로 죽은 것은 아니라는 생각이 들었다. 이제 오스카는 아빠가 메디쿠스였기 때문에 죽어야했다고 확신했다. 도대체 아빠가 맡은 임무가 어떤 것이었기에? 어둠의 왕자를 잡아서 가두었지만 아빠도 결국 적의 포로가 되고 만 건가? 그래서 기어이 죽음을 당해야했던 걸까?

오스카는 벌떡 일어났다. 주술서에게 한 번 더 물어봐야만 했다. 그 장면을 확인하고 다른 각도에서 물어보아야 했다! 더 알아내야 할 것들이 있었다……. 소년은 책을 펼쳤지만 소용없었다. 주술서는 묵묵부답이었다. 위더스 부인이 경고했던 대로였다. '오스카. 질문은 하루에 두 개만 던질 수 있어. 그 이상은 안 돼.'

체념한 그는 주술서와 케이프를 다시 트렁크 속에 정리했다. 허리띠가 오스카의 손가락이 닿자 둥실 떠올랐다가 얌전하게 도로 내려앉았다. 오스카는 생각했다. '이제 금방이야, 허리띠야, 이제 금방 내가 널 차고 다닐 날이 올 거야.'

트렁크를 닫기가 무섭게 누군가 그의 방문을 노크했다.

본즈는 오스카에게 들어오라는 허락도 받지 않고 왈칵 문을 열어젖혔다.

"저녁 식사가 준비되었습니다."

오스카는 저녁을 거의 먹지 않았다. 정성을 다해 세상에서 가장 큰 샌드위치를 만들어놓은 제리는 안타까운지 한숨을 쉬었다. 다진 고기 스테이크, 오이, 토마토, 피클, 양상추, 치즈, 소스 외에도 오스카가 모르는 재료들이 잔뜩 들어간 샌드위치였다. 샌드위치는 맛이 아주 일품이었지만 아무리 먹어도 줄지 않았다.

"그래, 어쨌든 오스카 군도 이렇게 맛있는 샌드위치를 남기면 안 된다고 생각하지?"

제리가 스스로를 위로하려는 듯이 물었다.

"그럼요. 저도 그렇게 생각하고말고요. 진짜 맛있어요. 다만 배가 고프지 않아서 그래요."

오스카가 제리 쪽으로 접시를 밀면서 말했다.

"그래, 내가 앞으로 다른 요리도 만들어줄게."

제리는 음식을 잔뜩 물고 양상추가 삐져나온 입으로 우물거리며 말했다.

오스카가 식탁에서 일어서는데 본즈가 그를 잡았다.

"주술서를 오스카 군이 자는 방에 두면 안 됩니다. 밤에 잘 때에는 다른 책들과 함께 서재에 보관해두어야 하니까요. 그래야 주술서가 다른 책들에서 많은 지식을 얻어서 오스카 군의 질문에 더욱 충실하게 답변할 수 있답니다."

"싫어요. 저는 주술서를 제 곁에 두고 싶어요."

오스카는 두 번 생각할 것도 없이 말했다. 내일 날이 밝는 대로 주술서에게 아빠에 대해 다시 물어보고 싶어서 안달이 나 있었던 것이다. 그러나 본즈는 호락호락하지 않았다.

"저는 브레이브 씨의 분부를 그대로 전했을 뿐입니다."

반쯤 내리깐 집사의 눈길과 소년의 눈길이 딱 마주쳤다. 오스카는 본즈의 말을 털끝만큼도 믿지 않았지만 어쩔 수가 없었다. 아까 그랜드 마스터와 손님의 얘기를 엿듣다가 본즈에게 딱 걸리지 않았던가. 반항하거나 토를 달지 않는 편이 아무래도 이로울 것 같았다.

"알았어요. 하지만 제가 직접 서재에 갖다 놓겠어요."

오스카는 아무도 그의 주술서에 손을 대지 못하도록 구석진 곳에 숨겨두었다가 내일 일찍 가지러 가야겠다고 마음먹었다. 본즈도 고개를 끄덕이고 식당에서 물러났다.

오스카는 자기 방으로 올라가 책을 꼭 안고 아래층으로 다시 내려왔다.

그는 서재로 들어가 티투스를 밟고 올라갔다. 하지만 주술서를 책꽂이에 꽂으려다가 좋은 생각이 떠올랐다. 오스카는 줄리아 제이콥의 서류첩을 꺼내서 의자에서 내려와 저쪽에 가서 열어보았다.

"방해가 되었다면 미안해요, 줄리아. 하지만 당신의 도움이 필요할 것 같아요."

면지 한쪽 귀퉁이에 예쁘고 또박또박한 글씨체가 나타났다.

"안녕, 오스카 군, 방해라니 당치 않아요. 오히려 반가운걸요! 내가 무엇을 도와줄 수 있을까요?"

"제가 뭘 좀 맡겨도 될까요? 저에겐 굉장히 중요한 물건이에요."

오스카는 서가에 있는 다른 책들의 눈치를 보며—특히 빌리 보이드의 책을 경계하며—조그맣게 소리를 죽여 물었다.

"물건을 맡긴다고요? 뭔데요?"

"제 주술서를 서류첩 안에 함께 품고 지켜주었으면 좋겠어요. 너무 폐가 될까요?"

"천만에요. 기쁘다 못해 영광인 걸요! 비탈리 필의 아드님 주술서를 제가 지키다니요!"

줄리아 제이콥의 면지가 볼을 붉히듯 발갛게 물드는 것 같았다.

"고마워요, 줄리아! 내일 아침에 될 수 있는 대로 일찍 책을 가지러 올게요."

오스카는 서류첩을 닫으며 말했다. 그는 서류첩을 봉투에 도로 넣고 얄팍한 주술서를 그 옆에 조심스레 함께 넣었다.

서재에서 나오려는데 인기척이 그의 발길을 불러 세웠다. 뒤를 돌아보니 『파톨로구스 선집』이 서가에서 몸을 비틀며 난리를 치고 있었다.

오스카는 모르는 척하려고 작정했지만 그도 이제 어느 정도 보이드의 성격을 짐작할 수 있었다. 만약 오스카가 아무 말도 없이 나가버리면 그 책은 틀림없이 소란을 피우고 말 터였다. 소년은 한숨을 쉬고 하는 수 없이 보이드를 상대하기로 했다.

오스카는 표지가 두꺼운 그 책을 꺼내서 펼치며 딴 데를 바라보았다.

"꼬맹이, 너 괜히 팅기는데 말이야. 네 수작쯤은 나에게 훤히 다 보여!"

빌리 보이드가 삐뚤삐뚤한 글자를 큼지막하게 띄웠다.

"아, 그러셔? 내 수작이 뭔데?"

오스카는 아무렇지도 않다는 듯 대꾸했다.

"앞으로 두고 보면 알겠지. 하지만 난 네가 저 아래쪽 책꽂이를 뒤지는 모습을 봤거든!"

오스카가 이 말을 듣고 어깨를 으쓱했다.

"그게 뭐 어때서? 난 내 마음대로 책을 읽을 권리가 있어!"

"얼렁뚱땅 넘어가려고 하지 마! 빌리 보이드에게는 안 통해!"

"그래, 그렇게 영리하다면 혼자 알아낼 수 있잖아. 물어볼 필요도 없을 것 아냐!"

오스카는 책을 홱 덮으며 대꾸했다.

그는 제멋대로 날뛰려 하는 빌리 보이드의 책을 제자리에 꽂고 마구 뛰어서 달아났다. 빌리 보이드를 찍소리 못하게 몰아세웠더니 어쨌든 기분은 좋았다.

오스카는 대리석 바닥을 우당탕탕 내달리며 서재에서 나오다가 홀 한복판에서 웬 남자와 부딪쳤다. 그대로 나동그라진 오스카가 고개를 들었다.

"죄송합니다. 제가 앞을 보지 않아서 그만……."

남자는 자세를 낮추고 오스카를 유심히 바라보았다. 오스카는 바닥에 주저앉은 채 남자의 눈을 바라보다가 문득 팽팽한 긴장감이 솟는 것을 느꼈다. 그만큼 그 사람의 시선은 대단히 불쾌했다.

"이런, 이런, 쿠미데스 서클에 이런 꼬마가 어슬렁거리다니, 이것 참 희한한 일일세."

남자가 신랄한 목소리로 중얼거렸다. 본즈가 얼른 달려와 강철처럼 억센 손으로 오스카를 일으켜주었다. 오스카는 처음으로 집사가 바늘 끝처럼 신경을 곤두세우고 있다는 느낌이 들었다.

"올라가요, 빨리."

본즈가 오스카의 귀에 대고 속삭였다.

하지만 이번에는 오스카도 순순히 말을 듣지 않았다. 아까 저녁 식사 전에 삼 층에서 엿들었던 낯선 손님의 목소리를 알아챘기 때문이다. 이제 그는 그 목소리의 주인이 어떤 얼굴을 하고 있는지 눈으로 볼 수 있었다. 옆으로 길게 찢어진 검은 눈, 푸르스름한 기운이 도는 창백한 피부, 짧게 친 잿빛 머리. 경계심을 불러일으키는 인상이었다.

"웜 씨, 다치지는 않으셨습니까?" 본즈가 최대한 오스카를 가리려는 듯이 두 사람 사이를 가로막으며 물었다. "이 아이가 여기서 일한 지 얼마 안 돼서 아직 서툴답니다."

플레처 웜은 한 손으로 본즈를 밀어내고 오스카를 눈여겨보았다.

그 순간, 홀 안에 쩌렁쩌렁하게 울린 목소리가 오스카를 구했다.

"무슨 이유로 또 찾아왔는가, 플레처?"

윈스턴 브레이브가 계단을 거의 다 내려와 바로 지척에 와 있었다.

"가방을 두고 갔습니다. 제가 깜박했지 뭡니까." 손님은 가볍게 웃으며 대꾸했지만, 그러는 동안에도 오스카에게서 눈을 떼지 않았다. "그래도 헛걸음은 아니네요, 덕분에 아직 자기소개도 하지 못한 이 어린 친구를 만나게 됐네요…… 한 시간도 안 됐는데 벌써 생각을 바꾸셨나 봅니다? 이 소년도 미래를 준비하기 위한 작전의 일부인가요?"

"내 조카라네. 우리 집에서 며칠 머물 예정이야."

윈스턴이 냉랭한 목소리로 대꾸했다.

플레처 웜이 드디어 고개를 들어 그랜드 마스터를 쳐다보았다. 윈스턴은 그보다 머리 하나가 더 컸기 때문이다.

"동생 분에게 아들이 있었던가요? 거 참 놀랍고도 반가운 소식입니다. 저는 동생 분이 결혼을 한 줄도 몰랐는데 말입니다. 솔직히 말씀드려 동생 분이 살아 있다는 것도 몰랐습니다."

번개가 후려치듯 윈스턴 브레이브의 눈빛이 플레처를 쏘아보았다.

"굳이 알고 싶다면 말해주지. 아주 먼 조카뻘이야."

윈스턴이 처음으로 오스카를 돌아보았다. 그랜드 마스터가 화난 눈으로 그를 질책하듯 노려보았기 때문에 오스카는 콘크리트 벽돌에 쿵 하고 맞은 것처럼 충격을 받았다.

"그래서 조카인데도 당신과 전혀 닮지 않았나 보군요. 솔직히 말해 이 소년을 보니까 다른 누군가가 자꾸 생각이 나서요. 그 사람이 누굴까요? 두고 보면 알겠지요."

"그렇겠지. 두고 보게."

윈스턴은 얼음처럼 차갑게 대꾸했다.

플레처 웜이 뭐라고 맞받아치려고 했지만 본즈가 끼어들었다.

"가방 여기 있습니다, 웜 씨."

플레처 웜은 가죽 가방을 냉큼 받아들고 고갯짓을 까딱했다.

"조만간 또 뵙겠습니다, 윈스턴."

그는 오스카를 보고 슬쩍 미소를 짓더니 본즈의 안내를 받아 현관으로 나갔다.

윈스턴은 드디어 문이 닫히는 소리가 나자 고개를 숙이고 오스카를 뚫어져라 바라보았다.

"이 시간에 여기서 뭘 하고 있었지?"

"죄송해요. 서재에서 나오는 길이었어요. 제 주술서를 거기에 가져다 놓느라……."

"왜 네가 직접 주술서를 가져다 놓는 것이냐!"

윈스턴의 호통이 우레와 같이 울렸다. 윈스턴은 집사를 돌아보며 꾸짖었다.

"본즈, 이게 도대체 무슨 소린가? 정말로 자네에게 실망했네!"

본즈가 오스카를 무서운 눈으로 노려보았다. 오스카가 굳이 자기 손으로 주술서를 서재에 갖다 놓겠다고 고집을 부리는 바람에 일이 이렇게 됐으니까. 어쨌든 본즈는 잘못을 인정하는 수밖에 없었다.

"죄송합니다, 브레이브 씨. 다시는 이런 일이 없도록 하겠습니다."

"플레처 웜은 절대로 만만한 사람이 아니다, 오스카. 그는 네가 누구인지 곧 알게 될 거야. 나는 오늘 점심시간에 분명히 말했다고 생각한다. 네가 쿠미데스 서클에 있다는 얘기가 누구의 귀에도 들어가서는 안 된다고 했지? 설령 그 사람이 위원회에 속해 있더라도 말이다. 그런데 너는 내 말을 이해하지 못했구나."

오스카는 완전히 질려서 고개만 끄덕였다.

"제가 잘못했습니다. 하지만……."

"'하지만'은 없다!" 윈스턴이 호통을 쳤다. "규칙이란 지키라고 있는 거야. 한 번 말했으면 그걸로 끝이다! 분명히 알아들었겠지?"

오스카는 아무 말도 못했다. 온 집안이 쥐죽은 듯 조용해졌다.

윈스턴은 본즈와 오스카에게 눈길도 안 주고 그 자리를 떠났다. 그는 계단참에서 뒤도 돌아보지 않고 이 말만 남겼다.

"오스카는 내가 따로 허락할 때까지 주술서에 손끝 하나 댈 수 없다. 이건 '명령'이다."

욱하는 성질이 있는 오스카는 속이 갑갑해졌지만 윈스턴이 시키는 대로 하는 수밖에 없었다. 메디쿠스의 그랜드 마스터가 그에게 명령했다.

"이제 잠자리에 들어라."

우주들

쿠미데스 서클에서 보내는 첫날밤은 유난히 심란했다. 주술서가 보여준 장면들이 꿈속까지 나타났다. 눈을 감자마자 어둠에 휩싸인 무수한 관들과 절망하며 처절하게 몸부림치는 엄마의 얼굴이 눈앞에 아른거렸다.

다음날, 일 분에 한 번씩 터지는 하품을 참기가 힘들었다. 위더스 부인의 말에 집중하기도 힘들었고 생각이 자꾸만 엉뚱한 데로 빠지곤 했다. 부인도 그냥 넘길 수 없었는지 이렇게 말했다.

"얘야, 계속 수업을 해나갈 수 있을지 모르겠구나. 내가 보기에 넌 벌써 지친 것 같아."

"아니에요, 아니에요." 오스카가 꽉 잠긴 목소리로 다급하게 외쳤다. "전 끄떡없어요. 진짜예요. 가급적 빨리 사람 몸에 들어가고 싶어요! 어떻게 하면 제 몸이 그렇게 작아질 수 있는지 방법을 가르쳐주세요!"

위더스 부인이 큰소리로 웃었다. 오스카의 순진한 발상에 웃음이 터졌던 것이다. 오스카는 조금 토라져서 뻣뻣한 자세로 잠자코 있었다.

"누가 네 몸이 작아질 거라고 했니, 오스카? 몸의 크기는 상관없어. 네가 생각하는 신체, 학교에서 배웠던 신체와는 달라. 신체 잠입이란 조그맣게 축소되어 들어간다는 뜻이 아니란다!"

위더스 부인이 자리에서 일어나 알퐁스의 책을 조심스럽게 집어 들었다. 그녀는 책을 펼치고 말을 걸었다.

"저기요, 이 소년을 가르치기 위해 잠시 후작님의 도움을 빌리고 싶은데요."

"기꺼이 그러지요, 베레니스. 내가 도움이 된다면 기쁠 따름입니다. 그런데 뭘 도와드릴까요? 변변찮은 역사적 지식이나마 힘껏 발휘해보겠습니다."

알퐁스 후작의 책이 꿈꾸듯이 대답했다.

"오스카에게 인체 내의 다섯 우주를 보여주고 싶어요. 백 마디 설명보다 그림으로 보여주는 게 나을 것 같아서요. 부디 이 아이에게 19세기에 당신이 작성한 다섯 우주의 지도를 보여주지 않겠어요?"

『중세에서 근대까지의 메디쿠스 영웅서사』라는 제목이 붙은 그 책은 대답 대신에 저절로 닫혔다가 다시 펼쳐졌다. 마치 바람이 불기라도 한 듯 책장이 마구 넘어가기 시작했다. 마침내 다른 페이지보다 유독 도톰한 종잇장이 펼쳐지자 책장은 더 이상 넘어가지 않았다. 접혀 있던 종잇장이 한 번, 두 번 연달아 펼쳐지면서 책상의 절반 이상을 뒤덮을 만큼 넓어졌다.

오스카는 종이에 나타난 도면이 너무 단순한 데 놀라고 실망했다. 사실상 도면에는 짙은 초록색 구球가 그려져 있을 뿐이었다. 구의 중심에 어떤 글자가 쓰여 있고 그 주위로 다섯 개의 낯선 명칭들이 죽 나와 있었다.

곧 도면에서 차츰 빛과 색채가 드러나기 시작했다.

오스카는 세부적인 묘사들을 눈여겨보았다. 도면의 구가 빛을 뿜기 시작하면서 돋을새김처럼 도드라져 보였다. 손으로 종이를 쓸어보면 실제로 둥그스름한 굴곡을 느낄 수 있었다. 구의 전면에서 가장 눈에 들어오는 것은 메디쿠스의 문장, 즉 금빛 원 속에 든 M자였다. 그 문장은 그의 펜던트에 새겨진 것보다, 아니 위더스 부인이나 그랜드 마스터의 펜던트에 새겨진 것보다 한층 더 정교하고 아름다워 보였다. 도면의 문장 역시 진짜 펜던트보다 더 실감 나게 보였고 무엇과도 비교할 수 없는 영롱한 빛을 발산하고 있었다.

위더스 부인이 양피지를 어루만지자 구가 저절로 빙그르르 돌기 시작했다. 킬데어 스트리트에 있는 오스카의 책상에 놓여 있는 지구본이 돌아가듯이 말이다. 오스카는 그 지구본을 돌려보면서 나중에 어른이 되면 가보고 싶은 나라들을 손가락으로 짚어보곤 했다. 오스카는 홀린 듯이 도면을 바라보았다.

"알퐁스, 다섯 우주의 지도가 얼마나 아름다운지 잠시 잊ㄱ 있었네요! 정말 빼어난 솜씨예요……." 위더스 부인이 말했다. 알퐁스 후작은 도면을 보여주느라 글씨를 띄울 수 없었기 때문에 부인의 말을 인정한다는 듯이 책을 들썩거리기만 했다.

"오스카, 이 지도는 인체의 다섯 우주와 메디쿠스들이 건너갈 수 있는 다리들을 보여준단다. 애석하게도 메디쿠스뿐만 아니라 파톨로구스도 다리들을 통해 어느 한 우주에서 다른 우주로 건너갈 수 있지만 말이야."

오스카가 놀란 눈으로 부인을 쳐다보았다.

"하지만…… 저한테는 조금 빛나는 초록색 구밖에 안 보이는데요, 위더스 부인."

부인이 미소를 지었다. 그녀는 대답을 하지 않고 펜던트를 집어 구의 M자에 겹쳐놓기만 했다. 두 개의 문자 사이에서 빛이 솟아났다. 위더스 부인은 메디쿠스의 상징을 구의 표면에 흩어져 있는 명칭들 중 하나로 서서히 옮겨갔다.

구는 회전을 멈추고 꿈틀거리기 시작했다. 불과 몇 초 사이에 풍경 속에서 사람들이 북적대며 움직였다. 오스카는 홀린 눈으로 그 모습을 지켜보았다.

"이게 첫 번째 우주 헤파톨리아*야. 이곳을 둘러싸고 있는 헤파톨리아 산맥의 이름을 따서 그렇게 부르지. 기본적으로는 지하 세상이라고 할까. 공장, 터널, 수로, 땅굴 그리고 아주 깊은 동굴 속에서 수많은 이들이 햇빛을 보지 못한 채 일하고 있지. 여긴 아주 거칠고 힘겨운 세상이란다, 오스카."

"일하고 있다니요? 무슨 일이요?"

"음식물을 에너지로 바꾸어 다섯 우주 전체에 공급하는 일이지. 헤파톨리아의 산과 거대한 광산은 인체 내 세상을 살아 숨쉬게 하는 근원이거든."

★ Hépatolia, hépato-는 '간'을 의미하는 접두사이다.

위더스 부인은 다시 펜던트를 지도 위의 M자에 겹쳐 오른쪽에 있는 두 번째 명칭으로 가까이 가져갔다. 구 위에서 헤파톨리아가 신기루처럼 사라지고 넓게 펼쳐진 대지와 요동치는 파도가 나타났다.

"이 우주에는 두 개의 왕국이 있다, 오스카. 첫 번째는 바람의 왕국이야. 이곳의 광활한 초원에는 맞바람이 쉬지 않고 불어대지." 부인은 지도에 넓게 나타난 지대를 가리키며 말했다. "이곳에는 좀체 들어갈 일이 없어. 여기에 들어간 사람은 바람 때문에 미치고 만다는 얘기도 있지. 실제로 이곳을 찾은 메디쿠스 중에서 실성한 사람들이 있거든. 음, 뭐 어떤 사람들은 여기에 가기 전부터 정신이 온전치 못했던 것 같다만……. 어쨌든 이 초원을 넘어가야 두 번째 왕국 폼페이에 다다를 수 있단다. 그 왕국은 우주의 박동을 느낄 수 있는 해저 동굴이야."

"폼페이라고요?"

"너의 여기 이 부분에 숨어 있는 곳."

위더스 부인은 그렇게 말하면서 오스카의 가슴을 손가락으로 가리켰다. 심장을 뜻하는 것이었다.

오스카는 위더스 부인의 말이 지도 위에 그대로 형상화되는 광경을 자세히 들여다보려고 책상을 따라 자리를 옮겼다. 서재 창문에서 한 줄기 햇살이 들어와 파도가 넘실대는 구의 표면을 비춰주었다. 소녀은 엄마와 누나와 여름방학 때 놀러갔던 바닷가를 떠올렸다. 하지만 지도가 보여주는 바다에는 특별한 점이 하나 있었다. 바다가 규칙적으로 고동치며 해수면에 고른 파도를 사방으로 일으키고 있었던 것이다. 마치 물에 조약돌을 던졌을 때, 동그랗고 균일한 파문이 이는 것과도 비슷한 광경이었다. 그러나 이 바다는 재미있다기보다는 비밀스럽고 위험해

보였다. 사실 다섯 우주의 모든 것이 위험해 보이기는 했다. 그래도 오스카는 매혹되었다. 평소에도 그렇지만 지금도 역시 두려움보다는 호기심이 먼저였다.

"바람의 왕국과 폼페이 왕국이 합쳐져 두 번째 우주를 이루는 거예요?"

"그래. 폼페이와 자줏빛 바다를 넘어가야 세 번째 우주 엠브리예*로 넘어가는 다리가 나오지."

오스카가 서둘러 자신의 펜던트를 거머쥐었다.

"제가 한번 그 우주를 찾아봐도 될까요?"

그는 대답을 기다리지 않고 펜던트를 지도 위의 문자에 갖다 댔다. 하지만 금세 풀이 죽고 말았다. 세 번째 지명으로 문자를 이동시킬 수 없었기 때문이다. 실망한 오스카는 위더스 부인을 돌아보았다. 부인이 빙그레 웃었다.

"소용없어. 네 힘으론 안 돼. 이미 그 우주를 다녀온 경험이 있는 메디쿠스만 지도에 그곳을 나타나게 할 수 있거든."

오스카는 김샌 표정으로 펜던트를 도로 챙겼다. 위더스 부인이 나섰다. 순식간에 너른 풀밭과 대양이 사라지고 세 번째 우주가 드러났다.

오스카는 새로운 우주를 주의 깊게 관찰하며 다시 놀랐다. 이번에는 구 안에 자그마한 다른 구가 나타났던 것이다. 그 구에도 똑같은 다섯 개의 지명이 있었다. 구 안에 떠 있는 작은 구는 흐릿한 유리를 통해 보는 것처럼 불투명해 보였다.

★ Embrye, embry-는 '태아, 배'를 뜻하는 접두사이다.

"하나의 우주에 다섯 우주가 들어 있는 거예요?"

"바로 그거야, 오스카. 엠브리예는 생식과 출산의 신비로운 세계니까……. 그래서 지도에서는 엄마의 엠브리예라는 세계 속에 태아의 몸이 지닌 다섯 우주를 한꺼번에 보여주는 거야. 바로 그렇기 때문에 엠브리예는 유독 복잡한 우주이기도 해. 그 우주 자체 내에도 많은 통로들이 존재하지. 너처럼 아직 미숙한 메디쿠스는 이곳에 들어갔다가 자칫 길을 잃을 수도 있단다."

"하지만 남자의 몸에는 엠브리예가 없을 거 아니에요?"

"음, 뭐라고 말해야 할까. 그 대신 한층 더 복잡한 우주가 있다고 해두자꾸나. 세세하게 설명하기는 아직 이르니까. 오스카, 나중에 좀 더 있으면 알게 될 테니 참고 기다리렴!"

위더스 부인은 난처한 기색으로 오스카의 호기심이 '세세한 설명'을 붙들고 늘어지기 전에 얼른 펜던트로 문자를 옮겨 네 번째 우주를 나타나게 했다.

"여기는 제네티스*야." 위더스 부인이 흥미를 드러내며 말했다. "첨단 기술의 우주, 완벽을 구현한 정보 센터라고 할까. 다양한 지점과 연결되어 다른 네 개의 우주로 뻗어나가지. 모든 정보가 모이는 곳, 사방에 안테나를 두고 있는 거대한 중앙컴퓨터와도 비슷하지. 솔직히 말하자면 내가 가장 관심을 두고 있는 우주이기도 해. 여기가 내 전문이거든. 메디쿠스의 최고위원회에서도 내가 여기를 담당하고 있지."

"위더스 부인이 정보 과학 전문가라고요?" 오스카는 배를 잡고 웃었

★ Génétys, géne은 '유전자'를 뜻한다.

다. 하지만 부인이 조금 언짢은 표정을 지었기 때문에 얼른 웃음을 거두었다.

"죄송해요. 제 말은, 아니, 뭐 딱히 놀랄 일도 아닌데요. 음…… 그런데 그 말씀은 최고위원회에 이 우주들을 각기 담당하는 전문가가 있다는 뜻인가요?"

위더스 부인은 괜찮다는 듯이 오스카를 곁눈질하며 살짝 미소를 지었다.

"그렇단다. 게다가 그들을 직접 만날 기회도 있을 거야. 모린은 헤파톨리아를 자기 손바닥 들여다보듯 훤히 알지. 용감하다 못해 무모한 앨리스테어 맥쿨리는 맞바람 부는 초원과 폼페이 해저동굴을 몇 번이나 탐험했단다. 그리고 엠브리예와 모태 속의 다섯 우주에 대해 안나 마리아 룸피니는 모르는 것이 없어."

오스카가 성질 사납게 구는 안락의자 마키아벨리를 가리키며 물었다.

"이 의자의 주인은 어디가 전문인가요?"

위더스 부인이 지도의 문자를 다섯 번째 지명으로 옮겼다. 초록색이 거무스름하게 변해가는 구의 꼭대기 부분이었다. 하지만 이번에는 아무 변화도 일어나지 않았다. 아무런 풍경도 없었으며, 살아서 움직이는 것은 하나도 없었다. 그저 이따금 섬광이 별똥별처럼 번쩍 스치고 사라질 뿐이었다.

"다섯 번째 우주 세레브라*에 들어가려면 플레처 웜을 따라야만 해. 인간의 뇌가 이루는 우주지."

★ Cérébra, cérébr-는 '뇌'를 뜻하는 접사이다.

목소리가 갑자기 심각해진 위더스 부인은 뭔가 복잡하고 고통스러운 추억을 떠올리는 듯했다. 오스카는 부인이 화제를 바꾸기 전에 얼른 자신의 궁금증을 풀어야겠다고 생각했다.

"어째서 여기만 시커멓게 남아 있나요?"

"세레브라는 수많은 메디쿠스들에게 아직도 비밀로 남겨진 미지의 세계란다. 대부분 한 번밖에 가본 적이 없을걸. 이 지도가 작성되던 시대만 해도 많은 것이 알려지지 않았기 때문에 그림으로 남길 수 없었지. 지금도 그때에 비해 미미한 발전이 있을 뿐……."

"저는 이 다섯 번째 우주에 꼭 가보고 싶어요."

오스카가 지도의 검은 부분을 손으로 쓸어보며 중얼거렸다.

바로 그 순간, 무엇인가에 찔린 듯 손가락이 따끔해서 얼른 손을 치우지 않을 수 없었다. 위더스 부인은 아무것도 눈치채지 못한 듯했다. 오스카도 굳이 말하지 않았다. 괜한 애기를 했다가 기대하던 신체 잠입이 미뤄지기라도 할까 봐 두려웠던 것이다.

"너야 여기저기 다 가보고 싶겠지! 흥분을 좀 식혀야겠다. 일단 네가 따라야 할 사항이 있다는 걸 기억해두렴. 그리고 처음에는 전에 한 번 가보았던 우주를 통해서 다른 우주로 들어가야만 한단다."

"다리를 건너가야 한다, 그 말씀이죠?"

"그래, 맞아. 그리고 무엇보다 이전 세계의 트로피를 가지고 있어야만……."

"트로피라니요?"

"네가 어떤 우주에 들어가면, 거기서 뭔가를 가져와서 계속 가지고 있어야해."

"가방 달린 허리띠! 거기 달린 다섯 개의 자그마한 가방에 다섯 개의 트로피를 보관하는 거군요!"

오스카가 외쳤다. 그는 드디어 한때 아빠의 것이었던 그 허리띠의 용도를 이해할 수 있었다. 위더스 부인이 고개를 끄덕였다.

"엄마가 잘 챙겨놓으셨구나. 너도 그 허리띠를 아는 걸 보니."

"아빠의 허리띠가 트렁크 속에 있어요. 아빠의 케이프도 함께요."

오스카가 자랑스럽게 말했다.

"잘됐구나. 하지만 가장 힘든 일이 아직 남아 있어. 바로 그 허리띠의 가방들을 채우는 거지. 다섯 우주, 그러니까 다섯 개의 트로피가 모여야만 완전한 메디쿠스가 될 수 있단다. 너의 능력을 온전히 발휘하려면 피해갈 수 없는 관문이지."

오스카의 입이 떡 벌어졌다. 소년이 뭐라고 한 마디 하기도 전에 위더스 부인이 선수를 쳤다.

"질문은 그만 됐어, 호기심 박사님! 첫날부터 모든 걸 알 수는 없잖아. 그리고 내가 말했지. 네가 직접 들어가면 수많은 의문들이 저절로 풀릴 거라고."

오스카는 마음을 접었지만, 그때 티셔츠 속에서 화끈거리는 불길이 일어나는 것을 느꼈다. 그는 조금도 움직이지 않았건만 목걸이가 저절로 풀리면서 펜던트가 서서히 올라가더니 지도 위의 M자에 찰싹 달라붙었다. 문자가 다섯 번째 명칭으로 천천히 옮겨졌다. 오스카는 반사적으로 펜던트를 붙잡으려고 손을 내밀었다. 그의 손가락이 펜던트에 닿는 순간, 눈부신 빛이 터져 나왔다. 소년은 고개를 돌렸다. 위더스 부인이 뭐라고 했지만 그 목소리도 아득해지더니 곧이어 완전한 침묵에 잠겼다.

주위에는 아무것도 존재하지 않았다. 초록색 구와 그 표면에 떠오른 이미지가 전부였다. 친숙한 얼굴들이 주마등처럼 스쳐갔지만 결국 보이는 것은 끝없이 광막한 회색의 사막뿐이었다. 거대하고 위협적인 탑들이 솟아오르는가 싶더니 사라졌다. 지도에는 빛나는 줄무늬가 새겨졌다. 그다음에는 어떤 목소리들이 들렸지만 그 목소리들은 척박한 땅을 겨우 넘어오느라 알아들을 수 없는 잡음으로 변해 있었다.

그 후에는 아무것도 없었다.

등에서 강렬한 통증을 느끼면서 소년은 눈을 번쩍 떴다. 바로 옆에서 위더스 부인의 초록색 눈동자가 안경알 너머로 그를 보고 있었다.

"오스카? 내 말 들리니, 오스카?"

"네…… 무슨…… 무슨 일이 일어난 거죠?"

소년이 더듬거리며 말했다.

"생각했던 것 이상으로 다섯 번째 우주가 너를 끌어당기는 것 같구나…… 다행히도 알퐁스가 지도를 닫아주었어. 그러지 않았더라면 너를 끌어내지 못했을지도 몰라! 네가 갑자기 뒤로 벌러덩 쓰러지지 않았겠니."

부인은 마음속으로 떠오르는 질문을 던지려다가 잠시 입을 다물었다. 그녀는 오스카가 이 괴상한 순간을 기억하지 못하기를 바랐다. 이 소년을 걱정시키고 싶지도 않았고 괜히 관심을 끌고 싶지도 않았다. 오스카가 일어났다.

"무엇을 느꼈니?"

부인은 일부러 아무렇지도 않은 척 물었다.

"저…… 저도 잘은 모르겠어요. 정말이에요. 이상한 장면들을 봤어요. 사막이랑…… 탑이 보였어요. 그리고 사람의 목소리도 들은 것 같은데 뭐라고 하는지 알아듣진 못했어요."

오스카는 호기심 어린 눈으로 알퐁스 후작의 책을 내려다보았다.

"제 힘으로는 펜던트를 써서 다섯 번째 우주를 볼 수는 없을 줄 알았는데요!"

"그랜드 마스터가 네 펜던트를 자기 것과 연결해두었기 때문에 그런 현상이 나타났을 거야." 부인은 오스카가 그 의문에 오래 매달리도록 내버려두지 않았다. "자, 이번 수업은 여기까지 하자꾸나."

그녀는 차분하게 책을 덮고 오스카를 돌아보았다.

"이제 곧 점심시간이지? 올라가서 좀 쉬지 그러니? 오후에도 수업을 계속할 거니까 건강을 챙겨야지."

다섯 우주의 지도가 보여준 광경은 몹시 흥미로웠지만 사실 오스카도 너무 피곤해서 위더스 부인의 말에 반발할 수 없었다. 소년은 고개를 끄덕이고 서재에서 나갔다.

오스카가 서재 문을 닫기 무섭게 알퐁스 후작의 책이 벌떡 일어났다. 위더스 부인이 그 책의 면지를 향해 고개를 숙였다.

"이봐요, 베레니스, 나만 눈치 챈 건 아니겠지요? 다섯 번째 우주가 저 아이 앞에 스스로 정체를 드러냈어요."

"알아요, 알퐁스."

"그렇다면 걱정할 만한 일이 아닙니까?"

위더스 부인이 잠시 생각에 잠겼다가 대답했다.

"아니에요. 그렇지 않아요. 나는 걱정하지 않아요. 솔직히 털어놓자면 오히려 내 짐작이 들어맞았다고 생각해요. 오늘도 좋은 하루 보내세요, 알퐁스."

부인은 그렇게 인사를 하면서 후작의 책을 서가에 다시 정리했다.

그 주는 별 사건 없이 흘러갔다. 오스카는 그랜드 마스터의 당부를 성실하고 꼼꼼하게 지키려고 노력했다. 쉽진 않았으나 이 집에서 일하는 사람들도 오스카가 와 있다는 것을 의식하지 못할 만큼 그는 조용히 지냈다. 주술서를 빼앗긴 것만 빼면, 그리 괴로운 시간도 아니었다. 오스카는 차라리 주술서에게 물어보지 말까라는 생각까지 하게 되었다. 밤마다 몇 번이나 잠에서 퍼뜩 깨곤 했으므로 오스카는 늘 피곤했다. 이제 그는 주말이 오기만을 기다리고 있었다. 얼른 주말이 되어 사랑하는 가족과 친구들을 만나고 싶었다.

금요일 오후는 축복과도 같았다. 오스카는 쿠미데스 서클 저택의 철창 대문 앞에서 기다리고 있던 엄마의 품으로 뛰어들었다. 셀리아는 죽어도 그 집 안으로는 들어가지 않으려 했다. 윈스턴 브레이브를 만나면 가슴 깊이 감춰둔 아픈 기억이 되살아날 것 같았기 때문이다. 그녀는 아주 사소한 일로도 고통이 생생하게 되살아날 수 있다는 것을 알고 있었고, 더 이상 아파하고 싶지 않았다.

오스카는 뒷좌석에 트렁크를 던져놓고 엄마에게 당장 출발하라고, 킬데어 스트리트에 도착할 때까지 멈추지 않고 계속 달렸으면 좋겠다고 했다.

오스카는 가족들에게 쿠미데스 서클에서 있었던 일을 한 시간 남짓 늘어놓았지만 너무 많은 얘깃거리들이 뒤죽박죽이 되어 아무도 알아들을 수 없게 되어버렸다. 결국 비올레트는 흥얼흥얼 노래를 부르기 시작했고 엄마도 이야기는 나중에 하고 일단 좀 쉬라고 권하기에 이르렀다. 오스카 자신도 이야기에 이미 싫증이 난 참이었다.

그는 자전거를 타고 바빌론 하이츠의 거리를 신나게 누볐다. 어린 시절부터 맡았던 갖가지 냄새가 물씬한 공기를 실컷 들이마셨다. 집과 가족뿐만 아니라 지금까지 당연하게 누려왔던 이 모든 환경이 얼마나 소중한 것인가를 새삼 깨달았다.

오스카는 북적대는 사람들 사이를 뚫고 갈 수 없어서 자전거에서 잠시 내렸다. 그는 인파 속으로 자전거를 끌고 가다가 제레미를 발견했다. 제레미는 사람들 앞에서 일장 연설을 하고 있었다. 모두들 재미있다는 눈으로 제레미를 구경하는 중이었다.

"신사 숙녀 여러분, 제레미 시장에 신상품이 나왔습니다. 출장 정원 관리 서비스입니다! 옆집 정원처럼 예쁜 꽃을 키우고 싶으십니까? 이웃집 꽃이 너무 보기 좋아서, 우리 집도 바꾸고 싶다고요? 바르트의 힘과 제레미의 센스로 여러분의 정원을 꾸며드립니다!"

여름방학 전에 제레미는 이미 이 새로운 아이디어를 오스카에게 귀띔한 바 있었다. 제레미와 바르트가 정원에 슬쩍 들어가서 꽃을 심어준다는 아이디어였다. 이웃집 정원과 똑같은 꽃을 심어놓으면 그 집은 옆집이 자기네 정원을 따라했다고 기분이 나빠져서 다시 제레미를 부를 것이다. 그러면 이 꾀돌이는 그 꽃들을 뽑고 새로운 꽃을 심어준다……. 물론 뽑아낸 화초는 소중히 보관해 두어야한다. 그래야 다른 집에 그 꽃들을 그대로 옮겨 심을 수 있으니까! 바빌론 하이츠에 사는 전체 가구의 절반 정도가 제레미와 바르트 형제의 정원 관리 서비스를 받았다. 두 소년은 물론 보수를 받고 하는 일이었지만 이 집 꽃을 뽑아 다 저 집에 심는 식이었기 때문에 돈은 하나도 들지 않았다.

오스카는 고개를 절레절레 저으며 킬킬대고 웃었다. 제레미가 오스카를 보고는 가까이 오라고 손짓을 했다.

"더불어 기쁜 소식을 한 가지 전하겠습니다. 우리 학교에서 제일 우수한 학생 오스카 필이 우리 시장 운영진에 합류해서 여러분에게 최상의 서비스를 제공하기 위해 노력할 겁니다!"

몇몇 사람이 박수를 치고는 각자 갈 길로 흩어졌다. 오스카는 반박할 겨를조차 없었다. 오랜만에 친구를 만난 제레미는 진심으로 기뻐했다.

"그런데 이번 주 내내 어디 있었던 거야?"

"그게…… 삼촌 집에 가 있었어."

오스카는 그랜드 마스터의 당부를 잊지 않고 이렇게 둘러댔다. 친구들과 그동안 있었던 일을 허심탄회하게 얘기하고 싶었지만 그러기엔 제레미가 어떤 친구인지 잘 알고 있었다. 형 바르트와 달리 제레미는 비밀이라는 것을 모르는 녀석이었다. 더구나 쿠미데스 서클과 관련된 얘기가 아닌가. 제레미가 그 집 정원에 몰래 들어가 떡갈나무 지주의 가지를 잘라다가 팔지도 몰랐다. 집도 잘 지키고 골키퍼도 잘 본다고 떠들며 장사 밑천으로 삼으면 어떡하나!

"다음 주에도, 그 다음 주에도 삼촌 집에서 지내야해. 삼촌이랑 같이 하는 일이 있거든. 그러나 시장 운영은 무리야……."

"아, 제길, 함께 해볼 만한 근사한 아이디어가 있었는데."

"그냥 롤러스케이트나 타러 가는 게 어때?"

바르트가 편하게 제안했다.

세 친구는 신나게 놀러다녔고 오스카는 저녁 식사 시간이 되어서야 피곤하지만 기분 좋게 집으로 돌아갔다.

오스카가 하루 종일 쏘다니다 늦게 들어왔는데도, 이날만은 엄마도 꾸짖지 않았다. 셀리아는 아들이 그 나이 또래의 소년으로 돌아갈 필요가 있다고 생각했다. 더구나 여름방학이었다. 오스카에겐 마음껏 뛰어놀며 쿠미데스 서클과 힘든 수련을 잠시나마 잊을 수 있는 시간이 필요했다. 셀리아는 내일도 아들이 종일 그렇게 지내기를 바랐다.

그렇지만 오스카는 일요일을 온전히 엄마와 누나와 함께 보냈다. 세 식구는 광장으로 소풍을 나가 보트를 타고 호수를 한 바퀴 돌았다. 그리고 물보라에 흠뻑 젖어서 보트에서 내리며 즐거워했다. 집으로 돌아와 보니 식탁 위에 플라스틱 상자들이 잔뜩 쌓여 있었다. 상자에는 꼬리표가 붙어 있었고 거기에 '오스카'라는 이름과 함께 이런 글귀가 들어가 있었다.

우리 오스카, 왜 이리 살이 빠졌니?
다음 주에 먹을 간식을 좀 챙겨왔단다.
한없는 뽀뽀를 보내며.
오르파누다키스 아줌마, 도위저 아줌마, 콜리노 아줌마가.

오스카가 상자들을 살펴보았다. 고기 완자, 산양 치즈로 만든 특선 요리, 세계 각국의 다양한 케이크……. 제리가 샌드위치를 만들어주지 않아도 한 달은 먹고 남을 간식이었다.

오스카가 짐을 싸러 방으로 올라갔다. 비올레트 누나는 딴 생각에 빠진 것 같았지만 그래도 시종일관 동생 곁을 떠나지 않았다. 주말은 너무 빨리 지나가버렸다. 쿠미데스 서클에서의 생활을 친구들에게 감추다 보니, 그런 때가 있었나 하는 생각이 들 정도였다. 그러나 짐을 챙기면서 모든 기억이 되살아났다. 희한하게도—주술서에서 보았던 괴로운 장면에도 불구하고—메디쿠스가 되기 위한 수업으로 돌아가는 것이 싫지 않았다. 아니, 그랜드 마스터의 저택으로 돌아간다고 생각하니 오히려 신이 났다. 물론 기대되는 일이 있었기 때문이다. 내일은 처음으로 신체 잠입을 시도한다고 했다.

저녁 6시 30분에 그는 엄마와 누나에게 뽀뽀를 하고 그를 기다리고 있던 승용차로 너무 잽싸다 싶을 정도로 빨리 뛰어갔다. 제리가 수염이 덥수룩하고 발그레한 얼굴로 활짝 웃으며 오스카를 맞아주었다.

"얼마나 보고 싶었는데, 오스카 군. 자, 가자! 알다시피 저녁 7시에는 쿠미데스 서클에 도착해 있어야하잖아!"

첫 번째 여행

승용차는 도로를 따라 미끄러져 갔고 머지않아 블루파크 근처가 눈에 들어왔다.

웅장한 저택이 가까워질수록 오스카는 흥분에 사로잡혔다.

철창 대문을 지나 현관 계단 아래 차가 멈추자마자 소년은 뒷좌석 문을 열고 튀어나왔다. 자갈길을 달리고 본즈가 문을 열어주기도 전에 계단을 모두 뛰어 올라가버렸다.

"우산을 가져갈 때까지 차에서 기다리지 그랬어요."

본즈가 대뜸 면박을 주었다. 오스카는 한숨을 쉬었다. 이 집을 떠나 있는 동안에도 본즈의 가시 돋친 말투만큼은 전혀 그립지 않았다.

"우산이라뇨? 날씨가 이렇게 좋은데요?"

"구경꾼들의 시선을 피하기 위해서입니다. 오스카 군이 이 집 현관에 서 있는 모습이 남의 눈에 띄어서 좋을 건 없잖아요."

본즈가 질질 끄는 단조로운 목소리로 대꾸했다.

오스카는 굳이 대꾸하지 않고 배낭을 멘 채로 홀을 가로질러 계단으로 다가갔다. 본즈가 그를 불러 세웠지만 오스카는 본즈에게 말할 틈을 주지 않았다.

"알아요, 안다고요. '정각' 7시에 식당으로 내려갈게요!"

오스카는 저녁을 먹고 본즈에게 서재까지 함께 가달라고 부탁했다. 빌리 보이드의 책을 만나고 싶지는 않았지만 『메디쿠스의 역사』에서 한 챕터를 꼭 읽고 싶었다. 위더스 부인도 그 부분을 한 번 읽어보라고 추천했었다. 안타깝게도 알퐁스 후작의 기억력이 좋지 못해서 주말에 집에 돌아가기 전까지 내용을 충분히 살펴보지 못한 터였다.

그날 밤, 오스카는 잠자리에서 쉴 새 없이 뒤척였다. 지난주처럼 악몽 때문이 아니라 지나치게 흥분한 탓에 잠을 이룰 수 없었던 것이다.

그는 결국 평소보다 한 시간이나 일찍 일어났다. 세수를 하고 옷을 갈아입은 후에 살금살금 계단을 내려갔다. 주방에 들어가 보니 체리가 오븐 앞에서 부산을 떨고 있었다.

"오스카 군! 이게 웬 깜짝 방문이야? 반갑긴 한데 아침 댓바람부터 여기서 뭐해? 브레이브 씨도 아직 내려오시지 않았는데! 아, 물론 주인어른이야 진작 일어나셨지. 집무실로 커피도 벌써 갖다드렸는걸. 본즈는 항상 자기가 하겠다고 나서지만 부엌일은 내 소관이잖아. 저마다 할 일이 있는 법이니, 브레이브 씨의 아침 식사는 당연히 내가 챙겨야지! 아, 그래, 본즈도 열심히 하는 건 좋지만……."

오스카가 살짝 인상을 찌그렸다. 이른 아침부터 체리의 수다를 상대할 준비는 되어 있지 않았으니까.

체리는 알아서 입을 다물고 걱정스러운 표정을 지었다.

"뭐하는 거야? 무슨 문제라도? 알았다! 오스카 군, 배가 고팠구나!"

"아, 네, 조금 출출하네요."

오스카는 이 끔찍한 요리사 앞에서 이런 말을 했다가 어떤 위험을 자초하게 될지 알고 있었다. 그러나 지금은 아무리 먹기 싫은 음식이라도 따발총 같은 수다보다는 나을 것 같았다.

체리는 즉시 수다고 뭐고 집어치우고 냉장고로 달려갔다. 그러고는 신선한 우유와 시리얼을 준비해주었다. 둥그스름한 금빛 빵 한 덩어리와 다양한 종류의 잼도 내왔다. 오스카는 속으로 다행이다 싶었다.

"미안해서 어쩌나, 이건 내가 직접 만든 잼이 아니야. 그럴 시간이 없어서 말이야……"

"그게 뭐 대순가요. 맛있게 먹을게요."

오스카는 공포의 요리를 피했다고 안심하며 황급히 대꾸했다.

"우리 귀염둥이 오스카, 약속하는데 다음번에는 내가 꼭…… 어머, 내 정신 좀 봐!"

체리가 자기 입을 손으로 막았다. 그러고는 토마토처럼 얼굴이 새빨개졌다. 자기가 한 말에 놀라서 석상처럼 굳어진 체리는 아무 말도 못했다.

"미안해, 오스카 군에게 편하게 대하다 보니 말이 좀 함부로 나온 것 같아."

체리 아줌마는 우물대며 사과를 했다. 할 수만 있다면 아줌마는 식탁 밑에라도 숨고 싶었을 것이다. 오스카는 큰소리로 웃고 싶었다. 체리 아줌마는 당황할 때가 아니면 입을 다물 줄 모르는 사람 같았다. 오스카는 아줌마를 쩔쩔매게 할 수도 있었지만 그러고 싶은 마음은 없었다.

"아녜요, 아줌마. 저는 그냥 오스카라고 허물없이 불러주시는 게 좋아요. 그게 더 편하잖아요."

"정말이야? 어머, 고마워, 귀여운 오스카, 나도 일일이 '군'을 붙이지 않으면 부르기도 편하고 좋지. 사실 머리 색깔은 다르지만 나이로 따지자면 아들 같아서 말이야. 실제로 제리와 나는 오스카를 아들처럼 가깝게 느끼기도 하고……."

체리 아줌마가 입을 다물었다. 아줌마의 눈가가 촉촉하게 젖어들었다. 그녀는 얼른 고개를 돌렸다.

"케이크도 좀 줄까? 내가 어제 만든 건데……."

아줌마는 코를 홀쩍거리며 말했다. 뭔가가 아줌마의 아픈 구석을 건드린 게 틀림없었다. 오스카는 사양하고 싶었지만 마음을 바꾸었다. 그는 최악의 사태를 두려워하며 억지로 대답했다.

"네, 감사히 먹을게요……."

체리가 찬장으로 가서 종 모양의 덮개가 놓여 있는 접시를 내왔다. 오스카는 덮개를 열어보고 거대한 보라색 막대 같은 것을 발견하고는 어안이 벙벙했다. 가운데가 조금 꺼져 있고 가장자리는 시커멓게 타 있었다.

"붉은 무 케이크야." 아줌마가 자랑스럽게 말했다. "제리와 나는 아이가 없어서 말이지. 이곳 쿠미데스 서클에서 아이가 지내는 일도 처음이야. 그래서 오스카를 마음껏 귀여워해주고 싶어 안달이지! 그래, 정말로 이 집엔 아이가 있었던 적이 없어." 아줌마는 작은 머리통을 갸우뚱하게 기울이고 평소보다 더 빛나는 눈을 깜박거리며 말했다. "본즈 말로는 그래. 이웃에서 들리는 얘기는 좀 다르지만……."

오스카가 눈을 들었다. 그럼, 전에도 다른 아이들이 있었단 말인가? 쿠미데스 서클에? 그는 윈스턴 브레이브에게 아이가 있는지, 결혼을 하기는 했는지 갑자기 궁금해졌다.

"……하지만 그건 다른 얘기고." 아줌마는 책가방만한 덩어리를 칼로 써느라 잠시 말을 끊고 숨을 들이마셨다. "어쨌든 제리와 나는 널 잘 돌봐줄 거야, 그건 분명하지! 다른 케이크도 많이 있으니까 맛있게 먹어!"

오스카는 이 말을 듣고 기겁을 하며 대답했다.

"네, 맛있게 먹고 있어요."

그는 공포 어린 눈으로 케이크 접시를 내려다보며 어떻게 이 난관을 빠져나갈까 궁리했다. 롤스와 로이스도 자신과 똑같은 생각—주방에 내려오겠다는 어리석은 생각—을 하기 바라며 바닥만 두리번거렸다. 애석하게도 개들은 코빼기도 보이지 않았다.

"오스카도 나만큼 일찍 일어났나 보구나."

등 뒤에선 들린 그 목소리는 사고 현장에 나타난 구급차의 사이렌 소리처럼 반가웠다. 오스카는 반갑게 돌아서며 위더스 부인을 맞이했다. 부인은 레이스 깃과 강렬한 푸른색이 돋보이는 반소매 옷을 세련되게 차려입고 나타났다. 빨간 테 안경이 여느 때보다 더 튀어 보였다. 피곤한 한 주를 보내고 주말 동안 푹 쉬고 온 사람 같았다.

"오스카, 우리에겐 해야 할 일이 아주 많아. 특히 오늘은 아주 중요한 날이지……."

소년은 눈을 반짝반짝 빛내며 고개를 끄덕였다.

"나도 이러고 싶진 않다만 아침 식사도 마치기 전에 널 데려가야겠구나."

위더스 부인은 흥미롭다는 표정으로 식탁에 다가왔다.

"체리, 이 벽돌은 색이 참 곱네요. 아주 근사한데요. 흙으로 빚어서 구워낸 도기인가요?"

체리 아줌마의 얼굴색이 변했다. 오스카가 아줌마 대신 설명을 했다.

"어흠, 그건 체리 아줌마가 구운 케이크예요, 위더스 부인. 맛을 좀 보시겠어요?"

오스카는 그렇게 말하면서 접시를 위더스 부인 쪽으로 밀었다. 부인은 눈을 휘둥그렇게 떴지만 얼른 예의 바른 미소로 돌아왔다.

"아, 정말 세심한 배려군요, 체리. 게다가 독창적이기도 하고요." 부인은 이어서 오스카를 꿰뚫어보듯 바라보며 말했다. "오스카, 네 뜻은 고맙지만 사양하마. 하지만 원한다면 네가 케이크를 다 먹을 때까지 기다려줄게. 그다음에 서재로 가도 괜찮……."

"아뇨, 그러실 것 없어요. 늦으면 안 되잖아요. 체리 아줌마, 이 케이크를 나중에 제 방에서 먹어도 될까요? 본즈 집사님이 아시면……."

"본즈에겐 아무 말도 하지 않을게. 걱정할 것 없어, 오스카! 우리끼리만 아는 얘기로 해두자꾸나!"

체리 아줌마가 비밀에 부치겠다고 약속했다.

"고맙습니다!"

오스카는 위더스 부인을 따라가며 속삭였다. 두 사람은 성큼성큼 홀을 지나 서재로 들어갔다. 둘만 있게 되자 위더스 부인이 손가락을 치켜들고 오스카에게 으름장을 놓았다.

"말해봐라, 오스카, 오늘, 우리 둘이 합의를 좀 봐야겠다. 한 번만 더 저 구제불능 요리사가 만든 케이크를 나에게 먹이려고 꾀를 부려봐라. 그러면 나도 다시는 저이의 손에서 널 구해주지 않을 거야! 오늘처럼 예정보다 일찍 오더라도 끝까지 모른 체할 거야!"

오스카는 깔깔대고 웃으며 미안하다고 했다. 다시는 부인을 난감하게 만들지 않겠다고 맹세까지 했다. 위더스 부인도 기분 좋게 받아주었다.

"어쨌든 제법인데? 아주 잘 빠져나왔잖아. 나중에 방에서 케이크를 먹겠다는 핑계도 그렇고, 체리의 화살을 가엾은 본즈에게로 얼렁뚱땅 돌려놓은 것도 그렇고. 안 그랬으면 체리가 꽤 언짢아했을 거야. 나도 그런 생각은 못했는데."

"고맙습니다."

오스카가 의기양양하게 대꾸했다. 위더스 부인이 손목시계를 보았다.

"그래, 이제 네가 준비가 됐다면……."

"네, 준비됐어요."

오스카는 가슴이 두근거렸다.

위더스 부인은 고갯짓으로 오스카에게 나가자는 신호를 보냈다.

두 사람은 거실로 통하는 문을 밀고 푹신푹신한 양탄자를 밟고 걸었다. 소파를 빙 돌아 벽난로 앞으로 다가갔다. 위더스 부인은 케이프를 걸치고 서랍장에서 불에 타지 않는 장갑을 꺼냈다. 그 장갑을 낀 손으로 난롯불 속에 펜던트를 집어넣어 비밀 단추를 눌렀다. 부인이 불 속에서 손을 거두었을 때에는 노란 응접실이 나타났다.

"물론 이 장갑은 손을 보호하기 위해서라기보다는 옷을 보호하기 위해 끼는 거지. 내가 특히 아끼는 옷이거든. 메디쿠스들은 화상쯤은 간단한 손짓만으로도 치료할 수 있지. 하지만 불에 탄 옷감은 어떻게 할 수 없으니까……. 나를 따라오렴."

부인과 오스카가 원형의 방으로 들어서자 벽이 스르르 미끄러지면서 완전히 닫힌 공간이 되었다.

새장 안에서 빅터가 위더스 부인을 보자마자 초조하게 횃대에서 몸뚱이를 까딱까딱 흔들었다.

"오스카, 빅터를 소개하마. 윈스턴 브레이브가 기르는 벵골 카나리아지. 그는 이 새를 무척 아낀단다. 게다가 그가 약속 장소로 즐겨 정하는 곳이기도 해. 나로 말하자면 조류 알레르기가 심각해서 여간 고역이 아니지. 특히 이 새는 정말 질색이야."

위더스 부인은 그 말을 증명하기라도 하듯이 자수가 놓인 손수건에 대고 재채기를 했다. 부인은 손수건을 주머니에 넣고 새에게 예의 상 미소를 지어 보였다. 빅터는 한층 더 요란하게 짹짹대기 시작했다.

"난 빅터에게 알레르기가 있어. 뭐, 이 새도 마찬가지인 것 같지만. 아. 빅터, 나와 함께 첫 번째 신체 잠입을 시도할 오스카 필을 소개할게요. 이 아이를 반갑게 맞아주셔서 고맙다는 인사도 아울러 드리는 바예요."

오스카는 믿을 수 없다는 눈으로 카나리아와 부인의 빨간 테 안경을 연달아 바라보았다.

"이…… 안으로 들어간다는 거예요? 이 카나리아 속에?"

위더스 부인이 오스카에게 눈을 부릅떴다.

"'우리의 소중한 빅터 속으로' 라는 뜻이겠지?"

"네, 그…… 그럼요, 소중한 빅터 속으로……."

오스카가 부인의 눈치를 보며 더듬더듬 둘러댔다.

"당연한 소리지. 새들도 인간처럼 다섯 우주를 지니고 있으니까. 물론 일부는 조금 개발이 덜 되긴 했지만."

부인이 고개를 숙이고 오스카에게 귓속말을 했다.

"솔직히 말하겠는데 요 녀석의 대가리에 든 세레브라는 볼품이 없어. 거기에 한번 가보면 왜 멍청한 사람을 '새대가리'라고 부르는지 이해하게 될 거야. 하지만 사람의 뇌 세계보다 훨씬 단순하니까 첫 번째 실습을 하기엔 안성맞춤이지."

그녀는 몸을 일으키고 옷매무새를 고쳤다.

"노란색에는 내가 입은 옷이 잘 어울릴 거야. 아무렴. 이게 바로 성공적인 실습의 기본 조건이지. 오스카, 내 말 듣고 있니?"

오스카는 당연히 듣고 있었다. 아니, 지금껏 이렇게까지 열심히 귀를 기울인 적이 없었다. 소년이 열렬하게 고개를 끄덕이자 위더스 부인이 다시 입을 열었다.

"우선 펜던트를 가지고 있지 않으면 신체 잠입이 불가능하단다."

오스카는 티셔츠 위에 손을 얹었다. 따뜻한 금속의 촉감이 살갗에 와 닿았다. 오스카는 흥분을 가누지 못하고 몹시 들뜬 목소리로 말했다.

"가지고 있어요."

"좋아. 두 번째로 필요한 것은 케이프다. 꼭 있어야하는 건 아니지만 신체 내에서 케이프는 좋은 무기가 되어주지. 다음 실습 때에는 너도 알게 될 거야. 마지막으로, 허리띠도 반드시 가지고 있어야해. 한 우주에서 다른 우주로 건너갈 때에 필요한 물건이지. 여기에 대해서는 나중에 설명하마. 일단은 몸 안으로 들어가는 요령에 집중하자. 핵심은 '단호함'과 '집중력'이야."

위더스 부인은 그 두 단어를 한 자 한 자 힘주어 말했다. 오스카의 눈이 동그래졌다.

"어…… 정확하게 말하자면 어떻게 해야하는 건데요?"

"네가 가고 싶은 곳을 분명하게 정해야하고 진입을 시도하는 순간 그곳에 너의 모든 힘을 집중시켜야 한다는 뜻이지. 그렇지 않으면 전혀 엉뚱한 곳, 알지도 못하는 곳에 떨어지고 말걸. 미숙한 메디쿠스가 신체 내에서 길을 잃고 헤맬 때, 숙련된 메디쿠스가 데리러 가는 일도 심심찮게 있지."

"자기가 가고 싶은 우주에 대해 열심히 생각하기만 하면 되나요?"

"어떻게 보면 그래. 하지만 그게 쉽지가 않아. 오스카, 지난주에 배운 내용을 잊으면 안돼. 어느 우주가 다른 우주보다 못하다든가 하지는 않지만, 실습을 할 때에는 순서를 지켜야해. 새로운 우주에 들어갈 때에는 전에 들어갔던 우주를 거쳐야한다고 했지? 그리고 전에 가져온 트로피도 있어야하고. 그러니까 우주와 우주 사이의 다리를 건너서 새로운 곳으로 들어갈 수밖에 없단 말이야."

"하지만 이미 다녀온 우주는 다리를 거치지 않고도 직접 들어갈 수 있다고 하셨죠."

오스카가 자신의 기억력을 자랑스럽게 과시했다.

"아주 잘 알고 있구나. 그럼 실습 전에 마지막으로 묻겠다. 우주들의 순서는 어떻게 되지?"

오스카가 눈을 감았다. 불과 며칠 동안 너무 많은 정보를 받아들인 탓에 머릿속이 뒤죽박죽이었다. 하지만 마음을 가라앉히자 배운 내용이 기억났다.

"첫 번째 우주는 소화를 담당하는 헤파톨리아예요. 몸 전체에 에너지를 공급하는 역할을 하지요. 두 번째는 바람의 왕국과 바다 너머 폼페이 왕국이지요. 세 번째는 엠브리에, 네 번째는 제네티스, 바로 부인의 전문 분야지요! 유전자들의 세계 말이에요!"

노부인은 제자의 실력이 만족스러운 듯 미소를 지었다.

"……그리고 마지막 우주는 세레브라죠."

"아주 잘했다. 그럼 더 이상 시간 끌지 말고 첫 번째 우주 헤파톨리아로 들어가 보자. 기원의 문자를 꺼내라, 오스카. 내가 하라는 대로 해라."

오스카는 위더스 부인의 몸짓을 정확하게 따라했다. 펜던트를 오른쪽으로 내밀고 새장 안에서 사방팔방으로 퍼덕대는 카나리아를 노려보았다. 위더스 부인 말마따나 빅터는 알레르기 같은 반응을 보이며 어떻게든 자기 몸에 들어오려는 두 사람을 피하려고 버둥거렸다.

"오스카, 이제 네가 들어가려는 헤파톨리아에 정신을 집중해. 동시에 그곳을 가장 잘 나타내는 신체 기관을 뚫어져라 바라보는 거야. 헤파톨리아로 들어갈 때는 역시 입이지. 입이야말로 소화기관의 입구 아니겠니? 무슨 말인지 알겠지?"

"헤파톨리아에 집중하면서 입을 뚫어져라 본다…… 그럼 빅터의 부리를 봐야겠군요."

오스카가 의욕이 넘치는 목소리로—가랑잎처럼 파들파들 떨면서—
대답했다.

위더스 부인의 설명을 들을 때에는 몰랐던 두려움이 강하게 치솟았
다. 오스카는 쿠미데스 서클로 통하는 지하 터널을 지날 때에 부인이
언급했던 마음의 스캐너를 떠올렸다. 그때 불안의 벽은 부인과 그의 사
이를 가로막았었다. 그 터널에서나, 다른 어느 곳에서나 '정말로' 용기
와 의욕을 지닌 메디쿠스가 아니면 앞으로 나아갈 수 없었다.

오스카는 마음 깊은 곳에서 두려움을 훌훌 털어버리고 정신을 모으
려고 노력했다.

"그다음에는요?"

"그다음은 부리를 향해 달려! 멈추지 말고!"

위더스 부인은 단거리 육상 선수처럼 뛰기 시작했다. 오스카는 어안
이 벙벙했다. 부인은 펜던트를 내민 채 가엾은 빅터가 갇혀 있는 새장
으로 몸을 던졌다. 번쩍하고 눈부신 섬광이 일어났다. 오스카가 눈을
떠 보니 횃대에 축 늘어진 빅터 외에는 주위에 아무도 없었다.

오스카가 새장에 다가갔다.

"위더스 부인? 거기…… 거기 계신 거예요? 네?"

대답은 돌아오지 않았다. 오스카가 사방을 둘러보았다. 아무도 없었
다. 속임수가 아니었다. 플레이스테이션 게임 안에 들어와 있는 것도
아니었다. 위더스 부인은 정말로 카나리아 안에 들어간 것이다!

이젠 더 이상 두렵다고 망설일 때가 아니었다.

오스카도 펜던트를 앞으로 내밀고 뛰기 시작했다. 이리저리 움직이
는 빅터의 부리를 뚫어져라 바라보기란 쉽지 않았다.

숨을 깊이 들이마시고 새장을 향해 돌진했다…… 새장은 바닥에 떨어지고 그는 양탄자에 얼굴을 처박았다! 새장이 데굴데굴 굴러가 벽에 부딪혔고 빅터는 미친 듯이 짹짹대며 난리도 아니었다. 오스카는 창피하고 화가 나서 얼굴이 시뻘게졌다. 소년은 자리에서 일어나 새장을 받침대에 다시 올려놓았다. 첫 번째 시도는 무참히 실패로 돌아갔다…….

'단호함과 집중력! 그래도 복잡하진 않잖아!'

오스카는 펜던트를 주워 들고 다시 자세를 잡았다. 머릿속에는 저 망할 카나리아 속으로 들어가 위더스 부인을 만나고 말겠다는 일념뿐이었다. 부인은 틀림없이 저 깃털 너머에서 그를 기다리고 있을 것이다. 소년은 속으로 카운트다운을 하다가 '0'이 되는 순간 새장을 향해 돌진했다.

이번에는 펑 하고 뭐가 폭발하는 것 같더니 그의 몸뚱이가 바람에 실려 포근한 지면에 살포시 내려앉는 기분이 들었다.

오스카는 눈을 뜨고 주위를 두리번거렸다.

맞은편에는 거대한 벽이 있었다. 뒤에도 똑같은 벽이 우뚝하게 솟은 것을 보고 오스카는 질겁했다. 나란한 두 개의 벽은 좌우로 끝없이 이어져 있었다. 도저히 끝이 보이지 않았다. 그는 벽 사이에 샌드위치처럼 끼어 있었다! 위를 올려다보니 희끄무레한 하늘이 음산하게 버티고 있었고 아래를 내려다보니 먼지, 썩은 나무 찌꺼기, 금속 조각, 정체불명의 물질이 양탄자처럼 두텁게 깔려 있었다. 오스카는 반사적으로 펜던트를 쥐었지만 그것을 회중전등으로 쓸 필요는 없었다. 뒤쪽의 벽에서 투명한 빛이 비추고 있었기 때문이다. 반투명한 층 너머로 희멀건

바탕과 시커먼 선들이 보였지만 형체를 분별할 수는 없었다.

오스카는 두근대는 가슴으로 일어나 벽을 따라 조심스레 발걸음을 옮겼다.

얼마 가지 않아 하얗고 매끈한 말뚝이 그의 앞길을 가로막았다. 두 벽 사이에 삐뚜름하게 박아놓은 말뚝이었다. 오스카는 몸을 낮추어 말 뚝과 바닥 사이로 빠져나갔다. 전나무 가지와 비슷하게 생겼지만 부드 러운 털들이 그의 머리칼에 닿았다. 그는 계속 앞으로 가다가 거대한 가시투성이 공을 발견하고 소스라치게 놀랐다. 움찔하다가 넘어졌지 만 바닥이 푹신해서 다치지는 않았다. 오스카는 안도의 한숨을 쉬고 그 덩어리를 빙 돌아서 계속 앞으로 나아갔다.

아무리 걸어가도 두 벽 사이의 공간은 조금도 넓어지거나 좁아지지 않는 듯했다. 오스카 외에는 아무도 없었다. 마침내 왼쪽 벽에서 갈라 진 틈새를 발견했다. 그는 조금 망설이다가 그 틈새로 빠져나갔다. 하 지만 또 다시 평행을 이루는 세 번째 벽이 나타났다.

"위더스 부인? 여기 계신가요? 위더스 부인!"

투명한 벽을 따라 그의 외침이 메아리쳤지만 아무도 대답하지 않았 다. 도대체 여기는 어딜까? 이곳은 위더스 부인에게 배웠던 혜파톨리 아와도, 알퐁스 후작의 책에서 보았던 혜파톨리아의 지도와도 전혀 비 슷해 보이지 않았다. 왜 그럴까?

오스카는 왜 빅터의 몸속에서 길을 잃었는지 곰곰이 되돌아보았다. 답은 금방 나왔다. 폭발과 섬광이 일어났을 때 오스카는 눈부신 빛 때 문에 눈을 질끈 감아버렸었다! 위더스 부인은 빅터의 부리에서 눈을 떼 지 말라고 하지 않았던가……. 그럼 이제 어떻게 해야하나? 위더스 부인이 그를 찾으러 올 것이다. 결국 부인은 신체 잠입은 오스카에게 아직 무리라고 판단할 것이다. 그건 그렇다 치고, 과연 부인이 그를 찾아낼 수는 있을까?

오스카는 마지막 의문에 사로잡혔다. 무서운 생각이 스멀스멀 일어나면서 정신을 차릴 수 없었다. 그때 권위적인 목소리가 울려 퍼졌다.

"거기 누구냐! 꼼짝 마라!"

오스카는 그 자리에 돌처럼 굳어졌다. 어디서 나는 목소리인지 구분이 가지 않았다.

"내가 물었지! 거기 누구냐고?"

목소리가 신경질적으로 물었다.

"저는 오스카 필인데요."

오스카가 사방을 두리번거리며 대답했다. 소년은 위를 올려다보고서야 비로소 몇 미터 위쪽의 벽에 툭 튀어나와 있는 모자 쓴 얼굴을 발견했다. 사나이가 명령조로 말했다.

"꼼짝 마라. 내가 가겠다."

다음 순간, 사람 같기도 하고 마시멜로 같기도 한 것이 군복 차림으로 마법처럼 벽을 지나 앞에 나타났다. 오스카는 움찔해서 뒤로 한 발 물러났다. 소년이 붉은 머리칼을 초조하게 손으로 헝클어뜨리며 물었다.

"다…… 당신은 누구세요?"

"나는 랑거 한스* 2420이다. 에피데르마**의 제3벽을 지키고 있지. 침입자들을 막는 것이 나의 임무다. 음, 그런데 내가 무슨 말을 하고 있

★ Langer Hans, 랑거 한스는 면역 기능을 감당하는 세포의 이름이다.
★★ Épiderma, épiderme는 '표피, 피부'를 의미한다.

는 거야!" 랑거 한스 2420는 자신이 적일지도 모르는 상대에게 너무 친절하게 설명을 하고 있음을 깨달았다. 그는 물렁하고 투명한 몸뚱이에서 두 가닥의 촉수를 뻗어 오스카에게 휘둘렀다. "너 같은 녀석이 바로 침입자지! 꼼짝 마라!"

"저는 침입자가 아니에요. 메디쿠스라고요!"

오스카가 황급히 대꾸했다. 그리고는 티셔츠 안에 손을 넣어 펜던트를 꺼내려 했다. 머리 위에서 누군가가 외쳤다.

"무슨 일인가, 친구?"

이번에도 오스카는 고개를 들고 까마귀같이 시커먼 머리를 발견했다. 잠시 후 벽이 옆으로 밀려나더니 호리호리하고 숯처럼 시커먼 사나이가 헐렁한 배기팬츠와 모조 보석이 박힌 티셔츠, 모피 깃이 달린 가죽점퍼를 입고 나타났다. 그는 번쩍이는 선글라스를 썼고 모자 아래로 여러 가닥으로 땋은 머리를 뒤로 늘어뜨리고 있었다.

"아무것도 아니네, 멜라노 맨* 3402. 그런데 자네 여기서 뭐하나? 다른 동료들과 함께 벽 뒤를 지켜야하잖나! 자네 임무는 국경에 태양 광선이 미치지 못하도록 저지하는 걸 텐데?"

"헤이, 진정해, 친구! 그냥 한 바퀴 돌아보고 있었어. 마침 잘됐잖아? 새로운 얼굴이 있구먼. 안녕, 친구." 멜라노 맨은 신나서 오스카에게 말을 걸었다. "어떻게 여기까지 들어왔지? 길을 잃은 게 틀림없구먼……."

"이 소년은 메디쿠스야. 뭐, 자기 말로는 그래." 랑거 한스가 끼어들

★ Melano man, 적외선의 침투를 차단하는 흑갈색 색소인 멜라닌(melanin)을 의인화한 것이다.

었다.

"메디쿠스? 와우, 멋진데. 메디쿠스는 정말 오랜만에 보는군! 파티라도 해야겠어!"

"아, 그만둬. 또 그놈의 레게 음악으로 누굴 괴롭히려고……."

랑거 한스가 당장에 말리고 나섰다. 멜라노 맨이 인상을 썼다.

"누가 레게 한댔어? 헤이, 맨, 웃기지 마, 다른 레퍼토리로 넘어간 지 오래라고. 몰랐어? 알록달록한 자메이카 스타일과 비니 모자는 한물갔어. 지금은 어셔*, 아니면 팀발랜드** 스타일이 대세지!"

멜라노 맨은 뮤직플레이어를 땅에 내려놓고 버튼을 눌렀다. 귀청이 떨어져나갈 듯한 랩이 벽을 타고 울려 퍼졌다. 그는 엄지와 새끼손가락만 펼친 손을 휘두르고 자기 가슴을 치면서 신나게 노래를 따라 불렀다.

힘이, 힘이, 힘이, 힘이, 힘이 있다면
화가, 화가, 화가, 화가, 화가 난다면
맘에, 맘에, 맘에, 맘에, 문자가 있다면
헤이, 맨, 뭘 하든 오케이.

멜라노 맨은 자랑스러운 듯이 주먹을 쥐어 보였다.

"어때, 맨?"

"멋있어요, 진짜 끝내줘요."

★ Usher, 미국의 팝가수이자, R&B 가수이다.
★★ Timbaland, 미국의 힙합, R&B 프로듀서 겸 가수이다.

오스카는 웃어야 할지 계속 걱정을 해야 할지 몰랐지만 일단 그렇게 말했다. 멜라노 맨이 가까이 다가와 소년의 펜던트를 유심히 보았다.

"근사한데? 완전 좋아, 네 목걸이!"

그는 자기 목에 주렁주렁 걸고 있던 장신구들을 만지작거리다가 하나를 골라잡았다.

"바꿀래, 맨?"

"아, 안 돼요. 죄송하지만 그럴 순 없어요. 이건 저밖에 쓸 수 없는 거라고."

"뭐야, 치사하게! 이 자식 뭐야? 네가 뭐라도 된다고 착각하는 거야? 하여간 메디쿠스들은 짜증난다니까. 랑거 한스, 넌 어떻게 생각하냐……."

"어떻게 생각하냐고? 넌 빨리 원위치로 복귀해. 여기는 내가 알아서 할 테니까."

멜라노 맨은 오스카를 경멸하는 눈으로 꼬나보았다.

"너 오늘 재수 좋은 줄 알아라. 태양 광선이 강해서 태닝을 해야하거든. 잘난 체하는 자식 같으니라구. 어이, 랑거 한스, 이 자식을 따끔하게 혼내줘. 내가 보기엔 완전 이상해……."

멜라노 맨은 벽돌이 떨어져 나간 왼쪽 벽의 틈새로 사라져버렸다. 오스카는 랑거 한스와 단 둘이 남았다.

"저 사람은 누구예요?"

"멜라노 중 한 명이야. 태양 광선에 우주가 손상되지 않도록 맨 끝에 있는 벽을 지키는 녀석이지. 머리부터 발끝까지 시커먼 것도 그 때문이지." 랑거 한스는 그렇게 대답하고는 위협적인 눈으로 오스카를 노려보왔다. "이제 무슨 이유로 여기 왔는지 얘기해볼까? 그렇잖으면 이 벽의 벽돌들과 같은 신세가 될⋯⋯."

오스카는 한스 랑거의 말에 흥미를 느끼고 옆에 있는 벽을 살펴보았다.

"벽돌들과 같은 신세가 되다니요? 왜 그런 말을 하시는 거죠?"

"너는 메디쿠스라면서 이 벽들이 내 동료들의 시체로 이루어졌다는 것도 모르냐? 이를테면 나의 친누나 랑거 그레텔 34202도 이 벽 속에 있지."

"시체라고요? 아뇨⋯⋯ 전 몰랐어요. 그레텔 38인가 뭔가 하는, 그러니까 아저씨의 누님 일은 안됐네요."

오스카는 비로소 벽이 왜 반투명한 빛을 띠는지 알 수 있었다. 랑거 한스의 몸뚱이도 벽과 똑같은 빛깔이었던 것이다.

랑거 한스가 오스카에게 다가왔다. 그의 몸이 쉴 새 없이 출렁대며 형체를 바꾸더니 여러 개의 팔을 뻗어 소년을 포위했다. 불과 몇 초 사이에 수많은 촉수들이 소년을 옭아맸다. 오스카는 숨이 막혔다.

"안 돼요! 잠깐만요! 전 진짜 메디쿠스라고요! 절 죽이면 안 돼요!"

"미안하지만 너는 이물질로 확인되었어. 난 널 없애야만 해!"

랑거 한스가 더 세게 목을 조르며 외쳤다.

"내가 이 소년의 말이 사실이라고 보증하지요. 그러니 아이를 풀어주세요."

랑거 한스의 뒤에서 누군가가 이렇게 말했다. 오스카는 겨우 고개를 들어 랑거 한스의 뒤에 서 있는 사람을 볼 수 있었다. 구불구불한 백발, 빨간 테 안경이 소년의 눈에 들어왔다.

랑거 한스는 뒤를 돌아보고 곧바로 오스카를 풀어주었다. 메디쿠스의 케이프를 두른 위더스 부인이 오른손에 기묘한 빛을 발산하는 펜던트를 들고 왼손에는 작은 병을 들고 서 있었다. 부인이 사람을 꿰뚫어 보는 눈으로 경고하듯 경비병을 노려보자 그는 곧 원래의 모습으로 돌아갔다.

"아, 부인이시군요. 하지만 이 소년이 진짜 메디쿠스라면 도대체 여기서 뭘 하고 있는 겁니까?"

위더스 부인이 펜던트를 내려놓고 오스카에게 가까이 오라는 신호를 보냈다.

"조준이 좀 잘못된 것뿐이에요. 우리는 헤파톨리아에 가려던 길이었죠."

"헤파톨리아라고요? 잘못되어도 한참 잘못됐군요! 번지수를 잘못 찾아도 분수가 있지, 여기는 '피부 만리장성'이라고요!"

"알아요, 알아. 우리는 갈 거예요. 다음에 봅시다."

위더스 부인이 언짢다는 듯이 대꾸했다. 그리고는 오스카를 보고 물었다.

"준비됐니?"

"저…… 사실은…… 어떻게 쿠미데스 서클로 돌아가는지 모르는데요!"

"이번엔 나에게 맡기렴."

위더스 부인은 자신의 펜던트 줄로 오스카의 펜던트 줄을 칭칭 감아매고 케이프로 소년의 몸을 감쌌다.

눈 깜짝할 사이에 두 사람은 노란 응접실에 와 있었다.

오스카는 다리에 힘이 풀렸다. 그는 정말로 무서웠었다. 신체 잠입이 생각했던 것처럼 쉽지 않다는 것을 뼈저리게 깨달았다. 위더스 부인은 오스카의 혼란스러운 마음을 눈치채고 위로했다.

"처음 치고는 나쁘지 않았다. 얼마나 많은 초심자들이 새장을 수없이 들이받고 빅터가 초죽음이 되어 퍼덕거리는 지경이 되어서야 겨우 신체 잠입에 성공하는지 몰라."

오스카는 자기 운동화만 내려다보았다. 조금도 당당할 수가 없었다. 그나마 위더스 부인에게만 이런 꼴을 보인다는 게 다행이었다. 윈스턴 브레이브 같으면 뭐라고 생각했을까?

오스카는 홀에서 플레처 웜과 부딪친 이후로 윈스턴을 한 번도 보지 못했다. 그동안 플레처 웜은 분명히 오스카에 대한 정보를 얻어서 그의 정체를 알아냈을 것이다. 그랜드 마스터가 노발대발하던 모습은 오스카의 뇌리에 뚜렷이 남아 있었다. 잃어버린 점수를 만회하기에 오늘의 실패는 너무 컸다. 오스카에 대한 윈스턴 브레이브의 평가는 변하지 않을 것이다. 오스카는 아빠 생각이 났다. 아빠도 그를 썩 자랑스러워 하진 않을 것 같았다. 위더스 부인이 다시 소년의 용기를 북돋아주었다.

"내 말 좀 들어보렴. 너도 이제 알았겠지만 이건 애들 장난이 아니야. 게다가 피부를 구성하는 에피데르마 장벽과 그곳의 경비병들을 만났잖아. 그게 얼마나 소중한 경험인데. 이제 풀 죽어 있지 말고 앞으로 나아가면 돼. 어떻게 하고 싶니? 오늘은 여기까지만 할까, 아니면 좀 더 계속해볼까?"

오스카가 용감하게 고개를 들었다. 그는 망설이지 않았다.

"계속하고 싶어요."

"그래, 좋아. 그럼 활동 무대를 바꿔볼까. 누가 알겠니, 신체 잠입이 좀 더 수월하게 느껴질지도 몰라."

위더스 부인이 펜던트를 문에 갖다 대자 벽이 옆으로 미끄러지며 입구가 나타났다. 부인이 박수를 한 번 치자 코끼리가 하이힐을 신고 달리는 것처럼 우당탕탕 야단법석이 일어나며 브레이브 씨가 기르는 개들이 나타났다. 위더스 부인이 개들을 들이자 노란 응접실의 벽이 다시 닫혔다.

"자, 롤스와 로이스는 좋은 일을 위해 도와줄 거야. 적어도 이 개들은 우리가 돌아오기 전까지는 이 응접실에서 나갈 수 없거든. 지난번에 이 녀석들 중 한 마리 안에서 위원회가 비밀 회담을 했었지. 위원들이 밖으로 나오다가 모두 정원 구석의 개집에 처박혔지 뭐니. 이 둘 중 어느 쪽으로 시도해볼래? 롤스? 로이스?"

오스카는 롤스와 로이스를 구분할 수 없었다. 두 마리 모두 바닥에 질질 끌리는 배, 축 처진 귀, 졸음에 겨워 멍한 표정까지 똑같았다.

"음, 그럼 로이스에게 우리가 들어가도 괜찮은지 물어볼까. 이쪽이 로이스야." 부인은 왼쪽 개를 가리키며 말했다. "차이를 모르겠니? 어려울 것 없어. 왼쪽 눈이 오른쪽 눈보다 더 작잖아. 롤스는 로이스와 반대로 왼쪽 눈이 조금 더 크고. 뭐, 중요한 건 아니야. 이제 어떻게 해야 하는지 알지? 우리 둘이 '동시에' 출발하자. 로이스, 너만 괜찮다면……."

개는 물기 어린 눈으로 그들을 멍하니 바라보았다. 그리고 대답 대신 턱을 우물거렸다. 이 먹보는 나무나 건물 뒤에서 행복을 만끽하다 온 모양이었다. 우연히 발견한 비스킷이라든가, 윈스턴이 식탁 밑으로 몰래 버린, 체리가 만든 요리를 지금까지 우물거리는 모양이었다.

"로이스는 괜찮다는구나."

위더스 부인이 말했다.

오스카와 부인은 서로 눈빛을 교환하고는 금빛으로 빛나는 M자 펜던트를 번쩍 들고 동시에 출발했다.

"잊지 마라, 오스카. 단호함과 집중력이야!"

오스카는 로이스를 노려보았다. 메디쿠스들이 제 몸에 들어온다고 하는데도, 확실히 녀석은 빅터처럼 까다롭게 수선을 피우지는 않았다. 로이스는 낯짝을 앞발에 묻고 육중한 몸집을 바닥에 내려놓았다. 덕분에 노부인과 제자는 어려움 없이 로이스의 아가리를 계속 노려볼 수 있었다.

두 사람은 몸을 날렸다. 눈 깜짝할 사이에 그들의 모습이 사라졌다. 로이스는 그러거나 말거나 아무렇지도 않은 듯 꾸벅꾸벅 졸기 시작했다.

잘게 다진

오스카가 일어나 주위를 둘러보았다. 스크린과 전기 설비로 가득 찬 네모난 방이었다. 벽에는 아무것도 붙어 있지 않았다. 그중 한 벽은 전체가 통유리로 되어 있었지만 반대편이 보이지는 않았다. 어쨌든 오스카는 그쪽에는 신경도 쓰지 않았다. 너무나 반갑게도 위더스 부인이 바로 옆에서 환하게 미소를 짓고 있었던 것이다. 이보다 더 좋은 소식은 있을 수 없었다.

"오스카, 헤파톨리아계에 온 것을 환영한다. 정말 잘했다. 완벽한 성공이로구나."

"고맙습니다. 하고 나니까 그렇게 어려운 일도 아니네요……. 그런데 여긴 어디예요?"

오스카는 겸손을 잊고 의기양양하게 말했다.

"땅 속으로 수십 미터 내려와 있는 지하 세계지. 내가 얘기했었지?

헤파톨리아는 대부분 터널과 아주 깊은 곳에 있는 거대한 땅굴과 수로로 이루어져 있다고. 지금 우리가 있는 곳은 일종의 조종실이야. 양분을 전달하는 조직을 조종하는 거지. 자, 가까이 와보렴, 오스카."

위더스 부인이 통유리에 다가갔다. 오스카도 그쪽으로 갔다.

통유리 너머로 거대한 동굴이 내려다보였다. 그곳에는 무수히 많은 일꾼들이 사방으로 분주하게 오가며 끈끈하고 역해 보이는 갈색 물질을 수레에 채우고 있었다. 뒤쪽으로는 수레에 든 것을 컨베이어 벨트에 쏟아놓는 일꾼들도 보였다. 그리고 공장 안쪽 벽에 있는 세 개의 입구를 통해 부글부글 끓는 걸쭉한 죽 같은 것도 보였다. 오스카는 저절로 인상이 찌푸려졌다.

"역겨워할 것 없어! 사람이 음식물을 잘게 빻는 과정도 이와 비슷하니까. 음…… 크로켓과 물이구나. 로이스가 끼니때도 아닌데 먹어치운 모든 것이 여기 와 있는 거야."

위더스 부인이 눈을 찡그리며 안경을 고쳐 썼다. 얼굴에 희미한 웃음이 떠올랐다.

"희한하네. 체리가 만드는 요리 특유의 독특한 색감을 여기서 볼 수 있다니……."

오스카가 퍼뜩 뒤로 돌아섰다. 물줄기가 콸콸 떨어지는 소리를 들었던 것이다.

"저건 뭐예요?"

"아마 지하로 흐르는 하천이겠지. 그런 하천은 얼마든지 있어. 헤파톨리아의 지하에는 땅굴이 많지. 개미굴이 따로 없다니까. 그리고 하천은 수송과 이동에 중요한 역할을 하지." 위더스 부인이 문을 열어젖히며 말했다. "비앙카를 소개하마. 아마 다음 방에 있을 거야."

"사람도 있어요? 여기에?"

오스카가 놀라면서 물었다. 위더스 부인이 웃음을 터뜨렸다.

"당연히 '사람'이 있지, 오스카! 네가 상상하는 것보다 훨씬 더 많을 걸? 그렇지 않고서야 이 거대한 세상이 어떻게 돌아가겠니?"

그 순간, 사이렌이 울리고 벽에 가려 보이지 않는 저 너머 울타리에서부터 어떤 목소리가 들려왔다.

"경계 경보! 경계 경보! 미주신경* 자극, 지진 임박! 대비하라, 다시 말한다, 대비하라!"

조종실의 벽들이 이지러지더니 사람 손이 닿는 높이에 1미터 간격으로 손잡이들이 나타났다.

"왜 이러는 거예요? 뭐가 임박했다는 거예요?"

오스카는 고막이 찢어질 것 같은 사이렌 소리 때문에 고래고래 소리를 질렀다.

"손잡이를 꽉 잡아! 빨리!"

위더스 부인은 더 말할 틈이 없었다. 엄청난 충격이 퍼졌다. 오스카는 뒤로 튕겨나갔다가 다시 푹신한 벽면에 부딪쳐 바닥으로 떨어졌다. 위더스 부인이 얼른 달려가서 소년을 일으켜주었다.

"금방 또 흔들릴 거야!"

오스카도 이번에는 더 알려고 하지 않고 벽에 튀어나온 손잡이부터 잡고 매달렸다. 두 번째 진동은 더 거셌다. 세 번째 진동이 일어났을 때

★ 연수에서 나온 열 번째 뇌신경으로 내장의 대부분에 분포되어 있다.

에는 이런 일에 익숙한 듯 손잡이를 단단히 잡고 버티던 위더스 부인마저 중심을 잃었다. 사이렌 소리가 점점 작아지더니 마침내 완전히 사라졌다. 확성기에서 아까보다 차분한 목소리가 흘러나왔다.

"위험은 사라졌다. 업무로 돌아가도 좋다."

오스카는 얼얼한 왼쪽 어깨를 주물렀다. 고무처럼 탄성이 있는 벽에서 손잡이들이 어느새 사라졌다. 오스카가 위더스 부인에게 물었다.

"무슨 일이 일어났던 거예요? 아까 그건 뭐였죠?"

"악의가 있어서 그런 건 아닌데, 로이스가 딸꾹질을 했을 뿐이야. 자, 이리 와서 동굴의 이 둥근 지붕을 쳐다보렴."

오스카가 통유리로 다시 가까이 다가갔다. 그제야 이 괴상망측한 공장의 지붕이 매우 투명하다는 것을 깨달았다. 마치 거대한 유리 천장 같았다.

유리 천장을 통해 시커먼 하늘을 감상할 수 있었다. 위더스 부인의 말대로였다. 헤파톨리아는 끝나지 않는 밤에 파묻힌 세상이었다······ 아니, 꼭 그렇지만은 않았다. 군데군데 검은 하늘을 찢어발기듯 일어난 번갯불이 이 세상에 희미한 빛을 던져주고 있었으니까. 정말로 장관이었다.

"저 번개들이 보이지? 하늘을 가로지르는 무수한 전선들이 있는데 거기에 전기가 흐르는 거야. '미주신경뿌리'라고 부르지. 가끔씩 엄청난 고압 전류가 흐를 때가 있어. 그런 번개가 땅에 떨어지면 헤파톨리아계 전체가 흔들리는 거야."

"딸꾹질을 하면 그렇게 되는 거예요?"

"그래, 대강 그렇게 알고 있으면 돼, 오스카. 자, 가자. 로이스의 뱃속에서 한나절을 다 보낼 수는 없잖니."

그들은 조종실을 나가 땅 속을 지그재그로 지나가는 통로에 발을 들였다.

두 사람은 두툼한 벽에 나 있는 방탄 문 앞에 멈추었다. 위더스 부인이 펜던트를 꺼내어 문에 갖다 댔다. 문이 열리며 최신식 설비를 갖춘 또 다른 플랫폼이 나왔다. 그곳 역시 첨단 기술로 무장한 공장의 조종실처럼 보였다. 그러나 이 방은 통유리 따위로 차단되어 있지 않았다. 플랫폼은 끝이 보이지 않을 만큼 확 트인 공간을 굽어볼 수 있도록 발코니 구조로 설계되어 있었다.

"오스카, 여기는 로이스가 섭취한 음식물을 잘게 다지는 조종실이란다."

위더스 부인이 말했다.

블라우스와 실내화 차림을 한 여자가 손님들을 보고 방긋 웃더니 절구질을 하기 시작했다. 오스카는 어안이 벙벙했다.

"안녕하세요, 위더스 부인."

무엇보다도 놀라운 것은 이 인사를 받은 위더스 부인의 반응이었다. 부인이 개처럼 킁킁거리는 게 아닌가. 오스카는 웃음을 참을 수 없었다. 그는 방금 들은 소리를 믿지 못하겠다는 듯이 물었다.

"개들의 말도 할 줄 아세요?"

"아, 그럭저럭 소통이 된다고 해두자. 여행을 많이 다니다 보면, 길을 묻거나 서툴게나마 한두 마디 붙이는 수준은 된단다."

위더스 부인이 한쪽 눈을 찡긋하며 말했다.

오스카는 그들에게 다가온 여자를 바라보았다. 시커멓고 뾰족한 콧방울, 작고 동그란 두 눈, 가는 컬이 동글동글하게 들어간 갈색 머리칼. 어쩐지 괴상한 얼굴이었다.

"오스카, 비앙카 니슈*를 소개할게. 비앙카, 이쪽은 오스카, 아직 어리긴 하지만 메디쿠스예요."

오스카는 여전히 그녀의 얼굴을 관찰하고 있었다. 이제 왜 그녀가 괴상하게 보이는지 알 것 같았다. 비앙카 니슈라는 이름은 그녀에게 딱이었다. 오스카네 옆집에 사는 윙즈 아줌마의 미니어처 푸들 페기를 빼다 박은 얼굴이었으니까!

"안녕, 잘 왔어요."

"안녕하세요."

오스카는 비앙카가 왈왈대는 소리를 하나도 알아듣지 못했지만 예의 바르게 인사를 했다. 비앙카와 위더스 부인은 자기들끼리 대화를 주고받았다.

"첫 실습인가요?"

"네, 그렇답니다."

"윈스턴 브레이브에게 미리 얘기를 들었어요. 어린 메디쿠스들의 교육을 앞당겨서 젊은 피를 수혈받기로 했다는 것 같던데요. 상황이 많이 안 좋은가요?"

"안타깝지만 그래요. 하지만 그런 암울한 일들은 생각하지 맙시다. 나는 오스카를 위해 여기에 온 거니까요. 난간에 가까이 가도 될까요? 이 아이에게 음식물을 빻는 탱크와 배출 수로를 보여주고 싶네요."

★ 니슈(niche)에는 '개집'이라는 뜻이 있다.

"물론이지요. 그렇게 하세요!"

위더스 부인은 빨간 테 안경을 고쳐 썼다. 오스카는 부인을 따라 발코니 끝까지 갔다. 그곳에서는 아까보다 조금 작을까 말까한 두 번째 동굴이 내려다보였다. 동굴 안쪽에는 일꾼은 보이지 않았지만 몇 미터 높이에 달하는 탱크들이 줄지어 있었다. 아까 그 공장에서 넘어온 곤죽 같은 음식물을 갈고 빻는 탱크였다. 터빈과 칼날이 왱왱 돌아가는 소리에 귀가 따가웠다. 오스카는 자기도 모르게 뒷걸음질을 쳤다. 눈에 보이는 광경은 둘째 치고, 냄새가 지독했다!

"전달 조직에서 보았던 컨베이어 벨트가 이 탱크에 음식물을 쏟아 넣는 거야. 내용물이 모두 곱게 빻아지면 거대한 깔때기에 모여서 AA구역이라는 다음 장소로 옮겨진단다."

"AA?"

"산성 공격attaque acide을 뜻하는 거야. 그곳은 조금 있다 둘러보자꾸나!"

오스카는 발밑의 진풍경에 혹해서 몸을 앞으로 쭉 내밀었다. 위더스 부인이 오스카에게 주의를 주려 했지만 그와 동시에 뭔가 툭 부러지는 불길한 소리가 났다. 오스카는 뒤로 물러날 겨를도 없었다. 안전 바가 넘어가면서 위더스 부인이 손을 뻗기도 전에 그는 허공으로 떨어지고 말았다.

모터 도는 소리에 그의 비명은 묻히고 말았다. 오스카는 빡빡하고 역겨운 곤죽이 부글대는 탱크 안으로 떨어지고 말았다. 소용돌이에 휩쓸린 소년은 구역질나는 액체에 점점 빠져들면서 로이스가 소화시키고 있는 음식물을 삼키지 않으려고 입을 꼭 다물었다. 오스카는 이 탱크

바닥에서 음식물을 잘게 쪼개는 칼날이 돌아가고 있음을 떠올리고 어떻게든 아래로 끌려들어가지 않으려고 발버둥을 쳤다. 아래로 가라앉았다가는 로이스가 먹어치운 크로켓과 똑같은 꼴이 되고 말 것이다!

비앙카가 서둘러 조종 구역으로 달려가 긴급 정지 버튼을 눌렀다. 모터가 돌아가는 속도가 차츰 느려지더니 탱크 속의 소용돌이가 멈추었다. 이 안에서 잘게 다진 고깃덩이가 될 위험은 면했지만 여전히 모래늪에 빠지듯 몸이 점점 빠져드는 것은 어쩔 수 없었다. 오스카는 고개를 있는 대로 빼고 위더스 부인을 절박하게 쳐다보았다.

부인은 일 초도 지체하지 않았다. 그녀는 케이프를 휙 벗어서 오스카가 허우적대는 탱크 속으로 던져주고는 마이크로 달려갔다. 동굴 전체에 위더스 부인의 목소리가 울려 퍼졌다.

"케이프를 붙잡고 올라와, 오스카! 그 케이프는 모든 종류의 액체에 젖지 않고 뜰 수 있어!"

오스카는 끈적끈적한 죽 속에서 발버둥을 쳐서 간신히 케이프를 붙잡는 데 성공했다. 그는 초록색 케이프 위로 겨우 올라가 숨을 돌리고 역겹다는 듯이 아래를 내려다보았다. 썩은 달걀 냄새가 나는 갈색 액체가 몸에서 뚝뚝 떨어지고 있었다. 그는 너무 창피해서 케이프를 뒤집어쓰고 숨고 싶었지만 지금 가장 중요한 것은 여기서 빠져나가는 것이었다.

문이 벌컥 열리면서 특공대원 같은 차림의 두 남자가 나타났다. 그들은 발코니 난간으로 나와 오스카에게 로프를 던졌다.

"내 케이프는 걱정하지 말고 이 로프에 매달려라."

위더스 부인이 말했다.

오스카는 손을 내밀어 머리 위에서 간당간당하게 흔들리는 로프를 움켜쥐었다. 남자들이 고함을 질렀고 위더스 부인은 그 말을 해석해주었다.

"로프를 허리에 묶어, 오스카!"

오스카는 시키는 대로 했다. 잠시 후 그의 몸이 조심스럽게 허공으로 들려 올라갔다. 위더스 부인이 펜던트를 내밀자마자 케이프는 끈끈한 액체에서 둥실 떨어져 나와 부인의 어깨 위로 돌아왔다. 케이프에는 역겨운 곤죽의 흔적조차 남아 있지 않았다.

오스카가 탱크와 발코니 사이에 어정쩡하게 떠 있는 동안 확성기에서 목소리가 흘러 나왔다.

"경계 경보, 경계 경보, 산성 공격 구역에서 발효가 시작됐다. 가스 거품이 탱크 쪽으로 진행 중이다. 코커 사다리까지 접근, 7분의 6! 즉시 갑실을 폐쇄하고 방독면을 착용하라!"

비앙카가 황급히 난간으로 달려왔다. 그녀는 오스카를 구하러 온 사내들에게 외쳤다.

"어서 피해요! 가스 덩어리가 접근하고 있어요!"

"그게 어때서? 가스고 나발이고 간에 저 소년부터 구해요!"

위더스 부인이 신경질적으로 대꾸했다.

"아니, 우리는 어쩔……."

비앙카의 마지막 말은 무서운 꽝음에 파묻혀 들리지 않았다. 탱크실의 안전밸브가 압력을 견디지 못하고 왈칵 열리면서 연기구름이 밀려들었다. 폭풍처럼 거센 구름 때문에 탱크 안의 걸쭉한 죽들이 마구 튀어나왔다. 오스카는 허공에 매달린 채 위아래로 흔들렸다. 바람 때문에 로프가 요동치면서 오스카는 요요처럼 제자리에서 빙빙 돌았다. 컨베이어 벨트 끝에 달린 덧문이 열리면서 오스카는 통로 속으로 내동댕이쳐졌다.

오스카는 컨베이어 벨트 위를 진행 반대방향으로 번개처럼 날아가 허공에서 맴돌았다. 수레에 음식물을 채우다 말고 바닥에 엎드려 있던 수천 명의 일꾼들이 어안이 벙벙해서 그 광경을 쳐다보았다. 냄새와 열기에 정신을 차릴 수 없는 채로 오스카는 세찬 바람을 타고 날아갔다.

드디어 그의 몸뚱이가 푹신한 벽에 부딪쳐 고무공처럼 튕겨나갔다. 귓전에서 가스가 쉭쉭 퍼지는 소리, 개들이 짖는 것 같은 소리, 위더스 부인의 고함소리가 아득하게 울려 퍼졌다. 그리고 순간적으로 모든 것이 시커메졌다.

뭔가 뜨뜻미지근하고 까끌까끌한 느낌 때문에 그는 다시 눈을 떴다.

맨 처음 눈에 들어온 것은 거대한 갈색 코와 그의 얼굴 주위에서 알짱대는 갈색 반점이 박힌 하얀 주둥이였다. 오스카는 로이스의 혓바닥이 다시 그의 얼굴에 침을 묻히려는 순간 벌떡 하고 일어났다. 그는 일어나자마자 티셔츠 자락으로 얼굴을 닦았다.

"그래, 오늘은 볼 만큼 봤고 겪을 만큼 겪었다. 넌 어떻게 생각하니, 오스카?"

소년은 뒤를 돌아보았다. 위더스 부인이 노란 응접실의 의자에 차분하게 앉아 있었다. 빅터는 주목받고 싶지 않은 듯 횃대에 인형처럼 꼼짝 않고 앉아 있었다. 롤스는 바닥에 널브러져 코를 킁킁 골았다.

"어떻게 된 거예요? 제가 로프에 매달려 있을 때 무서운 돌풍이 불었어요!"

"그 돌풍은 압력으로 밀려들어온 가스 덩어리였어. 그 옆에 붙어 있던 방, 그러니까 AA구역에서 들어온 거였지."

"산성 공격 구역 말이죠."

오스카가 부인에게 들었던 말을 떠올리며 대꾸했다.

"맞아. AA구역에선 산성 용액을 잘게 다진 음식물에 부어서 분해시키지. 그 과정에서 가스가 발생하는데 가끔은 그 가스가 음식물의 진행 방향을 거슬러 올라오거든. 너도 무슨 말인지 알겠지만……."

오스카는 이 말을 감히 알 것도 같았다.

"그 말씀은, 로이스가……트림을 했다는 건가요?"

위더스 부인이 자신의 옷 주름을 당혹스러운 얼굴로 내려다보았다.

"그래, 유감스럽지만 그런 건 같구나, 오스카. 음…… 안타까운 일이야."

오스카는 자신의 운동화를 싹싹 핥고 있는 개를 혐오감 어린 눈빛으로 내려다보았다. 트림에 튕겨 나오다니! 이렇게 끔찍할 데가! 오스카는 더 이상 생각하고 싶지 않았다. 그는 열의 없는 목소리로 물었다.

"언제 또 헤파톨리아에 들어가나요?

"내일이다."

부인이 자리에서 일어서며 대답했다.

위더스 부인은 언제나처럼 미소를 짓고 있었지만 생각이 다른 곳에 쏠려 있었다.

오스카가 아주 살짝 기댔을 뿐인데 어째서 그렇게 난간이 어이없이 무너지고 말았을까? 그런 일은 지금껏 한 번도 없었다. 그런데 하필 이 아이가 처음으로 실습을 하는 날 그런 사고가 일어나다니……. 부인은 결국 쓸데없는 걱정이라고 생각하며 마음을 놓았다. 어둠의 왕자가 탈옥한 이후로 그녀는 신경이 날카로워져, 뭐든지 심각하게 생각하는 경향이 있었다. 오늘 일어난 사고는 어느 때라도, 그 누구에게라도 일어날 수 있는 일이었다! 비앙카가 사태를 파악하는 데 필요한 사항을 다 챙겨줄 것이다. 어쨌거나 오스카가 불안해하지 않도록 해야만 했다.

부인이 펜던트를 가까이 대자 벽이 밀려나고 입구가 나타났다.

"따라오렴, 오스카. 너에게 소개할 사람들이 몇 명 있단다."

그들은 롤스와 로이스를 거느리고 응접실을 지나 서재를 향해 걸어갔다.

문을 닫고 두 사람은 서재 구석 쪽으로 갔다. 책들과 저자들의 귀를 피해 그림들로 뒤덮인 벽에 다가갔다.

부인이 주문을 외우며 지기스문트의 초상화에 펜던트를 갖다 대자 그 벽이 사라지고 그들이 있는 방과 완전히 똑같은 비밀의 방이 나타났다. 오스카는 놀란 눈으로 방에 다가갔다. 방금 초상화에서 보았던 인물들이 모두 생생하게 살아 숨 쉬는 모습으로 그곳에 있었다. 살짝 투명해 보이는 모습이긴 했지만 모두들 미소까지 짓고 있었다.

"오스카, 여기는 불멸의 방이고 이분들은 불멸회의 주요한 일원들이시다. 오늘 너를 맞이하기 위해 모두 와주셨으니 대단한 영광으로 알렴."

위더스 부인이 그들에게 웃는 얼굴로 인사를 했다. 오스카도 예의 바르게 보이려고 노력하며 인사를 했다.

"불멸회라고요? 이분들은……."

"……그래, 그림 속에서 봤던 분들이지. 지금은 돌아가신 유명한 메디쿠스들이지. 모두 생전에는 위원회에 속해 계셨고 돌아가신 후에도 자신의 본래 모습으로 나타나실 수 있는 분들이지. 다만, 우리가 있는 방과 똑같이 생긴 이 방에서만 말이야."

"저 방은…… 실제로 있는 거예요? 저게 진짜 방이에요?"

오스카는 거울 같기도 하고 스크린 같기도 한 방에 손을 뻗으며 물었다.

"그래, 어떤 면에서는 그렇다고 할 수 있지. 저분들의 영은 예전 모습 그대로 다른 사람들에게 나타날 수 있어. 저분들의 기억은 한 치도 틀림이 없지. 과거로 나 있는 창문이라고나 할까." 부인은 탁자에 놓여 있는 지기스문트의 꽃을 보면서 이 말을 덧붙였다. "어쩌면 미래로도 나 있다고 하겠지."

"브레이브 씨의 삼촌쯤 될 것 같아요." 오스카가 말했다.

"응, 대충 그런 관계야……. 이분들이 계실 때에는 쉽게 알아볼 수 있는 표시가 있지. 벽에 걸린 초상화가 환히 빛나거든 그 초상화의 영이 와 있구나 생각하면 돼."

"말도 하실 수 있나요?"

위더스 부인이 미소를 지었다.

"이분들은 말로 대답하시지 않지만 몹시 귀중한 의견을 주시지. 우리는 말보다 더 오래가는 암시를 발견할 수 있거든."

부인은 백합 꽃 무리를 힐끗 보았다. 이파리는 예쁜 초록색으로 돌아와 있었고 그윽한 향기도 변함이 없었다. 그녀는 안심하며 살짝 웃어 보였다.

"오스카, 항상 이분들을 존경해야한다. 어느 한 분 빠질 것 없이 옛날에 대단한 업적을 세우셨던 분들이니까."

오스카는 방을 두리번거리며 살폈다. 위더스 부인은 소년이 무엇을 찾고 있는지 알았다. 오스카는 실망한 얼굴로 한 발짝 물러났다.

"물론 위대한 메디쿠스인데도 이 방에 들어오지 못한 이들이 있단다. 모두가 들어올 수 있을 만큼 자리가 넉넉하진 못하거든."

위더스 부인은 오스카를 물러서게 한 후에 주문을 외며 펜던트를 내밀었다. 초상화가 잔뜩 걸린 벽이 다시 나타났다. 이제 불멸의 방은 흔적조차 찾아볼 수 없었다.

두 사람은 탁자에 앉았다. 위더스 부인은 얼른 화제를 돌렸다.

"축하한다, 오스카. 첫 번째 신체 잠입 치고는 아주 잘했다. 비록 헤파톨리아에서 나오는 과정이 내가 바라던 것과는 좀 달랐지만 말이야. 그렇더라도 '로이스의 소화불량'이 네 책임은 아니니 할 수 없지. 다음 번에는 좀 더…… '평범하게' 나오는 법을 공부하자꾸나."

"내일이요?"

"그래. 하지만 내일은 다음 단계로 넘어갈 거야. 인간의 헤파톨리아로 갈 거니까."

오스카가 그 자리를 박차고 일어났다.

"인간의 몸으로 간다고요! 제가요? 하지만 누가…… 누가 우리가 들어가도록 허락해줄까요?"

"아직은 모르겠구나. 나도 그랜드 마스터와 얘기를 해봐야 하니까. 너도 참 조급한 아이로구나!"

오스카의 안색이 어두워졌다. 윈스턴 브레이브는 여전히 화가 나 있을까? 위더스 부인이 인체에서 실습을 하겠다고 얘기를 꺼내면 노발대발하지 않으려나?

"갑자기 걱정이 많아진 것 같구나, 오스카."

오스카는 이런 고민들은 자기 속에만 담고 있기로 작정했다. 그가 아무 말도 하지 않자 위더스 부인이 다시 입을 열었다.

"좋아. 이제 점심을 먹어야지. 오늘 오전에는 여러 가지 위험과 용감하게 싸웠으니 체리가 만든 요리를 먹지 않아도 되게끔 내가 손을 써주마."

오스카가 감사하다는 눈으로 부인을 쳐다보았다. 부인이 목소리를 낮추어 소곤댔다.

"먹음직한 햄버거와 산더미 같은 감자튀김에 바비큐 소스를 곁들여 먹으면 어떨까? 내가 아주 좋아하는 메뉴인데, 위원회에는 나랑 같이 먹어줄 사람이 한 명도 없지 뭐니! 그래서 함께 식사할 사람을 찾는 중이야!"

오스카는 희희낙락하며 고개를 끄덕거렸다.

"저요, 저요! 제가 매일 햄버거를 함께 먹어드릴게요!"

"좋았어! 매일까지는 힘들겠지만 기억해두마. 그럼 주문을 하러 가야겠다!"

이 말을 듣고 오스카가 골난 표정을 지었다.

"가서 먹는 게 아니고요?"

"그건 아니지, 오스카. 우리가 함께 있는 모습이 남의 눈에 띄어선 안 돼……. 하지만 제리가 가줄 거야. 제리가 음식을 사오는 게 더 빠를걸!

우리는 정원으로 피크닉을 가면 되잖아."

부인은 탄탄한 손을 오스카에게 내밀었다. 소년은 주저했지만 곧 웃음을 터뜨리고 얼굴을 붉히며 부인과 하이파이브를 했다. 정말이지, 위더스 부인과 함께 있으면 놀랄 일이 끊이지 않았다!

삼십 분 후에 노부인은 예쁜 체크무늬 깔개를 펼치고 정원에 앉아 있었다. 오스카와 제리는 지주가 드리운 나무 그늘에 앉아 햄버거와 감자튀김을 게걸스레 먹어치우는 중이었다. 지주는 호기심 많은 이들의 눈길이 그들에게 닿지 않도록 지켜주었다. 게다가 본즈의 눈도 피해야만 했다. 본즈는 오스카를 열심히 찾아다녔지만 지주는 주위의 나무들과 짜고, 본즈가 목이 터져라 오스카의 이름을 부를 때마다 부산하게 웃고 떠들어댔다. 덕분에 오스카와 제리는 아이스크림과 밀크셰이크로 마음 편히 점심 식사를 마무리할 수 있었다. 위더스 부인이 일어났다.

"오스카, 난 가야겠다. 나중에 윈스턴 브레이브와 이야기하러 다시 올 거야. 너는 헤파톨리아의 지리를 복습해두렴. 내일 실습할 때 도움이 될 거야."

오스카는 끝내 윈스턴에 대한 걱정을 부인에게 털어놓을 수 없었다. 위더스 부인은 나가려다가 덧붙였다.

"걱정하지 마라. 네가 무엇 때문에 괴로워하는지는 알아. 네 방에 올라가면 답이 있을걸. 한번 가보려무나……."

부인은 의미심장한 미소를 마지막으로 던지고 자취를 감추었다.

제리와 오스카는 몇 분 후에 일어섰다.

위더스 부인의 수수께끼 같은 말은 오스카의 호기심에 불을 당겼다.

그는 현관으로 들어와 본즈가 근처에 있지는 않은지 좌우를 살피고 이
층으로 냅다 뛰어 올라갔다.

오스카는 바람처럼 방으로 들어가 보고는 실망해서 뒤돌아섰다. 방
에는 조금도 변한 데가 없었다!

그는 도로 뛰쳐나가려다가 침대 위에 고이 놓인 초록색 벨벳 표지
를 발견했다. 기뻐서 어쩔 줄 몰라 하며 책을 집어 들었다. 윈스턴 브레
이브가 그에게 주술서를 돌려주기로 마음먹었던 것이다! 위더스 부인
의 말이 옳았다! 그랜드 마스터는 더 이상 화를 내고 있지 않았다. 내일
실습도 분명히 허락할 것이다.

오스카는 주술서를 되찾은 것만으로도 너무 좋아서 다음 실습에 대
한 궁금증이고 뭐고 잊었다. 지금은 중요한 것이 한 가지밖에 없었다.
주술서에게 묻고 싶었던 것을 지금 당장 물어봐야 했다.

그는 불안한 마음으로 책을 펼쳤다. 질문을 던질 때의 주문을 외운
후에 이렇게 물었다.

"주술서야, 우리 아빠는 어떻게 돌아가셨지?"

잠시 후 하얀 종이 위에 글씨가 나타났다.

"그 질문은 이미 받았고 나는 대답을 했어."

"그렇지만…… 끝까지 대답해주진 않았잖아! 난 어둡고 지저분한 곳
에 쓰러져 있는 아빠의 모습밖에 보지 못했어!"

주술서는 잠시 망설이다가 결심했다는 듯이 이런 글을 띄웠다.

"주술서가 말할 수 없는 사안, 주술서에게 알려지지 않은 사안이다."

오스카는 화를 내고, 조르고, 간청을 해보았지만 아무것도 통하지 않
았다. 주술서의 대답은 한 글자도 달라지지 않았다.

"주술서가 말할 수 없는 사안, 주술서에게 알려지지 않은 사안이다."

오스카는 화가 치밀어서 책을 덮어버렸다. 어떻게 이런 일이? 위더스 부인이 말해주지 않았던가. 주술서는 언제나 답변을 준다고, 오스카와 관계가 있는 물음에 관한 한 틀림없이 대답을 들을 수 있다고 하지 않았던가.

소년은 앉아서 차분하게 생각을 가다듬으려고 했다. 지난번에 주술서에게 질문하고 난 다음에 무슨 일이라도 생겼나? 그는 벌떡 일어났다. 그래, 서재! 주술서는 지난주 내내 서재에 있었다. 무슨 일이 일어났다면 반드시 서재에서 있었던 일일 것이다. 오스카는 누구에게 물어봐야 할지 짐작이 갔다.

그는 소리 없이 방에서 나갔다. 바닥에서 뭐가 꿈틀대는 바람에 그의 시선이 쏠렸다. 오스카의 달음박질에 이골이 난 양탄자가 누구든 자기를 밟고 뛰어가는 사람은 넘어뜨리겠다는 듯이 파도처럼 출렁거리고 있었다. 오스카는 중심을 잃지 않기 위해 무던히 애써야했다. 그는 될수 있는 대로 천천히 지나갔다. 계단까지 겨우 도착한 다음에는, 스키를 타고 슬로프를 내려가듯 서재까지 한달음에 달려갔다.

줄리아 제이콥의 서류첩을 부리나케 펼쳤다. 너무 서두른 나머지 면지가 찢어질 뻔했다.

"줄리아, 무슨 일이 있었던 거예요?"

백지 위에는 아무런 글도 나타나지 않았다. 아니, 종이가 대답을 회피하듯 저절로 접히려고 했다. 오스카는 수줍음이 많은 줄리아에게 자기가 너무 우악스럽게 달려들었다는 것을 깨닫고 차분하게 다시 말했다.

"미안해요, 줄리아, 내가 하고 싶은 말은……. 일단 인사부터 할게요. 안녕하세요."

종이 귀퉁이에 글자가 한 줄 나타났다. 깨알처럼 작은 글자들이 부들 부들 떨며 나타났다. 오스카는 뭐라고 씌어 있는지 읽기조차 힘들었다.

"안녕하세요, 오스카 군. 아, 정말 미안해요. 주술서에 대해서는 너무 미안하게 됐어요!"

오스카는 숨을 크게 들이마셨다. 과연 그가 제대로 보았다. 지난주에 여기서 무슨 일이 있었다. 그는 최대한 부드럽게 말하려고 노력했다.

"줄리아, 주술서가 대답을 하지 않아요. 지난주에 여기에서 무슨 일 이 있었는지 나에게 말해줄 수 있나요?"

투명하고 축축한 얼룩이 종이에 나타났다. 줄리아가 눈물을 참을 수 없었던 것이다.

"오스카 군이…… 주술서를 지켜달라고 부탁했는데 나는 아무것도 하지 못했어요. 정말로 얼마나 슬펐는지 몰라요. 그 일은 지난주 토요 일 아침에 일어났어요. 오스카 군이 여기 없을 때……."

"말해줘요, 줄리아, 제발 부탁이에요."

줄리아는 용기를 내어 좀 더 읽기 쉬운 글자들을 띄웠다.

"아주 이른 시각이었어요. 천둥 치듯 요란한 소리가 나서 우리 모두 잠에서 깼지요. 어떤 책이 쉴 새 없이 책꽂이에 머리를 찧었어요. 잠시 후에 그 책은 난리를 치다가 바닥에 떨어지고 말았지요. 책은 저절로 바닥에서 움직이더니 내 서류첩과 주술서 바로 아래까지 다가왔어요. 오스카 군도 기억해요? 내 바로 옆에 자리가 약간 남아 있었잖아요. 다 른 책들은 이쪽으로 오는 걸 싫어하니까……."

"계속해보세요."

"동시에 문이 벌컥 열리더니 본즈가 잠옷 바람으로 나타났어요. 그는 책 한 권이 바닥에 떨어져 있는 것을 보았지요. 어두워서 주위가 잘 보이지 않으니까 그냥 쓱 집어서 빈칸이 있는 곳에 아무렇게나 끼워 넣더군요. 그래서……."

"주술서 옆으로 그 책이 들어왔군요!"

"바로 그거예요. 주술서는 나의 서류첩과 그 책 사이에 있게 됐지요. 그런데 그 책이 주술서에게 말을 걸기 시작했어요. 안타깝게도 그들이 뭐라고 쑥덕대는지는 듣지 못했어요……."

"그 책이랑 내 주술서가 같이 쑥덕댔다고요?"

"우리 책들의 대화 방식대로 글씨를 떠워서 무슨 얘기를 나누더군요. 오스카 군도 알겠지만 우리는 말이 아니라 글로만 얘기를 할 수 있잖아요. 그런데 나는 주술서의 면지와 반대쪽에 있었기 때문에 거기에 무슨 글이 나오는지는 볼 수 없었던 거예요. 어쨌든 두 책은 굉장히 오래 얘기를 나눴어요. 그러고 나서 나는 주술서가 확 변했다는 느낌을 받았지요. 나는 주술서에게 말을 붙이며 무슨 얘기가 오갔는지 알아내려고 했지만 소용없었지요. 주술서는 콧방귀도 뀌지 않더군요!"

오스카가 두려워했던 일은 현실이 되었다. 누군가가 주술서를 설득해서 입을 다물게 한 것이다!

"줄리아, 자리에서 빠져나와 내 주술서 옆으로 옮겨간 그 책이 어떤 것이었는지 알아요?"

종잇장이 파들파들 떨었다. 줄리아는 감히 글씨를 떠우지 못했다.

"줄리아, 말해줄 수 있잖아요. 우리 둘만의 비밀로 할게요, 약속해요!"

결국 탁자 위에 놓여 있던 종이가 홱 돌더니 가장 높이 있는 서가를 가리키며 벌떡 일어났다. 오스카는 그쪽 서가를 보았지만 평소와 다른 점은 아무것도 발견할 수 없었다. 그가 줄리아 제이콥을 향해 고개를 숙이자 백지 위에 네 개의 문자가 나타났다.

BOYD(보이드).

문자들은 나타나기가 무섭게 사라져버렸다. 하지만 오스카가 알아보기엔 충분한 시간이었다.

소년은 화가 나서 서가에 다가가 빈자리를 확인했다. 분명히 빌리 보이드의 책이 꽂혀 있던 자리였다. 과연 그 책은 거기에 없었다. 그때 서가의 반대쪽 끝에서 수선을 피우는 소리가 들렸다. 줄리아 제이콥의 서류첩이 꽂혀 있던 자리, 그의 주술서가 지난주 내내 꽂혀 있던 자리였다. 그는 구부러지고 얼룩진 『파톨로구스 선집』을 금세 알아보았다. 그 책은 미친 듯이 웃으며 몸을 들썩거리고 있었다. 보이드의 책이 오스카를 비웃고 있었던 것이다!

오스카는 성질을 낼 뻔했지만 잠시 시간을 두고 곰곰이 생각했다. 이제 보이드라는 인간을 좀 알 것 같았다. 화를 내고 폭력을 써봤자 그에게는 아무것도 얻어낼 수 없으리라. 아니, 그런 식으로 나가면 보이드는 되레 좋아서 날뛸 것이다. '보이드가 좋아할 일을 하다니, 말도 안 돼!' 그는 보이드의 책을 꺼내어 탁자 위에 놓고 펼쳤다. 큼지막한 글자들이 금세 나타났다.

"그래, 서재에서 또 뭘 찾아 헤매시나? 아니면 절친한 보이드에게 인사라도 하러 오셨나?"

오스카는 억지로 웃어 보이려고 애썼다.

"안녕, 보이드 씨. 그래요, 인사나 하려고 왔습니다만."

보이드가 의기양양하게 껄껄 웃었다. 드디어 앙갚음을 했다고 고소해하는 모습이 역력했다.

"하하하! 나에게 뭔가 부탁할 게 있나 보군! 내 책은 '역겹고,' 나는 '글을 쓸 줄도 모르는' 사람인 줄 알았는데 이게 웬일이야! 아, 드디어 빌리 보이드의 힘을 빌릴 때가 왔군! 그래서 고분고분해졌다 이건가?"

"지난번에는 제가 너무 심했어요. 진심으로 그렇게 생각했던 건 아니에요."

오스카는 인내심을 발휘하여 이렇게 말했다.

"그래, 그렇군…… 우리 코흘리개가 뭘 알고 싶어서 이러실까? 글씨는 쓸 줄 아나? 종이에 잉크 흔적을 남기는 법은 아나? 닥치는 대로 들이받고 보는 법은? 아, 그건 혼자서도 잘하는 줄 알고 있지만, 하하하!"

오스카는 눈을 질끈 감고 자기 마음대로 튀어나오려는 말을 참았다.

"아뇨, 그랜드 파톨로구스에 대해 물어보고 싶은 게 있어요."

보이드가 웃음을 그치고 종이 위에 썼던 글자들을 잽싸게 지워버렸다. 그는 잠시 뜸을 들이다가 대답을 했다. 오스카를 경계하는 눈치였다.

"음, 그래, 그랜드 파톨로구스에 대한 질문이 있단 말이지. 하지만 정확히 알고 싶은 게 뭐야? 알려는 이유는 또 뭐고?"

보이드가 갑자기 진지해졌지만 오스카는 놀라지 않았다. 그는 자세한 얘기를 피해 이렇게만 말했다.

"그자가 체포됐을 때 무슨 일이 있었는지 알고 싶어요."

물론 오스카는 주술서가 주지 않은 답을 보이드를 통해 알아낼 속셈이었다. 아빠와 어둠의 왕자가 어떻게 싸웠는지, 놈이 어떻게 감금되었는지, 운이 좋으면 그 후에 있었던 일에 대해서도 들을 수 있을 것이다……. 그 전투가 끝난 후에 비탈리 필에게 무슨 일이 일어났는지……. 하지만 보이드는 넘어오지 않았다.

"어째서 네 주술서에게 직접 물어보지 않는 거냐, 꼬맹아?"

오스카는 다행히도 그럴싸한 구실을 찾을 수 있었다.

"나와 관련된 일이 아니니까요. 그러니 주술서가 답해줄 리 없어요. 위더스 부인이 파톨로구스에 대해 알고 싶은 것이 있으면 당신 책을 읽어보라고 하셨어요. 굉장히 훌륭한 책이라고 하시면서요."

오스카는 빌리 보이드의 비위를 맞추려고 이렇게 말했다.

"아하, 위더스 부인이 그런 말을 했다고? 나에 대해서? 그것 참 기분 좋구면……. 내가 바보인 줄 알아! 줄리아 제이콥과 네가 무슨 얘기를 했는지 내가 모를 줄 알아? 어쨌든 그 바보 같은 여자가 훌쩍대면서 하는 말을 대강은 알아들었어. 주술서가 대답을 안 해주니까 날 찾아온 거 아냐!"

"그건 당신 잘못이잖아요!" 오스카도 폭발했다. "지난주 토요일에 내 책에게 뭐라고 했는지는 모르지만 내 책이 대답을 안 해주잖아요!"

"하하하! 잘됐다! 하하하! 고소해 죽겠네. 계속 나한테 이런 식으로 나오면 네 주술서는 평생 입도 뻥긋 안 할 거야!"

오스카가 주먹을 불끈 쥐었다. 그는 입을 꾹 다물고 빌리 보이드가 온갖 못된 소리를 퍼붓게 내버려두었다. 더 이상 잃을 것도 없으니 부딪혀보기로 마음먹었던 것이다.

"좋아요, 그건 뭐 괜찮아요. 브레이브 씨한테 당신이 알면서도 나에게 가르쳐주지 않는다고 말하면 되니까요. 그분은 이 서재에 있는 책을 얼마든지 봐도 좋다고 허락하셨어요."

보이드의 책은 잠시 깊은 생각에 잠긴 듯 백지 상태를 유지했다. 오스카는 가슴을 두근대며 이것이 좋은 징조일까 생각했다. 이윽고 보이드는 대답을 하기로 마음먹었다.

"좋다. 널 도와주지."

오스카가 빙그레 웃었다. 그러나 오래 마음을 놓을 수는 없었다. 보이드가 다시 입을 열었다.

"내가 도와주겠다……. 하지만 오는 게 있으면 가는 것도 있어야지."

"오는 게 있으면 가는 것도 있다고요? 어떻게요? 나한테 뭘 기대하는 거예요? 나에게도 뭘 물어보겠다는 건가요? 하지만 나보단 당신이 훨씬 아는 게 많을 텐데요?"

"그거야 당연하지! 하지만 너는 이 빌어먹을 서재에서 마음대로 나갈 수 있잖아! 나는 그럴 수가 없거든! 주술서가 다시 대답을 하기 바란다면, 네 물음에 대한 답을 원한다면, 너도 날 위해 뭔가를 해줘야겠어!"

"뭘 말인가요?"

오스카는 경계하는 자세로 물었다.

"조심해라, 이 코흘리개 녀석아! 섣불리 행동해선 안 돼! 그랜드 마스터가 우리의 비밀 약속에 대해 알게 되는 날에는 주술서고 뭐고 국물도 없을 거다. 알아들었냐?"

오스카는 애매하게 고개를 끄덕였다. 그는 여전히 보이드가 무엇을 요구하려는 것인지 알 수 없었다. 게다가 현관에서 발소리까지 들렸다.

소년은 조급하게 빌리 보이드의 책을 붙잡고 다그쳤다. 이 모습을 누구에게 들킬까 봐 애가 탔던 것이다.

"빨리! 원하는 게 뭔지 말해요!"

"야, 그렇게 흔들지 마! 글씨를 쓸 수가 없잖아!"

그때 문이 벌컥 열렸다. 오스카는 황급히 책을 덮고 그 위에 줄리아 제이콥의 서류첩을 놓았다. 생각만 해도 끔찍한 빌리 보이드와 살을 맞대자 가엾은 줄리아는 몸서리를 쳤다. 그녀는 백지에 울창한 숲 그림을 띄우고 그 안으로 숨어버렸다.

본즈가 성큼성큼 다가와 오스카가 뒤에 감춘 책들을 보려고 했다. 소년은 두 권의 책을 꼭 움켜쥐고는 빌리 보이드의 책이 서류첩에 가려 보이지 않기만을 바랐다.

"책을 읽고 있었어요."

"그럼 이제 그만 마무리하세요. 서재를 청소해야 합니다. 방에 올라가서도 공부는 계속할 수 있겠지요."

집사는 눈치를 주며 이렇게 말했다. 오스카는 서가를 따라가 서류첩과 보이드의 책을 한꺼번에 꽂았다. 줄리아 제이콥의 서류첩이 늘 꽂혀 있던 자리였다. 소년은 서류첩을 살짝 열어서 이렇게 속삭였다.

"미안해요, 줄리아. 될 수 있는 대로 빨리 이 자를 당신 곁에서 멀리 치우도록 노력할게요!"

그날 오후 오스카는 몇 번이나 서재에 들어갈 기회를 엿보았다. 하지만 소용없었다. 이 집에서 일하는 하녀 로자와 이네스는 잠시도 서재를 비우지 않았다. 두 여자는 구석구석 쓸고 닦기에 바빴다. 탁자 아래, 책과 책 사이, 그림 액자 위에 쌓인 먼지도 말끔히 치웠다.

오스카는 저녁을 먹고 나서 마지막으로 서재 잠입을 시도했다. 하지만 본즈가 지척에서 계속 어슬렁대고 있었다. 보이드에게 말을 걸 시간까지는 없었다. 소년이 할 수 있었던 일은 줄리아에게 약속한 대로 『파톨로구스 선집』을 원래대로 책꽂이의 가장 높은 칸에 돌려놓는 것뿐이었다. 줄리아 제이콥의 면지에 안도하는 기색이 역력하게 나타났다. 숲 그림도 사라졌다. 아직도 마음이 놓이지 않는 듯, 나무들이 한 그루 한 그루 천천히 없어지긴 했지만…….

오스카는 본즈가 아무렇지 않은 척하면서 그를 감시하고 있다는 것을 알았다. 결국 소년은 주술서를 팔에 끼고 위층으로 올라가 자기 방에 틀어박혔다. 그날 하루의 피곤과 벅찬 감정이 한꺼번에 밀려왔다. 오스카는 조만간 이 새로운 수수께끼를 풀어봐야겠다고 다짐하며 잠에 곯아떨어졌다.

호수

다음날 아침 식사를 하러 오스카는 주방으로 내려갔다. 그는 지나치게 크고 휑한 식당보단 주방이 아늑해서 좋았다. 희한하게도 주방엔 아무도 없었다. 체리 아줌마가 없으니까 온 집안이 텅 빈 느낌이 들었다. 그렇지만 아침상은 완벽하게 차려져 있었다. 따뜻한 초콜릿 음료에서는 김이 모락모락 올라왔고, 갓 구운 빵과 아줌마가 직접 만들지 않은 것으로 짐작되는 잼들도 그 옆에 놓여 있었다.

하지만 바로 그때, 밀짚 색깔 머리칼을 산발한 체리 아줌마가 식당과 연결된 문을 빠끔 밀고 얼굴을 내밀었다. 아줌마는 입이 찢어져라 미소를 짓고 있었다.

"우리 오스카가 아침을 잘 먹고 있는지 잠깐 보러 왔지! 아, 그 많던 크루아상을 벌써 다 먹어치웠구나! 잘했어, 조금 있다가 보자!"

오스카는 볼이 미어터지도록 빵을 물고 아줌마가 무슨 얘기를 하는

지도 잘 모르면서 그냥 고개를 끄덕였다.

체리 아줌마는 바람처럼 횅하니 나타났다 또 횅하니 사라졌다. 오스카가 자기 접시에 놓인 몫을 거의 다 먹어치웠을 무렵, 본즈가 주방에 나타났다. 오늘따라 본즈의 모습은 더 음침해 보였다. 그를 본 순간, 소년은 마지막 빵 조각을 마저 삼킬 수 없었다.

"위더스 부인이 서재에서 기다리고 계십니다."

본즈는 인사도 하지 않고 이 말만 했다.

오스카는 자리에서 일어나 본즈를 앞질러 걸어갔다.

오스카가 서재에 가보니 위더스 부인은 초상화를 감상하는 중이었다. 오늘 그녀는 얇은 블라우스와 흰색 정장을 입고, 목에는 연두색 비단 스카프를 묶어서 멋을 냈다. 곱슬곱슬한 머리칼에도 살짝 초록색 기운이 도는 듯했다. 부인이 오스카를 보고 환하게 웃었다.

"안녕, 오스카. 잘 잤니? 오늘은 아주 멋진 여행이 기다리고 있지. 너도 잊지 않았겠지?"

"안녕하세요, 위더스 부인. 물론 잊지 않았죠!"

오스카가 갑자기 뒤로 돌아섰다. 본즈가 서재 문을 닫고 두 사람 앞에 서 있었기 때문이다. 본즈가 위더스 부인과 오스카의 수업을 참관하는 일은 지금껏 없었기 때문에 소년은 몹시 거북했다. 오스카는 위더스 부인에게 소곤소곤 말했다.

"본즈가 여기 오래 있지 않으면 좋겠는데요. 우리끼리 시작하고 싶은데……."

"나도 그러지 않았으면 좋겠다만……."

위더스 부인은 초상화를 구경하며 건성으로 대꾸했다.

오스카는 장례식에라도 참석한 듯 집사의 근엄한 얼굴을 쳐다보았다. 본즈는 감정 없는 눈으로 허공을 응시하고 있었다. 그다음에는 위더스 부인의 시선을 보았다. 소년은 두 사람을 몇 번 번갈아보다가 퍼뜩 깨달았다.

"설마! 제가 오늘…… 오늘 본즈 속에 들어가야 한다는 말씀은 아니겠지요?"

오스카는 끔찍하다는 듯이 외쳤다. 아예 위더스 부인의 소매를 붙잡고 애원하기 시작했다.

"안 돼요, 본즈는 안 돼요. 제발 부탁이에요!"

위더스 부인이 드디어 그림에서 눈을 떼고 준엄하게 오스카를 꾸짖었다.

"본즈가 너를 위해 고맙게도 신체 잠입을 허락했단다, 오스카. 나는 네가 본즈에게 감사할 거라고 '분명히' 믿는다만."

오스카는 땅이 꺼져라 한숨을 쉬고 어쩔 수 없이 고개를 끄덕거렸다. 본즈를 쳐다볼 수가 없었다. 이 침울한 집사의 몸속에 들어간다고? 첫 번째 인체 실습으로 이보다 더 나쁜 경우는 상상할 수 없었다. 모든 일이 꼬이고 말 것이며, 본즈의 몸속은 온통 눅눅하고 기분 나쁠 것이다! 하지만 브레이브 씨와 위더스 부인이 그렇게 결정했다면 오스카에겐 선택의 여지가 없었다. 소년은 용기를 내어 티셔츠 밖으로 펜던트를 꺼내고는 본즈에게 다가갔다. 위더스 부인이 바로 출발하려는 오스카를 말렸다.

"얘야, 잊고 있는 게 있잖니."

부인이 탁자 끝에 있는 의자로 걸음을 옮겼다. 오스카는 아빠의 케이프를 한눈에 알아보았다. 아마 본즈가 그의 방에서 가져온 것이리라. 오스카는 본즈가 자기 허락도 받지 않고 짐을 뒤져서 이걸 가져왔다고 생각하자 몹시 불쾌했다. 가까이 다가간 그는 케이프가 저 혼자 출렁대고 있는 것을 알았다. 케이프를 들추어보니 다섯 개의 가방이 달린 허리띠가 나타났다. 허리띠는 케이프를 치워주기만을 기다렸다는 듯이 둥실 떠올랐다.

허리띠는 공기를 가르고 서재를 한 바퀴 빙 돌더니 마침내 오스카의 허리에 착 감겼다. 위더스 부인은 흡족한 눈으로 이를 지켜보았다.

오스카도 잠시 허리띠를 가만히 내려다보았다. 아빠의 허리띠를 차는 것은 처음이었다! 아빠가 지금 이 모습을 보고 그를 꼭 안아주었으면 좋겠다고, 행복하고 자랑스럽다고 말해주었으면 좋겠다고 생각했다. 그의 집 지하실에서 쿠미데스 서클에 가겠다고 말하자 엄마가 그를 안아주었던 때가 기억났다. 엄마도 지금 아들이 아버지의 뒤를 잇는 모습을 보면 기뻐하고 자랑스러워하실 것이다.

오스카는 위더스 부인을 쳐다보며 미소 지었다. 노부인은 케이프를 들고 와서 소년의 어깨에 걸쳐주었다.

"오스카, 준비가 된 것 같구나. 이제 너는 어엿한 메디쿠스지만 이 정도로 만족하지 않을 거라고 믿는다." 부인이 몸을 낮추어 조그만 목소리로 말했다. "우리를 위해, 온 세상을 위해 대단한 일을 해내겠지. 난 그렇게 믿는다."

오스카가 놀란 눈으로 부인의 얼굴을 보았다. 부인은 혼잣말을 하는 것처럼 딴 데를 바라보며 중얼거렸다.

"조금만 참자. 조금만 참자꾸나……."

부인이 몸을 일으키고는 본즈에게 시선을 던졌다. 그동안 본즈는 탁자 반대편에서 1밀리미터도 움직이지 않고 그대로 있었다.

"본즈도 준비가 끝났다."

"준비가…… 끝나요? 그럼 부인은요? 부인은 케이프도, 허리띠도 착용하지 않았잖아요!"

"잘 봤구나. 그래, 필요가 없으니 입지 않은 거야."

"아." 오스카가 아직 안심이 되지 않는다는 듯 다시 물었다. "하지만 위험한 일이 생기면 그것들이 우리를 지켜주는 줄 알았는데요……."

"그것도 맞는 얘기지. 하지만 나한텐 위험한 일이 생길 리 없단다. 난 여기 있을 거니까."

오스카는 뒤로 움찔 물러나면서 기겁했다.

"안 가신다고요? 같이 가는 게 아니란 말이에요? 제가 어떻게 하라고요? 전…… 어디로 가야하는지도 몰라요!"

"너는 완벽하게 해낼 거야. 두 번의 실습도 잘 해냈잖니. 이번에도 문제없을 거야."

"하지만 여긴 다르잖아요." 오스카가 본즈를 걱정스러운 눈으로 쳐다보며 말했다. "이번에는 사람 몸으로 들어가는 건데……."

사실 오스카는 이 말을 덧붙이고 싶었다. '게다가 본즈의 몸이라고요!' 그는 낯설고 위험한 정글 속에 덩그러니 떨어지게 될 것 같은 예감이 들었다.

위더스 부인이 소년을 안심시켰다.

"조그만 문제라도 발생하면 어디에 있든지 돌아오면 그만이야. 그

얘긴 벌써 했지. 몸에서 빠져나오려면 메디쿠스의 카뒤세*를 찾아야
해. M자가 위에 떠 있는 컵 주위를 뱀이 칭칭 감고 있는 것처럼 생겼지.
그걸 찾아서 정신을 집중하면 우리가 사는 세상으로 돌아올 수 있어.
만약 네가 카뒤세를 찾지 못하면 내가 널 데리러 갈 거야."

"하지만 일단 들어가서는 어떻게 해야 하는데요?"

"모든 메디쿠스들이 하는 대로 해야지. 잘 다녀와라, 얘야."

부인은 수수께끼 같은 대답밖에 주지 않았다.

"빨리 결정을 내려주시면 좋겠습니다." 본즈가 막대기처럼 뻣뻣한
자세로 처음 입을 열었다. "할 일이 많아서요."

오스카가 본즈를 돌아보았다. 위더스 부인이 본즈에게 권했다.

"의자에 앉으셔도 돼요, 본즈. 그렇게 계속 서 있다가 기운 빠지겠어
요."

본즈는 오스카 바로 옆자리에 앉았다. 그는 소년과 시선이 마주치지
않도록 피하면서 한숨을 쉬었다.

오스카는 마지막으로 부인과 눈빛을 교환하고 펜던트를 꺼냈다. 펜
던트는 평소보다 유난히 환하게 빛을 뿜고 있었다.

소년은 본즈의 입을 노려보면서 헤파톨리아에 정신을 집중했다. 그
가 땅을 박차고 달리기 시작했다.

눈부신 빛이 사라지자 오스카는 로이스의 헤파톨리아에서 맨 처음
보았던 것과 비슷한 조종실에 와 있었다. 한 가지 차이가 있다면 여기

★ caducée, 두 마리의 뱀이 한데 엉켜 있는 헤르메스의 지팡이를 카뒤세라 하며 이는 의사의 상징이기도 하
다. 그리스에서 뱀은 의술의 신의 상징이었다.

가 더 널찍하고 시설이 잘 갖춰져 있다는 것뿐이었다.

소년은 유리벽으로 다가갔다. 여기도 음식물 전달 조직이 끝도 없이 광활하게 펼쳐져 있었다. 본즈가 오늘 아침에 먹은 음식물을 수레에 실어 컨베이어 벨트에 풀어놓는 수많은 일꾼들도 보였다. 컨베이어 벨트들이 집하되는 구멍들이 있었다. 그 구멍을 통해 음식물은 다음 방으로 넘어가게 되어 있었다. 그 방에는 틀림없이 음식물을 잘게 빻고 다지는 탱크들이 있을 것이다. 오스카는 아연실색했다. 인간의 헤파톨리아나 개의 헤파톨리아나 별 차이가 없었다!

그는 그 자리를 뜨려다가 어느 수레에서 컨베이어 벨트로 쏟아진 음식물을 보았다. 여기저기서 형체가 거의 변하지 않은 크루아상 조각들을 볼 수 있었다. 체리 아줌마가 했던 말이 생각나면서 그게 무슨 뜻이었는지 갑자기 이해가 되었다.

"그렇구나! 아줌마가 내 몫으로 차려놓은 크루아상을 본즈가 먹어버렸구나!"

체리 아줌마가 오스카가 식사를 잘 하고 있는지 보러 왔을 때 본즈가 크루아상을 허겁지겁 삼켜버린 게 분명했다. 제대로 씹지도 않았는지 빵 조각이 큼직큼직했다!

오스카는 화가 나서 조종실을 박차고 나와 달리기 시작했다. 위선자 같은 본즈, 두고 보자, 꼭 한마디 해줘야지…….

오스카가 발길을 멈추었다. 길이 여러 갈래로 갈라지는 분기점에 다다랐기 때문이다. 어디로 가야 할까? 어느 통로를 선택할 것인가? 더욱이 오스카는 지난번 실습에서 맛본 실패를 잊지 않고 있었다. 본즈가 언제라도 로이스처럼 딸꾹질을 할지 모른다 생각하니 두려웠다. 본즈는 오스카를 골탕 먹이기 위해 일부러라도 딸꾹질을 할 사람이었다.

오스카는 무엇이 자신을 기다리고 있는지 몰랐다. 무엇을 하고 난 후 돌아가야 할지 짐작도 가지 않았다. 위더스 부인이 그를 너무 높이 평가하는 것은 아닐까!

문득 아빠가 자주 했다는 말이 생각났다. 엄마를 통해 몇 번이나 들었던 말이었다. "모든 것이 네 손아귀에 잡히지 않고 더 이상 아무것도 할 수 없다면 그건 네 의문 자체가 제대로 성립되지 않았다는 뜻이야." 이런 말도 여러 번 들었었다. "시간이 부족하거든 그나마 남은 시간을 생각하는 데 쓰렴!" 오스카는 이 말들을 달달 외우고 있었다. 비록 아빠가 했던 말이라지만 오스카는 이런 원칙들을 따르는 성격이 아니었다. 하지만 엄마는 끈질기게 이런 말들을 반복했다. 소년은 이번만은 원칙을 따라보기로 결심했다. 사실 다른 뾰족한 수도 없었다……. 기적처럼 뭔가가 생각났다. 위더스 부인 말마따나 그는 '모든 메디쿠스가 하는 일을 하기 위해' 이곳에 들어왔다. 그렇다면 기원의 문자가 그를 인도해주지 않겠는가!

오스카가 펜던트를 꺼냈다. M자에서 회중전등 같은 빛이 솟아나와 여러 개의 통로 중 하나를 가리켰다.

그는 자신 있게 펜던트가 비추는 곳으로 나아갔다. 동그란 금속 문이 나타났다. 그 문은 해저터널의 입구 같아 보였다. 문고리를 잡고 돌려보았지만 소용이 없었다. M자를 가까이 가져갔다. 그러자 별로 힘을 쓰지 않았는데도 강철 핸들이 옆으로 돌아갔다. 드디어 문이 열렸다.

그는 나무로 된 낡은 다리에 발을 올려놓고 창이라곤 하나도 없는 거대한 구 속으로 들어가고 있었다.

눈앞에 투명하고 잔거품이 이는 호수가 펼쳐져 있었다. 그 다리를 따라 라텍스 작업복을 입은 수백 명의 여자들이 부산스럽게 일하고 있었다. 그 여자들은 벽에 튀어나온 수천 개의 돌기에 빨판을 부착하는 중이었다. 여자들의 발치에서는 거대한 기계가 펌프질을 하며 그 돌기에서 나오는 액체를 쉴 새 없이 짜내고 있었다. 그 모습은 젖소의 젖을 짜는 것과도 비슷해 보였다. 기계가 가득 차면 한 여자가 기계를 끌고 가서 내용물을 호수에 쏟아낸 다음에 기계를 제자리로 돌려놓았다. 여자들은 모두 장갑을 끼고 얼굴을 보호하는 투명 마스크를 쓰고 있었으므로 맨살이 조금도 노출되지 않았다.

오스카는 여자들에게 인사를 건넸지만 그들은 하나같이 아는 척도 하지 않았다. 도대체 어디에 떨어진 것인지 감도 잡히지 않았다. 아무래도 이곳에선 아무런 정보도 얻을 수 없을 것 같았다.

잠시 돌아보다가 아까의 조종실로 돌아가려고 마음먹었을 때, 다른 기계음과는 다른 털털거리는 소리가 들려왔다. 모터 도는 소리와 비슷한 그 소리는 점점 가까워졌다. 오스카는 지평선을 눈여겨보다가 조금씩 커지는 검은 점을 발견했다. 액체가 조심스럽게 다리에 부딪치는 소리가 찰랑찰랑 나는가 싶더니 머지않아 호수에 진짜 파도가 일어났다. 파도가 한 번 밀려왔다 저만치 물러날 때마다 다리에는 끈적끈적한 자국이 남았다. 오스카는 마음이 놓이지 않아 뒤로 비켜났다.

그를 향해 똑바로 다가오는 배 한 척이 보였다. 작은 모터보트가 계속 직진하다가 갑자기 방향을 틀었기 때문에 끈끈한 액체 방울이 오스카에게까지 튀었다. 오스카는 겨우 케이프 자락을 들고 몸을 피할 겨를밖에 없었다.

"어머, 미안해, 오스카! 내가 조종이 서툴러서 그만!"

그건 여자의 목소리였다. 오스카는 케이프의 깃을 매만지며 그를 향해 미소 짓는 짧은 금발의 여인을 바라보았다. 여인은 뭔가 장난이라도 치려는 사람처럼 눈을 반짝반짝 빛내고 있었다. 소년은 언짢은 표정으로 케이프를 털고서 손끝에 묻은 액체의 흔적까지 깨끗이 문질러 닦았다. 방금 나타난 여자가 외쳤다.

"안 돼! 장갑을 끼지 않았잖아!"

오스카는 손을 티셔츠에 쓱쓱 문질러 닦은 참이었다. 그런데 티셔츠에서 그 액체가 묻은 자리에 타닥타닥 타는 소리가 나는가 싶더니 연기를 피어오르며 구멍이 나버렸다. 이상한 물질이 티셔츠를 녹여버린 것이다! 손가락에서 화끈화끈한 기운을 느낄 수 있었다. 오스카는 손가락을 죽어라 케이프에 문질러댔다. 그는 기가 막히다는 표정으로 모터보트를 몰고 온 여자를 바라보았다.

"시알린* 해변에 온 것을 환영해, 오스카. 지금 보고 있는 것은 타액, 다시 말해 침이야."

"침이라고요! 그런데 왜 이렇게 따끔한 거예요!"

오스카가 역겹다는 듯이 입을 삐죽 내밀었다.

"침의 농도가 아주 진하기 때문이지. 그래야만 음식물을 분해할 수 있거든! 침이 나오지 않으면 사람은 뭘 먹어도 맛을 느낄 수 없을 거야……."

★ Sialine, '침과 관련된, 타액'이라는 뜻이다.

침이 음식의 맛을 느끼게 해준다! 오스카는 다음번에 체리 아줌마의 요리를 먹게 되면 무슨 수를 써서라도 침이 나오지 않도록 해야겠다고 다짐했다.

보트에 탄 여자는 편안하게 한숨을 쉬었다.

"난 이곳을 좋아해. 이 호수, 전신 수영복 같은 작업복을 입은 여자들. 야자나무와 근사한 석양만 있다면 금상첨화겠지!"

오스카는 모터보트에 다가갔다. 이 희한한 여자는 그를 알고 있는 게 분명했다. 하지만 오스카는 아무리 생각해봐도 이 여자를 만난 기억이 없었다.

"죄송합니다만…… 당신도 비앙카와 비슷한 분인가요? 비앙카 니슈 말이에요."

여자는 꿈이라도 꾸듯 고개를 갸우뚱하며 끈끈한 호수에 비치는 자신의 그림자를 바라보았다.

"내가 '정말' 개와 비슷해 보인다고 생각해? 이봐, 말 좀 해봐, 도대체 여자들과 대화하는 방법을 어디서 배운 거야?"

"아니, 제 말은요…… 로이스의 헤파톨리아 기계실에서는…… 음, 죄송해요. 게다가 당신이 하는 말은 개가 컹컹 짖는 것처럼 들리지도 않는데 말이에요."

"당연히 아니지. 난 짖지 않아. 하지만 마음에 안 드는 사람은 물어버릴 수도 있지."

여자는 재미있다는 듯이 말했다.

그녀는 오스카가 방수복이라고 생각했던 옷을 열어젖히고 초록색 벨벳 케이프 자락을 어깨에 펼쳤다. 소년은 금실로 수놓인 M자를 발견하고 안도했다.

"자, 타라, 안내하마."

오스카는 모터보트에 냉큼 올라탔다. 소년이 두 발로 중심을 잡기가 무섭게 여자는 보트를 출발시켰다. 보트가 물살을 가르고 나아가는 동안, 오스카는 겨우 몸을 일으키고 여자의 옆자리에 가서 앉았다.

"기다리고 있었다, 오스카 필. 내 이름은 모린 주베르야."

그녀는 모터 소리와 파도 소리에 밀리지 않으려고 크게 고함을 질렀다.

"이제 누구신지 알겠네요."

오스카도 마음을 푹 놓고 대답했다.

"아하, 내가 그렇게 유명한 사람이었어?"

"위더스 부인에게 들었어요. 최고위원회의 한 사람이자 헤파톨리아 전문가시라면서요? 그리고 전용 의자는 진저 로저스죠!"

모린이 운전대를 놓고 두 손을 마주 잡았다.

"난 항상 스타가 되고 싶었거든. 베레니스 위더스 덕분에 그 소원을 이루었지*!"

오스카는 이 농담에도 웃지 않았다. 모린 주베르가 놓아버린 운전대만 노려보고 있었던 것이다. 모린은 소년이 불안해하는 것을 눈치채고 얼른 운전대를 잡았다. 그들이 탄 배는 힘차게 파도를 가르고 있었다. 케이프와 오스카의 붉은 곱슬머리가 바람에 휘날렸다. 두 사람 모두 시알린, 이 거대한 타액 공장의 분홍빛 하늘 아래서 바람 때문에 눈물을

★ 진저 로저스는 1960년대 은막의 스타였던 유명 영화배우이다.

홀쩍거렸다. 모린 주베르가 소년을 흘끗 돌아보며 말했다.

"넌 아빠와 많이 닮았구나. 그런 말은 벌써 들었겠지?"

오스카는 자랑스럽게 고개를 끄덕였다. 모린은 감격에 젖은 눈치였다. 비탈리 필이 죽은 지는 이미 오래됐지만, 그의 잘생긴 얼굴은 모린의 기억에서 조금도 희미해지지 않았다.

"너를 알게 되어 정말로 기쁘다." 모린은 감상을 떨치기 위해 대뜸 이렇게 물었다. "이놈의 보트를 몰아보면 어떻겠니? 난 별로 소질이 없나 봐. 이쪽이 액셀러레이터, 이건 핸들이야. 나머지는 네가 알아서 할 수 있을 거야!"

오스카의 눈이 휘둥그레졌다. 소년은 모린이 마음을 바꾸기 전에 얼른 자리를 바꾸었다. 오른쪽 손잡이를 밀었더니 보트가 파도 위로 날아올랐다. 그 바람에 하마터면 모린 주베르가 배 밖으로 떨어질 뻔했다.

오스카는 금세 배 모는 요령을 익혔다. 모린은 손가락을 뻗어 멀리 떨어진 작은 항구를 가리켰다. 그들은 서서히 그 항구에 다가갔다. 그곳에서 일하던 여자들이 모린이 던진 로프를 잡아서 튀어나와 있는 기둥에 매어주었다.

오스카와 모린은 보트에서 내려 땅에 발을 내딛었다. 그들 앞에는 어부의 집처럼 보이는 건물이 한 채 있었다. 오스카는 그 집의 앞면만 벽에 그려져 있다는 것을 알아챘다. 집의 내부는 벽 안쪽으로 들어가 있는 듯했다. 그 집의 문에는 메디쿠스의 M이 새겨져 있었다.

"헤파톨리아에서 시알린 해변만큼 경치가 좋은 곳이 없거든. 그래서 여기에 호수를 한눈에 볼 수 있는 여름 별장을 만들었지. 정말 멋지지 않니? 음, 그래, 본즈의 시알린 해변이 가장 멋지다고 말하기는 뭣하지.

그래도 이곳에서 너를 만나라는 지시를 받았기 때문에……."

오스카는 가족들과 놀러갔던 바닷가의 풍광을 떠올리면서 예의바르게 고개를 끄덕였다. 가엾은 모린, 침으로 가득 찬 세상에서 여름을 보내려 하다니. 그녀는 진짜 바다를 본 적이 없는 게 분명했다!

"이리로. 날 따라와라. 파로티드*들에게 인사를 해야지. 아주 상냥한 여자들이야. 상냥한 사람을 좋아하기도 하고."

오스카는 얼른 라텍스 작업복 차림의 여자들에게 두 손을 크게 흔들며 인사를 했다. 여자들도 예의바르게 인사를 했다. 그다음에 오스카는 모린을 따라 여름 별장으로 들어갔다.

모린은 방 중앙에 놓여 있던 탁자 뒤에 가서 똑바로 섰다. 그녀의 펜던트에서 아름다운 노란 빛이 뿜어져 나왔다. 모린은 오스카를 뚫어져라 바라보더니 가까이 오라고 지시했다.

오스카가 탁자 건너편에 서자 모린이 손을 내밀었다. 그녀의 손바닥에서 자그마한 크리스털 병이 눈부시게 빛나고 있었다. 병마개에는 완벽한 원 속의 M자 문양이 새겨져 있었다. 그 문양이 저절로 빙그르르 돌아갔다.

"오스카, 난 너와 보트 유람이나 하자고 온 건 아니야. 널 붙잡고 설교를 할 것도 아니지만. 하지만 너에게 이걸 줘야하거든. 헤파톨리아의 유리병이야."

오스카는 감히 손을 내밀어 그 병을 집어 들지는 못하고 모린의 손바닥만 바라보았다.

★ Parotide, parotide는 침샘의 하나인 귀밑샘을 뜻한다.

"이 병은 네 것이란다. 가져가라."

모린이 재촉했다.

오스카는 잠깐 망설였지만 조심스럽게 두 손으로 병을 쥐었다. 그 순간, 허리에서 뭔가가 꿈틀대는 것을 느꼈다. 트로피 허리띠가 움직이더니 왼쪽 첫 번째 가방이 열렸다. 오스카는 투명한 유리병에서 눈을 떼지 못했다.

"그 병은 비어 있지. 그래서 네가 오늘 여기에 와야했던 거야. 오스카, 이 헤파톨리아의 유리병을 채워서 항상 간직해야한다. 그렇게 너는 메디쿠스로서 점점 발전해가는 거야. 이 병은 너의 첫 번째 트로피란다. 첫 번째 트로피를 가져오지 않은 사람은 절대로 두 번째 우주로 넘어갈 수 없지. 너도 예외가 아니야."

오스카는 그제야 병에서 시선을 떼고 모린을 쳐다보았다.

"하지만 이 병을 어디서 채워야하는데요? 무엇을 넣어서 채우란 말씀이세요?"

"헤파톨리아 산 한가운데로 가라. 헤파톨리아라는 이름도 그 산에서 따온 거야. 그곳에서 귀한 넥타를 찾아서 이 병에 채워야해. 다른 곳에서는 구할 수 없단다. 헤파톨리아인들밖에 제조 비법을 모르거든. 그걸 우리 세계의 담즙*이라고 부르지."

"그 산맥은 어디 있어요? 전 이곳 지리를 전혀 모른다고요!"

오스카가 당황하며 모린에게 물었다.

모린이 탁자에 펜던트를 내려놓았다. 그러자 탁자는 지도로 변했다.

★ 쓸개즙이라고도 하며 간에서 만들어지는 소화액으로 지방의 분해를 돕는 역할을 한다.

여러 가지 표시들이 영화에서처럼 저절로 움직이며 빛나고 있었다.

"이건 헤파톨리아의 최신 지도란다, 오스카. 여기 하늘을 찌를 듯한 거대한 탑이 보이지? 바로 마슈이유* 동굴이란다. 우리가 흔히 '입'이라고 부르는 곳이지. 본즈가 먹는 음식물은 이 동굴을 지나면서 작게 부수어져 백 미터 아래로 떨어지지. 거기가 바로 지하의 전달 조직이야. 마슈이유 동굴을 둘러싼 흰색 공들이 보이니? 타액을 만들어내는 시알린 해변이야. 그리고 그 공 중 하나에서 작은 M자 두 개가 빛나는 게 보여? 그게 바로 우리란다. 우리의 위치를 표시하는 기호지."

오스카는 모린이 집게손가락으로 짚어가며 가르쳐주는 지점들을 머릿속에 익히려고 정신을 모았다.

"오스카 너도 전달 조직은 알고 있겠지. 그다음은 분해 조직이고. 위더스 부인 말대로라면 너는 이곳도 아마 알고 있겠지……."

오스카는 음식물을 다지는 탱크에 떨어졌던 일을 생각하고 싶지 않았다. 로이스의 헤파톨리아에서 어떻게 나왔는지도 생각하고 싶지 않았다. 창피한 얘기까지 모린에게 털어놓은 위더스 부인이 원망스러웠다. 이제 위원회 사람들도 다 알고 있겠지!

모린은 오스카의 얼굴이 일그러지는 것을 보고 빙그레 웃었다. 그녀는 사람들을 긇려주는 것을 좋아했지만 절대 상처를 주지는 않았다. 그녀는 얼른 오스카를 안심시켰다.

"네가 탱크에 떨어지긴 했지만 그게 네 잘못은 아니었다는 얘기밖에 나는 몰라. 무엇보다 너는 멋지게 난관을 뚫고 나왔잖니. 오스카, 멋지

★ Mâchouille, mâchouiller, '씹다'라는 동사에서 따온 명칭이다.

게 실습을 통과한 것을 축하한다! 그랜드 마스터와 나는 네가 첫 번째 시도에 성공했다는 얘기를 듣고 놀랐지 뭐니!"

모린이 부드럽고 친절하게 말했다. 오스카는 당황했던 것도 잠시 잊고 고마움을 담아 미소를 짓고는 지도를 열심히 들여다보았다. 모린이 설명을 계속했다.

"여기 이 탱크들 밑으로는 기다란 관이 지나가지. 이 관은 걸쭉한 죽 상태의 음식물을 AA구역으로 운반하는 역할을 한단다. 산성 공격에는 각별히 조심해야해. 물론 농도가 짙은 타액도 성가시지만 강력한 산에 비하면 아무것도 아니야. 여기 떨어지면 뭐든지 눈 깜짝할 사이에 녹아 버려!"

오스카는 상상만 해도 몸이 떨렸다. 이런 이야기를 자세히 하는 것으로 미루어보건대, 헤파톨리아 산으로 가려면 AA구역을 반드시 지나쳐야하는 것은 아닌가 걱정이 되기 시작했다.

소년은 지도 표면에 불룩하게 솟은 거대한 덩어리를 손가락으로 가리키며 불안한 기색으로 물었다.

"이게 헤파톨리아 산이에요?"

모린이 고개를 끄덕였다.

"이 산으로 가는 법은 두 가지가 있어. AA구역 밑으로 지나가는 관을 따라 가든가, GRIU를 이용하든가."

"뭐라고요?"

"GRIU, 우주 내의 거대 네트워크Grand Reseau Inter-Universal를 뜻하지. 넌 물을 좋아하니? 바다, 호수, 강 같은 거 말이야."

오스카는 모린이 무슨 말을 하려는지 짐작도 가지 않았지만 일단 고개를 끄덕였다. 모린이 환하게 미소를 지었다.

"그럼 잘됐구나. GRIU는 무수한 실개천, 하천, 지하나 지표에서 흐르는 강으로 구성되어 있거든. 이러한 물길들은 호수와 바다로 연결되기도 하지만 헤파톨리아 구석구석으로 흐르기도 해. 심지어 헤파톨리아에서 다른 우주로 건너갈 수 있는 물길도 있지. 우리 세계에서는 이런 물길을 핏줄이니 동맥이니 하는 이름으로 부르지. 오스카, 신중하게 처신해야한다. GRIU가 유용한 것은 사실이야. 그렇지만 그 네트워크를 잘 모르는 사람은 절대로 발을 들여선 안 돼. 방향이나 흐름을 훤히 꿰고 있어야한다고!" 모린이 잠시 사이를 두었다 덧붙여 말했다. "내가 잊은 것이 있구나. 이동 수단과 조종사도 잘 알아두어야 하지."

"조종사라니요?" 오스카가 흥미를 보이며 물었다. "그럼 그 네트워크에서 운전을 하는 사람들이 따로 있다는 말인가요?"

"운전만 하는 게 아니라 거기서 사는 사람들이지! 오스카, 더 이상은 말하지 않겠다. 일일이 설명하자면 너무 길기 때문에 들어봤자 기억도 안 날 거야. 한 가지만 잊지 마라. 너는 이 모험을 혼자 하는 게 절대 아니야."

"그럼 같이 가주시는 거예요?"

오스카는 별로 기대는 하지 않았지만 한 번 물어보았다.

"나보다는 너 자신과 함께 가는 편이 나을걸."

모린이 펜던트를 번쩍 들었다. 그러자 보이지 않는 실로 잡아당기기라도 한 듯, 오스카가 걸친 케이프의 한쪽 자락이 위로 들렸다. 동시에 안주머니에서 책 귀퉁이가 삐져나왔다. 오스카는 초록색 벨벳 표지를 볼 수 있었다. 주술서였다! 위더스 부인이 케이프와 허리띠를 준비하면서 이 책도 챙겼던 모양이다. 하지만 오스카는 최악의 사태를 걱정하고 있었다. 이제 그 책이 영원히 입을 다물기로 한 것은 아닌지, 아무 소용도 없는 애물단지로 변한 것은 아닌지 내심 걱정이 되었다. 하지만 주술서의 표지에 새겨진 M자는 주인을 안심시키려는 듯이 빛을 뿜어냈다.

"조심해라, 오스카. 신체 잠입 현장에서 주술서를 어떻게 다루어야 하는지 그 규칙은 알고 있겠지."

"네. 주술서에는 하루 두 번 이상 질문을 할 수 없어요."

"그건 신체 '바깥'에서 따라야 할 규칙이지. 신체 내에 들어와 있을 때에는 밖으로 나가기 전까지 한 번만 주술서를 쓸 수 있단다. 물론 대답도 딱 한 번만 얻을 수 있고 말이야. 그러니까 주술서를 쓸 것인지 말 것인지 신중하게 생각하고 결정하기 바란다. 될 수 있는 한 스스로 문제를 해결하려고 노력하고, 한 번뿐인 기회는 정말 다른 방법이 없을 때 써먹어야지. 게다가 지금은 실습 초기일 뿐이야. 뒤로 갈수록 까다로운 문제에 봉착하게 될 텐데 그때 주술서를 쓸 수 없으면……."

오스카는 주술서를 내려다보았다. 밖으로 나가기 전까지 딱 한 번만 물어볼 수 있다니…… 명심해야 할 얘기였다.

모린이 마지막으로 당부하려는 순간, 사이렌이 울렸다. 시알린 해변에 메아리가 울려 퍼졌다. 두 사람은 황급히 문으로 다가갔다.

지금까지 차분하지만 바지런히 일하고 있던 파로티드들도 우왕좌왕했다. 그들은 다리 위를 이리저리 달려갔지만 누구 하나 서로 부딪치거나 하는 일은 없었다. 파로티드들의 일사불란한 몸짓을 보고 있자니 마치 영화를 빠른 화면으로 돌려보는 것 같았다! 돌기에서도 그녀들이 빨판을 갖다 대기가 무섭게 액체가 줄줄 흘러나왔다. 파로티드들이 미처 모아들일 틈도 없이 타액이 다리 위로 줄줄 흘러 넘쳐 호수로 떨어졌다. 시알린의 수위가 위험스러울 정도로 높아졌다. 잠깐 사이에 나무판자까지 간당간당하게 물이 차올랐다.

"무슨 일이죠?"

오스카가 불안해하며 물었다.

"본즈! 이 머저리 본즈가 뭘 먹은 모양이야! 시알린이 침을 분비하기 시작했어!"

모린이 오스카를 해변으로 밀었다.

"오스카, 어서 가! 보트를 타!"

오스카는 보트에 훌쩍 뛰어올라가 부교에 남아 있는 모린에게 외쳤다.

"당신은요?"

"난 여기 남을 거야! 구의 압력이 높아지고 있어! 이제 곧 수문이 열리고 수위가 다시 낮아질 거야. 그러니까 내 걱정은 하지 마! 보트에 시동을 걸어, 어서!"

모린은 그렇게 외치면서 주위를 두리번거렸다. 타액이 차오르자 사방의 벽이 요동치며 차츰 팽창하고 있었다. 삐삐삐삐 하는 소리가 오스카의 고막을 찢을 듯한 사이렌으로 변했다. 소년은 보트에서 꼼짝도 하지 않고 있었다. 그를 마비 상태에서 깨운 것은 모린 주베르의 강력한 명령이었다.

"오스카, 보트에 시동을 걸어! 수문이 열리고 시알린의 타액이 솟아나면 그 흐름을 타고 가야해!"

이번에는 오스카도 시키는 대로 했다. 얼른 스위치로 달려가 시동을 걸어보았다. 모터는 아무 반응도 보이지 않았다. 오스카는 보트 안팎의 상황을 주시하며 한 번 더 떨리는 손으로 키를 돌려보았다. 털털털 돌아가는 소리가 나는가 싶더니 다시 힘없이 꺼져버렸다.

소년은 침착한 태도를 잃지 않으려고 노력했다. 그 순간 덜커덕 소리가 나면서 사이렌이 그쳤다. 이어서 우레처럼 뭔가 떨어지는 소리가 났다. 구에 타액이 가득 찬 나머지 수문이 열리고 말았던 것이다. 드디어 침은 시알린 밖으로 엄청난 굉음을 내며 쏟아지기 시작했다. 아직 시동도 걸리지 않은 보트, 그렇잖아도 부실한 보트가 뒤집힐 듯 요동쳤다.

"한 번 더! 다시 한번 시동을 걸어봐!"

모린이 목청이 찢어져라 외쳤다.

오스카는 이를 악물고 열쇠를 꽂아 세 번째로 돌려보았다. 엔진이 시커먼 연기를 두 번 토해내고 나서 드디어 시동이 걸렸다.

소년은 핸들을 붙잡고 거센 풍랑과 싸웠다. 저 멀리 조그맣게 보이는 모린이 그에게 수문 쪽으로, 물살의 흐름대로 가야한다고 손짓을 했다. 오스카는 여기저기 도사린 소용돌이를 피하느라 바빴다. 그는 급류나 다름없는 곳에서 차츰 떠내려가기 시작했다.

구의 끄트머리에 커다란 입을 벌리고 있는 수문이 보였다. 사나운 파도와 거품 천지에서, 그 문 너머에 무엇이 있는지 보기란 불가능했다. 그러나 소년은 이미 최악의 사태를 상상하고 있었다. 콸콸 물 흐르는 소리는 점점 더 커져만 갔다. 보트 엔진은 이미 소용도 없었다. 그가 탄 배는 아무 저항도 못해보고 가녀린 풀잎처럼 떠내려갔다.

보트가 허공으로 뚝 떨어진 순간에야 오스카는 현실이 상상을 초월

한다는 것을 깨달았다. 시알린에서 분비되는 타액은 나이아가라폭포
를 뺨칠 정도였다!

오스카는 보트와 함께 침방울들이 일으키는 물보라 속으로 곤두박질
했다. 소년은 돌멩이처럼 추락했고 그의 비명소리는 폭포의 무시무시
한 굉음에 파묻혀 들리지 않았다.

기묘한 만남

영원처럼 길게 느껴진 순간이 지나자 무서운 충격이 일어났다. 모터보트가 수면에 부딪혔던 것이다. 오스카는 자기 몸뚱이가 산산조각 나는 줄 알았다. 그렇지만 소년은 떨어지는 와중에도 온 힘을 다해 핸들을 붙잡고 있었다. 그는 끝까지 손을 놓지 않았다.

기적적으로 배는 가라앉지 않았다. 뿐만 아니라 엔진도 꺼지지 않았다. 그가 탄 모터보트는 물결과 파도를 가르며 나아가고 있었다. 침방울들이 자욱한 물보라를 이루고 있어서 앞이 보이지 않았고 소리도 엄청난 폭포 소리 때문에 분별할 수 없었다. 오스카는 액셀러레이터를 최대한 밟았다. 보트는 앞으로 튀어나갔고 마침내 조금 조용한 곳으로 접어들었다. 오스카는 뭍을 발견하고는 속도를 늦추어 서서히 보트를 댔다.

감정을 추스르기까지는 시간이 조금 필요했다. 그는 자기 몸을 꼼꼼하게 확인했다. 다친 데 하나 없이 말짱했다! 그다음에야 주위를 두리번거리며 자신이 상륙한 곳이 어디인지 살피기 시작했다.

그는 전달 조직 앞쪽으로 떨어졌다는 것을 깨달았다. 그래서 모린 주베르는 침이 흐르는 방향대로 몸을 맡기라고 했던 것이다. 위를 올려다보았다. 시알린은 하늘에 둥둥 떠 있는 것처럼 보였다. 이제 수문은 닫혀 있었고, 폭포도 물줄기가 차츰 가늘어지다가 잦아들었다. 소년은 전달 조직 앞에 있는 지하호에 와 있는 것 같았다.

그때 파로티드처럼 라텍스 작업복을 입은 한 무리의 남자들이 전달 조직에서 우르르 달려 나왔다. 그들은 거대한 기계로 호수에 고인 침을 열심히 펌프질하기 시작했다. 한편, 전달 조직 안에서는 일꾼들이 앞에 쌓인 음식물을 수레에 실어 컨베이어 벨트까지 나르느라 분주했다.

오스카는 그중 한 사람에게 다가가 물었다.

"실례합니다. 음식물을 잘게 다지는 곳까지 갈 수 있는 다른 길이 있으면 알려주시겠습니까?"

그 사람은 침방울이 뚝뚝 떨어지는 손으로 마스크를 벗고 오스카를 뚫어져라 바라보았다.

"이봐, 꼬맹이, 여기가 뭐 헤파톨리아 관광사무소라도 되는 줄 알아? 그것도 그렇고, 거기 가서 뭘 어쩌려고?"

"전 다만 그곳을 지나 헤파톨리아 산에 가려고……."

남자가 이 말을 듣고 기겁을 했다.

"꼬맹이, 네가 거기서 할 일은 아무것도 없어. 알아들었냐? 그 산에 네가 할 일은 없다고! 게다가 너처럼 머리에 피도 안 마른 녀석에겐 너무 위험한 곳이야. 자, 이제 그만 집에나 가봐라. 난 일이나 해야겠다."

오스카는 더 이상 고집을 피우지 않았다. 이 사람을 붙잡고 물어봤자 도움을 구할 수 없을 것 같았다. 오스카는 모린 주베르가 알려준 정보의 귀중함을 새삼 깨달았다. 그는 수레를 채우고 밀기에 바쁜 일꾼들 눈에 띄지 않게 조심하면서 컨베이어 벨트를 따라가 보았다.

입구 앞에서 오스카는 머리 위를 올려다보았다. 까마득히 높은 천장 근처에 발코니가 보였다. 음식물을 잘게 다지는 조종실이 있는 발코니였다. 그는 누가 발코니에서 자기를 볼 수 없기를 바라며 조심스럽게 자세를 낮추었다. 탱크들은 10미터 아래에 있었다. 다행스럽게도 저 안에 빠지고도 몸 성히 살아나왔지만, 이번에는 탱크에 빠져도 위급 상황 버튼을 눌러 무서운 칼날을 멈춰줄 사람이 아무도 없었다. 그러니 탱크들을 빙 둘러가서 조직 안으로 잠입할 방법이 필요했다.

오스카는 다른 출구가 없을까 이리저리 살폈다. 그때 한 남자가 다가와 그를 툭툭 밀었다.

"어이, 네가 9번 탱크 수리공이냐?"

오스카는 너무 놀라서 미처 대답할 겨를이 없었다.

"참 일찍도 왔다! 본즈는 지금쯤 왜 이렇게 소화가 잘 안 되나 생각하고 있겠지. 탱크의 칼날이 맛이 갔으니 당연하지! 수리해야 할 탱크는 저쪽이다!"

남자는 가장 끝에 위치한 탱크의 유리문을 손가락으로 가리켰다. 그러다 문득 오스카의 케이프에 얼굴을 바짝 들이밀고 눈살을 찌푸렸다.

"M? 이건 또 뭐야? 정비 회사를 교체했나?"

오스카가 우물쭈물 둘러댔다.

"아, 네! 맞아요! 이건…… '수리 뚝딱'이라는 우리 회사 로고예요!"

남자가 어깨를 으쓱했다.

"뚝딱 좋아하네. 사흘이나 기다려야 수리공이 오는데 무슨 뚝딱이야! 평소에 하던 대로 저기 안전 계단으로 내려가!"

그는 오스카가 여태까지 발견하지 못했던 문 하나를 가리키고는 저만치 가버렸다.

소년은 고개를 끄덕이고 서둘러 그 문으로 뛰어갔다. 아까 그 남자가 자신의 오해를 깨닫지 못하기를 바랄 뿐이었다. 그는 갑실로 들어가 한달음에 계단을 내려갔다. 두 층을 내려가니 또 다른 문이 나타났다. 이 문이 유일한 출구였으므로, 오스카에겐 다른 선택의 여지가 없었다. 가로로 튀어나온 바를 밀었더니 문은 손쉽게 열렸다. 오스카는 운동장만 한 방에 발을 들여놓았다가 그 자리에 우뚝 멈춰 섰다.

소년의 눈앞을 거대한 탱크들이 가로막고 있었다. 로이스의 헤파톨리아에 들어가서 본 것보다 어마어마하게 컸고 개수도 훨씬 많았다. 하얗게 빛나는 바닥에 열 개 남짓한 탱크들이 원형으로 배열되어 있었다. 두꺼운 강철 막대가 떠받치고 있는 탱크들은 가스레인지의 삼발이에 올려놓은 주방용 냄비와 비슷해 보였다. 물론 탱크 아래에 활활 타는 불 따위는 없었다. 깨끗하고 미끄러운 바닥이 펼쳐져 있을 뿐이었다.

오스카는 넘어지지 않으려고 조심하며 어느 탱크 아래로 몸을 숨겼다. 마음을 안정시키려고 노력했다. 조종실에서 내려다보면 그는 개미만큼 조그맣게 보일 터이니 들키지 않을 것이다. 그는 이 탱크에서 저 탱크로 넘어가는 다리가 있다는 것을 알아차렸다. 아마도 오늘처럼 문제가 발생한 경우에 탱크의 가장자리를 오가며 수리를 할 수 있도록 설치해놓은 듯했다. 게다가 모든 탱크가 작동이 정지되어 있었다. 본즈에게 자기 몫이 아닌 크루아상을 허겁지겁 삼키면 안 된다고 경고하기 위해서 말이다.

오스카는 계속 숨어서 주변을 관찰했다. 아까 오스카가 들어왔던 비상문을 제외하면 다른 출구는 아무데도 없었다. 그는 눈으로 탱크와 탱크를 잇는 다리를 따라가 보았다. 탱크들을 연결하여 하나의 원을 그리고 있는 다리가 있을 뿐 바깥으로 빠지는 길은 하나도 찾을 수가 없었다. 오스카는 다음 단계가 무엇일지 추측해보았다. 헤파톨리아 산으로 가려면 아무래도 AA구역을 지나는 수밖에 없었다. 그는 마음을 가라앉히기 위해 손바닥으로 주술서의 벨벳 표지를 쓸어보았다. 하마터면 그 책을 펼칠 뻔했지만 생각을 고쳐먹었다. 한 번뿐인 기회를 써먹기엔 너무 일렀다. 주술서에 도움을 청하기보다는 어떻게든 머리를 짜내어 방법을 구해야했다.

하지만 깊게 생각할 틈도 없었다. 답은 저절로, 그것도 끔찍한 방식으로 그의 눈앞에 나타났다.

바닥이 부르르 떨리면서 한복판을 쩍 가르는 금이 나타났다. 이제 보니 바닥은 원래부터 두 개의 판이 양쪽으로 갈라지게끔 설계되어 있었다. 마치 덧창이 열리듯 바닥이 열리기 시작했다.

한쪽 바닥에 서 있던 오스카는 중심을 잃고 넘어질 수밖에 없었다. 그는 가장 가까이 있는 탱크를 붙잡으려고 했지만 탱크도 바닥 못지않게 미끄러웠다. 게다가 잡고 매달릴 수 있는 손잡이나 고리가 전혀 없었다. 바닥은 점점 더 벌어졌다. 그는 이제 추락하기 일보 직전이었다. 오스카는 젖 먹던 힘까지 짜내어 몸을 날렸다. 온몸을 던져 탱크들을 잇는 다리의 난간을 붙잡고 매달렸다.

고개를 숙여 아래를 내려다보았다. 바닥판들은 옆으로 밀려나 이제 거의 수직을 이루고 있었으므로 사실상 바닥이 없어진 거나 마찬가지였다. 그는 거대한 깔때기 속에 대롱대롱 매달린 꼴이 되었다. 이 깔때기의 용도는 무엇일까? 이 아래에는 무엇이 있을까? 앞으로 무슨 일이 일어나려나?

도와달라고 외쳤지만 이미 너무 늦었다. 오스카가 겁에 질려 지켜보는 가운데 탱크들이 깔때기 쪽으로 뒤집히기 시작했던 것이다.

열 개의 탱크에서 끈적끈적하고 뻑뻑한 죽이 동시에 쏟아져 내렸다. 오스카는 깔때기 속으로 함께 떨어지지 않기 위해 손아귀에 힘을 주었다. 그러나 거대한 힘에 휩쓸린 소년은 그만 손을 풀고 말았다. 그는 떨어지는 와중에도 반사적으로 케이프로 자신의 몸을 감쌌다. 그 다음에는 뻑뻑한 액체의 소용돌이 속으로 빨려 들어갔다.

모든 것이 뜨뜻하고 눈앞은 시커멨다. 오스카는 공포에 휩싸여 주위를 둘러보았다.

소년은 다시 한 번 심한 충격을 입었다. 단단한 바닥에 패대기쳐진 그는 몸 위로 무거운 곤죽 덩어리가 끝없이 쌓이는 것을 느낄 수 있었다. 온몸이 쑤시고 머리가 어질어질했다. 있는 힘을 다해 옆으로 굴렀다. 그냥 있다가는 완전히 곤죽에 파묻히고 말 테니까.

그는 아직 케이프 자락을 치우지 못했다. 팔다리를 흔들어보고 만져보고서야 다친 데가 없다는 것을 알 수 있었다. 그제야 비로소 케이프를 치우고 얼굴을 내밀어볼 엄두가 났다.

그는 길쭉한 직사각형의 공간 한쪽에 처박혀 있었다. 벽면은 알루미늄처럼 빛나는 금속으로 이루어져 있었다. 왼쪽에는 벽을 따라 여러 개의 문들이 나 있었다. 각각의 문에 구멍이 나 있었는데 그리로 붉은 빛이 새어 들어왔다.

오스카는 문득 바닥이 흔들리는 것을 느꼈다. 사실 그는 작동 중인 컨베이어 벨트 위에 쓰러져 있었던 것이다.

음식물 덩어리가 첫 번째 적외선에 닿자마자 첫 번째 문의 윤곽이 빛을 뿜더니 금속 문짝이 슥 밀려나 벽 속으로 들어갔다. 얼굴 가리개가 달린 모자를 쓴 사나이가 그리로 들어왔다. 그는 우주복 같은 옷으로 전신을 감싸고 있었다. 한 손에는 물 뿌리는 호스 같은 것이 들려 있었다. 사나이가 입을 열었다. 그의 말은 얼굴 가리개에 장착된 마이크 때문에 로봇의 목소리처럼 이상하게 들렸다.

"음식물 감지. 산성 용액 발사."

남자가 버튼을 누르자 호스에서 끈끈한 용액이 튀어나와 곤죽 상태의 음식물로 날아갔다. 오스카와 불과 2미터밖에 떨어져 있지 않았다. 음식물 덩어리는 눈이 녹듯 순식간에 스러졌다. 자욱한 연기가 치솟았다. 몇 초 만에 곤죽의 산이 10분의 1 크기로 쪼그라들었다. 음식물 덩어리는 계속해서 컨베이어 벨트를 타고 들어왔고 문구멍으로 들어오는 적외선에 감지되었다. 그때마다 그 문에서 같은 옷차림을 한 사나이가 들어와 산성 용액을 발사했다.

오스카는 얼른 일어나 반대방향으로 달려 깔때기를 빠져나가고 싶었다. 하지만 냄새나는 끈끈한 곤죽에 처박힌 발을 옮기기란 쉽지 않으며 컨베이어 벨트는 쉴 새 없이 돌아가고 있었다. 결국 첫 번째 적외선에 그의 몸뚱이가 닿고 말았다.

기계음을 합성한 듯한 목소리가 온 방 안에 울려 퍼졌다.

"움직이는 물체 발견. 소화가 잘 되지 않은 음식물로 추정. 산성 용액의 양을 두 배로 늘린다."

문 위에서 뭔가 번쩍하고 표시가 들어오더니 우주복 차림의 남자가 한 명 더 나타났다. 그는 아까 들어온 남자와 몇 마디를 주고받았다. 오스카에게도 그들이 하는 말이 들렸다.

"본즈가 또 살아 있는 생물체를 먹었어! 음식물을 다지는 파트는 늘 일을 너무 대충대충 한다니까! 하긴 걔들도 진짜 힘들 거야! 안 그래도 탱크에 기술적인 문제가 발생했다는 얘기는 들었어!"

"살아 있는 생물체가 들어 왔다고? 도대체 뭐가?"

"내가 어떻게 알겠어? 뭐, 본즈는 생굴이라면 환장을 하니까."

"생굴? 아침 식사로 카페오레에 생굴을 먹는단 말이야?"

"어쨌든 적외선 감지 장치에 생물의 운동 반응이 나타났어. 어, 봐봐! 저기 음식물 한복판에 있는 초록색 덩어리! 저게 움직였어! 믿을 수 없군! 저걸 통째로 삼키더니! 봐봐, 나 좀 도와줘. 용액을 두 배로 뿌려야 해! 저걸 다 녹이려면 그래야지!"

오스카는 첫 번째 남자가 쏜 산성 용액을 간발의 차로 피했다. 두 번째 사내가 나섰을 때에는 곤죽에 코를 처박고 웅크린 뒤 케이프로 온몸을 감쌌다. 그는 물줄기가 등에 꽂히는 것을 느꼈다. 기적적으로 케이프는 산성 용액의 공격에도 버텨주었지만 지지직 올라오는 연기는 어쩔 수 없었다. 오스카는 케이프를 챙겨준 위더스 부인에게 새삼 감사했다. 그는 케이프가 AA구역 끝까지 버텨주기를 바랐다. '그다음에는 걸레로나 쓸 수 있겠지!'

영원처럼 느껴진 몇 초가 지난 후, 그는 남자들이 더 이상 산성 용액을 쏘지 않는다는 것을 알았다. AA구역을 지난 것이면 좋겠다고 생각하면서 케이프 자락을 들어 바깥 동정을 살폈다.

실제로 오스카는 산성 공격 구역의 막바지에 와 있었다. 그의 눈앞에 거대한 집하구가 보였다. 이 집하구가 어디로 통하는 것인지 알 방법이 없을까?

모린은 이 방 끝에 있는 것에 대해 오스카에게 자세히 설명할 틈이 없었던 듯했다. 그러나 본즈의 몸에서 빠져나갈 수도 없었다. 헤파톨리아 산이 멀지 않았다. 그는 자신의 임무를 잊지 않았다. 유리병에 넥타를 담아 첫 번째 트로피로 가져가야한다. 그는 허리띠의 첫 번째 가방을 손으로 더듬었다. 온몸에 뒤집어쓴 케이프의 어둠 속에서 그에게 용기를 북돋우듯 섬광이 한 번 일어났다.

오스카는 더 고민하지 않고 시커멓게 쪼그라든 음식물 더미에서 얼른 빠져나왔다. 뒤를 돌아보니 아까 그 사내들은 보이지 않았고 마지막 문은 아직 열려 있었다. 오스카는 있는 힘을 다해 뛰었다. 문짝이 점점 닫히고 있었다. 그러나 문 앞에 다가가보니 몸을 옆으로 눕여서 지나갈 정도의 틈은 남아 있었다. 오스카가 건너편 바닥에 쓰러지자마자 문은 완전히 닫혔다.

그는 일어나서 주위를 살폈다. 왼쪽 저 끝에는 AA구역 요원들이 줄을 서서 걸어가고 있었다. 오스카는 움푹 들어간 구석에 몸을 숨기고 그들이 완전히 보이지 않게 될 때까지 기다렸다.

친근한 소리가 그의 주의를 끌었다. 물이 흐르는 소리였다. 소리는 오른쪽에서 나는 듯했다. 오스카는 조심스럽게 그쪽으로 갔다. 어슴푸레한 어둠에 휩싸여 있는 지하 터널의 입구가 나왔다.

소년은 안으로 한 발, 한 발 내딛었다. 터널의 벽면은 줄무늬가 있었고 고무처럼 탄력이 있었다. 오스카의 발밑이 꿈틀꿈틀했다. 그래도 그럭저럭 지나갈 수 있었다. 마침내 작은 개천이 나타났다. 오스카는 모린의 말을 떠올렸다. 이 개천도 아마 GRIU가 땅 속으로 뻗은 하나의 지류일 것이다.

오스카는 조금 평평한 지대에 올라가서 고개를 조심스레 앞으로 숙였다. 가까이서 관찰해보니 이 개천은 바깥세상의 그것과 사뭇 달랐다. 흐름을 종잡을 수 없었다. 어떤 곳은 졸졸졸 흐르고 어떤 곳은 정체되어 있었다. 두 번째 다른 점은 더욱 두드러졌다. 이 개천에 흐르는 것은 물이 아니라 붉은 액체였다. 그 액체는 '피처럼' 붉었다!

오스카는 머리 위에 떠 있는 스크린을 쳐다보았다. 시간표가 나와 있었고 각각의 시간 옆에는 수수께끼의 기호들이 나와 있었다. DR5, DR2, DR4……. 오스카는 이 기호들의 의미를 궁금하게 여기고 있다가 갑자기 들려온 목소리에 소스라치게 놀랐다.

"다음 차가 들어옵니다. 안전선 안으로 들어오시기 바랍니다."

오스카가 퍼뜩 뒤로 물러나자마자 소형 잠수정 같은 타원형의 물체가 수면에 떠올랐다. 잠수정은 돌고래처럼 공중으로 훌쩍 날아올랐다가 다시 물속에 처박혔다.

오스카는 어떤 여자가─여자라기보다는 소녀의 목소리에 가까웠지만─신나게 질러대는 소리를 들었다.

"이야아아아아!"

오스카는 카우보이가 야생마를 타고 몸부림치는 로데오 경기를 보는 기분이 들었다. 잠시 후, 잠수정은 붉은 거품을 일으키며 다시 한 번 곤두박질했다. 그 바람에 붉은 물방울이 오스카의 머리부터 발끝까지 튀었다. 잠수정이 소년 앞에서 멈추었다. 조종석으로 보이는 곳이 자동으로 열리면서 핏빛처럼 붉은 머리칼을 늘어뜨린 소녀가 나타났다.

"안녕! 음, 미안해요." 소녀는 얼굴 가득 미소를 띠고 있었다. "난 그냥 10시 35분 차라고 알려주고 싶었던 것뿐이에요. 어디까지 가세요?"

오스카는 핏물을 줄줄 흘리며 입을 떡 벌리고 다가갔다. 그가 아무 말도 하지 않자 안내양 소녀는 두 팔로 허리를 짚고 다시 말했다.

"이봐요! 안녕, 플랫폼에선 내 말이 안 들리나요? 행선지가 어디냐고요!"

"아…… 나도 잘 모르겠는데요……."

그러자 소녀가 전광판을 쳐다보고 이렇게 말했다.

"얼른 정해요. 4분 후면 다음 차가 도착하니까요!"

오스카는 난데없이 등장한 이 소녀가 다소 뻔뻔스럽다고 생각했다. 그의 귀가 다 젖을 정도로 핏물을 튀겨놓고는 제대로 사과도 하지 않은 데다가 다짜고짜 이래라저래라 하고 있지 않은가. 오스카는 그냥 넘어갈 수 없었다.

"음, 그렇다면 난 다음 차를 기다리겠어요. 그럼 적어도 옷은 말릴 수 있겠죠! 당신 때문에 홀딱 젖었잖아요! 도대체 운전을 어디서 배웠기에 그 모양이죠?"

소녀가 까르르 웃음을 터뜨렸다.

"어머, 그래요! 그런 얼굴 하지 말고 타요! 타고 나서 어디로 가고 싶은지 말만 하세요!"

소녀는 그렇게 말하며 옆으로 조금 비켜나 오스카가 앉을 수 있게 자리를 내주었다. 소년은 아주 잠깐 망설였지만 금방 결심이 섰다. 처음으로 그를 도와주겠다는 사람을 만났는데 거절할 수는 없었다.

그는 작은 잠수정에 올라탔다. 딱 두 사람이 타면 꽉 차는 크기였다. 오스카가 앉으려는데 소녀가 손을 내저었다.

"뭐예요, 다 묻겠어요! 옷이 뭐 그래요? 정말 괴상한 케이프로군요. 게다가 더럽기는 또 얼마나 더러운지! 으윽, 냄새!" 소녀는 코를 틀어쥐었다. "옷이나 좀 털고 나서 타세요."

오스카는 속으로 투덜투덜하면서 케이프를 털었다. 정말로 짜증나는 소녀였다. 산성 용액에 타고 남은 음식물 찌꺼기를 모두 털어내자 소녀는 이제 타도 좋다고 허락했다.

그가 앉자마자 조종석이 스르르 내려갔다. 소년은 잠수정의 벽면을 손으로 만져보았다. 처음에는 유리로 만든 줄 알았지만 그것은 유리가 아니라 속이 투명하게 비치는 이상한 물질이었다.

"궤도진입혈구 DR5에 탑승한 것을 환영해요. DR5는 탄력이 뛰어나고 좁은 개천이나 더러워진 수로를 통과하는 데 아주 실용적이죠!"

혈구는 붉은 액체 속을 가르고 나아갔다. 오스카는 좌석에서 등을 떼지 못했다. 알록달록한 여러 종류의 해저 차량들 사이를 혈구는 솜씨 좋게 지그재그로 빠져나갔다. 다른 해저 이동 수단들은 몇 개가 무리를 이루어 움직이기도 했고 독자적으로 운행하기도 했다. 문득 앞에 복잡하게 생긴 기계들이 나타났다. 그 기계들은 금속 막대로 서로 연결되어 있었다.

소녀는 우악스럽게 핸들을 꺾어 충돌을 피했다.

"아, 저놈의 PI! 진짜 골치 아프다니까! 예고도 없이 아무 데나 돌아다니면 어쩌자는 거야!"

"PI? 그게 뭐야?"

오스카는 소녀에게 골이 났던 것도 잊고 이렇게 물었다.

"Prot&In의 약자야. 여기서 굉장히 잘나가는 수중 설비와 컴퓨터 회사 이름인데 GRIU에선 흔하게 볼 수 있지. 하지만 솔직히 말해 저것들은 운전 실력이 꽝이야! 음, 어쨌든 행선지는 결정했어? 어디로 가긴 가야 할 것 아냐!"

"넌 GRIU에서 택시 운전을 해?"

"사실상 그렇다고 할 수 있지. 원래는 우주 곳곳으로 산소통을 나르는 일을 하지. 빈 통을 산소로 가득 채워서 운반하는 거야. 하지만 가끔 플랫폼에서 사람을 만나면 그들을 태워서 원하는 곳까지 데려다주기도 하지. 혼자서만 돌아다니면 심심할 때가 많거든!" 소녀는 그에게만 말해준다는 듯이 소곤소곤 털어놓았다. "원래는 DR5에 한 명만 타게 되어 있어. 하지만 그딴 게 무슨 상관이야!"

오스카는 소녀를 곁눈질로 바라보았다. 완전히 마음을 놓을 수는 없었지만 어쨌든 일단 지금은 모르는 척하고 싶었다. 잘 알지도 못하는 우주를 혼자 돌아다니는 것보다는 이편이 훨씬 좋았다. 드디어 행운의 여신이 그에게 미소를 보이고 있다는 생각이 들었다. 비록 그와 비슷한 또래의 웃기는 빨간 머리 계집애라고는 해도, 안내를 받을 수 있다면 그건 행운이었다. 오스카는 소녀에게 물었다.

"날 헤파톨리아 산에 내려줄 수 있을까?"

"아, 헤파톨리아 산……. 나도 정확한 위치는 모르는데. 뭐, 한번 시도는 해볼 수 있겠지."

소녀는 난처한 기색으로 대답했다. 오스카가 고개를 번쩍 들었다.

"뭐야? 우주 곳곳에 산소를 전달한다며!"

"음, 사실은 내가 그 일을 한다고 말하기는 좀 그렇고……. 그건 우리 아빠의 소임이야. 하지만 아빠도 내 운전 솜씨는 인정한다고! 모든 사람들에게 내 자랑을 하신단 말이야!"

오스카는 벌떡 일어났다.

"그 말은…… 이게 네 아빠 잠수정이란 뜻이니? 너 면허는 있어?"

"괜찮아, 진정해!" 소녀는 짜증스럽게 대꾸했다. "그래, 면허는 없어. 하지만 내 운전 실력은 웬만한 어른들보다 훨씬 나아! 그리고 여기엔 GPS 장치도 있거든. 네가 말한 산을 찾는 일쯤은 식은 죽 먹기야!"

오스카는 눈을 감았다. 도대체 왜 이 계집애가 모는 잠수정에 올라탔을까? 처음부터 이 애는 거짓말만 하고 있었던 것이다! 설상가상으로, 소녀는 오스카를 놀려대기 시작했다.

"그런데 넌 뭐야? 왜 쌜쭉해졌어? 마음 편히 먹어, 숨을 크게 들이마셔. 원한다면 네 뒤에 있는 산소통에 입을 대고 들이마셔도 돼! 후후후, 문제없어. 면허야 따면 되지, 그게 뭐 대수인가……."

"문제는 너한테 면허가 없다는 거야! 그것도 몰라!"

오스카가 흥분을 참지 못하고 폭발했다.

"그게 굳이 면허를 딸 필요가 없다는 증거 아니겠어. 나한테 운전은 너무 쉬워! 그런데 넌 누구야? 겁쟁이인 건 둘째 치고 그 웃기는 옷차림은 뭐야?"

소녀는 꿈쩍도 하지 않고 천연덕스럽게 물었다.

"일단, 난 겁쟁이가 아니야!"

"좋아, 그럼 그 우스꽝스러운 옷은 뭔데?"

오스카는 펜던트를 꺼내어 소녀의 코앞에 내밀었다.

"이름은 오스카 필, 난 메디쿠스야."

소녀가 눈을 동그랗게 떴다.

"뭐? 네가 메디쿠스라고? 우리 아빠가 메디쿠스들은 키가 크고 힘도 세고 용감하다고 했는데!"

오스카는 조금 당황해서 팔짱을 꼈다.

"어쨌든 난 용감해! 메디쿠스가 맞지만 아직 좀 어려. 그뿐이야!"

"아, 너도 나처럼 초보인 모양이구나! 그런데 내가 면허가 없다고 그렇게 화를 내도 되는 건가? 말하자면 너도 아직 면허를 딴 메디쿠스는 아니잖아!"

소녀는 웃음을 터뜨렸다. 오스카는 웃고 싶은 마음이 눈곱만큼도 없었다. 오히려 소녀가 웃지 못하게 목이라도 조르고 싶은 심정이었다.

"그러는 너는? 네 정체는 뭐야?"

"난 모엘* 독립공화국의 에리트로사이트**야. 이름은 에리트라*** 34-46-3520이라고 해."

"무슨 이름이 그래!"

"무슨 이름이 그래!" 소녀는 오스카를 놀리듯이 그의 말투를 그대로 흉내 냈다. "내 이름이 어때서? 오스카 필이라는 이름이 왜 더 낫다는

★ Moelle, '골수'라는 뜻이며, 골수는 뼈 사이의 공간을 채우고 있는 조직으로 적혈구와 백혈구가 주로 여기서 만들어진다.
★★ Érythrocyte, '적혈구'라는 뜻이며, 적혈구는 혈액의 주요 성분 중 하나로 산소를 운반하는 역할을 한다.
★★★ Érythra, '빨간'을 뜻하는 어근 'érythr-'에 '여성'을 뜻하는 접사 '-a'가 붙어서 만들어진 이름이다.

거야? 34는 우리 가문의 코드야. 46은 세대 코드, 3520은 같은 항렬에서 내가 차지하는 서열을 나타내지. 하지만 그냥 발랑틴이라고 불러도 돼. 우리 집에서도 그렇게 부르거든."

발랑틴은 다시 핸들을 꺾었다. DR5가 옆으로 휙 방향을 틀면서 좀 오래돼 보이는 잠수정을 피했다. 소녀는 재빨리 몸을 숙였다.

"젠장! 고모잖아! 고모가 나를 보지 않았어야하는데! 네가 핸들을 잡아!"

오스카는 시키는 대로 핸들을 잡고 붉은 물속에서 이리저리 방향을 잡으려고 안간힘을 썼다.

"이제 지나갔어?"

발랑틴이 물었다.

"그래, 멀리 갔어."

오스카는 사실 고모인지 뭔지가 어디로 갔는지도 몰랐지만 그렇게 둘러댔다. 소녀는 평소보다 벌겋게 달아오른 얼굴을 들었다.

"휴우, 간발의 차이였네! 고모가 봤으면 아빠한테 다 일러바칠 거야. 우리 고모가 얼마나 성가신 사람인지는 내가 잘 알지!"

"그럼 너희 아빠는 지금 네가 이걸 몰고 있다는 사실도 몰라?"

"또 시작이구나! 왜 이렇게 깐깐하게 굴어? 너 그 산에 가고 싶어, 가기 싫어?"

오스카는 가고 싶다는 뜻으로 고개를 끄덕였다. 소녀는 한쪽 머리채를 손으로 비비 꼬며 장난을 치기 시작했다.

"문제는 내가 여기서 너무 멀리 나갈 수는 없다는 거야. 헤파톨리아 산의 입구는 아마 꽤 멀 텐데……. 아마 지표면으로 나가야겠지."

오스카는 고개를 절레절레 흔들었다. 이 소녀를 만난 다음부터 일이 자꾸 꼬이기만 했다. 그런데 이제 자기는 함께 갈 수 없다는 식으로 나오다니! 정말로 짜증이 났다.

"좋아, 넌 갈 수 없다면 다시 물 밖으로 나가서 날 내려줘. 내가 알아서 찾아갈 테니까."

이 말을 듣고 발랑틴도 심사가 뒤틀렸다.

"누가 못 간다고 그랬어? 여기서 너무 멀리 벗어나면 안 된다고 했을 뿐이야. 그랬다가는 혈구를 몰고 나간 게 아빠한테 들통 나니까! 게다가 헤파톨리아 산 초입으로 들어가려면 고속도로를 타야한다고!"

"고속도로?"

이제 오스카는 아무것도 알 수 없게 되어버렸다.

"포르트 강으로 들어가야 한다는 얘기야. 아빠가 거긴 가지 말라고 했는데."

발랑틴은 자기 아빠가 정말로 이성을 잃고 노발대발하기라도 한 것처럼 어깨를 으쓱했다.

"거기엔 차가 너무 많아서 어린애가 운전을 하면 위험하다고 했어. 뭐, 그래도 난 전혀 겁나지 않아, 차가 많아 봤자지!"

오스카는 발랑틴이 아빠가 어쩌고저쩌고 떠들어도 사실 관심이 없었다. 그보다는 여기서 빠져나가서 헤파톨리아 산으로 들어갈 다른 방법을 찾고 싶었다.

"그래, 어쨌든 이제 날 물 밖에 내려줘!"

"잠깐만, 나한테 다른 방법이 있어."

"무슨 방법?"

오스카가 조바심을 냈다.

"헤파톨리아 산으로 들어가는 길은 모르지만 나오는 길은 알거든!"

"나오는 길이라니?"

"그래, 나오는 길! 넌 진짜 아무것도 모르는구나? 헤파톨리아 산의 광맥에서 캐낸 것을 운반하는 길이 있잖아!"

오스카는 책에서 헤파톨리아에 대해 읽은 내용을 되새겨보았다. 일부 음식물을 분해하는 데 쓰이는 귀중한 자원은 물론, 모든 우주에 공급되는 에너지와 연료가 헤파톨리아 산에서 생산된다는 글을 본 적이 있었다. 위더스 부인도 헤파톨리아는 모든 우주를 통틀어 가장 어둡고 지내기 힘든 곳이지만 가장 유용한 우주라고도 했었다. 오스카는 자존심이 상해서 얼른 큰소리를 쳤다.

"모르긴 왜 몰라! 나도 알아! 음, 그럼 날 거기까지 데려다줘. 나머지는 내가 알아서 할게!"

오스카는 헤파톨리아 산에서 나오는 길까지 간 다음에는 어떻게 해야 할지 막막했다. 그래도 일단 거기까지 가면 들어갈 방법이 떠오를 것 같았다. 자신만만하게 '뭐든지 내 마음대로' 밀어붙이는 발랑틴의 태도가 눈에 거슬리긴 했지만 그래도 이 아이를 만난 것이 행운이라면 행운이었다. 어쩌면 행운의 여신이 한 번 더 미소를 보여줄지도 몰랐다. 게다가 아직 주술서를 쓸 수 있는 기회가 남아 있었다. 소년은 케이프 자락을 들어보았다. 책은 안주머니에 고이 보관되어 있었다.

발랑틴은 GPS 장치를 연결하고 다짜고짜 액셀러레이터를 밟았다.

"그럼 헤파톨리아 산으로 출발!"

오스카는 혈구를 타고 이동하는 내내, 발랑틴에게 말을 걸거나 그 애의 이야기에 귀를 기울이지 않고 가만히 앉아 있었다. 발랑틴의 거짓말이 다시 한 번 들통 났다. 이 소녀는 잠수정 면허는 고사하고 자전거를 몰 실력도 안 되는 것 같았다! 발랑틴이 모는 혈구는 물 밖으로 높이 솟아올랐다가 추락하고 다시 물에 처박혔다가 하면서 겨우겨우 육지에 다다랐다. 그제야 오스카는 한숨을 쉬었다.

더 이상 지하에서 헤매지 않아도 된다는 것만으로도 소년은 마음이 놓였다. 문이 열리자 그는 비틀대며 걸어 나왔다. 정말 두 발로 땅을 디디고 있는 건지 실감이 나지 않았다. 발랑틴도 촐싹대면서 따라 나왔다. 아슬아슬한 여행에도 그녀는 조금도 동요하지 않은 것 같았다.

"아, 신선한 공기를 마시니까 정말정말 좋다!"

소녀는 신이 나서 큰소리로 외쳤다.

오스카는 몇 발짝 걸어갔다. 머리 위, 하늘 높이 번득이는 번갯불이 땅에 창백한 빛을 던져주었다. 그는 앞에 우뚝 솟아 있는 거무스름한 산봉우리를 보았다. 드디어 헤파톨리아 산기슭에 도착한 것이었다.

첩첩산중에서

어마어마한 산이었다. 미끄러운 갈색 암벽에는 여기저기 구멍이 뚫려 있었지만 잡초 한 포기 찾아볼 수 없었다. 하얀 빛이 바위산과 계곡을 비추었다.

오스카는 무슨 수로 산을 올라야 할지 엄두가 나지 않았다. 하지만 여기까지 온 게 어디인가. 뒤에서 휘파람 소리가 들렸다. 오스카가 돌아보았다. 발랑틴이 아직도 거기에 서 있었다. 그녀도 헤파톨리아 산의 풍광에 압도당한 것 같았다.

"와우, 이런 장관은 처음 보는데! 데려다주길 잘했어! 정말 근사한 산이다! 그런데 좀 불안하기도 한데? 그렇지 않니?"

오스카가 경계하는 눈빛으로 소녀를 쳐다보았다. "음, 그래. 여기까지 데려다줘서 고마워. 그래, 다음에 또 보자." 오스카는 발랑틴이 얼른 돌아가게 하려고 일부러 인사말을 강조했다.

그는 헤파톨리아 산에 이 소녀를 달고 갈 마음이 조금도 없었다. 하지만 발랑틴은 도무지 그 자리를 뜰 낌새를 보이지 않았다. 그녀는 감탄하는 눈으로 가파른 바위산을 쳐다보며 이렇게 말했다.

"나한텐 신경 쓰지 마. 그냥 내가 없다고 생각하고 너 할 일을 하면 되잖아……."

"너희 아빠가 걱정하실 거야. 자, 이제 가!"

오스카는 발랑틴을 잠수정 쪽으로 밀었다. 발랑틴은 힘으로 버티려고 했지만 오스카가 힘이 더 셌다.

"아니, 왜 여기 있으면 안 된다는 거야? 혼자서 헐구를 모는 건 따분하단 말이야! 왜 내 맘대로 다니는 것까지 방해하는데? 절대 널 방해하지 않을게, 약속해!"

"너무 멀리 가면 안 된다고 말한 사람은 너였잖아!" 오스카는 소녀를 억지로 잠수정에 태웠다. "게다가 난 여기서 아주 중요한 일을 할 거야. 굉장히 위험할 수도 있어. 그러니까 넌 여기 있으면 안 돼!"

발랑틴은 성을 내며 오스카를 뿌리치고 잠수정에 시동을 걸었다.

"아, 됐어! 됐다고! 가면 되잖아! 고맙다, 생각해줘서! 널 도와줬는데 넌 이렇게 나온다 이거지! 기억해두겠어."

발랑틴이 거칠게 후진을 하는 바람에 낡은 DR2는 뒤집힐 뻔했다. 그동안 오스카는 산자락을 눈여겨보았다. 그는 문득 발랑틴이 말한 '나가는 길'이 정확히 어디인지 모른다는 것을 깨달았다. 잠수정이 자리를 뜨기 일보 직전, 오스카는 발랑틴을 불렀다.

"나가는 길이 어디야?"

"아하? 이제야 내가 필요해진 모양이지? 그래서 붙잡으시려고? 웃기지 마! 나가는 길은 너 혼자 찾아봐!"

발랑틴은 오스카의 대답을 듣지도 않고 조종석을 닫자마자 출발했다. 오스카는 어깨를 으쓱했다. 어쨌든 한 가지는 분명했다. 그는 이제부터 알아서 해야했다. 나가는 길이 있다면 반드시 그 길을 찾아야 할 것이다.

오스카는 왼쪽으로 걸어가 산을 한 바퀴 돌아보기로 작정했다.

한 시간쯤 지났을 때, 소년은 제자리를 벗어나지 못하고 있다는 느낌이 들었다. 그만큼 헤파톨리아 산은 가까이 다가갈수록 크고 웅장하게 보였다. 아무리 살펴보아도 산으로 들어가는 통로는 보이지 않았다. 산쪽에서 나오는 길도 없었다. 끔찍하리만치 단조로운 풍경만이 이어졌다. 눈앞의 우뚝한 산, 그리고 산자락을 따라 흐르는 강, 유난히 거무스름한 횡격막* 하늘을 가르는 번갯불밖에 보이지 않았다.

오스카는 낙심했다. 결국 길을 잘못 들었다고 생각하지 않을 수 없었다. 지금이야말로 주술서에 의지할 때가 아닌가 싶었다. 그때 우렁찬 으르렁 소리가 들렸다. 멀리서부터 들리는 것 같았다. 오스카는 그쪽을 향해 달리기 시작했다. 제일 끝에 보이는 바위를 돌아 나온 소년은 그자리에 멈춰 섰다.

그는 눈앞의 광경을 좀 더 잘 보기 위해 가까이 있던 둔덕에 올라섰다.

헤파톨리아 산은 거대한 두 개의 봉우리로 이루어져 있었다. 그 두

★ 숨을 쉴 때 오르내리는 가슴과 배 사이의 근육판을 뜻한다.

봉우리 사이의 골짜기로 일종의 활주로 같은 것이 나 있었다. 활주로를 타고 이동하는 끈끈하고 뻑뻑한 덩어리가 보였다. 오스카는 몇 시간 전에 자기가 처박혔던 곤죽 상태의 음식물을 금세 알아보았다. 그때 모린의 말이 생각났다. AA구역에서 넘어온 음식물이 틀림없었다.

다른 이야기도 기억났다. 헤파톨리아 산에서 음식물을 분해하는 물질을 만든다고 했다. 그러니 활주로를 통해 음식물이 옮겨지는 것도 당연했다.

그는 눈으로 활주로를 따라갔다. 하지만 활주로가 바위산으로 통하는 지점은 아무데도 없었다. 그렇다면 산에서 만들어진 물질을 어떻게 음식물에 전달하는 걸까? 도대체 '나오는 길'은 어디 있단 말인가?

부릉부릉 소리에 소년이 고개를 들었다. 한 대, 두 대 이어서 여러 대의 비행기가 지표면의 먹잇감을 찾아 눈을 번득이는 독수리처럼 창공을 가르며 지나갔다. 그중 한 대가 골짜기를 향해 쑥 내려왔다. 다른 비행기들도 따라서 하강비행을 했다. 비행 중대는 땅을 스칠 듯 낮게 날면서 도관 장치를 열더니 싣고 있던 것을 음식물을 향해 쏟아냈다. 활주로로 이동하는 음식물 위에 연두색 액체가 비처럼 쏟아졌다. 오스카는 소방 비행기가 생각났다. 호수의 물을 수면에서 끌어올려서 산불이나 대형 화재가 일어난 현장에 뿌리는 비행기를 본 적이 있었다.

비행기들은 싣고 온 액체를 모두 뿌리고 나서 다시 높이 날아올랐다. 오스카는 눈으로 그 비행기들을 좇았다. 도대체 저 비행기들은 어디서 왔을까?

비행기들은 한 대씩 헤파톨리아의 오른쪽 산자락으로 날아가면서 고도를 낮췄다. 그들은 속도를 낮추고 바위산을 스칠 정도로 가깝게 비행했다. 저러다 비행기 날개가 부러지지 않을까 걱정이 될 정도였다. 첫 번째 비행기가 180도 회전을 하더니 산으로 수직 하강했다! 무슨 일일까? 어디에 고장이라도 난 걸까? 비행기가 헤파톨리아 산과 충돌하기 일보 직전, 오스카는 끔찍한 광경을 지켜볼 자신이 없어 눈을 질끈 감아버렸다.

그러나 아무 일도 일어나지 않았다. 충격도 추락도 폭발도 없었다. 오스카가 눈을 번쩍 떴다. 비행기는 감쪽같이 사라져버렸다!

검은 하늘을 두리번두리번 살펴보았지만 나머지 비행기들이 희끄무레한 다섯 개의 반점처럼 보일 뿐이었다.

두 번째 비행기도 똑같이 180도 회전과 수직 하강을 실시했다. 이번에는 오스카도 눈을 크게 뜨고 그 장면을 지켜보았다 이번에도 비행기는 하늘에서 자취도 없이 사라졌다. 마치 산봉우리가 비행기를 꿀꺽 삼켜버린 것만 같았다!

오스카는 둔덕에서 내려와 다른 각도에서 봉우리를 관찰하기로 했다. 세 번째 비행기에서 잠시도 눈을 떼지 않았다. 이번에는 현장을 아주 분명하게 포착했다. 비행기는 몇 미터를 남겨두고 속도를 살짝 늦추더니 산봉우리에 뚫려 있는 구멍으로 쏙 들어갔다.

과연! 동굴이 있었던 것이다!

오스카는 마침내 비행기, 산, 그가 찾던 출구의 관계를 하나로 연결할 수 있었다. 헤파톨리아 광산에서 나는 물질이 어떻게 음식물에 도달하는지도 짐작이 되었다. 그래, 비행기다! 음식물은 소화를 촉진하는 물질과 섞이기 위해 구태여 헤파톨리아 산으로 들어갈 필요가 없었다. 비행기가 광산의 생산물을 날라다가 골짜기에 처박힌 음식물에 뿌려주면 되니까!

비로소 소년은 저 연두색 액체가 바로 헤파톨리아 산에서밖에 나지 않는다는 귀한 넥타임을 깨달았다. 그가 유리병에 채워 가야 할 것이 바로 저기 있었다.

그는 더 정확하게 관찰하기 위해 앞으로 달려갔다. 비행기가 나왔다가 돌아가는 그 구멍을 찾으면, 문제의 넥타도 얻을 수 있을 것이다.

네 번째 혹은 다섯 번째 비행기가 동굴로 쏙 들어갈 즈음, 오스카는 위치를 완벽하게 파악했다. 동굴은 생각보다 꽤 아래에 있었다. 산비탈로 난 길을 따라가면 동굴 입구까지는 문제없이 갈 수 있을 듯했다. 소년은 기운을 차리고 산을 타기 위해 앞으로 나아갔다.

우선 암벽을 타고 올라가야 했다. 처음에는 이 바위에서 저 바위로 염소 새끼처럼 깡충깡충 뛰어갔다. 그러나 금세 숨이 턱까지 찼고 산행은 점점 더 어려워졌다. 다리가 무겁게 느껴졌고 고비를 넘을 때마다 부딪치고 까지고 넘어지고 일어나기를 반복했다. 지금까지 요긴했던 케이프가 더없이 거추장스럽게 느껴졌다.

처음에는 15분이면 도착하겠지 하고 생각했지만, 어느새 산행을 시작한 지 두 시간이 지나 있었다.

드디어 동굴 입구에서 얼마 떨어져 있지 않은 마지막 바위에 발을 디뎠다. 소년은 말 그대로 그 자리에 쓰러져서 헉헉대며 숨을 골랐다.

조금 기운을 되찾자 소년은 동굴 입구로 다가가 안을 들여다보았다. 지금까지 헤파톨리아에서 보았던 그 무엇보다 컸다. 작은 동굴일 거라고 생각했는데 실제로는 바위산 속에 움푹 들어가 있는 거대한 격납고였다. 게다가 그 안에는 비행 착륙용 활주로가 세 개나 있었다. 수십 명의 사람들이 비행기를 둘러싸고 분주하게 오갔다. 어떤 이들은 비행기에 연료를 채우고 있었고, 또 어떤 이들은 돋보기를 들고 고장 난 곳이 없는지 검사하고 있었다.

그들이 임무를 마치자 비로소 건장한 체격의 사나이들이 나타났다. 사나이들의 피부는 빛나는 노란색이었다. 그들이 들고 있는 커다란 병에는 그들의 피부색과 비슷한 액체가 들어 있었다. 호박색이라고 해야 하나, 오렌지빛이 감도는 노란색이라고 해야하나. 넥타였다! 그 순간, 오스카는 허리띠의 첫 번째 가방에서 열기가 확 올라오는 것을 느꼈다. 유리병이 자기가 가져가야 할 것을 스스로 알아보기라도 한 듯했다.

오스카는 저수지에서 병을 채워오는 일꾼들을 주의 깊게 관찰했다. 지금 아니면 저들을 따라갈 기회는 영원히 오지 않을 것이다! 저들을 따라 산 한가운데로 들어가야 유리병에 넥타를 채울 수 있을 것이다!

소년은 잠시 기회를 엿보다가 기술자들이 자기 일에 정신이 팔려 있는 틈을 타서 노란 피부의 헤파톨리아인들을 따라가기 시작했다. 하지만 땅에 끌린 케이프 자락을 밟는 바람에 넘어지고 말았다. 헤파톨리아인들이 인기척을 듣고 웅성거리며 주위를 살폈다. 오스카는 간신히 몸을 숨길 시간밖에 없었다. 그 순간, 발에 뭔가 물컹한 것이 밟혔다.

"으악!"

비명소리는 오스카의 바로 뒤에서 났다. 오스카는 겁에 질려 얼른 뒤를 돌아보았다. 소년은 티셔츠 안에서 은은한 빛을 발산하는 펜던트를 가리며 상대에게 물었다.

"누구야?"

대답 대신 헐떡대는 숨소리밖에 돌아오지 않았다. 결국 오스카는 기술자들에게 발각될 위험을 무릅쓰고 금빛 M자를 꺼내어 그쪽을 자세히 살펴보았다.

소년은 구석에서 자기를 뚫어져라 보고 있는 다른 소년을 발견했다. 그 소년은 몸집이 포동포동하고 머리칼이 금빛이었다. 넥타를 나르는 헤파톨리아인들처럼 소년의 피부도 누르스름하고 왁스를 칠한 듯 윤기가 흘렀다. 동그란 금속 테 안경 너머에서 빛나는 작은 눈동자는 불안정하지만 결연하게 보였다. 노란 피부의 소년이 드디어 입을 열었다.

"내가 여기 있다고 말하지 마. 들키면 벌을 받는단 말이야."

사근사근하게 애원하는 듯한 목소리였다. 이 소년이 오스카를 위협할 것 같지는 않았다.

"좋아, 아무 말도 안 할게. 하지만 조금 작게 말해. 안 그럼, 우리 둘 다 들켜서 된통 혼나고 말걸!"

"그럴 리 없어. 우리는 지금 격납고 모서리의 뾰족하게 들어간 부분에 들어와 있거든. 이 모서리 부분의 각도는 대략 37도, 격납고 전체의 모양과 암벽의 반사율을 고려할 때 우리가 말하는 소리가 저 사람들에게 들린다는 건 불가능해. 최소한 우리 목소리 크기를 두 배의 데시벨로 확장하지 않는 한……."

오스카는 소년을 유심히 바라보았다. 수학이나 물리학 선생님의 얘기를 듣고 있는 기분이었다.

"음…… 네가 그렇게 말한다면 그 말을 믿을게! 어쨌든 지금 각도니 뭐니 확인할 수도 없고……."

소년은 이제 입을 다물고 있었다. 오스카는 통성명이라도 해야겠다고 마음먹었다.

"내 이름은 오스카야. 너는?"

"로렌스."

"로렌스? 하지만 넌……."

오스카는 더 길게 말하지 않았다. 물론 '로렌스'는 남자 이름이 아니라 여자 이름이라고 지적하려던 참이었다. 소년도 그런 얘기를 많이 들은 모양이었다. 오스카가 더 말하지 않았는데도 알아서 해명하기 시작했던 것이다. 소년은 백과사전을 읽는 말투로 대답했다.

"'로랑스Laurence'는 여자 이름이지만 영어권의 '로렌스Lawrence'는 남자 이름으로 많이 쓰이는걸. 예를 들어 〈아라비아의 로렌스〉란 영화도 있잖아. 그 로렌스는 영국군 장교였지."

그렇게 덧붙이는 소년의 얼굴에는 자부심과 사기가 넘쳤다. 오스카는 로렌스의 기분을 상하게 하고 싶지 않았으므로 고개를 끄덕였다

"알았어, 로렌스. 네가 여기 있단 말은 하지 않을게. 그런데 여기서 뭐하고 있었어?"

로렌스가 고개를 푹 숙였다. 이어서 그는 사람을 꿰뚫어보는 듯한 시선으로 오스카를 유심히 바라보더니 솔직하게 고백했다.

"난 여기 있기 싫어. 아빠나 형처럼 광부가 되어 이 산에서 일하고 싶진 않아. 여기를 빠져나가 세상을 여행하고 싶어."

"어…… 어디로 가고 싶은데?"

"비행기에 숨었다가 지표면으로 낮게 비행할 때를 노려 뛰어내릴 생각이었지."

로렌스는 자신만만하게 대답했다.

"비행기에서 뛰어내려?"

오스카는 깜짝 놀랐다. 그런 와중에도 그는 격납고에서 헤파톨리아인들이 모두 나가는 모습을 곁눈질로 살폈다.

"응. 내가 계산을 해봤어. 비행기 속도가 시속 120킬로미터라고 하면 제주넘* 대운하에서는 속도를 80퍼센트로 줄여야해. 바로 이 순간에 중력에 맞먹는 힘을 지닌 맞바람이 분다면……."

"아, 그래, 그래." 오스카는 로렌스의 계산에 머리가 복잡해져서 그의 말을 가로막았다. "어쨌든 알았어. 하지만 난 떠나야해."

오스카는 위험을 감수하고 구석에서 고개를 살짝 내밀어보았다. 지금 광부들을 따라 헤파톨리아 산속으로 들어가지 않으면 기회는 두 번 다시 없을 것이다!

"넌 메디쿠스지?"

오스카가 이 말에 놀라서 다시 소년을 바라보았다.

"맞아, 네가 그걸 어떻게 알아?"

"네 케이프의 M자를 보고 알았어. 그리고 펜던트도 있잖아! 난 메디쿠스에 대해 모르는 게 없어! 정말 굉장한 행운이잖아! 자기가 사는 세상을 벗어나 신체 속을 탐험할 수 있다니!"

"그래, 넌 정말 아는 게 많구나. 사전을 통째로 집어삼키기라도 했니?"

"난 책을 많이 읽어. 하지만 아빠는 내가 책 읽는 걸 싫어해. 아빠는 자꾸 나를 광산에 데려가려고 하지만 난 그럴 때마다 숨어버리지. 뭐,

★ Jejunum, '빈 창자'를 뜻한다.

이것도 나 나름대로의 여행이라면 여행이야."

소년의 얼굴에 슬픈 그늘이 드리워졌다.

오스카는 구석에서 완전히 나왔다. 격납고에는 이제 아무도 없었다.
이제 가야 할 때였다.

"즐거운 여행하렴. 난 그만 가봐야겠어! 안녕!"

오스카는 로렌스에게 서둘러 작별 인사를 했다. 그러고는 로렌스의
대답을 기다리지도 않고 격납고를 가로질러 노란 피부의 사나이들이
들어간 통로로 좇아갔다. 통로로 발을 들였지만 오래 가지는 못했다.
저 앞에서 통로가 두 갈래로 갈라지고 그 두 갈래가 다시 네 갈래가 되
고 여덟 갈래가 되고…… 그렇게 수없이 갈라지는 것이 아닌가! 사나이
들이 어느 길로 갔는지 알아내기란 불가능했다!

오스카는 몹시 실망해서 오던 길을 되돌아갔다.

"어디로 가고 싶은데?"

로렌스의 목소리였다. 오스카는 고개를 들었다. 노란 피부의 토실토
실한 소년이 다시 그의 맞은편에 꼼짝 않고 서 있었다. 구슬처럼 동그
란 눈동자가 오스카를 보고 있었다. 문제는 오스카가 지금 수다나 떨고
있을 때가 아니라는 것이었다. 산속으로 들어가 넥타를 구할 기회를 지
금 막 바보처럼 날려버린 터였다. 오스카는 자신을 책망했다. 어떤 면
에서는 이 로렌스라는 녀석도 다소 책임이 있었다. 오스카는 울컥하는
심정에 케이프를 뒤로 젖히고 허리띠에서 유리병을 꺼냈다.

"난 이걸 채우러 이 산에 꼭 들어가야 한다고! 구구절절 말할 시간이
있었으면 얘기를 안 했겠냐?" 오스카는 씩씩거렸다. "이제 날 좀 내버
려둬! 혼자서 생각할 시간이 필요해!"

로렌스는 그 자리에서 발끝 하나 움직이지 않고 오스카를 노려보았다. 오스카는 더 이상 로렌스에게 신경 쓰지 않기로 작정하고 주술서를 꺼냈다. 이제 주술서의 도움을 받는 것 외에는 이 수수께끼의 산에 진입할 방법이 달리 없을 듯했다. 그러나 로렌스의 음성이 다시 격납고에 울려 퍼졌다.

"내가 널 데려다줄 수 있는데."

오스카가 놀라서 고개를 번쩍 들었다.

"네가? 어떻게 가는지 안단 말이야?"

로렌스는 어깨를 으쓱했다. 잘난 체하는 기색은 없었다.

"잠깐만 생각해봐. 내가 길을 모른다면 어떻게 여기까지 나왔겠어? 다시 한 번 말하겠는데 거긴 나와 우리 가족이 사는 동네야. 그러니까 난 너에게 길을 가르쳐줄 수 있어. 네가 찾는 것을 병에 담아갈 수 있게 도와줄 수 있다고. 담즙이라고도 부르는 헤파톨리아의 넥타, 우리가 깊은 산속에서 만들어내는 그 액체 말이야."

오스카의 눈동자에 희망의 빛이 깃들었다. 모린 주베르의 말이 옳았다. 성급하게 굴어서는 안 될 일이었다. 주술서에 의지하기 전에 쓸 수 있는 방법은 모두 써봐야 했다. 아까 빨간 머리 소녀 발랑틴을 만났을 때도 적잖이 망설였지만 결과적으로는 그녀의 도움을 받은 것은 잘한 일이었다. 그러지 않았더라면 여기까지 올 수도 없었을 것이다.

"좋아, 널 따라갈게."

"하지만 그 전에, 대가로 원하는 게 있어."

오스카는 탄식했다. 쿠미데스 서클에 발을 들인 이후로 대가 없는 도움은 기대할 수 없게 되어버렸다. 엄마가 예전에 이런 말을 한 적이 있었다. "오스카, 세상에 공짜는 아무것도 없단다. 서글픈 일이지만 사람들은 항상 너에게 대가를 요구할 거야. 너도 금방 알게 될 테지. 하지만 넌 그렇게 살지 않도록 노력하렴. 매일매일 대가 없이 주는 연습을 하는 거야. 그렇게 하다 보면 결국 네가 더 행복해진단다. 다른 사람들에게 아무것도 바라지 않을 때가 훨씬 더 행복하거든." 엄마는 잠시 말을 멈추었다가 오스카에게 다가와 그를 꼭 안아주었다. "하지만 사랑은 다르지. 누군가에게 사랑을 주었다면 너도 사랑받기를 기대하겠지. 사랑받고 싶은 것은 누구나 당연하니까." 엄마와 아들은 활짝 웃었다. 그 후에 오스카는 그 대화를 금방 잊어버렸다.

엄마, 바빌론 하이츠, 그리운 집······ 지금 이 순간 모든 것이 너무 멀게만 느껴졌다. 이 수수께끼 같은 우주 속에서 엄마를 떠올리자 조금은 위안이 되었다. 어쨌든 엄마 말은 구구절절 옳았다. 이제서야 오스카도 이해할 수 있었다. 그래, 사람들은 항상 뭔가를 기대하고 도움을 주는 것이다. 로렌스처럼 선량해 보이는 아이도 마찬가지다. 그렇다, 서글픈 일이다. 오스카는 엄마의 조언을 따르겠다고 속으로 결심했다. 적어도 하루에 한 번은 대가를 바라지 않고 누군가를 도와줘야지······ 아니, 일주일에 한 번으로 하자. 처음 시작은 그 정도로 해두자.

그건 그렇고, 빨리 선택을 해야만 했다. 로렌스가 석상 같은 부동자세로 그의 대답을 기다리고 있었으니까.

"원하는 게 뭐야?"

오스카는 경계하는 눈빛으로 물었다. 로렌스가 대번에 함박웃음을 지었다.

"바깥세상으로 나갈 때 나도 데려가줘! 난 여기에서 살고 싶지 않아!"

"뭐라고!" 오스카가 펄쩍 뛰었다. "어떻게 그래! 나 혼자 돌아가는 것도 지금 될까 말까인데! 됐어, 괜찮아. 너 없이도 내가 알아서 할 수 있어."

오스카는 아까 사나이들이 사라진 미로를 향해 돌아서서 주술서를 꺼냈다. 책을 펼치고 주문을 외웠다.

주술서야,
기억하거든 지체하지 말고 답하여라.
희망이 없다는……

오스카는 주문을 끝까지 외우지 못했다. 로렌스가 결연한 걸음걸이로 그를 지나쳐 성큼성큼 걸어갔기 때문이다. 오스카가 소리를 질렀다.

"야! 어디 가!"

로렌스는 걸음을 늦추지 않고 대꾸했다.

"집에 가. 넌 날 따라오기만 하면 돼."

오스카는 황급히 주술서를 덮고 케이프 안주머니에 쑤셔 넣었다. 그는 로렌스를 따라잡으려고 마구 달려갔다.

"있잖아, 널 데려갈 수만 있으면 그렇게 할 거야. 하지만 난 그럴 수가 없어."

"알아들었어. 그렇지만 날 따라와도 괜찮아."

로렌스가 진지한 목소리로 대꾸했다. 오스카는 빙그레 웃었다. 어쩌면 엄마 말이 틀렸을지도 모른다. 대가를 바라지 않고 남을 돕는 사람들도 분명히 있었다. 어쨌든 어른들은 그러지 않을지 몰라도 로렌스 같은 소년들은 그럴 수 있었다. 오스카는 노란색 피부의 소년 뒤를 따라갔다.

통로를 따라 몇 분 동안 걸어가자 오스카의 눈도 어둠에 익숙해졌다. 이제 펜던트를 비추지 않아도 충분히 걸어갈 만했다.

"여기는 어디야?"

"여기는 에독Hédoc 협로야."

"무슨 협로?"

"에독 협로. 너희 인간들이 전통 의학에서 오래전부터 썼던 말이야. 그리스어 '콜레*', '도코스**'라는 단어에서 유래했는데……."

오스카는 천장을 쳐다보느라 로렌스가 옆에서 늘어놓는 설명에 제대로 귀를 기울이지 않았다. 이 난데없는 길동무가 잘난 체한다는 느낌은 조금도 들지 않았다. 로렌스는 그냥 뭔가 설명해주기를 좋아하는 녀석일 뿐이었다. 사실 오스카도 조금 그런 편이었다. 그 역시 매사에 어떤 의미나 이유가 있어서 착착 설명이 되기를 바랐다. 오스카가 규칙과 명령에 고분고분 따르지 못하는 것도 어쩌면 그 때문이었다. 그는 일단 이해하고 받아들인 후에야 고개를 숙였다.

과학적인 설명과 수학적 계산을 주구장창 늘어놓는 로렌스가 귀찮게 느껴지지 않았다. 물론 녀석의 지식이 조금 부럽고 샘이 나기는 했다. 하지만 로렌스는 이 첩첩산중에서 죽도록 따분했을 것이다. 그 오랜 시간을 독서로 보냈으니 아는 게 많은 것도 당연했다.

로렌스가 설명을 마치고 걸음을 조금 늦췄다. 그는 왼쪽 터널을 손가락으로 가리켰다.

★ khole, '담즙'을 뜻한다.
★★ dokhos, '담아놓는 것'을 뜻한다.

"시스틱* 수로에 거의 다 왔어."

"저 수로를 지나면 뭐가 있는데?"

"댐이 있어. 그 댐은……."

오스카가 로렌스의 입술에 손가락을 갖다 대며 조용히 하라고 눈치를 주었다. 그러고는 몸을 바짝 붙이며 속삭였다.

"무슨 소리가 났어. 넌 못 들었어?"

로렌스는 도리질을 했다.

"저쪽이었어."

오스카가 손가락으로 뒤를 가리켰다. 두 사람은 잠시 귀를 기울였다. 그러나 멀리 광산에서 광부들이 일하는 소리와 그보다 더 멀리 산기슭에서 흐르는 강물 소리 외에는 아무것도 들리지 않았다. 오스카도 이내 긴장을 풀었다.

"음, 내가 꿈을 꿨나 봐. 그런데 무슨 말을 하다 말았지? 댐이 어쩌고 저쩌고 했는데?"

"베지퀼* 대호수에 있는 댐이라고."

"베지퀼 대호수? 그건 또 뭐야?"

"산속에 파서 만든 인공호야. 헤파톨리아에서 생산한 넥타를 여기에 비축하거든. 그런 비축분은 본즈가 지나치게 기름진 음식을 먹어서 소화액이 평소보다 많이 필요할 때에 사용하지. 그 때문에 '왕느끼' 호수라는 별칭이 붙어 있어."

"넥타를 비축하는 호수라고? 그럼 바로 내가 찾던 곳이잖아! 지적에

★ Cystic, '담낭'을 뜻하며 이 수로는 담낭관(쓸개주머니관)을 가리킨다.
★★ Vésicule, '소포, 소낭'을 뜻하며 소낭은 세포 내에 있는 자루 모양의 작은 구조물을 가리킨다.

넥타가 있는데 첩첩산중으로 들어갈 필요가 뭐가 있어!"

오스카는 로렌스가 대답할 틈도 주지 않고 시스틱 수로를 향해 뛰어갔다. 하지만 널빤지를 이어서 만든 구름다리가 허공에 대롱대롱 매달려 있는 것을 보고 자리에 멈춰 섰다. 로렌스가 헉헉대며 뒤따라왔다.

"기다려, 오스카! 그쪽으론 가면 안 돼! 위험하단 말이야!"

오스카는 구름다리 건너편을 바라보았다. 호수의 물을 가두고 있는 부채꼴 모양의 거대한 댐이 보였다. 광활한 갈색 하늘 아래에서 수면이 거울처럼 빛났다. 군데군데 주황빛, 초록빛, 노란빛이 아른대는 지점은 수심이 유난히 깊어 보였다.

"난 가야해. 넥타가 바로 코앞에 있단 말이야! 몇 발짝만 더 가면 이 병에 채울 수 있는데!"

유리병이 그 어느 때보다도 환하게 빛을 발산했다. 오스카는 병에서 솟아난 열기가 허리띠를 지나 그의 온몸에 퍼지는 듯한 기분이 들었다.

"소용없어." 로렌스가 차분하게 오스카를 달랬다. "우선 댐에서 호수의 수면까지 내려갈 방법이 없어. 거기까지 가야 유리병을 채우든지 말든지 할 것 아냐. 그리고 저 구름다리를 이용해서 시스틱 수로를 건너가는 건 정말 말리고 싶어."

오스카가 어깨를 으쓱했다. 왠지 펭귄 선생님을 상대하고 있는 기분이 들었다. 로렌스는 그와 같은 또래의 소년일 뿐이고, 이 아이의 명령은 어른의 명령보다 훨씬 더 따르기 싫다는 차이가 있었지만 말이다!

"왜 말리고 싶은데?"

오스카는 자기 뜻대로 밀고 나갈 속셈이었지만 그래도 한번 물어보았다.

"헤파톨리아 사람들도 저기로는 절대 안 다녀. 댐이 열리면 수로로 넥타가 방출돼. 다리를 지나가는 도중에 댐이 열렸다간……."

갑자기 바닥과 벽이 진동하는 바람에 로렌스는 말을 맺지 못했다. 오스카는 불안하게 주위를 둘러보았다. 한층 더 강력한 두 번째 진동이 일어났다. 로렌스는 그 자리에서 꼼짝도 하지 않았지만 아까처럼 자신 있는 목소리는 아니었다.

"댐은 언제라도 열릴 수 있어……언제 어느 때라도."

두 소년은 미친 듯이 뛰어서 최대한 빨리 그곳을 벗어났다. 그들은 다시 에독 협로 입구로 돌아갔다. 이제 헤파톨리아 산 전체가 요동치는 듯했다. 로렌스가 오스카의 케이프 자락을 잡아당기며 큰소리로 외쳤다.

"빨리, 이쪽으로! 에독 협로 왼쪽으로 가면 산속으로 들어가는 길이 있어! 거기 안전 갑실까지 가자! 별로 멀지 않아!"

"너 미쳤냐? 지금은 산과 반대 방향으로 가야하는 거 아냐? 터널이 무너지면 우린 다 깔려 죽어!"

"아니, 그렇지 않아. 댐이 열리면 넥타는 반대쪽으로, 동굴 쪽으로 흘러. 그렇게 해서 넥타는 골짜기로 흘러나가 대운하에 이르러 음식물에 섞이는 거야. 산과 반대 방향으로 가면 우리도 그 흐름에 휩쓸리고 말아! 내 말을 믿어. 가자!"

두 소년은 당장 헤파톨리아 산의 중심부를 향해 바람처럼 달려갔다. 그때 날카로운 비명소리가 오스카의 발목을 잡았다. 비명소리가 다시 한 번 들리자 오스카는 뒤로 돌아섰다.

"도대체 왜 그래?"

로렌스가 고함을 질렀다. 지진이 심해지고 댐의 수문이 열릴 시각이 바짝바짝 다가옴에 따라 로렌스도 눈에 띄게 초조해하고 있었다. 그러나 오스카는 대답을 할 시간도 없었다. 그는 뛰어서 시스틱 수로 입구까지 돌아갔다.

구름다리 한가운데 서 있는 빨간 머리 소녀가 금세 눈에 들어왔다. 소녀는 오도 가도 못한 채 구름다리 중간에 엎드려 파들파들 떨고 있었다. 저 뒤에서 수문이 서서히 열리고 있었다. 오스카는 수문이 살짝 열린 틈새로 넥타의 물줄기가 콸콸콸 쏟아지는 광경을 보았다. 이미 호수는 거칠게 일렁이며 왈칵 넘쳐흐를 태세였다. 오스카가 고래고래 소리를 질렀다.

"세상에, 여기서 뭐하는 거야!"

"널…… 널 따라왔어……. 그냥 일이 어떻게 되는지 보려고……. 널 돕고 싶었는데……."

발랑틴은 정신을 못 차리고 울부짖듯이 말했다.

오스카는 얼른 구름다리에 한 발을 내딛었다. 그러나 아까보다 더 요란하게 진동이 일어나면서 그는 균형을 잃었다. 다리에서 떨어지지 않으려고 난간을 잡고 매달렸다. 발랑틴은 아예 구름다리 위에 누워 있다시피 했다. 오스카가 한 손을 내밀었지만 발랑틴에게 닿지 않았다. 한 발 더 내딛자 다리 전체가 휘청했다. 오스카와 발랑틴 사이에 있는 널빤지 몇 개가 매듭이 풀리면서 허공으로 떨어졌다. 발랑틴이 더 크게 울부짖었다. 아무래도 구름다리는 더 버티지 못할 듯했다. 발랑틴을 구할 방법이 없었다. 그는 주위를 둘러보았다.

로렌스가 뒤에 와 있었다. 로렌스도 허둥지둥하며 이 낯선 소녀를 구할 방법을 찾고 있었다.

제일 먼저 행동에 나선 사람은 오스카였다. 그는 망설임 없이 안주머니에서 주술서를 꺼내어 황급히 펼쳤다. 그러고는 왼손을 주술서의 한 페이지에 올려놓고 우렁차게 주문을 외웠다.

주술서야,
기억하거든 지체하지 말고 답하여라.
희망이 없다는 생각은 하지 않게 해다오.

백지가 생기를 띠고 오스카의 질문을 기다렸다.

"쟤를 내버려둘 순 없어! 내가 어떻게 해야하는지 알려줘!"

종이가 부옇게 흐려지더니 어떤 이미지가 나타났다. 그 이미지는 차츰 또렷해졌다. 인도의 궁전에 터번을 두른 한 남자가 앉아 있었다. 그의 목에는 메디쿠스의 M자 펜던트가 걸려 있었다. 그가 앉아 있는 양탄자는 땅바닥에서 1미터쯤 둥실 떠 있었다.

오스카는 어이가 없었다. 큰소리가 저절로 입에서 터져 나왔다.

"이게…… 내 물음에 대한 답변이라고?"

우레가 치고 천지가 요동했다. 댐이 활짝 열리고 만 것이다. 엄청난 굉음이 일어나면서 베지퀼 호수가 구름다리 아래로 들썩거렸다. 계곡마다 물이 차서 이만저만 위험해 보이지 않았다.

오스카는 화가 나서 주술서를 마구 흔들었다. 의도한 것은 아니었지만 책을 흔들다 보니 거기에 나타난 양탄자의 이미지를 상하좌우로 바꿔서 볼 수 있었다. 그건 양탄자가 아니라 메디쿠스의 케이프였다! 드디어 오스카는 주술서가 무슨 말을 하려고 했는지 깨달았다.

그는 일 초도 더 지체하지 않고 당장 케이프를 벗어서 던졌다. 그와 발랑틴 사이, 널빤지가 떨어져나간 곳에 케이프가 확 펼쳐졌다. 오스카는 몸을 일으키고 케이프 위로 한 발을 내디뎠다. '혹시 통하지 않는다면? 통하지 않는다면!' 그는 케이프 위에 온몸의 무게를 실었다. 케이프는 강철로 변한 것처럼 튼튼해져서 그가 올라타도 끄떡없었다! 한 발을 마저 내딛어 발랑틴에게 조금 더 다가갔다. 소녀는 오스카가 내민 팔을 부여잡고 구름다리 아래 넥타의 소용돌이를 경악스러운 눈으로 내려다보았다. 호수의 수위가 무섭게 높아지고 있었다.

오스카는 발랑틴을 시스틱 수로로 끌고 갔다가 케이프를 가져가기 위해 혼자 되돌아왔다. 오스카의 손가락이 닿는 순간, 케이프는 원래의 부드러운 벨벳 천으로 돌아가 널빤지 사이로 쑥 빠져버렸다. 케이프가 허공으로 떨어지자 오스카는 비명을 질렀다.

"안 돼! 내 케이프! 아빠의 케이프!"

그 순간, 로이스의 헤파톨리아에서 위더스 부인이 케이프를 거둬들이던 장면이 생각났다. 부인은 오스카를 구하기 위해 탱크에 케이프를 던졌다가…… 손쉽게 자기 손으로 돌아오게 했었다!

그때의 기억이 머릿속에서 빠른 화면처럼 숨 가쁘게 돌아갔다. 오스카는 얼른 펜던트를 꺼내어 케이프가 떨어지고 있던 쪽으로 힘차게 내밀었다. 펜던트의 M자가 뿜은 빛이 벨벳에 수놓인 M자에 가서 꽂혔다. 부글부글 넘쳐 오르는 호수에 처박히기 직전, 케이프는 공중에서 멈추었다. 오스카는 안심했다. 케이프는 서서히 허공으로 떠올라 오스카가 손만 뻗으면 잡을 수 있는 곳에서 맴돌았다. 오스카는 얼른 케이프를 거둬들이고 뒤로 물러났다.

"서둘러! 수위가 높아지잖아! 이제 곧 구름다리가 잠기고 시스틱 수로까지 물이 들어올 거야. 에독 협로와 동굴이 잠기는 것도 금방이야. 빨리 가자!"

세 사람은 허겁지겁 달리기 시작했다. 하지만 오스카나 발랑틴보다 뚱뚱하고 동작이 굼뜬 로렌스는 발이 걸려 넘어지고 말았다. 앞서 가던 두 사람이 돌아와 길동무를 부축해 일으켰다.

"왜 이리 느려터졌어! 사탕이랑 단것 좀 그만 먹어라!"

발랑틴이 툴툴거렸다. 로렌스는 대답할 겨를도 없었다. 무서운 물소리가 지하 통로로 밀려들어왔기 때문이다. 헤파톨리아의 분비액은 구름다리를 뒤덮고 온천이 솟아나듯 시스틱 수로 안으로 들어오고 있었다. 엄청난 양의 액체가 협로의 벽에 부딪치며 세 사람을 덮칠 듯 다가왔다. 그들은 비명을 지르며 서로 껴안을 틈밖에 없었다.

어마어마한 충격이었다. 오스카는 그들을 덮치는 거대한 파도 때문에 아무것도 보이지 않았다. 몸이 한쪽으로 떠밀리는 동안에도 손 하나 쓸 수 없었다. 두 친구도 사정은 마찬가지였다. 그들은 산에서 솟아나는 물줄기에 꼼짝 없이 떠밀려갔다.

헤파톨리아 액은 격납고까지 파고들었다. 비행기들은 바닥에 단단하게 매립된 금속벽 속에 잘 보관되어 있었다. 세 아이는 거기서부터 동굴 입구로 저절로 튀어나갔다. 화산이 토해낸 용암에 밀려나오듯, 물줄기와 함께 바깥으로 떨어진 것이었다.

그들은 골짜기로 떨어지다가 대운하 한복판의 음식물 덩어리에 처박혔다. 다행히 끈끈하고 기름진 곤죽 상태의 음식물이 충격을 완화해주었다. 만신창이가 된 세 아이는 조약돌처럼 그 안에 처박혀 있었다.

오스카는 고약한 냄새가 나는 음식물 덩어리에서 벗어나려고 발버둥을 쳤다. 머리까지 끈적끈적하고 기분 나쁜 음식물에 잠겨 있었다. 그는 간신히 고개를 들고 주위를 둘러보았다.

로렌스도, 발랑틴도 보이지 않았다!

그는 친구들의 이름을 크게 부르고 싶었지만 바로 옆에서 거품이 터지면서 뭔가 역겨운 맛이 그의 입 안까지 번졌다. 비계와 양배추 맛이 났다. 오스카는 입 안에 들어온 것을 퉤퉤 뱉으며 활주로 가장자리를 붙잡고 버텼다. 부질없었다. 손에 잡히는 것은 모두 다 미끌미끌했고 본즈가 먹은 음식물은 점점 더 빨리 이동하고 있었다. 그는 케이프를 최대한 펼치고 그걸 부표 삼아 고개를 내밀었다. 그러자 겨우 잠시나마 숨을 돌릴 수 있었다.

그는 화가 났고 무섭기도 했다. 실패했다는 생각에 화가 났고 소화된 음식물과 넥타의 혼합물에 떠밀려 이상한 곳으로 떨어지게 될까 봐 겁이 났다. 이 대운하는 어디로 향하는 것일까?

오스카는 위더스 부인의 가르침과 책에서 읽은 내용을 되새겼다. 소화된 음식물은 신체의 모든 우주에 에너지를 공급한다. 그리고 사용되지 않은 나머지 찌꺼기는…….

오스카의 피가 얼어붙는 것 같았다. 이대로라면 그는…….

"아, 안 돼! 그럴 순 없어! 본즈의 똥으로 나가긴 싫다고!"

소년은 흐름을 거슬러 올라가려고 미친 사람처럼 발버둥쳤다. 그러나 그의 힘으로는 무리였다. 그는 결국 곤죽 위에 떠 있는 케이프에 뒤로 벌러덩 드러누웠다. 그리고 그제야 그는 뭔가를 보았다.

오스카가 걷잡을 수 없는 속도로 헤파톨리아의 하부로 떠내려가는 동안, 산자락에서 그 문자가 떠올라 있었던 것이다. 바위산 위로 흐르는 넥타의 물줄기가 컵을 그리고 있었다. 그 아래쪽에는 뱀 한 마리가 또아리를 틀고 있었다. 컵 위에는 M자가 홀연히 떠올라 있었다. 메디쿠스의 카뒤세란 바로 이것이었다!

드디어 돌아갈 수 있게 됐다!

오스카는 몸을 일으키고 정신을 집중했다. 넥타가 계속 흘러내리고 컵 모양이 무너지기 일보 직전이라는 것을 깨닫자 더럭 겁이 났다. 일 초도 허비할 수 없었다. 그는 왼손으로 케이프를 붙잡고 오른손으로는 펜던트를 거머쥔 채 헤파톨리아 산 위에 떠오른 M자를 노려보았다. 어두운 하늘을 찢어발기듯 한 줄기 번개가 일어났다. 귀청이 떨어질 듯 시끄러운 소리와 함께 오스카는 신체 내 우주 밖으로 튕겨나갔다.

깜짝 손님들

오스카는 머리를 들어보고 꿈을 꾸고 있는 줄 알았다. 그것도 몹시 나쁜 꿈을.

욱신욱신 쑤시는 몸뚱이가 에독 협로에서 호되게 굴렀던 조금 전의 일을 상기시켜주었다. 그러나 눈을 떠보니 코앞에는 반들반들 윤이 나는 검정색 에나멜 구두가 있었다.

좀 더 위를 올려다보자 칼같이 주름이 잡힌 바지와 회색 털이 약간 돋은 하얀 다리가 보였다. 오스카는 다시 발목께로 시선을 떨어뜨렸다. 확실했다. 절대로 만나고 싶지 않은 사람이 바로 코앞에 있었다.

오스카의 목소리—정확히는 비명소리라고 해야겠지만—와 그 사람의 목소리가 동시에 터져 나왔다. 물론, 목소리까지 들으니 상대가 누구인지는 더욱 확실해졌다.

"여기서 뭐하는 겁니까?"

본즈가 허리를 구부리며 열불을 냈다. 오스카는 악마를 본 것처럼 벌떡 일어나 문에 달라붙었다. 고개를 흔들어보고서야 현실을 믿을 수 있었다. 여기는 화장실이었다. 창피하고 화가 나서 얼굴이 시뻘게진 본즈가 변기에 앉아 있었다!

"나가요! 당장 나가라고요!"

본즈가 고래고래 소리를 질렀다. 오스카는 얼른 뒤돌아서서 필사적으로 문고리를 비틀었지만 아무리 힘을 주어도 문고리가 아래로 돌아가지 않았다. 본즈는 열이 더 뻗친 듯했다.

"잠금장치부터 풀어야지요!"

오스카는 최대한 빨리 잠금장치를 풀었다. 양탄자 밑에라도 숨고 싶은 마음이 반, 배를 잡고 깔깔 웃어버리고 싶은 마음이 반이었다. 어쨌든 천만다행이었다. 만약 메디쿠스의 상징을 발견하고 얼른 나오지 않았더라면 지금쯤 변기에 처박힌 신세가 되었을 것이다. 게다가 상상도 하기 싫은 것을 뒤집어쓴 채로……

오스카는 복도를 지나 서둘러 자기 방에 처박혔다. 그제서야 케이프와 허리띠를 풀어놓고 숨을 돌릴 수 있었다.

몸을 씻고 옷을 갈아입은 후 허리띠에서 빈 유리병을 꺼냈다. 그는 분한 얼굴로 병을 응시했다. 혼자서 자신의 실패를 되짚어보니 실망과 부끄러움을 가늠할 수 없었다. 거의 성공할 뻔했다. 기름진 식사 한 끼면 헤파톨리아의 댐이 열리고 넥타가 넘쳐나기에 충분했다. 넥타의 물살에 휩쓸려 떠내려갈 정도로.

어느 시점부터 잘못된 걸까? 어디서 실수를 했을까? 오스카는 콕 집어 말할 수 없었다. 로렌스와 발랑틴이 생각났다. 그 애들은 어떻게 됐을까? 로렌스는 헤파톨리아 산에 사는 가족들에게 돌아갔을까? 발랑틴은 DR5를 찾아서 돌아갔을까? 둘 다 대운하에 처박혀 빠져나오지 못한 것은 아닐지?

우울한 생각에 빠져 있는데 누군가 그의 방문을 노크하고 들어왔다.

"서재에서 기다리고들 계십니다."

본즈가 얼음처럼 차가운 목소리로 말했다.

변기에 쪼그리고 앉아 있던 집사의 모습이 오스카의 마음에 작은 위로가 되었다. 소년은 웃음이 터지려는 것을 가까스로 참았다. 본즈에게 오늘 아침 훔쳐 먹은 크루아상은 소화가 잘됐냐고 묻고 싶었지만 입을 꾹 다물었다. 그때 본즈가 말했다.

"무슨 일이 있었는지는 모르지만 위산 과다 분비로 속이 쓰려서 혼났습니다."

"저도 모르겠네요. 전 아무것도 못 봤거든요."

오스카는 천진난만한 척 환하게 웃으며 대꾸했다.

계단을 내려가 서재 문을 노크했다. 진지하고 걸걸한 목소리가 대답했다.

"들어와요."

오스카는 문을 일고 들어갔다가 그 자리에 얼어붙었다. 탁자에 둘러앉은 여섯 사람이 그를 기다리고 있었다.

그를 보고 미소를 짓는 위더스 부인은 금방 알아보았다. 반갑다는 듯이 신호를 보내는 모린 주베르도 이미 아는 얼굴이었다. 회의를 주재하는 그랜드 마스터도 강렬한 눈빛을 보내고 있었다.

다른 두 사람은 처음 보는 얼굴이었다. 위더스 부인과 모린 사이에 앉아 있는 젊고 날씬한 남자는 양복에 하얀 셔츠를 입고 있었다. 그는 다리를 달달 떨고 있었다. 그 남자의 맞은편, 윈스턴 브레이브 옆자리에는 화장이 진하고 머리칼이 불꽃 같은 주홍빛인 부인이 매니큐어를 칠한 손톱을 열심히 들여다보고 있었다.

마지막 여섯 번째 인물은 안색이 창백하고 밝은 회색 머리를 짧게 친 남자였다. 남자는 오스카가 서재에 들어온 순간부터 그에게서 잠시도 시선을 떼지 않았다. 물론 그는 오스카와 이미 마주친 적이 있는 플레처 윕이었다. 플레처는 자신의 전용 의자 마키아벨리에 앉아 있었다. 오스카도 그 시선의 무게를 느꼈다. 칼날처럼 쭉 찢어진 그의 눈매가 몹시 불편하게 느껴졌다.

윈스턴 브레이브가 맨 먼저 입을 열었다.

"오스카, 주베르 부인 옆에 있는 의자에 앉아라."

오스카는 최고위원회의 기에 눌려 아무 말 없이 시키는 대로 했다. 서가 옆을 지나다가 뭔가가 덜덜 떨고 있는 것을 알았다. 줄리아 제이콥의 서류첩이었다. 윈스턴이 다시 입을 열었다.

"아직 네가 만난 적 없는 세 사람을 소개할까 한다. 메디쿠스 최고위원회의 일원들이시지. 먼저 이쪽은 안나 마리아 룸피니라고 한다."

붉은 갈기를 늘어뜨린 부인이 매력적인 미소를 지었다.

"룸피니 '백작부인'이란다. 만나서 반갑구나, 오스카."

백작부인이 그랜드 마스터에게 눈길을 돌리며 말했다.

"윈스턴, 이 아이가 아버지보다 더 잘생겼다는 얘기는 안 했잖아요! 내가 오늘 화장을 하고 나왔기에 망정이지!"

오스카는 얌전하게 눈치 보면서 백작부인을 관찰했다. 화장이 진하다는 말로는 부족했다. 물감 통에 들어갔다 나온 모양새랄까! 이제 그녀의 전용 좌석 시시가 알록달록한 색깔과 너풀대는 리본으로 장식하고 진한 향수 냄새를 풍기는 것도 이해가 되었다.

"이쪽은 앨리스테어 맥쿨리."

그랜드 마스터가 다리를 잠시도 가만두지 않는 젊은이를 소개했다.

"안녕, 오스카. 너도 신세대 메디쿠스의 일원이 되겠구나. 네가 변화를 불러일으킬 수 있는 사람이 됐으면 해. 오랜 관습을 뒤흔들고 혁명을 일으켜야……."

"그래, 그래, 그렇게 되겠지." 윈스턴이 앨리스테어의 말을 끊었다. "앨리스테어, 자네는 앉아도 좋네. 오스카가 세상의 질서를 무너뜨리기엔 아직 어리지만 그런 생각도 하게 되겠지. 말할 필요도 없어."

오스카는 앨리스테어가 금세 마음에 들었다. 앨리스테어는 오스카를 바라보고 한 눈을 찡긋하며 이렇게 말했다.

"혁명을 일으키기에 너무 어린 나이는 없어요. 결코. 나중에 우리끼리 얘기 좀 하자."

오스카는 앨리스테어의 기분을 상하게 하지 않으려고 예의 바르게 머리를 끄덕였다. 그다음에 소개를 기다리지 않고 바로 말을 건 사나이에게로 고개를 돌렸다.

"우리는 아직 '정식으로' 통성명을 하진 않았지만 우연히 마주칠 기회가 있었지."

플레처 웜이 차가운 목소리로 말했다. 오스카는 얼음처럼 굳어졌다. 윈스턴 브레이브는 플레처 웜에게서 눈을 떼지 않은 채 오스카에게 말을 걸었다. 윈스턴의 눈빛이 플레처와 오스카 사이에서 보호벽이 되어 주고 있는 것 같았다.

"오스카, 이쪽은 플레처 웜이다. 위원회의 원로 멤버 중 한 사람이지. 게다가 손꼽히는 메디쿠스로, 앞으로 너의 발전을 '이끌어주실' 거라고 믿는다."

오스카는 그랜드 마스터가 무슨 뜻으로 이런 말을 하는지 이해하지 못했다. 설명할 수 없는 긴장이 스멀스멀 올라왔지만 소년은 당당하게 플레처를 마주보았다.

다시 신랄하고 느릿느릿한 목소리가 울려 퍼졌다.

"네가 누구인지 우리 모두 알게 됐구나. 그랜드 마스터가 '드디어' 위원회를 소집해서 너에 대한 사안을 발표하기로 작정하셨으니……. 애석하게도 우리의 의견을 물은 기억은 없다만……. 우리는 그랜드 마스터의 결정을 존중한다."

윈스턴 브레이브는 이 말에 섞인 빈정거림은 모른 체했다. 플레처 웜이 말을 이었다.

"이제 모두 알게 되었으니, 우리 모두 네가 처음으로 인간의 헤파톨리아를 탐험한 얘기를 듣고 싶구나."

오스카가 입을 열기 전에 위더스 부인이 선수를 쳤다.

"신체 잠입은 성공적이었다고 평가하고 싶군요. 오스카는 기술을 완벽하게 습득했어요. 이렇게 어린 메디쿠스로서는 이례적인 일이지요."

"하지만 탈출이 매끄럽지 못했지요. 본즈의 보고대로라면 그렇게 볼 수밖에 없습니다."

플레처가 딴죽을 걸었다. 그의 얇은 입술이 뒤틀리면서 비웃음이 떠올랐다. 그러자 모린 주베르가 오스카를 변호하고 나섰다.

"우리의 어린 메디쿠스가 보여준 용기에 깊은 인상을 받았어요. 시알린에서부터는 함정과 난관이 많았으니까요. 오스카, 정말 잘했다."

오스카는 애처롭게 웃었다. 그는 최후의 심사를 기다리고 있었다. 그 말은 플레처 웜의 입에서 지체 없이 떨어졌다.

"오스카, 본론으로 들어가자. 우리에게 네가 가져온 트로피를 보여주기 바란다. 부인들께서 칭찬 일색이시니 분명히 가장 중요한 임무도 완수했겠지. 헤파톨리아에서 유리병을 채워왔느냐?"

오스카는 두피까지 새빨개졌다. 그를 믿고 있는 위원들의 눈을 똑바로 바라볼 자신이 없었다. 소년은 측은하게 뭐라고 중얼댔다.

"뭐라고 하는지 잘 안 들리는데."

플레처 웜은 오스카의 대답을 알면서도 잔인하게 몰아세웠다. 오스카는 크게 심호흡을 하고 조금 더 큰 목소리로 대답했다.

"넥타를 거의 손에 넣었지만……."

여섯 쌍의 눈동자가 오스카에게 쏠렸다. 소년은 머리와 어깨가 무거웠다.

"……담아 오진 못했어요. 댐의 방류에 휩쓸려버렸거든요."

불편한 침묵이 위원회에 감돌았다. 위더스 부인이 분위기를 부드럽게 풀어보려고 했지만 그녀 역시 실망을 감추지 못하는 눈치였다.

"그래, 첫 번째 실습에서 병을 채워오긴 힘들지. 당연한 일이니 너무 염려하지 마라. 모린과 내가 이 소년을 좀 더 이끌어줘야 할 것 같군요. 모린, 그렇게 생각하지 않나요? 나는 자신 있어요."

"저도 그렇게 생각합니다, 베레니스." 플레처 웜이 끼어들었다. 이 말에 위더스 부인과 오스카는 깜짝 놀랐다. "첫 시도에서 '실패'한 것도 당연하지요. 보통 메디쿠스라면 말입니다. 하지만 여러분이 우리에게 말했던 것처럼 전도유망하고 탁월한 재능을 갖춘 메디쿠스라면 좀 다르겠지요. 그래도 아직 어리고 평범한 메디쿠스라면, 뭐, 그렇죠. 실패하는 게 정상이에요."

"평범하다니요?" 안나 마리아 룸피니가 눈을 크게 떴다. 그녀는 지금까지 위원회에서 무슨 얘기가 오갔는지 전혀 모르는 사람 같았다. "플레처, 당신이 분명히 잘못 생각한 거예요. 비탈리 필의 아들이 평범할 리가 없잖아요."

"메디쿠스의 자질이 꼭 그대로 유전되지 않는다는 것은 이미 입증된 사실입니다. 보세요, 어떤 면에서는 필 가문의 경우에……." 플레처는 잔인할 정도로 힘을 주어 말하다가 잠시 윈스턴을 바라보며 말을 이었다. "제가 위원회를 시작할 때부터 말씀드렸지요. 비탈리 필의 아들을 훈련시킨다는 것은 잘못된 발상일 뿐만 아니라 심각한 '과오'라고요. 애초부터 위원회에서 토론을 거쳐 결정을 내렸어야했습니다."

오스카는 마지막 말을 듣고 얼굴이 새파래졌다. 웜의 심술궂은 말은 위더스 부인을 펄쩍 뛰게 했다. 화가 난 부인이 뭐라고 쏘아붙이려는데 윈스턴 브레이브가 토론을 끝맺으려 했다.

"하지만 결정은 이미 내려졌습니다. 결정을 뒤집을 순 없습니다."

웜은 대답하지 않았다. 위더스 부인이 안도하며 안락의자에 다시 앉았다. 그랜드 마스터가 이번에는 오스카를 보고 말했다.

"오스카 필, 우리는 너의 자질을 믿는다." 그는 웜에게 책망하는 듯한 눈길을 보냈다. "위더스 부인과 모린 주베르가 생각한 대로 임무를 완수하기까지 너는 약간의 훈련이 더 필요할 것으로 보인다. 그렇지만 나는 너를 믿는다. '여기 있는 모든 사람'이 마찬가지야."

웜은 아무런 딴죽도 걸지 않고 자신의 케이프 자락만 만지작거리고 있었다. 다른 위원들은 오스카에게 진솔한 미소를 보내주었다. 그랜드 마스터가 물었다.

"우리에게 할 말이 없느냐?"

오스카는 입을 열려고 했지만 아무 말도 꺼내지 못했다. 목이 메었다. 플레처 웜에게 당한 수모, 특히 그의 가족을 들먹거렸다는 사실을 견딜 수 없어 몸이 부들부들 떨렸다. 그는 위원들에게 아무 말도 하지 않고 미친 듯이 뛰어가서 문을 벌컥 열었다.

문 뒤에서 대기하고 있던 본즈가 자리에서 일어나 흡족한 듯 웃었다.

오스카는 쿠미데스 서클의 현관문까지 그대로 달려갔다. 문고리를 비틀었지만 말을 듣지 않았다. 그는 떨리는 손으로 펜던트를 꺼내 문에 갖다 댔다. 그러자 문이 열렸다. 소년은 자갈길을 달려가 철창 대문에 이르렀다. 거기서도 펜던트를 쓰자 어렵지 않게 문을 열 수 있었다.

위더스 부인이 황급히 일어났다. 윈스턴이 부인을 만류했다.

"아니, 베레니스, 놔두세요. 저 아이는 스스로 돌아오든가 아니면 영영 돌아오지 않을 겁니다. 그건 우리가 결정할 문제가 아닙니다."

위더스 부인은 모린과 앨리스테어를 번갈아보며 걱정스러운 눈빛을 교환했다. 그들은 미소를 지으며 부인을 최대한 안심시키려고 노력했다. 득의만면해진 웜은 자신이 더 이상 말할 필요도 없다고 판단했다.

"어머, 무슨 일이 있었죠? 그 잘생긴 소년은 벌써 갔나요? 이렇게 안타까울 데가……."

룸피니 부인이 자다가 봉창 두드리는 소리를 했다.

위더스 부인은 목에 두른 비단 스카프를 신경질적으로 매만지며 창가로 다가갔다. 그녀가 커튼을 열었을 때에는 오스카가 블루파크 애비뉴로 사라지는 모습밖에 볼 수 없었다. 하늘은 조금 전부터 폭우를 가득 담은 구름으로 뒤덮여 있었다.

오스카가 바빌론 하이츠의 장밋빛 종탑을 마지막으로 쳐다보았을 무렵, 빗방울이 후드득 떨어지기 시작했다.

얼마나 오랫동안 쉬지 않고 달렸을까? 자신도 알 수 없었다. 이제 바빌론 하이츠는 코앞이었다. 어떻게 도시를 무사히 가로질러왔는지 자기도 의문이었다.

쿠미데스 서클을 박차고 나오면서 오스카는 본능적으로 무엇을 보고 달려야 할지 알았다. 그의 동네가 있는 작은 언덕배기에서 온 도시를 내려다보는 종탑, 그것만 보고 뛰었다. 눈물이 앞을 가려도 쉬지 않고 달렸다. 길을 건널 때마다 자동차들이 급정거를 하면서 타이어 긁히는 소리와 경적 소리가 요란하게 울렸지만 그래도 무작정 달렸다.

마침내 바빌론 하이츠에 도착해서야, 오스카는 자신이 얼마나 달려왔는지 깨달았다. 다리가 후들거렸고 숨이 턱까지 찼다. 그렇지만 자기 말고는 아는 사람이 별로 없는 지름길을 놓치지는 않았다. 그는 아무도 만나고 싶지 않았다. 친구들도 보고 싶지 않았고 틴 아저씨네 가게에서 책을 읽고 싶지도 않았다. 그를 귀여워해주는 친절한 동네 아줌마들도 만나기 싫었다. 킬데어 스트리트의 집들, 그리고 그가 사는 집이 드디어 시야에 들어오자 메디쿠스 최고위원회 앞에서 맛보았던 부끄러움,

슬픔, 분노가 새록새록 살아났다.

오스카는 마지막 힘까지 그러모아 문을 밀고 들어갔다. 숨이 차서 현관 한복판에 잠시 우두커니 서 있었다. 현관에는 그의 생애와 그가 정말로 소중하게 여기는 삶을 한눈에 볼 수 있는 사진들이 사방팔방에 붙어 있었다. 주방에 엄마와 비올레트 누나가 앉아 있었다. 엄마는 뭐라고 떠들어대고 누나는 또 몽상에 빠져 그 말을 건성으로 듣고 있었다. 누나는 얼굴을 들었다가 오스카를 보고 벌떡 일어났다.

"오스카!"

누나가 좋아서 소리를 질렀다. 엄마도 들고 있던 냄비를 싱크대에 팽개치고 누나를 따라 한달음에 달려 나왔다.

하지만 오스카는 벌써 계단을 몇 칸씩 한꺼번에 올라가 자기 방으로 뛰어 들어가고 있었다. 엄마와 누나가 이 층에 도착했을 때에는 방문은 이미 닫혀 있었다. 비올레트가 황망한 눈으로 문과 엄마를 번갈아 쳐다보았다. 셀리아는 비올레트의 뺨을 다정하게 어루만지며 달랬다.

"아무것도 아니야, 비올레트. 걱정하지 마. 내려가서 간식이나 마저 먹고 있으면 오스카도 내려올 거야. 알았지?"

비올레트는 아무 노래나 떠오르는 대로 흥얼거리며 엄마가 시키는 대로 했다.

셀리아가 노크를 했다. 안에서 아무런 대꾸도 없었기 때문에 그녀는 살짝 문을 밀고 들어갔다. 오스카는 침대에 벌러덩 누워 천장을 노려보고 있었다. 관자놀이를 타고 흘러내린 눈물 때문에 베개가 축축했다. 그는 품에 사진첩을 안고 있었다. 엄마는 조용히 다가가 아들의 손을 다정하니 잡아주었다.

"안녕, 우리 오스카. 요 며칠 동안 네가 보고 싶어서 혼났어. 잘했다, 이렇게 일찍 돌아와 주다니."

오스카는 고개를 돌리고 몸을 일으켜 엄마의 목을 끌어안았다. 모자는 한참을 그렇게 부둥켜안고 있었다. 잠시 후, 오스카는 엄마의 눈을 들여다보았다. 엄마가 자신을 나무라지 않는다는 것을 깨닫자 기분이 한결 나아졌다.

"어떻게 된 거니, 오스카? 오늘 집에 오다니 뭐 좋은 일이라도 있었던 거야?"

엄마가 미소를 지으며 말했다. 오스카는 비참했지만 엄마 말을 듣자 자기도 모르게 살짝 웃음이 났다.

"네가 온 것만으로도 최고의 희소식이지만 그래도 어찌된 사연인지 좀 알고 싶은걸? 말하기 싫으면 말하지 않아도 괜찮지만."

오스카가 땅이 꺼져라 한숨을 쉬었다.

"엄마, 전 아무짝에도 쓸모없는 놈이에요."

"처음부터 왜 이래. 그렇게 생각하다니, 절대로 동의할 수 없어. 그런 말도 안 되는 얘기를 납득시키려면 타당한 증거를 대야 할 거다."

오스카는 좀 더 편안하게 웃었다. 그는 손등으로 눈물을 훔치며 말을 이었다.

"헤파톨리아에서 트로피를 가져와야하는데 그곳의 댐이 열렸지 뭐예요. 위원회 사람들은 내가 실패했다고 했어요. 특히 플레처 웜이라는 사람이……."

"그만, 그만! 지금 무슨 얘기를 하는 거니? 엄마는 하나도 모르겠어!"

셀리아는 아들을 침대에 쓰러뜨리고 자기도 옆에 누워 팔짱을 꼈다.

"음, 계속해봐. 이제 들을 준비가 됐으니까. 처음부터 차근차근 말해 보렴."

오스카의 이야기가 끝나자 셀리아는 잠시 생각에 잠겼다가 이렇게 입을 떼었다.

"알았다. 이제 엄마도 알았으니까 엄마의 관점에서 한 번 얘기를 해 볼까?"

오스카는 엄마가 무슨 말을 하려고 하는지는 몰랐지만 고개를 끄덕였다.

"그러니까 요약하자면 네가 불과 며칠 사이에 카나리아, 개, 사람의 몸에 차례로 들어갔다 나왔다는 거잖니. 게다가 사람의 몸에 들어갔을 때에는 하나의 우주를 구석구석 탐험하고 갖은 위험을 무릅쓰며 한 소녀를 구해내기까지 했어. 네가 유리병인지 뭔지를 채워오지 못한 이유는 순전히 그 놈의 집사 때문이야. 네 크루아상을 훔쳐 먹은 그 먹보가 기름진 음식을 잔뜩 먹었기 때문에 댐이 방류된 거잖아? 결론적으로 네 잘못은 조금도 없어. 그렇지 않니?"

오스카는 엄마 말이 옳다고 인정하지 않을 수 없었지만 자기 입으로 그렇게 말하고 싶지는 않았다. 그는 그냥 어깨만 으쓱했다. 셀리아가 아들을 부드럽게 흔들었다.

"오스카, 너의 좋은 점은 매우 용감할 뿐만 아니라 절대 부루퉁해 있지 않는다는 거야. 그러니까 활짝 웃고 엄마 말을 받아들여. 결국 그 플레처 웜인가 뭔가 하는 작자를 제외하면 다른 위원들은 모두 널 칭찬하고 믿어준다는 거잖아, 안 그래?"

"그래요. 하지만 실패는 실패잖아요."

"네가 그걸 실패라고 부르고 싶다면 그렇게 해. 하지만 한 번 실패했다고 해서 전부 다 포기할 거야?"

오스카는 입을 다물었다.

"오스카, 마지막으로 하나 더 기억할 것이 있단다. 남들의 의견도 중요해. 하지만 네가 고려하지 않은 것이 있잖니? 너 자신의 생각은? 너는 어떻게 하고 싶은데? 한 번 시도해보고 안 되니까 몽땅 포기하고 싶은 거야? 아니면 이를 악물고 다시 도전해서 성공하고 싶은 거야? 너와 다른 사람들에게, 물론 중요한 건 너 자신이지만, 너는 실패에 굴복하는 사람이 아니라고, 얼마든지 해낼 수 있다고 입증하고 싶지 않아?"

"모르겠어요. 전에는 안다고 생각했는데 지금은 아무것도 모르겠어요."

셀리아가 일어나서 두 손으로 아들의 얼굴을 감쌌다. 그녀는 오스카의 눈을 똑바로 들여다보았다.

"오스카, 전에도 얘기했지. 네가 원하면 언제든지 그만두고 당장 여기로 돌아올 수 있어. 아무도 널 책망하지 않아. 특히 엄마는 정말 아무렇지도 않아. 그런데 가장 중요한 건 이거야. 살면서 후회를 남기지 않으려면 최선을 다해봐야 하거든. 오스카, 후회만큼 끔찍한 건 없어. 아무것도 해보지 않고 나중에 후회하느니 뭐라도 한번 매달려보고 이게 아니구나, 깨닫는 게 백 배 천 배 나아. 어떨 때는 좋은 결과가 나오고 어떨 때는 그렇지 않아. 하지만 그게 뭐 그리 중요하겠니. 사람은 실패에서도 배울 수 있어. 그런데 무작정 포기하면 자신에게 뭐가 부족했는지 영영 모르게 돼. 그렇게 평생 사는 거야. 오스카, 후회란 그렇게 끈질긴 거란다."

엄마는 일어났다.

"잘 생각해보렴, 오스카. 그동안 엄마는 식사 준비를 할게. 게다가 몇 분 전만 해도 동생이 왔다고 뛸 듯이 기뻐하다가 지금은 시무룩해 있는 사람이 한 명 있잖니. 그 사람이 지금쯤 걱정하고 있을 것 같은데? 가서 한번 얘기해보지 않을래?"

오스카가 침대에서 벌떡 일어나 엄마를 따라 나갔다. 셀리아는 아래층으로 내려가 주방에 고개를 내밀었다.

"비올레트?"

오스카가 위층에서 엄마에게 신호를 보냈다. 누나 방에서 인기척을 들었기 때문이다. 셀리아는 주방으로 들어가고 오스카는 비올레트의 방으로 갔다. 그는 방문을 빠끔 열어보았다.

비올레트는 넓적한 띠로 눈을 가리고 의자에 앉아 있었다. 오스카가 다가가 흥미로운 눈으로 누나를 바라보았다.

"비올레트 누나?"

비올레트는 대답 없이 살짝 움직이기만 했다.

"누나, 뭐하는 거야?"

"내 머릿속을 들여다보고 있어. 바깥세상이 보이면 집중이 안 되기 때문에 눈가리개를 한 거야."

오스카는 바닥에 털썩 주저앉았다.

"음…… 뭐가 보여? 누나의 머릿속에선?"

"나의 생각."

"좋아?"

"늘 그렇진 않아. 가끔은 눈으로 보는 바깥세상보다 나아."

오스카는 조금 전에 누나가 자신을 보자마자 내질렀던 기쁨의 탄성을 생각했다. 그런데도 그는 아는 체도 하지 않고 방으로 냉큼 들어갔었다. 그렇게 행동했던 자신이 부끄러웠다.

그 순간, 앉아 있는 그의 손 위로 물방울 하나가 똑 하고 떨어졌다. 오스카가 놀라서 눈을 들었다. 누나가 좀 이상한 줄은 알고 있었지만 방에 비를 내리게 하는 재주까지 있는 줄은 몰랐다! 오스카는 누나의 얼굴을 보고 비로소 깨달았다. 굵은 눈물방울이 눈가리개 아래로 뺨을 타고 흘러내렸던 것이다.

가슴이 꽉 막힌 오스카는 무슨 말을 해야 할지 몰랐다. 어쨌든 쭈뼛대며 서툴게나마 말을 건넸다.

"오늘 누나를 보니까 참 좋다. 우리 얼굴 본 지 오래됐지."

"이틀 전에도 봤잖아."

오스카는 누나 마음을 아프게 했다는 것을 잘 알고 있었다. 또다시 그럴 수는 없었다.

"가끔은 이틀도 아주 길게 느껴지잖아."

오스카가 대꾸했다. 비올레트는 이 말을 듣고 조금 망설이다가 눈가리개를 풀었다. 누나는 치아교정기를 드러내며 활짝 웃고는 책상 위에 널린 잡동사니들을 뒤지기 시작했다. 그러고는 종이 뭉치 사이에서 가운데가 네모 모양으로 잘려나간 백지 한 장을 꺼냈다.

"너한테 주는 거야."

"고마워."

오스카는 이 종이를 어떻게 해야 할지 몰랐지만 일단 그렇게 말했다.

"한번 해봐!"

비올레트가 재촉했다. 오스카는 난처해하며 누나를 바라보았다.

"음…… 누나가 시범을 보여줄래?"

비올레트는 종이를 들고 창가로 걸어갔다. 종이를 유리창에 딱 붙이더니 오스카를 보고 말했다.

"됐어, 이쪽으로 와봐."

오스카가 시키는 대로 했다.

"이건 내 발명품이야. '집중 감상을 위한 네모창'이라고 해."

"뭐에 쓰는 물건인데?"

"음, 뭔가 한 가지를 집중적으로 관찰할 때."

"그래, 그런데 왜 한 가지만 집중적으로 보는 거야?"

비올레트가 인상을 쓰며 심각한 얼굴을 했다.

"세상엔 늘 봐야 할 것들이 지나치게 많아. 우리 주위만 봐도 그래. 그래서 정작 봐야 할 것을 선택할 수가 없지. 봐야 할 것을 놓치고 말아. 그래서 이 네모창을 만든 건데……."

"그래, 그래, 맞아."

"……이걸 쓰면 창밖을 내다볼 때에도 어느 하나만 집중해서 볼 수 있어. 집중 감상에 이용하는 거야. 한번 해보라니까!"

오스카는 종이 앞에 다가가 네모난 구멍 밖을 보았다. 윙즈 아줌마의 몸집이 절반쯤 보였고—아줌마가 엄청난 뚱보라는 점을 감안하면 그 정도도 많이 보이는 편이지만—애견 폐기의 꼬리도 보였다.

"누나 말이 맞아. 가끔은 하나만 봐도 충분하지."

비올레트는 창문에서 종이를 떼어내어 동생에게 내밀었다.

"집에 계속 있을 거야?"

오스카는 망설였다.

"나도 잘 모르겠어."

남매는 엄마가 있는 주방으로 함께 내려왔다.

"오늘 저녁은 특별한 메뉴를 준비했다. 다진 고기 스테이크와 감자 튀김이야!"

오스카는 누나와 의미심장한 눈빛을 교환했다. 어쨌든 그는 즐거웠다. 아무리 그래도 체리 아줌마의 실험 정신이 넘치는 요리보다는 골백 번 나았다. 오스카가 엄마에게 다가갔다.

"엄마?"

"응?"

"저, 결심했어요."

"그래……?"

"저 돌아갈래요." 오스카는 스스로 용기를 북돋우려는 듯 힘차게 말했다. "그래야 해보지도 않고 도망쳤다는 후회를 피할 수 있을 것 같아요."

셀리아는 자세를 낮추어 아들을 꼭 안아주었다.

"우리 오스카, 네가 그렇게 결심했다면 우리는 존중할 수밖에. 안 그러니, 비올레트?"

이 발을 들었다 저 발을 들었다 하며 춤을 추고 있던 비올레트는 대답을 할 수 없었다. 오스카가 누나를 감쌌다.

"누나 덕분에 한 번에 하나씩만 봐야한다는 걸 알았어요. 앞으로 이 결심을 지키기 위해 노력할 거예요. 두고 보세요."

비올레트는 잠깐 쭈뼛대다가 동생과 엄마를 향해 환하게 웃었다.

"좋다. 뭐, 서두를 건 없겠지. 쿠미데스 서클은 내일 가도 괜찮을 거야. 오늘 저녁에는 식구끼리 화목하게 식사를 즐기자. 저녁 7시에 밥을 먹고 정원에서 배드민턴이나 한 판 칠까? 어때?"

오스카는 배드민턴 라켓을 챙기러 가다가 문득 엄마가 한 말에 새삼스럽게 놀랐다.

저녁.

7시.

그는 얼른 주방으로 되돌아갔다.

"엄마! 빨리요! 저 지금 당장 가야해요!"

"뭐라고? 하지만 방금 전에 정했잖아? 그렇게 서둘러 돌아가야 하는 거였어?"

"아뇨! 저녁 7시 전엔 도착해야해요! 그게 규칙이에요! 브레이브 씨가 경고했어요. 정각 7시까지 돌아오지 않으면 영영 돌아올 생각 말라고요! 얼른 가야해요!"

셀리아도 벽시계를 쳐다보았다. 이미 6시 37분이었다. 셀리아는 앞치마를 벗어던지고 현관으로 달려가 신발을 신었다. 두 아이도 따라갔다.

"비올레트, 내 가방 좀 가져와라. 엄마 방에 있다!"

비올레트는 화살처럼 잽싸게 달려가 가방을 챙겨왔다.

"자, 모두 차에 타!"

비올레트는 정원의 비탈길을 다다다 내달려 투아네트에 몸을 실었다.

"가자, 투아네트." 셀리아가 자동차에게 말했다. "뒷좌석, 모두 안전 벨트 맸지?"

두 아이는 찰칵 소리가 나게 벨트를 채웠다. 셀리아는 시동을 걸고 힘차게 액셀러레이터를 밟았다. 겨우 평화로운 휴식을 얻었던 가엾은 투아네트는 약하게 털털거리는 소리를 낼 뿐, 꼼짝하지 않았다.

"투아네트, 네 실력을 보여줄 때야!"

셀리아가 고함을 지르고는 다시 시동을 걸었다. 자동차는 낡은 배기 관으로 한숨을 한 번 토하는가 싶더니 움직이기 시작했다. 가족들은 기쁨의 함성을 질렀다. 셀리아는 액셀러레이터를 힘껏 밟았다. 자동차는 썰매처럼 앞으로 신나게 나아갔다. 그들은 곧 초저녁 퇴근 차량의 물결 속으로 파고들었다.

셀리아가 요리조리 차 사이를 빠져나갔지만 결국 버스에 막혀 차를 세워야했다. 신호등이 초록색으로 바뀌고도 버스는 한참 있다가 출발 했다. 빨간 불이 들어오자 셀리아는 욕설을 내뱉으며 핸들을 홱 꺾었 다. 불쌍한 투아네트는 어쩔 수 없었다. 공장에서 갓 나온 짱짱한 신차 였을 때에도 못했던 일을, 낡아빠진 똥차가 되어서 감당하려니 오죽 힘 들었을까. 투아네트는 보도를 침범했다.

행인들이 비명을 지르며 벽으로 비켜섰다. 셀리아는 아무 소리도 안 들리는 체하며 보도를 달려 버스를 추월했다. 투아네트는 보도 연석을 타이어로 호되게 긁으며 다시 차도로 내려와 다시 지옥 열차처럼 미친 듯이 달렸다.

오스카가 손목시계를 보았다. 6시 54분. 블루파크에 도착하려면 아직도 비들 스트리트와 그 근처 상가를 지나야했다.

그들은 비들 스트리트 초입에 이르렀다. 자동차들이 꽉 막혀 있는 광경은 주차장을 방불케 했다. 보도에도 사람들이 바글바글했다. 이번에는 보도를 타는 변칙적인 수법도 통하지 않을 터였다.

"엄마, 아무래도 안 되겠어요."

오스카가 낙담했다.

"바보 같은 소리 집어치우고 꽉 잡아."

셀리아는 실내 백미러로 뒷좌석을 흘끗 보며 말했다.

"힘내, 애들아! 이제 거의 다 왔다. 엄마를 믿어!"

셀리아는 경적을 울리며 차를 후진시켰다. 그러고는 오른쪽 첫 번째 길로 차를 틀었다. 비올레트가 몸을 일으키고 엄마 어깨 너머로 바깥 풍경을 바라보았다. 그녀가 멍하니 물었다.

"아, 우리 시장 가요?"

"그렇다고 할 수 있지. 시장에 정차하진 않을 거지만."

상인들은 너나 할 것 없이 시장 바닥에 물건들을 늘어놓고 장사를 하고 있었다. 부릉부릉 하는 소리에 상인들의 고개가 일제히 돌아갔다. 크리스마스트리처럼 사방에서 깜박깜박 불이 들어오는 코딱지만한 자가용이 그들의 코앞에 와 있었다. 웬 미친 여자가 속도도 늦추지 않고 시장 바닥으로 차를 몰고 달려드는 동안 상인들은 겨우 몸을 피할 겨를밖에 없었다. 눈 깜짝할 사이에, 빈 닭장들이 날아가고 채소가 뭉그러지고 과일들이 공중으로 날아가고 난리가 났다.

"애들아, 여기 다시는 오지 않는 게 좋을 것 같다. 모두 괜찮지?"

셀리아가 엔진 소리와 주위에서 터져 나오는 비명에 묻히지 않으려고 고함을 쳤다. 오스카와 비올레트는 대답을 할 수 없었다. 안전벨트를 맸는데도 뒷좌석 이쪽 끝에서 저쪽 끝으로 떠밀리고 흔들리느라 정신을 차릴 수 없었던 것이다.

투아네트가 시장 반대편에 이르렀을 무렵, 시계는 6시 57분을 가리키고 있었다.

오스카가 자리에서 일어나 빙그레 웃었다. 블루파크 애비뉴의 아름다운 개인 주택들이 보였던 것이다. 자동차는 쿠미데스 서클 앞으로 돌진했다.

투아네트는 시커먼 연기를 내뿜고 있었다. 6시 58분이었다.

셀리아가 뒤를 돌아보고는 오스카가 앉은 쪽 문을 열어주었다.

"오스카, 이제 2분 남았다. 어서 가!"

오스카는 차 밖으로 튀어나갔다.

"오스카!"

비올레트 누나가 소리를 지르면서 네모창을 잘라낸 종이를 내밀었다. 오스카는 종이를 받아 주머니에 쑤셔 넣었다. 엄마가 차창 밖으로 얼굴을 내밀었다. 오스카는 그 얼굴에 뽀뽀를 했다.

"우리 아들, 우리 집 남자, 네가 자랑스럽구나."

엄마는 눈물이 그렁그렁했다. 며칠 사이에 엄마의 우는 얼굴을 두 번이나 보았다. 이번에도 어느 정도는 오스카 때문이라고 할 수 있었다. 소년은 가슴이 메어 발이 떨어지지 않았다. 셀리아는 아들이 망설이는 것을 깨닫고 얼른 안심시켰다.

"여자들은 원래 이래. 우는 걸 두려워하지 않는 것도 용기야."

그녀는 아들의 뺨을 어루만졌다.

"잘될 거야. 가끔은 너무 행복해서 눈물이 나기도 하지. 오스카, 엄마들은 자식이 자랑스러울 때 눈물을 흘린단다." 그녀는 손목시계를 확인했다. "6시 59분! 빨리 가라! 어서!"

오스카는 쿠미데스 서클의 현관으로 미친 듯이 달려가 초인종을 눌렀다. 문 뒤에서 인기척을 느꼈지만 아무도 문을 열어주지 않았다. 본즈가 그들이 오는 모습을 봤으면서 일부러 문을 열어주지 않는 듯했다. 이제 오스카에게 남은 시간은 30초뿐이었다.

그는 현관 계단을 도로 내려가 집을 한 바퀴 돌아보았다. 정원으로 통하는 주방 문이 있었다. 오스카는 말 그대로 그 문을 들이받았다. 체리 아줌마가 놀라서 비명을 질렀다.

"오스카! 놀랐잖니, 애! 그래도……."

오스카는 나머지 얘기는 듣지 않았다. 그는 본즈가 황당한 눈으로 지켜보는 것도 아랑곳없이 돌풍처럼 현관을 가로질러 뛰어갔다. 거실에서 브레이브 씨의 벽시계가 7시를 알리는 종을 치기 시작했다.

오스카는 문을 열고 응접실을 지나 식당으로 들어갔다. 그는 사방으로 뻗친 머리를 손으로 대충 빗어 넘겼다.

일곱 번째 종소리가 울렸을 때, 오스카는 이미 자기 자리에 앉아서 숨을 헐떡거리고 있었다. 그와 동시에 체리 아줌마가 접시 두 개를 들고 나타났다. 오스카가 활짝 웃어 보이자 아줌마도 환한 미소로 답했다.

식탁 반대쪽 끝에 앉아 있던 그랜드 마스터가 머리를 들었다. 멋진 저음의 목소리가 울려 퍼졌다.

"안녕, 오스카. 쿠미데스 서클로 돌아온 것을 환영한다."

오스카는 저녁 식사 후에 자기 방으로 올라갔다.

이를 닦고 세수를 하고 옷을 다 입은 채로 침대에 누웠다. 잠옷으로 갈아입기 전에 매일 저녁 그랬듯이 아빠 사진을 들여다보고 싶었다. 주머니에서 작은 사진첩을 꺼내어 아빠의 사진과 옛날에 찍은 가족사진을 펼쳤다. 가족사진에서 비올레트 누나는 유모차를 타고 있었고 오스카는 아직 엄마의 불룩한 배 속에 있었다. 오늘 밤, 사진 속의 아빠는 완전히 고개를 돌리고 그를 환영하듯 웃고 있었다. 무척 길고 힘들었던 오늘 하루를 아빠는 흡족하게 여기는 것 같았다. 오스카는 다짜고짜 아빠에게 말을 걸었다.

"있잖아요, 전부 다 포기할 생각은 아니었어요. 그냥 너무 피곤하고 힘이 빠졌을 뿐이에요. 하지만 메디쿠스가 되고 싶다는 마음은 늘 진심이에요. 아빠만큼 강하고 용감한 메디쿠스가 될 거예요! 모두들 아빠는 '굉장한' 메디쿠스라고 그랬어요. 서재에 있는 책들도 모두 그렇게 말했어요. 그 가증스러운 보이드조차 아니라고는 말 못하더라고요. 줄리아 제이콥이 아빠에 대해 말할 때는 당장 눈물이라도 흘릴 것 같아요! 아빠를 흠모하나 봐요!"

비탈리 필이 껄껄 웃는 것 같았다. 셸리아가 남편을 향해 몸을 살짝 기울인 듯 보였다. 오스카는 방금 자기가 한 말에 엄마가 질투를 하나 보다 생각했다.

"아빠를 남자로서 좋아한단 뜻은 아니에요. 줄리아는 그냥 아빠를 존경하는 것 같아요."

오스카는 잠시 사이를 두었다가 말을 이었다. 그는 눈을 내리깔고 나지막하게 속삭였다.

"그게요, 사실은…… 제가 유리병을 채워오지 못했기 때문에 아빠가 저를 부끄러워할지도 모른다고 생각했어요."

그는 아빠의 눈을 보았다. 사진 속에서 아빠 엄마는 세상 그 누구보다 뿌듯한 표정을 짓고 있었다. 오스카는 안도감을 느끼며 빙긋 웃었다.

"실은 그것 말고도 하고 싶은 얘기가 있는데요……."

그때 가까이에서 무슨 소리가 나는 바람에 오스카는 입을 다물었다. 그는 얼른 사진첩을 베개 밑에 감추고 침대에 벌떡 일어나 앉았다. 꼼짝도 하지 않고 귀를 쫑긋 세웠지만 아무 소리도 들리지 않았다. 창가에 가보았다. 어쩌면 지주가 나뭇가지를 흔들어 그에게 저녁인사를 했을 뿐인지도 몰랐다.

창문을 열었지만 아무것도 없었다. 거대한 떡갈나무의 실루엣은 아주 멀리 있었다. 새삼 이 정원이 얼마나 넓은지 깨달았다. 아직도 빗물을 머금고 있는 나뭇가지들이 바람에 흔들렸다. 오스카는 창문을 닫고 커튼을 친 뒤에 다시 침대로 돌아와 사진첩을 꺼냈다. 아빠와의 대화를 이렇게 갑자기 중단하고 싶진 않았다.

사진첩을 펼치고 첫 마디를 꺼내기도 전에 좀 더 분명한 소리가 들렸다. 뭔가 쿵 하고 부딪치는 소리가 들릴 듯 말 듯 들렸다.

"야, 네가 자리를 몽땅 차지하고 있잖아!"

이어서 차분한 목소리가 이 말에 대꾸하는 것이었다.

"나도 자리가 있어야 할 거 아냐!"

장롱에서 나는 소리가 분명했다. 오스카는 두근거리는 가슴으로 일어나 살금살금 장롱에 접근했다. 손잡이를 잡고 최대한 조심스럽게 돌린 후, 문을 홱 열었다.

대번에 주위가 쥐 죽은 듯 조용해졌다. 옷걸이에 걸려 있는 오스카의 케이프만이 아직도 꼬물거리고 있을 뿐이었다. 오스카는 뒤로 움찔 물러났지만 곧 우렁차게 소리쳤다.

"안에 누구 있으면 당장 나와!"

대답 대신 정적만 흘렀다. 아주 작은 움직임도 찾아볼 수 없었다. 오스카는 만일을 대비해 티셔츠 안쪽의 펜던트를 쥐고 왼손으로 케이프를 들추었다.

일그러진 표정으로 서로 꼭 붙어 있는 두 아이를 오스카는 어이없다는 듯이 바라보았다. 그들이 누구인지는 금세 알아볼 수 있었다.

"너…… 너희가 여기서 뭐하는 거야?"

발랑틴과 로렌스는 서로 부딪치고 밀치고 난리법석을 피우다가 겨우 장롱에서 나왔다. 발랑틴은 평소보다 더 시뻘건 얼굴로 숨을 몰아쉬었다. 두 아이는 서로 바라보다가 비로소 팔짱을 끼고 자기들을 내려다보는 오스카를 쳐다보았다. 발랑틴이 먼저 입을 떼었다.

"우리 셋 다 산에서 떠밀려 나와 제주눔 대운하에 처박혔잖아. 그때 우리도 네 케이프에 매달려서……."

"우리가 매달려 있던 자락 쪽은 네가 쓰질 않더라고……." 로렌스가 옆에서 거들었다.

오스카는 기가 막혀서 고개를 절레절레 흔들었다.

"하지만 무슨 수로 헤파톨리아에서 나온 거야?"

"오히려 그건 쉬운 일이었어. 메디쿠스의 케이프가 지닌 성질을 알기만 하면 되니까. 네가 신체를 벗어날 때 우리도 네 케이프에 매달려 있으면, 네 케이프가 우리를 '인식'해주기만 하면, 우리도 너와 함께 신체 밖으로 빠져나갈 수 있어."

"그러니까 내 케이프가 어떻게 너희들을 '인식'하느냐고!"

"어떻게 인식하긴? 구름다리에서 날 구해준 것도 네 케이프였잖아. 아, 물론 네가 날 도와준 것이기도 하지만……."

발랑틴이 재미있다는 듯이 끼어들었다. 로렌스도 다시 입을 열었다.

"나도 그래. 내가 길 안내를 하느라 앞장서면서 너랑 몸이 많이 부딪쳤잖아. 그래서 케이프에도 여러 번 몸이 닿았었지. 어쨌든 난 널 도와줬어. 최소한 네 케이프는 날 고맙게 생각하나 봐."

오스카는 눈을 감아버렸다. 이상하게 어긋나버린 이 세상과 저 세상도, 다른 세상에서 건너온 괴짜 녀석들도 도무지 이해할 수 없었다. 다만, 한 가지는 분명했다. 당장 이 녀석들에게 그 점을 일깨워주어야만 했다.

"너희는 여기서 살 수 없어!"

두 아이는 하늘이 무너진 듯 낙심했다. 발랑틴이 큰소리로 외쳤다.

"오스카, 제발 부탁이야! 난 돌아가기 싫어! 여행을 하고 싶어. 헤파톨리아의 강과 바다는 지긋지긋해. 거기로 돌아가면 난 퇴물이 되고 말 거야. 낡아빠진 구형 적혈구가 될 거라고! 이제 곧 모델 6, 이어서 7이 나올 거야. 그러면 나는 폐품 신세가 되어 라트* 공동묘지로 직행이야. 너도 양심에 찔릴걸?"

그녀는 가슴에 손을 얹고 억지로 눈물을 짜냈다. 로렌스도 옆에서 통

★ Rate, '비장'을 뜻하며, 비장은 오래된 적혈구나 혈소판을 파괴하거나 림프구를 만들어 내는 역할을 한다.

사정을 했다.

"오스카, 난 광산에 처박혀 인생을 끝내고 싶지 않아. 거기가 어떤 곳인지는 너도 봤잖아? 섭씨 37도, 화씨로는 98.6도가 넘는 곳이야. 끝이 보이지 않은 어두컴컴한 지하 갱도는 또 어떻고. 거기 일이 얼마나 고된데. 하루에 생산하는 담즙만 해도 600밀리리터나 돼. 밖에서 보면 얼마 안 되는 양이겠지만 신체 내에선 엄청난 거야. 네가 봤던 호수, 그런 호수를 몇 개나 합친 양이라고! 오스카, 넌 내가 그렇게 살았으면 좋겠어? 내 또래 아이에게 그런 삶이 가당키나 하다고 생각해? 456.50미터의……."

"시끄러워! 둘 다 조용히 해!" 오스카가 목소리를 낮추어 으르렁댔다. 발랑틴의 슬픈 척하는 연기보다 로렌스의 숫자 놀음이 더 신경에 거슬렸다. 소년은 불안한 눈으로 문을 쳐다보며 두 사람에게 조용히 하라는 신호를 한 번 더 보냈다.

"본즈가 갑자기 들어오기라도 하면 어떡하려고! 그랬다간 당장 헤파톨리아와 GRIU로 돌아가야 할 거야! 내 말 들어!"

두 아이는 오스카가 하라는 대로 했다. 그들은 희망이 가득한 눈으로 오스카를 바라보았다. 오스카는 붉은 머리칼을 마구 쥐어뜯으며 어떻게 해야 할지 고민했다. 솔직히 두 친구를 다시 만난 것이 기쁘기는 했다. 그렇잖아도 무사히 빠져나갔을까 걱정을 하던 차에 이렇게 자기 눈으로 직접 확인해서 다행이라는 생각이 들었다. 더욱이 쿠미데스 서클에서 힘이 들 때에는 가끔 외롭기도 했다. 하지만 이 아이들을 어떻게 숨긴다? 그를 믿어준 브레이브 씨나 위더스 부인에게 이들의 존재가 알려지면 어떻게 될까?

오스카는 본즈의 헤파톨리아에서 역경에 부딪쳤을 때, 이 두 친구가
그를 도와주었다는 사실을 떠올렸다. 이들은 대가를 바라지 않고 그를
도와주었다. 이제 이들은 그를 필요로 하고 있었다. 오스카도 뭔가를
해주고 싶었다. 위험은 중요치 않았다. 이런 게 바로 우정일까?

"좋아, 알았다고. 여기 있어도 좋아. 하지만 들키지 않도록 조심해.
'아주' 조심해야해!"

보름달처럼 동그란 로렌스의 얼굴에 함박웃음이 떠올랐다. 발랑틴은
좋아서 펄쩍펄쩍 뛰었다.

진정한 우정이 이제 막 탄생한 참이었다.

지식의 성소

기적적으로 한 주가 별 탈 없이 지나갔다.

오스카는 주도면밀하게 두 친구를 자기 방에 숨겼다. 로렌스와 발랑 틴에게는 무슨 소리가 나거나 본즈가 조금만 그의 방 쪽으로 다가오는 기미가 보이는 대로 즉각 장롱 안에 숨어야한다고 일렀다.

그렇지만 머지않아 이 두 '손님'들은 오스카의 방 밖까지 나가게 되었다. 집 안에서 오가는 사람들을 수시로 관찰하고 망을 보다 보니 이 집이 돌아가는 사정을 훤히 꿰뚫게 된 것이었다. 두 아이는 오스카가 위더스 부인이나 모린 주베르와 수업을 하러 나가자마자—이 두 사람 은 거의 매일 쿠미데스 서클을 방문했다—방 밖을 탐색하기 시작했다. 발랑틴의 무모함과 로렌스의 해박한 지식이 합쳐지자 들킬지 모른다는 두려움도 무색해졌다. 게다가 두 사람의 능력은 상호 보완적이었다. 발 랑틴은 민첩하고, 특히 위험에 부딪쳤을 때 순발력을 발휘했다. 그녀는 웬만해선 겁을 먹지 않았고 금세 해결책을 찾아냈다. 한편, 로렌스는 수백 권의 책을 탐독한 덕분에 메디쿠스의 세계를—가끔은 오스카를 능가할 만큼—잘 알고 있었다. 사실 로렌스는 천재였다. 그는 결코 당황하는 법이 없었다. 자기가 모르는 물건과 마주치거나 낯선 장소에 떨어져도 얼른 핵심을 파악하고 기억했다.

누가 이 아이들을 본다면 로렌스의 노란색 피부나 발랑틴의 새빨간 머리를 주목하지 않을 수 없을 터였다. 이 아이들은 결코 플리전트빌에 사는 평범한 소년, 소녀로 보이지 않았다. 그래도 오스카는 보통 아이들처럼 옷을 입게 했다. 발랑틴은 위아래가 붙은 붉은색 작업복을 벗고, 오스카가 주말에 누나 옷장에서 골라온 주황색 반바지와 진분홍 티셔츠를 입었다. 로렌스는 비만 체형이라 맞는 옷을 구하기가 더 힘들었다. 그래도 오스카는 제레미 시장에서 인부들이 입는 멜빵바지를 구해 왔다. 로렌스는 그 옷을 바짓단이 발목까지 오게 접어서 입었다.

더욱더 까다로운 문제는 식사를 해결하는 것이었다.

첫날은 주방에 체리 아줌마가 없을 때를 틈타 본즈의 눈을 피해 음식물을 방으로 가져왔다. 발랑틴과 로렌스는 군말 없이 음식을 먹었지만 서로 주고받는 눈짓이나 찌푸린 인상을 보건대 입에 맞지 않는 것이 분명했다. 다음날 오스카는 가져왔던 음식이 거의 그대로 있는 것을 발견했다. 그래도 오스카는 체리 아줌마의 요리를 친구들에게 먹이지 않으려고 최대한 노력했다. 이제 막 발견한 새로운 세상이 벌써부터 싫어지게 만들고 싶지는 않았다. 둘째 날, 친구들이 음식에 손도 대지 않자 오스카는 무엇을 먹고 싶은지 물었다.

"렌즈콩이나 초콜릿, 아니면 벌겋게 색이 변한 양배추라도 좋아. 그런 거라면 맛있게 먹을 수 있어."

발랑틴이 말했다. 오스카는 농담하지 말라고 했다.

"농담이라니, 에리트로사이트에겐 철분이 필요하다는 거 몰라?"

"나는 파스타나 빵이 좋아. 설탕도 좋고. 그 정도면 딱 좋겠어."

로렌스가 자기는 잊어버릴까 봐 걱정이 되는지 이렇게 말했다.

"다른 건 필요 없어? 파스타에 케첩은 안 뿌려도 돼? 빵에 초콜릿 잼을 바르지 않아도 괜찮아?"

"네가 그러고 싶으면 그렇게 해. 하지만 꼭 그럴 필요는 없어. 몸매 관리를 해야하니까."

로렌스가 두둑한 뱃살을 쓰다듬으며 말했다. 오스카가 이 괴상한 메뉴를 구하러 방에서 나가려는데 로렌스가 그를 불렀다.

"아! 마지막으로 하나만 더……."

"기름?"

체리 아줌마는 깜짝 놀랐다.

"네. 밤에…… 목이 말라서요."

오스카는 몹시 불편한 기분으로 주방 한복판에 서 있었다.

"목이 마른데 기름을 마셔? 그보다는 생수나 과일 주스가……."

"아뇨, 기름이면 돼요."

오스카는 고집을 피우면서도 자기 꼴이 우습다고 생각했다. 로렌스는 어떻게 이런 걸 마실 수 있담? 기름이라니! 생각만 해도 느끼했다! 하지만 몇 분 전에 헤파톨리아 출신 소년은 친절한 교수님처럼 조목조목 이유를 설명했다. "그게 우리 역할이니까! 우리는 기름기를 아주 잘 소화하니까 전혀 걱정할 필요 없어. 난 훈련을 해야해. 그렇잖으면 내 본분을 완전히 까먹고 말겠지."

체리 아줌마는 오스카와 조금 실랑이를 했지만 결국 알겠다고 했다. 오스카는 최후의 부탁으로 넘어갔다.

"버터도 좀 있죠?"

"물론이지. 빵에 발라줄까?"

"아뇨, 그러실 필요 없어요. 조금씩 뜯어먹을 거니까……."

"버터를…… 뜯어먹어? 버터만?"

가엾은 체리 아줌마에게 진실을 밝히느니 오스카는 거짓말을 하기로 했다. 아줌마는 오스카를 걱정하는 눈치였다. 로렌스는 버터를 그렇게 먹는다고 했다! 오스카는 생각만 해도 식욕이 싹 달아났다. 버터를 뜯어 먹고 기름을 꿀꺽꿀꺽 마시고 싶다니!

"아뇨, 당연히 그건 아니죠. 음, 제가 직접 빵에 발라먹을게요."

일주일을 함께 보내며 아이들은 서로에 대해 알아갔다. 오스카는 서재를 나설 때마다, 혹은 위더스 부인이나 모린과 카나리아 빅터나 롤스, 로이스의 몸뚱이에 들어갔다 나올 때마다 친구들을 다시 만날 생각에 기뻤다. 친구들과 실습에 대해 얘기를 나누며 웃고 떠들고 싶어 조바심이 나곤 했다.

며칠 만에 발랑틴과 로렌스는 쿠미데스 서클에 완벽하게 적응했다. 이 집 역시 그들에게 적응한 듯했다.

세 아이가 처음으로 복도로 나갔을 때 이 층의 양탄자는 거세게 몸을 뒤틀며 요동쳤다. 오스카는 굽이치는 양탄자를 달래느라 몹시 애를 먹었다. 복도 초입의 벽감 속에 자리한 셀레니아의 반신상도 펄쩍 뛰었다. 잠시 목소리를 낮추어 구차하게 설명하자 셀레니아는 비로소 평정을 되찾았다. 셀레니아는 삼 층에 있는 로다보다 감성이 풍부하고 이해심이 깊었다. 오스카는 아직 이 두 조각상에 얽힌 수수께끼를 전혀 모르고 있었지만—수다쟁이 체리 아줌마조차 셀레니아와 로다에 대한 얘기는 일절 하지 않았다—둘 중 더 젊고, 이 층을 지키는 셀레니아에게 더 호감이 갔다. 셀레니아가 자신이 부탁한 대로 비밀을 지켜주기를 간절히 바랄 뿐이었다.

여드레가 지나자 헤파톨리아의 아이들은 이 저택을 자기 집처럼 여기게 되었다……. 집 주인은 이런 사정을 알지도 못하는데 말이다! 반사적으로 숨는 습관은 확고부동하게 자리를 잡았고 탐험을 시도하는 횟수도 차츰 늘어났다. 이틀 전부터 로렌스와 발랑틴은 정원에까지 발을 뻗쳤다. 오스카는 그들에게 지주를 소개했다. 지주는 혹시 누가 그들을 볼까 봐 나뭇가지로 가려주었다.

어느 날 저녁, 로렌스와 발랑틴이 최근에 방 밖으로 나갔던 일을 오스카에게 보고하던 중에 처음으로 오스카에게 그의 아빠 얘기를 들었다. 소년은 친구들에게 아빠의 죽음을 둘러싼 수수께끼를 털어놓았다. 당연히 로렌스는 금속테 안경을 고쳐 쓰며 "왜 주술서에게 묻지 않아?"라고 물었다. 아까 깔고 앉은 이후로 안경테는 더 이상 동그랗지만은 않았다.

"주술서가 대답을 안 해! 게다가 하루에 한 번 이상은 물어볼 수도 없고. 실습에서 주술서를 쓸 일이 있을지도 모르니까 자제하는 거야. 위더스 부인과 모린이 절대로……."

"주술서도 모르는 거 아닐까?"

"하지만 처음에 물어봤을 때에는 분명히 답을 주었었어. 그런데 그다음부턴 전혀 말을 안 들어. 우연인지는 모르지만 서재에서 빌리 보이드라는 치사한 책과 함께 며칠을 보낸 후부터 그렇게 변했어. 난 그 책이내 주술서에게 압력을 넣은 게 틀림없다고 생각해."

오스카는 친구들에게 보이드의 더러운 수작에 대해 일러바쳤다. 오스카가 자기를 도와주면 아빠에 대한 의문을 풀 수 있도록 주술서를 설득하겠다고 약속했던 일도 얘기했다.

"그 책이 원하는 게 뭐야?" 로렌스가 물었다.

"나도 몰라. 때마침 본즈가 들어오는 바람에 서재에서 나와야했어.그 후로는 서재에 혼자 있을 기회가 없었어. 본즈는 수시로 날 염탐하고 있어. 저녁 먹고 나서 바로 방으로 올라가는지 계속 지켜본다니까."

"음, 주술서가 답을 안 주면 딴 데서 알아봐야지." 현실적인 발랑틴이말했다. "네 아빠 일에 대해 좀 더 잘 아는 다른 주술서는 없어? 이를테면 그랜드 마스터의 주술서라든가……."

"그쪽은 꿈도 꾸지 않는 게 좋을걸. 신중한 짓이 아니야……."

로렌스가 말했다.

"서재에는 책이 잔뜩 있어. 하지만 내 주술서를 제외하면 그 어떤 책도 우리 아빠에 대한 일은 말해주지 않을걸. 아니면 보이드뿐이야. 보이드는 파톨로구스에 관한 한 모르는 게 없으니까."

세 아이는 더 이상 묘안이 떠오르지 않아 아무 말도 하지 못했다. 이윽고 로렌스가 한 가지 방법을 제시했다.

"좋은 생각이 있어. 네 아버지에게 무슨 일이 있었는지 책에서 찾을수는 없지만 최소한 네 책에 기억을 되돌려줄 방법은 있잖아! 메디쿠스와 그들의 힘에 대한 책이 분명히 있을 테니까……."

"……메디쿠스의 케이프나 주술서에 대한 책도 있겠지!" 발랑틴이 거들었다.

"물론이야! 에스텔 플릿우드의 책을 보면 돼!"

"로렌스, 네가 없으면 어떻게 했을까! 오늘 밤 당장 서재로 가자!" 발랑틴이 외쳤다.

"안 돼, 본즈가 계속 어슬렁거린단 말이야. 아까 얘기했잖아. 발각될걸. 내일 아침에 내가 가볼게."

오스카의 말을 듣고 발랑틴이 자신 있게 빨간 머리를 흔들었다.

"걱정할 것 없어. 본즈의 하루 일과는 내가 꿰고 있어. 오늘 저녁에 본즈는 외출했어. 서재로 가는 길에는 아무도 없을걸."

"어쨌든 나 혼자 갈 거야." 오스카가 딱 잘라 말했다. "너희가 함께 가면 불멸의 조상들에게 들키고 말아. 서재의 책들이 고자질을 할지도 몰라. 그건 너무 위험해!"

"아, 안 돼, 오스카, 그러지 마! 우린 서재에 한 번도 못 가봤잖아. 가고 싶어 죽겠어. 위원회 사람들이 앉는다는 의자도 보고 싶고……." 발랑틴이 애원했다.

"나도 서재에 있는 책들을 한 번씩만 훑어봤으면 좋겠어. 이 시간이면 불멸의 방은 비어 있을 거야. 그 방도 잠은 잘 거 아냐? 우리 둘도 뭔가 할 일이 있을 거야. 지나가는 사람이 없는지 감시도 할 수 있고!"

오스카는 두 친구들의 공세에 저항할 수 없었다. 다른 도리가 없었다.

자정이 되자 오스카는 일어났다. 발소리를 내지 않으려고 덧신을 신고 장롱 안에 숨은 두 친구를 꺼내주었다. 세 사람은 살금살금 방 밖으로 나갔다.

그들은 계단을 내려가다가 삼 층에서 나는 소리를 들었다. 삼 층은 그랜드 마스터의 개인 공간이었다. 누가 방금 문을 연 듯했다……. 세 아이는 일 층과 이 층 사이의 계단참에 얼어붙었다. 만약 윈스턴 브레이브가 내려온다면 발랑틴과 로렌스는 쿠미데스 서클에 더 이상 머물 수 없을 것이다. 아니, 오스카부터 이곳에서 쫓겨나고 말 것이다.

위층에서 발을 내딛는 소리가 한 번 울려 퍼짐과 동시에 세 아이는 패닉 상태에 빠졌다. 발소리가 점점 가까워졌다. 누군가가 계단을 내려오고 있었다. 발랑틴이 로렌스를 계단참에 놓여 있던 탁자 아래로 밀어 넣고 테이블보로 가렸다. 그다음에는 오스카를 현관으로 끌고 가서 벽장 뒤에 함께 몸을 숨겼다. 발소리가 점점 다가오더니 손에 촛불을 든 커다란 그림자가 그들 앞으로 지나갔다. 아이들은 숨을 죽였다.

오스카는 잠옷 차림의 브레이브 씨를 보았다. 심장이 거세게 날뛰다 못해 몸 전체가 북이 되어 울리는 듯했다. 그랜드 마스터의 귀에도 이 심장소리가 들릴 것 같았다. 그들은 잠시 숨어 있었을 뿐이지만 그 몇 분이 몇 시간처럼 느껴졌다. 마침내 계단을 다시 올라가는 그랜드 마스터의 모습이 보였다.

그들은 삼 층에서 방문이 닫히는 소리를 듣고 나서야 숨어 있던 곳에서 나왔다.

발랑틴이 얼른 중간 계단참으로 올라갔다. 테이블보가 불룩하게 튀어나와 있었다. 이러고도 윈스턴에게 들키지 않았다니 기적이었다. 발랑틴이 천을 들추었다. 로렌스는 좁은 요람 속에 웅크린 덩치 큰 아기처럼 쪼그리고 있었다. 로렌스는 눈도 뜨지 못했다.

"저기요, 죄송합니다. 정말 죄송해요. 제가 다 설명할게요!"

"바보야, 조용히 해. 나야 나! 그렇게 크게 말하면 브레이브 씨가 또 내려올지도 몰라. 그때는 정말로 죄송하겠지!"

발랑틴은 로렌스가 원탁 아래서 빠져나와 몸을 일으키도록 도와주었다. 세 아이는 서둘러 서재로 달려갔다. 그들은 서재 문을 닫고 아직도 충격에서 벗어나지 못한 듯 문짝에 잠시 기대어 있었다.

오스카가 맨 먼저 행동에 나섰다. 친구들에게는 움직이지 말라고 신호를 보냈다. 그다음에 까치발로 탁자를 빙 둘러 초상화 앞까지 갔다. 빛이 들어와 있는 초상화는 한 점도 없었다. 불멸의 조상 가운데, 벽 뒤의 비밀 방에 와 있는 사람이 아무도 없다는 뜻이었다. 오스카는 소리 없이 친구들에게 돌아가 초상화 맞은편 서가까지 따라와도 좋다고 했다. 로렌스는 수백, 수천 권의 책들이 꽂혀 있는 서가를 황홀한 눈으로 바라보았다. 그는 작은 목소리로 중얼거렸다.

"첫날부터 여기에 왔어야했는데!"

오스카는 아무 책이나 손에 잡히는 대로 뽑아서 친구에게 내밀었다. 로렌스는 책을 펼쳐보고 백지밖에 없다는 사실에 실망했다. 단 한 줄의 글도, 단어 하나도 씌어 있지 않았다. 로렌스가 오스카에게 귓속말로 물었다.

"여기 책들은 다 이 모양이야?"

"전부 다 그래. 어쨌든 네가 저자를 모르고 그쪽에서 너에게 책의 내용을 보여주기로 작정하지 않는 이상, 아무것도 볼 수 없어. 볼 수 없으니 최소한 보고 나서 재미없는 책이라고 후회할 일도 없겠지."

오스카는 위더스 부인의 전용 의자 티투스에게 다가가 팔꿈치에 대고 뭐라고 속삭였다. 안락의자는 얼른 서가 앞에 대기했다. 오스카는 의자를 딛고 올라가 찾던 책을 골라서 내려왔다. 오스카가 미소를 보내자 티투스는 원래 자리로 돌아갔고 세 아이는 눈 깜짝할 사이에 서재에서 모습을 감추었다.

그들은 현관을 지나 응접실에 숨었다. 오스카는 밤낮으로 쿠미데스 서클의 불이 타오르는 벽난로 아래에 자리를 잡았다. 두 친구들도 옆에서 무릎을 꿇고 책을 들여다보았다.

"여긴 웬일이지? 여기가 어디죠? 한밤중인데 왜 이리 환한 거예요? 어머나! 불이야! 불! 얼른 불에서 나를 멀리 치워요!"

오스카는 서둘러 자리를 옮겼다.

"한밤중에 깨워서 죄송해요, 플릿우드 부인. 저 오스카예요!"

"오스카? 필의 아들? 도대체 무슨 바람이 불어서? 무서워 죽을 뻔했잖아! 우리 책들이 세상에서 제일 질색하는 게 불이라는 거 몰라! 내 책에 불똥이라도 튀었으면 어쩔 뻔했어!"

"놀라셨다면 죄송해요. 당신 책을 난롯불에 집어넣으려던 건 아니에요. 그냥 뭘 좀 물어보려고 그랬어요."

"맙소사, 그런 말은 하지도 마. 생각만 해도 병이 날 것 같으니까! 나처럼 귀한 책이 불에 타다니, 윈스턴 브레이브와 전 세계 메디쿠스에게 그보다 비극적인 손실은 없을 거야!"

오스카는 허공을 쳐다보았다. 그래, 에스텔 플릿우드는 이제 완전히 잠에서 깨어났다. 그리고 벌써부터 자기가 쓴 책에 혹해서 자화자찬에 취해 있었다. 발랑틴이 책에 나타나는 글자를 읽다가 신경질을 냈다.

"이 여잔 도대체 뭐라는 거야! 이렇게 볼품없는 책이 어디 있어? 세상에, 이 비닐 표지 좀 봐. 솔직히 말해서 이 책을 불태운다고 해서 세상이 끝날 것 같진 않은데?"

"*뭐라고? 지금 누구야? 지금 뭐라고 했어?*"

"아니, 아무것도 아니에요." 오스카는 황급히 발랑틴의 입을 틀어막았다. "플릿우드 부인, 발랑틴을 소개할게요. 이 친구는 부인의 책이 세상에서…… 그래요, 세상에서 제일 끝내준다고 했어요! 얼마나 칭찬을 했다고요!"

"*아, 그래.*" 에스텔이 좀 더 단정한 글씨체로 말했다. "*고맙기도 해라. 어린 소녀가 참 취미가 고상하네. 뭐, 분명한 사실을 얘기했을 뿐이지만.*"

오스카는 본즈가 일어나거나 윈스턴이 또 내려올까 봐 겁이 났다. 에스텔이 자기 좋은 이야기─자기 자랑─만 떠벌리게 내버려둘 순 없었다.

"플릿우드 부인, 주술서에 대해 질문이 있어요. 메디쿠스와 그들의 능력을 다룬 책 중에서 당신의 책은 가장 뛰어난 저작 중 하나로 손꼽히기 때문에……."

"*그게 아니지. 내 책은 가장 뛰어난 저작 중 하나가 아니라 그냥 가장 뛰어난 저작이야.*"

"네, 네, 물론이죠." 오스카는 뭐라고 반발하려는 발랑틴에게 눈을 부릅떴다. "당신의 책이 가장 뛰어난 저작이기 때문에 당신께 여쭈어보면 반드시 대답을 얻을 수 있을 거라고 생각했어요."

에스텔 플릿우드의 책은 오스카의 칭찬이 만족스러웠는지 누그러진 글씨체로 답했다.

"그래, 그래, 계속해보렴. 여기서 밤을 샐 수는 없잖니!"

"주술서가 저의 물음에 답하질 않아요."

"그럴 리가 없어. 주술서는 자기 주인에게 관련된 질문이라면 항상 답하게 되어 있는걸. 네가 질문을 잘못 던진 건 아닐까."

"처음에는 답했던 질문인데요. 그런데 요즘은 그냥 백지로 묵묵부답이에요!"

"그렇다면 둘 중 하나겠네. 네 주술서가 특정 주제에 대해 마비 상태에 빠졌거나 기억을 잃어버린 거야. 일부 주술서에서 나타나는 이상이지. 제작상의 결함이라든가. 그럴 때에는 바로 주술서를 보내서……."

에스텔 플릿우드의 글이 잠시 멈추었다. 아이들은 중간에 쓰다 만 단어를 들여다보느라 고개를 숙였다. 에스텔 플릿우드가 경계하는 태세로 다시 글을 띄웠다.

"주술서를 윈스턴 브레이브에게 돌려주렴. 그가 알아서 할 거야."

"원래 하시려던 말씀은 그게 아니지요, 플릿우드 부인? 주술서를 다른 곳으로 보낼 수 있나 봐요? 거기가 어디인데요?"

"중요한 얘기는 아니야. 어쨌든 그렇게 하면 다른 주술서를 받게 될 거야. 이제 난 피곤하니 서가로 돌려보내다오. 그렇지 않으면 평소보다 지력이 떨어져서 좋은 가르침을 줄 수 없어. 아, 그건 안 될 말이지. 그런 일은 있을 수 없어. 아까 네가 한 말이 틀린 건 아니지만 너무 피곤해서 어쩔 수 없구나. 그러니 얘기는 이쯤 해두자."

"풋!" 발랑틴이 폭소를 터뜨렸다. "이 아줌마는 자기가 주술서를 어디로 보내야하는지 모르니까 둘러대는 거야. 그뿐이라고!"

"뭐라고? 누가 감히 무례하게 지껄이는 거야? 이것 하나는 똑똑히 알아둬! 에스텔 플릿우드는 뭐든지 다 알아! 세상에, 그런 말을! 이제 난 입을 다물겠어. 브레이브에게 전부 일러바칠 거야. 날 서재로 돌려보내 줘. 이건 명령이야!"

책이 확 덮였다. 오스카는 험악한 눈으로 발랑틴을 째려보았다. 발랑틴은 어쩔 줄 몰라 하며 딴 데를 쳐다보았다. 지금까지 아무 말도 하지 않던 로렌스가 표지에 얼굴을 바짝 들이밀었다.

"친애하는 플릿우드 부인, 비록 화가 나셨지만 저로서는 뵙게 되어 크나큰 영광입니다! 당신 책은 한 권도 빼놓지 않고 다 읽었어요. 부인을 얼마나 존경하는지 모릅니다."

책은 잠자코 있었다. 아이들은 실망한 눈빛을 서로 교환했다. 오스카가 책을 집어 들려는데 표지가 저절로 넘어가면서 그의 손가락 끝을 건드렸다. 종이 위에 글자들이 나타났다.

"아, 나를 존경한다고?"

과연 에스텔은 칭찬이라면 사족을 못 썼다.

"존경하고말고요. 저뿐만이 아니에요. 믿어주세요. 헤파톨리아 우주에서 당신을 모르는 사람은 없어요. 당신 이름을 걸고 맹세도 하는 걸요!"

로렌스가 입이 찢어지도록 웃으며 말했다. 발랑틴은 재미있다는 듯이 친구를 쳐다보았다. 입이 귀에 걸린 걸로 봐서 로렌스는 아첨이 아니라 진심 같았다!

"당신만큼 지식이 풍부하다면 부러울 게 없겠어요! 얼마나 좋으시겠어요!"

"애야, 네 입장도 이해는 간다. 나도 나를 만났더라면 무섭게 질투가 났을 거야."

"주술서들도 당신만큼 아는 게 많지는 않지요? 전 그렇게 믿어요."

"난 겸손한 사람이라서 차마 그렇다고 말은 못하겠지만, 뭐 내가 하는 말이 아니라 네가 하는 말이니……."

에스텔은 희색을 감추지 못했다.

"발랑틴은 알지도 못하면서 막 떠든 거예요. 당연히 당신은 대답을 하지 않는 주술서를 어디로 보내야하는지 다 알고 계시겠지요."

꾀바른 로렌스가 은근히 떠보았다.

"당연하지, 그건……."

에스텔이 대답을 하려다 다시 입을 다물었다. 아무리 칭찬에 환장을 한다지만 그 정도로 바보는 아니었으니까. 오스카와 발랑틴이 로렌스를 쿡쿡 찌르며 더 말해보라고 부추겼다.

"제발 부탁드려요, 부인. 말씀해주시면 안 될까요? 절대로 어디 가서 이야기하고 다니지 않을게요. 당신의 글로 뭔가를 알게 된다면 저는 정말 기쁠 거예요!"

에스텔 플릿우드가 망설였다. 발랑틴이 오스카에게 귓속말을 했다.

"페이지 가장자리를 불꽃에 그슬리면 저 웃기는 여자가 당장 대답할 텐데!"

오스카가 발랑틴을 노려보았다. 에스텔이 결국 입을 열었다.

"좋아, 하지만 정말로 너만 알고 있어야해. 저 버릇없는 계집애는 갔어?"

"네, 네, 그 애는 갔어요. 저에게만 말씀하세요."

드디어 에스텔이 결심을 굳혔다.

"주술서의 기억을 되살릴 장소는 한 군데밖에 없지. 게다가 거기선 그 누구의 기억이든 살려낼 수 있어. 바로 지식의 성소지."

"지식의 성소?" 로렌스는 정말로 푹 빠져서 큰소리로 말했다. "그게 뭐예요?"

"메디쿠스의 모든 지식이 집결되어 소중하게 보관되는 장소야. 이곳에선 어떤 책의 내용이든 찾을 수 있어. 우리 저자들은 무슨 책을 쓰든지 출간을 하기 전에 그곳에 내용을 기탁하지 않으면 안 되거든. 게다가 기록되지 않고 입으로 전해지는 지식과 모든 메디쿠스의 과거도 보관되어 있지. 말하자면 우리 메디쿠스 기사단의 기억이라고 할까."

"굉장하네요! 지식의 성소 같은 곳에서라면 평생을 보낼 수도 있을 것 같아요!"

로렌스는 진심으로 감탄했다.

"얘야, 그건 불가능한 일이야. 나만 해도 방문 신청을 했지만 퇴짜를 맞았는걸! 그런데 너에게 그런 기회가 오겠니……."

아이들은 웃음이 터질 뻔했다. 아무리 지식의 성소라지만 이 수다쟁이 에스텔이 온다고 하면 설교를 늘어놓을 까봐 겁이 났을 것이다! 에스텔이 로렌스에게 물었다.

"그런데 말이지, 넌 도대체 정체가 뭐니?"

로렌스는 박식하기로 유명한 부인과 대화를 나누는 것이 뿌듯했는지 자랑스럽게 설명했다. "제 이름은 로렌스고요, 저는……."

"어리지만 얘도 메디쿠스예요, 저처럼요." 오스카가 로렌스의 소매를 잡아끌며 말을 가로챘다. "플릿우드 부인, 어쨌든 큰 도움을 받았습니다. 그런데 그 성소가 어디 있는지도 아세요?"

"내가 얘기했지. 너희는 거기에 들어갈 수도 없을 거야. 어쨌든 성소의 위치는 일급 비밀이란다, 얘야. 자, 이제 됐다!" 에스텔 플릿우드가 단칼에 잘랐다. "자, 이제 난 서재로 돌아가고 싶어!"

에스텔 플릿우드의 책이 닫혔다. 세 아이가 아무리 애를 써도 책을 다시 펼칠 수는 없었다. 발랑틴이 친구들을 돌아보았다.

"너희들도 이제 알겠지! 결국 우리가 성소에 가서 주술서를 맡겨야 문제를 해결할 수 있다는 뜻이잖아!"

"그 이상이지. 그 성소에서 우리 아빠에 대해 직접 물어볼 수도 있을 테니까. 굳이 주술서의 도움을 받지 않아도 진실을 알게 될 거야!"

"하지만 이 책은 성소의 위치를 절대 말해주지 않을걸." 로렌스가 말했다.

"그건 우리가 알아내야지. 꼭 찾을 수 있을 거야."

오스카가 자신만만하게 말했다. 그는 벽시계를 쳐다보았다. 자정에서 30분쯤 지나 있었다. 내일 낮에 정신 못 차리고 헤매지 않으려면 에스텔 플릿우드의 책을 서재에 돌려놓고 잠을 자러 올라가야 했다.

그들은 거실 문을 열고 조심스럽게 복도로 나갔다. 계단에 다다르기 전에 현관에서 발자국 소리가 났다. 오스카는 친구들은 주방 쪽으로 밀었다. 하지만 그건 잘못된 선택이었다. 바닥을 또각또각 울리는 구두 굽 소리는 분명히 주방을 향해 다가오고 있었다. 오스카가 속삭였다.

"얼른 숨어. 찬장 속으로!"

세 친구들은 방만큼 널찍한 찬장 안으로 황급히 뛰어 들어갔다. 그들이 찬장 문을 끌어당기는 순간, 주방에 체리 아줌마가 나타났다. 로렌스가 좋아서 어쩔 줄 모르며 한 바퀴 돌아보았다. 찬장 안에는 파스타, 쌀, 온갖 종류의 통조림, 병과 그릇이 그득했다. 물론 기름병도 있을 터였다. 오스카가 로렌스를 잡아당기며 몸을 숨기라고 재촉했다. 발랑틴이 살짝 바깥을 내다보고는 웃음을 터뜨렸다. 체리 아줌마의 밀짚처럼 샛노란 머리칼은 알록달록한 헤어 컬에 둘둘 말려 있었다. 꽃무늬 잠옷을 입고 술 장식이 달린 신발을 신고 있었다. 오스카는 문을 꼭 닫고 싶었지만 발랑틴이 문을 밀어냈다.

"괜찮아. 저 아줌마는 되게 웃기는데다가 지독한 근시야. 절대 우리를 보지 못할걸!"

아줌마는 벽장을 열고 유리컵을 꺼내 과일 주스를 한 잔 따랐다. 아줌마가 주방 불을 끄자 오스카는 크게 안도했다. 그러나 아줌마는 컵을 들고 나가려다가 생각이 바뀌었는지 주방 안쪽으로 걸어 들어왔다. 그것도 찬장 쪽으로!

세 친구는 겁에 질려 어쩔 줄 몰랐다. 발랑틴은 문을 닫았다. 다음 순간, 문고리가 돌아가는 것이 보였다. 체리가 찬장을 여는 것이었다.

오스카는 에스텔 플릿우드의 책을 꼭 끌어안고 두 친구들을 벽으로 최대한 밀었다. 운이 좀 따라준다면 아줌마가 찬장 문을 열더라도 그들을 보지 못할 것 같았다. 세 사람은 숨을 죽였다.

체리 아줌마는 찬장을 열었지만 불을 켜지도 않았고 문을 열지도 않았다. 아줌마는 찬장 속을 자기 장롱 속만큼 훤히 알았다. 커다란 오이피클 단지, 우유 한 병, 껍질 없는 샌드위치용 식빵을 챙긴 아줌마는 다시 쾅 소리 나게 문을 닫고 나갔다. 세 친구는 가쁘게 숨을 내쉬었다.

"기막히게 운이 좋았어. 내가 그랬잖아. 저 아줌마는 지독한 근시라고."

발랑틴이 환하게 웃으며 말했다. 로렌스는 한마디 말도 없이 문 앞에 가만히 서 있었다. 오스카가 친구를 살짝 밀었다.

"나가, 로렌스. 이제 아무도 없잖아. 얼른 가자."

로렌스가 발랑틴의 얼굴을 쳐다보았다. "기막히게 운이 좋았다고? 그런 것 같진 않은데⋯⋯."

오스카가 로렌스 앞으로 나서서 문을 밀었다. 문은 꼼짝도 하지 않았다. 로렌스가 탄식했다.

"아까 쾅 소리가 나면서 문이 닫혔잖아. 이건 바깥에서만 열 수 있는 문이야."

발랑틴도 이제 웃을 수만은 없었다. 그들은 밤새 찬장에 갇혀 있다가 내일 아침 체리 아줌마에게 발각되고 말 것이다. 발랑틴은 이곳에서 벗어날 방법이 도무지 생각나지 않았다.

"아아, 일이 커졌어. 이제 어떡하지?"

"선택의 여지가 없어."

오스카는 그렇게 말하고 찬장에 정리되어 있는 통조림들을 한데 끌어 모아 바닥으로 떨어뜨렸다. 우당탕탕 소리가 굉장했다. 질겁한 로렌스가 오스카를 말렸다.

"야, 너 미쳤어?"

오스카는 설명할 시간이 없었다. 체리 아줌마가 말을 모는 기병처럼 현관에서 주방으로 되돌아오는 소리가 들렸다. 아줌마는 서둘러 주방으로 들어와 찬장 문을 열어젖혔다.

"오스카, 너 여기서 뭐하는 거니?"

아줌마는 통조림과 병 무더기를 깔고 앉아 있는 오스카를 보고 펄쩍 뛰었다. 소년 뒤쪽으로 두 친구는 살금살금 찬장을 빠져나가고 있었다.

"죄송해요, 체리 아줌마. 배가 너무 고팠어요. 맨 위에 있는 오이 피클을 내리려다가 전부 엎어버렸지 뭐예요."

아줌마는 허리를 구부려 발치까지 데굴데굴 굴러온 기름병을 주웠다. 오스카가 변명했다.

"음…… 목이 좀 마르기도 했고요."

아줌마는 오스카의 볼을 톡톡 매만지며 환하게 웃었다.

"괜찮다, 우리 귀염둥이 오스카. 아줌마도 오이 피클이라면 사족을 못 쓰는 걸. 한밤중에도 와작와작 깨물어 먹고 싶어서 참을 수가 없단다!"

오스카가 아줌마에게 천사처럼 순진하게 웃어 보였다.

"이제 올라가서 주무세요, 아줌마. 제가 정리할게요."

"무슨 소리! 너야말로 얼른 가서 자렴. 정리는 내일 아침에 내가 할 게. 너는 아무 걱정 하지 마. 자, 자, 빨리 올라가라. 안 그러면 브레이브 씨가 내려와서 우리를 혼내실 거다."

그때 진중한 저음이 그들 뒤에서 울렸다.

"해명을 한다면 무작정 혼내지 않겠지."

암녹색 잠옷을 입은 윈스턴 브레이브가 찬장으로 걸어왔다. 오스카는 그쪽을 흘끗 쳐다보고는 에스텔 플릿우드의 책을 발로 밀어 파스타 봉지 더미 아래에 감추었다. 체리 아줌마가 오스카를 감싸고 나섰다.

"한밤중에 배가 고팠나 봐요, 브레이브 씨. 신경 쓰지 않으셔도 돼요."

그랜드 마스터는 오스카를 뚫어져라 바라보았다. 오스카는 기분이 불편해져서 괜히 딴 데를 쳐다보았다.

"맛있게 먹어라. 그리고는 바로 잠자리에 들기 바란다, 오스카. 건강한 몸으로 수업에 집중해야지. 명심하거라."

윈스턴 브레이브는 주방을 나갔다. 소년은 눈으로 그의 뒷모습을 좇았다.

"체리 아줌마, 고마워요."

"아직도 여기서 꾸물거리고 있어? 냉큼 올라가 자라니까!"

요리사 아줌마가 부드럽게 재촉했다. 오스카는 아줌마가 등을 돌리는 틈을 타서 책을 주운 다음 최대한 빨리 그 자리를 빠져나갔다.

현관 쪽을 내다보았다. 브레이브 씨는 이미 계단을 올라간 후였고 아무도 없었다. 서재까지 한달음에 달려가 에스텔 플릿우드의 책을 원래 자리에 꽂았다. 그는 조용히 서재를 나가 이 층으로 올라갔다.

방으로 들어가자마자 장롱부터 열었다. 발랑틴과 로렌스가 장롱 구석에 처박혀 드르렁드르렁 코를 골고 있었다.

오스카는 소리 나지 않게 장롱 문을 닫았다. 그도 침대에 파고들었다. 천장을 쳐다보았다. 에스텔 플릿우드가 한 말과 지식의 성소가 머릿속에서 맴돌았다. 어째서 이전에는 아무도 그 굉장한 성소에 대해얘기해주지 않았을까? 그가 알면 안 되는 무언가가 감춰져 있는 걸까?

메디쿠스의 세계는 매일매일 새로운 수수께끼를 그에게 안겨주었다. 그 수수께끼는 놀랍고도 매혹적이었지만 한편으로 그가 끊임없이 제기하는 물음에 답을 얻을 수 있을 거라는 확신도 들었다.

마침내 피곤이 몰려왔다. 그는 작은 사진첩을 손에 쥔 채 스르르 잠이 들었다.

보이드의 사기

　그 주도, 그 다음 주도 쏜살같이 지나갔다. 오스카에겐 자유 시간이 잠시도 없었다. 하지만 그와 친구들에게는 오로지 한 가지 생각밖에 없었다. 에스텔 플릿우드에게 성소의 위치에 대한 정보를 얻겠다는 생각뿐이었다. 로렌스는 알퐁스 드 생 라링스 후작을 추궁해도 가능성이 있을 것 같다고 했다. 메디쿠스의 역사를 저술한 사람이니 당연히 성소에 대한 얘기도 들어보았을 거라는 추측이었다. 그러자 오스카가 대꾸했다.

　"문제는 알퐁스 후작님의 기억이 온전치 않다는 것인데……."

　"어차피 밑져야 본전이야." 언제나 논리적이고 생각이 깊은 로렌스가 딱 잘라 말했다. "어떤 식으로든 빌리 보이드가 흘린 단서를 버려선 안 돼. 그는 자기를 도와주기만 하면 네 주술서의 입을 열어주겠다고 제안했어."

"하지만 그건 사기야! 게다가 그 자가 틀림없이 주술서를 침묵하게 한 범인일 텐데……." 발랑틴이 외쳤다.

"그 자가 뭘 원하는지는 모르겠지만 진짜 도와주고 싶지 않은 인간이야. 빌리 보이드에게 도움을 구하느니 그 전에 성소를 찾아내는 게 낫겠어."

금요일 오후에야 비로소 바빌론 하이츠로 돌아갈 짐을 챙기면서 약간의 여유 시간을 가질 수 있었다. 오스카는 작전을 세웠다. 발랑틴과 로렌스에게 가방을 싸달라고 부탁하고 자신은 그 틈을 타서 서재로 내려간다는 것이었다.

그는 오후 4시에 아래층으로 내려갔다. 현관에는 아무도 없었다. 체리 아줌마는 주방에 있었고 본즈는 자기 일을 하느라 바빴다. 오스카는 서재 문을 열고 들어갔다.

뒤로 돌아선 소년은 말 그대로 그 자리에서 굳어버렸다. 두 눈은 휘둥그레지고 온몸이 마비되었다.

"뭐야, 필 집안의 꼬마잖아. 바빌론 하이츠도 아닌데 여기서 뭐하는 거야? 길이라도 잃었냐?"

오스카는 자기 눈을 믿을 수 없었다. 루퍼스 모스였다. 로넌의 아버지를 쿠미데스 서클에서 마주치다니!

소년은 지그시 입술을 깨물었다. 지난번에 현관에서 플레처 웜과 부딪친 것도 모자라, 이번에는 로넌 모스의 아버지와 우연히 만나다니! 그랜드 마스터가 또 화를 낼까? 하지만 오스카가 뭘 어떻게 할 수 있단 말인가?

그는 모스가 아주 특별한 의자에 앉아 있다는 것을 알아차렸다. 마키아벨리, 플레처 웜의 의자였다. 사실 오스카는 별로 놀라지 않았다. 정나미가 떨어지기로는 플레처 웜이나 루퍼스 모스나 오십 보 백 보였으니까. 오스카는 애매하게 둘러댔다.

"저희 친척 집인데요."

루퍼스 모스가 배를 잡고 웃었다.

"네가? 네가 변호사님의 친척이라고? 별소리를 다 듣겠구나! 푸하하, 용돈이라도 벌겠다고 이 집에서 잔심부름을 하는 거라면 부끄러워할 필요 없다! 가난뱅이가 어떻게든 살아보겠다고 아등바등하는 건 흉이 아니니까……."

오스카는 여기 있어야하나 나가야하나 고민했다. 여기 있는 책들은 무분별한 구경꾼이나 보아서는 안 될 이들의 눈에서 스스로를 방어할 수 있다지만, 루퍼스 모스만 서재에 두고 나가려니 영 내키지 않았다. 그는 서가를 한번 쭉 훑어보았다. 일단, 빠진 책은 하나도 없어 보였다. 부전자전이라고, 루퍼스 모스가 책을 꺼내 뒤적거릴 만큼 지적 호기심이 풍부한 사람 같지는 않았다.

"음, 맞아요, 그런 거예요. 아저씨는 그랜드……."

오스카가 말을 하다 말고 입을 닫았다. 루퍼스 모스가 파톨로구스나 그랜드 마스터에 대해 아는지는 확실치 않았다. 그는 신중을 기하는 편이 좋겠다고 생각했다.

"……아저씨는 브레이브 씨를 아세요?"

모스는 자리에서 일어나 가장 가까운 서가에 놓여 있는 작은 석상을 만지작거렸다. 그는 소리 나게 껌을 씹고 있었다. 말 한 마디를 뱉을 때마다 껌 씹는 소리가 보조를 맞추듯 딱딱 울렸다.

"애야, 내가 한 가지만 얘기해줄까? 알다시피 지금은 윈스턴 브레이브와 이웃지간이니까 온 거다. 뭐, 사업상 볼일이 있어서 온 것도 사실이지만······. 그래, 그런 거지. 역경을 극복하고 한자리하는 인물이 된다는 것. 아니, 넌 이해 못할 거다." 그는 경멸하듯이 마지막 말을 덧붙였다.

오스카는 기에 눌리지 않고 모스를 바라보았다. 사납고 거친 느낌을 풍기는 근육질 몸매, 여드름 자국이 남아 있는 피부, 못돼 보이는 쫙 찢어진 눈매. 누가 아버지 아니랄까 봐 로넌과 판박이였다. 검은 양복에 반짝반짝 빛나는 구두, 반지, 금으로 된 사슬 목걸이 때문에 영화에 나오는 조폭이 생각났다.

"한 가지 더 말해주지. 난 이곳이 마음에 들어. 이젠 여기가 내 바닥이거든." 루퍼스 모스는 감탄하는 눈으로 근사한 서재를 둘러보았다. "나한테 딱 어울리는 동네지. 바빌론 하이츠에 사는 너희 거지들도 날 별로 그리워하진 않겠지. 그래, 그럴 리는 없지. 음, 너희 엄마는 얼굴은 반반하지만 날 보는 눈초리를 봐선 성질깨나 있겠더라! 사람을 투명인간 취급하고 말이야. 뭐, 이젠 너희 엄마도 나에겐 투명인간이나 마찬가지만······."

그는 안락의자에 털썩 주저앉아 너털웃음을 터뜨렸다. 지금까지 잘 참았던 오스카가 드디어 폭발했다.

"우리 엄마에 대해 그딴 식으로 말하지 말아요! 동네 사람들에 대해서도 마찬가지예요. 그리워하긴요, 우린 당신네들이 가버려서 아주 기뻐하고 있어요!"

"오, 요 녀석 봐라. 그것 참 유감인걸! 우리 아들에게 본때를 보여주라고 해야겠는데."

"그럼 적어도 한 번은 여기 와야겠네요. 어쨌든 브레이브 씨를 만나러 오시기 잘했네요. 언젠가 감옥에 가고 싶지 않다면 실력 있는 변호사를 알아두시는 게 좋겠죠."

모스가 미소가 싹 걷힌 얼굴로 자리에서 일어났다. 바로 그 순간 서재 문이 열리며 본즈가 등장했다. 본즈는 오스카가 서재에 있는 것을 보고 못마땅한 표정을 지었다. 그가 모스에게 말했다.

"저를 따라오시지요."

모스는 위협적으로 오스카에게 손가락질했다.

"넌 나중에 다시 보자. 내가 말본새를 좀 가르쳐주마."

모스는 오스카를 밀치고 본즈를 따라나섰다. 본즈는 서재 문을 닫았다.

루퍼스 모스는 가버렸지만 오스카는 그에 대한 생각을 멈출 수 없었다. 무슨 이유로 그랜드 마스터는 저 작자를 아는 것일까? 그랜드 마스터는 루퍼스 모스와 그 집안사람들을 신뢰하고 있을까? 소년은 화가 나기도 했고 의혹과 질투를 느끼기도 했다. 그는 우울한 생각을 떨쳐버리려고 애쓰며 서가에 다가갔다. 자신이 쿠미데스 서클에 들어온 이유와 이제 곧 이곳을 벗어나 주말을 보내게 된다는 사실을 잊어서는 안 되었다.

고개를 돌렸다. 티투스는 얌전하게 마룻바닥을 미끄러져 와서 책꽂이 앞에 대기하고 있었다. 오스카는 티투스에게 서글픈 미소를 보내면서, 기운을 차려야겠다고 생각했다. 성소를 찾아내면 위더스 부인과 브레이브 씨, 그 밖의 최고위원들에게 필적하는 영광을 누리게 될 터였다.

소년은 티투스를 밟고 올라서서 에스텔 플릿우드의 책을 꺼내려 했다. 하지만 통하지 않았다. 그 책은 책꽂이에 딱 붙어버린 듯 꼼짝하지 않았다. 오스카에게 상대도 해주지 않았다. 그도 너무 강요하진 않았다. 본즈가 들어와서 서재에서 나가라고 할까 봐 걱정이 되었던 것이다.

그때 로렌스가 했던 말이 생각났다. 로렌스는 알퐁스 후작에게 성소에 대해 물어보자고 했었다. 오스카는 티투스를 옮겨놓고 다시 그 위에 올라가 메디쿠스의 역사를 기술한 아름다운 가죽 표지에 손을 뻗었다. 하지만 그때 어떤 소리가 그의 주의를 끌었다. 오스카는 고개를 돌려보고 한숨을 쉬었다. 또다시 보이드가 책꽂이에서 쿵쿵 구르며 난리를 피우고 있었던 것이다. 오스카는 무시하고 싶었지만 그냥 두었다가는 본즈나 체리 아줌마가 들어올 것 같았다. 보이드도 익히 알고 있었다. 그는 오스카가 반응을 보이지 않을 수 없도록 일부러 그런 짓을 하고 있었다. 결국은 소년이 두 손을 들었다.

그는 티투스에서 내려오면서 보이드의 책을 탁자 위에 던지다시피 내려놓았다. 책이 몸을 비틀고 요동을 치는 동안 오스카는 망설였지만 마침내 그 책을 펼쳤다.

"이봐, 좀 조심해서 내려놓을 수도 있잖아! 이딴 식으로 나오면 내가 널 도와주겠어?"

큼지막한 글씨들이 삐뚤삐뚤하니 나타났다.

"난 당신 도움이 필요 없어요."

오스카는 당당하게 말했다.

"아, 그래? 그거 놀랄 일이군. 네 주술서는 아직까지 입을 열지 않았을 게 분명한데. 저 늙다리 영감에게 기댈 작정이라면 머리 한번 잘 썼군! 모두들 벽돌만큼 두꺼운 저 역사책에 질려버리지. 뭐, 더 이상 할 얘기가 없다면 그건 너만 손해야. 나를 그만 제자리에 돌려놓아줘."

오스카는 갈등했다. 보이드 말이 옳았다. 게다가 이 작자는 분명히 알고 있었다. 오스카가 자신의 제안을 무시할 수 없다는 것을.

"좋아요, 원하는 게 뭔데요?"

"이미 말했잖아. 네가 날 위해 해줘야 할 일이 있어."

"그러니까 그게 뭐냐고요."

"후후, 꼬맹이가 오늘은 기분이 별론가 보군!"

"이런 식으로 날 약 올리면 서재가 아니라 거실 벽난로 속에 처박아주겠어요!"

오스카가 정말로 씩씩거리자 보이드도 진지한 태도로 돌아와 그를 구슬리려고 했다.

"그래, 그래, 알았어. 너무 열 내지 마."

빌리 보이드는 사근사근하게 나왔다. 오스카는 자기만 애를 태우는 게 아니라 보이드도 그의 도움이 아쉽기는 마찬가지일 거라고 짐작했다. 보이드는 최대한 글씨 얼룩을 남기지 않으려고 애쓰며 이렇게 말했다.

"어려운 일은 아냐. 난 정말로 네 주술서가 입을 열도록 도와주고 싶어. 하지만 넌 그 대가로 날 이곳에서 내보내줘야 해!"

"여기서요? 여길 나가서 어디로 가고 싶은데요?"

"네가 날…… 신체 잠입에 데려가줬으면 해."

"뭐라고요? 실습에 따라오겠다고요? 아니, 도대체 왜요?"

"난 이미 몇 년 전에 죽었고 다시 현장으로 돌아가고 싶어서 미칠 지경이니까! 그러니까 실습에 나를 데려가줘! 나 혼자만 데려가는 건 아니지만!"

보이드는 변덕쟁이 어린애처럼 막무가내로 졸랐다.

"그건 또 무슨 얘기예요? '나 혼자만 데려갈 건 아니지만'이라니요?"

"에스텔 플릿우드도 신체 내 여행에 참가하고 싶어 안달이 나 있어. 그 여자도 현장이 그리운 모양이야."

"아니, 언제부터 플릿우드 부인의 그리움까지 신경 써주는 사이가 됐어요?"

"인간관계는 원래 변하는 거야! 그리고 그건 네가 알 바 아니잖아? 내가 원하는 게 뭔지 알고 싶다고 해서 알려줬으니 됐지!"

"하지만 제가 할 수 없는 일이잖아요!"

"왜?"

"어떻게 그러고서 실습을 해요……. 책을 그렇게 들고서는 못해요."

"누구를 바보로 아는 거냐, 오스카 필. 이미 이 세상 사람이 아니라지만 나 역시 메디쿠스라는 사실을 잊지 마라! 메디쿠스가 무엇을 할 수 있고 무엇을 할 수 없는지는 너보다 내가 잘 알아. 책을 가지고 신체에 잠입하는 건 얼마든지 가능하다고!"

오스카는 뭐라고 대꾸할 수 없었다. 완전히 그의 패배였다. 사실 생각해 보면 보이드의 요구는 그렇게까지 까다로운 것이 아니었다. 책을 두 권이나 들고 신체 잠입을 하려면 아무래도 거추장스럽긴 하겠지만, 케이프 안주머니가 워낙 커서 그의 주술서까지 합쳐서 세 권을 감추는 것도 어렵진 않았다. 문제는 위더스 부인이 과연 허락을 할 것인가 였다. 무엇보다도, 그는 보이드를 신뢰할 수 없었다. 좀 더 정보를 모을 필요가 있었다.

"실습 현장에 가면 당신에게 무슨 이득이 있는데요?"

"내가 말했잖아. 그리워 미칠 지경이라고. 현장에 가면 좋았던 옛 추억이 되살아날 거야. 그리고……."

"그리고?"

"이 책꽂이에 처박혀 있는 것보다는 살아 있다는 기분을 생생하게 느낄 수 있겠지. 그것뿐이야! 꼭 내 제안을 받아들일 필요는 없어. 하지만 나의 도움을 바란다면 이 정도는 해줘야 한다는 걸 기억해라!"

보이드는 오스카의 대답을 기다리지도 않고 저절로 쾅 닫혔다.

오스카는 보이드를 알 만큼 알았다. 보이드가 제풀에 화가 나서 도움이고 뭐고 그만두자고 결심하면 절대로 그 결심을 무르지 않을 터였다. 오스카는 그래도 조금 더 시간을 들여 생각에 골몰했다. 솔직히 지금 수락을 한다 해도 오스카는 잃을 게 없었다. 두 친구들에게는 나중에 말하면 되고, 정 아니다 싶으면 그만두면 그만이었다.

소년은 결국 『파톨로구스 선집』을 다시 펼쳤다.

"좋아요. 그렇게 해요. 하지만 약속을 지키지 않으면……."

"안다, 알아! 날 거실 벽난로에 처넣겠다 이 말이지? 그래, 아주 좋아. 빨리 가고 싶어 죽겠는걸! 다음 실습은 언제 하지?"

보이드가 들떠서 희희낙락했다.

"아직은 말씀드릴 수 없어요. 언제 다음 실습을 할지는 저도 아직 모르거든요."

"아, 안 돼! 위더스 그 할망구를 기다릴 필요가 뭐가 있다고……."

"위더스 부인에 대해 한 번만 더 그런 식으로 말하면 절대 데려가지 않겠어요!"

오스카가 흥분하며 발끈했다.

"그래, 알았어, 알았어. 그럼 우리의 여행이 꼭 베레니스 위더스에게 좌우될 필요는 없다고만 해두자." 보이드는 방금 쓴 글을 지우고 새로운 글을 떠웠다. "*에스텔과 나는 그냥 이 서재를 탈출하고 싶은 거야. 넌 그냥 우리를 쿠미데스 서클 밖으로 가져간 다음, 아무한테나 신체 잠입을 시도해도 돼! 그거야말로 꿩 먹고 알 먹기지. 바깥바람도 쐬고, 신체 내 여행도 하고!*"

보이드는 신나게 떠벌렸다. 오스카는 망설였다. 이 두 책을 끌고 신체 잠입을 하는 건 그렇다 치더라도, 이 저택 밖으로 책을 가지고 나가서 위더스 부인의 허락 없이 실습을 시도하는 건 또 별개의 문제였다. 그는 모든 메디쿠스들이 준수해야하는 규칙을 떠올렸다. 위원회의 허가 없이 신체 잠입을 해서는 안 된다고 했다. 그건 절대로 안 될 일이었다.

"*서둘러다오, 필 주니어. 무슨 소리가 들리잖아. 본즈가 금방 들어올 거야. 만약 오늘 거절한다면 두 번째 기회는 절대 오지 않을 거다. 난 분명히 경고했어!*"

오스카는 잠깐 더 생각해보고 결정을 내렸다.

"좋아요, 알았어요. 나중에 데리러 올게요."

"언제?"

"그건 내가 정해요! 다음 주에 시도해볼게요."

오스카가 단호하게 대꾸했다. 보이드가 하자는 대로 끝까지 휘둘리기만 할 수는 없었다.

"그래, 하지만 너무 시간을 끌지는 마라. 내 제안이 그렇게 오래 유효하진 않을 테니."

보이드도 그쯤에서 타협했다.

무거운 트렁크

오스카는 서둘러 방으로 올라와 보이드와의 대화를 발랑틴과 로렌스에게 보고했다.

"그 책들은 멍청이야. 우린 몸 밖으로 나가기만을 꿈꾸어왔는데 들어가고 싶어서 안달이라니! 그래서 넌 어떻게 할 거야? 보이드가 하자는 대로 할 거야?"

발랑틴이 고개를 설레설레 흔들며 말했다.

"아직 잘 모르겠어. 내가 우리 아빠 일을 알아낼 수 있는 통로는 주술서뿐이지. 알퐁스 후작이 지식의 성소에 대해 모른다면, 에스텔 플릿우드가 더 이상 우리에게 정보를 주지 않는다면, 주술서의 입을 열게 할 사람은 보이드뿐이야."

"어째서 위더스 부인이나 그랜드 마스터에게 직접 묻지 않는 거야?" 발랑틴이 물었다.

"그들은 우리 아빠에 대해 아무 말도 하지 않으려고 해. 보이드가 주술서를 입막음했다고 사실대로 털어놓는대도 보이드는 아니라고 발뺌할 거야. 그들이 내 말을 믿어줄 것 같지가 않아."

한쪽에서 곰곰이 생각에 잠겨 있던 로렌스가 그들에게 다가왔다.

"만약 보이드가 거짓말을 한 거라면? 사실은 그도 네 주술서에 손을 쓸 수 없다면?"

"그렇게까지 했을 리는 없어. 거짓말이 발각나면 난롯불에 처박힐 거라는 걸 뻔히 알면서……." 발랑틴이 반박을 하고 나섰다.

"그래도 시도는 해봐야겠어." 오스카가 말했다. "결국 나는 두 권의 책을 가지고 신체 잠입을 하기만 하면 돼. 잠입할 신체를 쿠미데스 서클 밖에서 선택하기만 한다면 위더스 부인은 아무것도 모를 거야. 그랜드 마스터에게도 알려지지 않을 거고……."

"어떻게 하려고?" 모험을 예감한 발랑틴은 잔뜩 흥분했다.

"이번 주말에 바빌론 하이츠에서 지원자를 찾을 거야."

"아무도 실험 대상이 되려고 하지 않는다면?"

"굳이 허락을 구할 필요는 없잖아. 아무도 모르게 그 사람의 신체로 잠입하면 돼. 뭐가 더 필요하겠어!"

오스카가 빙긋 웃으며 대답했다. 로렌스도 오스카와 같은 의견이었다. 보이드의 제안을 받아들여야 한다는 것이었다. 하지만 신중하고 논리적인 로렌스는 한 가지 '세부사항'을 마음에 걸려 했다.

"위원회에 알리지도 않고 신체 잠입을 했다가 일이 틀어지면 아무도 널 도울 수 없을 텐데……."

"무슨 소리야! 우리가 있잖아!" 발랑틴이 로렌스의 동의도 구하지 않고 그의 팔을 붙잡으며 큰소리쳤다. "너도 오스카가 혼자 가게 내버려 두진 않을 거지? 오스카에겐 우리가 필요할 거야! 게다가 나한테 또 다른 제안이 있어!"

"또 뭐야?" 오스카는 미덥지 않다는 눈치를 보였다.

"우리도 이번 주말에 너랑 가는 거야. 우리가 바빌론 하이츠까지 같이 가줄게!"

발랑틴의 말에 로렌스가 하늘을 쳐다보았다. 그가 발랑틴을 윽박질렀다.

"무슨 소리를 하는 거야! 오스카가 당장 이번 주말에 그 책들을 가져가서 신체 잠입을 시도하진 않을 거야!"

"그건 아니지. 하지만 우리에게 몸을 내줄 사람을 물색하기 위해 우리가 동행해야한다 이 말씀이야. 그리고……."

"그리고 넌 이 집 밖으로 나가고 싶어 몸이 근질근질하겠지!" 로렌스가 말했다.

"넌 여기 있고 싶으면 그렇게 해! 난 바깥세상에서 어떤 일이 벌어지는지 보고 싶어! 오스카, 나 좀 데려가줘! 보이드를 상대할 방법을 같이 생각해보자. 책을 가지고 실습을 하는 방법에 대해서도! 난 너에게 도움이 될 거야. 자신 있어!" 발랑틴이 애원했다.

로렌스도 자신이 아까 보인 반응을 슬슬 후회하기 시작했다. 어쨌든 주말 내내 이 집에 혼자 남고 싶진 않았다. "어쨌든 간에 어떻게 여기서 나간다는 말이야? 다른 사람 눈에 띄지 않고 오스카와 함께 차에 오를 방법이 없잖아."

"나만 믿어."

발랑틴은 그렇게 말하며 열린 채 방 한복판에 팽개쳐져 있는 트렁크를 바라보았다. 두 소년이 발랑틴에게 다가왔다. 오스카가 흥분했다.

"너…… 내 가방을 다 비웠잖아! 기껏 집에 가져갈 물건을 챙겨놓았는데!"

발랑틴은 들은 척 만 척하고 가방 안으로 쏙 들어갔다. 그녀는 그 안에 누워서 몸을 웅크리더니 환하게 웃으며 고개를 내밀었다.

"봤지? 이 안에 들어가는 거 어렵지 않아. 게다가 네가 들어올 자리도 남아, 로렌스!"

로렌스가 한 발짝 물러섰다.

"아니, 그건 말도 안 돼! 너 미쳤냐, 우린 절대……."

"안 되긴 왜 안 돼. 자, 일단 한 번 들어와 봐."

발랑틴이 로렌스의 바지를 잡아당겼다. 로렌스는 뒤로 물러나려고 했지만 발랑틴이 놓아주지 않았다. 로렌스는 앞으로 넘어지면서 트렁크 한복판에 누워 있던 발랑틴 위로 엎어졌다. 발랑틴은 숨이 막혀서 소리를 질렀다.

"아, 이렇게는 말고! 누가 옆으로 오랬지, 사람을 깔고 누우랬어!"

오스카는 킬킬대고 웃음을 터뜨렸다. 그가 로렌스를 일으켜주려고 쩔쩔매는데 누군가 방문을 노크했다. 웃음은 공포로 변했다.

"오스카 군, 나 제리인데. 준비는 다 됐어?"

"네, 네, 아, 사실은 아니오, 저……."

오스카는 문고리가 돌아가는 것을 보고 황급히 트렁크를 닫을 겨를밖에 없었다. 문이 벌컥 열리고 본즈가 문간에 나타났다.

"들어와도 좋다고 한 적 없는데요!" 오스카가 버럭 화를 냈다.

"미안해요, 오스카 군. 내가 그런 게 아니라……." 제리가 한 발짝 뒤에서 어쩔 줄 모르며 말했다.

"아저씨가 그러지 않았다는 거 알아요." 오스카는 그렇게 대꾸하며 본즈를 무서운 눈으로 노려보았다.

본즈는 오스카가 화를 내든 말든 상관없다는 태도였다. 그는 흥미롭다는 듯이 방 안을 둘러보았다.

"이상하군요, 이 방에서 웃음소리를 들은 것 같은데 말이죠. 그래서 누가 오스카 군의 허락 없이 방에 들어와 있나 보다 생각했을 뿐입니다."

"제가 웃은 거예요. 웃는 것도 안 돼요?"

본즈는 대답하지 않았다. 오스카는 트렁크를 내려다보다가 발랑틴의 빨간 머리가 삐죽 튀어나온 것을 보고 질겁했다. 그는 본즈와 가방 사이에 무릎을 꿇고 앉아 붉은 머리 뭉치를 최대한 안쪽으로 밀어 넣으며 트렁크를 잠갔다.

제리가 본즈를 밀치고 들어가 오스카 앞에 섰다.

"짐을 옮겨도 괜찮을까, 오스카 군? 집에서도 다들 기다리실 텐데. 이제 돌아갈 시간이잖아."

오스카는 조금만 시간을 달라고 말하고 빨리 발랑틴과 로렌스를 끄집어내고 싶었지만 그럴 여유가 없었다. 제리가 트렁크 손잡이를 잡고 번쩍 들어올렸다. 제리는 다부진 근육질 몸매였지만 가방을 든 순간 놀라서 휘청거리지 않을 수 없었다.

"아니, 오늘은 왜 이리 가방이 무겁지? 침대를 통째로 옮기기라도 하나?"

제리는 지체하지 않고 트렁크를 복도로 끌고 나갔다. 계단에서부터는 한 칸씩 겨우겨우 내려야했다. 오스카는 가방에 갇힌 채 감자 부대처럼 마구 내동댕이쳐지는 친구들의 딱한 처지를 생각하며 인상을 찡그렸다. 제리가 가방을 자동차 트렁크에 아무렇게나 처박을 것이 벌써부터 걱정되었다. 킬데어 스트리트의 집에 돌아가서는 멍이 얼마나 많이 들었는지 세어보며 재미있어하겠지! 두 친구들을 끌고 가면 엄마가 어떤 반응을 보일지도 궁금했다.

앞으로 닥칠 문제들은 잊고 싶었다. 당장은 이걸로 됐다. 오스카는 바빌론 하이츠에 도착할 때까지만 무사했으면 좋겠다는 생각뿐이었다.

본즈가 방에서 나갔고 오스카도 그 뒤를 바짝 붙어 따라갔다. 오스카는 한 가지밖에 바라지 않았다. 집사에게 아무런 의심도 사지 않는 것, 그의 관심을 트렁크에서 돌리는 것. 소년은 본즈를 앞질러 제리에게 얼른 다가갔다. 제리는 무거운 짐을 옮기며 비지땀을 흘리고 있었다. 오늘만은 본즈의 못된 습관―제리가 아무리 힘들어 해도 도와주지 않는 습관―이 고맙게 여겨졌다.

가엾은 제리가 간신히 현관을 지나 자동차까지 가방을 끌고 가자 오스카는 안도의 한숨이 나왔다. 그러나 문이 닫히고 자동차가 출발하기 전까지는 마음이 놓을 수 없었다.

그들은 시시콜콜한 잡담을 나누며 도시를 지나갔다. 오스카는 자신의 짐을 화제에 올리지 않으려고 제리의 관심을 자꾸 딴 데로 끌었다. 마침내 가지런히 늘어선 지붕들 위로 바빌론 하이츠의 장밋빛 종탑이 보이기 시작했다.

몇 분 후, 그들은 킬데어 스트리트에 도착했다. 비올레트가 계단을 한달음에 내려와 괴상한 그림과 새로운 발명품을 한 아름 안고서 남동생을 반겼다. 셀리아는 그냥 가만히 미소를 지으며 오스카에게 뽀뽀를 했다. 오스카가 그의 집 현관에 짐을 내려놓은—사실은 짐과 함께 쓰러지다시피 한—제리에게 인사를 했다.

"고맙습니다. 제 방까지 옮겨다주실 필요는 없어요. 그냥 여기서 짐을 풀 거니까요. 세탁실에 갖다놓아야 할 빨랫감이 산더미 같아서요."

"현관 한가운데서 짐을 푼다고?" 엄마가 옆에서 놀라며 물었다.

평소에는 정반대였다. 오스카는 엄마가 항상 집을 어질러놓는다고 툴툴대곤 했다. 집은 깨끗한 편이었지만 물건이 제자리에 정리되어 있지 않고 아무데나 널려 있기 일쑤였다.

제리는 이 기회를 놓칠세라 바람처럼 꽁무니를 뺐다.

"음, 그래, 빨랫감이 가방 안에 있으면 내놓으렴."

엄마가 가방을 들여다볼 것처럼 벌써 허리를 구부리며 말했다.

"아뇨!" 오스카는 큰소리로 엄마를 말렸다. "아니, 그냥 두세요. 제가 알아서 할게요. 제가 한다니까요……."

오스카는 말을 끝맺지 못했다. 트렁크에서 툭 치는 소리가 났기 때문이다. 셀리아는 걱정스러운 눈으로 그 짐짝을 바라보았다. 비올레트는 가방 근처에 없었다. 비올레트는 별의별 희한한 재료로 만든 예술 작품들을 분류하며 동생에게 줄 것을 찾느라 여념이 없었다. 비올레트가 트렁크를 건드리지 않았으니 한 가지 사실은 분명했다. 방금 그 소리는 가방 '안'에서 난 것이었다. 셀리아는 오스카가 너무나 잘 아는 눈빛, '오스카, 설명을 좀 해 보겠니'라고 추궁하는 듯한 눈빛으로 바라보았다.
문제는 오스카 자신도 어떻게 설명을 해야 할지 모른다는 것이었다. 하
지만 가방 속에서 억눌린 비명소리가 터져 나왔으므로 결정을 내리긴
내려야했다. 비올레트가 하던 일을 멈추고 가방을 바라보며 좋아했다.

"와, 이게 뭐야! 말하는 가방을 가져왔구나! 정말 근사한데!"

셀리아는 무릎을 꿇고 작은 잠금장치를 풀기 시작했다. 덮개가 저절
로 젖혀지더니 헝클어진 머리 두 개가 다른 행성에서 떨어진 좀비들처
럼 쑥 튀어나왔다.

셀리아가 눈을 동그랗게 떴다. 비올레트는 아무 말 없이 여전히 생글
생글 웃으며 고개를 갸우뚱했다. 맨 먼저 정신을 차린 사람은 로렌스였
다. 로렌스는 몹시 정중하게 인사를 올렸다.

"아주머니, 저희를 맞아주셔서 얼마나 감사한지 모릅니다."

셀리아는 뭐라고 대답을 해야 할지 몰랐다. 꿈 같은 장면이 지금 그
녀의 눈앞에 펼쳐지고 있었다. 하지만 셀리아는 결국 웃음을 터뜨렸다.
그녀는 로렌스의 말투를 흉내 내어 대답했다.

"별 말씀을 다 하시네요. 굳이 한마디 하자면, 제가 여러분을 초대한
적은 없는 것 같거든요. 그래도 환영해요. 우리 아들이 미리 말을 해주
지 않아서 그러는데요, 여러분은 도대체 누구죠?"

"제 이름은 로렌스고요, 저는…… 저는…….."

로렌스가 오스카에게 눈빛을 보냈다. 곧이곧대로 대답을 해도 되는
지? 오스카의 엄마는 어디까지 알고 있는지? 느닷없이 일이 이렇게 진
행된 탓에 세 친구는 다른 계획을 세우지도 못했다! 발랑틴도 트렁크에
서 몸을 일으켰다.

"저도 있어요. 제 이름은 발랑틴이에요. 에리트라 34-46-3520이 본명이지만 그냥 편하게 발랑틴이라고 불러주세요."

"고마워요. 에리트라 34 어쩌고 하는 이름은 솔직히 좀 부르기 어렵네요. 오스카, 우리 둘이 할 이야기가 좀 있을 것 같은데."

아들을 바라보는 셀리아의 눈길이 점점 더 험악해졌다. 비올레트는 웃음이 귀까지 걸려서 발랑틴과 마주보고 섰다. 비올레트는 완전히 흥분해 있었다.

"네 머리 색깔 참 예쁘다! 완전 끝내주는데? 나한테 빨간색 구두가 있는데, 네가 원하면 빌려줄게!"

"난 네 입 안에 있는 쇠붙이가 마음에 들어." 기분이 좋아진 발랑틴이 비올레트의 치아교정기를 가리키며 말했다. "게다가 철분이 필요할 때에는 아주 실용적이겠는걸. 난 건강을 유지하려면 항상 철분을 잔뜩 섭취해야하거든!"

오스카는 엄마에게 다가갔다.

"엄마, 제가 다 설명할게요."

"아, 그래, 정말 친절하기도 하구나."

"제발 부탁이에요, 발랑틴과 로렌스를 주말 동안만 여기에 재워주시면 안 될까요? 얘들은 돌아갈 수가 없어요. 만약 엄마가 얘들을 쿠미데스 서클로 보낸다면 브레이브 씨가 헤파톨리아로 쫓아내고 말 거예요……."

셀리아가 손가락을 들어 아들의 입을 막았다.

"그만, 애야. 엄마는 무슨 말인지 하나도 모르겠어. 자, 일단 이것부터 얘기해두자. 비올레트, 네 방에서 새 친구와 함께 자거라. 그리고 로렌스에게는 오스카의 방을 안내해줘."

오스카가 엄마 목에 매달렸다. 그러고는 친구들과 신나게 계단을 올라가려는데 엄마가 오스카의 붉은 머리칼을 잡아당겼다.

"엄마는 비올레트에게 방을 안내해주라고 했어. 너는 엄마 따라서 주방으로 와. 명확하게 설명을 하려면 얘기를 더 해야하지 않겠니."

오스카가 로렌스와 발랑틴이 인간 세상에 오게 된 사연을 설명하고 나자 엄마가 한숨을 쉬었다.

"엄마가 제대로 이해한 거라면 지금 내가 너와 공범이 된 거잖니! 그것도 역사상 가장 제멋대로이고 규칙을 무시하는 메디쿠스와 공범이 되다니! 오스카, 어쩌면 넌 그렇게 변하지도 않니? 도대체 이 일을 어떻게 하면 좋단 말이니?"

셀리아가 자리에서 일어나 허리에 두 손을 얹고 주위를 두리번거렸다.

"음, 지금부터 긴급 상황이다. 발랑틴에게 줄 철분을 찾아보자. 로렌스에겐 뭘 어떻게 해줘야 할지 모르겠구나. 이 여름 캠프에 어울릴 만한 식사를 준비해야 할 텐데! 엄마는 장을 보러 가는 수밖에 없겠다!"

오스카가 엄마의 너스레에 박장대소했다.

"엄마, 다진 고기 스테이크와 감자튀김이면 족해요. 일단은 그걸로 괜찮다고요."

"그거 잘됐구나. 다른 메뉴를 준비할 마음도 없었지만. 어쨌든 빨간 여자아이와 노란 남자아이의 등장으로 온 동네에 소동을 일으킬 필요는 없겠지. 아들 친구들이 왜 그 모양이냐고 누가 물어본다면 뭐라고 대답해야 할지 엄마는 아직 준비가 안 됐다……. 무슨 뜻인지 알겠지?"

"알다마다요."

오스카는 긴장된 자세로 확실하게 대답했다.

저녁이 되자 오스카네 집은 마치 캠핑장 같은 모습이었다.

비올레트는 발랑틴에게 자기 침대를 내어주었다. 오스카의 누나가 어느 인간들보다 무척 유별난 존재로 보이긴 해도, 발랑틴은 남자애들하고만 부대끼다가 드디어 여자 친구를 사귀게 되어 기뻐했다. 발랑틴은 비올레트가 재미있는 친구라고 생각했다. 비올레트가 늘어놓는 희한한 얘기와 알록달록한 넝마 같은 옷차림도 웃기고 좋았다. 그녀가 만나본 (몇 안 되는) 인간들, 혹은 몰래 숨어서 관찰한 본즈나 브레이브 씨 같은 인간들보다 비올레트가 훨씬 더 재미있었다.

비올레트는 한밤중에 달을 관측하고 달에서 뿜어 나오는 하얀 빛을 포착해보겠다고 나섰다. 그녀는 '전구나 태양에서 나오는 빛보다 달빛이 한결 더 곱고 예쁘기 때문'이라고 설명했다. 발랑틴은 GRIU에 갇혀 살았고 본즈의 몸에서 빠져나온 후에도 밤마다 장롱 속에 로렌스와 처박혀 지냈기 때문에 달을 본 적이 한 번도 없었다. 발랑틴과 비올레트는 잠옷 차림으로 나란히 앉아서 말도 안 되는 얘기를 천연덕스럽게 주고받았다. 사실 비올레트는 이 세상에서도 외계인 같은 아이였고 발랑틴은 정말로 다른 세상에서 온 아이였다. 이 두 소녀는 플리전트빌에 사는 평범한 소녀들과는—플리전트빌이 아니라 세상 어느 곳의 소녀들과도—완전히 달랐다! 그래서 '차이'가 이 소녀들에게는 충격으로 다가오지 않았다. 비올레트는 자기를 이해해주는 또래 소녀를 만나서, 게

다가 그 소녀 또한 이만저만 괴짜가 아니라서 너무나 기뻤다. 이런 일은 정말로 혼치 않았다!

셀리아가 두 사람을 떼어놓겠다고 으름장을 놓지만 않았어도, 둘은 밤새 재잘재잘 수다를 떨었을 것이다.

로렌스는 오스카의 방에서 자기가 좋아하는 것을 금세 찾아냈다. 책꽂이에 책이 잔뜩 꽂혀 있었던 것이다. 오스카는 비디오게임으로 로렌스를 꼬드겨보려 했지만 허사였다. 로렌스는 불과 몇 초 만에 조이스틱을 내팽개치고, 소설책 한 권을 집어 들기 무섭게 독서에 푹 빠졌다.

"『지구 속 여행』? 이 쥘 베른이라는 작가는 어떤 사람이야? 굉장히 잘 쓴 책인 건 사실이지만 이 작가에게 인간의 신체 안이 더 흥미롭다는 얘기를 꼭 해주고 싶어! 그가 메디쿠스가 아니었다는 게 유감스럽다. 이런 작가가 신체 잠입을 경험했더라면 재미있는 이야깃거리를 많이 수집했을 텐데……."

"그런 얘기를 하기엔 너무 늦었어. 그 작가는 이미 죽었거든."

"안타깝구나. 자, 이건 또 뭐야?"

"스파이더맨? 너 스파이더맨 몰라? 아니, 네가 살던 곳에서는 스파이더맨도 모르냐?"

"난 헤파톨리아에서 왔잖아. 스파이더맨은 무슨 내용인데?"

"스파이더맨은 거미인간인데, 악당의 손아귀에서 뉴욕을 구해내는 영웅이야. 완전 끝내줘!"

로렌스는 더 이상 아무 말 하지 않고 1권부터 읽기 시작했다. 헤파톨리아 소년은 무서운 속도로 책을 읽어치웠다. 오스카도 로렌스처럼 책을 좋아하긴 했지만 그 속도에는 혀를 내둘렀다. 로렌스는 다섯 권을 순식간에 읽고 나서야 처음으로 고개를 들었다.

"괜찮은데."

"아냐, 괜찮은 정도가 아니라고. 끝내준다니까!"

"끝내준다고 할 수도 있지. 하지만 이런 건 실제로는 없잖아! 난 실제로 존재하는 세상에 살면서 거미인간보다 더 놀라운 능력을 가진 아이도 한 명 알고 있어……."

"그게 누군데?"

로렌스가 안경알을 통해 오스카를 뚫어져라 응시했다.

"바로 너잖아, 이 장난꾸러기야!"

오스카가 어깨를 으쓱했다. 우선 오스카에게 스파이더맨과 비교될 만한 대상은 아무도 없었다. 비록 스파이더맨이 실존 인물은 아니지만 말이다. 솔직히 책에 재미를 붙이게 된 계기도 스파이더맨이었다. 게다가 오스카는 위더스 부인을 만난 이후로 그가 할 수 있었던 모든 일을 특별하지 않게 여겼다. 오히려 당연하게 느껴졌다. 그의 영웅은 여전히 아빠였고 그는 아빠만큼 능력 있는 사람이 되기를, 아빠가 자랑스럽게 여길 만한 메디쿠스가 되기를 바랄 뿐이었다. 하지만 로렌스는 또말했다.

"앞으로 일어날 일이 상상이 안 돼? 여기서 너는 가족이나 친구들과 어울려 평범하게 살아가지만 쿠미데스 서클에서는 놀라운 일들을 배우지. 심지어 사람의 몸속에 들어갈 수도 있어. 신체의 다섯 우주를 여행하고 아무도 모르지만 실제로 존재하는 세상을 탐험하지!"

"지금 당장은 첫 번째 트로피를 가져오려고 노력할 뿐이야." 오스카는 자랑스러워하는 기색 없이 담담하게 대꾸했다.

"첫 번째 시도에서도 거의 성공할 뻔했잖아. 오스카, 넌 믿기지 않을 만큼 대단한 아이야. 너 자신은 실감이 안 나니?"

다른 세계에서 온 소년은 정색하고 물었다. 오스카는 고개를 저었다.

"내가 한 건 아무것도 없어. 난 그냥…… 메디쿠스일 뿐이야. 그게 다라고."

"그래, 하지만 그것만 해도 굉장한 일이잖아. 메디쿠스는 이제 그렇게 많지 않아. 우리 아빠가 그랬어. 그리고 사람들은 메디쿠스를 필요로 하지. 이곳에서 인간을 구하려면, 특히 다섯 우주 속에 사는 우리를 구하려면 너희가 필요해."

오스카는 대답하지 않았다. 그는 위더스 부인과 모린 주베르가 아빠에 대해 했던 말을 생각했다. 아빠는 인류를 위해 대단한 일을 했다고 했다. 이제 오스카의 차례였다. 로렌스의 말에도 불구하고 오스카는 자신이 너무 작게 느껴졌다. 그와 동시에 메디쿠스로서 걸어야 할 길을 끝까지 가고 싶다는 의욕이 한층 샘솟았다.

로렌스는 다시 『스파이더맨』에 고개를 처박고 말했다.

"음, 그래도 꽤 괜찮아. 거미인간이 실제론 없다고 하지만 스토리가 아주 재미있는걸."

그때 문 건너편에서 여자 목소리가 들려왔다.

"그래, 스파이더맨은 이제 곧 방의 불을 끌 거야. 그렇지 않으면 너희 둘 다 엉덩이를 맞게 될 걸."

셀리아가 문을 살짝 열자 두 소년은 허겁지겁 침대로 뛰어 들어갔다. 오스카는 책상 위에 있는 자기 침대에 누웠고 로렌스는 겨우 찾아낸 여분의 매트리스를 바닥에 깔고 누웠다.

"그래도 장롱에 처박혀 자는 것보단 훨씬 좋다."

로렌스는 그렇게 말하고 잠이 들었다.

이튿날, 아이들은 아침 햇살이 창문으로 넘어오기가 무섭게 잠자리에서 일어났다. 네 아이는 우당탕탕 내려와 아침을 먹어치우고 셀리아가 말릴 틈도 없이 바빌론 하이츠의 거리로 튀어나갔다.

그래도 셀리아는 분명히 말을 해두었다. 발랑틴과 로렌스는 영국에 사는 먼 친척이고 부모님들이 괴짜라서 발랑틴은 빨간색으로 염색을 했고 로렌스는 원래 묘한 피부색으로 태어났다고 해두기로 했다. 셀리아가 강조했다.

"절대로, 절대로 구구절절 설명하지 마. 말을 많이 할수록 불리해져."

아이들이 서둘러 집을 나선 이유는, 아침 댓바람부터 운전자가 경적을 깔고 앉기라도 한 듯 스포츠카 한 대가 삑삑 소리를 요란하게 울려댔기 때문이다. 오스카는 침대에 누워서도 무슨 소리인지 짐작할 수 있었다. 아침부터 재수가 없었다. 아이들이 주방에 내려왔다. 오스카와 비올레트는 거머리 같은 배리 헉슬리가 엄마에게 딱 달라붙어 있는 광경을 불시에 발견하고 기분이 상했다. 배리 아저씨가 엄마에게 아주 친절하고, 근사한 선물 공세를 퍼붓거나 좋은 식당에 데려가준다는 것을 잘 알고 있었지만 소용없었다. 엄마가 저 작자와 즐거운 시간을 보낼 거라고는 믿을 수 없었다. 엄마는 아직도 마음속에는 아빠뿐이지만 엄마에게도 다른 누군가를 만나고 싶은 욕구는 있을 수 있다는 것을 아이들에게 이해시키기 위해 오랫동안 애썼다.

"그런데 왜 하필이면 저 사람이에요! 저 아저씨는 너무 꽝이라고요!"

오스카가 발끈해서 대들었다.

"오스카, 제발 좀! 넌 배리 아저씨를 알려고 노력이나 해봤니? 넌 기회조차 주지 않았잖아."

"기회는 무슨 기회요? 우리 맘에 드는 사람이 될 기회요? 아하, 아저씨한테서 그런 모습을 보게 되면 그땐 놀라 자빠지겠네요. 그 아저씨가 '응?' 말고 할 줄 아는 말이 있기나 해요?"

오스카는 마구 뛰어 달아났다. 그때부터 엄마와 오스카는 배리 아저씨에 대해 아무 말도 하지 않았다. 오스카와 비올레트는 배리 아저씨가 엄마를 찾아오면 그를 상대하지 않으려고 곧바로 집에서 나갔다.

오늘 아침, 오스카는 주방에 배리 아저씨가 있다는 것을 알고 망설였다. 하지만 발랑틴, 오스카, 비올레트가 오스카를 미는 바람에 문이 벌컥 열리며 네 아이가 한꺼번에 주방 안으로 고꾸라졌다. 비올레트는 키 큰 금발 사나이에게서 눈을 떼지 않은 채 노래를 흥얼거리기 시작했고, 로렌스는 안경을 닦았으며, 발랑틴은 눈살을 확 찌푸렸다.

"저 사람이 누군지는 모르겠지만 알고 싶지도 않아!"

발랑틴이 오스카에게 귓속말을 했다.

뒤돌아선 베리 아저씨는 놀라서 휘파람을 불었다.

"뭐야, 셀리아, 밤새 애를 둘이나 더 낳은 거야, 뭐야? 응?"

그는 자기가 한 농담에 바보처럼 너털웃음을 터뜨렸다. 그러나 자기 말고는 아무도 웃지 않았기 때문에 이렇게 덧붙이지 않을 수 없었다.

"어쨌든 얘들은 다 색깔이 뭔가 이상하구먼!"

아이들은 그냥 식탁에 앉았다. 셀리아는 거북해하며 서둘러 아이들의 아침 식사를 차리느라 부산하게 움직였다. 로렌스는 높은 간이 의자에 앉기 힘들어 했다. 배리 아저씨는 로렌스를 도와주려고 하다가 갑자기 인상을 썼다.

"어이, 얘야, 이 살들을 좀 어떻게 해봐라, 응?" 아저씨는 로렌스의 두둑한 뱃살을 꼬집으며 말했다. "잘 들어, 아침부터 파스타를 먹어대는 습관부터 고치면 훨씬 좋아질 거야!"

"배리, 제발 그만해요……."

엄마는 그렇게만 말했다.

"그만하긴 뭘 그만해? 내가 무슨 말을 했다고?"

"할 줄 아는 말은 다 했지."

오스카가 옆에서 조그맣게 구시렁댔다.

배리는 오스카가 한 말을 듣지 못한 채 또다시 우렁차게 웃음을 터뜨렸다. 로렌스는 감히 뭐라고 대꾸하지도 못했다. 그의 노란 얼굴이 주황색으로 변했다. 셀리아가 오스카의 당부대로 그에게 알맞은 메뉴를 차려주었지만 로렌스는 거의 손도 대지 않았다. 오스카는 성난 눈으로 배리 아저씨와 엄마를 번갈아 노려보았다. 아이들은 서둘러 식사를 끝내고 한결 가벼운 마음으로 일어났다.

벌써 정원 끄트머리까지 달려갔는데 엄마가 부르는 소리가 들렸다.

"오스카, 너무 늦게 들어오면 안 된다!"

"저녁에 봐요!"

오스카는 뒤도 돌아보지 않고 대꾸했다. 속으로는 저 바보 멍청이가 다시는 집에 오지 않았으면 좋겠다고 생각하면서.

네 아이는 신나게 거리로 뛰어나갔다.

로렌스와 발랑틴은 지금까지 한 번도 보지 못했던 광경에 눈이 휘둥
그레졌다. 그들은 거리를 지나가며 줄줄이 늘어선 집, 여러 색깔로 칠
해진 외벽, 다양한 인종의 사람들을 구경했다. 자동차는 인파를 힘겹게
헤치고 지나갔다. 고함소리, 웃음소리가 여기저기서 터져 나왔다. 동네
사람들이 창문에서 필 집안의 남매에게 인사를 건넸다.

"안녕, 빨간 머리 꼬마들아! 여름방학은 어때? 요즘 잘 안 보이더라,
오스카!"

비올레트는 만나는 사람마다 손짓으로 인사를 했다. 오스카도 그럭
저럭 인사에 답했지만 속으로는 아직도 배리 '응' 아저씨가 그의 집에
있다는 사실에 속이 뒤틀려 있었다. 유난히 우렁찬 목소리에 오스카는
혼자만의 생각에서 벗어났다. 같은 반 친구 제레미 오말리가 허겁지겁
뛰어오고 있었다. 제레미의 형 바르트도 금세 달려왔다.

"오스카, 잘됐다! 우리 못 본 지 되게 오래됐지. 이번 주말에는 킬데
어 스트리트에 있는 거냐?"

"응…… 사촌들이랑 같이 돌아왔어. 발랑틴과 로렌스라고 해."

제레미는 로렌스에게 고개를 끄덕여 보이고 발랑틴에게는 미소를 지
었다. 제레미는 놀란 기색이 역력했다.

"너한테 사촌이 있는 줄은 몰랐는데! 사촌들이…… 너랑 별로 안 닮
았다!"

"응. 사촌이라지만 아주 먼 친척이라서."

오스카는 될 수 있는 대로 말을 아끼라는 엄마의 말을 따르기로 했
다.

"하지만 오스카를 만난 덕분에 이 두 사람과 아주 가까워졌어! 그러

니까 이젠 먼 친척이 아니야!"

비올레트는 자기 설명에 만족해서 의기양양했다. 오스카는 누나가 실수할까봐 두려워서 얼른 선수를 쳤다.

"맞아, 비올레트. 맞는 말이야. 제레미, 그런데 너희는 오늘 뭐해?"

"바빌론 파크에 같이 가자고 말하려던 참인데."

"음, 오늘은 시장에서 일하지 않나 봐? 장사가 잘 안 돼?"

제레미가 웃음을 터뜨렸다.

"뭔 소리야? 장사가 너무 잘 돼서 탈이지! 게다가 내가 공원에 같이 가자고 하는 이유도 거기서 복권, 음료, 과자 따위를 파는 노점을 차리기 때문이야!"

"그래, 알 만하다. 과자는 오르파누다키스 아줌마네에서 가져오고 음료는 너희 부모님한테서 가져왔겠지. 복권은 시장에서 팔다 남은 물건들을 상품으로 처분하려고……."

제레미와 오스카가 하이파이브를 했다.

"복권이 내가 시장에서 팔려다 못 판 물건보다 비싼 건 사실이야! 와우, 오스카, 너 제법이다! 내 수완을 완전히 꿰뚫어봤어! 아무래도 우린 동업을 해야겠어!"

아이들은 공원 노점에 가서 오전 내내 즐거운 시간을 보냈다. 제레미는 발랑틴에게 복권 한 장을 공짜로 주었다. 발랑틴은 병마개를 딸 순 없지만 볼펜으로 쓸 수 있는 병따개를 상품으로 받았다. 발랑틴은 그것이 무엇에 쓰는 물건인지도 모른 채 한참을 바라보다가 제레미에게 고맙다고 인사를 했다.

오스카와 바르트는 자루에 들어가 달리는 시합에 나갔다. 오스카는 한 게임을 끝내고 다음 게임도 하려던 차에 에이든 스펜서를 보았다. 그는 쉬는 시간에 운동장에서 그 수줍음 많은 아이를 위해 로넌 모스에게 맞섰던 적이 있었다. 오스카는 그 일이 어떻게 끝났는지도 기억하고 있었다. 그와 로넌은 학교에 두 시간이나 남아서 벌을 받아야했다. 오스카는 뒤끝 있는 성격이었다.

스펜서가 힐끔힐끔 딴 데를 보면서 오스카에게 다가왔다.

"안녕, 오스카."

"안녕." 오스카는 차갑게 대꾸했다.

"시합 하는 거야?" 스펜서는 용기를 내어 물었다.

"응. 넌 안 해? 그래, 시합에 나가는 것도 용기가 있어야지." 오스카는 빈정거렸다.

"난…… 그런 거 하면 안 돼." 스펜서의 얼굴이 새빨갰다. "의사 선생님이 안 된다고 했어. 나한테는 너무 위험하대."

오스카는 스펜서의 깁스를 떠올렸다. 스펜서는 척추와 등을 보호하기 위해 항상 우스꽝스러운 석고 갑옷을 몸에 두르고 다녔다. 오스카는 자기가 너무 심한 말을 했다고 후회했다. 마침 그의 순서였다. 그는 스펜서를 떠나 트랙으로 뛰어갔다. 경기를 마치고 나서 보니 에이든 스펜서는 이미 자취를 감춘 후였다.

바르트와 오스카는 시합을 하고 나서 일행에게로 돌아갔다. 다 같이 골리노 아줌마가 만들어준 초대형 피자를 나누어 먹었다. 물론 제레미가 다른 손님들에게 파는 것보다 훨씬 큰 피자였다. 모두들 배불리 맛있게 먹었지만, 발랑틴만은 토마토를 보자 입맛이 달아난다며 피자를 거부했다.

"왠지 GRIU의 강물을 마시거나 에리트로사이트를 뜯어먹는 것 같은 기분이 들어서 싫어!"

발랑틴이 역겹다는 표정으로 이렇게 말했다.

"어디 강물을 마신다고? 뭘 뜯어먹는 것 같다고?"

제레미가 입 안 가득 피자를 우물거리며 물었다.

"얘가 사는 도시를 가로지르는 강이야. 그런 게 있어."

오스카가 서둘러 대답했다.

"그럼 네가 사는 도시 사람들은 모두 머리가 빨간색이야?"

제레미가 조각 피자를 든 손으로 발랑틴의 머리칼을 가리켰다.

"응, 전부 다."

발랑틴이 머리 타래 한 뭉치를 손가락으로 만지작거리며 대답했다.

바르트는 피자를 다 먹고 나서 비올레트에게 같이 배를 타고 호수를 한 바퀴 돌아보자고 했다. 나중에 두 사람이 돌아왔을 때 보니 비올레트는 홀딱 젖어 있었고 바르트는 미안한 표정을 지었다.

"비올레트가 물에 빠지면 얼마나 젖는지 알아보고 싶어 했어! 배에서 떨어지자마자 내가 금방 건져내긴 했지만……." 바르트는 미안한 말투로 중얼거렸다.

오스카는 바르트를 안심시켰다. 비올레트가 어떤 사람인지 모르는 것도 아니고, 비올레트의 괴팍한 짓도 어제 오늘 일은 아니었다. 비올레트는 빨간 머리채에서 물을 줄줄 흘리면서도 자신의 실험에 만족한 표정이었다. 실험 결과, 확실히 젖었다. 홀딱 다 젖었다. 발랑틴은 비올레트가 몸을 말리는 것을 도와주었고 그동안 로렌스는 액체, 고체, 기체에 대한 복잡한 강의를 늘어놓았다.

"네 사촌들은 너무 이상해." 제레미가 오스카를 뚫어져라 쳐다보며 말했다. "쟤는 왜 저렇게 머리부터 발끝까지 노란색이야? 게다가 얼굴도 두루뭉술하고, 배도 두루뭉술하고……."

제레미는 공원에 울려 퍼지는 음악소리 때문에 언성을 높여 말해야 했다. 로렌스가 제레미 쪽으로 고개를 돌리더니 자리에서 일어났다. 로렌스의 낯빛이 어두워졌다.

"헤파톨리아의 세계에서 나 같은 외모는 건강하다는 의미로 통해. 내가 너처럼 말라빠졌다가는 일조차 제대로 할 수 없을 거야. 그래도 다들 건강하지 못해서 그러려니 하고 비난하지 않겠지. 너희는 다른 사람들과 다르게 생긴 사람을 두고 못생겼느니, 이상하다느니 말이 많지. 그러면서 그 사람을 놀리기나 하고."

오스카는 로렌스가 이렇게 화를 내는 모습은 본 적이 없었다. 로렌스는 온몸을 부들부들 떨고 있었고 목소리도 떨렸다. 오스카는 제레미의 말을 정정하고 싶었지만 로렌스가 말할 틈을 주지 않았다. 로렌스는 제레미에게 들으라는 듯이 다시 한번 말했다.

"내가 사는 세상에선 내가 아니라 네가 특이한 거야. 그래도 우리는 너를 놀리지 않아. 네가 우리보다 잘났다거나 못났다는 생각은 하지 않아. 그냥 '다른' 것뿐이야. 그게 다야. 서로 다른 것뿐이라고."

로렌스는 책 한 권을 들고 나무 그늘 아래로 걸어갔다. 제레미는 기분이 언짢은지 괜히 딴 데를 쳐다보았다. 오스카는 로렌스를 상처 입힌 제레미가 원망스러웠다.

"쟤, 너무 민감하게 구는 거 아냐?"

제레미가 말했다. 그러자 오스카도 화가 나서 자리에서 일어났다.

"아냐. 쟤는 그냥 너랑 다를 뿐이야. 너도 누가 널 놀리면 화가 나잖아. 쟤라고 다를 건 없어."

그는 누나와 발랑틴에게 다가가서 말했다.

"돌아가자."

두 소녀는 불평을 했다.

"벌써? 한참 재미있었는데. 바르트가 어깨 위에 무등도 태워줬어. 그래서 저 꼭대기 가지에서 체리도 딸 수 있는데……."

"돌아가자고." 오스카가 명령조로 말했다.

오스카가 로렌스에게 다가갔다. 로렌스는 말없이 일어나 앞장서서 걷기 시작했다.

돌아오는 길 내내 여자아이들은 참새처럼 종알종알 수다를 떨었지만 로렌스는 한마디도 하지 않았다. 그는 무거운 짐을 어깨에 멘 사람처럼 고개를 떨어뜨리고 묵묵히 걸어갔다.

저녁이 되어서도 셀리아가 차려준 식사를 먹는 둥 마는 둥하고 일찍 잠자리에 들었다. 오스카가 나중에 방에 올라가보니 로렌스는 가볍게 코를 골고 있었다.

오스카가 잠이 들었을 때에야 비로소 로렌스는 잠자는 척하는 것을 그만두고 눈을 반짝 떴다. 오랜 시간 덧창 사이로 밤하늘의 별들을 바라보았다. 그러다 더 이상 피곤을 견딜 수 없어서 뒤늦게 스르르 잠이 들었다. 잠결에 헤파톨리아 산이 보였다. 그제야 로렌스는 그가 살던 우주, 그곳에 사는 사람들과 그들만의 생활을 얼마나 그리워하고 있는지 깨달았다.

장갑을 끼고서

다음날 아침, 아이들은 모두 퀭한 얼굴로 식탁에 엎드려 있었다. 오스카는 쿠미데스 서클에서 지낸 한 주간의 피로가 풀리지 않은 상태였고, 로렌스는 거의 잠을 이루지 못했다. 여자아이들은 셀리아가 야단을 치고 으름장을 놓았지만 새벽 한 시까지 수다 보따리를 풀어놓느라 잠을 자지 못했다. 셀리아는 아침상을 푸짐하게 차렸다. 로렌스가 그나마 식욕을 되찾은 것을 보고 셀리아는 조금 마음을 놓았다.

"얘들아, 오늘 아침에 너희들 앞으로 꾸러미가 하나 왔다. 집 앞에 놓여 있었는데 그 위에 카드가 끼워져 있더구나."

오스카는 카드를 읽어보고 눈에 익은 글씨체를 금방 알아보았다.

"제레미 시장에서 인사 올립니다."

그는 꾸러미를 열었다. 상자 안에는 사탕, 초콜릿 등 갖가지 달콤한 간식이 그득했다. 발랑틴을 위한 작은 선물 상자가 따로 있었다. 딸기

색깔의 립스틱을 싼 종이에서 이런 글귀를 읽을 수 있었다.

"네 머리칼에 어울릴 만한 색상."

마지막으로 상자 바닥에서 봉투를 찾아낸 오스카는 그것을 로렌스에게 내밀었다.

"받아, 너한테 온 거야."

"나한테?"

로렌스가 봉투를 열었더니 사진이 여러 장 나왔다.

"이 사람은 누구야?" 로렌스가 첫 번째 사진을 오스카에게 보여주다가 알았다는 듯이 말했다. "아, 알겠다. 스파이더맨이잖아."

로렌스가 두 번째 사진을 보았다. 그는 그 사진과 다른 사진들을 한꺼번에 오스카에게 내밀었다.

"나머지는 하나도 모르겠어."

"얘는 아메데야. 아프리카 출신의 우리 반 친구지."

"여기 머리에 신발 깔개 같은 걸 뒤집어쓴 사람은?"

"이건 심슨이야. 만화영화 주인공인데 되게 웃겨."

로렌스는 머리를 긁적거렸다.

"이걸 왜 나에게 보낸 거지?"

오스카가 맨 마지막 사진을 뒤집어서 로렌스에게 보여주었다. 로렌스는 거기에 써 있는 글을 큰소리로 읽었다.

"이들이 모두 서로 '다를지라도' 난 이들을 참 좋아해.—제레미"

로렌스가 미소를 지었다. 오스카는 친구의 얼굴에서 피곤과 슬픔이 순식간에 사라지는 것을 보았다.

그 순간 벨소리가 작게 울렸다. 네 아이는 얼른 창가로 달려갔다. 바르트와 제레미가 보도 위에서 그들을 기다리고 있었다. 제레미는 안장이 세 개나 달린 커다란 자전거를 몰고 왔다. 바르트는 자기 자전거에 작은 짐마차를 매달고 왔다.

"아가씨들, 바르트가 포장마차로 드라이브를 시켜주겠대. 그리고 나는 남자들끼리 3인 자전거를 타보고 싶은데! 어때?"

아이들은 일제히 함성을 지르며 열렬한 반응을 보였다. 모두들 집 밖으로 달려 나갔다.

발랑틴과 비올레트는 포장마차로 변신한 수레에 자리를 잡고 앉았다. 여러 가지 색상의 페인트를 칠하고 '제레미 시장'이라는 하얀 글씨를 측면에 써넣은 마차였다. 그 알록달록한 마차는 길 반대쪽 끝에서도 한눈에 알아볼 수 있었다.

"드라이브하는 김에 광고도 좀 해야하지 않겠어?"

제레미가 설명했다.

세 소년은 자전거에 올라탔다. 로렌스는 오래 꽁해 있는 성격이 아니었다. 어제의 갈등은 벌써 옛날 얘기였다. 모두들 자전거를 타고 동네를 돌아보러 나섰다. 소년들의 자전거 여행은 점심시간까지 이어졌다.

아이들이 집에 돌아와 정원에서 노는 동안, 셀리아는 아이들을 위해 점심 식사를 준비했다. 제레미는 드디어 어제부터 물어보고 싶어서 입이 근질근질했지만 차마 입 밖으로 꺼내지 못했던 질문을 던졌다.

"그런데 헤파톨리아 세계가 뭐야?"

오스카가 대답하려고 했지만 제레미는 먼저 이렇게 못 박았다.

"사람을 바보 취급하진 마. 난 천재는 아니지만 그렇다고 멍청이도 아니야. 너 같으면 빨간 머리에 노란 피부 사람들만 모여 사는 도시가 있다는 말을 믿겠냐?"

제레미가 새로 사귄 친구들을 바라보며 말했다.

"너희가 말을 꺼냈으니까 이제 계속해봐. 두 번 말하게 하진 않을게, 약속해. 그렇지, 바르트?"

바르트가 고개를 끄덕이고 자리에서 일어났다.

"내가 듣는 게 곤란하다면 나는 자전거 타고 한 바퀴 돌고 올게."

"아니, 그냥 있어. 난 제레미보다 너를 더 믿어."

지금까지 아무 말도 없던 로렌스가 나섰다. 그러자 제레미가 발끈했다.

"뭐야? 내가 얼마나 입이 무거운데! 난 입이 무겁기로 유명한 사람이라고!"

이 말도 안 되는 소리에 오스카가 제레미를 가자미눈으로 흘겨보았다. 결국 제레미도 인정했다.

"음, 그래. 항상 그렇지는 않지. 그래도 내 친구에 관한 일이면 비밀을 지킬 줄도 알거든. 무엇보다도." 갑자기 제레미의 눈에 장난기가 번득였다. "무슨 일인지 알면 내가 너희를 도와줄 수도 있잖아."

"누가 네 도움이 필요하대?"

발랑틴이 물었다. 제레미가 자신만만한 표정으로 나무에 등을 기댔다.

"약방의 감초 제레미는 언제나 도움이 되는 친구지. 말해보라니까!"

"와우!"

아이들의 이야기가 끝나고 나서 제레미가 내뱉은 말은 이게 다였다.

그는 어디서부터 놀라야 할지 감을 잡을 수가 없었다. 동네 친구 오스카가 지닌 능력, 새로운 친구들의 정체, 그것도 아니면 지금 현재의 상황? 오스카는 블루파크의 대저택에 로렌스와 발랑틴을 숨겨왔다고 했다. 게다가 책의 저자와 이상한 계약을 맺었다고 했다……. 겨우 말문을 연 제레미는 이렇게 말했다.

"어쨌든 그걸로 짭짤하게 재미는 볼 수 있겠다. 쇼를 벌이고 오스카가 관객 중에서 한 사람을 골라서 그 사람 몸속으로 들어가는 거야! 그리고 너희 둘을 오스카가 지난번 여행에서 데려온 외계인들이라고 소개하면 되지!"

"날 도와주고 싶다면 그보다 좋은 방법이 있지." 오스카가 대꾸했다.

"무슨 방법?" 제레미가 경계하는 태세를 취했다.

"오스카는 보이드의 책과 플릿우드의 책을 가지고 실습을 할 만한 대상을 찾고 있어. 어쩌면 네가……." 로렌스가 말했다.

"아, 안 돼, 말도 꺼내지 마!" 제레미는 단칼에 거절했다. 그는 가슴팍을 손으로 두드리며 말했다. "나랑 제일 친한 친구가 내 몸에 들어와서, 여기서 무슨 일이 벌어지는지 본다고?" 이어서 그는 손가락으로 자기 배를 가리켰다. "물론 이쪽에 들어오는 것도 절대 싫어!"

"멋지다, 너희 세계에서 친구란 이런 거야?" 발랑틴이 빈정댔다.

"너희에게 도움이 된다면 난 허락할 마음이 있는데."

언제나 친구를 도울 준비가 되어 있는 바르트가 자원하고 나섰다. 제레미도 잠시 생각에 잠겼다.

"나한테 더 좋은 생각이 있어. 이게 훨씬 더 나을 거야. 꼭 누가 적극적으로 지원하지 않더라도 상대방이 무슨 일이 일어났는지 모르게 실행하면 되는 거잖아. 조건에 딱 맞는 사람을 내가 알아."

제레미가 자신만만하게 말했다.

"누구를 염두에 두고 있는 거야?"

오스카는 눈으로 주방 창문을 감시하면서 물었다. 그는 엄마가 갑자기 그들 쪽으로 다가올까 봐 가슴을 졸이고 있었다.

메디쿠스 소년은 엄마가 그들의 대화를 엿들을까 봐 두려웠다. 그는 엄마에게 로렌스와 발랑틴에 대해서 모든 것을 털어놓았지만 대답 없는 주술서라든가 아빠의 죽음에 대해 조사하고 있다든가 보이드와 맺은 '계약'의 구체적인 내용까지는 말하지 않았다. 지식의 성소를 언급할 수도 없었다. 오스카가 그 궁극의 비밀까지 공유하는 상대는 로렌스와 발랑틴뿐이었다.

제레미는 잠시 사이를 두었다가 입을 열었다. 그는 간단하게 이름만 내뱉었다.

"파바로티."

갑자기 비올레트가 눈을 번쩍 들었다. 지금까지 비올레트는 지렁이와 수다를 떠느라 이쪽에 신경도 쓰지 않고 있었다. 바르트는 그런 비올레트를 걱정스럽다는 듯이 지켜보고 있었다.

"파바로티? 바빌론 하이츠 공원에 사는 부랑자 말이야?"

"당연하지, 또 누가 있겠어?"

파바로티*는 이 동네에서 모르는 사람이 없는 술꾼으로 이 근처를 자주 어슬렁거렸다. 파바로티가 그의 본명은 아니겠지만 주변을 괴롭게

★ Pavarotti, 이탈리아의 유명한 테너 가수로 세계 3대 테너 중 하나로 불렸다.

하는 괴상한 술버릇 때문에 모두가 그를 그 이름으로 불렀다. 그는 밤 11시에 공원 한복판 벤치에 올라서서 쩌렁쩌렁한 목소리로 오페라의 아리아를 불러젖혔다. 그렇게 해서 온 동네 사람이 잠에서 깨면 자신은 그제야 벤치에 널브러져 10시간을 내리 자는 것이었다! 이 소동은 하루도 빠짐없이 규칙적으로 이어졌다.

"그런데 왜 하필이면 그 사람이야?" 발랑틴이 물었다.

"파바로티는 아리아를 부른 다음에는 그야말로 곯아떨어진단 말이야. 귀에 대고 나팔을 불어도 깨우지 못할걸!" 제레미가 대답했다.

로렌스가 평소처럼 논리적으로 의견을 내놓았다.

"사소한 문제가 있어. 그 파바로티라는 사람은 바빌론 하이츠에 살잖아. 그런데 우리는 블루파크에 있을 거야. 오스카는 주말에만 우리를 여기에 데려올 수 있어. 그런데 주말 내내 서재에서 그 두 권의 책을 빼놓는 건 불가능해. 브레이브 씨가 단박에 알아차릴걸."

"우리에겐 선택권이 없어. 블루파크 근처에서, 한밤에 행동을 개시해야겠어."

제레미가 잠시 생각해보고 못마땅한 눈치로 이렇게 말했다.

"너희가 파바로티에게 올 수 없다면 파바로티가 너희에게 가야하겠지……. 하지만 무슨 수로? 나도 파바로티에게 블루파크에 가서 자라고 하고 싶어. 하지만 그 사람이 내 말을 들을지는 모르겠다."

"그 사람이 그렇게 좋아하는 술을 한 병 안겨주면 될 거 아냐?" 발랑틴이 한마디 했다.

"나는 시장을 하는 거지 술집을 하는 게 아니야! 어쨌든 파바로티는 바빌론파크의 자기 자리에서 한 발짝도 움직이지 않을 거야!"

"가엾어라. 왜 그 사람은 거기서 움직이지 않을까? 다리가 없나? 어쩌면 바르트의 포장마차로 도와줄 수도……."

비올레트는 진심으로 안타까워했다. 발랑틴이 미소를 지었다.

"아니야, 비올레트. 제레미가 하고 싶었던 말은 그런 게 아냐."

"아냐, 비올레트 누나 말이 맞아!" 오스카는 누나의 말에서 뭔가 힌트를 얻은 참이었다. "제레미, 파바로티가 노래를 부르고 난 다음에는 업어가도 모를 정도로 깊이 잔다고 그랬지? 정말 그래?"

"응, 하지만……."

"그러면 그 사람이 잠든 다음에 바르트의 수레에 실으면 될 거 아냐! 바르트, 파바로티를 수레에 실은 다음에 블루파크까지 자전거로 데려올 수 있겠어?"

바르트는 희망으로 반짝반짝 빛나는 비올레트의 눈을 보고는 튼튼한 이두박근을 내보이며 활짝 웃었다. 바르트가 어깨를 으쓱했다.

"응, 가야지. 어쨌든 시도는 해보자!"

"마지막으로 한 가지만 더. 너희 둘은 한밤중에 어떻게 집에서 나올 건데?" 로렌스가 물었다.

"그건 문제도 아니야. 열흘 후에 우리는 할머니 댁에서 잘 거야. 부모님이 아일랜드 합창단을 보러 비싱턴 힐에 가실 거라서. 그날은 수요일이야. 할머니는 귀가 잘 안 들려서 우리는 예전에도 할머니 댁에서 잘 때, 집에서 몰래 빠져나온 적이 많아. 할머니는 아무것도 모르실 거야……."

"수요일이면 나는 못 가는데. 그날은 밤에 별을 세려고 했는데……." 비올레트가 애석해했다.

"괜찮아. 다음에 수레를 타고 한 바퀴 돌아보면 돼. 별을 보는 건 꼭 자정이 아니더라도 할 수 있어." 바르트가 비올레트에게 말했다.

바로 그때 보도에서 무슨 소리가 났다. 울타리 너머, 바로 그들 근처였다. 제레미가 자리를 박차고 일어나 문을 밀고 나갔다. 이쪽저쪽 두리번거렸지만 아무도 보이지 않았다. 다만, 모퉁이를 돌아 수직으로 뻗은 도로로 쏙 들어가는 자전거가 언뜻 보였을 뿐이다. 제레미가 일행에게 돌아와서 말했다.

"누군가가 우리를 염탐했던 게 분명해."

여섯 아이들이 동그랗게 둘러앉았다. 오스카가 한가운데 풀밭에 손을 올려놓았다.

"지금부터 열흘 후, 수요일 자정이다?"

제레미가 친구의 손 위에 자기 손을 얹었다.

"아니, 그게 아니지. 수요일에 파바로티 '속'에서 만나자!"

다른 친구들도 한 명씩 따라서 손을 얹었다. 약속은 이루어졌다.

"얘들아, 그만하고 이제 점심 먹어라! 모두 식탁으로!"

셀리아가 주방 창에서 얼굴을 내밀고 소리쳤다.

그날 오후는 번개 같은 속도로 지나갔다.

아이들은 떠나기 한 시간 전에 셀리아와 함께 모여서 쿠미데스 서클로 돌아갈 작전을 짰다. 셀리아는 오스카뿐만 아니라 로렌스와 발랑틴까지 데려다주어야 했다.

"트렁크에 숨으면 되지 않아?" 발랑틴이 말했다.

"안 돼. 우선 계단으로 가방을 옮길 때 너무 아파." 로렌스가 노란 피부에서 초록색으로 보이는 멍 자국들을 보이며 말했다. "게다가 혹시 본즈가 트렁크를 들게 되면 가방을 열어보거나 뭔가 수상한 물건이 들었다고 의심할 거야."

"그럼 이렇게 하자. 철창 대문을 지나자마자 너희 둘은 재빨리 차에서 내려서 정원에 있는 지주 뒤로 숨어. 그다음에는 내가 주방에서 정원으로 통하는 문을 열어줄 때까지 기다려."

헤파톨리아에서 온 소년과 소녀는 고개를 끄덕였다.

그들은 간식을 먹고 가방을—이번에는 세탁이 끝난 옷가지가 가득한!—투아네트의 트렁크에 실었다. 투아네트는 자동차경주를 방불케 했던 몇 주 전의 사태에서 완전히 회복되어 있었다.

그들은 저녁 6시에 출발했다. 그 정도면 쿠미데스 서클에서 숙명처럼 정해져 있는 저녁 7시까지 넉넉하게 도착할 수 있었다.

셀리아 저택 바로 앞에 차를 세웠다. 오스카가 먼저 차에서 내려 엄마와 포옹을 하고 펜던트를 철창 대문에 갖다 댔다. 그러자 문은 저절로 열렸다. 오스카는 자갈길을 몇 발짝 걸어가다 지붕 위로 불쑥 튀어나온 지주의 굵직한 나뭇가지들을 보았다. 오스카가 손짓을 하자 지주가 정원 입구까지 얼른 자리를 옮겼다. 오스카가 나무껍질 가까이 얼굴을 대고 뭐라고 속닥대자 지주는 잎이 무성한 나뭇가지를 땅바닥으로 드리워주었다. 그때를 놓치지 않고 셀리아가 투아네트의 뒷좌석에 앉은 두 아이에게 일렀다.

"얘들아, 저리로 가면 돼."

셀리아는 조수석을 앞으로 당기고 문을 살짝 열어주었다. 로렌스와 발랑틴은 철창 대문까지 다가간 다음 초록 잎사귀가 우거진 나뭇가지들을 지붕 삼아 정원으로 들어갔다. 그들이 떡갈나무 뒤로 숨어들 무렵, 철창 대문이 다시 닫혔고 오스카는 트렁크를 들고 쿠미데스 서클 본관 앞에 서 있었다.

본즈는 문을 열어주고 아무 말 없이 오스카의 가방을 받아 계단을 올라갔다.

"저는 주방으로 가요. 체리 아줌마한테 인사를 해야겠어요."

"오늘 저녁에는 주방에 없을 텐데요. 저녁은 제가 차려드릴 겁니다. 괜찮으시다면 지금 저를 따라 방으로 올라가시지요. 7시가 조금 안 되어 브레이브 씨와 저녁 식사를 하실 수 있도록 제가 다시 모시러 가겠습니다."

본즈가 느릿느릿 말했다. 정중하게 말하는 척하며 명령하는 버릇은 여전했다. 그리고 오스카는 여전히 그 말투를 참을 수가 없었다.

"저는 배가 고파요. 먹을 걸 좀 찾으러 가야겠어요."

"이제 저녁 시간이 30분도 채 안 남았습니다."

본즈가 특유의 영국식 냉정함을 드러내며 힐책하듯 말했다.

"잘됐네요. 30분 후에도 저는 계속 배가 고플 테니까요."

오스카는 고집을 꺾지 않았다. 그는 본즈의 대답을 기다리지 않고 바로 주방으로 향했다. 본즈가 서둘러 그의 방에 가방을 내려놓고 아래층으로 내려와 저녁 식사 시간까지 그를 감시할 것임을 그는 알고 있었다. 민첩하게 행동하지 않으면 안 되었다.

주방에는 아무도 없었다. 그는 뒤뜰로 난 주방 문으로 다가갔으나 문이 잠긴 것을 보고 대경실색했다! 주위를 둘러보았다. 열쇠는 눈에 띄지 않았다. 본즈가 뭔가 낌새를 알아차린 걸까? 친구들을 집 안으로 들일 수 있는 시간은 얼마 남지 않았다. 오스카는 창가로 다가가 지주의 나뭇가지에 숨어 문이 열리기만을 기다리는 친구들을 보았다. 그는 친구들에게 현관문 쪽으로 돌아서 오라고 신호를 보냈다.

그다음에 주방을 냉큼 빠져나가 현관으로 갔다. 이 층에서 본즈가 가방을 내려놓고 이제 막 복도로 걸어 나오는 참이었다. 소년이 펜던트의 M자를 가져가자 문이 열렸다. 발랑틴과 로렌스는 쏜살같이 집 안으로 들어왔다.

오스카는 위를 쳐다보았다. 본즈의 장갑을 낀 손이 이미 계단 난간을 잡고 내려오고 있었다. 그는 두 친구를 거실로 밀고 셋이 함께 그곳에 숨었다.

문짝을 닫기 전에 오스카와 집사의 눈이 마주쳤다. 본즈가 오스카가 거실에 들어가는 모습을 보고 말았다. 잠시 후면 이곳까지 따라와서 거실에는 왜 들어가느냐고 잔소리할 게 뻔했다. 친구들을 어떻게 숨겨야 할까?

세 아이는 미친 듯이 주위를 두리번거렸다. 로렌스는 이미 소파 밑으로 들어갈 태세였지만 오스카는 친구를 붙잡아 서랍장 옆 구석으로 끌고 갔다. 서랍에서 장갑을 꺼내어 끼고 티셔츠 아래서 펜던트를 꺼냈다. 친구들이 공포에 질린 눈으로 쳐다보는 가운데, 그는 장갑 낀 손을 난롯불 속에 쑥 집어넣었다.

"뭐하는 거야? 그러다······." 발랑틴이 겁에 질려서 말했다.

하지만 말을 맺을 틈은 없었다. 바로 옆에 있던 벽이 스르르 미끄러지며 레일 위로 움직였다. 오스카는 노란 응접실로 친구들을 세게 밀쳤다. 그곳에 있던 빅터가 쩍쩍거리기 시작했으나 벽은 다시 제자리로 돌아왔다.

오스카는 안도하며 벽에 기댔다. 개 짖는 소리가 들렸다. 롤스? 로이스? 위더스 부인이 그 둘을 구분하는 방법을 얘기해줬는데도 하나도 기억이 나지 않았다. 둘 중 누군지 모를 한 녀석이 오스카의 발치에 쪼그려 앉아 멍한 눈으로 그를 쳐다보며 침을 질질 흘렸다. 오스카는 개에게 조용히 하라는 손짓을 하고 소파 뒤에 있는 바구니로 밀어냈다. 다른 하나는 그곳에 없었다. 롤스와 로이스는 항상 붙어 다니기 때문에 둘 중 하나가 보이지 않는다는 것은 놀라운 일이었다. 그러나 오스카로서는 차라리 잘된 일이었다. 특히 지금 롤스와 로이스가 달라붙는 건 정말로 사절이었다.

거실 문이 열렸다. 본즈가 아무 말 없이 거실 구석 벽난로 옆으로 다가왔다. 그는 오스카에게 눈길도 주지 않고 범죄 현장을 수사하는 탐정처럼 날카로운 눈으로 그곳을 살폈다.

"뭘 찾으시나요, 본즈? 잊어버리신 물건이라도? 제가 좀 도와드릴까요?"

오스카는 소파의 팔걸이에 걸터앉아 비꼬듯이 물었다. 친구들을 무사히 숨긴데다가, 그의 잘못을 집어내려고 혈안이 되어 있는 집사를 곯려줄 수 있게 되니 기분이 좋았다.

본즈는 개 짖는 소리가 나자 도로 거실 밖으로 나가려 했다.

오스카는 개들이 잠을 자는 바구니로 고개를 돌렸다. 바구니 안에 엎드려 있는 개는 눈을 반쯤 감고 잠든 것 같았다. 그러니까 방금 짖은 개는 이 녀석이 아니다……. 오스카는 갑자기 가슴을 두근거리며 머리를 들었다. 또다시 뭔가에 가로막힌 듯한 울음소리가 났다. 그 소리는……
벽 뒤에서 나는 듯했다! 그는 침을 삼키기가 힘들었다.

그는 본즈의 반응을 주시했다. 식은땀이 등줄기를 타고 흐르는 것을
느꼈다. 숨을 고르려고 애쓰면서 아무 말도 하지 않았다. 집사는 초점
없는 시선을 오스카에게 떨어뜨렸다가 이내 거실에서 물러났다.

본즈가 나가자 오스카는 오랫동안 한숨을 쉬었다. 얼른 문으로 뛰어
가 바깥을 살짝 내다보았다. 현관 쪽에는 아무도 없었다. 본즈는 저녁
식사 준비를 하러 간 모양이었다. 오스카는 친구들을 빨리 빼내려고 난
롯불로 다가갔다. 하지만 서둘러 서랍장에 쑤셔 넣은 장갑이 서랍 밖으
로 삐죽 튀어나온 것이 보였다. 본즈가 이 꼴을 보지 못했다는 것도 그
렇고, 개 짖는 소리를 무심하게 지나쳤다는 것도 그렇고, 확실히 운이
좋았다.

장갑을 꺼내는데 다시 문이 열렸다. 그는 서둘러 서랍을 밀어 넣고
몸으로 서랍장을 가렸다.

위더스 부인이 미소 띤 얼굴로 나타났다. 빨간 테 안경 너머에서 부
인의 눈동자가 오늘따라 유난히 빛났다. 부인이 오스카를 향해 걸어오
며 다정하게 물었다.

"안녕, 오스카. 바빌론 하이츠에서 주말은 잘 보냈니?"

"아주 잘 지냈어요. 고맙습니다."

"윈스턴 브레이브가 나도 저녁 식사에 초대했단다." 부인은 소년의
뒤를 슬쩍 넘겨보며 말했다. "윈스턴이 우리를 기다리고 있을 거야. 이
제 같이 가볼까?"

오스카는 고개를 끄덕거렸지만 그 자리에서 조금도 꿈쩍하지 않았다.

"아니, 서랍장의 서랍이 잘못 닫혀 있구나. 서랍을 마지막으로 열고 장갑을 썼던 사람이 나였으니 필시 내가 그랬겠지."

부인은 가볍게 말하며 오스카의 눈을 바라보려고 했다. 그러나 오스카는 부인과 눈을 마주치지 않기 위해 안간힘을 썼다.

"서랍을 잘못 닫은 사람은 분명히 나겠지, 오스카? 노란 응접실에 들어갔던 사람은 그랜드 마스터와 위원들뿐이니까. 그래, 그러니까 내가 그랬다고 생각할 수밖에 없어."

위더스 부인이 서랍을 다시 닫으려고 허리를 굽히는데 개 울음소리가 다시 울려 퍼졌다. 겁에 질린 오스카는 눈을 감아버렸다. 위더스 부인이 한숨을 쉬며 서랍에서 장갑을 꺼냈다.

오스카가 눈을 떴을 때 벽은 밀려나 있었다. 응접실 구석에 발랑틴이 어쩔 줄 모르는 눈을 하고 벽에 딱 붙어 있었다. 로렌스는 의자에 앉아 침을 질질 흘리는 롤스인지 로이스인지 모를 녀석의 낯짝을 무릎에 올려놓고 있었다.

위더스 부인은 그 아이들에게 정중하게 미소를 짓고 오스카에게로 고개를 돌렸다.

"저녁 식사를 함께 할 손님들이 더 많아졌구나. 게다가 내가 잘못 본 게 아니라면 이 깜짝 손님들은 굉장히 먼 곳에서 온 것 같은데."

오스카는 한숨을 쉬었다. 문 옆에는 본즈가 입가에 가벼운 미소를 머금은 채 부동자세로 서 있었다.

"오스카, 본즈가 눈치채지 못했으면 친구들을 얼마나 더 오래 쿠미데스 서클에 숨기려고 했지?" 그랜드 마스터가 물었다.

윈스턴 브레이브는 안락의자에 앉아 있었고 위더스 부인은 서가 옆에서 책을 살펴보는 척하고 있었다. 서재는 그 어느 때보다 쥐 죽은 듯 고요했다. 오스카는 그랜드 마스터 앞에 서 있는 자신의 모습이 심판대 앞에 선 죄인 같다고 생각했다. 이제 곧 최악의 벌이 그에게 떨어질 것 같았다. 로렌스와 발랑틴은 초상화들이 걸려 있는 벽 쪽으로 물러나 있었다. 역사에 길이 남을 메디쿠스 선조들이 그 둘을 감시하는 듯했다. 오스카는 시선을 떨어뜨렸지만 후회는 없었다. 그는 자신의 선택이 초래한 결과를 감당할 준비가 되어 있었다.

"오스카 필, 메디쿠스는 그랜드 마스터에게 아무것도 숨겨선 안 된다. 그랜드 마스터의 집에서 살고 있다면 더욱더 그래선 안 돼. 알았느냐?"

윈스턴 브레이브의 목소리가 그 어느 때보다 심각했다.

"네, 마스터. 뭘 숨기려고 했던 건 아닙니다. 다만……."

"다만?" 윈스턴이 쩌렁쩌렁한 목소리로 윽박질렀다.

"……저 아이들이 원래 살던 우주로 돌려보내실까 봐 두려웠어요."

그랜드 마스터는 한숨을 쉬었다.

"넌 정말로 내가 아무것도 모를 거라고 생각했느냐? 이제 좀 자라서 의젓해질 때도 됐건만. 세상의 규칙이 네 맘에 들지 않는다고 해서 그 규칙을 바꿀 수는 없다. 신체 내 우주에 사는 이들을 우리 세계로 끌어들이고 싶다고 해서 네 맘대로 할 수는 없어!"

그때까지 로렌스와 함께 뒤쪽에 잠자코 물러나 있던 발랑틴이 친구를 편들기 위해 한 발짝 앞으로 나섰다.

"오스카의 잘못이 아니에요. 우리가 잘못한 거예요! 오스카가 헤파톨리아 우주에서 나올 때 우리가 저 애의 케이프에 매달려 함께 나왔어요."

그랜드 마스터가 일어나 발랑틴을 향해 허리를 숙였다. 그 모습이 너무 위압적이라 발랑틴은 로렌스 뒤에 숨었다. 두 아이는 가랑잎 떨 듯 파들파들 떨었다.

"애야, 너도 규칙을 그리 좋아하지 않는 편인 것 같구나. 누가 너에게 말해도 좋다고 했지? 허락이 떨어지기 전에는 입도 열지 마라!"

로렌스가 주먹을 불끈 쥐고 용기를 내어 최대한 정중하게 말문을 열었다.

"선생님, 제가 어떻게 된 일인지 설명을 드려도 괜찮겠습니까?"

세 아이는 그랜드 마스터의 대답을 기다렸다.

"윈스턴, 부탁이에요. 애들이 뭐라고 변명하는지 한번 들어봐요. 그것도 안 되나요?" 위더스 부인이 들고 있던 책에서 눈을 들며 슬쩍 끼어들었다.

윈스턴 브레이브는 한숨을 쉬고 로렌스에게 이야기해도 좋다고 고갯짓을 했다.

"방금 발랑틴이 한 얘기는 사실입니다, 선생님. 오스카는 아무 잘못도 없어요. 저희가 이곳에 오고 싶어서 오스카 모르게 일을 꾸민 겁니다."

"너희가 여기서 할 일은 아무것도 없다. 너희는 이 세상에 살기 위해 태어난 게 아니야. 그걸 알아야지." 윈스턴 브레이브는 딱 잘라 말했다. 로렌스는 시선을 떨어뜨렸다.

"저희는 그냥 알고 싶었고 경험하고 싶었어요. 저희가 살던 세계는 강이나 산이나 할 것 없이 너무 어두웠죠. 그래서 오스카에게 사정했어요. 제발 여기서 지내게 해달라고, 우리를 숨겨달라고."

"바로 그게 내가 너를 꾸짖는 이유다, 오스카. 네가 뭐라고 그런 결정을 멋대로 내린단 말이냐." 그랜드 마스터가 오스카를 쏘아보며 말했다.

이번에는 두 친구도 오스카를 위해 아무것도 해줄 수 없었다. 로렌스와 발랑틴은 서로 얼굴을 쳐다보았고 메디쿠스 소년은 그가 친구들을 옹호해주어야 한다는 것을 알았다. 이제 그가 나설 차례였다.

오스카는 위더스 부인에게로 고개를 돌렸다. 부인은 미소를 지으며 뭐라고 입을 벙긋벙긋했다. 오스카는 부인의 입 모양을 보고 '진실하게 말하거라'라는 말을 읽어냈다.

오스카는 엄마의 가르침과 그가 기억하고 있는 원칙들을 떠올렸다. 비록 항상 그 원칙들을 존중하고 따르지는 못했지만 기억은 하고 있었다. 그는 용기를 쥐어짜내어 그랜드 마스터의 꿰뚫어보는 듯한 시선을 견뎠다.

"결정은 마스터께서 하신다는 것, 알고 있어요., 하지만…… 저는 그럴 수밖에 없었습니다."

"어째서?" 격노한 윈스턴이 호통을 쳤다.

"왜냐하면……."

오스카는 납득할 만한 설명을 속으로 찾았지만 단순한 진실이 훨씬 더 설득력이 있으리라는 느낌이 들었다. 그는 진솔하게 털어놓았다.

"왜냐하면 제가 곤경에 빠졌을 때 이들이 저를 도와줬기 때문입니다. 애들이 없었다면 저는 아마 이곳으로 돌아오지도 못했을 거예요."

오스카는 위더스 부인을 바라보았다. 부인은 든든한 표정으로 미소를 짓고 있었다. 오스카는 또랑또랑한 목소리로 말을 이었다.

"게다가 이 아이들은 '아무런 대가도 바라지 않고' 저를 도와주었습니다. 전 아무것도 약속하지 않았죠. 이들도 제 케이프에 매달려 헤파톨리아나 GRIU를 나오게 될 줄은 모르고 있었어요! 그 때문에 제가 이들을 숨겨준 겁니다. 대가 따윈 바라지 않고, 이들을 위해 뭔가를 해주고 싶었어요. 엄마가 아빠도 그런 분이었다고 얘기하셨어요. 아빠는 받을 것을 기대하지 않고 베푸는 사람, 주변 사람들의 호의에 감사할 줄 아는 사람이었다고요. 그런 분이었기 때문에 위대한 메디쿠스가 될 수 있었다고 들었어요."

소년은 잠시 망설이다가 이 말을 덧붙였다.

"저 역시 그런 메디쿠스가 되고 싶어요. 아빠처럼 살면 그렇게 될 수 있을 거라고 생각합니다."

서재 안은 침묵에 휩싸였다. 윈스턴은 생각에 골몰하는 듯했고 아무도 그를 방해할 엄두를 내지 못했다. 오스카는 위더스 부인의 얼굴에서 벅찬 감흥과 만족을 본 것 같다고 생각했다.

그랜드 마스터가 드디어 발랑틴과 로렌스에게 시선을 주었다. 두 아이는 오스카에게 바짝 달라붙어 있었다.

"가족들은 너희가 도망쳐 나온 줄 아시냐?"

발랑틴이 그 말을 듣자마자 웃음을 터뜨렸다.

"아시다시피 저희 엄마는 자식이 수백만 명이잖아요! 엄마는 상완골 골수 조산원의 자기 방에서 꼼짝도 하지 않으세요. 틀림없이 제가 없어진 줄도 모르실 걸요……."

"저희 부모님은 제가 광산에서 일하기 싫어한다는 걸 아십니다. 읽

고, 배우고, 여행을 다니는 게 제 소원이라는 걸 잘 아시지요." 로렌스
도 말했다.

윈스턴은 생각에 잠긴 몸짓으로 검은 머리칼을 매만지더니 뭐라고
중얼거렸다. 잠시 후, 그가 일어났다.

"내가 너희를 여기 두어야 할 그럴싸한 이유를 한 가지만 내놓아보아
라."

발랑틴과 로렌스는 동시에 입을 열었다. 봇물 터지듯 굴러 나온 말들
이 뒤섞여 알아들을 수 없었다. 오스카가 친구들에게 조용히 하라고 하
고는 자신이 대신 이유를 제시했다.

"마스터, 이 친구들이 저와 함께 있으면서 헤파톨리아 탐험에 도움을
줄 겁니다. 제가 트로피를 가져올 수 있도록 도와줄 거예요. 그렇게 확
신합니다."

친구들은 서둘러 그 말에 맞장구를 쳤다.

윈스턴이 위더스 부인에게 시선을 돌렸다. 잠시 오가는 눈빛으로 충
분했다. 몸을 일으킨 그는 매우 크고 압도적인 인상을 풍겼기에 세 아
이들은 뒤로 주춤 물러났다. 윈스턴은 아이들을 한참 지그시 바라보다
가 드디어 마음을 굳혔다.

"좋다, 쿠미데스 서클에서 지내거라."

기쁨의 함성이 터져 나왔다. 윈스턴이 손짓으로 아이들의 입을 막았
다.

"한 가지 조건이 있다. 너희가 다음 실습에 동행해서도 오스카가 유리
병을 채워오지 못한다면, 너희는 너희가 살던 우주로 돌아가야 한다. 그
때는 내가 직접 너희를 강제로 돌려보내겠다. 분명히 알아들었느냐?"

로렌스와 발랑틴이 오스카를 바라보았다. 오스카는 씩씩하게 고개를 들었다.

"네, 분명히 알았습니다."

소년은 친구들을 보고 함박웃음을 지었다. 그들이 믿고 싶은 말이 고스란히 담겨 있는 웃음이었다. '우리는 해낼 거야.'

"자, 이제 식사를 하러 가자. 한 사람도 빠지지 마라. 그러면 오스카가 더 이상 주방에서 음식을 훔치지 않아도 되겠지. 청소하는 아주머니가 네 방 장롱에서 빵 부스러기, 버터 조각, 쇠못 나부랭이를 찾아낼 일이 없을 거고." 윈스턴은 그렇게 말하면서 오스카를 곁눈질했다.

세 아이는 어안이 벙벙해서 그 자리에서 꼼짝도 하지 못했다.

"그건! 그럼 진작 다 알고 계셨던 거예요?" 오스카가 소리를 질렀다.

위더스 부인과 윈스턴 브레이브는 공모자 같은 시선을 서로 주고받았다. 윈스턴이 대화를 일단락 지었다.

"내가 말했지. 이제 모두 저녁을 먹을 시간이다."

자정, 블루파크의 벤치에서

로렌스와 발랑틴은 다음날부터 누구에게 들킬 걱정 없이 쿠미데스 서클을 마음껏 활개 치고 다니며 자유를 만끽했다. 그래도 그들은 본즈와 마주치지 않으려고 머리를 굴렸다. 그래서 로렌스가 독서를 고집하지 않는 때면 대부분의 시간을 정원에서 보냈다.

오스카도 시간이 되는 대로 친구들과 어울려 놀았다. 점심시간은 물론이고, 실습이나 수업을 마치고 나면 항상 친구들을 찾았다. 오스카는 첫 번째 우주를 여행하는 요령이 꽤 늘었다. 교육을 맡은 두 여자도 오스카가 충분히 첫번째 유리병, 즉 첫번째 트로피를 가져올 수 있겠다고 평가했다. 메디쿠스가 트로피를 가져올 때에는 다른 메디쿠스와 동행해선 안 된다. 오스카는 혼자 가야만 했다. 하지만 로렌스와 발랑틴은 오스카와 함께 갈 수 있기 때문에 위더스 부인은 헤파톨리아의 든든한 지원군이 두 명이나 생겼다고 되레 흡족해하는 눈치였다.

한 주가 지나고 월요일 저녁 식사 시간 직전에 오스카는 서재에 들어갔다. 보이드에게 그가 내세운 조건을 수용하겠다고 알리고, 약속 시간을 정하기 위해서였다.

"운이 좋구나. 난 마침 생각을 바꾸려던 찰나였거든. 그래, 에스텔과 나를 언제 데려가줄 생각이지?" 보이드의 책은 커다란 잉크 얼룩을 그리며 글씨를 띄웠다.

"수요일 저녁."

"왜 오늘 저녁은 안 되는데?" 보이드는 실망한 기색이었다.

"그렇게 하기로 했으니까요. 잠입하려는 대상을 그보다 빨리 확보할 수는 없어요. 이런 일이 쉬운 일은 아니라는 거, 알고 계시죠?"

보이드는 약속이 잡히자 흥분했는지 글씨를 괴발개발 갈겨댔다.

"장소는 어디?"

"쿠미데스 서클 밖이에요. 그래야 들킬 염려가 없으니까요. 블루파크의 간이 매점 옆에서요. 그날 자정에 당신 책과 에스텔의 책을 가지러 올게요. 미리 말해두겠는데 섣불리 이상한 소리를 냈다간……."

"알았어, 알았어. 됐다고, 벌써 얘기 다 했잖아. 날 난롯불에 처넣겠다 이 말씀이시겠지!" 보이드가 킬킬거렸다.

오스카는 어깨를 으쓱하고 서재에서 나갔다. 보이드의 수작에 놀아나다니 이보다 더 불쾌한 일은 있을 수 없었지만 그로서는 선택의 여지가 없었다. 어찌 됐건 이미 정해진 일이었다. 제레미와 바르트가 제 몫을 해준다면 그들은 수요일 밤에 블루파크에 가 있을 것이다. 그때가 아니면 다른 기회는 없을 것이다.

화요일과 수요일에는 집중을 하기가 점점 힘들어졌다.

수요일 오후에는 로이스를 상대로 연습한 신체 잠입에 실패하기까지 했다. 오스카는 로이스의 꼬리를 밟았고 개는 앞으로 휙 뛰어나갔다. 그 바람에 오스카는 응접실에 발라당 나동그라지면서 초창기 중국인 메디쿠스들로부터 전해져 내려온 귀한 골동품을 박살냈다.

"오스카, 오늘 왜 그러지? 내 말을 전혀 듣지도 않고 매사가 엉터리잖아." 위더스 부인이 놀라서 말했다.

오스카는 알아들을 수 없는 변명을 몇 마디 주절거렸다. 부인은 조심스러운 눈빛으로 소년을 유심히 살폈다.

"뭔가 문제가 있다는 감이 오는구나. 나한테 할 말은 없는 게냐?"

"없어요." 오스카는 서둘러 대꾸했다. "저는…… 그냥 오늘 배가 좀 아파서 그래요. 금방 괜찮아질 거예요."

위더스 부인은 제자의 말이 별로 믿기지 않는지 좀 더 강하게 추궁했다.

"오스카, 네가 여기 온 이후로 참 많은 일들이 있었지. 그랜드 마스터는 너에게 대단히 관대한 태도를 보여주었다. 넌 그걸 잊으면 안 돼. 나 또한 계속 너를 지원해왔다. 그랬기 때문에 네가 여기 있을 수 있는 거야. 하지만 모든 일에는 한계가 있단다. 네가 또 머릿속에 다른 꿍꿍이를 품고 있다면, 혼자 궁리하다가 바보 같은 짓을 저지르지 말고 일찌감치 털어놓는 게 나을 거다. 너도 알겠지만 나중에 크게 후회할 수도……."

"아뇨. 그런 거 없어요. 그냥 배가 아플 뿐이에요. 내일이면 나아질 거라고요." 오스카는 고집을 꺾지 않았다.

위더스 부인은 빨간 안경을 고쳐 쓰고는 한숨을 내쉬었다.

"오늘은 여기까지만 하자. 가서 쉬어라. 본즈에게 복통에 잘 듣는 약을 가져다주라고 일러두겠다."

"아니오, 아니오!" 오스카는 다소 지나칠 만큼 완강하게 거절했다가 말실수를 만회하려는 듯 변명을 했다. "저절로 나을 거예요. 저는 약을 별로 좋아하지 않아서요."

"마음대로 하렴. 오스카, 잘 있어라. 내일 보자."

메디쿠스 소년은 위더스 부인이 떠나기를 기다려 서재로 달려갔다. 보이드에게 말을 걸기 전에 줄리아 제이콥에게 가볍게 인사를 건넸다. 이틀 전, 오스카는 줄리아에게 문의를 한 적이 있었다. 신문 기사 스크랩 중에서 아빠와 관련된 내용을 찾아보려는 속셈이었다. 하지만 이번에도 아무 성과를 거두지 못했다. 줄리아는 깨알 같은 글씨로 오스카에게 답했다.

"미안해요, 오스카 군. 군의 부친이 그랜드 파톨로구스와 싸워서 이겼던 전투를 회고하는 최근 기사 외에는 달리 찾은 게 없어요. 그것 말고는 부친의 사망을 알리는 간략한 부고 기사가 한 편 있을 뿐이에요. 좀 더 도움을 줄 수 있다면 나도 참 좋을 텐데요."

"괜찮아요. 걱정하지 마세요, 줄리아. 제가 다른 방법으로 또 알아볼게요."

수요일 저녁에 서재를 찾은 오스카는 줄리아의 서류첩을 향해 살짝 미소만 지었다. 서류첩도 가볍게 몸을 떠는 정도로만 화답했다. 소년은 보이드의 책과 에스텔 플릿우드의 책 앞으로 다가가 우뚝 섰다. 그러고는 다시 약속을 확인했다.

"자정이 조금 안 되어서 다시 데리러 올게요."

에스텔의 책이 몸을 비틀며 발을 동동 굴렀다. 오스카는 티투스를 밟고 올라가고 싶었지만 티투스는 위더스 부인에게 무슨 말을 들었는지 도통 서가 쪽으로는 움직여주지 않았다.

"제발 부탁이에요, 티투스! 오늘 밤만요! 내일부터 다시는 귀찮게 하지 않을게요!"

티투스는 배겨나지 못했다. 오스카는 『특별론: 메디쿠스의 능력에 대한 매혹적인 완전판』을 꺼내어 탁자 위에 내려놓았다. 그가 책을 펼치기가 무섭게 에스텔 플릿우드는 목숨이 달린 일처럼 급박하게 서둘러 휘갈긴 글씨를 퍼부어댔다.

"보이드가 그렇게 굉장한 생각을 하다니! 그 인간으로서는 보기 드문 일이야……. 그런데 왜 지금 당장은 안 되는 거지? 자정까지 기다리다가 행여 우리를 잊어버리는 건 아니겠지. 만약 그랬다간 내가 무섭게 화를 낼 거야!"

"음, 그래도 기다리셔야해요. 제가 지금 당신을 서재에서 빼돌렸다가는 브레이브 씨가 책을 둘러보러 왔다가 우리 계획을 알아차리고 말걸요!" 에스텔이 안달하자, 기분이 상한 오스카는 이렇게 대답했다.

"아, 그래. 그 대답에도 분명히, 절대적으로 일리는 있어. 과연 너도 나 못지않게 똑똑한 아이로구나. 아니, 네 또래 때의 나보다도 한 수 위인 것 같아. 나하고 어깨를 나란히 하기란 정말 힘들지만 오늘만은……."

오스카는 책을 덮어서 대화를 매듭지어버렸다. 에스텔의 책이 파들파들 떨기 시작했다. 에스텔 플릿우드가 세상에서 제일 질색하는 일은 자기 자랑을 누가 중간에 끊는 것이었다.

오스카는 『특별론』을 제자리에 꽂고 윈스턴 브레이브가 기다리고 있는 식당으로 갔다.

저녁 식사는 고문이었다. 일단 오스카는 배고프지 않았다. 게다가 체리 아줌마가 오늘은 좀 심했다. 당근과 붉은 사탕무 샐러드에 마시멜로, (덜 익은) 쇠고기를 곁들여 자몽 주스를 끼얹고 퍽퍽해진 연어 알을 올린 요리였다. 게다가 후식으로는 후추 젤리 세 덩이를 곁들인 바나나가 나왔다(바나나보다는 후추 젤리가 주인공이었다)……

마지막으로, 브레이브 씨 역시 위더스 부인처럼 무슨 낌새를 맡은 눈치였다. 평소에 말이 없던 그가 오스카를 질문 공세로 괴롭혔다. 반대로 오스카는 속내를 들키지 않으려고 대답을 둘러대거나 회피했다. 대답거리를 지어내느라 피곤해진 소년은 이번에도 배가 아프다는 핑계로 자기 방으로 도망쳐버렸다.

친구들은 히스테리에 가까울 정도로 흥분된 상태에서 오스카를 기다리고 있었다.

로렌스는 계획을 세세한 부분까지 꼼꼼하게 챙기며 모든 가능성을 검토했다. 그는 모든 변수와 혹시 나타날 수도 있는 장애물을 고려했다. 문이 닫혔을 때, 본즈나 브레이브 씨가 불시에 나타났을 때, 계단에서 넘어졌을 때, 감시 카메라가 있을 때, 적외선이나 체온을 감지하는 보안장치가 있을 때, 경비견이 나타날 때…… 어떤 상황에라도 대처할 수 있게끔 준비를 마쳤다. 로렌스의 계획에는 온갖 종류의 탈출 방법이 포함되어 있었고 그가 정찰병으로 보낸 발랑틴이 모아온 정보를 바탕으로 사소한 부분까지 계산이 되어 있었다. 로렌스는 오스카에게 거대한 종이 꾸러미를 건넸다.

"자, 모든 것이 여기 있어. 우리에겐 아무 일도 없을 거야. 설령 제레미와 바르트가 파바로티를 블루파크까지 데려오지 않는다 해도 내가 준비한 방법이 있어!"

로렌스는 안경을 벗고 눈을 비비더니 피곤에 못 이겨 침대에 쓰러졌다. 오스카는 로렌스가 정리해놓은 숱한 장애물들의 목록을 흘긋 읽어보았다.

"음…… 온도 센서? 이건 뭐야?"

"사람의 체온을 감지하는 장치야."

"쿠미데스 서클에 그런 게 진짜 있는 거야?"

"너를 호시탐탐 감시하는 본즈가 있는데 혹시 모르잖아! 그리고 네가 위더스 부인과 그랜드 마스터가 뭔가 냄새를 맡은 것 같다고 그랬잖아. 그들이 보안장치를 추가로 더 들여놓았을지도 몰라……."

메디쿠스 소년은 친구의 말에 반박하지 못했다. 그는 종이를 가득 메운 기묘한 수학공식과 그 밖의 난해한 수식들을 이해해보려고 노력했지만 이내 포기했다. 오스카는 로렌스에게 이렇게 말했다.

"어쨌든 네 머릿속에 전부 다 들어 있다고 믿어."

"당연하지. 이건 그냥 네가 이해하기 쉽게 정리한 것뿐이야."

"걱정하지 마. 정말 이해하기 쉽게 해놓았구나."

오스카는 그렇게 말하며 웃음기 어린 눈빛을 발랑틴과 주고받았다.

그들은 운명의 시간까지 얌전히 있으려고 노력했다. 11시 30분이 되자 더 이상 참을 수 없게 된 세 사람은 함께 오스카의 시계 앞에 서서 일분 일 초 시간을 헤아리기에 이르렀다.

11시 45분에 오스카는 몸을 일으켰다. 다른 두 친구도 장작불을 깔고 앉았던 것처럼 화들짝 일어났다. 메디쿠스 소년은 케이프를 몸에 두르고 펜던트를 꺼내어 트렁크에 가까이 가져갔다. 트로피 허리띠가 환하게 빛나며 둥실 떠올랐다. 허리띠는 방 안을 한 바퀴 돌아와서는 주인의 허리에 착 감겼다.

"이제 가도 될 것 같아. 1단계는……." 오스카가 입을 열었다.

"……서재." 발랑틴이 그 말을 이어받았다.

"준비됐어?" 오스카가 손목에 시계를 차면서 물었다.

"됐어."

"좋아, 그럼 가자!"

그들은 한 사람씩 밖으로 나와 복도를 걸어갔다. 오스카가 앞장을 섰고, 발랑틴이 오스카의 그림자를 따라갔으며, 로렌스는 뒤에서 누가 따라 오지 않는지 망을 보았다.

"마음을 놓을 수가 없어. 뭔가 평소와 달라. 너무 조용해!" 로렌스가 속삭였다.

발랑틴이 뒤돌아서서 로렌스에게 조용히 하라는 신호를 보냈다.

"자정에 뭘 기대하는 거야? 불꽃놀이? 조용히 해! 그렇지 않으면 더 시끄러워질 거야……."

세 아이는 소리 없이 걸음을 옮겼다. 셀레니아의 반신상은 벽감 안쪽 벽에 머리를 기댄 채 잠들어 있었다. 그들은 양탄자를 피해 조심스럽게 계단을 내려갔다.

아이들은 유령처럼 후다닥 현관을 가로질러 주방 문 바로 앞에서 멈추었다. 오스카가 고개를 내밀어보았다. 주방에는 아무도 없었고 집 전체가 사막처럼 고요했다.

"내가 올 때까지 여기서 기다려."

오스카는 두 친구를 왼쪽에 있는 장롱 뒤로 밀어 넣으며 그렇게 지시했다. 그는 다시 현관을 가로질러 서재에 들어가 문을 닫았다.

로렌스와 발랑틴은 기다리는 시간이 백 년처럼 길게 느껴졌다. 그러나 오스카는 돌아오지 않았다.

"오스카는 어떻게 된 거야?"

발랑틴은 그 어느 때보다도 안달복달했다.

"서두르지 않는 게 더 나아. 섣불리 다른 책들에게 들켜서 소동이라도 일어났다간 우린 다 망해! 책들이 전부 다 보이드처럼 못되고 고약하다면 그럴 수도 있지 않겠어?"

드디어 오스카가 서재에서 나와 친구들 곁으로 왔다. 그는 의기양양하게 케이프 자락을 들어 보였다. 보이드의 책과 에스텔 플릿우드의 책이 주술서와 나란히 들어 있었다.

그들은 어슴푸레한 어둠 속을 가로질러 현관문에 다다랐다. 심장이 세차게 뛰다 못해 터질 것 같았다. 모든 일이 아무 문제 없이 흘러간다면 이제 곧 그들은 집 밖으로 벗어날 것이다.

오스카는 펜던트를 문고리에 갖다 댔다. 문이 저절로 열렸다. 오스카가 먼저 빠져나가 친구들에게 길을 열어주고 다시 문을 닫았다. 세 사람은 현관 계단 밑으로 쏜살같이 내려갔다.

정원의 자갈길은 발이 닿을 때마다 덜그럭 소리를 냈다. 온 동네를 다 깨울 것 같은 기분이 들었다. 그들은 나무 그늘에 몸을 숨기고 신발을 벗었다.

"신발은 밖에 나가서 다시 신자." 오스카가 말했다.

세 사람은 발뒤꿈치를 들고 철창 대문까지 접근했다. 오스카가 펜던트를 썼다. 하지만 이번에는 펜던트의 M자가 힘을 발휘하지 못했고 문은 꿈쩍도 하지 않았다. 펜던트를 다른 자리에 대보았지만 허사였다. 철창 대문은 여전히 열리지 않았다. 로렌스가 허둥지둥 떠들어댔다.

"이럴 줄 알았어. 뭔가 낌새를 맡고서 보안장치를 강화했을 거라고 그랬지? 내가 써놓은 종이 어디 있어? 내 계획서는? 오스카, 빨리 줘봐! 이러다 들키겠다. 그들이 우릴 보고 말 거야. 우리를 헤파톨리아로 돌려보내고 말 거라고. 그럼 너는……."

발랑틴이 뒤돌아서서 로렌스의 입을 손으로 틀어막으려 했다. 하지만 굳이 그럴 필요가 없었다. 아이들은 나무 이파리가 몸에 와 닿는 것을 느꼈다. 눈 깜짝할 찰나에 그들은 허공으로 둥실 떠올랐다. 그들을 들어 올리는 나뭇가지를 꼭 잡기가 무섭게 그들은 이미 철창 대문 건너편 거리에 사뿐히 내려와 있었다.

세 친구는 얼떨떨했지만 땅으로 내려왔다. 오스카가 고개를 들었다.

"고마워, 지주! 삼십 분 후에 돌아올게. 그보다 늦진 않을 거야!"

나무는 몸통 윗부분을 넙죽 구부리더니 원래 자리로 돌아갔다. 아이들은 재빨리 신발을 신었다. 그들은 한적한 거리를 발끝으로 내달렸다. 오스카는 뒤를 돌아보았다. 쿠미데스 서클을 둘러싼 담벼락 위로 높다란 떡갈나무 가지들이 솟아 있었다. 지주가 어린 친구들을 계속 지켜봐 주고 있었던 것이다. 오스카는 비로소 안심을 하며 친구들을 끌고 블루파크 안쪽으로 뛰어 들어갔다.

3분 후, 정확히 자정이 되었다.

"어디 있지?" 로렌스는 이 질문을 벌써 네 번째 던지고 있었다.

"이제 곧 간이 매점이 나와."

사실 오스카는 길이 헷갈려서 조금 헤매고 있었다.

그들은 공원 내 산책로를 이용하지 않고 수풀 사이를 지그재그로 돌아다녔다. 오스카는 달빛 덕분에 겨우 블루파크 한복판에 있는 간이 매점의 뾰족지붕을 알아보았다. 그때 발랑틴이 오스카의 소매를 잡아당겼다.

"저기다!"

매점을 빙 둘러싸고 있는 목조 벤치들 근처, 어슴푸레한 나무 그늘에서 인기척을 느낄 수 있었다. 세 사람은 수풀을 방패 삼아 조심스럽게 그쪽으로 접근했다. 그러자 알아들을 수 있는 목소리가 귀에 들어왔다.

"발을 들라니까, 나 혼자 어떻게 메고 가라는 거야!"

"바르트, 내가 아까도 얘기했지. 나는 브레인이야! 힘쓰는 일은 네가 해야지!"

드디어 세 친구는 어둠에서 나와 벤치 옆에서 땀에 흠뻑 젖은 몰골로 실랑이하고 있는 오말리 형제에게 뛰어갔다. 열세 살 소년 치고 믿을 수 없는 힘을 자랑하는 바르트였지만, 성인 남자의 몸무게를 감당하기란 무리였다. 수염이 덥수룩하고, 양복을 입고 맨발에 샌들을 신은 괴상한 아저씨는 세상모르고 잠들어 있었다. 두들겨 맞아서 완전히 뻗었거나, 약이라도 먹고 잠든 사람 같았다. 골치 아프게도 십 리 밖에서도 맡을 수 있을 것 같은 술 냄새가 진동했다.

발랑틴과 로렌스는 흥미롭다는 얼굴로 술꾼 아저씨를 관찰했다. 파바로티는 집이 없는 것 같았지만 매무새가 깨끗하고, 샌들만 빼면 옷차림도 완벽했다. 그들이 쿠미데스 서클에 와서 만났던 다른 인간들과 다른 점이라고는 모피처럼 무성한 수염과 지독한 술 냄새뿐이었다.

"아, 너희도 왔구나. 빨리 우리 좀 도와줘! 이 잘난 파바로티를 구경하고 싶으면 일단 벤치에 눕힌 다음에 하라고! 술을 마셔서 이렇게 무거운 건지 모르겠지만 어쨌든 우리 둘만으론 힘들어!" 제레미가 그들에게 외쳤다.

다섯 명의 아이들이 각자 팔다리나 머리를 한 군데씩 붙잡고 끙끙댄 덕분에 가엾은 파바로티 아저씨를 벤치에 눕힐 수 있었다.

"오늘 저녁 노래는 어땠어?" 아직 오페라를 한 번도 들어본 적 없는 로렌스가 물었다.

"시간은 좀 걸렸지만 나중에 만회했지. 오늘처럼 우렁찬 목소리로, 그렇게 엉터리로 부른 날은 없었다니까! 다행히도 제레미 시장엔 없는 물건이 없지!" 제레미가 자랑스럽게 귀마개 두 개를 내보이며 말했다. "바빌론 하이츠 일대에서 이 귀마개가 폭발적으로 팔리고 있다니까!"

바르트가 제레미를 밀쳤다.

"음, 시간 끌지 마. 사람 일은 모르는 거야. 늘 드러누워 있는 벤치로 다시 데려가기 전에 이 사람이 오늘만은 깨어날지도 모르는 거 아냐. 그랬다간 일이 꼬이고 말아……."

"걱정도 팔자야. 내가 파바로티를 재우는 데 특효인 젖병을 챙겨왔지." 제레미는 그렇게 말하면서 술병을 휘둘러 보였다.

오스카는 케이프의 매무새를 바로잡고 두 권의 책과 주술서가 안주머니에 잘 들어 있는지 확인했다. 일단 보이드의 책을 꺼내어 펼쳤다. 면지에 시커먼 글자들이 폭포처럼 우르르 쏟아져 나왔다.

"잘했다, 필, 가자! 난 준비됐어! 마지막으로 하나만 더! 케이프는 양탄자가 아니야. 케이프 자락을 밟지 않도록 조심해. 만약 떨어뜨렸다가는 에스텔과 내 꼴이 우스워진단 말이야!"

오스카는 어깨를 으쓱했다. 보이드의 고약한 농담과 놀림이 마음이 들진 않았지만 신경쓰지 않기로 마음먹었다.

"조심해라, 꼬맹이 필. 우리가 원하는 건 근사한 진짜 여행이지 단순한 왕복이 아니다! 시시하게 들어갔다 나오는 건 여행으로 쳐주지 않을 거야!"

"있을 수 있는 만큼만 있을 거예요. 그걸로 끝이라고요! 싫으면 지금 얘기하세요!" 오스카가 칼같이 냉정하게 말했다.

에스텔은 보이드가 대답하기도 전에 옆에서 요동을 치며 안달복달했다. 오스카는 그 책도 펴보지 않을 수 없었다.

"아, 네가 날 주머니에 처박아놓고 잊어버린 줄 알았잖니, 얘야! 그런데 말 좀 해봐, 나의 헤파톨리아 여행을 위해서, 저 주정뱅이 부랑자 말고 다른 사람은 물색할 수 없었어? 에스텔 플릿우드와 함께 여행한다는 게 얼마나 큰 영광인데, 위대하고 대애애애애단하신 에스텔 플릿우드로 말하자면 나의 책은⋯⋯."

"⋯⋯메디쿠스의 훌륭한 서재에 모름지기 한 권씩은 꼭 소장되어 있다고요? 그래요, 알아요, 알아. 하지만 파바로티로 만족하셔야해요. 그게 마땅찮다면 둘 다 쿠미데스 서클로 도로 데려가겠어요."

"어머나, 성격 참 이상하네! 알았어, 알았어, 그냥 그렇게 해!" 에스텔이 신체 잠입의 기회를 놓칠까 봐 펄쩍 뛰며 태도를 바꾸었다.

"좋아, 좋아, 괜찮아. 하지만 사기 칠 생각은 하지 마라, 꼬맹이! 분명히 '여행다운' 여행이어야 한다고 했다!" 보이드도 말했다.

오스카는 두 권의 책을 덮어 제자리에 넣었다. 그는 친구들을 보고 말했다.

"난 준비됐어."

"우리가 준비됐다고 해야지." 발랑틴은 로렌스와 동시에 오스카의 케이프로 몸을 휘감으며 대꾸했다.

"잠깐만!" 제레미가 간이 매점 쪽을 돌아보고 황급히 속삭였다. "빨리 숨어!"

오스카는 조심스럽게 몸을 구부리고 벤치 근처를 지나가는 두 사람의 그림자를 보았다. 다섯 동무들은 소리라도 내서 이 기묘한 행인들의 주의를 끌까 봐 두려워 숨을 죽였다. 도대체 이 한밤중에 저 두 사람은 블루파크에서 뭘 하는 것일까? 발소리가 멀어지며 나뭇잎 밟는 소리, 몇 마디 숨죽인 말소리가 오가더니 더 이상 아무 소리도 나지 않았다.

아이들은 몇 초간 더 기다렸다가 숨어 있던 자리에서 나왔다. 아무도 없었다. 미지근한 여름 바람 한 줄기가 나뭇잎을 스치고 지나갔다. 제레미가 맨 먼저 행동에 나섰다.

"빨리빨리! 어서 파바로티의 몸속으로 떠나! 우리는 숨어서 감시하고 있을게. 꾸물거리지 말고 가!"

오스카, 발랑틴, 로렌스는 부랑자를 향해 달려갔다. 오스카가 케이프 자락을 들추자 두 친구가 다시 몸을 숨겼다. 오스카는 펜던트를 꺼내고 정신을 하나로 모았다. 세 친구는 그대로 힘차게 달려 나갔다.

어두운 블루파크에 번쩍하고 섬광이 일어나 제레미와 바르트는 눈을 뜰 수 없었다. 그들이 멍하니 눈을 다시 떴을 때에 파바로티는 벤치에 드러누워 코를 골고 있었고 친구들은 온데간데없었다.

오스카와 친구들이 몸을 일으켰다. 다소 녹초가 되어 있던 로렌스와 발랑틴은 헤파톨리아로 돌아왔다는 사실을 깨닫기까지 시간이 좀 필요했다.

오스카는 그동안의 훈련 덕분에 낙하 장소를 선택할 수 있었다. 그들은 지하 100미터 지점에 있는, 거대한 음식물 전달 조직 한복판에 떨어져 있었다.

로렌스와 발랑틴은 미소를 머금고 주위를 둘러보았다. 헤파톨리아와 GRIU를 떠나지 못했던 그들에게 이곳은 완전히 낯설게 보였다. 물론 그들만 여행의 즐거움을 만끽하고 있지는 않았다. 케이프 안주머니에 들어 있는 빌리 보이드와 에스텔 플릿우드의 책들도 터질 것 같은 흥분에 이리 뛰고 저리 뛰고 난리였다.

"이것 좀 봐! 우리가 살던 곳 바로 옆에 이런 게 있을 줄은 상상도 못 했어! 난 이쪽에는 한 번도 와보지 못했는데. 꽤 괜찮은데……." 발랑틴은 오스카가 자기를 두고 갈까 봐 걱정이 되는지 다급하게 이 말을 덧붙였다. "물론 쿠미데스 서클이나 바깥세상만큼 좋지는 않아. 그냥 여기도 썩 나쁘지 않다는 뜻이야."

"책에서 읽었던 것보다 훨씬 더 큰데." 로렌스는 안경을 세 번째 닦으며 말했다. 주위의 열기와 증기 때문에 자꾸만 안경알에 부옇게 김이 서렸기 때문이다.

오스카도 놀라기는 마찬가지였다. 동물이나 본즈의 몸에 들어갔을 때 맡았던 냄새와는 사뭇 다른 냄새가 풍겼다. 주위의 광경에도 놀라지 않을 수 없었다. 일꾼들이 수레를 밀고 다니긴 했지만 이전의 신체 잠입 때 본 것처럼 열심히 일에 골몰하는 분위기는 아니었다. 게다가 일꾼들의 태도도 이상했다. 똑바로 걷는 사람은 한 명도 없었다. 오스카는 컨베이어 벨트 위에서 몸을 틀었다. 음식물을 잘게 다지는 탱크들로 넘어가는 컨베이어 벨트의 움직임 또한 규칙적이지 못했다. 마지막으로 거대한 동굴 벽면 역시 바닥부터 천장까지 온통 부어 있었다. 오스카가 벽을 살짝 손으로 밀어보았다. 건너편에서 뭔가 거칠게 날뛰는 듯한 강한 진동이 느껴졌다.

오스카는 눈을 들어 조종실 유리벽 너머로 무엇이 보이는지 가늠해보았다. 거리가 상당했기 때문에 뭔가를 분별하기는 힘들었지만 불이 꺼진 조종실에는 아무도 없는 듯했다.

그는 일꾼들을 피해 친구들을 끌고 갔다. 일꾼들은 그들을 보지도 못한 듯했다. 그들은 수레에 다가갔다. 수레에는 가장자리까지 술이 가득 차 있었다.

"어이, 이봐, 거기!" 딸기코에 제대로 서 있지도 못하는 작업복 차림의 사나이가 그들을 보고 횡설수설했다. 오스카가 대답하기도 전에 그 남자는 와자하게 웃음을 터뜨리더니 오스카의 품 안으로 푹 고꾸라졌다. 오스카가 무게를 못 이겨 뒤로 넘어지자 친구들이 얼른 붙잡아주었다. 세 아이는 겨우 몸을 일으켰고, 작업복 차림의 남자는 여전히 바보처럼 실실 웃으며 바닥에 퍼질러 앉았다. 그는 혀가 두 배로 부풀어 오르기라도 한 듯이 걸걸한 목소리로 말했다.

"어이, 얘들아. 너무 그러지 마라. 저 수레에 가득한 기막힌 음료를 나에게 좀 가져다주련? 나한테는 너어어어어무 먼 것 같아서 말이지!"

남자는 다시 킬킬대며 밑도 끝도 없는 웃음을 거두지 못했다. 발랑틴이 웃긴다는 듯이 그를 바라보았다.

"여기 사람들은 다 이래? 그래도 GRIU 사람들은 이렇게 형편없지 않거든."

"헤파톨리아 산도 그래. 이런 사람들은 한 번도 본 적 없어. 아마 이런 사람들은 음식물 전달 조직에 다 모여 있나 보지?" 로렌스도 한마디 보탰다.

오스카가 남자에게 얼굴을 바짝 갖다 대고 코를 킁킁댔다. 그는 가까이 있는 수레를 힐끔 쳐다보고 말했다.

"왜 그런지 알 것 같아. 이리 와서 봐봐."

발랑틴과 로렌스도 오스카처럼 수레 안쪽을 들여다보았다. 오스카는 역겹다는 표정으로 내뱉었다.

"술이야. 이 많은 수레가 다 술이라고! 파바로티는 음식을 거의 먹지 않나 봐. 주구장창 술만 퍼마시는 거야! 그래서 일꾼들이 모두 취해 있고 작업이 제대로 굴러가지 않는 거야!"

"그럼 다른 곳도 이 지경이라는 뜻이잖아! 세상에, 끔찍해라! 파바로티의 에리트로사이트도 이렇게 맛이 가지 않았어야 할텐데! 나 같으면 창피해서 못 견딜 거야······." 발랑틴이 외쳤다.

오스카는 주위를 둘러보았다. 망가지지 않은 곳이 하나도 없었고, 진행도 엉망이었다. 발랑틴의 말에는 일리가 있었다. 꼭 여기뿐만 아니라 파바로티의 신체 내 우주들은 술 때문에 죄다 처참하게 망가져 있을 것이 뻔했다. 이제야 그가 비올레트 누나와 함께 어느 술꾼을 보고 킬킬 댔을 때 엄마가 왜 그런 말을 했는지 이해가 갔다. "딱한 사람! 얘들아, 그 사람을 놀리지 마라. 그 사람은 이미 자기 자신을 가혹하게 다루고 있으니까……."

바로 그 순간, 시끄러워지면서 일꾼들이 서로 밀치고 소동을 피웠다. 고함소리가 울려 퍼졌다. 세 아이는 뒤를 돌아보았지만 이미 너무 늦었다. 수레들이 연결된 기차가 전속력으로 그들을 향해 돌진하고 있었다. 그들은 겁에 질려 갈팡질팡하는 일꾼들의 무리를 피할 겨를도 없이 컨베이어 벨트를 향해 떠밀려갔다. 로렌스가 수레 속에 처박히는 바람에 술이 바깥으로 넘쳐버렸다. 일꾼들은 흘려버린 술이 아까워서 땅바닥으로 몸을 날렸다. 어떤 이들은 땅에 흐른 술을 혀로 핥았다!

수레들이 드디어 멈추었다. 발랑틴과 오스카는 인파를 헤치고 로렌스를 도우러 달려갔다. 수레에 처박힌 로렌스는 버둥대는 손과 발밖에 보이지 않았다. 그들이 겨우 끌어내 보니 로렌스는 바보처럼 맹하니 웃으며 자기 손가락을 할짝할짝 핥아대고 있었다.

"이것 봐, 친구들! 너희도 알겠지……. 딸꾹! 술도 나쁘지 않아! 딸꾹!"

"로렌스! 너도 취한 거야?" 발랑틴이 외쳤다.

"내 책들!"

오스카의 비명소리가 너무 컸기 때문에 발랑틴은 소스라쳤다. 로렌스조차 맹한 미소를 집어치웠다.

"책들이 없어! 책들을 잃어버렸다고!"

오스카는 패닉 상태에서 같은 말을 되풀이했다.

"어떻게 된 거야?" 발랑틴이 물었다.

"아마…… 틀림없이 아까 떠밀리면서……." 로렌스가 딸꾹질을 하면서 말했다. "반드시…… 딸꾹! 우리 주변부터 찾아봐야해! 딸꾹! 어이, 거기 일하는 친구들, 우리를 좀 도와줘요! 음, 나중에, 나중에 우리 같이 한잔해요!"

"마시긴 뭘 마서!" 발랑틴이 들입다 고함을 질렀다. "로렌스, 이제 그만하면 됐어! 당장 오스카의 책부터 찾아야해. 안 그럼 우린 끝장이야. 알아들어?"

로렌스는 고개를 끄덕거리며 정신을 차리려고 노력했다. 오스카는 이미 아수라장 한복판에 엎드려 일꾼들 다리 사이를 기어 다니고 수레를 샅샅이 뒤지며 책을 찾느라 여념이 없었다.

"저기야! 오스카, 저기 검은 옷 입은 사람이 뛰어가고 있어!" 발랑틴이 고함을 질렀다.

오스카가 고개를 들었다. 하얀 작업복 차림의 일꾼들 틈으로 한 남자가 도망치고 있었다. 머리부터 발끝까지 온통 시커먼 옷, 다만 목의 깃 부분만은 빨간색이었다.

오스카의 온몸에 전율이 일었다.

파톨로구스.

파톨로구스가 끌어안고 도망치는 두 권의 책 역시 쉽게 알아볼 수 있었다. 보이드의 책과 에스텔의 책이었다! 아까 밀치고 자빠지는 소동을 일으켜 책을 훔쳐낸 것이 분명했다.

메디쿠스 소년은 한순간도 망설이지 않았다. 그는 있는 힘을 다해 파톨로구스를 추적했다. 바닥에 쓰러져 술이 깨기를 기다리는 일꾼들과 너무 취해서 아까 넘어진 이후로 다시 일어나지도 못하는 일꾼들을 마구 밟고 달렸다. 발랑틴이 오스카 뒤를 좇아왔다. 로렌스는 본의 아니게 마신 술에 취해 비틀거리면서도 인파 속에서 두 친구의 뒤를 따르려고 열심히 뛰었다.

오스카가 바짝 따라붙었다. 그는 파톨로구스보다 몸집이 작았기 때문에 일꾼들 틈을 요리조리 잘 빠져나갈 수 있었다. 두 사람 사이의 거리가 불과 몇 미터로 좁혀지자 오스카가 고함을 지르기 시작했다.

"멈춰! 내 책을 돌려줘!"

오스카가 팔을 뻗어 검은 웃옷의 아랫단을 붙잡았다. 파톨로구스가 홱 뒤돌아서더니 오스카의 목을 움켜잡았다. 오스카는 남자의 손을 뿌리치려고 버둥댔지만 상대는 어른이었다. 오스카의 시선이 파톨로구스의 시뻘건 눈과 마주쳤다. 얼굴에는 가면이 씌워져 있었지만 증오의 눈빛을 읽을 수 있었다. 오스카는 티셔츠 밑에 손을 넣어 움켜쥔 펜던트를 파톨로구스의 눈앞에 내밀었다. 강렬한 빛이 문자에서 뿜어 나오자, 남자는 그 빛에 얼굴이 타기라도 한 것처럼 고통스러운 비명을 토하며 두 눈을 손으로 가렸다. 오스카는 이때를 놓치지 않고 뒤로 물러났다. 드디어 숨통이 트였다.

화가 머리끝까지 치밀어 오른 파톨로구스는 다시 몸을 일으켰다. 발랑틴은 오스카 바로 뒤에 서 있었다.

"오스카, 됐어. 저 자는 우리보다 강해. 도망치게 내버려두는 게 나아!"

"그럴 순 없어." 오스카는 펜던트를 쥐고 파톨로구스의 눈을 계속 쏘아보았다. "내 책들을 내놔. 당장 돌려줘!" 그는 파톨로구스를 향해 고함을 질렀다.

상대는 미소를 지으며 고개를 저었다. 그 자는 오스카가 어떻게 움직여보기도 전에 달려들어 오스카를 컨베이어 벨트 위로 내동댕이쳤다. 오스카는 컨베이어 벨트 가장자리의 금속 테두리에 머리를 세게 부딪치고 정신을 잃었다.

발랑틴이 파톨로구스에게 달려들어 온 힘을 다해 주먹을 휘둘렀다. 하지만 상대가 손목만 한 번 까딱했는데도 발랑틴은 저만치 나가떨어지고 말았다. 발랑틴은 그들을 도와주러 달려오던 로렌스와 정통으로 부딪쳤고 두 아이는 그 자리에서 바닥에 쓰러졌다.

오스카는 정신을 차리고 고개를 들었다. 그는 컨베이어 벨트에 고정된 금속함에 처박혀 있었다. 벨트가 움직이는 속도가 아까보다 훨씬 빨랐다. 오스카는 몸을 일으키다가 금속함에 손목과 발목이 검은 밧줄로 단단하게 묶여 있음을 깨닫고 공포에 질렸다. 컨베이어 벨트 끝에서 파톨로구스가 일꾼 대신 서서 벨트의 속도를 높이는 붉은색 버튼을 눌렀다. 오스카는 반대쪽 끝을 돌아보고 무엇이 그를 기다리고 있는지 깨달았다. 컨베이어 벨트가 운반물을 음식물을 잘게 빻는 조직으로 넘기는 지점이 바로 지척에 있었다!

발랑틴이 다시 파톨로구스에게 달려들었지만 그 자가 발랑틴을 떨쳐내는 것쯤은 식은 죽 먹기였다. 오스카는 당황하지 않으려고 안간힘을 썼다. 빨리, 생각을 해야만 했다. 당장 여기서 빠져나가지 못하면 몇 초

후에는 탱크 안에서 최후를 맞을 것이다. 그는 밧줄을 풀려고 해보았지만 괴상한 물질로 만들어진 그 밧줄은 그가 발버둥을 칠수록 느슨해지기는커녕 더욱더 아프게 살갗을 파고들었다.

"걱정 마, 내가 명령만 하면 밧줄은 저절로 풀리니까. 다시 말해 몇 초 후, 그 금속함이 탱크로 기울어지는 순간 풀어주겠다는 뜻이야."

파톨로구스가 오스카에게 말했다. 탱크로 떨어지는 지점까지는 이제 1미터도 채 남지 않았다. 그는 눈을 꼭 감고 금속함에서 떨어지지 않기 위해 가장자리를 손으로 꼭 잡았다.

그 순간, 컨베이어 벨트가 정지했다.

오스카는 눈을 반짝 떴다. 파톨로구스는 불같이 화를 내며 조종대로 달려갔다. 그가 붉은색 버튼을 미친 듯이 눌렀지만 벨트는 더 이상 작동하지 않았다. 오스카는 목을 길게 빼고 아찔하게 높은 곳에 위치한 조종실을 쳐다보았다. 유리벽 너머에서 로렌스의 얼굴을 본 것 같았다. 그가 조종실의 중앙컴퓨터를 조작하여 컨베이어 벨트의 작동을 멈춘 것이었다!

파톨로구스는 분노의 괴성을 지르며 소매에서 오스카가 알아볼 수 없는 뭔가를 꺼냈다. 그는 뭐라고 중얼대다가 힘차게 그 물건을 던졌다. 메디쿠스 소년은 P자 모양의 칼날이 허공을 가르고 조종실을 향해 높이 날아올라가는 것을 보았다. 칼날은 조종실의 유리벽을 박살내고 바람 가르는 소리를 내며 로렌스 바로 옆을 스치고 지나갔다. 로렌스가 바닥에 엎어졌다. 검고 단단한 광물 오닉스, 그 오닉스를 깎아 만든 P는 파톨로구스들의 무기였다. 레이저처럼 날카로운 그 무기는 부메랑처럼 허공을 떠다니며 중앙컴퓨터 근처에서 맴돌았다. 한쪽 날이 버튼을 누르자 컨베이어 벨트가 다시 움직이기 시작했다.

오스카는 겁에 질려 고개를 돌렸다. 로렌스가 부상을 입었다. 어쩌면 오스카 때문에 죽었을지도 몰랐다. 하지만 이제 곧 그도 죽을 테니 로렌스의 희생은 아무 소용이 없을 것이다.

바로 그 순간, 그는 음식물 전달 조직의 천장을 가르는 불꽃을 보았다. 오스카가 눈살을 찡그렸다. 빛나는 원반이 주황색 빛을 꼬리처럼 드리우며 허공을 가르고 있었다.

"움직이지 마, 오스카!" 거대한 격납고 반대쪽 끝에서 또랑또랑한 목소리가 외쳤다.

컨베이어 벨트가 오스카를 탱크로 떨어지는 구멍에 처박으려는 순간, 원반이 날아와 그의 손목과 발목을 묶은 밧줄을 끊어주었다. 밧줄은 전동 톱날에 닿기라도 한 것처럼 매끈하게 끊어졌다. 오스카는 자유로워진 팔을 들어 허리의 반동으로 몸을 뒤로 날렸다. 그는 금속함이 구멍 속으로 자취를 감추기 일보 직전에 그 옆 바닥으로 떨어졌다.

땀에 흥건하게 젖은 오스카가 일어났다. 그의 눈앞에는 오스카의 것과 똑같은 초록색 케이프를 두른 소년이 허리를 구부려 방금 오스카를 구해준 펜던트를 주워들고 있었다. 오스카는 금세 그 소년의 얼굴을 알아보았다.

"에이든? 에이든 스펜서! 넌……."

"……나도 너처럼 메디쿠스야, 오스카."

오스카는 놀라 자빠질 뻔했다! 모두가 약해빠진 겁쟁이라고 생각하는 에이든, 로넌 모스가 툭하면 운동장에서 괴롭히는 수줍음 많은 에이든이 메디쿠스라니! 게다가 오스카의 목숨까지 구했다니!

오스카는 에이든에게 더 설명을 듣고 싶었지만 상황이 급박했다. 두 메디쿠스 소년들은 동시에 뒤돌아서서 파톨로구스와 정면으로 맞섰다. 파톨로구스는 움찔하며 한 발짝 물러나더니 조금 망설이다 도망치기 시작했다. 오스카가 소리를 질렀다.

"책 내놔! 저 자가 아직도 내 책들을 가지고 있어!"

그동안 블루파크에서는 수풀 뒤에 숨어서 지켜보던 오말리 형제가 조바심을 내고 있었다. 제레미가 투덜거렸다.

"오스카는 분명히 '15분에서 30분이면 된다'고 했잖아. 그런데 왜 이렇게 꾸물대는 거야?"

"뭔가 골치 아픈 문제가 생겼나 봐. 파바로티를 좀 봐. 이 아저씨가 이러는 모습은 처음 봐. 깊이 잠들었는데도 무진장 인상을 쓰고 배를 움켜쥐고 있잖아……. 저 속에서 뭔가가 예상대로 풀리지 않은 게 틀림없어!"

"그리고 여기에서도 예상대로 되지 않을 수 있어. 여기에 우리만 있는 게 아닌 것 같아, 바르트." 제레미가 신경을 바짝 곤두세우며 말했다.

멀지 않은 곳에서 다시 인기척이 났다. 두 소년의 귀에 발소리가 분명히 들렸다. 그쪽에서는 제레미와 바르트가 거기에 있다는 것을 눈치채지 못한 듯했다. 적어도 아직까지는.

"난 겁나지 않아. 우리가 누군지 똑똑히 보여주자!" 바르트가 큰소리를 치며 일어났다.

제레미는 얼른 형을 붙잡았다.

"아냐, 눈에 띄면 안 돼! 버틸 수 있는 데까지는 버텨보자. 그래야 오스카와 다른 두 친구들이 돌아올 시간을 벌 수 있어. 그들이 너무 늦게 돌아오지 않기만 바랄 뿐이야……."

헤파톨리아에서 에이든 스펜서는 매우 신속하게 움직였다. 그는 도 망가는 파톨로구스를 끝까지 추적하려 했다. 그러나 오스카가 그의 팔 을 붙들었다.

"우리는 둘이야, 에이든! 메디쿠스 만타를 만들 수 있어!"

"그게 뭐야? 음, 난 우리 아빠에게 메디쿠스 수련을 받은 지 얼마 안 됐어. 그래서 펜던트로 불의 원반을 날리는 방법 외에는 별로 아는 게 없어."

"네 케이프를 벗어봐. 나를 따라해. 그리고 내가 하는 말을 너도 그대 로 따라 해봐!"

오스카가 자기 케이프를 벗으며 말했다. 그는 케이프를 머리 위로 빙 빙 돌리면서 위더스 부인과 연습했던 주문을 외우기 시작했다.

우리의 케이프가 합쳐지기를.
우리의 케이프가 포효하기를.
우리의 케이프가 한데 뭉쳐
적을 공포에 몰아넣기를.

에이든도 서둘러 오스카를 따라 했다. 두 장의 케이프가 둥실 떠올라 서로 마주보더니 모서리까지 딱 맞게 깃이 붙었다. 그렇게 맞붙어 펼쳐 진 두 장의 케이프는 거대한 연 같기도 했고 몸뚱이를 쫙 편 만타 가오리* 같기도 했다. 메디쿠스 만타는 번개 같은 속도로 바닥을 스치고 날아가 출구를 향해 질주하던 파톨로구스를 낚아챘다.

파톨로구스는 하나로 합쳐진 두 장의 케이프 위로 발라당 쓰러졌다. 메디쿠스 만타는 다시 쏜살같이 날아와 방금 발랑틴 옆으로 달려간 오스카와 에이든의 머리 위를 맴돌더니 다시 속도를 내기 시작했다. 그 위에 매달려 있던 파톨로구스는 화가 나기도 하고 무섭기도 해서 어쩔 줄을 몰랐다.

"책을 내놔! 내 책들만 돌려주면 만타에서 내려올 수 있어!" 오스카가 소리를 질렀다.

파톨로구스는 만타의 가장자리 한쪽을 한 손으로 잡고 버티며 보이드의 책을 아이들에게 냅다 집어던졌다. 『파톨로구스 선집』은 바닥에 부딪쳤다가 다시 수레에 튕겨 나가떨어졌다. 오스카가 책을 주우러 달려갔다. 책을 펼치자마자 노기등등한 보이드는 커다란 글자로 마구 욕설을 퍼부었다. 오스카는 황급히 책을 도로 덮었다.

"에스텔 플릿우드의 책도 저 사람이 가지고 있어." 오스카가 에이든과 발랑틴에게 말했다. 그 두 사람은 이제 막 암벽 안쪽에 나 있는 엘리베이터를 발견한 참이었다.

"그 책에 뭐가 있는데?"

"메디쿠스의 능력에 관한 모든 정보가 다 들어 있지." 오스카가 설명을 하는 동안에도 메디쿠스 만타는 전달 조직의 바닥부터 천장까지 무서운 속도로 사방을 왔다 갔다 했다. 파톨로구스는 나가떨어지기 일보

★ 가오리 중에서 날개 길이가 7미터에 달하는 가장 큰 가오리이다.

직전이었다. "반드시 되찾아야해! 파톨로구스들의 손아귀에 그 책이 들어가면 어떻게 되겠어?"

"그럼 나는 조종실에 가서 로렌스를 찾을게. 에스텔의 책을 되찾는 대로 너희도 그곳으로 와!" 발랑틴이 말했다.

하지만 메디쿠스 만타가 격납고의 인공 하늘을 무섭게 질주할수록 파톨로구스는 악착같이 책을 붙잡고 놓지 않았다. 심지어 메디쿠스 만타가 잠시 멈추거나 낮게 나는 틈을 이용하여 오닉스 P를 꺼내 케이프 한쪽을 크게 찢어놓기까지 했다. 멀찍이 떨어져 있던 에이든은 마치 자기 몸에 상처를 입은 듯 살갗에서 생생한 아픔을 느꼈다.

만타가 수직으로 솟아오르며 고도를 회복했다. 천장 꼭대기까지 다다른 만타는 독수리가 먹잇감을 발견하고 달려들 듯이 컨베이어 벨트 끝에 있는 집하구를 향해 그대로 떨어졌다.

"만타가 뭘 하는 거야? 저러다 탱크에 같이 처박히겠어!" 오스카가 걱정스럽게 외쳤다.

하지만 만타는 구멍으로 처박히기 직전에 급커브를 틀었다. 파톨로구스는 균형을 잃고 잡았던 손을 놓아버렸다. 그는 비명을 지르며 구멍 속으로 떨어졌다. 오스카와 에이든은 겁에 질린 채 파톨로구스와 에스텔 플릿우드의 책이 동시에 사라지는 광경을 보고만 있었다.

두 사람은 컨베이어 벨트 끝까지 뛰어가 허리를 구부렸다. 여러 개의 탱크 중 하나에서 역겨운 음식물 덩어리가 곤죽 상태로 휘휘 돌아가고 있었다. 그들은 탱크의 칼날이 돌아가면서 파톨로구스의 발이 차츰 사라지는 모습밖에 보지 못했다. 곤죽에 검은 색이 살짝 돌더니 한층 더 끈끈하고 뻑뻑해졌다. 시큼한 연기가 피어오르는 바람에 두 소년은 숨을 쉴 수가 없어서 뒤로 물러났다. 그때 날카로운 비명이 탱크 안에서 일어났다. 햇살 같은 빛이 높이 치솟다가 천장에 닿자 전달 조직의 벽 속으로 스러져갔다.

"내가 알기론…… 메디쿠스의 영이 죽을 때에 이런 현상이 일어난다고 하는 것 같던데." 에이든이 자신 없는 목소리로 말했다.

"에스텔 플릿우드의 영이겠지." 오스카는 털썩 주저앉으며 말했다. "나 때문이야. 그녀의 영과 함께 그녀가 쓴 책의 원본도 사라져버렸어. 에이든, 내가 무슨 일을 한 거지? 내가 또 무슨 일을 저지른 거야?"

에이든이 오스카의 어깨를 다정하게 다독거렸다.

"지금은 우리가 할 수 있는 게 없어. 그리고 네 잘못이 아니야, 오스카. 넌 에스텔의 책을 구하기 위해 최선을 다했어. 자, 가자. 네 친구들을 만나러 가야지."

그들의 머리 위에서 두 장의 케이프가 서로 분리되더니 얌전하게 주인의 어깨 위로 각자 내려앉았다. 그동안 일꾼들은 다시 작업에 느릿느릿 매달리기 시작했다. 일꾼들은 방금 일어난 싸움에도 별로 동요하지 않는 기색이었다.

발랑틴과 로렌스가 그들에게로 다가왔다.

"너 괜찮아?" 오스카가 걱정스러운 얼굴로 로렌스에게 물었다.

"응, 괜찮아. 너는? 책은 되찾았어?" 다소 감정을 추스른 로렌스도 오스카에게 물었다.

오스카는 고개를 떨어뜨리며 보이드의 책을 꼭 끌어안았다. 헤파톨리아 출신 친구들은 어떻게 된 일인지 깨닫고 아무 말도 하지 못했다. 잠시 후, 로렌스가 입을 열었다.

"이제 가야해. 메디쿠스의 카뒤세를 찾기만 하면 돼. 그런데 그게 어디 있을까?"

모두들 그곳을 샅샅이 살피기 시작했다. 뱀이 똬리를 틀고 M자가 떠 있는 컵 모양을 찾을 만한 곳은 벽이고 수레고 할 것 없이 모두 다 뒤졌다. 구석구석 살펴보았지만 소용없었다. 조종실 스크린 뒤쪽, 거대한 컨베이어 벨트 아래쪽, 수레 밑과 일꾼들의 작업복 위까지 찾아보았지만 메디쿠스의 카뒤세는 그림자도 보이지 않았다.

에이든이 낙심하려는 순간, 오스카가 친구들을 불렀다. 그는 작업장 구석 컨베이어 벨트 끝에서 소리를 지르고 있었다.

"어서 와, 어서!"

아이들은 탱크들로 떨어지는 집하구 옆까지 달려갔다. 오스카가 허리를 젖히고 위쪽을 쳐다보았다.

"저기야! 천장에!"

세 친구들은 서로 밀치고 부딪치며 구멍 앞으로 나왔다. 탱크들이 있는 방 천장에 마치 금빛 모래로 그려놓은 듯한 상징이 아직 홀연히 떠 있었다.

"저 빛은! 저건 책이 떨어졌을 때 탱크에서 솟아나온 빛이야! 그 빛이 카뒤세를 그려낸 거야!" 에이든이 외쳤다.

"에스텔 플릿우드가 우리에게 출구를 보여준 거야, 오스카. 그건 에스텔이 너를 원망하지 않는다는 뜻이겠지!" 로렌스가 말했다.

오스카는 로렌스를 보고 서글프게 웃었다. 자신을 위로하려는 친구의 노력이 눈물 나게 고마웠다. 하지만 귀중한 책의 원본을 잃어버리고 그 안에 깃든 에스텔의 영까지 죽게 했다는 양심의 가책을 피할 수는 없었다. 오스카는 자기 자신이 너무 미웠다. 그가 아빠에 대한 진실을 밝히려고 하지만 않았더라면 이런 일은 없었을 것이다. 그리고 에스텔 플릿우드의 책도 쿠미데스 서클의 서재에 고이 모셔져 있을 것이다.

발랑틴이 오스카를 쿡쿡 찔렀다.

"오스카, 제레미와 바르트가 우릴 기다리고 있을 거야. 빨리 돌아가야해! 그들이 파바로티를 바빌론 하이츠까지 도로 데려가야 한다는 거 잊지 마……."

오스카는 두 친구를 자신의 케이프 자락으로 감쌌다. 에이든과 오스카는 카뒤세를 뚫어져라 노려보며 몸 밖으로 나가는 데 정신을 집중했다. 눈 깜짝할 찰나, 네 사람은 주정뱅이 아저씨의 헤파톨리아를 떠나 공원 벤치 앞으로 이동했다.

하나의 함정에는 또 다른 함정이

제레미와 바르트가 그들을 맞으러 부리나케 달려왔다.

"안 그래도 언젠가 나오기는 하는 건가 하고 걱정했어! 솔직히 말해 파바로티의 뱃속을 돌아보는 게 그렇게 재미날 거라고는 생각 안 했는데!" 제레미가 말했다.

그때 오스카가 에이든을 향해 고개를 돌렸다.

"네가 한밤중에 여기서 뭘 하고 있었는지 우리에게 설명을 좀 해야겠는걸. 왜 너까지 파바로티 몸속으로 들어온 거야?"

제레미가 깔깔대고 웃음을 터뜨렸다.

"바르트랑 나도 얼마나 놀랐는지 몰라. 오스카 네가 사라지고 얼마 안 돼서 이 녀석이 초록색 망토를 두르고 조로처럼 나타나서 가엾은 파바로티의 몸속으로 짠, 하고 들어가지 않겠어! 에이든 스펜서, 이제 네가 설명할 시간이다! 빨리 해, 우린 곧 가봐야 하니까!"

에이든은 지난번에 노점에서 만났을 때 그곳에 계속 있을 수 없었던 사정을 설명했다.

"난 네가 아직도 날 원망한다는 걸 알고 있었어." 에이든은 오스카에게 말했다. "난 수줍음이 많아. 학교에서 있었던 일을 해명하고 싶었지만 그럴 수 없었어. 그때 난 학교에 남는 벌을 어떻게든 피해야했어. 브레이브 씨께서 아빠와 함께 나를 만나겠다고 약속을 잡아놓으셨거든. 그래서 약속은 꼭 지켜야했고 아무 말도 할 수 없었어. 오스카 너도 메디쿠스라는 걸 알았을 때에도 진작 얘기를 하고 싶었어. 하지만 넌 그럴 기회를 주지 않았지."

"그럼 넌 오스카네 집으로 찾아왔다가 우리가 정원에서 나누는 얘기를 울타리 너머에서 엿들었구나! 내가 봤던, 자전거를 타고 도망간 사람도 너였고!" 제레미는 이제야 알았다는 듯이 말했다.

"그다음에 제레미와 바르트를 뒤쫓아서 여기까지 왔고!" 오스카도 맞장구를 쳤다.

"너희를 염탐하려던 것은 아니었어." 에이든이 얼굴이 빨개져서 대꾸했다. "하지만 네가 어쩌면 내 도움을 필요로 할지도 모른다고 생각했지……. 넌 학교에서 날 도와줬잖아. 이곳에선 내가 널 도와주고 싶었어. 그래서 오말리 형제를 따라와 풀숲에 숨어 있었어. 그런데 너희가 숨어 있을 때 파톨로구스가 너보다 한 발 앞서서 파바로티의 몸으로 들어가는 현장을 목격한 거야!"

"우리가 파바로티의 몸으로 들어가기 전에 봤던 그림자들이 있었잖아. 그들의 정체는 파톨로구스였어!" 로렌스가 말했다.

"그걸 보고 너한테 문제가 생길 것 같다는 예감이 들었어. 그래서 파바로티의 몸속으로 들어갔지." 에이든이 말했다.

"그래, 하나의 신체에 여러 명의 메디쿠스가 들어가는 일도 가능하니까……. 고맙다, 에이든. 네가 없었더라면 난 아마……." 오스카가 말했다.

"저기, 중간에 끼어들어서 미안한데." 로렌스가 난처한 얼굴로 말했다. "내가 잘못 본 게 아니라면 공원을 지나간 그림자는 둘이었어. 그중 한 그림자는 파바로티의 몸속으로 들어갔지. 그러면 나머지 그림자는 어디로 간 거지?"

"무엇보다 이상한 건, 그들은 어떻게 우리가 여기 있을 거라는 걸 알았을까? 게다가 보이드의 책과 에스텔 플릿우드의 책을 가지고 온다는 정보는 어디서 입수한 거지?" 오스카도 의문을 표했다.

"우리 작전을 아는 누군가가 배신했겠지." 제레미가 결론을 내렸다.

"말 좀 해봐. 우리의 약속을 아는 사람이 정말로 너뿐이야?" 발랑틴이 경계하는 눈빛으로 에이든에게 물었다.

"난 너희들을 배신하지 않았어! 만약 내가 배신자라면 왜 너희들을 도와줬겠어?" 에이든이 반발했다.

로렌스는 벤치에 누워 있는 파바로티 바로 옆에 앉더니 곰곰이 생각에 잠겼다. 바로 옆에서 시끄럽게 입씨름을 하고 있는데도 파바로티는 꿈쩍도 하지 않았다. 그는 주먹을 쥔 채로 잠들어 있었다.

"아니, 우리가 여기서 만난다는 사실을 아는 사람은 에이든뿐만이 아닐 거야." 로렌스가 확실하게 말했다. "보이드가 발설했을 수도 있고, 에스텔 플릿우드도 마음만 먹으면 그렇게 할 수 있었어. 하지만 그래봤자 그 둘에겐 아무 이익이 없을 텐데. 아니, 잠깐만…… 그래! 그 사실을 알 수 있었던 또 다른 인물이 있어!"

그때 바로 옆에서 인기척이 나는 바람에 아이들은 입을 다물고 풀숲에 몸을 숨겨야했다. 뭔가 억눌린 비명소리, 싸움이 벌어진 듯한 소리였다. 오스카와 제레미가 몸을 일으켰다. 제레미가 먼저 속삭였다.

"저기야! 봐봐, 오스카! 장미 나무 바로 옆, 가로등 아래에……."

오스카가 고개를 돌려보니 한밤중에도 노르스름한 불빛을 받아 반들거리는 대머리가 보였다. 그 대머리 사내가 돌아섰을 때에 오스카는 놀라서 자기도 모르게 외마디 비명을 질렀다.

"본즈! 본즈야! 우리를 배신한 사람은 바로 본즈였어!"

"당연하지." 조금 전에 추리를 미처 맺지 못했던 로렌스가 말했다. "널 항상 감시하고 있는 사람이 누구였어? 책 정리는 누가 하지? 어디에서나 말소리를 엿들을 수 있는 사람은? 너의 일거수일투족을 눈여겨보는 사람은? 당연히 본즈밖에 없지! 월요일 저녁에 어쩌다 서재에서네가 보이드랑 나누는 얘기를 들었겠지……."

아이들은 본즈가 방금 나타났던 자리를 눈으로 샅샅이 뒤졌다. 어느새 그는 자취를 감추고 없었다.

"본즈가 도망쳤어! 쿠미데스 서클로 돌아간 거야. 그는 매번……." 발랑틴이 외쳤다.

"우리도 최대한 빨리 돌아가는 게 좋겠어. 브레이브 씨가 자다 깼을 때 본즈가 우리 방이 비어 있다고, 우리가 허락 없이 집 밖으로 나갔다고 고자질만 하면 되잖아. 그랬다간 우리의 쿠미데스 서클 생활도 바로 종 치는 거야!" 로렌스가 말했다.

"위더스 부인과 브레이브 씨에게 모든 걸 설명하겠어." 오스카가 말했다.

"본즈는 전부 다 거짓말이라고 하겠지. 브레이브 씨가 본즈가 하는 말보다 네 말을 더 믿어줄 이유가 없잖아? 본즈가 우리를 엿 먹였다는 증거는 하나도 없어……." 로렌스가 말했다.

"그렇게 나오기만 해봐. 에리트로사이트의 이름을 걸고 내가 호되게 복수하겠어!" 발랑틴이 이성을 잃고 날뛰었다. "본즈를 침대에 묶어놓고 체리 아줌마가 끓인 딸기 양파 수프를 솥째 퍼먹일 거야!"

"그 전에 여기를 떠야해. 다시 말하지만 최대한 빨리 쿠미데스 서클로 돌아가야 한다고!" 로렌스가 말했다.

오스카는 친구들을 파바로티 쪽으로 떠밀었다.

"자, 빨리빨리! 파바로티를 수레에 태우는 걸 도와주자. 그다음에 너희는 얼른 바빌론 하이츠로 돌아가! 여기서 오래 꾸물거리면 안 돼!"

바르트는 수레 달린 자전거를 가지러 갔고 나머지 여섯 아이들은 힘을 합쳐 파바로티를 가뿐하게 들어 올렸다가 조심스럽게 수레에 실었다.

떠날 준비가 끝나자 오스카가 에이든에게 말을 걸었다.

"너희 아빠가 네가 없어진 줄 아시기 전에 제레미, 바르트와 함께 돌아가!"

"아빠는 야간 근무를 하셔. 아침 8시나 되어야 집에 돌아오실걸."

"제레미가 자전거 뒷좌석에 널 태워줄 거야. 오늘 도와줘서 고맙다, 애들아! 얼른 가!"

세 소년은 바르트의 다리 힘이 감당할 수 있는 최대한의 속력으로 그 자리를 떠났다. 그들은 이내 나무들 사이로 사라져 보이지 않았다.

이제 아무도 없는 공원 한복판에 오스카, 발랑틴, 로렌스만 남았다. 그런데 바로 지척에서 또 무슨 소리가 들렸다. 공원에는 그들만 있는 게 아니었다.

"설마 여기서 밤을 새워야하는 건 아니겠지? 돌아가는 게 어때?" 로렌스가 말했다. 세 사람만 남게 되자 마음이 불안해졌던 것이다.

그때 백 명이 말한다고 해도 단박에 알아차릴 수 있는 익숙한 목소리가 들렸다.

"우리는 이제 막 왔는데 너흰 어딜 간다는 거야."

나무 아래로 네 개의 그림자가 희미한 어둠 속에서 차츰 또렷해졌다. 그림자들은 벤치로 다가오고 있었다. 오스카는 온몸이 팽팽하게 긴장되었다.

"여기서 뭐하는 거야, 모스?"

"그러는 너희는?" 이제 로넌 모스의 모습은 불빛을 정면으로 받아 분명하게 보였다. "너랑 네 친구들은 한밤중에 공원에서 자주 어슬렁거리나 보지? 필, 전에도 얘기했지만 여긴 너희 같은 놈들이 기웃거릴 동네가 아니야. 여긴 잘사는 사람들 동네거든."

오스카는 대꾸하지 않았다. 신체 내에서 파톨로구스를 만난 것도 모자라, 밖에서는 로넌 모스가 기다리고 있다니. 두 개의 함정이 그들을 향해 마수를 뻗치고 있었는데 그는 꿈에도 몰랐다! 어쩌면 모스도 파톨로구스인 건 아닐까? 나중에 브레이브 씨에게 얘기를 해보자……. 지금 당장은 여기에서 벗어나는 게 먼저다.

로넌은 학교에서 개처럼 자신을 졸졸 따라다니는 불량배 친구들을 대동하고 있었다. 다리가 굵고 앞니가 벌어진 콜 도허티도 물론 빠지지 않았다. 그들보다 한 살이 많지만 로넌 모스가 패거리에 끼워준 그레이엄 노튼의 얼굴도 보였다. 마지막으로 지미 베일리가 있었다. 여름방학을 며칠 앞두고 펭귄 선생님은 베일리가 화장실에서 여덟 살짜리 아이들에게 강제로 담배를 피우게 하는 현장을 덮쳤다. 그는 정학을 당했고 그 일을 계기로 모스의 패거리에 합류하게 됐다……. 넷 다 덩치가 좋고 싸움을 잘했다. 오스카가 로넌 모스와 싸우는 데 이골이 났다고는 하지만, 그와 친구들이 맞서 싸우기에 역부족이라는 것쯤은 알고 있다. 아마 로넌은 오말리 형제와 에이든이 자리를 뜰 때까지 일부러 기다렸다가 나타났을 것이다. 자기 패거리가 수적으로 밀리지 않게끔 기회를 노렸을 터였다.

오스카는 자신이 어떻게 되는 것은 상관없었다. 그러나 발랑틴과 로렌스를 위험에 노출시킨 자신이 원망스러웠다.

"필, 내가 물었잖아. 대답하기 무섭냐? 넌 늘 그 모양이군. 나만 보면 항상 벌벌 떨지."

모스의 말을 듣고 발랑틴은 화가 나서 빨개진 얼굴로—머리 색깔만큼이나 새빨간 얼굴로—한 발짝 나왔다.

"넌 뭐야? 뭔데 까불어? 우리 중에서 너 따윌 무서워하는 사람은 아무도 없거든! 파리 새끼도 네 앞에선 떨지 않을걸!"

로넌이 작은 눈을 찡그리며 킬킬대고 웃었다.

"이건 또 뭐야? 필, 이 빨간 머리 외계인 같은 것들은 어디서 찾았냐?"

발랑틴은 오스카가 대답할 틈을 주지 않았다.

"그래! 어디 외계인에게 한 방 먹어봐라!"

발랑틴은 있는 힘을 다해 로넌의 넓적다리를 걷어찼다. 로넌은 아픔을 참지 못하고 비명을 질렀다.

"저것들 잡아! 누가 제일 센지 보여주겠어!"

오스카는 보이드의 책을 로렌스에게 내밀며 친구들을 쿠미데스 서클 쪽으로 밀었다.

"뛰어! 뛰란 말이야! 절대로 멈추지 마!"

"안 돼! 너만 여기에 혼자둘 순 없어!" 발랑틴이 바락바락 소리를 질렀다.

로넌 모스와 다른 세 녀석들은 이미 그들을 잡으러 달려오고 있었다. 오스카는 모린의 조언을 떠올렸다. 그는 재빨리 케이프를 벗어서 앞쪽으로 뱅글뱅글 돌렸다. 오스카와 불량배 녀석들 사이를 빛의 방패가 가로막았다. 쫓아오던 놈들은 은빛 막에 부딪쳐 땅바닥에 주저앉았다. 놈들의 몸뚱이는 전류에 감전된 것처럼 요란하게 흔들리다가 뒤로 나가 떨어졌다. 모스의 패거리는 돼지 멱따는 소리 같은 비명을 내지르며 바닥에 쓰러졌다.

오스카는 화를 내며 뒤돌아섰다.

"내가 도망치라고 했잖아!"

"말도 안 되는 소리 하지 마! 네가 여기 남으면 우리도 남을 거야!" 로렌스가 뱃살 위로 팔짱을 끼고 말했다.

헤파톨리아에서 온 두 아이는 방패 뒤로 달려와 오스카에게 달라붙었다. 그 사이에 불량배 네 녀석은 자리를 털고 일어나 그들을 에워쌌다. 오스카의 눈과 로넌 모스의 성난 눈이 마주쳤다. "그딴 물건으로 우리 손아귀에서 빠져나갈 수 있을거라 생각한다면 완전한 착각이다,

필. 결국은 네놈도 힘이 빠지고 말 테고 그러면……."

오스카가 손을 바꾸었다. 실제로 방패 기능을 쓰면서부터 케이프가 몹시 무거워졌기 때문에 팔이 아팠다. 뒤를 돌아보며 빠져나갈 길을 찾았다. 마침내 좋은 생각이 떠올랐다. 그는 케이프를 들지 않은 쪽 손으로 펜던트를 쥐고 흔들었다. 친구들에게는 이렇게 소곤거렸다.

"주위를 잘 봐."

발랑틴과 로렌스는 무슨 말인지 잘 몰랐지만 어쨌든 고개를 두리번거렸다.

"아무것도 안 보여. 뭘 찾으라는 거야?" 로렌스가 나지막하게 물었다.

"그냥 계속 보고 있어." 오스카는 그들의 이야기가 상대편에게 들리지 않기를 바라며 넌지시 대꾸했다.

오스카는 타이밍을 노리고 있었다. 기습적으로, 정신 차릴 틈을 주지 않고 도망치는 수밖에 없었다. 발랑틴은 그가 무엇을 찾고 있는지 깨달았다.

"저기로!" 발랑틴이 목이 찢어져라 외쳤다.

이번에는 로렌스가 발랑틴의 입을 막았다. 오스카는 고개를 돌리고는 미소를 지었다. 길을 여는 나무의 몸통 위로 푸르스름한 M자가 나타났던 것이다. 그것도 바로 근처였다! 다행히도 로넌 모스와 그 졸개들은 무슨 일인지 몰라서 어리둥절해 있었다. 오스카가 케이프를 휘두르던 손길을 멈추자, 방패막도 사라졌다.

"뛰어!" 오스카가 외쳤다.

그들은 최대한 빨리 나무를 향해 돌진했다. 오스카는 친구들을 케이프로 감싸고 주문을 외우면서, 자신의 케이프가 그랬듯이 길을 여는 나무도 로렌스와 발랑틴을 인정하고 받아들여주기를 간절히 바랐다.

나 메디쿠스 앞에서 너는 열릴 지어다,
대지의 어둠 속으로 나를 안내할 지어다.

빛나는 나무껍질을 향해 펜던트를 내밀고 주문을 외우자 나무의 몸통이 스르르 벌어졌다.

세 아이는 나무 안의 엘리베이터로 몸을 실었다. 그들의 머리 위와 바닥에서 M자가 환하게 빛을 발했다. 오스카는 마지막으로 로넌 모스의 억센 손이 위에서부터 떨어지는 문짝을 붙잡는 장면밖에 보지 못했고 엘리베이터는 이내 깊고 깊은 땅 속으로 내려가버렸다.

엘리베이터가 열리고 마음의 스캐너가 나타났다. 오스카는 두 친구를 앞으로 떠밀었다. 친구들은 오스카가 자기들을 어디로 끌고 가는지 의아해했다.

"빨리! 여긴 쿠미데스 서클로 통하는 비밀 통로야!"

오스카가 위쪽을 쳐다보았다. 문이 닫힌 엘리베이터가 다시 위로 올라가고 있었다. 이건 로넌 모스와 그 패거리도 길을 여는 나무에 들어올 수 있고 곧 여기까지 들이닥칠 거라는 뜻이었다. 오스카는 친구들을 앞으로 밀면서 펜던트를 휘둘렀다. 허공에서 M자들이 빛을 뿜으며 어두운 지하를 밝히고 그들을 통로 끝까지 안내해주었다. 그들이 몇 발짝을 내디디자 빛이 약해졌다. 오스카가 뒤돌아서서 친구들을 마주보았다.

"겁내지 마. 이 터널은 너희들의 마음을 읽어. 만약 너희에게 이 길을 따라갈 마음과 용기가 없다면 모든 것이 끝나고 말아."

로렌스와 발랑틴은 허리를 쫙 펴고 씩씩하게 웃었다. 발랑틴이 외쳤다.

"가자!"

세 사람은 힘차게 뛰기 시작했고 M자들은 한층 강렬한 빛을 발산했다. 오스카는 숨을 헐떡대며 뒤를 돌아보았다. 뒤쪽 터널 입구에서 엘리베이터 문이 열리고 네 사람의 실루엣이 폭탄처럼 튀어나왔다. 오스카는 그와 친구들의 달리기 실력으로는 추격자들을 멀리 따돌릴 수 없음을 깨달았다.

"좀 더 빨리! 더 빨리! 거의 다 왔어!" 오스카가 로렌스와 발랑틴을 재촉했다.

엘리베이터 문이 다시 열리면서 로넌 모스가 나타났다. 그는 도망치는 오스카와 그 친구들을 알아보고 도허티, 노튼, 베일리에게로 홱 고개를 돌렸다.

"저 자식들을 얼른 잡아야해! 가자!"

그러나 세 명의 졸개들은 마음이 놓이지 않는 듯 서로 멀거니 얼굴만 바라보았다.

"넌…… 꼭 저 안까지 쫓아가야 한다고 생각해?" 도허티가 벌어진 치아 사이로 바람 새는 소리를 내면서 말했다.

"당장 쫓아가! 뛰어!" 모스가 화가 나서 명령했다.

그들은 서로 얼굴을 쳐다보다가 이내 행동에 들어갔다. 그러나 오래 가지 못했다. 몇 미터도 못 가서 벽을 정통으로 들이받으면서 뒤로 나가떨어지고 말았기 때문이다. '보이지 않는' 벽이었다.

"당장 일어나! 일어나서 이리로 와!" 모스가 고함을 질렀다.

노튼은 바닥에 널브러진 채 어안이 벙벙한 얼굴로 친구들을 쳐다보았다. 베일리는 몸을 일으키고 눈에 보이지 않는 벽을 향해 다시 달려들었다. 눈에 보이지는 않았지만 그의 어깨에 느껴지는 통증을 감안하건대, 벽은 실제로 분명히 있었다. 도허티는 이 기이한 현상들이 점점더 불안하게 느껴졌지만 자신의 튼튼한 장딴지를 믿어보기로 했다. 그는 온몸을 던져 벽을 향해 믿기지 않을 만큼 강력한 발차기를 날렸다. 그러나 결국 도허티는 새된 비명을 내지르며 땅바닥으로 나가떨어지고 말았다. 그의 발은 잠깐 사이에 두 배로 부풀어 올라서 제대로 서 있을 수조차 없었다.

모스는 그들을 밀치고 주먹으로 벽을 쾅쾅 치기 시작했다.

오스카와 두 친구는 안심하며 뒤를 돌아보았다.

"이건 불안의 벽이야! 저 빛들과 마찬가지 원리지. 이 길이 인도하는 곳으로 끝까지 가겠다는 의지와 용기가 없으면, 이 터널은 그런 마음을 감지하고 벽을 치는 거야! 우린 살았어!"

불안의 벽이 조금씩 이동하면서 로넌 모스 패거리를 터널 입구까지 밀어냈다. 모스는 벽의 움직임을 막으려고 발버둥 쳤지만 소용없었다. 그는 결국 분노해서 고함을 지르며 넘어지고 말았다. 어느 시점에 이르자 엘리베이터에 다시 타는 것 외에는 선택의 여지가 없어졌다. 세 명의 졸개들은 차라리 안심하는 눈치였지만, 대장에게 밉보이지 않으려고 내색하지는 않았다. 엘리베이터가 닫히고 땅 위로 다시 올라갔다.

맛없는 음식을 한 입 물었다가 도로 내뱉듯이, 길을 여는 나무는 로넌 모스 패거리를 공원으로 도로 내보냈다. 그들은 완전히 얼이 빠져서 공원 한복판에 멍하니 앉아 있었다.

모스는 일어나서 부하들의 엉덩이를 호되게 차주고 싶었다. 그러나 그가 무슨 행동을 하기도 전에 튼튼한 나뭇가지가 그들을 한꺼번에 낚아채서 들어올렸다. 눈 깜짝할 사이에 그들은 10미터 높이에 올라와 있었다.

"어…… 어지러워! 내, 내, 내, 내려줘!" 도허티가 울부짖었다. 거들먹거리는 기색은 더 이상 찾아볼 수 없었다.

로넌도 떵떵거리던 모습은 온데간데없이 나뭇가지를 붙잡고 늘어졌다. 나뭇가지가 앞뒤로 마구 흔들리기 시작했다. 소년들은 어떻게든 중심을 잡으려고 버둥거렸다. 길을 여는 나무는 반동을 이용하여 그들을 허공으로 멀리 내던져버렸다.

네 소년은 울부짖는 로켓처럼 허공을 가르며 날아갔다. 눈이 휘둥그레진 로넌 모스는 팽이처럼 뱅글뱅글 돌아갔다. 그들은 다른 나무, 바로 쿠미데스 서클의 담장 위로 삐죽 솟아 있는 떡갈나무를 향해 날아가고 있었다.

지주는 기다리고 있다가 힘차게 날아오는 네 개의 공을 차듯 네 소년을 패대기쳤다. 소년들이 날아가는 방향이 바뀌면서 모스, 도허티, 노튼, 베일리는 마지막으로 활공비행을 하다가 모스네 빌라에 있는 정원에 떨어졌다. 그것도 수영장 한복판에서 물을 잔뜩 뿜어내는 분수에 정통으로 떨어졌다.

빌라 전면에 불빛이 군데군데 켜졌다. 루퍼스 모스와 그의 아내는 잠자리를 박차고 일어나 창문의 커튼을 젖혔다. 그들은 네 명의 시커먼 그림자가 이제 막 뿜어 나오기 시작한 분수 물줄기 위에서 버둥대는 꼴을 보고 어이가 없었다.

게다가 그 그림자 중 하나는 그들 부부의 아들 로넌과 꼭 닮아 있지 않겠는가…….

터널 끝에서 세 아이는 적들이 당하는 광경을 목격하고 기뻐 날뛰었다.

"그래도 서두르자. 본즈는 벌써 돌아갔을 게 분명해. 아마 우리를 기다리고 있을 거야." 로렌스가 말했다.

그들은 터널을 다시 걷기 시작했다. 발랑틴이 가로로 쓰러져 있던 어떤 물체에 부딪쳤다. 발랑틴은 옆으로 나동그라지면서 그녀가 익히 아는 얼굴과 정면으로 마주보고 쓰러졌다.

"이게 뭐야! 본즈야! 본즈가 쓰러져 있어!" 발랑틴이 비명을 질렀다.

오스카가 쓰러져 있는 사람 옆에 무릎을 꿇고 펜던트를 얼굴 가까이 대보았다. 본즈의 얼굴은 유령처럼 창백했다. 호흡도 아주 약했다. 로렌스가 다가와 본즈의 목덜미를 손가락으로 짚어보았다.

"오스카, 네 응급치료 가이드북에서 읽었는데 이런 식으로 1분간 몇 번이나 맥이 뛰는지 세어봐야 한댔어. 맥이 아주 약하고 빨라. 도대체 본즈에게 무슨 일이 생긴 걸까?"

"전혀 모르겠는데." 오스카가 말했다.

"어쩌면 새로운 함정일지도." 로렌스가 경계하는 자세를 취했다.

"어쨌든 잘됐어! 우리가 얼른 가서 그랜드 마스터에게 알리기만 하면 되잖아. 그러면 그랜드 마스터도 본즈가 배신자라는 증거를 얻게 될 테지. 하지만 본즈가 어떻게 이 터널에 들어올 수 있었을까?"

"길을 여는 나무는 우리도 들여보내주었어. 그런데 본즈라고 해서 못 들어올 이유가 없잖아?" 로렌스가 말했다.

"너희는 신체 내 우주에서 왔잖아. 그러니 너희와 본즈는 경우가 달라. 그리고 내 펜던트는 특별해. 윈스턴 브레이브의 펜던트와 연결이 되어 있거든."

"어쩌면 본즈가 그랜드 마스터의 펜던트를 훔쳐왔을 수도 있잖아?" 로렌스가 짐작해보았다.

오스카는 본즈에게 가까이 다가갔다. 본즈는 정말로 아픈 것 같았다.

"한 가지는 확실해. 본즈는 파톨로구스가 아니야." 오스카가 말했다.

"무슨 근거로 확신하는데?" 발랑틴은 오스카가 무슨 얘기를 하려는지 이해하지 못했다.

"난 이미 본즈의 몸에 들어가봤으니까."

"오스카 말이 맞아. 메디쿠스는 파톨로구스의 몸에 들어갈 수 없고 파톨로구스 역시 메디쿠스의 몸에는 들어갈 수 없어. 오스카가 이미 본즈의 몸에 들어갔었다면 본즈는 확실히 파톨로구스가 아니야."

"그게 본즈가 배신자가 아니라는 증거는 될 수 없어!" 발랑틴이 흥분해서 반발했다. "그래도 본즈가 적들과 같은 편일 가능성은 있는 거잖아!"

"그건 사실이지. 하지만 그렇다면 본즈를 구해야해. 그는 브레이브 씨에게 모든 것을 자백하지 않을 수 없게 될 거야." 오스카가 말했다.

로렌스는 어떻게 해야 할 것인지 잠시 망설였다.

"브레이브 씨를 찾아가는 게 어때? 그쪽이 더 신중한 행동 아닐까?"

"그래, 하지만 그랬다가 너무 늦어버릴 수도 있어. 어쨌든 그렇게 하면 우리가 위험해질 일은 없지. 우리가 아무 시도도 하지 않아서 본즈가 죽어갈지도 모르지만……."

발랑틴이 한숨을 내쉬었다.

"좋아, 됐어! 알아들었다고! 가자!"

"나 혼자 갈 수 있어. 꼭 따라올 필요는 없어." 오스카가 말했다.

로렌스와 발랑틴은 어깨를 으쓱하더니 오스카의 케이프 자락을 뒤집어썼다.

"헛소리하지 말고 가자고!" 발랑틴이 말했다.

본즈를 구하라!

오스카가 케이프 자락을 벌리자 로렌스와 발랑틴은 흥미롭다는 듯이 주위를 둘러보았다.

그들은 대성당처럼 천장이 높고 바닥 한가운데에 분화구가 뻥 뚫린 널찍한 공간에 와 있었다. 주변의 모든 것을 붉은 유리 기둥들이 떠받치고 있었고 기둥들 사이 바닥에는 군데군데 함정이 파여 있었다. 세 아이는 두 개의 기둥 사이에서 중앙의 거대한 분화구를 바라보고 있었다. 분화구는 거대하고 불그스름한 컵을 연상시켰다.

"여기가 어딜까?"

발랑틴이 물었다. 헤파톨리아에서도 이런 장소는 한 번도 본 적이 없었기 때문에 몹시 놀라고 있었다.

"헤파톨리아 탑의 내부야. 모린 주베르는 이곳을 마슈이유 동굴이라고 부르기도 했지."

오스카가 대답했다. 정말로 동굴에 들어와 있는 것처럼 그들의 목소리가 메아리쳤다.

"마슈이유 동굴? 그러면 이곳에서 본즈는…… 음식물을 씹어 삼키는 거잖아. 우리가 그의 '입' 속에 들어온 거야!" 로렌스가 말했다.

"그래, 그런 것 같아……. 음식물은 이곳을 통과하지. 하지만 음식물이 어떻게 이곳으로 오는지, 그리고 다음에 있는 전달 조직으로 어떻게 넘어가는지는 나도 잘 몰라."

로렌스는 약간 얼빠진 표정으로 주위를 두리번거렸다.

"오스카, 왜 하필 이곳으로 우리를 데려온 거야? 우린 지금 급해. 몸이 아픈 본즈를 구하려는……."

"모린이 마슈이유 동굴에는 전달 조직과 분해 조직을 가로지르는 지름길이 있다고 그랬어. 내 생각엔 GRIU로 들어가는 통로 같아. 본즈를 치료하려면 어디로 가야하는지 알려줄 사람을 거기서 만날 수 있을지도 몰라. 그쪽이 훨씬 더 빠를 거라고."

"알았어……. 그럼 문제는 그 지름길이 어디 있느냐군." 로렌스는 주변을 둘러보며 말했다.

"음, 사실은 나도 몰라……."

일단은 빠져나갈 통로가 전혀 보이지 않았다. 발랑틴도 어디로 나가야하는지 찾기 시작했다. 발랑틴은 분화구 주위를 뱅글뱅글 돌면서 중얼거렸다.

"내가 살던 GRIU로 직행하는 비밀 통로가 있다 이거지. 뭔가 생각이 날 것 같은데……. 아, 그래, 알았다! 큰언니들이 하는 얘기를 들은 적 있어! 혀 바로 밑에 그런 길이 있다고!"

"그럼 혀를 찾기만 하면 되겠다. 넌 뭐 아는 거 있어?" 로렌스가 물었다.

"아니, 하지만 마슈이유 동굴이 어떻게 작동하는지 이해한다면 혀의 위치도 찾을 수 있겠지. 빨리 서둘러야겠다. 본즈가 얼마나 더 버틸 수 있을지 모르니까."

오스카는 그렇게 말하고 위를 올려다보았다. 높다란 지붕은 언제라도 틈이 벌어질 수 있는 꽃잎들이 다닥다닥 붙어 있는 것처럼 보였다.

"분명히 저기겠지. 본즈가 뭔가를 먹으면 지붕이 입술처럼 열리는 거야. 그렇게 해서 음식물이 여기 이 분화구에 떨어지면 자동적으로 턱뼈가 움직이게 되는 거지. 어쨌든 그런 내용을 책에서 읽은 것 같아⋯⋯." 오스카가 말했다.

"턱뼈라니? 넌 이빨이 보였니?"

발랑틴이 위험천만하게 분화구로 몸을 내밀고 물었다. 로렌스가 발랑틴의 팔을 붙잡았다.

"야, 그럴 시간 없어, 발랑틴. 우리는⋯⋯."

발랑틴은 로렌스의 팔을 다소 거칠게 뿌리치려다가 중심을 잃고 뒤로 넘어갔다. 분화구의 매끈한 장밋빛 표면을 디딘 발이 미끄러지더니 발랑틴은 비명을 지르며 그 안으로 떨어지고 말았다. 발랑틴이 몸을 일으키고 친구들을 쳐다보았다.

"괜찮아. 온통 축축해졌지만 다치진 않았어. 올라갈 수 있어!"

발랑틴은 사방을 둘러보았다.

"웩! 여긴 죄다 끈적끈적하고 미끄덩하다!"

발랑틴은 겨우 바닥에 박혀 있는 돌멩이 같은 것을 찾아 발을 디딜 수 있었다.

그 순간, 기둥들 사이 함정 안에 숨겨져 있던 모터들이 요란하게 돌기 시작했다. 분화구 주위의 함정들이 쫙 벌어지면서 연결 장치가 있는 팔 끝에 고정된 울퉁불퉁한 하얀색 탱크들이 나타났다. 어찌 보면 거대한 하얀색 튤립들이 움직이는 것 같기도 했다.

"이빨이다! 저게 본즈의 이빨이야!" 오스카가 소리쳤다.

로렌스가 인상을 확 찡그렸다.

"어금니 위쪽에 있는 큼지막한 얼룩을 좀 봐. 본즈는 충치가 있군……. 쿠미데스 서클에는 칫솔도 없나?"

치아들이 중심을 향해 뱅글뱅글 돌아가며 붉은 빛을 쏘았다. 빛은 분화구 위쪽에서 서로 교차되었다. 발랑틴이 친구들을 쳐다보았다. 그녀가 불안한 어조로 물었다.

"무슨 일이야? 저 빛은 또 뭐야?"

발랑틴이 딛고 있던 바닥도 출렁대기 시작하더니 점점 더 거세게 요동쳤다. 발랑틴은 본의 아니게 트램펄린 위에서 팔짝팔짝 뛰듯이 점점 더 높이 뛰어오를 수밖에 없었다.

"그래, 알았다! 발랑틴은 지금 혀 위에 있는 거야! 쟤가 음식물을 감지하는 장치를 건드렸기 때문에 혀가 마구 움직이기 시작한 거지……. 그래야 음식물이 이빨 높이까지 올라올 수 있으니까! 발랑틴은 저러다 이빨에 찌부러지고 말 거야. 우리가 뭔가 손을 써야해, 오스카!"

"그러고만 있지 말고 도와줘!" 발랑틴이 고함을 질렀다. 그녀는 잠시도 가만히 있지 못하고 쉴 새 없이 튀어 올랐다가 떨어지기를 반복했다.

오스카는 그 광경을 보고 깨달았다. 발랑틴이 한두 번만 더 튀어 올라왔다가는 치아 높이에 이르러 저 빛에 몸이 닿고 말 터였다. 이빨은 발랑틴을 고기 한 점쯤으로 인식하고 잘근잘근 씹어버릴 것이다!

오스카는 로렌스의 팔을 붙들고 끌고 갔다.

"뭐야…… 뭐하는 거야? 오스카, 안 돼! 아아아악!"

로렌스의 비명소리를 분화구가 삼켜버렸다. 오스카가 로렌스를 끌고 분화구 속으로 뛰어내렸던 것이다. 두 소년도 혀에 떨어졌다. 세 아이는 몸이 심하게 흔들리는 와중에도 어떻게든 한 자리에 모이려고 안간힘을 썼다. 한편, 머리 위에서는 자동으로 돌아가는 팔에 달린 치아들이 활발하게 움직이는 중이었다. 치아들은 당장 꼭꼭 씹어줄 만한 희생양을 찾아 분화구 표면을 탐색하고 있는 듯했다.

"이렇게 셋이 함께 있으면 무게가 더 나가니까 혀가 치아 높이까지 음식물을 올려 보내기가 힘들 거야!" 오스카가 외쳤다.

"하지만 지금 당장은 혀 '위'에 있잖아. 우리는 혀 '밑'으로 가려는 거 아니었어? 그런데…… 넌 또 뭐하는 거야?" 로렌스가 사방팔방으로 굴러가며 외쳤다.

오스카는 로렌스가 하는 말을 듣고 있지 않았다. 그는 케이프를 풀어서 내던졌다. 케이프가 바닥에 떨어지자 오스카는 다시 시도했다.

"오스카, 그보단 여기서 우리가 나갈 수 있게 해봐!" 발랑틴이 고함을 질렀다. 이제는 정말로 현기증이 나려고 했다.

"지금 하고 있잖아! 케이프가 저 광선에 닿으면 이빨이 케이프를 씹으려고 할 거야!"

"그으으게에 뭐어어어?" 로렌스가 사방으로 구르며 외쳤다.

"사람이 일단 씹으면 삼키게 되고, 그럼 혀 '밑'으로 넘어가는 거 아냐? 그러니까 본즈가 우리를 삼키게 해야한다고!"

오스카는 케이프를 허공으로 다시 던졌다. 그러나 혀가 쉴 새 없이 꿈틀거리는 바람에 그 역시 균형을 잃고 말았다. 케이프는 감지 광선에 닿을 만한 높이까지 좀체 올라가주지 않았고 치아들도 분화구 옆에서 씹어 삼킬 만한 음식물이 나오기만을 기다리고 있었다.

오스카의 팔과 발랑틴의 다리를 붙들고 어떻게든 떨어지지 않으려고 매달려 있던 로렌스가 마침내 좋은 생각을 내놓았다.

"오스카! 네 펜던트! 펜던트를 꺼내!"

"어떻게 하려고?"

오스카는 머리 위의 광선을 쳐다보고 로렌스의 생각을 알아차렸다. 티셔츠 안에 손을 넣어 펜던트를 꺼내자마자 분화구 위쪽으로 힘차게 던졌다. M자 주위에 금빛 광선이 모이더니 점점 더 그 빛이 환해지면서 동굴 지붕까지 힘차게 치솟았다. 그 빛이 붉은 광선을 가르는 순간, 모든 치아들이 벌떡 일어났다. 드디어 입 안에 뭐가 들어왔다는 신호가 떨어진 것이다! 금속 팔이 접혔다 펴졌다 하면서 서른 두 개의 치아들이—그중 두 개는 금니였지만—서로 맞부딪치며 무시무시한 굉음을 냈다. 발랑틴이 좋다고 소리를 질렀다.

"됐어! 이빨이 씹기 시작했어! 오스카, 성공이야!"

"조심해. 본즈가 이제 삼키기에 들어가면 혀가 열리면서 우리는 아래로 떨어지겠지! 가장자리를 꼭 잡고 매달려!"

오스카가 예고한 대로 분화구는 여러 개의 판으로 갈라지며 열리기 시작했다. 세 아이는 분화구 가장자리를 붙들고 허공에 대롱대롱 매달린 꼴이 되었다.

오스카가 아래를 잠시 내려다보았다. 마슈이유 동굴은 지표면에 있었다. 지하로 수십 미터 내려간 지점, 침샘의 호수 근처에 음식물을 저장하고 전달하는 조직의 일꾼들이 오가는 모습이 보였다. 그들은 입에서 이빨로 씹어 삼킨 '음식물'이 떨어지면 실어서 수레로 나르기 위해 대기 중이었다.

오스카가 주위를 두리번거렸다. 모린이 말했던 혀 아래에 있는 지름길을 빨리 찾아야만 했다. 그때 발랑틴이 외쳤다.

"여기다! 여기 가장자리 바로 밑에 구멍들이 있어! 이리 와봐!"

두 소년은 다리를 허공에 대롱대롱 늘어뜨린 채 오로지 팔 힘으로 힘겹게 그쪽으로 옮겨갔다. 그래도 기어이 발랑틴 옆자리까지 다가가 문제의 구멍들을 마주보았다. 분화구 벽면에 뚫린 수많은 터널들의 입구인 셈이었다.

다른 두 아이보다 몸무게가 많이 나가는 로렌스는 더 이상 버틸 수가 없었다. 그는 숨을 헐떡이며 물었다.

"어떻게…… 어떻게 알지? 지름길로 들어가는 구멍이 어느 건지 알 수 있어?"

오스카는 한손만으로 가장자리를 붙잡고 다른 손으로 로렌스를 도와주었다. 로렌스가 오스카에게 미소를 지었다. 오스카의 노력에 그나마 마음이 조금 놓였던 것이다. 그러나 오스카 역시 오래 버티지 못하리라는 것은 그도 알고 있었다.

오스카는 터널이 몇 개나 있는지 훑어보았다. 최소한 열 개 이상이었다. 아무거나 골라잡고 운을 시험해보는 수밖에 없었다.

발랑틴이 씩씩하게 고개를 들었다.

"오스카, 이 지름길을 이용하면 전달 조직과 분해 조직을 거치지 않고 바로 GRIU로 들어갈 수 있다고 했지? 그 말이 맞는 거지?"

"응, 모린에게 들은 말로는 그래. 지름길로 들어가면 지하로 흐르는 강에 떨어질 거라고 했어."

발랑틴은 여러 개의 터널 입구를 앞에 두고 잠시 매달려 있었다. 이윽고 그녀가 친구들을 바라보며 활짝 웃어 보였다.

"여기야! 이 구멍이야! 확실해!" 발랑틴은 턱으로 다른 구멍들보다 유난히 작은 구멍 하나를 가리켰다.

"어떻게 알아?" 로렌스가 물었다.

"내가 누비던 강과 바다의 냄새가 나거든. 난 그 냄새를 어디서라도 알아차릴 수 있어! 구멍들 앞에서 냄새를 맡아봤는데 이쪽 구멍이 분명해. 내가 보장할게!"

"좋아, 어차피 우린 선택의 여지가 없어. 하나씩 시험을 해봐야해. 너에게 시험해볼 영광을 줄게. 마침 구멍이 바로 네 앞에 있잖아!" 오스카가 발랑틴에게 말했다.

발랑틴은 앞뒤로 몸을 흔들어 반동을 충분히 주면서 혀의 가장자리를 잡고 있던 손을 놓고 구멍 속으로 쏙 들어갔다. 터널 속으로 자취를 감추었던 발랑틴이 잠시 후에 입구로 되돌아왔다.

"괜찮아! 로렌스, 이제 네 차례야. 아래를 보지 말고 계속 앞만 봐. 그 상태로 구멍으로 들어오면 돼."

로렌스에게서 구슬 같은 땀방울이 뚝뚝 떨어졌다. 구멍 안으로 몸을 던지지 못하고 100미터 아래의 전달 조직으로 추락하는 것은 아닌지 두려웠던 것이다. 만에 하나 떨어지고도 기적적으로 살아남는다 해도 그다음에 친구들과 만날 방법이 아득했다. 오스카가 로렌스를 격려했다.

"해봐, 로렌스. 겁내지 마. 내가 등을 밀어줄 거고 발랑틴이 안에서 널 잡아줄 거야! 용기를 내!"

로렌스는 크게 숨을 들이마시고 통통한 몸뚱이를 앞뒤로 흔들더니 드디어 손을 놓았다. 그의 발이 가까스로 터널 입구에 닿았다. 한순간, 로렌스는 무사히 균형을 잡은 듯했다. 발랑틴이 그의 손을 잡아주었지만 로렌스는 너무 무거웠다. 그때 쿵 하고 충격이 일면서 로렌스는 머리부터 터널에 처박혔다. 뒤에서 대롱대롱 매달려 있던 오스카가 로렌스의 엉덩이를 세게 걷어찼던 것이다! 로렌스는 화가 나서 아픈 엉덩이를 문질러댔다.

"미안, 로렌스. 하지만 내가 안 그랬으면 넌 추락할 뻔했다고! 자, 이제 안쪽으로 좀 비켜봐!"

로렌스는 터널 속으로 들어갔다. 오스카가 힘차게 몸을 날려 친구들 옆으로 들어왔다. 마침 때가 잘 맞아떨어졌다. 혀가 서서히 닫히기 시작했던 것이다.

"가자!"

오스카는 그렇게 외치고 터널 안으로 달려갔다.

발랑틴의 말이 맞았다. 안으로 들어갈수록 그들은 GRIU에서 지하 통로로 불어오는 바람의 냄새를 뚜렷이 감지할 수 있었다.

펜던트를 회중전등 삼아 미궁처럼 구불구불 뻗은 수로를 따라가던 그들은 강이 아니라 어느 바닷가에 도착했다. 파도소리가 바위에 부딪쳐 요란하게 울려 퍼졌다.

세 친구는 수천 명의 사람들이 갈피를 못 잡고 사방팔방으로 뛰어다니는 모습을 보았다. 오스카는 그들을 유심히 관찰했다. 어떤 이들은 은빛 군복을 입은 군인들처럼 보였고 더러 일꾼처럼 보이는 사람들도 있었다. 그리고 또 어떤 이들은 민간인 같았다. 그들 중 상당수는 해변에 좌초된 배나 옆으로 쓰러진 잠수정을 둘러싸고 뱅글뱅글 돌며 낙심해 있었다.

발랑틴이 다리 위를 총총히 달려갔다. 원래는 바다 위에 떠 있는 다리였던 듯했지만, 지금은 붉은 바닷물이 쫙 빠진 터라 거의 모래사장에 닿아 있었다. 다만 다리 끄트머리만은 아직도 물에 떠 있어서 배들이 바닥에 선체가 닿지 않게 접근할 수 있게 되어 있었다.

군함 한 대가 막 출항하려는 순간이었다. 배에 타려는 인파가 몰려들었다. 대부분은 은빛 군복을 입은 사람들이었다. 은빛 군모가 반짝거렸다. 그러나 그들의 얼굴은 검정색 마스크에 가려 보이지 않았다. 다닥다닥 붙어 있는 방패들이 보였다. 군인들은 한시라도 빨리 떠나고 싶어서 안달이 난 것처럼 보였다. 발랑틴이 다시 친구들에게 달려왔다.

"봐봐. 해수면이 낮아졌어. 그래서 바닥까지 다 보이고 해안이 멀어 보이는 거야!"

오스카도 물가에 가까이 가보았다. 그런데 이상한 것들이 물에 둥둥 떠 있었다.

"이게 뭐야?"

"헤파톨리아에서 밀려온 잔해야. 다른 우주에서 온 것일 수도 있어.

이건 좋은 신호가 아닌데." 로렌스가 걱정스러운 얼굴로 말했다. "이렇게 잔해가 많이 떠 있다는 건 몸 전체에 산소가 잘 공급되지 않는다는 뜻이지. 어딘가에 손상이 일어난 거야. 그래서 GRIU에서 잔해가 떠밀려온 거라고."

오스카가 몸을 앞으로 내밀었다. 길쭉한 타원형 물체들이 먼 바다에 떠다니는 광경을 볼 수 있었다. 그는 눈살을 찌푸렸다. 번쩍하고 번개가 일면서 처참한 장면이 눈앞에 나타났다. 시체들이 물살을 타고 해안으로 떠밀려 왔던 것이다. 그중 몇몇 시체들은 한눈에 노란색 피부를 알아볼 수 있을 만큼 가까운 지점까지 밀려왔다. 로렌스의 얼굴이 창백해졌다.

"이 사람들은…… 헤파톨리아 산의 주민들이야. 나와 같은 족속이라고. 우리 가족에겐 아무 일도 없었으면 좋겠는데……." 로렌스는 기어들어가는 목소리로 중얼거렸다.

오스카는 로렌스의 기운을 북돋아주고 싶었지만 뭐라고 말을 해야 할지 몰랐다. 발랑틴이 그들 사이로 파고들었다.

"저 사람들에게 물어봤는데, 헤파톨리아 산 근처에 있는 포르트 강에서 피가 분출했대. 피가 계곡으로도 넘쳐흐르고 온통 난리가 났나 봐. 그래서 이곳은 물론 GRIU 전체의 수위가 갑자기 낮아진 거야. 에리트로사이트들도 많이 죽었대." 마지막 말을 덧붙이면서 발랑틴은 눈을 내리깔았다.

메디쿠스 소년은 동족의 사망 소식에 침울해하는 두 친구들에게 웃어 보이려고 애썼다. 오스카 자신도 아빠가 돌아가셨기 때문에 친구들이 어떤 기분일지 잘 알고 있었다. 그는 두 친구와 한층 더 가까워진 기분이 들었다.

"우리가 그곳에 가봐야해. 어쩌면 그 출혈 때문에 본즈가 죽어가는 중일지도 몰라. 본즈를 구해보자……. 어쩌면 너희 종족들도 우리가 구할 수 있을 거야."

발랑틴은 뺨에 흘러내리는 눈물을 훔치고 붉은 머리채를 매만지더니 떨리는 얼굴로 간신히 미소를 지어 보였다. 그녀는 기운을 되찾고 이렇게 말했다.

"네 말이 맞아. 그곳에 가야해! 본즈가 우리에게 어떻게 했는지 생각하면 얄밉지만 그래도 본즈를 구해야해!"

"저 배는 어디로 간대?" 로렌스가 물었다.

"출혈이 발생한 곳으로. 스롬보사이트* 연대가 피의 유출 사태를 해결하기 위해 출동하는 거야. 인간세계에서는 그런 걸 '출혈'이라고 부르지, 오스카?"

"맞아. 출혈이 일어나면 스롬보사이트들은 어떻게 하지?" 오스카는 위더스 부인에게 들은 말을 떠올리며 발랑틴에게 물었다.

"강에서 피가 유출됐다면 어딘가가 터졌다는 뜻이야. 저 군인들이 터진 데를 막고 강바닥을 고르게 다듬겠지. 하지만 포르트 강은 굉장히 크니까 꽤 어려운 작업이 될 거야……."

"어쨌든 우리도 그곳으로 가려면 저 군인들을 따라가야겠군." 로렌스가 결론을 내렸다.

"아니지. 저들보다 우리가 더 빨리 도착해야해. 어떡하지?" 오스카

★ Thrombocyte, '혈소판'을 뜻하며, 혈소판은 혈액의 성분 중 하나로 혈액 응고를 일으켜 피를 멎게 해주는 역할을 한다.

가 말했다.

오스카는 발랑틴을 향해 고개를 돌렸다. 그런데 조금 전까지 옆에 있던 발랑틴이 보이지 않았다. 두 소년은 발랑틴이 무슨 생각을 하는 건지 의아했지만 금세 그들의 이름을 부르는 소녀의 목소리를 들을 수 있었다. 발랑틴은 다리 끄트머리에 가 있었다. 오스카와 로렌스도 그쪽으로 허겁지겁 달려갔다.

"날 좀 도와줘. 내가 하라는 대로 해." 발랑틴이 친구들의 귀에 대고 소곤거렸다. "내가 신호를 하면 너희 둘이 저 사람의 주의를 끌어. 저기 부교 끝에 있는 키 큰 남자 말이야."

"하지만……."

"쉿!" 발랑틴은 로렌스에게 토를 달 여지를 주지 않았다. "입 닥치고 나만 믿어. 일단 한번 믿어보라고!"

잠시 후, 발랑틴은 자기와 몹시 닮은 키 큰 사내 옆에 가 있었다. 그남자도 에리트로사이트가 틀림없었다. 발랑틴은 남자를 향해 활짝 미소를 짓고 붉은 주근깨가 가득한 예쁜 얼굴을 갸우뚱하며 아무것도 모르는 청순한 소녀 행세를 했다. 남자는 발랑틴을 향해 한 번 웃어 보이고는 더 이상 신경 쓰지 않았다. 그러자 발랑틴이 가만히 손을 들었다. 오스카와 로렌스에게 보내는 신호였다.

오스카와 로렌스는 서로 얼굴만 마주보았다. 그러나 오스카는 곧 마음을 단단히 먹었다.

"아저씨, 부탁할 게 있는데요!"

남자가 두 소년에게 눈길을 주었다.

"아저씨, 제 친구가 몹시 아파요. 저를 좀 도와주실 수 없을까요?"

로렌스는 안경을 고쳐 쓰고 휘둥그레진 눈으로 오스카를 쳐다보았지만, 얼른 친구의 품에 쓰러지는 시늉을 했다. 오스카는 로렌스의 몸무게를 못 이겨 약간 휘청거렸다. 로렌스가 오스카에 소곤거렸다.

"자, 이건 아까 너한테 엉덩이를 걷어차인 복수다."

남자는 부리나케 두 소년을 향해 달려왔다.

"무슨 일이냐?"

로렌스는 더욱더 몸에 힘을 빼고 축 늘어져 당장 죽을 것처럼 신음소리를 내기 시작했다. 남자는 로렌스를 부축해서 오스카가 몸을 펼 수 있게 도와주었다. 오스카는 얼굴이 완전히 시뻘게져서 숨을 헉헉댔다. 얼굴색이 원래대로 돌아온 다음에야 간신히 입을 열 수 있었다.

"저도 모르겠어요. 얘가…… 배가 많이 아프대요. 바로 여기가요."

그러면서 오스카는 로렌스의 위장이 있는 위치를 손가락으로 있는 힘을 다해 꾹 눌렀다. 로렌스는 또다시 아프다고 비명을 질렀다. 물론 이번에는 진짜였다. 오스카는 터지려는 웃음을 참으며 친구에게 얼굴을 바짝 붙였다.

"이렇게 하면 적어도 연기는 자연스러워지잖아."

"나중에 두고 보자." 로렌스도 속닥거렸다.

로렌스를 살펴본 남자가 놀라며 말했다.

"그런데…… 아무렇지도 않아 보이는걸! 상처도 전혀 없는데!"

로렌스가 한쪽 눈을 뜨고 신음소리를 잠시 멈추었다.

"확실한가요?"

"네가 직접 보면 알 거 아냐!" 남자가 성가시다는 듯이 대꾸했다.

"음, 그럼 괜찮겠네요." 로렌스는 그렇게 말하며 툭툭 털고 일어났다.

그들을 바라보는 남자의 눈길이 험악해졌다. 아이들이 자신을 놀린다고 생각해서 기분이 불쾌해졌던 것이다. 로렌스는 이 상황을 어떻게 빠져나가야 할지 몰라서 더듬더듬 변명을 했다.

"친절하신 아저씨, 있잖아요, 제 친구 오스카 같은 메디쿠스와 다니면 얼마나 편리한지 몰라요. 굉장히 심각한 부상도 메디쿠스가 눈짓만 한 번 하면 눈 깜짝할 사이에 다 낫거든요."

로렌스가 오스카를 쳐다보았다. 더 이상 뭐라고 둘러댈 말이 없었다. 남자는 아직도 화가 나 있는 눈치였다.

"그런데 발랑틴 얘는 뭘 하고 있는 거야? 일이 꼬이고 있는 것 같은데……."

로렌스가 조그만 목소리로 투덜거렸다. 바로 그 때 둥그런 공 같은 것이 로켓처럼 물속에서 튀어나와 정확하게 두 소년 앞에서 정지했다. 조종석이 열리자 찰랑대는 붉은 머리칼이 나타났다.

"빨리, 빨리 타!"

두 소년은 두말할 필요 없이 냉큼 잠수정에 몸을 실었다. 발랑틴이 깜짝 놀라서 로렌스에게서 눈을 떼지 못했다.

"뭐야! 네가 이렇게 날쌔게 뛰는 건 처음 봤다, 야!"

"빨리 출발해!" 로렌스가 애원했다.

다리 위에 서 있던 남자는 무슨 일이 일어난 것인지 곧바로 깨닫지는 못했다. 그가 고개를 돌리고 사태를 파악했을 때에는 이미 너무 늦어버렸다.

"어이! 어어어어? 내 혈구를! 야, 이 불한당 같은 놈들아! 냉큼 돌아오지 못해! 못된 도둑놈들!"

남자의 고함소리는 곧 세 아이의 귀에 들리지 않게 되었다. 조종석은 굳게 닫혀 있었고 발랑틴이 혈구를 물 밑으로 몰고 들어갔기 때문이다.

"만세, 잘하는 짓이다! 이제 우린 잠수정 도둑이 됐어! 저 아저씨가 내 이름을 빨리 잊어버리기만 바랄 뿐이야. 그렇잖으면 위더스 부인이 내 목을 조를지도 몰라!" 오스카가 발랑틴에게 한탄했다.

"그래, 하지만 이건 그저 그런 혈구가 아니야." 발랑틴이 흥분으로 눈을 빛내며 설명했다. "이건 4인용 D6 혈구, 완전 최신 모델이거든! 끝내주지."

발랑틴이 어떤 버튼을 눌렀다. 잠수정이 속도를 내더니 미사일처럼 물을 가르고 신나게 전진했다. 세 아이는 좌석에 딱 달라붙어 꼼짝도 못했다. 발랑틴은 정신 나간 사람처럼 좋아했다.

"이 바보야, 속도 좀 낮춰! 넌 이걸 운전하는 법도 모르고 어디로 가야하는지도 모르잖아!" 로렌스가 소리를 질렀다.

빨간 머리 소녀는 어깨를 으쓱했다.

"아, 문제없어! 일단 난 D5를 몰 줄 알아. D6라고 해서 뭐가 그리 다르겠어? 그리고 말이야. 넌 이게 뭔지 알아?"

로렌스가 고개를 저었다. 자신이 뭔가를 모를 때면 늘 그렇듯이, 그는 기분이 상해 있었다.

"헛똑똑이 박사님, 이게 바로 GPS라고 하는 겁니다요. 제가 벌써 포르트 강으로 우리를 데려다줄 데이터를 입력했으니, 우리는 이 기계가 가라는 대로 가기만 하면 되지요! 자, 이제 가보자! 야호!"

발랑틴은 아까보다 더 속도를 냈다. 그들은 GPS가 가리키는 정확한 지표를 따라 피의 물살을 헤치고 나아갔다. 이윽고 헤파톨리아의 검은 하늘 지붕 아래 땅을 가로질러 흐르는 강물에 이르렀다.

그들이 목적지에 접근할수록 교통의 흐름이 나빠졌다. 수면에는 온갖 종류의 선박 들이 떠다녔고 물 밑은 물 밑대로 대만원이었다. 발랑틴은 잠수정과 물속에 정체되어 있는 Prot&In 장비와 오스카가 한 번도 보지 못한 오만 가지 수중 생물들을 요리조리 솜씨 좋게 피해갔다. 가시가 잔뜩 돋은 알록달록한 공 모양의 생물도 있었고 거대한 뱀, 복잡한 기계, 공장의 축소 모형처럼 생긴 구조물 따위도 있었다. 발랑틴은 시속 300킬로미터 속도로 달리는, 곡예에 가까운 운전을 계속하면서 친구들에게 설명했다.

"여긴 없는 게 없지. 바이러스, 쓰레기, 한 우주에서 생산해서 다른 우주로 운반하는 물품까지. 물론 여러 세대를 총망라하는 수많은 혈구들은 말할 것도 없고. 저기 저 잠수정 보여? 저건 림포사이트* 순찰대야."

"저들의 역할은 뭔데?"

"림포사이트는 경찰이야!" 발랑틴은 살짝 속도를 늦추어 그들 앞을 지나가면서 대꾸했다. "위험 분자들을 체포하려고 여기 온 거지. 하지만 내 생각에 저들은 도로 감시도 맡고 있는 것 같아. 음, 계속 떠들기만 하다간 포르트 강으로 빠지는 길을 놓치겠네!"

발랑틴은 카레이서 뺨치게 급커브를 틀어서, 놓칠 뻔했던 입구에 간발의 차로 진입했다. 잠수정은 좁은 수로로 들어섰다가 다시 강으로 나

★ Lymphocyte, '림프구'를 뜻하며, 림프구는 백혈구의 하나로 면역 반응을 담당한다.

왔다. 앞으로 나아갈수록 강폭이 점차 넓어졌다.

발랑틴은 GPS 화면을 흘끗 보고 지금까지 쓰고 있던 운전자용 선글라스를 벗더니 두 친구들에게 고개를 돌렸다.

"포르트 강에 오신 것을 환영합니다, 친구들."

발랑틴은 속도를 늦추지 않을 수 없었다. 주위에서 수많은 군용 잠수정들이 물살을 타고 그들을 앞질러 나아가고 있었기 때문이다. 다른 이들은 군인들과는 반대로 물살을 거슬러 도망가려고 아등바등하고 있었다. 오스카는 스롬보사이트들로 가득 찬 거대한 잠수정을 손가락으로 가리켰다. GRIU의 소방수들이라고 해도 과언이 아닌 그들은 최대한 빨리 출혈 현장에 도착하기 위해 부지런히 전진하는 중이었다.

"저들을 따라가, 발랑틴!"

소녀는 오스카가 시키는 대로 했다. 붉은 물속으로 파고드는 빛이 눈에 띄게 약해졌다. 로렌스가 불안해했다.

"무슨 일일까?"

"나도 몰라. 여기가 어딘지 봐야하니까 일단 물 밖으로 올라갈게."
발랑틴이 대답했다.

잠수정이 솟아오르자 아이들은 조종석 너머를 바라보았다. 주위의 풍광을 알아보기란 어렵지 않았다.

"산이다! 아까는 산 그림자가 강에 비쳐서 어두워졌던 거야!" 로렌스는 고향을 다시 보는 감격에 벅차서 큰소리로 말했다.

오스카는 바깥 풍경을 말없이 바라보았다. 지난번에는 헤파톨리아 산에서 나오는 길과 닿아 있는 작은 지류를 둘러보았을 뿐이었다. 산과 강의 경치는 기막힌 장관이었다. 시원하게 쭉 뻗은 강이 계곡 사이로 흐르고 있었다. 산으로 들어가는 입구와 닿아 있는 강의 물살에는 힘이 넘쳤다. 그런데 오늘은 물에 힘이 쪽 빠져 있었다. 강물의 흐름이 너무 약해서 잠수정이 속도를 내려면 엔진을 더 많이 가동해야만 했다. 로렌스가 입을 열었다.

"굉장히 심한 출혈이 틀림없어. 강물의 수위가 너무 낮아져서 압력이 부족해. 이래선 앞으로 나아갈 수도 없겠어. 행여 우리가 너무 늦게 도착했다가는……"

"봐봐! 여기!" 발랑틴이 소리를 질렀다.

오스카는 무슨 일인지 더 자세히 보려고 조종석 창에 얼굴을 바짝 붙였다.

강물이 산 한복판으로 진입하는 바로 그 지점에 거대한 피 웅덩이가 고여 있었다. 강물이 강바닥에서 모두 그쪽으로 쏠려버린 듯했다.

"저기로 강물이 몽땅 빠지는 것 같아. 헤파톨리아 광산에 있는 사람들은 넥타를 만들 산소와 원자재가 부족해서 고통받고 있겠지. 그러다 그들이 모두 죽어버리면 어떡하지?" 로렌스가 울먹울먹했다.

"더 이상은 갈 수 없어. 너무 위험해. 강물이 너무 얕아져서 더 이상은 이걸 몰고 갈 수가 없어." 발랑틴이 말했다.

"그럼 저 다리 근처에 세워줘. 거기서 내려서 걸어가자." 오스카가 부탁했다.

잠시 후 그들은 D6 잠수정에서 내렸다. 발랑틴은 흡족한 표정으로 D6를 마지막으로 한 번 더 바라보았다.

"괜찮은데. 해안에서 살짝 힘이 달리긴 하지만 그래도 꽤 괜찮아."

오스카가 발랑틴의 팔을 잡아당겼다. 그들은 강물이 산속으로 흘러

들어가는 지점, 출혈이 일어나고 있는 그 현장을 향해 열심히 달려갔다.

현장에 도착해보니 아수라장도 그런 아수라장이 없었다.

그들보다 조금 일찍 도착한 스톰보사이트들은 사방으로 콸콸 흘러나가는 물줄기를 막으려고 노력하고 있었다. 한 무리가 강둑을 따라 길게 늘어서서 커다란 방패로 솟아오르는 물살을 막고 있었고, 또 다른 무리는 강바닥을 복구하기 위해 흙을 열심히 집어던지고 있었다.

"그런데 왜 강둑이 터져서 이 지경이 됐을까?" 로렌스가 물었다.

그 물음에 답하듯, 가까운 곳에서 폭발음이 일어나 산 전체에 울려 퍼졌다.

"저건 뭐야?" 발랑틴이 불안해하며 물었다. 그녀는 이런 폭발음을 난생처음 들어보았던 것이다.

"이리 와. 강 건너편에서 소리가 났어! 강을 건너가야해!" 오스카가 말했다.

물론 군대 때문에 강을 건널 수는 없었다. 그들은 산기슭까지 걸어가서 그곳에 놓인 다리를 건너가야만 했다.

다리를 건너가서 보니 산속으로 흘러들어가는 강어귀를 굽어보는 높은 언덕 위에 한 남자가 서 있었다. 남자는 붉은 깃이 달린 검은 옷을 입고 검정색 복면을 쓰고 있었다. 로렌스가 맨 먼저 외쳤다.

"오스카! 저기 봐! 언덕 위에 파톨로구스가 있어! 저 자가 폭탄을 던져서 출혈을 일으켰던 거야!"

아이들은 깜짝 놀라 서로 얼굴을 쳐다보았다. 파톨로구스가 본즈의 몸에 들어와 그를 죽이려고 했던 것이다! 본즈가 파톨로구스와 내통하

여 오스카와 친구들이 파바로티의 몸속에 있다는 정보를 빼돌린 배신
자라면, 이런 일이 가능할까?

아이들은 더 이상 아무것도 알 수 없었다. 그러나 안다고 해도 이미
너무 늦었다. 지금 중요한 것은 본즈를 구하는 것이었다.

오스카는 앞장서서 파톨로구스를 향해 달려갔다. 용기를 내기 위해
달리면서도 펜던트를 손으로 꼭 쥐었다. 다른 쪽 손은 주머니에 넣어
가족사진이 들어 있는 사진첩을 잡았다. 로렌스와 발랑틴도 오스카를
따라 달려갔다.

남자는 다리를 달려오는 세 아이를 발견했다. 바로 그 순간, 스롬보
사이트 군대도 잠수정에서 쏟아져 나오기 시작했다. 그 뒤에 따라오던
완전 무장을 갖춘 림포사이트 대원들도 다리 건너편에 있는 파톨로구
스를 발견하고 더욱더 걸음을 재촉했다.

언덕 위에 있는 파톨로구스는 아주 침착하게 강둑에서 일어나는 동
향을 지켜보고 있었다. 오스카는 조심해야겠다는 생각이 들어서 친구
들에게 말했다.

"저걸 좀 봐. 경찰과 군대가 모두 자기를 향해 돌진하는데도 눈 하나
깜짝하지 않고 있어."

검은 옷의 남자는 무리가 다리 한가운데쯤 밀려올 때까지 기다렸다
가 비로소 한 손을 번쩍 들었다. 그의 손에는 작은 금속 상자가 들려 있
었다. 파톨로구스가 빙그레 웃으며 리모컨을 누르자 무시무시한 굉음
이 울려 퍼졌다. 자욱한 연기가 걷히고 난 후에 다리는 온데간데없이
사라졌다. 군인들은 강물에 휩쓸려버렸다. 스롬보사이트의 방패들만
수면에 군데군데 떠 있을 뿐이었다.

언덕에서 울려 퍼지는 차가운 웃음소리에 세 아이는 피가 얼어붙는 것 같았다. 그들은 이 처참한 살육의 현장을 목격하고 아무 말도 할 수 없었다.

"나쁜 자식!" 발랑틴은 욕설을 퍼부으며 끔찍한 광경을 더 이상 볼 수 없어 눈을 감았다.

그러자 강 건너편에서 남자가 외쳤다.

"자, 꼬맹이 메디쿠스야, 왜 또 나를 찾아왔지? 너도 친구들과 같이 강을 건너와서 나와 한번 겨뤄보지 그러냐?"

오스카는 치밀어 오르는 분노를 주체할 수 없었다. 소년의 고함소리가 바람을 타고 건너갔다.

"비겁한 자식! 네가 다리를 폭파하지만 않았더라면, 당장 강을 건너가 '꼬맹이 메디쿠스'가 본때를 보여줬을 거다!"

"말 잘했어, 오스카!" 오스카만큼 화가 나 있던 발랑틴이 옆에서 거들었다.

남자는 아까보다 더 기세 좋게 웃어 젖혔다.

"너도 네 아비 못지않게 잘난 체하는 놈이로구나. 하지만 우리는 네 아비를 이겼지…… . 겁내지 마라, 너 또한 이제 네 아비와 똑같은 신세가 될 테니까." 파톨로구스가 금속 상자를 휘두르며 말했다. "너희들도 우리의 왕자께서 자유의 몸이 되셨다는 것을 알고 있을 테지. 이번에는 아무도 그분을 막을 수 없을 거다! 이젠 정말 끝이다!" 파톨로구스가 언덕 위에서 큰소리로 외쳤다.

그 말을 듣고 세 아이는 몸을 떨었다. 오스카는 주먹을 불끈 쥐었다. 남자는 감히 그의 아빠를 모욕했지만 어쩔 도리가 없었다. 오스카는 파톨로구스가 지껄이는 소리를 들으면서 어째서 브레이브 씨와 위더스 부인이 그랜드 파톨로구스의 탈출을 그토록 심각하게 여기는지 이해할 수 있을 것 같았다.

그들 바로 옆에서 또다시 폭발이 일어났다. 붉은 강물이 넘쳐흘러 계곡 쪽으로 빠져나가기 시작했다. 잠수정들이 상륙을 시도했지만 강물이 빠른 속도로 빠지면서 수위가 낮아지고 있었다. 저 멀리 스롬보사이트들이 탄 또 다른 대형 선박이 보였지만 그 배도 좌초될 위험 때문에 더 이상 앞으로 나아오지 못하고 있었다. 결국 군인들은 파톨로구스가 폭탄을 투하한 지점에서 아주 먼 곳에 상륙해서 도보로 이동하는 수밖에 없었다. 저들이 올 때까지 기다렸다가는 너무 늦고 말 것이다. 그땐 본즈의 출혈이 너무 막대해질 것이다.

로렌스가 맨 먼저 행동에 나섰다.

"오스카, 뭔가 손을 써야해! 빨리! 이제 곧 우리가 저 미친놈이 던진 폭탄에 날아갈 판이야! 펜던트나 케이프를 쓸 수는 없는 거야? 난 잘 몰라!"

오스카가 무기력하게 펜던트의 문자를 내려다보았다.

"난 아직 완벽한 메디쿠스가 아니야. 그리고 메디쿠스의 진짜 무기는 각각의 우주에서 획득한 트로피란 말이야. 지금 당장은 케이프를 던져서 방어막을 치는 정도밖에 못해!"

지척에서 폭발이 다시 일어나 세 아이에게 강물을 튀겼다. 아이들은 물살에 휩쓸리지 않기 위해, 아직 남아 있는 다리의 잔해를 붙들고 늘어졌다. 발랑틴이 화가 나서 진흙투성이 땅바닥을 발로 동동 굴렀다.

"망할 파톨로구스! 저 자식도 물에 빠뜨려버렸으면 좋겠다! 흠씬 두

들겨 패든가, 벼락이라도 떨어뜨리든가!"

그때 오스카가 눈을 빛내며 발랑틴을 바라보았다. 그는 검은 하늘을 향해 눈을 들었다.

"방금 한 말 다시 한 번 해볼래?"

"음, 난 그냥 우리가 저 놈한테……."

"벼락을 떨어뜨렸으면 좋겠다고 했잖아! 그래! 너희 둘이 있으니까 한번 해볼 수 있겠어!"

오스카는 검은 하늘을 끊임없이 가르는 번갯불에서 눈을 떼지 않은 채 중얼거렸다. 그는 얼른 케이프를 풀어서 펜던트를 그 위에 올려놓았다.

"이제 올라가! 케이프야, 하늘로 올라가!"

케이프가 팽팽하게 펴지더니 오스카의 손을 떠나 둥실 떠올랐다. 케이프는 눈 깜짝할 사이에 소중한 펜던트를 싣고 하늘 높이 날아올랐다. 오스카는 친구들과 눈빛을 교환했다.

"이 방법이 통한다면……."

"너 뭐하는 거야? 케이프가 없으면 우리는 아무것도 할 수 없잖아! 게다가 기원의 문자까지! 그러다 영영 여기서 못 나가게 되면……." 발랑틴이 소리를 질렀다.

로렌스는 아무 말 없이 하늘로 올라가는 케이프를 보고만 있었다.

"그래! 펜던트는 금속으로 되어 있지! 저기에 번갯불이 닿으면 엄청난 전기가 흐르게 될 거야!"

로렌스의 말을 듣고 발랑틴도 두근거리는 가슴으로 케이프를 쳐다보았다.

"올라가라, 올라가, 귀여운 케이프야, 우릴 도와줘……."

바로 그 순간, 거센 돌풍이 일어나 케이프를 마구 뒤흔들었다. 파톨로구스가 저 멀리서 또 폭탄을 터뜨린 것이었다. 그는 오스카가 뭘 하려는 것인지 정확히 알지 못했지만 경계심을 곤두세우고 있었다. 그래서 폭발로 바람을 일으켜 펜던트를 케이프에서 떨어뜨리려고 했다. 케이프 바로 아래서 또 한 번 꽝음이 일어났다. 그래도 케이프는 그럭저럭 고도를 서서히 높여가고 있었다. 세 아이는 숨을 죽였다. 로렌스는 눈을 감아버렸고 발랑틴은 케이프가 어떻게 될까 봐 겁이 나서 오스카 뒤에 숨었다.

안타깝게도 마지막 폭발이 직격타가 되었다. 아직 충분히 높이 올라가지 못한 케이프가 폭발에 휘말려 허공에서 뱅글뱅글 돌았다. 오스카의 펜던트는 위험천만하게 옆으로 미끄러지는가 싶더니 결국 허공으로 떨어지고 말았다.

그 순간, 들썩들썩하던 하늘이 쫙 갈라지듯 엄청난 번갯불이 일어났다. 눈을 뜰 수 없을 정도로 강렬한 빛 때문에 헤파톨리아 산과 계곡이 환해졌다. 그 자리에 있던 모든 이들이 꼼짝도 못하고 홀린 듯이 하늘만 쳐다보았다. 번갯불이 길게 뻗어가면서 떨어지고 있던 펜던트를 정통으로 후려쳤다. 바로 옆에 있던 케이프로 미세한 불똥이 쫙 퍼지고 여기저기 불꽃이 일어났다.

오스카의 펜던트가 불의 공으로 변했다. 그 공은 대기를 가르고 빛나는 꼬리를 지그재그로 드리우며 눈 깜짝할 찰나에 언덕 위로 내리꽂혔다. 석상처럼 굳어진 파톨로구스가 서 있던 바로 그 자리에.

끔찍한 비명소리와 함께 그가 발을 디디고 있던 땅이 폭발하면서 산산조각 났다. 먼지가 가라앉고 치솟았던 물줄기가 떨어질 무렵, 눈부신 빛도 세 아이의 시야에서 차츰 걷혔다. 언덕 위에는 아무것도 없었다. 아무것도…… 그저 붉은 깃이 다리 밑에 떠 있을 뿐이었다.

세 아이는 안도의 한숨을 쉬었다. 하지만 이번에는 마냥 기쁜 것은 아니었다. 비록 그들을 위협했던 원수의 죽음일지라도 더 이상 죽음을 보고 싶지 않았다.

오스카는 서둘러 케이프를 주우러 달려갔다. 케이프는 기적적으로 그들이 서 있던 강둑 쪽에 떨어져 있었다. 살짝 타서 눌은 냄새가 나긴 했지만 벼락을 맞고 그렇게 버텨준 것만 해도 천만다행이었다. 군데군데 갈색으로 그을리긴 했지만 별 문제는 없었다. 오스카는 케이프를 어깨에 두르고 심각한 얼굴로 언덕을 바라보았다. 이제 이런 일에도 익숙해져야 할 것이다. 한 치의 양보도 없는 싸움, 누구 하나가 죽을 때까지 밀어붙이는 싸움에 습관처럼 여겨야 할 것이다. 그러나 이런 일을 받아들이기에 열두 살은 아직 어린 나이였다.

황금빛 꼬리가 검은 하늘을 가로지르는가 싶더니 펜던트가 날아와 주인의 목에 착 감겼다. 발랑틴과 로렌스가 오스카에게 다가왔다. 그 사이에 스롬보사이트 부대가 드디어 강에 진입하여 보수 작업을 하기 시작했다. 발랑틴이 그 군인들을 바라보며 말했다.

"포르트 강에서 피를 너무 많이 흘리지만 않았다면 저 사람들이 본즈를 구할 수 있을 거야."

"설령 본즈가 배신자라고 해도 꼭 그렇게 되기를 바라. 게다가 본즈가 정말로 배신자라면 왜 파톨로구스가 그의 몸에 들어와 그를 죽이려고 했는지 이해가 안 돼."

"오스카, 어쩌면 파톨로구스가 죽이려고 했던 상대는 '너'였을 거야." 로렌스가 넌지시 말해보았다.

"그럴 리 없어. 어차피 그들은 우리가 파바로티의 몸에 들어갈 거라는 정보를 쥐고 있었어. 하지만 어떻게 내가 본즈의 몸에도 들어갈 거라고 예측할 수 있었겠어?"

"그렇지만 그 파톨로구스는 너를 알아보았잖아……."

발랑틴이 그들의 대화를 중단시켰다. 그녀는 피곤에 지친 미소를 보이며 이렇게 말했다.

"한 사람은 너의 의문에 대답을 줄 수 있을 거야. 메디쿠스들의 그랜드 마스터 말이야. 그러니 우린 돌아가는 게 어떨까?"

그들이 이야기를 주고받는 동안 스롬보사이트 지원부대를 실은 거대한 선박이 강물을 타고 산어귀로 들어가는 데 성공했다. 보수 작업이 착착 진행되면서 강물의 수위가 눈에 띄게 높아지고 있었다.

로렌스가 파톨로구스가 파괴한 다리의 잔해 위로 기어 올라갔다.

"이런 말을 하게 되서 유감이긴 한데 한 가지 문제가 있어……."

오스카와 발랑틴도 로렌스 옆으로 가보았다. 그들도 대번에 사태를 파악했기 때문에 로렌스는 굳이 더 설명할 필요가 없었다. 선박이 들어오면서 잠수정이 빠져나갈 자리가 보이지 않았다. 게다가 물살을 거슬러 이동하기란 몹시 힘들어 보였다. 로렌스가 한 마디를 더 보탰다.

"그렇다고 손 놓고 여기에 있다가는 우리 모두 익사하고 말 거야! 저걸 봐, 스롬보사이트들이 작업을 하면서부터 강물이 자꾸 불어나고 있어. 게다가 이젠 강 건너편 언덕으로 피신할 수도 없어. 다리가 다 망가져버렸잖아!"

"한 가지 방법이 있어. 산속으로 들어가는 거야. 거기서 출구를 찾아 우리가 아는 강 건너편으로 나가면 돼, 발랑틴. 저번에도 그랬듯이 그곳에 가면 메디쿠스의 카뒤세를 찾을 수 있을 거야!" 오스카가 말했다.

"로렌스, 네가 앞장 서. 여기는 네가 살던 곳이잖아, 안 그래?" 발랑틴이 말했다.

로렌스는 긴장한 표정으로 고개를 끄덕였다.

"그럼 빨리 움직이자. 이제 곧 강물의 수위가 높아져서 강둑을 따라 산속으로 들어가기도 힘들어질 테니까."

번개

세 친구는 붉은 물이 끊임없이 불어나는 강줄기를 따라 힘차게 달리기 시작했다.

그들은 거대한 동굴 속으로 들어갔다. 천장에 박힌 수천 개의 인공 조명들이 동굴 안을 환하게 밝혀주었다. 그 광경은 무수한 별들이 빛나는 맑은 밤하늘을 연상케 했다. 오스카에겐 어린아이답게 지내던 원래의 세상으로 돌아가고 싶다는 바람밖에 없었다.

로렌스는 헤파톨리아 산을 손바닥 들여다보듯 훤히 알았으므로 당당하게 앞장을 섰다. 그들은 동굴을 지나 계단을 올라가 높은 곳에 마련된 단 같은 곳에 이르렀다. 그렇게 위에서 내려다보니 산속으로 흘러들어오는 강물이 더 위압적으로 보였다. 스롬보사이트들이 산에 진입했고, 헤파톨리아 광산에서 일하던 사람들도 드디어 축 늘어져 있던 고개를 들기 시작했다. 마침내 산소가 공급되었던 것이다. 로렌스가 친구들을 돌아보았다.

"내 뒤에 꼭 붙어 있어야해."

그다음부터는 미로 찾기가 따로 없었다. 발랑틴과 오스카는 로렌스와 너무 거리가 벌어지지 않게끔 좌우를 돌아보지 않고 열심히 따라가는 데에만 집중했다. 로렌스가 없다면 절대로 이곳에서 빠져나갈 수 없을 것 같았다.

기온은 점점 높아졌다. 케이프까지 걸친 오스카는 땀이 뚝뚝 떨어질 지경이었다. 끝나지 않을 것처럼 길게 느껴진 시간이 흐르고, 드디어 미로의 끝이 보였다. 세 친구는 벌집 비슷하게 생긴 널찍한 방으로 나왔다.

오스카와 발랑틴은 눈앞에 펼쳐진 광경에 마음을 뺏겨, 잠시 걸음을 옮기지 못했다.

맞은편 벽에 수천 칸의 벌집 구멍들이 보였다. 그 구멍들은 불투명한 유리로 막혀 있었다. 벌집 한 칸의 폭은 사람의 키만 했고 불투명한 유리창 안쪽에는 전구가 들어 있는 듯 빛이 새어나오고 있었다. 그 때문에 벌집에서 흘러나오는 은은한 금빛이 방 안을 온통 물들였다.

오스카는 그곳을 더 자세히 관찰하려고 고개를 앞으로 내밀었다. 벌집 구멍마다 아래쪽에는 작은 구멍이 뚫려 있었다. 그 구멍에서 흘러나오는 액체를 오스카는 어렵잖게 알아볼 수 있었다. 그게 바로 담즙, 그 유명한 헤파톨리아의 넥타였다. 벌집 구멍들이 늘어서 있는 줄을 따라 아래쪽에 관 같은 것이 지나가고 있었다. 그 관을 통해 귀중한 넥타를 모으는 것이 분명했다.

그 벽 아래쪽에서 헤파톨리아 사람들은 컨테이너에 담즙을 싣느라 열심히 일하고 있었다. 그렇게 보관된 담즙은 다시 트럭에 실렸다. 희한하게도 여기서 일하는 헤파톨리아 사람들은 로렌스와 전혀 비슷하지 않았다. 열기 때문에 조금 발그레지긴 했지만, 그들의 피부색은 보통 인간들과 똑같았다.

"헤파톨리아의 광산이로구나." 오스카가 감개무량하게 말했다.

"저 트럭들은 어디로 가는 걸까?" 발랑틴이 물었다.

"당연히 베지퀼 대호수로 가겠지. 그곳에 넥타를 저장하니까. 기억 안 나? 그러니까 산에서 빠지는 길로 갈 거라 이 말씀이야." 오스카가 대답했다.

"우리도 산의 출구로 가려고 했었잖아. 얼른 서둘러! 이렇게 늑장 부리다간 거기까지 가지도 못해!" 로렌스가 재촉했다.

로렌스는 불편해하며 이곳을 한시바삐 떠나려 하는 기색이 누가 봐도 역력했다. 그는 발랑틴의 소매를 잡아당겼지만 발랑틴은 거대한 벌집에서 눈을 떼지 못했다.

"로렌스, 이 벌집 안에는 뭐가 있어? 유리 너머에 뭐가 있냐고. 노르스름한 빛 말고 잘 안 보이는데……."

"아무것도 없어." 로렌스가 서둘러 대꾸했다. "아무것도 없다니까. 여기선 담즙을 만들어. 그게 다야. 이제 빨리 가자. 누가 우릴 알아보면 난 여기서 빠져나갈 수 없어."

친구들은 로렌스의 말에 따랐다. 그의 심정을 이해할 것도 같았다. 로렌스는 이 산을 떠나기 위해 모든 것을 걸었었다. 그가 두려워하는 한 가지가 있다면 그건 이곳에 다시 매여 사는 것이리라. 그렇다고는 해도 오스카와 발랑틴이 로렌스가 이처럼 초조해하는 모습을 보는 것은 처음이었다. 로렌스가 뭔가 다른 것을 감추고 있는 게 아니라면……

광산을 떠나려는 순간, 오스카는 사다리를 타고 올라가 있는 두 명의 일꾼을 보았다. 그들은 어느 벌집 구멍에서 작업하는 중이었는데 부산하게 웅성거리는 소리 속에서 톱과 망치 소리가 울려 퍼졌다. 오스카는 그쪽을 흘끗 보다가 깜짝 놀라서 그 자리에 굳어버렸다.

두 일꾼은 구멍 안쪽의 불투명한 유리창을 떼어낸 참이었다. 덕분에 유리에 가려 보이지 않던 부분이 드러났다. 그 안에는 중키의 한 남자가 손목과 발목이 사슬에 묶인 채 갇혀 있었다. 남자는 돌로 된 단에 누워 있었는데 그 단 밑에 불이 활활 타오르는 작은 가마가 놓여 있는 게 아닌가! 남자의 피부색은 로렌스처럼 누르스름했고 두루뭉술한 체형도 놀랄 만큼 비슷했다. 그는 발가벗고 있었는데 밑에서 불을 뜨겁게 지펴대는 탓에 노란색 땀을 연신 흘려댔다. 그 노란색 땀이 바로 이 광산에서밖에 구할 수 없다는 헤파톨리아의 넥타였던 것이다.

일꾼들은 그 가엾은 남자의 입에 튜브를 꽂고 구멍 바깥쪽으로 나오더니 유리를 다시 끼웠다.

발랑틴과 오스카는 그 참혹한 광경 앞에 할 말을 잃고 가만히 서 있었다. 그러다가 등 뒤에서 들려온 목소리에 함께 소스라쳤다.

"이제 담즙이 어떻게 만들어지는지 알았겠지."

로렌스가 고개를 푹 수그리고 말했다. 그는 감히 친구들의 얼굴을 보지 못했다. 친구들도 뭐라고 말을 할 수가 없었다. 마침내 로렌스가 모든 것을 털어놓았다.

"나는 단순한 헤파톨리아 주민이 아니야. 난 '헤파토사이트*' 부족의 일원이니까. 우린 다른 주민들과 달라. 저렇게 입에 관을 꽂아서 영양분을 잔뜩 주입하고 온도를 높게 유지해주면, 우리 몸에서 넥타를 만들어 살갗으로 배출하는 거야. 그러니까 우리가 없으면 광산에선 아무것도 만들 수 없어."

"그래서 너희 집에서 네가 떠나지 못하게 했던 거로구나." 발랑틴이 측은해하며 말했다.

"우리 가족은 헤파토사이트로 사는 게 대단한 영광이라고 생각해! 하지만 난 아니야. 내 인생을 저런 감방에 갇혀서, 뜨거운 판에 누워서 보내고 싶진 않아. 책도 못 읽고, 어디 다니지도 못하고, 꼼짝도 못하고 살고 싶지 않아! 난 너희들이 사실을 알게 될까 봐 두려웠어. 나를 비겁한 도망자라고 생각할 것 같았어."

"넌 절대로 비겁하지 않아." 오스카가 곧바로 대꾸했다. "이런 구멍에 갇혀서 살기에 넌 너무 똑똑해. 난 널 이해해. 이건 끔찍한 일이야! 어쨌든 우리는 너와 함께 있는 게 좋아!"

오스카는 발랑틴을 빤히 들여다보며 살짝 발로 쿡쿡 찔렀다. 발랑틴이 잠깐 멈칫했다가 서둘러 맞장구를 쳤다.

"당연한 얘기지! 있잖아, 어찌 됐건 나 역시 비슷한 신세야. 나도 내 인생을 혈구에 처박혀 보내고 싶진 않았어……."

로렌스가 안심하며 친구들을 보고 웃었다.

"좋아, 그럼 이제 '집'으로 돌아가도 되는 거야?"

"그래! 모두 쿠미데스 서클로 출발!" 발랑틴이 신나게 외쳤다.

★ Hépatocyte, '간세포'를 뜻하며, 간세포는 담즙을 만들고 신체 대사 기능을 하며 항상성 유지에 도움을 준다.

세 친구는 광산을 나와 복잡하게 얽히고설킨 지하 통로를 다시 지나갔다. 마침내 더 널찍한 길로 빠지게 되었다. 오스카는 헤파톨리아 산에서 빠져나갈 수 있는 에독 협곡까지 왔다는 것을 알았다. 협곡 저 끝에는 지난번에 비행기들이 이륙하고 착륙하는 광경을 보았던 거대한 동굴이 있었다. 로렌스가 숨을 헐떡이며 말했다.

"자, 거의 다 왔어. 하지만 지난번과 같은 길로 갈 수는 없어. 이번에는 시스틱 수로와 구름다리를 거치지 않고 베지퀼 대호수를 빙 둘러서 댐 반대쪽으로 나갈 거야. 그쪽 길은 하나도 위험하지 않아. 그 길로만 쭉 가면 출구가 나와!"

오스카는 걸음을 늦추었다. 앞서 가던 친구들이 뒤돌아서서 오스카가 따라오기를 기다렸다. 발랑틴이 물었다.

"오스카, 또 왜 그래? 무슨 일이라도……."

발랑틴은 말을 다 맺지 못했다. 오스카가 케이프를 들추자 허리띠에 매달린 첫 번째 가방이 저절로 열리면서 유리병이 허공으로 떠올랐다. 유리병은 햇불처럼 밝게 빛났다. 발랑틴은 오스카가 무슨 생각을 하는지 단박에 알아차렸다. 오스카는 첫 번째 우주에서 트로피를 가져가야만 했다. 두 번째 우주로 넘어가려면 모든 메디쿠스가 응당 그래야했다. 그리고 이제 오스카가 그 임무를 완수할 때가 왔다.

로렌스가 오스카에게 걸어오며 한숨을 쉬었다.

"아, 안 돼, 이럴 수는 없어……. 이러다 영영 여기서 못 나가겠다!"

오스카는 훌쩍 뛰어 베지퀼 대호수가 펼쳐진 거대한 동굴 지붕 아래로 달려갔다. 그곳에는 매우 긴 발코니가 거대한 동굴 벽을 빙 둘러 설치되어 있었다. 발코니에서 수십 미터 아래는 노르스름한 호수의 물결이었다. 매끈한 수면은 반들반들한 노란 광물인 호박으로 만든 거울을 보는 듯했다. 친구들도 오스카를 따라왔다.

"오스카, 어떻게 유리병을 채우겠다는 거야? 사다리도 없는데 저기까지 어떻게 내려가려고?"

"이 발코니 끝에는 뭐가 있지?"

"비행기들이 세워져 있는 격납고와 출구가 있지! 자, 빨리 가자. 넥타는 다음 기회에 담아가자! 우리가 겪은 일을 감안하면 브레이브 씨도 절대 너에게 뭐라고 하진……."

오스카는 무작정 달리기 시작했다. 발랑틴과 로렌스도 그를 쫓아갔다. 그들이 산에서 빠지는 출구에 도달했을 때에는 오스카의 모습이 이미 보이지 않았다. 발랑틴이 친구의 이름을 큰소리로 불렀다.

"오스카! 오스카!"

"여기야."

그것은 오스카의 목소리였다. 그는 조금 멀찍이 물러서서 그늘 속에 숨은 채 무엇인가를 노려보고 있었다. 로렌스가 고개를 절레절레 흔들었다.

"아, 안 돼, 제발. 너 설마……."

"발랑틴, 너 '저거' 몰 수 있겠어?" 오스카는 로렌스가 툴툴거리는 소리에 신경도 쓰지 않고 물었다.

발랑틴이 흥미롭다는 표정으로 다가갔다.

그들 앞에는 시동이 꺼진 세 대의 비행기가 출구 쪽을 향해 놓여 있었다. 격납고에는 그들밖에 없었고 지금은 음식물에 담즙을 살포하기 위해 출동하는 시각도 아닌 듯했다. 본즈는 몇 시간 전부터 아무것도 먹지 않았을 것이다. 따라서 비행기 조종사들은 지금쯤 휴식을 취하고 있을 터였다.

발랑틴은 마음이 놓이지 않는 듯 망설였다.

"있잖아, 잠수정은 비행기와 달라. 그쪽이 훨씬 더 간단할 텐데······. 그래도 한번 해볼게." 그녀는 친구를 실망시키고 싶지 않아서 결국 그렇게 말했다. 로렌스가 펄쩍 뛰었다.

"안 돼, 안 돼. 너희 둘 다 제정신이야? '한번 해볼게'라니? 여기가 어딘지 알아? 그리고 저건 진짜 비행기야. 플레이스테이션이 아니라고! 게다가 왜 저 비행기를 몰아야한다는 거야? 내가 아는 길로 산을 내려가서 카뒤세만 찾으면 우리는 금방 블루파크의 지하 터널로 갈 수 있어. 거기 가면 카뒤세가 분명히 있을 거야!"

오스카는 고집을 꺾지 않았다.

"넌 너무 서두르는 것 같아. 정말로 카뒤세를 찾고 싶으면 비행기를 타고 이 일대를 돌아보는 게 더 낫잖아. 카뒤세를 발견할 확률은 그 편이 더 높아. 이건 중요한 문제야. 우린 꼭 저 비행기를 타야겠어."

"그러니까 내가 한번 조종해볼게." 발랑틴도 용기가 났는지 적극적으로 나섰다.

로렌스는 낙심해서 하늘만 쳐다보았다.

"오스카, 너 같은 고집쟁이는 둘도 없을 거야! 그래, 그래, 저기 가서 사다리나 찾아봐! 조종은 내가 한다!"

로렌스가 두 사람 앞으로 나섰다. 발랑틴은 킬킬대고 웃음을 터뜨렸다.

"네가? 야! 지금은 책을 읽을 때가 아니라 '비행기 조종'을 해야하는 때거든!"

"그러니까 내가 하겠다고." 로렌스가 기분이 상한 듯 퉁명스럽게 대꾸했다. "네가 뭘 좀 읽었다면, 책에서 얻는 게 얼마나 많은지도 알 텐데. 난 이 비행기 운항 지침서도 전부 다 읽어봤어. 예전에 비행기를 몰고 여기서 빠져나가려고 했던 적도 있거든."

"그럼 벌써 비행기를 훔쳐서 몰아본 적이 있단 말이야?" 생각지도 않았던 얘기를 듣고 오스카는 혀를 내둘렀다. 로렌스가 인상을 찌푸렸다.

"음, 그게 사실은…… 아니, 그런 적은 없어. 그래도 일단 이론은 빠삭하니까 실천에 옮기는 것도 그렇게 어렵진 않겠지. 안 그래?"

오스카와 발랑틴은 불안한 얼굴로 서로 마주보았다.

"그래, 좋아. 숙녀분께서 그렇게 재능이 뛰어나시다면 한번 해보시지. 운전석을 양보하겠다고! 그런데 만약 그 혈구인지 뭔지를 몰 때처럼 만만하게 생각했다가는 우린 다 망하는 거야!"

"그래, 좋아. 널 믿어볼게." 오스카가 말했다.

"그럼 가자."

로렌스는 발랑틴이 비행기 옆면에 나 있는 사다리를 타고 올라가기 시작했다. 그들은 손과 발로 사다리를 잡고 디디며 엔진이 두 개 달린 작은 비행기에 올라가 좌석에 몸을 실었다.

"어쨌든 모두 안전벨트는 매. 혹시 모르니까……." 로렌스가 말했다.

발랑틴의 창백해진 얼굴이 붉은 머리 색깔 때문에 더 튀어 보였다. 그녀는 웃으려고 노력했지만 웃음소리가 점점 생쥐 울음소리처럼 변해갔다. 오스카는 발랑틴에게 눈짓을 했다. 오스카는 아무렇지도 않은 표정을 짓고 있었다. 그런 모습을 보니 발랑틴도 조금은 마음이 놓였다.

로렌스가 시동을 걸자 대번에 엔진이 부릉부릉 울음을 토했다. 오스카는 친구의 어깨를 두드렸다.

"대단한데, 조종사님! 이제 출발하자고!"

헤파톨리아 소년은 조종사 마스크를 들어 올리고 오스카를 쳐다보았다.

"나도 그러고 싶어. 그런데 어디로 가?"

"네가 알아서 해. 발랑틴과 나는 이 일대를 전체적으로 둘러보면서 카뒤세를 찾아볼게."

로렌스는 어깨를 으쓱하고 시키는 대로 했다. 그가 조작하자 비행기가 움직이기 시작했다……. 비록 후진을 하기는 했지만 말이다.

"운항 지침서 제대로 읽은 거 맞아?" 발랑틴이 걱정스럽게 물었다.

"그래, 괜찮아. 나도 사람인데 작은 실수쯤은 할 수도 있잖아?"

"부디 실수는 비행기가 이륙하기 전에만 했으면 좋겠어." 발랑틴이 또 한마디 했다.

"솔직히 말해 버튼이 이렇게 많으면 뭘 눌러야하는지 헷갈리는 게 당연하잖아?" 로렌스가 투덜거렸다. 그는 계기판을 앞에 두고 갈피를 못 잡아 허둥대고 있었다. "음, 어디 보자…… 이건가?"

드디어 비행기가 제대로 앞을 향해 나아가기 시작했다. 로렌스가 속도를 내자 비행기는 점점 더 빨리 움직였다. 이제 곧 동굴을 박차고 나갈 기세였다. 그들의 눈앞에 광대한 계곡이 펼쳐졌다.

"잘 잡아, 간다!"

발랑틴이 길게 비명을 내질렀다. 비행기가 이제 막 산속에서 튀어나왔던 것이다.

로렌스는 조종 스틱을 붙잡고 있는 힘을 다해 잡아당겼지만 비행기는 계곡을 향해 수직으로 떨어지고 있었다.

"오스카, 나 좀 도와줘! 나랑 같이 이것 좀 당겨봐!"

오스카는 허겁지겁 안전벨트를 풀고 로렌스와 함께 조종 스틱에 매달렸다. 비행기가 드디어 다시 위로 솟아오르며 번갯불이 왔다 갔다 하는 어두컴컴한 하늘 지붕을 향해 날기 시작했다. 눈앞에 펼쳐진 장대한 경관에 발랑틴은 어느새 무서움도 잊었다. 로렌스가 흔들리는 비행기를 어느 정도 안정적으로 몰게 되자 오스카가 다가와서 물었다.

"방향을 틀려면 어떻게 해야 해?"

"아주 쉬워. 그냥 스틱을 이렇게 기울이기만 하면……."

오스카는 로렌스가 대처할 틈도 주지 않고 조종 스틱을 홱 거머쥐었다. 비행기가 느닷없이 옆으로 위태롭게 기울었다. 발랑틴도 이미 안전벨트를 풀고 있었기 때문에 순식간에 조종실 구석에 처박혀서 팔다리를 버둥대는 신세가 되었다.

"뭐야, 무슨 일이야!"

"오스카, 너 뭐야? 정신 나갔어?" 로렌스는 조종 스틱을 오스카에게 빼앗긴 채 마구 고함을 질러댔다.

비행기는 180도 회전을 하고는 헤파톨리아 산을 향해 직진하기 시작했다. 로렌스가 큰소리로 툴툴거렸다.

"그럴 줄 알았어! 고분고분 따라오는 척하면서 속으로는 딴 수작을 꾸밀 줄 알았다고! 멈춰! 이러다 충돌하겠어!"

오스카는 크게 심호흡을 하고 방향을 조정했다. 헤파톨리아 산과의 거리가 100미터 남짓밖에 남지 않았을 무렵, 로렌스는 오스카가 무엇을 노리는지 퍼뜩 깨닫고 얼른 조종 스틱을 빼앗았다.

"진작 말을 했으면 좋았잖아, 이 바보 멍청이! 그거 이리 내고 꽉 잡기나 해!"

로렌스가 스틱을 살짝 눕히자 비행기 선체가 오른쪽으로 기울어지면서 날개가 무리 없이 관문을 통과했다. 그들은 비행기를 몰고 나갔던 격납고로 이제 막 다시 들어왔던 것이다. 엔진 소리는 요란하게 울려 퍼졌지만 비행기 바퀴는 바닥에 닿지 않았다.

"로렌스, 더 빨리! 속도를 더 내!"

로렌스가 다시 속도를 높이자 비행기는 활주로를 스치고 나아갔다. 다음 순간, 그들은 산속에 파인 거대한 동굴을 가로질러 베지퀼 대호수를 굽어보고 있었다.

"이 자식아, 생각하는 게 있으면 말을 해야 알 것 아냐……." 로렌스가 엔진 소리에 목소리가 묻힐까 봐 고래고래 고함을 질렀다. 비행기는 호수 위를 맴돌았다.

"이제 어떻게 할 생각인데?"

오스카는 좌석에서 일어나 허리띠의 첫 번째 가방을 열었다. 비행기가 산에서 빠져나간 순간부터 빛을 잃었던 유리병이 다시 강렬하게 빛을 뿜고 있었다. 그는 한 손으로 유리병을 잡고 다른 쪽 손으로 비행기에 달린 문을 열었다. 공기가 선체 안으로 확 밀려들면서 비행기가 중심을 잃고 불안하게 좌우로 흔들리기 시작했다.

"도대체 뭐하는 짓이야, 오스카? 너 때문에 우리 모두 호수에 빠져 죽겠어!" 로렌스가 외쳤다.

"로렌스, 최대한 낮게 비행기를 몰아줘. 그리고 발랑틴 너는 내 다리를 꼭 붙잡아야해!"

오스카는 바닥에 배를 깔고 누워버렸다. 발랑틴이 얼른 다가와 오스카의 양쪽 다리를 꼭 잡았다.

오스카는 선체 밖으로 상반신을 내밀었다. 맞바람이 불어서 눈도 제대로 뜰 수 없었다. 비행기는 산 한가운데서 부릉부릉 울음을 토하고 있었기 때문에 그 소리가 사방팔방에서 메아리가 되어 돌아왔다.

"더 낮게, 로렌스! 조금만 더 낮게!"

비행기는 호수에 다이빙하듯 내려가다가 수면을 살짝 스치고 다시 솟아올랐다.

"한 번만 더! 아까는 거리가 조금 멀었어!" 오스카가 다시 부탁했다.

로렌스는 한 바퀴 돌아서 다시 수직 하강 비행을 시도했다. 선체가 또다시 살짝 수면을 스치고 지나갔고, 오스카는 최대한 팔을 쭉 뻗었다. 소년의 몸이 미끄러지면서 좀 더 비행기 밖으로 튀어나왔다.

"오스카, 더 나가면 안 돼. 널 놓칠 것 같아. 나한테 넌 너무 무겁단 말이야!" 발랑틴이 소리를 질렀다.

"잘 버텨봐! 로렌스, 좀 더 낮게!"

조종사 소년은 이를 악물고 다시 한 번 저공비행을 시도했다.

"서둘러, 빨리 도로 올라가지 않으면 동굴 벽에 부딪치고 만단 말이야!"

오스카는 마지막 젖 먹던 힘까지 짜내어 호수를 향해 유리병을 내밀었고 드디어 넥타가 병 안으로 흘러들어갔다. 로렌스가 조종 스틱을 죽어라 잡아당기자 비행기는 암벽에 부딪치기 일보 직전에 겨우 공중제비를 돌며 위기를 모면했다.

로렌스가 겨우 비행기를 고도에 올려놓자 메디쿠스 소년은 의기양양하게 손을 들었다. 그 손에 들린 유리병 속에서 호박색 액체가 빛나고 있었다. 세 아이는 신이 나서 함성을 질렀고 비행기는 즉시 동굴을 빠져나갔다. 오스카는 드디어 트로피를 거머쥐었던 것이다.

비행기가 산속에서 튀어나와 격납고 앞을 지나 골짜기를 굽어보게 되자 세 친구들은 드디어 안도의 한숨을 쉬었다. 로렌스는 녹초가 되어 계기판에 쓰러진 채 이렇게 말했다.

"여기서 더 이상 할 일이 없다면, 당장 카뒤세를 찾아서 돌아가자! 그러니까 눈을 크게 뜨고 찾아봐!"

"로렌스, 넌 내가 아는 가장 뛰어난 조종사야!" 발랑틴이 감탄을 했다.

"당연히 그렇겠지. 나 말고는 아는 조종사가 아무도 없을 거 아냐."

"그래, 그건 사실이야. 그래도 넌 날 꼼짝 못하게 만들었잖아! 와우! 진짜 대단했어!"

로렌스는 발랑틴의 칭찬에 고마워할 겨를도 없었다. 엔진이 심상치 않게 털털거렸기 때문이다. 세 친구들은 불안한 표정으로 서로를 마주 보았다. 이어서 오른쪽 엔진이 정지하고 헬리콥터도 멈춰버렸다. 비행기가 옆으로 기울어지면서 점점 아래로 내려갔다.

"로렌스, 왜 이러는 거야?" 오스카가 다급하게 외쳤다.

"솔직히 난 뛰어난 조종사는 아닌 것 같아." 로렌스가 고도를 다시 높여보려고 헛되이 애쓰며 말했다.

"왜 그런 소리를 하는 거야?" 발랑틴이 물었다.

"뛰어난 조종사라면 일단 연료가 가득 들어 있는 비행기를 골랐겠지!"

로렌스가 연료 표시를 손가락으로 가리켰다. 연료 탱크가 완전히 비어 있었다.

세 친구들을 겁에 질려 어쩔 줄을 몰랐다. 두 번째 엔진도 차차 힘이 빠지는가 싶더니 괴상한 소리를 내기 시작했다. 이 상태도 오래 가지 못할 것이었다. 잠시 후, 비행기의 동체가 쉭쉭 가르는 바람소리 외에는 아무 소리도 나지 않았다. 세 친구는 한목소리로 비명을 지르며 서로를 부둥켜안았다. 비행기는 완전히 제멋대로 추락하고 있었다. 이제 몇 초 후면 모두들 박살나 먼지가 되고 말 터였다.

로렌스와 발랑틴은 눈을 감아버렸지만 오스카는 환한 번갯불을 보고 고개를 번쩍 들었다. 비행기가 요동치면서 바닥에 넥타가 몇 방울 흘러내렸다. 그 액체 방울들이 한데 모여 오스카가 간절히 찾던 바로 그 형상을 이루었다. 컵, 똬리를 튼 뱀 그리고 그 위에 홀연히 떠오른 M자까지.

카뒤세!

조종석에서 보이는 대지는 이제 무시무시한 속도로 가까워지고 있었다.

오스카에겐 친구들을 케이프 자락으로 감쌀 시간밖에 없었다. 바로 다음 순간, 비행기는 바닥에 충돌하여 산산조각 나며 폭발했다.

다행히도 비행기 안에는 아무도 없었다.

M의 이면

세 친구는 사방을 두리번거렸다. 그들은 마음의 스캐너로 돌아와 있다는 것을 실감하지 못했다……. 그것도 어디 하나 다친 데 없이 말짱하게!

아이들은 여전히 의식을 잃고 쓰러져 있는 본즈에게로 달려갔다. 오스카가 집사의 몸을 붙잡고 흔들었다.

"본즈! 본즈! 제 목소리 들려요?"

본즈는 대답 대신 고통스러운 신음소리만 내뱉었다.

"그나마 다행이야. 그리고 맥박도 아까보다 훨씬 고르게 돌아오고 있어. 이건 좋은 신호 아냐?" 로렌스가 말했다.

발랑틴이 하늘을 쳐다보았다.

"아, 그래, 의사 선생 납셨군. 내가 한마디 하겠는데 메디쿠스는 네가 아니라 오스카라고!"

"그래서? 상관없잖아! 난 그냥 맥을 짚어봤을 뿐이야. 내가 뭘 했다고……." 로렌스가 어깨를 으쓱하며 응수했다.

"됐다, 됐어! 언제까지 입씨름만 할 생각이야? 그보다는 본즈를 터널 끝에 있는 돌문까지 끌고 가야하니까 너희도 좀 도와줘."

그때 뭔가 으르렁대는 소리가 나서 오스카는 입을 다물었다. 그는 걱정스러운 얼굴로 뒤를 돌아보았다.

"너희는 무슨 소리 못 들었어?"

"못 들었는데. 무슨 소리가 났다는 거야."

로렌스는 그렇게 말했지만 그 역시 소리를 듣긴 했다. 그러나 무슨 일이 일어나든 말든 그는 전혀 알고 싶지 않았다. 발랑틴이 두 친구들을 두고 조금 걸어가 보았다.

"오스카, 저것 좀 봐. M자들의 빛이 꺼지고 있어!"

오스카가 펜던트를 쳐들었지만 아무 소용도 없었다. 정말로 지기스문트의 석상 뒤에 있는 문 쪽으로 나 있던 빛들이 서서히 약해지고 있었다. 다시 한 번 무서운 콰르릉 소리가 터널에 울려 퍼졌다. 아까보다 더 간담이 서늘해지는 소리에 땅바닥이 진동했다.

로렌스가 허둥지둥하며 오스카를 돌아보았다.

"무슨 일이지?"

"나도 모르겠어."

다시 지반이 크게 흔들렸다. 발랑틴은 발끝부터 머리까지 진동을 느낄 수 있었다.

"저기 말이지……. 터널이 무너지고 있는 거 아냐?"

발랑틴이 빨간 머리채를 흔들며 말했다.

오스카는 친구들을 두고 돌문이 있는 곳까지 뛰어가보았다. 오른손에 펜던트를 쥐고 주문을 외웠다.

메디쿠스의 정의로운 혼을 알아볼 지어다
터널 끝에서 열릴 지어다

문짝이 빙그르르 회전하더니 지기스문트의 조각상이 나타났다. 그러나 이제 석상은 고개를 수그리고 눈을 감은 채 팔짱을 끼고 있었다. 오스카는 받침대에 올라가 석상의 얼음처럼 차가운 손에 자신의 손을 갖다 댔다. 그러나 아무 일도 일어나지 않았다. 지기스문트는 눈과 귀가 멀어버린 듯했다. 기원의 문자도 전혀 통하지 않았다. 석상은 그들을 문 건너편으로, 쿠미데스 서클의 홀로 들여보내줄 마음이 눈곱만큼도 없는 듯 보였다.

오스카는 체념하고 친구들에게로 돌아갔다. 터널 속에서 M자들이 하나씩 꺼지기 시작했다.

소년은 펜던트를 회중전등 삼아 친구들에게로 돌아갔다. 터널의 반대쪽 끝, 길을 여는 나무 근처에서부터 무서운 충격파가 전해졌다. 아이들은 도무지 균형을 잡을 수 없었다. 엘리베이터가 끊어져서 바닥에 추락한 것 같았다. 터널이 차츰 무너지는 듯 바닥이 쩍쩍 갈라지기 시작했다.

"무슨 일인지 알 것 같아. 로넌 모스 패거리는 메디쿠스가 아니니까 이 터널에 들어올 수 없었지. 길을 여는 나무가 그들을 통과시켜주지 않았으니까. 하지만 이제 터널의 비밀은 깨졌어. 그래서 터널이 사라지는 거야……."

"빨리 무슨 방법을 찾지 않으면 산 채로 매장되겠어!" 로렌스가 외쳤다.

오스카는 이쪽저쪽으로 고개를 돌리더니 본즈를 향해 몸을 구부렸다.

"빨리! 본즈를 내 등에 실어줘!"

"어디로 가려고?" 발랑틴이 얼른 오스카를 도우러 달려오며 물었다.

오스카는 뒤쪽의 시커먼 구멍을 고갯짓으로 가리켰다. 위더스 부인과 처음으로 마음의 스캐너를 통과할 때부터 눈여겨보았던 구멍이었다. 로렌스가 신중하게 구멍으로 다가갔다.

"네 생각엔 이게 어디로 통하는 것 같아?" 로렌스는 조금도 안심하는 기색이 아니었다.

"아무것도 몰라. 어쨌든 다른 방법도 없잖아." 오스카가 대답했다.

세 아이는 본즈를 둘러메고 힘겹게 구멍 속으로 파고들었다.

로렌스는 숨을 헐떡이며 구슬 같은 땀방울을 떨어뜨렸다. 오스카는 조그마한 소리, 조그마한 움직임에도 촉각을 곤두세웠다. 그의 펜던트에서 뿜어 나오는 빛은 구멍 속의 압도적인 어둠을 물리치기에 역부족이었다.

위더스 부인의 말이 오스카의 머릿속에 다시 울려 퍼졌다. '절대로 이쪽으로는 가면 안 돼. 피의 문자를 넘어가는 건 더욱더 안 돼! 손가락 하나라도 넘어갔다간 그 자리에서 벼락을 맞아 죽을 거야!' 오스카는 친구들에게 그런 속사정은 얘기하지 않기로 마음먹었다. 어쨌든 이런 얘기를 로렌스에게 했다면 절대로 이 길을 선택하지 못했을 것이다. 지기스문트는 그들을 들여보내지 않았고, 길을 여는 나무에서부터 이어지는 터널을 무너뜨리고 있는 중이었다. 그들이 빠져나갈 수 있는 길은 금지된 터널밖에 없었다.

그들은 한 발짝 더 나아갔다가 화들짝 놀라서 제자리에 얼음처럼 굳어졌다. 거대한 M자가 불꽃을 넘실대며 위협적으로 그들 앞에 나타났기 때문이다. M자를 둘러싼 원은 터널의 둘레와 완벽하게 하나가 되어 그 사이를 통과하는 것은 불가능해 보였다.

발랑틴과 로렌스는 자기도 모르게 본즈를 잡고 있던 손을 놓아버렸다. 가엾은 본즈는 코를 땅바닥에 처박고 쓰러졌다. 그는 숨이 막힌 듯 간신히 뭐라고 끙끙댔다. 오스카는 친구들의 도움을 받아 얼른 본즈의 몸을 뒤집어주었다. 그들 앞을 가로막고 있던 M자가 제자리에서 빙그르르 회전했다.

"가까이 가지 마. 저 사이로 통과하려고 마음도 먹지 마."

오스카는 거대한 문자를 꼼짝 않고 바라보며 친구들에게 일렀다.

"그럼 어떻게 지나가라는 거야? 막다른 골목이잖아……."

발랑틴이 그들이 들어온 입구 쪽을 돌아보며 물었다.

아까 지나온 터널 쪽에서 땅이 무너지는 소리가 그들에게까지 천둥처럼 울려 퍼졌다. 그들은 이제 돌아갈 수도 없다는 것을 알았다. 자욱한 갈색 흙먼지가 금지된 터널까지 훅 밀려들어왔다. 로렌스가 콜록콜록 기침을 했다.

"그래, 생각을 해봐야겠어. 저 빌어먹을 M을 통과할 수 없다면 옆으로 빠지는 수밖에 없겠지? 아니면 밑으로?"

로렌스는 조심스럽게 문자에 다가갔다. M이 한층 더 강렬하게 빛을 발산하는 바람에 그는 움찔하고 물러날 수밖에 없었다.

"몽땅 타죽겠는걸! 이건 완전히 숯불 위에서…… 음, 그런 걸 뭐하고 하지, 오스카? 정원에서 불 피워놓고……."

"바비큐 말이군. 여기서 빠져나갈 궁리를 한다더니 그런 것밖에 생각이 안 나냐?"

로렌스가 이 말을 듣고 몸을 앞으로 숙였다.

"이 문자 앞에 깊은 구덩이를 파놓은 것 같아."

오스카와 발랑틴도 로렌스 옆으로 가보았다. 로렌스가 발끝으로 앞쪽을 가리키며 덧붙였다.

"M자 앞쪽에 있는 저 물렁물렁한 건 뭐지? 되게 이상해, 저건 꼭……."

로렌스는 말을 다 맺지 못하고 비명을 질렀다. 물렁한 촉수가 좍 뻗어 나오며 허공을 매섭게 후려갈겼기 때문이다. 때마침 친구들이 로렌스의 팔을 붙잡고 뒤로 잡아당겼기에 망정이지, 로렌스의 얼굴과 촉수와의 거리는 불과 몇 센티미터 차이였다. 하지만 그밖에도 여러 가닥의 촉수들이 땅에서 솟아나오며 잡히는 대로 목을 졸라버리겠다는 듯이 M자 앞을 휘젓기 시작했다.

로렌스는 뒤로 벌러덩 자빠졌다. 발랑틴이 겁에 질려 뒤로 물러나면서 말했다.

"네가 그랬지, 되게 이상하다고. 저건 꼭……."

로렌스가 눈을 동그랗게 뜨고 넘어진 자리에서 일어났다.

"……문어 같다고 말하려고 했어. 거대하고 무시무시한 문어! 우린 완전 망했어."

오스카는 그 흉측한 괴물과 M을 앞뒤로 에워싼 거대한 문어발들을 바라보았다. 저 활활 타오르는 문자 아래에는 분명히 통로가 뚫려 있고 문어는 아무도 지나가지 못하게 그 통로를 지키는 듯했다.

오스카는 이제 익숙해진 열기를 허리춤에서 느꼈다. 허리띠가 빛을 발산하고 있었던 것이다. 오스카가 케이프를 들추자 헤파톨리아의 유리병이 첫 번째 가방에서 저절로 나와 그의 눈높이에서 춤을 추었다. 그는 트로피가 그에게 전하려는 메시지를 단박에 알아챘다. 결코 쉽지 않겠지만, 저 문어를 물리칠 수만 있다면 구덩이 속으로 내려가 문자 아래를 통과해서 앞으로 나아갈 수 있을 터였다.

"뒤로 물러서. 뭔가 방법이 있을 것 같아."

오스카는 친구들에게 그렇게만 말했다. 두 친구들은 눈을 번득이면서 오스카가 시키는 대로 했다. 발랑틴이 물었다.

"어떻게 하려고?"

오스카는 유리병을 잡고 마개를 열었다. 구덩이에 최대한 가까이 다가갔다. 하지만 오스카의 움직임을 확실하게 눈치챈 문어는 촉수로 내리쳤다. 촉수는 쉭 소리를 내며 오스카의 귀 바로 옆을 아슬아슬하게 스치고 지나갔다. 소년은 숨을 죽이고 꼼짝도 하지 않았다. 문어도 언제라도 촉수를 뻗을 기세로 잠잠히 먹잇감을 노리고 있었다.

"로렌스, 헤파톨리아의 넥타가 어디에 쓰이지?"

오스카는 부동자세를 유지한 채 조용히 물었다.

"담즙 말이야? 그야 음식물에 살포해서 소화를 촉진하는 데 쓰이지. 음식물을 작은 분자들로 분해하는……."

로렌스가 말을 하다 말고 빙그레 웃었다. 친구가 무슨 생각을 하고 있는지 알아차렸던 것이다.

"그래! 네 유리병에 들어 있는 액체가 있지! 그래, 오스카, 저 문어발들을 얼른 녹여버려!"

오스카는 번개처럼 재빨리 유리병에 든 넥타의 일부를 멀리 쏟아버렸다. 한 줄기 금빛 광선이 하늘에서 떨어지는 별똥별처럼 터널 안을 환히 밝혔다. 빛나는 액체가 구덩이 속에 들어앉은 물컹물컹한 몸뚱이와 촉수들을 후려갈겼다.

효과는 즉시 나타났다. 조그맣게 방울진 담즙은 문어의 살에 구멍을 냈다. 문어는 담즙의 공격에 그대로 녹아버리는 듯했다. 문어는 기다란 문어발들을 사방으로 휘젓는가 싶더니 하나하나 차례로 힘없이 바닥에 떨어뜨렸다. 문어발들은 뱀처럼 꿈틀댔지만 그나마도 차츰 움직임이 약해졌다. 구덩이 속의 덩어리가 부풀어 올랐다가 바람 빠진 풍선처럼 쪼그라들고 야생동물의 울부짖음 같은 괴성이 울려 퍼졌다. 쪼그라든 문어가 구석으로 웅크리자 드디어 아이들이 지나갈 만한 통로가 보였다.

"빨리빨리!" 오스카가 본즈에게 달려가며 소리쳤다. "봐봐, 본즈가 깨어난다!"

본즈는 힘겹게 눈을 뜨고 뭔가 알아들을 수 없는 말을 중얼거렸다.

"아무 말 말고 혼자 힘으로 일어나보세요." 발랑틴이 본즈의 등을 떠밀며 말했다. "자, 자, 우리를 좀 도와주세요. 우린 지금 이 구멍을 통과해서 저쪽으로 넘어가야 한다고요. 아저씨가 자기 몸을 제대로 못 가누면 우리도 저기까지 갈 수 없단 말이에요!"

본즈는 겨우 몸을 일으켰다. 세 친구들은 그럭저럭 본즈를 구멍 있는 곳까지 끌고 갔다. 아이들은 잠시 서로 얼굴을 마주보며 어깨를 으쓱하더니 함께 집사의 등을 떠밀었다. 본즈는 구멍 속으로 툭 떨어지고 말았다.

"아아, 우리가 당한 걸 봐서 이 정도로 해두자." 발랑틴이 눈을 감으며 말했다.

"빨리, 꾸물거릴 시간이 없어. 이제 본즈를 저쪽으로 올려 보내야해. 쉽진 않을 거야."

"저놈 옆에서 빨리 벗어났으면 좋겠는데." 로렌스가 구석에 처박힌 문어와 소화액에 녹아 흐물흐물해진 촉수를 역겹다는 표정으로 바라보며 말했다.

아이들은 본즈를 부축하고는 그들의 머리 위에서 위태위태하게 돌아가는 문자 아래로 지나갔다. 숨이 막힐 듯한 열기 때문에 통로를 지나가기가 더 힘들었다. 오스카가 짐작한 대로, 그들의 고생은 아직 끝이 아니었다. 일단 문자 아래를 통과한 후에도 본즈를 떠받쳐서 구멍 위로 올려 보내야했기 때문이다. 오스카는 자리에 엎드린 채 두 손을 쳐들고 판판하게 모아 계단처럼 사람이 밟고 올라설 수 있게 만들었다.

"발랑틴, 내 손을 밟고 먼저 올라가. 로렌스, 너도 먼저 올라가 있어. 내가 본즈를 밀어 올릴 테니까 너희 둘이 위에서 잡고 당겨줘. 본즈, 우리를 도와줄 거지요?"

본즈는 들릴 듯 말 듯 희미하게 대답했다.

발랑틴과 로렌스는 눈 깜짝할 사이에 구멍 밖으로 나갔다. 본즈는 고개를 들고 몸을 일으켜 두 아이에게 손을 내밀었다. 본즈는 온몸을 부들부들 떨고 있었다.

"조금만 더 힘내요. 손이 아직 안 닿는다고요. 상상을 해보세요…….
음, 우리가 응접실에 있는 귀한 꽃병을 작살내서, 우릴 붙잡으려고 손
을 뻗고 있다고 상상하세요! 그래요, 좀 더 높이!" 발랑틴이 외쳤다.

드디어 로렌스와 발랑틴은 본즈의 팔을 하나씩 붙잡았다. 본즈는 간
신히 두 발로 서 있었다. 오스카가 허우적대며 본즈를 힘겹게 밀어 올
렸다.

바로 그 순간, 오스카는 자신을 덮치는 검은 그림자를 보았다.

무서운 충격이 어깨에 떨어지면서 오스카는 바닥에 고꾸라졌다. 본즈
도 나무토막처럼 힘없이 오스카 위로 넘어졌다. 발랑틴과 로렌스는 잠
시도 망설이지 않고 오스카를 구하러 다시 구덩이 속으로 뛰어들었다.

"왜 그런 거야? 오스카, 왜 넘어졌어?"

메디쿠스 소년이 얼얼한 어깨를 문질렀다.

"어깨를 세게 맞았어……. 조심해!"

오스카가 로렌스를 홱 밀었다. 로렌스는 간발의 차이로 공격을 피했
다.

그들을 둘러싸고 세 가닥의 촉수가 다시 번쩍 쳐들린 채, 여차하면
주위를 휩쓸어버릴 태세를 취하고 있었다. 뒤쪽에 웅크리고 있던 문어
도 어느 정도 기운을 되찾은 듯, 살점이 녹아내려 끈적끈적해진 진흙탕
을 음험하게 어슬렁대는 중이었다.

"오스카, 담즙을 뿌려! 빨리 유리병을 열라고. 아까 그 정도로는 충
분치 않았나 봐. 촉수가 다시 뻗어 나오고 있잖아!" 발랑틴이 다급하게
외쳤다.

오스카가 크리스탈 유리병을 꺼냈다. 바닥에 아주 조금 남은 담즙이 찰랑거렸다. 지금 이 액체를 다 써버린다 해도 문어를 완전히 제압할 수 있을지 자신이 없었다. 게다가 넥타를 얻기 위한 그 모든 수고를 고스란히 반복해야 할 것이다. 또다시 헤파톨리아 산에 가서 유리병을 채워야 트로피를 손에 쥐지 않겠는가. 하지만 선택의 여지가 없었다. 자신과 친구들의 목숨이 달린 판국이었다. 트로피를 생각하면 안타깝지만, 할 수 없었다. 그는 주저 없이 마개를 열고 나머지 넥타를 문어에게 끼얹으려고 했다. 바로 그때 로렌스의 목소리가 그를 막았다.

"나에게 맡겨, 오스카. 소중한 트로피를 버리지 마."

로렌스의 음성은 기묘하게 차분했다.

"트로피 따윈 상관없어! 우리가 사는 게 먼저야!"

"나한테 맡기라니까. 그냥 너희들은 뒤돌아 서 있기만 하면 돼. 절대로 나를 보지 마. 약속할 수 있어?"

로렌스는 정말로 내키지 않는 일을 실행하려는 듯이 비장하게 말했다. 그러고는 친구들의 시선을 피해 멜빵바지의 가슴받이에 있는 단추를 풀었다. 발랑틴과 오스카는 로렌스의 속내를 깨닫고 아무 말 없이 뒤로 돌아섰다.

로렌스의 멜빵바지가 바닥에 툭 떨어졌다. 이어서 티셔츠와 속옷도 떨어졌다. 벌거숭이가 된 로렌스는 괴물에게 최대한 가까이 접근했다. 그는 눈을 감고 아버지와 가족과 광산에서 쉴 새 없이 일하는 헤파톨리아 사람들을 생각했다. 그들은 평생 그 일을 하며 살아갈 것이다. 그러나 그에게는 이번이 처음이었고 그나마 몇 분만 참으면 될 일이었다. 로렌스는 항상 이 일을 피했다. 심지어 이를 하지 않으려고 헤파톨리아 산에서 도망쳐 나왔다. 헤파토사이트의 본분이 그에게는 그렇게 싫었다. 하지만 오늘은 망설이지 않았다. 가슴이 조금 메었지만 로렌스는 머리 위에서 활활 타오르는 문자를 향해 두 팔을 쭉 뻗었다.

뜨거운 열기가 온몸을 에워싸는 것을 느꼈다. 그의 살갗이 노르스름하게 빛났다. 조금씩 금빛 구슬 같은 땀방울이 피부의 표면에 맺히고 한데 뭉치기 시작하더니 둥그스름한 배와 다리를 타고 줄줄 흘러내렸다. 로렌스의 발치에 물웅덩이가 만들어졌다.

헤파톨리아의 넥타가 고인 웅덩이였다.

귀한 액체가 지표면에 금빛 흔적을 이루는가 싶더니 이내 작은 도랑이 되어 문어 쪽으로 흘러갔다. 괴물은 위험을 감지한 듯 문어발을 사방으로 떨었다. 로렌스는 무서웠지만 용케 참으며 자세를 흐트러뜨리지 않았다. 머리 위에서 M자가 뜨거운 빛을 발산하고 바로 앞에서 괴물이 설치는데도 그는 꿋꿋하게 버텼다.

하지만 넥타의 물줄기는 물컹한 괴물의 몸뚱이를 몇 센티미터 남겨놓고 돌멩이에 가로막혀 방향을 틀어버렸다. 넥타는 문어에게 조금도 닿지 않았다! 로렌스가 떨리는 목소리로 중얼거렸다.

"오스카, 도와줘…… 넥타가……."

뒤돌아선 오스카는 바닥을 보자마자 어떻게 된 일인지 알았다. 그는 문어의 공격을 피하기 위해 무릎을 꿇고 넥타의 흐름을 막는 돌멩이로 다가갔다. 오스카가 발끝으로 돌멩이를 치우자 넥타는 다시 더러운 괴물을 향해 흘러가기 시작했다.

넥타는 괴물의 몸에 닿아 그 주위에 웅덩이를 이루었다. 문어는 사방으로 녹아내리기 시작했다. 문어는 흉측한 울음소리를 토하면서 몸을 옆으로 굴렸지만 소용없었다. 놈은 이미 피부와 살점을 무섭게 녹여버리는 금빛 액체에 처박혀 뒹굴고 있었다. 성난 문어가 마지막 힘을 다해 내리친 촉수가 로렌스에게 맞았다. 로렌스는 그대로 바닥에 쓰러졌다. 친구들이 황급히 달려와 그를 부축했다. 로렌스는 기진맥진해 있었지만 그래도 친구들에게 미소를 지어 보였다.

"결국은 헤파토사이트로 태어났다는 게 쓸모가 있구나……."

발랑틴이 얼른 로렌스를 껴안고 뺨에 뽀뽀를 했다.

"굉장해, 너 정말 대단했어. 네가 우리 모두를 구했어!"

로렌스의 노란 얼굴이 새빨갛게 물들었다.

"그래, 그래, 음, 그런데 내 티셔츠랑 멜빵바지 좀 줄래, 오스카?"

친구가 실오라기 한 올 걸치지 않은 알몸이라는 것을 깨달은 발랑틴은 갑자기 어색해져서 딴 데를 쳐다보았다. 옷이 몸에 쩍쩍 들러붙기는 했지만 로렌스는 황급히 옷을 걸쳤다. 아직도 열기가 가시지 않은 탓에 담즙을 조금씩 흘리고 있었던 것이다.

세 친구는 문어가 있던 쪽으로 고개를 돌렸다. 괴물은 구역질 나는 끈끈한 웅덩이에 처박혀 있었다. 문어발들은 이제 영영 다시 뻗어 나오지 못할 것처럼 보였다.

그들은 본즈에게 돌아갔다. 세 아이는 끈기 있게 그를 다시 구덩이 위까지 끌어올렸다. 본즈는 낯빛이 창백하고 사지를 부들부들 떨고 있었지만 조금이나마 기력을 되찾은 듯했다.

그들은 오스카의 펜던트 빛에 의지하여 금지된 터널을 지나 완벽하게 네모진 방으로 들어섰다. 방은 완전히 텅 비어 있었다! 검정색과 베이지색의 큼지막한 타일들이 엇갈려 깔려 있는 바닥은 거대한 체스판을 떠올리게 했다. 반대쪽 끝에 있는 문을 제외하면 나갈 수 있는 구멍이 아무 데도 없었다.

오스카는 본즈를 두 친구에게 맡기고 그 문으로 달려갔다. 문은 잠겨 있었다.

오스카는 낙심해서 돌아섰다. 어떻게 이 방에서 나가야 할지 좀처럼 생각이 떠오르지 않았다. 그들은 막다른 골목에 들어와 있었고 지금쯤 그들이 지나왔던 터널은 완전히 무너져버렸을 터였다.

오스카가 친구들 쪽으로 가려고 한 발을 내딛는 순간, 그가 밟은 판이 쑥 들어갔다. 그와 동시에 방 한가운데 있던 검정색 판이 튀어나왔다. 판이 튀어나와 하나의 기둥을 이루는 동안 오스카와 그 일행은 얼빠진 눈으로 그 광경을 바라보고 있었다.

아이들은 본즈를 벽에 기대어 앉혀놓고 기둥을 향해 다가갔다.

그들의 눈높이쯤 되는 기둥 위에 검정색 에나멜 함이 하나 놓여 있었다. 표면이 거울처럼 매끈하고 반짝반짝해서 얼굴을 비춰볼 수도 있을 것 같았다. 바로 그 순간, 상자에 비친 오스카의 얼굴 주위로 다른 얼굴들이 나타났다. 낯선 얼굴들이 상자의 표면을 스치고 지나갔다.

그때까지 살짝 뒤로 물러나 있던 로렌스와 발랑틴이 좀 더 가까이 다가왔다.

"이게 뭔지 아니?"

오스카가 도리질을 했다.

"아니, 위더스 부인과 모린 주베르는 이런 상자에 대해 말한 적이 없어. 이 검은 함에 대해서는 어떤 책에서도 읽은 적이 없어. 로렌스, 넌 뭐 아는 거 있어?"

로렌스도 고개를 절레절레 흔들었다.

발랑틴이 기둥 주위를 한 바퀴 돌아보았다.

"뭔지 알고 싶다면 방법은 하나뿐이지. 열어보는 수밖에."

발랑틴이 상자의 다른 쪽 면을 손가락으로 가리키며 말했다. 오스카도 그쪽으로 다가갔다. 머릿속을 스치고 지나가는 이미지처럼 상자의 모든 면에서 낯선 얼굴들의 그림자가 휙휙 지나가는 것을 볼 수 있었다. 발랑틴이 오스카를 자기 쪽으로 끌어당겼다. 에나멜 처리가 되어 있는 한쪽 면에 작은 금속 잠금장치가 달려 있었다. 그렇지만 이 상자가 어디까지가 뚜껑이고 어디서부터 받침인지, 두 쪽이 어떻게 맞물려 있는지는 아무도 알아내지 못했다. 상자는 진짜 함이라기보다는 그냥 괴상한 잠금장치가 중간에 달린 정육면체처럼 보였다.

로렌스도 다가와 안경을 고쳐 쓰며 상자를 관찰했다.

"봐봐, 오스카. 이 상징이 달려 있는데 뭐 생각나는 거 없어?"

오스카가 잠금장치를 눈여겨보았다. 메디쿠스의 M자가 새겨져 있었다.

"내 생각엔 네 펜던트를 대보는 것 말고는 다른 방법이 없을 것 같아."

로렌스가 덧붙였다. 오스카는 펜던트를 꺼내어 잠금장치를 향해 천천히 내밀었다. 뭔가 석연치 않은 기분이 들었지만 왜 그런지 딱 꼬집어 설명할 수는 없었다.

"뭘 우물쭈물하고 있어? 난 빨리 집으로 돌아가고 싶어. 혹시 이 안에 저 문에 맞는 열쇠라도 있을지 모르니까 빨리 마음을 정했으면 좋겠어." 발랑틴이 조바심을 냈다.

오스카가 어깨를 으쓱했다. 친구들 말이 옳았다. 그들 모두는 지쳐서 쿠미데스 서클로 돌아가 쉬고 싶었다. 게다가 잃을 게 뭐가 있겠는가? 잠금장치에는 분명히 메디쿠스의 문자가 새겨져 있었다. 그가 겪게 될 위험이라고 해봤자 잠금장치가 아무 반응도 보이지 않는 정도이리라. 오스카가 팔을 내밀었다.

그때 장엄한 목소리가 방 안에 울려 퍼지고 오스카의 몸이 굳어졌다.

"안 된다!"

펜던트가 잠금장치에 닿기 직전, 초록빛 광선이 방 안을 가르고 오스카의 손에서 펜던트를 빼앗아 멀리 날려버렸다.

세 친구가 동시에 뒤돌아섰다.

"브레이브 씨!"

오스카는 펜던트를 손에 들고 다가오는 윈스턴 브레이브와 그 뒤를 따르는 위더스 부인과 모린 주베르를 보았다. 부인은 아이들이 모두 무사한 것을 보고 안심하는 눈치였다.

메디쿠스의 그랜드 마스터는 계단을 따라 체스판 같은 바닥으로 내려왔다.

"네 친구가 알려줘서 천만다행이었다."

오스카가 몸을 앞으로 내밀었다. 문간에 수줍게 서 있는 에이든 스펜서의 모습이 보였다. 에이든이 오스카에게 손짓을 하며 미소를 지었다.

"에이든! 여기서 뭐해? 오말리 형제들과 돌아간 거 아니었어?" 발랑틴이 외쳤다.

"마음이 바뀌었어. 돌아가는 길에 곰곰이 생각해보았지. 공원에 있었던 파톨로구스가 두 명이었다는 사실이 기억났어. 그런데 파바로티의 몸속에서 만난 파톨로구스는 한 명뿐이었잖아? 다른 한 명이 먼 곳에 있지 않을 테니까 너희들이 위험할 거라고 짐작했어. 그래서 가던 길을 돌아와 그랜드 마스터에게 알리는 게 좋을 것 같아서…….”

“에이든, 정말 잘해주었다.” 위더스 부인이 말했다. “오스카, 여기까지 오느라 숱한 난관을 통과했구나. 저 상자를 건드렸다가 벼락을 맞았더라면 어떡할 뻔했어!”

“벼락을 맞아요? 왜요? 메디쿠스의 상징이 새겨져 있잖아요!” 로렌스가 물었다.

“얘들아, 보려면 제대로 봐야지.” 그랜드 마스터가 대꾸했다. “오스카, 잘 봐라. 잠금장치를 좀 더 자세히 보아라. 문자의 중앙에 뭐가 보이지?”

메디쿠스 소년은 주의 깊게 잠금장치를 관찰했다. M자의 정중앙에 작고 동그란 홈이 파여 있었다. 오스카가 고개를 들어 그랜드 마스터의 펜던트를 쳐다보았다.

“초록빛 돌에 맞을 것 같은 흔적이 있는데요. 마스터의 펜던트 중앙에 박힌 에메랄드가 들어갈 자리 같아요.”

“그렇다. 그러니까 오직 그랜드 마스터의 펜던트만이 그 상자를 열 수 있다. 네가 만약 그 금속판에 에메랄드가 박혀 있지 않은 네 펜던트를 갖다 댔더라면, 그 즉시 모든 것을 흔적도 남기지 않고 파괴하는 광선에 맞아 죽고 말았을 것이야. 너의 펜던트와 내 펜던트가 이어져 있다고 해도 어떻게 할 수 없는 일이지.”

아이들은 겁에 질려 서로 얼굴을 마주보았다. 잠금장치를 맨 먼저 발견하고 의기양양했던 발랑틴은 몸을 움츠렸지만 그랜드 마스터에게서 눈을 떼지 못했다.

"저의 영웅이세요!"

발랑틴은 자기를 굽어보는 그랜드 마스터에게 감탄해서 그 자리에 못 박혀 있었다. 로렌스가 조심스럽게 발랑틴을 팔꿈치로 찌르며 나지막이 말했다.

"왜 그래? 네가 지금 스파이더맨 영화라도 찍는 줄 아냐?"

"스파이더맨이 뭔데?" 발랑틴은 그렇게 대꾸하고 그랜드 마스터를 향해 환하게 미소를 지었다.

"스파이더맨은 이 바보 같은 세상의 영웅이지. 오스카 방에 붙어 있던 포스터 못 봤어? 어쨌든 저분은 메디쿠스들의 그랜드 마스터야. 그러니까 입에서 튀어나오는 대로 아무 말이나 지껄이지 마. 창피하단 말이야. 허튼소리 했다가 우리 둘 다 헤파톨리아로 쫓겨날 수도 있다고!"

윈스턴 브레이브가 준엄한 얼굴로 오스카에게 다가갔다.

"오스카 필, 이제 네가 설명을 해야 할 차례 같구나."

모두 입을 다물었다. 오스카는 고개를 수그렸지만 주먹을 쥐고 용기를 내어 최근에 있었던 일을 간략하게 설명하기 시작했다.

"주술서가 저의 물음에 답하지 않게 됐는데 그건 보이드가 말을 못하게 했든가, 제가 잘 모르는 뭔가를 조작해놓았기 때문이었어요. 어쨌든 제가 아무리 질문을 해도 주술서는 백지 상태였어요. 그래서 전 보이드의 제안을 받아들였어요. 보이드는 제가 신체 잠입에 데려가주면 주술서를 원래대로 돌려놓겠다고 약속했거든요."

"요컨대 넌 보이드의 사기꾼 같은 수작에 장단을 맞춰주었구나." 그랜드 마스터가 말했다.

"저는 선택의 여지가 없었어요." 오스카가 시선을 떨어뜨리고 대답했다. "저는 꼭…… 꼭 알아야 할 것이 있었어요."

윈스턴 브레이브가 머리를 절레절레 저었다.

"언제쯤이면 인내와 복종을 배우겠느냐? 이번에는 정말 운이 좋았다. 그래, 네 용기가 가상했던 것은 사실이지. 하지만 용기가 모든 것을 해결할 수 있는 것은 아니다."

그랜드 마스터가 한숨을 쉬었다. 위더스 부인이 다가와 안경알 너머로 그를 뚫어져라 보며 물었다.

"보이드의 책은 어디 있지?"

오스카는 케이프에 있는 안주머니에 손을 넣어 책을 꺼냈다. 위더스 부인이 메디쿠스들의 수장에게로 고개를 돌렸다.

"윈스턴, 보이드가 오스카에게 사기를 치고 함정에 빠뜨렸다고는 도저히 믿기지 않아요. 보이드가 서재에서 지내기 힘들어 했던 건 사실이지만 그는 정직한 사람이라고요."

"어디 보이드의 설명을 들어봅시다."

위더스 부인이 책을 펼쳤다.

"보이드, 내가 몇 가지 물어볼 것이 있는데요……."

면지는 백지 상태에서 꿈쩍도 하지 않았다. 보이드답지 않았다.

"보이드, 당신도 대답을 하는 게 좋을 거예요. 내 말 들어요!"

이 키 작은 부인이 화를 낼 때면 늘 그렇듯이, 그녀의 목소리가 방에 울려 퍼지자 벽이 부르르 떨렸다. 발랑틴이 로렌스 뒤로 숨었다. 로렌스도 숨을 곳만 있다면 당장 숨고 싶은 심정이었다.

마침내 단정한 글씨체가 또박또박 종이 위로 나타났다.

"안녕하세요, 위더스 부인, 토론을 나누기에는 너무 늦은 시간 아닌 가요?"

보이드는 평소처럼 거만했지만 위더스 부인은 왠지 의심스러웠다. 오스카도 몸을 내밀고 보이드의 책을 들여다보았다. 지금까지 단 한 번도, 아무리 분위기가 좋아도 보이드가 이처럼 예쁜 글씨로 답한 적은 없었다……. 바로 그 순간, 그 페이지 한쪽 구석에 삐뚤빼뚤 흐트러진 글씨들이 검은 얼룩으로 느낌표를 찍으며 나타났다.

"으음! 흠흠!!!"

위더스 부인이 눈살을 확 찌푸리며 재빨리 책을 덮었다.

"무슨 일인지 알 것 같아요, 윈스턴."

"뭡니까?"

"보이드의 책에 다른 누군가가 '기생'하는 거예요. 그 자가 보이드 대신 대답을 했던 거죠. 하지만 여기 모서리에 떴던 글자들은 보이드의 것이 맞아요. 말을 못하게 재갈을 물려놓았나 봐요! 어쨌든 이 책 안에는 보이드 혼자만 있는 게 아니에요."

"기생을 한다고요? 보이드 말고 다른 사람의 영이 이 안에 있단 말이에요? 어떻게 보이드의 책에 들어간 거예요?" 오스카는 깜짝 놀랐다.

"누가 그 영을 쿠미데스 서클로, 그것도 서재 안까지 끌고 들어왔겠지." 그랜드 마스터가 대꾸했다.

"그 자가 파톨로구스일 거라고 생각하세요?" 에이든도 가까이 다가와 물었다.

그랜드 마스터가 두 명의 메디쿠스 소년들을 바라보며 말했다.

"너희도 잘 알겠지만 파톨로구스는 우리와 같은 능력을 갖고 있다. 그들이 신체 내에서 죽지 않고 바깥세상에서 죽었을 때에는, 그들의 영이 살아남아 어떤 물건, 혹은 여러 개의 물건에 깃들 수 있어. 그 물건은 한 권의 책이 될 수도 있고, 그 밖의 어떤 것이 될 수도 있다. 또 그 영은 이 물건에서 저 물건으로 넘어갈 수도 있지. 그러니까 누군가가 파톨로구스의 영이 깃든 물건을 가지고 서재에 들어왔다면 그 영이 어떤 책, 이를테면 보이드의 저 책으로 넘어가는 건 일도 아니지."

"그럼 문제는 이거네요. 도대체 '누가' 서재에 '무엇'을 가지고 들어온 것인가?"

아까부터 줄곧 본즈를 돌보고 있었던 모린 주베르가 물었다.

"그야 본즈겠지요! 확실해요! 본즈는 우리가 쿠미데스 서클을 빠져나왔을 때부터 계속 따라왔어요. 게다가 우린 본즈가 파톨로구스들과 함께 있는 장면도 목격했다고요. 본즈가 배신한 거예요!" 발랑틴이 외쳤다.

브레이브 씨가 발랑틴에게 다가가더니 얼굴을 바짝 내밀었다.

"아가씨, 추리가 형편없어. 본즈에게 너희를 뒤따라가라고 지시한 사람은 바로 나야."

"마스터가요? 하지만 왜요?" 오스카가 펄쩍 뛰었다.

"네가 저녁 식사 내내 안절부절못하는 것이 영 의심쩍었다. 네가 또 무슨 일을 꾸미고 있다는 감이 왔지. 본즈는 너희를 보호하기 위해 뒤를 쫓았던 거다."

"그럼…… 우리가 공원에서 본 장면은……."

"본즈가 공원에 남아 있던 파톨로구스와 싸우는 광경을 봤겠지. 불행히도 그 파톨로구스가 본즈의 몸속에 잠입하는 데 성공했고 말이야. 본즈는 메디쿠스가 아니니까. 이봐요, 말 좀 해봐요." 모린 주베르가 본즈를 향해 다정하게 미소를 지으며 말했다. "그러니까 밤 외출은 안 된다니까요. 연세를 생각하셔야지요……."

오스카와 친구들은 본즈를 의심했던 것이 부끄러워 서로 얼굴만 쳐다보았다. 로렌스가 더 자세히 설명했다. 그는 남다른 논리 감각을 발휘하여 상황을 조리 있게 설명하려고 했다.

"우리는 길을 여는 나무 아래서 마음의 스캐너를 지나가다가 본즈가 의식을 잃고 쓰러져 있는 것을 발견했어요. 본즈는 그랜드 마스터에게 상황을 알리러 쿠미데스 서클로 돌아가는 길이었을 거예요. 하지만 그럴 틈이 없었겠지요. 몸속에 들어간 파톨로구스가 헤파톨리아 산 밑에서 폭탄을 터뜨려 출혈을 일으켰으니까요. 본즈의 의도에 대해서는 우리가 완전히 잘못 생각했어요."

"본즈는 어때요? 우리가 그의 헤파톨리아계에 들어가서 어떻게든 도우려고 했는데……." 오스카가 걱정스럽게 물었다.

"상태가 좋아지고 있어. 걱정하지 마. 너희들이 본즈를 구한 것이나 다름없어."

모린은 그렇게 대답하고 자리에서 일어섰다.

"내가 가도 문제가 없다면 나는 본즈를 그의 방으로 데려가야겠어요. 몇 가지 치료를 더 해야하지만 내일이면 다 나을 거예요."

모린이 본즈를 부축해서 일으켰다. 본즈는 핏기가 하나도 없었지만 아까처럼 심하게 몸을 떨지는 않았다. 본즈는 오스카 앞을 지나치면서 힘겹게 고개를 살짝 들었다.

"고마워요."

그는 들릴 듯 말 듯 말했다. 오스카는 처음으로 본즈의 입가에서 진심 어린 미소를 얼핏 본 것 같았다. 모린은 곧바로 집사를 데리고 방에서 나갔다.

"그렇다면 모든 게 음모였네요. 파톨로구스의 영이 보이드의 책에 기생해서 저에게 사기를 치게 했다 이거죠?"

"그럴 가능성이 높아 보이는구나. 보이드를 풀어주면 자세한 내용이 밝혀지겠지."

위더스 부인이 『파톨로구스 선집』을 경계심 어린 눈초리로 쏘아보면서 말했다. 한편, 로렌스는 이 상황에 완전히 푹 빠져서 평소의 신중한 태도도 잊어버리고 대화에 적극적으로 뛰어들었다. 발랑틴은 그런 로렌스의 태도에 몹시 놀랐다. 로렌스는 계속해서 추리를 펼쳐나갔다.

"오스카가 보이드와 약속했던 그 밤에 보이드의 책에 기생한 파톨로구스의 영도 당연히 그 사실을 알았겠군요. 하지만 영이 알았다고 쳐도 어떻게 그.정보를 공원에서 우리를 기다리고 있던 그 파톨로구스들에게 전달했을까요?"

브레이브 씨가 팔짱을 끼고 빙그레 웃었다.

"헤파톨리아 산에 사는 아이들이 호기심이 많다는 것을 잊고 있었군. 대답을 해주마. 그건 식은 죽 먹기다. 그 영이 여러 물건에 깃들어 있다면 각각의 물건에 깃들어 있는 부분들끼리는 아무리 멀리 떨어져 있어도 서로 통하니까. 한 물건에 깃든 부분이 뭔가를 알아내면 다른 물건들에 깃들어 있는 부분들도 자동적으로 알게 돼."

"결국은 같은 영이니까 그렇겠네요." 오스카가 말했다.

"그러니 어느 한 부분만 집에 있어도, 정보는 파톨로구스에게 넘어갈 수 있겠군요." 에이든도 덧붙였다.

"당연한 얘기다." 그랜드 마스터가 인정했다.

오스카가 말없이 생각에 골몰하는 동안 로렌스는 나지막한 목소리로 오만 가지 질문 공세를 퍼부었다. 로렌스에겐 퍼즐 조각처럼 떠오르는 몇몇 이미지들이 있었지만, 아직 그 조각들을 완벽하게 맞추지는 못하고 있었다. 그러나 마침내 해답이 보였다.

"누가 범인인지 알 것 같습니다, 마스터! 공원에서 우리를 기다리고 있던 놈들은 파톨로구스들만이 아니었죠. 로넌 모스도 깡패 같은 친구 놈들을 끌고 와서 덫을 쳐놓고 우리를 기다리고 있었죠! 로넌 모스가 우리가 거기 있다는 것을 어떻게 알았을까요?"

"간단한 얘기지. 그 자식도 파톨로구스라는 뜻 아니겠어? 그래서 보이드의 책에 기생하는 영에게 정보를 얻은 거야!" 발랑틴이 외쳤다.

"아가씨의 성급한 결론에는 정말로 못 당하겠군!" 그랜드 마스터가 발랑틴을 윽박질렀다.

이번에는 오스카가 발랑틴을 변호하고 나섰다.

"저도 그렇게 생각해요. 지난주에 서재에서 로넌 모스의 아버지를 봤어요. 그 사람이 자기는 마스터와 약속이 있어서 왔다고 했어요."

"그건 사실이다. 하지만 난 그 자가 범인이라고 생각하지 않는다." 윈스턴 브레이브는 자세한 설명을 삼간 채 그렇게만 말했다. "오스카 너또한 너무 성급하게 범인을 지목하지 않았다면 좋겠……. 네 친구 에이든도 너희가 공원에서 만나기로 했던 일을 우연히 엿듣지 않았느냐?

로넌 모스도 그런 식으로 우연히 정보를 얻었을 확률을 배제할 수 있느냐? 그 애의 아버지가 서재에 뭔가를 갖다놓는 장면을 목격했다면 모를까, 어찌 그리 확신한단 말이냐?"

"아뇨, 그런 장면은 못 보았어요. 그 사람은 아무것도 가져오지 않았어요."

오스카가 순순히 시인했다. 그러나 잠시 생각에 잠겼다가 덧붙였다.

"로넌 모스네 아빠는 그냥 서재에 있던 작은 조각상을 만지작거렸어요. 서가에 금방 도로 갖다놓았지만요."

"그게 무슨 말이냐?" 위더스 부인이 흥미를 보였다.

"저하고 얘기를 나누는 동안 그 사람이 계속 그 석상을 주물럭거렸어요. 그게 다예요. 하지만 금방 제자리에 갖다놓더라고요. 다른 물건이나 가방은 전혀 가져오지 않았고요."

그랜드 마스터와 위더스 부인이 의미심장한 눈빛을 교환했다. 위더스 부인이 먼저 입을 열었다.

"오스카, 쿠미데스 서클의 서재에 조각상 따위는 없어. 예전에도 그런 게 있었던 적은 없단다."

"그럼 문제의 영이 깃든 물건이 바로 그거겠네요." 로렌스가 안경 너머로 오스카를 바라보며 추리를 했다. "파톨로구스의 영이 들어 있는 조각상을 모스 씨가 몰래 갖다놓은 겁니다."

"아니면 다른 사람일 수도 있겠지." 브레이브 씨가 로렌스의 말을 정정했다. "너희들에게 다시 일깨워주자면, 내 집에는 손님들이 아주 많이 드나든단다."

오스카와 친구들은 모스 가 사람들의 결백을 믿고 싶은 마음이 눈곱만큼도 없었지만 말대답하지 않으려고 이를 악물었다.

그랜드 마스터는 상황을 정리하기 위해 보이드의 책을 집어 들었다. 그는 책을 펼치고 중후한 목소리로 말했다.

"기생하는 영이여, 네 정체를 고백하도록 몇 초의 시간을 주겠다."

백지는 아무 반응을 보이지 않았다. 파톨로구스의 영이 숨어버린 것이 분명했다. 어떤 파톨로구스라도 메디쿠스들의 그랜드 마스터에게 감히 맞서지는 못할 것이다. 이미 죽어버린 파톨로구스의 영이라면 더더욱 어림없었다.

"좋다, 그렇다면 나로서도 선택의 여지가 없으니……."

그는 책을 덮고 자신의 펜던트를 표지에 가져갔다. 펜던트의 문자에서 나오는 초록빛 안개가 보이드의 책을 감쌌다. 그랜드 마스터가 주문을 읊조리기 시작했다.

종이와 잉크에 스며든 사악한 영이여,
이곳에 허락 없이 들어왔으니 너는 곧……

주문을 전부 다 외우기도 전에 보이드의 책이 심하게 흔들리기 시작했다. 윈스턴 브레이브는 빙그레 미소를 지으며 책을 다시 펼쳤다.

새빨간 글씨가 파들파들 떨면서 황급히 나타나기 시작했다.

"자비를, 자비를 베풀어주십시오, 메디쿠스의 그랜드 마스터여, 제 뜻은 아니었지만, 어쩔 수 없었습니다. 제 말을 믿어주십시오. 이건 무서운 오해입니다. 모든 것을 해명하겠습니다."

그랜드 마스터가 발랑틴에게 고개를 기울이면서 소녀의 빨간 머리칼을 스쳤다.

"아가씨, 저 자에게 기회를 줘볼까?"

발랑틴이 활짝 웃으며 고개를 끄덕였다. 그랜드 마스터가 발랑틴의 한쪽 머리채를 묶은 머리 끈을 풀었다. 황홀해진 발랑틴이 얼굴을 장밋빛으로 물들이고 로렌스에게 속삭였다.

"그랜드 마스터는 잘생겼을 뿐만 아니라 정말정말 로맨틱해."

로렌스는 이 말을 듣고 허공만 쳐다보았다.

윈스턴 브레이브는 헤어밴드에 달려 있던 플라스틱 꽃을 펼쳐진 페이지에 올려놓았다. 그는 얼음장처럼 차가운 목소리로 말했다.

"당장 보이드를 풀어줘라. 너는 당장 이 꽃으로 들어가고 말이야. 그렇게 하지 않으면, 나도 생각을 바꿔 너를 영영 사라지게 할 테다."

잠시 후, 백지에 잉크가 마구 튀기고 욕설이 난무했다. 모두들 웃음 지었다. 심지어 그랜드 마스터까지 웃고 있었다. 파톨로구스의 영이 보이드를 풀어주고 그의 입에 물렸던 재갈을 벗긴 것이 분명했다. 지금 보이드는 못했던 말을 하느라 난리를 치고 있었다……. 바로 그 다음 순간, 진홍색 연기가 책에서 빠져나와 플라스틱 꽃으로 스르르 흘러들어갔다.

그 과정이 끝나자 그랜드 마스터는 꽃이 달린 헤어밴드를 자신의 재킷 주머니에 넣고 책을 들여다보았다.

"보이드, 어떻게 지내시오?"

"기막히게 잘 지냅니다, 고맙소! 나야 뭐 몇 시간 묶여서 입막음을 당한 게 고작이지요. 그것만 빼면, 무척 잘 지냈소이다! 당연하지 않소?"

보이드는 본래의 넉살 좋은 성격을 조금도 잃지 않고 있었다. 윈스턴 브레이브는 그런 말에 조금도 주의를 기울이지 않고 본론으로 넘어갔다.

"보이드, 어찌하여 감히 그런 사기를 치려 했소?"

"내가 이 기회를 약간 이용하려고 했던 건 인정하오." 흥분을 약간 가라앉힌 보이드는 아까만큼 당당하지만은 않은 태도로 대답했다. "꼬맹이 필은 나를 필요로 했소. 그래서…… 윈스턴, 난 이 서재에서 한 발짝도 나가보지 못한 지 참으로 오래되었소. 그때 붙잡지 않았으면 그런 기회는 다시 오지 않았을 것이오! 장담하건대, 저 꼬맹이에게 나쁜 짓을 하려는 속셈은 결코 없었소. 하지만 그로부터 보름 뒤, 저 사악한 파톨로구스의 영이 내 책에 끼어들었기에 나로서는 어쩔 수가 없었다오……."

"어째서 그 영의 지시를 받아들인 건가요?" 위더스 부인이 물었다.

"내 책에 실린 모든 내용을 훼손하겠다는 협박을 당했기 때문이오. 게다가……."

"게다가?"

"게다가……자기 말을 들으면, 내가 책에 쓰고 싶었지만 아직 모르고 있는 파톨로구스에 대한 몇 가지 사실들을 가르쳐주겠다고 약속했소. 나를 원망하진 마시구려, 그런 지식을 얻어냈더라면 당신들에게도 유용하게 쓰이지 않았겠소! 게다가 에스텔의 책까지……."

"그 책에도 파톨로구스의 영이 기생했나요?" 위더스 부인이 화들짝 놀라서 물었다.

"그렇소. 그 영은 그 책도 몽땅 파괴해버리겠다고 협박했소. 하지만 에스텔은 나보다 빨랐소. 그녀는 백지에 숨어버린 채 나머지 내용을 죄다 지워버렸지. 그래서 파톨로구스의 영은 그 책에서 금방 나왔소. 하지만 그는 나에게 오스카 필이 두 권의 책을 신체 잠입에 가져가게끔 부추기라고 요구했소. 에스텔은 순전히 나 혼자만의 생각이라고 믿었기에, 여기에 대해서는 조금도 의심하지 않았지……. 윈스턴, 난 정말로 놈들의 진짜 속셈을 몰랐소."

오스카는 고개를 떨어뜨렸다. 그는 이제야 왜 파톨로구스들이 에스텔 플릿우드의 책까지 신체 잠입에 동반시켰는지 이해할 수 있었다. 놈들은 그 책을 손아귀에 넣어, 에스텔이 『특별론』에서 다루었던 메디쿠스들의 비밀들을 알아내려는 속셈이었던 것이다! 결국 그들 뜻대로 되지는 않았지만 이제 그 비밀들을 알아낼 수 있는 사람은 아무도 없었다. 에스텔 플릿우드의 책은 음식물 분해 탱크에 빠져 날카로운 칼날에 갈려 사라졌다. 더불어 에스텔의 영도 완전히 죽어버렸다.

"에스텔의 『특별론』은 어디에 있지?" 윈스턴 브레이브가 물었다.

오스카는 책이 소멸되었다는 사실을, 그리고 자신의 과오를 고백하기로 마음먹었다. 그는 기어들어가는 목소리로 말했다.

"제가…… 음식물 분해 조직의 탱크에 떨어뜨렸습니다. 정말로 죄송합니다. 제 잘못입니다."

모두가 입을 다물었다. 그랜드 마스터가 마침내 다른 아이들에게로 고개를 돌렸다.

"오스카와 나는 단 둘이서 긴히 할 이야기가 있다. 베레니스, 아이들을 쿠미데스 서클로 데려가주시겠습니까? 아이들이 쉬어야 할 것 같습니다."

위더스 부인이 일순간 망설였다. 그랜드 마스터는 물러나지 않았다.

"고맙습니다, 베레니스. 괜찮으시다면 우리 둘은 나중에 내 집무실에서 따로 봅시다."

부인은 아무 말 없이 고개를 끄덕이고 아이들을 데리고 문으로 향했다.

그랜드 마스터와 단 둘이 남자, 오스카는 문득 그 방이 몹시 넓고 횅하게 느껴졌다. 자신이 너무나 작게 느껴졌다. 윈스턴 브레이브가 그에게 다가와 위압적인 시선으로 노려보았다.

"오스카, 에스텔 플릿우드의 영이 소멸된 것에 대해서는 너의 책임을 묻지 않을 수 없다. 에스텔은 조직의 고명하신 어른이다. 이 끔찍한 손실을 우리 모두 안타까워하지 않을 수 없겠지. 게다가 탱크 속에서 산산이 부서진 그 책은 『특별론』의 원본이었다."

오스카는 아무 말도 하지 않았다. 죄책감 때문에 납덩이를 짊어진 듯 어깨가 무거웠다. 그랜드 마스터는 냉혹한 말투로 이야기를 계속했다.

"너는 너만 믿고 설치느라 그보다 더 나쁜 일, 영원히 돌이킬 수 없는 일까지 저지를 뻔했다. 네 친구들의 목숨을 위태롭게 했고, 어쩌면 메디쿠스 조직 전체를 위험에 빠뜨릴 수도 있었어."

오스카가 고개를 번쩍 들었다. 방금 들은 말은 이해가 가지 않았다. 윈스턴 브레이브는 얼른 그 이유를 설명했다.

"오스카, 비록 너는 모르고 그랬겠지만 너는 파톨로구스들을 우리 메디쿠스들이 지닌 가장 소중한 것으로 불러들일 뻔했다."

"지하 터널에서요? 아니면 이 방 말인가요? 하지만 여긴 아무것도 없잖아요!"

이 말을 듣고 그랜드 마스터가 드디어 폭발했다.

"아무것도 없다고? 자신 있게 말할 수 있느냐? 너는 이 방에 들어옴으로써 메디쿠스들의 지식의 성소에 발을 들여놓았다. 그게 아무것도 아니라고 생각하느냐!"

오스카는 어안이 벙벙해서 눈이 휘둥그레졌다. 성소라고! 그래서 위더스 부인은 그에게 금지된 터널에 들어가서는 안 된다고 말했던가? 그 때문에 그 터널을 통과하기가 그토록 힘들었던가!

"성소라면…… 하지만 어디가요?" 오스카는 충격에서 헤어나지 못한 채 주위를 두리번거렸다. "이 방은 비어 있잖아요! 제 눈엔 아무것도 안 보이는데요?"

그랜드 마스터가 한숨을 쉬며 고개를 저었다.

"도대체 무엇을 기대했느냐? 책이라도 가득 들어차 있을 줄 알았더냐? 벽이 컴퓨터로 뒤덮여 있을 줄 알았느냐? 성소는 지식, 법, 관념, 사상을 모아두는 곳이다. 그런 것은 어떤 공간을 차지하는 게 아니다. 따라서 크기도 없고 부피도 없다. 생각은 엄청난 것일 수 있으나, 공간을 필요로 하진 않는다."

그는 검정색 정육면체에 다가가 그 위에 손을 얹었다.

"작은 함 하나로도 족할 수 있느니라."

검은 함.

오스카는 경탄하는 눈으로 그 상자 주위를 돌아보았다.

"전부…… 전부 다 이 안에?"

"그래, 전부 다 있다, 오스카. 감사하게도 에스텔 플릿우드의 책에 담긴 내용도 모두 있다. 그 밖에도 네가 상상도 하지 못할 것들이 들어 있지. 이 함에 든 것은 단지 메디쿠스의 영혼과 기억에 남아 있는 지식만

이 아니다. 그래서 이 성소가 그토록 중요한 게야."

그랜드 마스터는 만감이 교차하는 듯 검은 함을 손으로 쓰다듬었다.

"앎보다 귀한 것은 아무것도 없다. 세월이 흐르면 너도 차차 알게 되겠지. 완력이나 돈, 용기, 언변, 기술…… 그런 것들은 앎이 없으면 아무것도 아니다. 그렇기 때문에 너는 끊임없이 배워야한다. 그래야만 어엿한 메디쿠스로 성장할 수 있지……."

그는 아주 잠깐 망설이는 듯했지만 결국 이 말을 덧붙였다.

"네가 되고자 하는 메디쿠스 말이다."

오스카는 순순히 그 말을 시인했다.

"에스텔 플릿우드의 영이 소멸된 일은 정말로 죄송해요. 게다가 안타깝게도 저는 제 주술서의 봉인을 풀지도 못했어요."

"아무도 그런 일은 할 수 없다, 오스카. 보이드도, 다른 누구라도 그럴 수는 없을 거다. 단 한 사람, 나를 제외하고 말이다."

오스카는 놀라움과 희망으로 눈을 반짝반짝 빛내며 그랜드 마스터를 쳐다보았다.

"마스터가요?"

"그래, 나는 할 수 있다. 그럴 만한 이유가 있어서 내가 네 주술서에게 그 물음에 대해서는 답하지 못하도록 손을 써두었다. 다른 사람이 한 일이 아니야."

"뭐라고요? 보이드가 한 짓이 아니었어요? 하지만 보이드가 분명히 제 주술서에 말을 걸었는데요? 줄리아 제이콥이 그랬다고요!"

"보이드는 호기심이 많은 사람이니 네가 무엇을 찾는지 알고 싶어서 주술서에게 말을 시켰겠지. 하지만 네 주술서는 보이드에게도, 다른 그 누구에게도 너에 대해 발설하지 않았다. 보이드에겐 주술서의 입을 막을 만한 능력이 없어. 어쨌든 보이드가 사기를 친 건 맞다. 너에게 원하는 것을 얻어내기 위해 자기 때문에 주술서가 입을 다물었다고 네가 믿게끔 내버려뒀으니까. 그리고 넌 완전히 넘어갔지! 게다가 보이드가 조금 전에 설명한 대로 파톨로구스의 영까지 그 상황을 이용했다."

"하지만 왜 그러셨는데요? 왜 제가 궁금해하는 것을 알아낼 수 없도록 막으신 거예요?" 오스카가 황당해하며 물었다.

윈스턴 브레이브가 한숨을 쉬었다. 그는 결국 이렇게 말했다.

"너를 보호하기 위해서였다."

"저를 보호하기 위해서라고요? 무엇으로부터 보호한단 말씀이신가요? 세상에 앎보다 귀한 건 없다면서요! 전 제 아빠에게 무슨 일이 있었는지 꼭 알아야겠어요!"

오스카는 거의 고함을 지르고 있었다. 소년의 눈이 이글이글 타올랐다. 상대가 메디쿠스들의 그랜드 마스터인데도 좀체 감정을 다스릴 수가 없었다.

"오스카 필, 거짓말은 끔찍한 것이다……. 이건 중요한 얘기지. 하지만 가끔은 진실이 거짓보다 더 끔찍한 상처를 입히기도 한단다. 어린 네가 감당하기엔 너무 엄청난 진실들이 있기 때문에, 혹은 자기 이익을 위해 그 진실들을 이용하려는 사람이 있을 수 있기에, 우리는 너를 보호할 필요가 있다고 생각하는 거다. 그런 이유로 나는 네 주술서에서 그 부분에 대한 지식을 미리 빼놓았다."

"무슨 말씀을 하시는지 하나도 모르겠어요! 진실은 하나뿐이잖아요!" 오스카가 발끈했다.

"그러나 하나의 진실에도 여러 개의 얼굴이 있을 수 있는 법이다. 여러 사람이 진실을 정면으로 마주본다면 그들은 각자 자기가 보고 싶은 것만을 보게 되지."

"하지만 저는 알고 싶다고요!" 오스카가 고집스럽게 소리를 질렀다. "우리 아빠에게 있었던 일이에요. 저는 알고 싶어요!"

윈스턴 브레이브는 아무런 대꾸도 하지 않았다. 그가 깊은 생각에 잠긴 몇 분이 오스카에게는 몇 시간이 되는 듯 길게 느껴졌다. 드디어 그랜드 마스터가 결단을 내렸다.

"좋다, 너는 진실을 정면으로 마주하게 될 것이다. 하지만 미리 말해 두겠다. 우리가 잘못 안 것일 수도 있다. 우리가 진상을 다 보지 못하고 뭔가 놓친 것이 있을 수도 있다. 배후에서 무슨 일이 있었는지 알아차리지 못했을 수도 있고……. 준비되어 있지 않은 자에게 진실은 고통이 될 수도 있단다."

"저는 준비되었어요." 오스카가 일말의 망설임도 없이 단언했다.

그랜드 마스터는 오스카와 눈을 맞추었다. 그리고는 자신의 펜던트를 꺼내어 검은 함의 잠금장치에 가까이 댔다.

다음 순간, 정육면체가 벌어지면서 수백 개의 작은 머리들이 빠져나왔다. 머리통이 투명하다 보니 안에 있는 뇌가 그대로 다 보였다. 머리들은 오스카의 주위를 떠다니며 그를 유심히 바라보았다.

검은 함의 덮개 부분이 투명한 스크린처럼 수직으로 일어섰다. 여러 선들이 홀연히 나타나 기이한 형상을 그리다가 구름이나 담배 연기처럼 사리지기를 반복했다.

"가까이 와라, 오스카."

오스카는 가슴을 두근거리며 그랜드 마스터가 시키는 대로 했다. 이제 조금만 있으면, 그토록 간절히 찾고자 했던 진실을 알게 될 터였다.

오스카가 다가가자 스크린 표면에 두 개의 손이 그려졌다. 그 손들이 튀어나와 오스카의 머리를 붙들었다. 그랜드 마스터가 소년을 안심시켰다.

"움직이지 마라. 전혀 위험하지 않다. 나는 곧 나갈 것이다. 너 혼자 남게 되면 주술서에게 물었던 것처럼 알고 싶은 것을 이 성소에게 물어보아라. 질문을 가만히 속으로 생각해보기만 하면 된다. 행운을 빈다, 오스카 필. 그리고 잊지 말아라. 진실이 하나라 해도 여러 방식으로 해석될 수 있다는 것을."

오스카는 대답하지 않았다. 그에게는 스크린밖에 보이지 않았다. 그의 관자놀이를 누르는 이 차가운 손과 이제 앞으로 밝혀질 진실을 제외하면, 이제 아무것도 중요하지 않았다.

그랜드 마스터가 나가고 문이 닫히자 오스카는 정신을 하나로 모았다.

난 우리 아빠에게 무슨 일이 있었는지 알고 싶다. 나는 알고 싶다.

그는 눈을 꼭 감고 이 말을 머릿속으로 되풀이했다.

북극에서 불어오는 바람처럼 차가운 공기가 그의 머리에서 관자놀이에 얹힌 두 손으로 흘러들어갔다. 오스카가 눈을 떴다. 그의 머리를 누르는 팔에서부터 스크린까지 초록빛 전류 같은 것이 퍼지더니 차츰 주위로 빠져나가 오스카 주위에 거대한 원을 이루고 있던 자그마한 머리들의 뇌를 관통했다.

파장이 그렇게 한 바퀴를 돌아오자 스크린이 오스카의 눈앞에 크게 펼쳐졌다. 마침내 거기에 어떤 영상이 나타났다.

처음에는 불안정하게 흔들리던 영상이 선명하게 또렷하게 자리를 잡았다.

오스카는 그의 눈앞에 서 있는 아빠를 금세 알아보았다. 실제 크기의 영상은 너무나 가깝고 생생해서 손을 뻗으면 닿을 수도 있을 것 같았다. 그러나 스크린에서 튀어나온 손에 머리를 붙들린 오스카는 온몸이 굳어져 꼼짝할 수 없었다. 그는 입을 열고 아빠를 소리쳐 부르고 싶었지만 목구멍에서 소리가 나오지 않았다. 소년은 스크린에서 튀어나온 손이나 허공에 떠 있는 얼굴들과 마찬가지로 순전히 관객의 입장에 머물러야했다.

어쨌든 오스카가 불렀어도 아빠는 듣지 못했을 것이다. 비탈리 필은 검은 옷을 입은, 키가 아주 큰 사내와 혈투를 벌이고 있었으니까. 검은 옷의 사내는 복면을 쓰고 있어서 얼굴이 보이지 않았다. 복면의 눈구멍으로 번득이는 눈동자만 볼 수 있을 뿐이었다.

비탈리 필은 금세 검은 옷의 사내를 제압했다. 그 자는 나가떨어졌다가 이내 다른 메디쿠스들에게 끌려갔다.

영상이 사라지더니 다른 영상으로 넘어갔다. 이번에는 윈스턴 브레이브와 위더스 부인이 우편물을 읽고 있는 장면이 나왔다. 두 사람은 완전히 넋이 나간 것처럼 보였다. 오스카는 위더스 부인의 목소리를 들었다.

"비탈리 필이 그들과 한통속일 리 없어요, 윈스턴. 나뿐만 아니라 당신도 알잖아요. 비탈리가 일부러 어둠의 왕자를 살려주었다니, 그럴 리가 없어요……."

"나도 내가 읽은 편지를, 당신도 함께 읽은 그 내용을 믿지 않습니다. 파톨로구스의 집에서 찾아낸 이 편지들은 너무 엄청난 내용을 담고 있군요……."

"이렇게 비탈리를 배신자로 몰아갈 수는 없어요. 합당한 증거와 절차에 맞는 재판이 필요하다고요. 위원회를 소집해야해요."

배신자. 오스카는 심장이 거세게 두방망이질하는 것을 느꼈다. 아까보다 한결 추워졌다.

곧바로 다른 장면이 이어져, 오스카는 다른 생각을 할 틈이 없었다. 불과 몇 미터 옆에 아빠가 서 있었다. 아빠는 메디쿠스 조직의 최고위원회를 당당하게 마주보며 꼼짝도 하지 않았다. 오스카는 최고위원들을 모두 다 알아볼 수는 없었다. 몇 명은 그 사이에 바뀌었던 모양이다. 어쨌든 위더스 부인, 윈스턴 브레이브, 화장이 진하고 적갈색 머리를 크게 부풀린 룸피니 백작부인은 그대로 있었다. 그리고 바로 그 옆에는 플레처 웜이 자신의 전용 좌석 마키아벨리에 꼿꼿하게 앉아 비탈리 필을 꿰뚫어볼 듯 노려보고 있었다. 위원회 사람들이 한 명씩 돌아가며 말을 했다. 플레처 웜이 제일 먼저 입을 열었다.

"유죄입니다."

그렇게 말하는 플레처 웜의 입가에 미소가 번지면서 비틀렸다.

'유죄'라는 말이 여러 번 되풀이되었다. 위더스 부인은 입도 겨우 벙긋하는 둥 마는 둥했다. 부인은 작은 초록빛 눈으로 오스카의 아버지를 주시했다. 그러나 그 눈빛에서 미움이나 경멸은 읽을 수 없었다. 더욱이 그것은 연민의 눈빛도 아니었다. 위더스 부인은 비탈리 필이 보이지 않는 것처럼 그를 바라보고 있었다! 마침내 윈스턴 브레이브가 마지막으로 입을 열었다.

"비탈리 필, 그대는 우리를 배신하고, 파톨로구스와 공모한 죄를 저지른 것으로 판단된다. 그대는 자발적으로 어둠의 왕자를 살려주었을 뿐만 아니라, 최고위원회에서 자신이 차지하고 있는 지위를 이용하여 적들에게 은밀히 협력한 것으로 밝혀졌다."

잠시 무거운 침묵이 떨어졌다. 그랜드 마스터가 선고를 내렸다.

"그대를 종신형에 처하는 바이다."

두 남자가 다가와 비탈리 필의 어깨에서 케이프를 벗겨내고 허리띠도 풀었다. 윈스턴 브레이브는 허리띠를 받아서 거대한 카뒤세 위에 올려놓았다. 그가 펜던트를 쥐고 뭐라고 주문을 읊조리자 강렬한 초록색 광선이 허리띠에 매달린 각각의 가방들을 후려쳤다. 가방 안에 들어 있던 트로피들이 하나하나 박살나기 시작했다.

오스카는 크게 동요했다. 숨을 쉬기가 힘들 정도였다. 차가운 손이 그의 머리통을 더 세게 눌렀다. 그는 겁에 질려, 아무것도 할 수 없는 석상처럼 굳어져버렸다.

이어서 자그마한 감방에 홀로 갇힌 아빠의 모습이 나타났다. 오스카는 그것이 주술서에게 맨 처음 아빠에 대해 물어보았을 때 보았던 장면이라는 것을 알았다. 빛이 차츰 사그라지더니 감방 문이 열렸다. 아빠는 바닥에 쓰러져 있었다. 간수가 외쳤다.

"죽었습니다. 자살을 했어요. 비탈리 필이 자살했다고요! 그랜드 마스터를 불러요!"

감방 안에 가냘픈 실루엣이 나타났다. 위더스 부인이 허리를 구부리고 비탈리 필의 뺨을 어루만지더니 그의 눈을 감겨주었다. 부인은 기운

없는 목소리로 말했다.

"데리고 나가세요. 시신을 옮겨요. 그랜드 마스터와 비탈리 필의 부인에게는 내가 직접 알리겠어요."

오스카는 마지막 장면이 지나가는 동안 발버둥을 쳤다. 차가운 손이 그의 머리를 놓아주자 마침내 폐로 공기가 흘러들어왔다. 오스카는 크게 심호흡하고 그대로 바닥에 드러누웠다. 그의 주위에서 작은 머리들은 아까처럼 빙글빙글 돌며 이미 닫히기 시작하는 정육면체 안으로 서둘러 돌아가고 있었다.

다음 순간, 검은 함은 다시 기둥 위에 내려앉았다. 방 안에는 침묵이 흘렀다.

오스카는 부들부들 떨면서 일어났다. 손을 내밀어 사방으로 휘저었다.

"아냐…… 아니야…… 이건 그냥 악몽이야…… 악몽!"

그는 우물우물 그렇게만 중얼거렸다.

소년은 정육면체에 손을 올려놓았다. 확실한 촉감이 느껴졌다. 꿈을 꾼 게 아니었다. 무서운 분노가 속에서부터 끓어올랐다. 오스카는 고함을 내지르며 기둥과 바닥과 벽에 마구 발길질을 퍼부었다.

"사실이 아니야! 그럴 리 없어!"

그는 가쁜 숨을 몰아쉬며 서둘러 문으로 달려가 나선계단을 올라갔다. 반쯤 열린 문이 나오자 그대로 들입다 안으로 뛰어들었다.

그는 그랜드 마스터의 집무실에 들어와 있었다. 그곳에서 윈스턴 브레이브는 말없이 기다리고 있었다. 그랜드 마스터의 맞은편에는 위더스 부인이 몹시 창백한 얼굴로 꼼짝 않고 앉아 있었다.

"오스카, 얘야, 내가 설명해줄게……." 부인이 말을 걸었다.

"당신들이!" 오스카는 이성을 잃고 울부짖었다. "아빠를 죄인으로 몰아세우다니! 어둠의 왕자를 무찌른 우리 아빠를 감옥에 가두다니! 당신들 때문에 우리 아빠가 죽은 거예요! 당신들 때문에요!" 오스카는 두 사람에게 삿대질을 하며 고래고래 소리 질렀다. 그들이 뭐라고 대답을 하기도 전에 오스카는 그대로 방에서 뛰쳐나갔다.

오스카는 응접실을 그대로 가로질러 나가버렸다. 오스카의 방에서 불안해하며 기다리고 있던 발랑틴, 로렌스, 에이든이 부리나케 계단으로 뛰어나왔다. 아이들이 소리를 질렀다.

"오스카! 기다려! 돌아오란 말이야!"

오스카는 친구들의 목소리가 들리지 않는 듯, 그대로 쿠미데스 서클을 박차고 나가 어둠 속으로 사라져버렸다. 친구들도 오스카를 따라가려고 했지만 한 손이 그들을 만류했다.

"안 된다. 오스카를 내버려둬라. 저 애는 혼자 있을 시간이 필요해."

윈스턴 브레이브가 말했다.

제리 아저씨와 체리 아줌마도 고함소리에 놀라서 달려 나온 참이었다. 그랜드 마스터가 제리 아저씨에게 고개를 까딱해 보였다.

"눈치 못 채게 차로 따라가게, 제리. 무슨 일이 생기면 안 되니까."

제리는 아무 말 없이 물러났다. 헤어 롤을 잔뜩 말고 노란색 잠옷 바람으로 나타난 체리 아줌마는 아이들을 달랬다. 로렌스가 그랜드 마스터에게 물었다.

"무슨 일이 있었나요, 마스터? 왜 오스카가 우리에게 말도 안 하고 저렇게 뛰쳐나가는 거죠?"

"오스카는 힘든 만남을 겪었다. 진실과의 만남이지. 그 만남을 견뎌내기란 늘 쉽지 않단다."

세 아이는 입을 다물었다. 그들은 서글픈 기분이 들었지만 뭐가 뭔지 이해하지 못하고 있었다.

발랑틴이 그랜드 마스터 곁으로 다가가 겁에 질린 눈으로 그를 쳐다보았다.

"오스카는…… 돌아올까요?"

"아마도. 그렇게 되길 바란다." 윈스턴 브레이브는 침울하게 대답했다. "오스카가 돌아온다면 아주 먼 길을 가게 될 거다. 정말로 먼 길이 되겠지. 그 길에는 함정과 위험과 더욱더 가혹한 진실들이 도사리고 있을 테지. 그래서 그 애에게는 친구가 필요할 거다. 진정한 친구들 말이야."

아이들이 눈을 빛내며 서로의 얼굴을 마주보았다. 로렌스가 말했다.

"우리가 함께 있을 거예요, 마스터. 우리가 함께할 거라고요."

끝장이 날 때까지

셀리아 필은 잠자리에서 소스라치며 일어났다. 북을 치듯 쿵쿵대는 소리가 아직도 울려 퍼지고 있었다. 꿈이 아니었다.

그녀는 얼른 침대에서 내려와 가운을 걸치고 내려갔다. 현관문에 다가가서 큰소리로 물었다.

"누구세요?"

"문 열어주세요! 저예요!"

그녀는 아들의 목소리를 듣는 순간, 너무 놀라서 피가 얼어붙는 기분이 들었다. 그래서 부리나케 현관문의 잠금장치를 열어주었다.

"오스카, 우리 아들! 무슨 일이야……."

셀리아는 말을 미처 끝맺지 못했다. 오스카가 엄마를 밀치고 미친 듯이 현관을 가로질러 계단을 몇 칸씩 한꺼번에 올라가 자기 방에 틀어박혔기 때문이다.

셀리아는 문을 다시 닫으려다가 매주 금요일 저녁에 오스카를 데려다주는 자가용이 뒤따라온 것을 알았다. 운전수는 손짓으로 가볍게 인사를 보내고 다시 차를 몰고 돌아갔다.

그녀가 문단속을 마치기가 무섭게 전화벨이 울렸다.

셀리아는 통화를 마치고 나서 눈을 감고는 벽에 기댔다. 그러고는 크게 심호흡을 하고 살금살금 계단을 올라갔다. 아들의 방 앞에서 문을 살며시 두드려보았다.

"들어가도 되니?"

안에서는 아무 대꾸도 없었다. 셀리아는 문고리를 비틀어 열고 방 안으로 들어갔다.

불이 꺼져 있고 커튼 너머로 새어 들어오는 달빛만이 벽에 괴이한 그림자를 드리우고 있었다. 셀리아는 침대에 다가갔다. 오스카는 등을 돌린 채 벽만 보고 있었다. 그녀는 조용히 아들에게 손을 얹었다. 오스카는 땀에 흠뻑 젖어 있었다.

"엄마는 우리 모두를 속였어요."

오스카가 조그맣게 중얼거렸다. 고함은 지르지 않았다.

"엄마는 비올레트 누나와 저에게 거짓말을 했어요. 아빠는 비행기 사고로 돌아가셨다고 했잖아요. 엄마, 그건 사실이 아니잖아요. 아빠는 컴컴한 감방에서 홀로 돌아가셨어요. 왜 우리를 속였어요?"

셀리아는 잠시 사이를 두었다가 대답했다.

"오스카, 엄마는 너희에게 거짓말을 한 게 아니야. 엄마는 너희를 보호했을 뿐이야."

오스카가 홱 돌아서서 엄마를 마주보았다. 집까지 뛰어오는 내내 수도꼭지처럼 눈물을 쏟아낸 두 눈이 벌겋게 충혈되어 있었다.

"도대체 왜 모두들 우리를 보호하고 싶어 안달인 거죠? 나는요, 진실을 알고 싶었다고요!"

셀리아가 아들을 끌어당겼다. 오스카는 엄마가 끌어당기는 대로 가만히 안겼다. 그는 엄마를 꼭 껴안았다.

"그들은 아빠가 배신자라고 했어요, 엄마. 아빠가 파톨로구스들과 내통했다고. 그래서 어둠의 왕자를 죽일 수 있었는데 일부러 죽이지 않았다고 했어요. 그들이 아빠를 감옥에 가두었고, 아빠는 그곳에서 돌아가셨죠. 아빠가 무슨 잘못을 저질렀던 거예요? 난 아빠의 결백을 확신해요."

"오스카, 엄마가 할 수 있는 말은, 네 아빠가 정말로 대단하고, 남달리 정직한 사람이었다는 것뿐이야. 다른 사람들에게는 물론, 특히 자기자신에게 정직한 삶을 무엇보다 중요시하는 사람이었지. 자신을 속이지 않는 삶. 그래, 네 아빠는 '끝까지' 그렇게 살았단다."

오스카는 잠시 엄마의 품에서 벗어나 엄마의 눈을 들여다보았다.

"브레이브 씨는 진실을 또 다른 측면에서 볼 수도 있다고 그랬어요. 어쩌면 그들이 잘못 알았던 걸까요? 그들이 진실을 제대로 보지 못했을수도 있나요?"

"아마 그렇겠지, 애야."

"그럼 진실은 도대체 뭔가요, 엄마? 진실은 오직 하나밖에 없다고 생각했는데!"

"우리 오스카, 네 말이 맞아. 진실은 단 하나, 네 마음 깊은 곳에 있는바로 그것이란다. 네가 항상 귀 기울여야하는 진실은 그것뿐이지. 진실은 너에게 조용조용히 속삭이고 있으니, 조금 신경 써서 듣기만 하면 된단다. 네 아빠는 항상 진실의 소리를 들었지. 네가 너의 진실에 귀를 기울여 행한 일이 자랑스럽고 뿌듯하다면, 네가 다른 이들에게 해를 끼치지 않았다면, 그게 바로 그 진실이 옳다는 증거란다."

셀리아는 아들의 얼굴을 어루만졌다. 오스카의 머리칼이 이마에 달라붙어 있었다.

"아빠를 자랑스럽게 생각해도 괜찮아. 엄마 말을 믿으렴. 누가 뭐라고 말하든, 아빠에 대해 무슨 소리를 듣든 상관없어. 너희 아빠는 자기 안의 목소리를 들었고, 그건 모두를 위해서였단다. 네가 너의 진실에 따른다면, 엄마는 늘 너를 자랑스럽게 생각할 거야. 사람들이 너에 대해 뭐라고 떠들든지, 너의 어떤 모습을 들추든지, 그런 거 엄마는 신경 안 써. 어떤 얘기로 꼬드겨도 엄마는 안 넘어갈 거야. 아빠에 대한 너의 믿음도 마찬가지란다."

셀리아 바로 뒤에서 인기척이 났다.

비올레트가 맨발에 잠옷 차림으로 이제 막 오스카의 방에 들어온 것이었다. 비올레트는 미소를 지어 보이려고 했지만 닭똥 같은 눈물이 뺨을 타고 흘러내렸다. 지금은 소녀의 입에서 아무 노래도 흘러나오지 않았다. 셀리아가 두 팔을 벌리자 비올레트가 엄마 품으로 달려들었다. 세 사람은 한참을 그렇게 부둥켜안고 있었다. 비올레트가 드디어 입을 열었다.

"엄마, 감방에는 창문도 없어요? 오스카는 칠흑 같은 어둠밖에 못 봤다고 했잖아요. 아빠는 날아서 도망칠 수 없었나요?"

셀리아는 대답하고 싶었지만 목이 메어 말이 나오지 않았다. 아주 오랜만에 비올레트가 아빠 얘기를 입에 올린 것이다. 오스카는 괴로운 마음을 추스르고, 가까스로 웃는 얼굴을 보였다.

"아빠가 왜 못 날아, 사람은 날 수 있어. 꼭 창문이 있어야만 되나? 누나는 날고 싶으면 어떻게 하지?"

"나 말이야?" 비올레트는 조금 망설였다. "나는 꿈을 꾸지."

"그래, 아빠도 꿈을 꾸셨을 거야."

비올레트는 안심이 되는 듯 콧소리를 킁킁거렸다. 엄마가 자리에서 일어났다.

"자, 이제 잠자리에 들자꾸나. 이제 우린 이야기도 다 했고, 사람이 날 수 있다는 것도 알았잖아? 최소한 아직 눈 붙일 시간은 있겠구나. 내일 아침에는 웃는 얼굴을 보고 싶구나. 그냥 웃는 얼굴만 보여주면 돼. 모두 알았지?"

"알았어요." 비올레트가 먼저 대답하고 함박웃음을 지어 보였다.

"저도요." 오스카도 대답했다.

셀리아는 아들에게 뽀뽀를 하고는 딸의 손을 잡고 방에서 나갔다.

오스카는 오랫동안 잠을 이루지 못한 채, 말똥말똥한 눈으로 천장을 노려보고 있었다. 몸을 일으키다가, 아까 방구석에 성이 나서 내팽개쳤던 케이프가 눈에 들어왔다. 일어나서 케이프의 안주머니를 뒤져보았다. 그리고 가족사진이 들어 있는 작은 사진첩을 꼭 껴안았다.

아빠의 사진을 조용히 바라보았다.

그들이 잘못 알았던 거예요. 아빠는 배신자가 아니에요. 저는 알아요. 저는 아빠가 자랑스러워요. 비올레트 누나도, 엄마도 저와 마찬가지고요. 아빠도 저를 자랑스럽게 생각하셨으면 좋겠어요.

소년은 사진첩을 베개 밑에 넣었다.

끝까지 가볼 거예요. 그들이 착각했다는 걸 제가 밝혀내겠어요. 두고 보세요, 아빠.

오스카는 케이프를 주워서 정성껏 개켜 의자 위에 트로피 허리띠와 나란히 놓았다. 헤파톨리아의 유리병과 아직 비어 있는 네 개의 가방을 가만히 만져보았다. 그래, 끝까지 갈 것이다. 트로피를 죄다 가져오리라. 하나도 빠짐없이. 위대한 메디쿠스로 성큼 자라나, 그의 아빠가 어떤 사람인지 똑똑히 보여주리라.

그는 침대에 올라가 눈을 감고 잠을 청했다. 한 줄기 빛이 어른거려 눈을 다시 뜨지 않을 수 없었다. 머리 위에 금빛 유리병이 의미심장하게 떠 있었다.

진실은 마음속에 고이 남아 있었다. 이제부터 그는 그 진실의 소리를 들을 것이다.